在外絵入り本　研究と目録

山下則子 編

三弥井書店

序

日本美術を代表する肉筆画や浮世絵が、海外諸機関に非常に多く所蔵されていることは、既に数々の美術書によって把握されている。その一方で、絵巻物や江戸時代の絵入り本も、海外に多く所蔵されているものの、その実態は明確とは言いがたい。

海外諸機関においては、絵入り本の整理・調査は難しく、日本人研究者による助力が必要とされた。イギリスなどでは比較的早くから目録作成が進み、国文学研究資料館でもかなり早くから科学研究費補助金により在外日本古典籍調査に取り組んできた。しかし一年に一度ほどの渡航による調査では、なかなか目録作成には至らなかったが、パリ東洋語図書館やフリアー美術館プルヴェラーコレクション等での成果が実った。イタリアでの調査は諸般の事情から困難を伴うものとなったが、今回の在伊日本古典籍目録により、主要な在伊日本古典籍の全体像が明らかになったことは喜ばしいことである。その中には、世界中から注目された、バチカン図書館での隠れキリシタン史料発見の契機ともなった目録も含まれている。一方ハワイ州ホノルル美術館所蔵の、膨大なリチャード・レイン コレクションの中には、専門家垂涎の貴重な版本が多い。

本書第一部には、リチャード・レイン コレクションを中心とする絵入り本に関する先進的な論考や紹介が収められている。第二部には、イタリアの諸機関に所蔵される和古書目録を収録している。これらの目録はその当初、私自身が中心となって進めていた、国文学研究資料館文献資料部メンバーによる調査を、私の転出後に山下（高橋）則子教授が受け継ぎ、彼女の主導のもとに行われた二十余年におよぶ辛苦の成果である。

本書が成るにあたっては、多くの海外の大学・諸機関にご協力頂いた。また本書刊行の意義を理解され、尽力を惜しまれなかった、内外の日本文学研究者の方々があったことも忘れられない。ここに深甚の謝意を表させて頂きます。

人間文化研究機構　国文学研究資料館長　ロバート　キャンベル

はじめに

「〈日本〉を伝えたい」。二十年間、細々とではあるが、在外日本古典籍の調査と整理、そして目録作りに携わり続けてきた私を支えた思いである。しかしながら私が在外日本古典籍調査を始めたのは、自発的な動機ではなかった。そもそもこの在外日本古典籍調査は、松野陽一館長が計画された、国文研ミッションの一つであった。但し国文研には海外調査の予算はなく、全て責任者が科学研究費補助金を申請しての渡航であった。そのミッションを真摯に受け止めたキャンベル助教授（当時）の指揮の下、ドイツのプルヴェラー家やイタリアのキオッソーネ東洋美術館、サレジオ大学マリオ・マレガ文庫の調査に、夢見心地で出かけたのが、私の最初の海外調査である。それは平成十年度末（一九九九年二月）のことであり、キャンベル助教授がその二年後に異動されてからは、私がイタリアでの調査責任者となったのである。

英・米・仏などと比較して、イタリアでの日本古典籍調査は、あまり進んでいなかった。様々な箇所でのいろいろな思い出の中でも、特に図書館が新設される前の、サレジオ大学旧校舎廊下でのマリオ・マレガ文庫調査は、未整理状態の膨大な古典籍を帙に装塡する経験もし、格別に印象深いものであった。そのマリオ・マレガ文庫所蔵日本書籍目録解説が、バチカン図書館からのマレガ神父蒐集「隠れキリシタン史料」発見の糸口となった事は、望外の幸せであった。そしてこれらの在外日本古典籍の目録校正や解説・論文執筆によって、私は「海外からの日本古典籍への視点」を含め多くのことを学んだ。

在外日本古典籍調査は、多くの海外在研究者や海外図書館・美術館関係者のご協力の賜物でもある。ホノルル美術館では常に懇切なるご配慮をいただいた。調査終了後のデータ作成に、多くの日本人大学院生のご助力も得た。それぞれの目録凡例や論文に、ご協力いただいた方達の名は記したが、サレジオ大学碑文谷教会旧蔵書に関しては、事情により二〇一七年九月の追加調査となったため、目録は今回が書き下ろしとなる。追加調査にご理解いただいた、サレジオ大学 Marcello Sardelli 図書館長、通訳と補助作業をご担当下さった圓谷能一氏に、心より御礼申し上げたい。

そして最後に、本書の企画をご快諾下さった三弥井書店の吉田智恵氏、本書編集や校正にご尽力下さった武井協三氏と川下俊文氏、私の海外での日本古典籍調査を理解し、全ての箇所での協力を惜しまなかった夫、山下琢巳に深謝いたします。

山下　則子

目次

第一部

ホノルル美術館（リチャード・レイン コレクション）等に所蔵される在外絵入り本――善本の紹介と考察――

絵入折手本―レイン コレクションをめぐって

浅野　秀剛

一　はじめに

折手本とは、寺子屋で字を習うとき、師匠に手本を書いてもらうための折本である。折手本は白紙であるのが普通であるが、江戸時代中後期には、絵入のものも作られ普及した。それが絵入折手本である。折手本は、手習い用に十七世紀から、三都で、（おそらく）大量に生産されたが、遅くとも十八世紀初めには絵入折手本が制作され、それも徐々に普及した。絵入折手本の研究はまだその緒に就いたばかりであり、論文なども二、三しかないが[1]、近年、古書目録でも正しい表記が増加してきたのは喜ばしいかぎりである。

折手本の大きさは種々あるが、絵入折手本に限定すると、永（長）手本が三〇―三二×六・五―七cm、半手本が一七―一八×六cmほどで、大半はそのどちらかであるが、その中間のものや半手本より更に小さいものなどもある。永手本は、幅四〇cm余の紙を五―七枚継いで、折り畳んだものなので、一帖は一七折前後（折り目と折り目の間はその倍）となる。半手本は八―一〇枚と紙数も多く、したがって三〇折を超えるものが多い。絵は、一紙に一図描かれており、稀に画題に統一的なものを見出せないこともあるが、概ね京名所、王朝風俗、忠臣蔵など、主題は明確である。

肥田晧三氏は、絵入折手本の特徴として、最初の図は色数が多く華麗に、後は二色摺の簡単なものになっていくことを指摘し、更に、上方独得のものという。管見の範囲でも、江戸名所や江戸風俗を題材とした絵入折手本は後述する一点だけなので、絵入りは京都、大坂が中心だったことは確かであろう。

絵入りでない折手本が十七世紀から制作されていたことは確実であるが、絵入折手本も遅くとも十八世紀初頭には制作されていた。正徳〈一七一一―一六〉の年の墨書入りのものが肥田晧三所蔵の絵入折手本にあり、兵庫県立歴史博物館入江コレクションにも、「享保弐拾年卯霜月」とある子どもの遊びを描いた絵入折手本があるからである。これら正徳や享保二〇年〈一七三五〉のものは、墨摺筆彩なので、墨摺筆彩のものは十八世紀のものと判断してよさそうである。残念ながら、多色摺の折手本で、十八世紀の制作と断定できるものには接していないが、墨摺筆彩のものに続いて現れる紅と緑の二色摺のものは十八世紀中後期のものと推定される。二色摺、三色摺のものの盛行が十八世紀後半とすると、本格的な彩色摺すなわち錦絵の絵入折手本が制作され始めるのは、十八世紀末であろうか。また時々、合羽摺のもの（主

図1　絵入折手本「雑画（花鳥や馬、大黒天など）」ホノルル美術館レインコレクション［TD2018-1-074］

版は木版の墨摺か藍摺か緑摺）や、版彩色と合羽摺を併用したものもあるので、十九世紀に入ると種々の絵入折手本が制作されたのは確実である。

絵入折手本（絵入でないものも含む）のコレクションとしては、肥田皓三氏の三十数本、兵庫県立歴史博物館の入江正彦コレクションの約八十本、そしてホノルル美術館のリチャード・レイン コレクションの四十七本がまとまったものであるが、世に現れていないものがまだたくさんあると推定される。

二　レイン コレクションの絵入折手本

レインコレクションの四十七本の折手本の内訳は、絵入りが三十四本、絵なしが十三本で、絵入折手本のうち、肉筆画で未使用のもの一本、墨摺筆彩で未使用のものが一本、墨摺筆彩で墨書入りのものが四本、二色、三色摺で墨書入りのものが四本、二色、三色摺で未使用のものが一本、多色摺で未使用のものが二本、多色摺で墨書入りのものが二十本、合羽摺で墨書入りのものが一本である。

絵入りのもので特に興味深かったのは、肉筆画で未使用の一本である（図1）。それは私が初めて接する版画でないものであった。三〇・七×七・六cmで、雲母引き絹目地の厚紙を使用し、約三〇・七×四二・八cmの紙を十紙継いで描かれている。描かれているのは、花鳥や馬、大黒天などで、テーマが一貫していなく描写も素朴の域を出ないものであるが、雅な趣は感じられる。それが果たして子ども向けの折手本に供されたものなのかという疑念も残るが、墨摺筆彩の絵入折手

図2　絵入折手本「庶民風俗」ホノルル美術館レインコレクション［TD2018-1-087］

本に連なる様式を示すという点から、初期（具体的な年代は分からないが、十七世紀後半から十八世紀初め頃）の絵入折手本であると推定される。絵は、紙継の上にも認められるので、あらかじめ紙を継いでから描いたことが分かる。墨摺筆彩や多色摺のものは、当然ながら摺った後で紙を継いでいるので、その点が異なる。

制作時期において、肉筆画の一本に続くと思われるのが墨摺筆彩の絵入折手本であり、レインコレクションには五本あった。五本中、四本がやはり雲母引き絹目地の厚紙を使用した豪華なもので、「庶民風俗」と仮題した雲母引き絹目地でない一本も、紙は厚手の楮紙で、後世の多色摺のものに比して作りも豪華である（図2）。未使用のものであるが、小図を散らして墨書の妨げにならない配慮がうかがえる。入江コレクションにある享保二〇年の墨書入りのものも雲母引き絹目地に墨摺筆彩のものなので、雲母引き絹目地に墨摺筆彩の絵入折手本がおよそ十八世紀前半に制作されていたことが判明する。入江コレクションには、宝暦九年〈一七五九〉の墨書入りのものもある（図3）。それは雅趣ある往古の風俗を描いたものであり、墨摺筆彩ではあるが雲母引き絹目地紙ではなく、表紙も単なる濃紺表紙なので、宝暦頃には、大分簡素になったものと推定される（高価なものから安価なものまでさまざまなものが作られた可能性は大きいが、ここではおおよその流れを述べるため厳密性は捨てる）。レインコレクションの「庶民風俗」八図も宝暦の前後の頃のものと推定しておきたい。

多色摺のもののほとんどが十九世紀のものと推定されるので、二色、三色摺のもの五本は、その間の十八世紀後期のものと考えられるが、残念ながらそれ以上に年代を特定する資料に乏しい。興味深いのは、

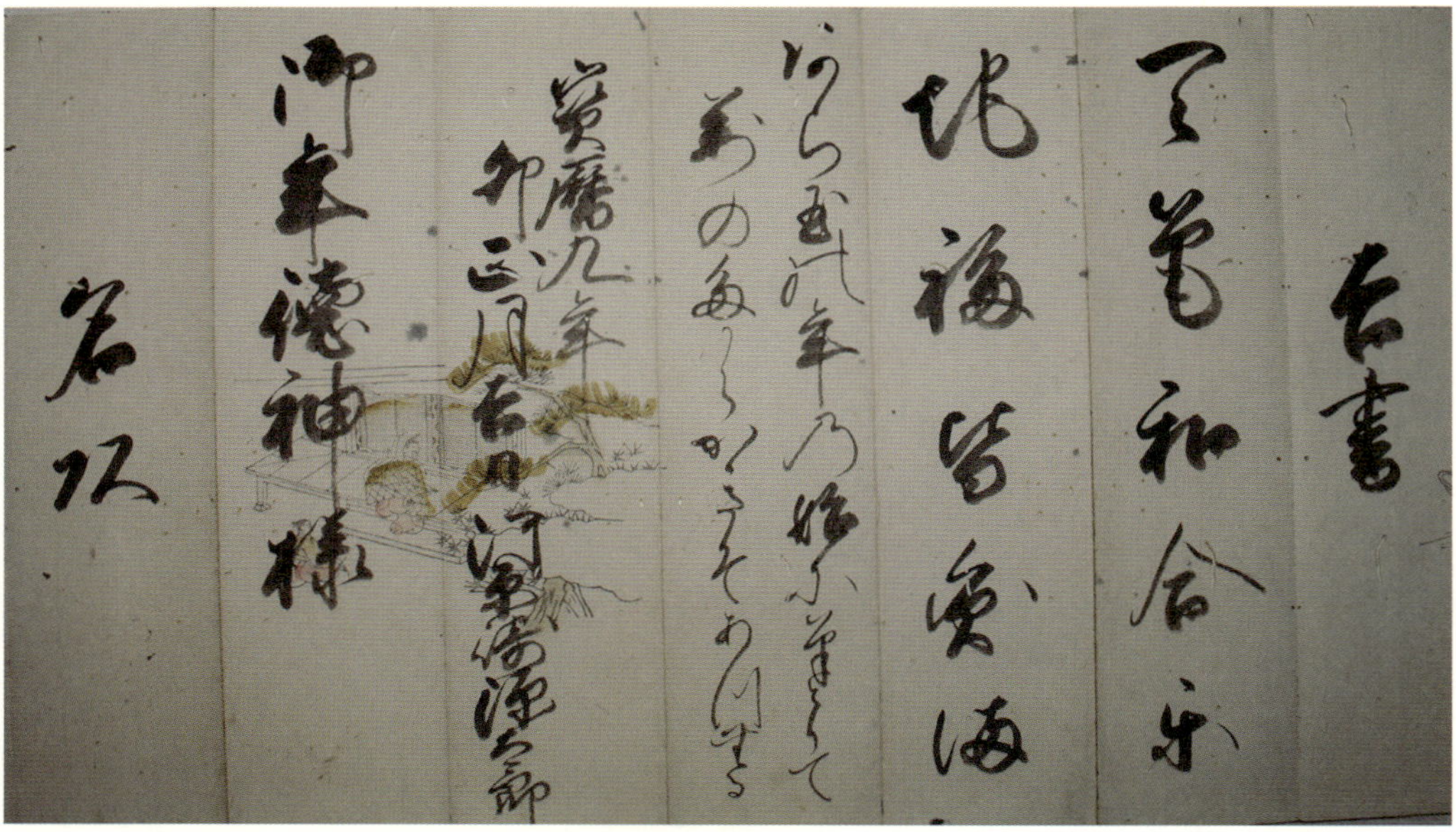

図3　絵入折手本「往古風俗」兵庫県立歴史博物館入江コレクション

二色、三色摺のもののほとんど（レインコレクションでは五本全部）は、主版が墨ではなく、紅と緑（それに青が加わることもある）で構成されていることである。江戸の浮世絵版画の歴史において、二色摺の紅摺絵が出現するのは寛保二年〈一七四二〉であるが、紅摺絵でも主版は墨で、それに紅や緑の版が加わるという形になる。紅摺絵の末期に当たる、宝暦〈一七五一―六四〉末から明和〈一七六四―七二〉初めに出現した水絵は、主版は水藍（青）か薄墨であるが、墨版を用いず紅と緑の版で表現するというのは絵入折手本独特のものかもしれない。墨版は時に強く響くので、上から墨で書くことを想定した絵入折手本では、あくまでそれを引き立たせる役割の版画は原則として控え目、という配慮が働いたと考えることもできるであろう。

もうひとつ興味深いのは、小池（大和屋）久之丞が所持（使用）していたものが四本あった（表紙見返し、あるいは裏表紙見返しに記載）ことである。折手本を手本として字を練習する場合、手本一本だけで卒業というわけにはいかないので、伝存する複数の折手本に同一人物の名が記されているのは珍しいことではない。しかし、小池久之丞所持の四本は一本が二色、三色摺で、残りの三本が多色摺だったのである。ということは、二色、三色摺の絵入折手本と多色摺の絵入折手本は、非常に近い時代に制作されていた、あるいは同時代に制作されていた可能性が浮上する。また、その中の一本「福神唐子遊び」には「梅す　小池久之丞」とあった（図4）。「梅す」を京都の梅宮大社付近の梅津（その場合正しくは「うめづ」であるが）とすると、小池久之丞は梅津に住んでいたことになる。他には、多色摺の「神功皇后三韓征伐」の裏表紙見返しに「けふ　おうめ」とあった。「けふ」が「京」

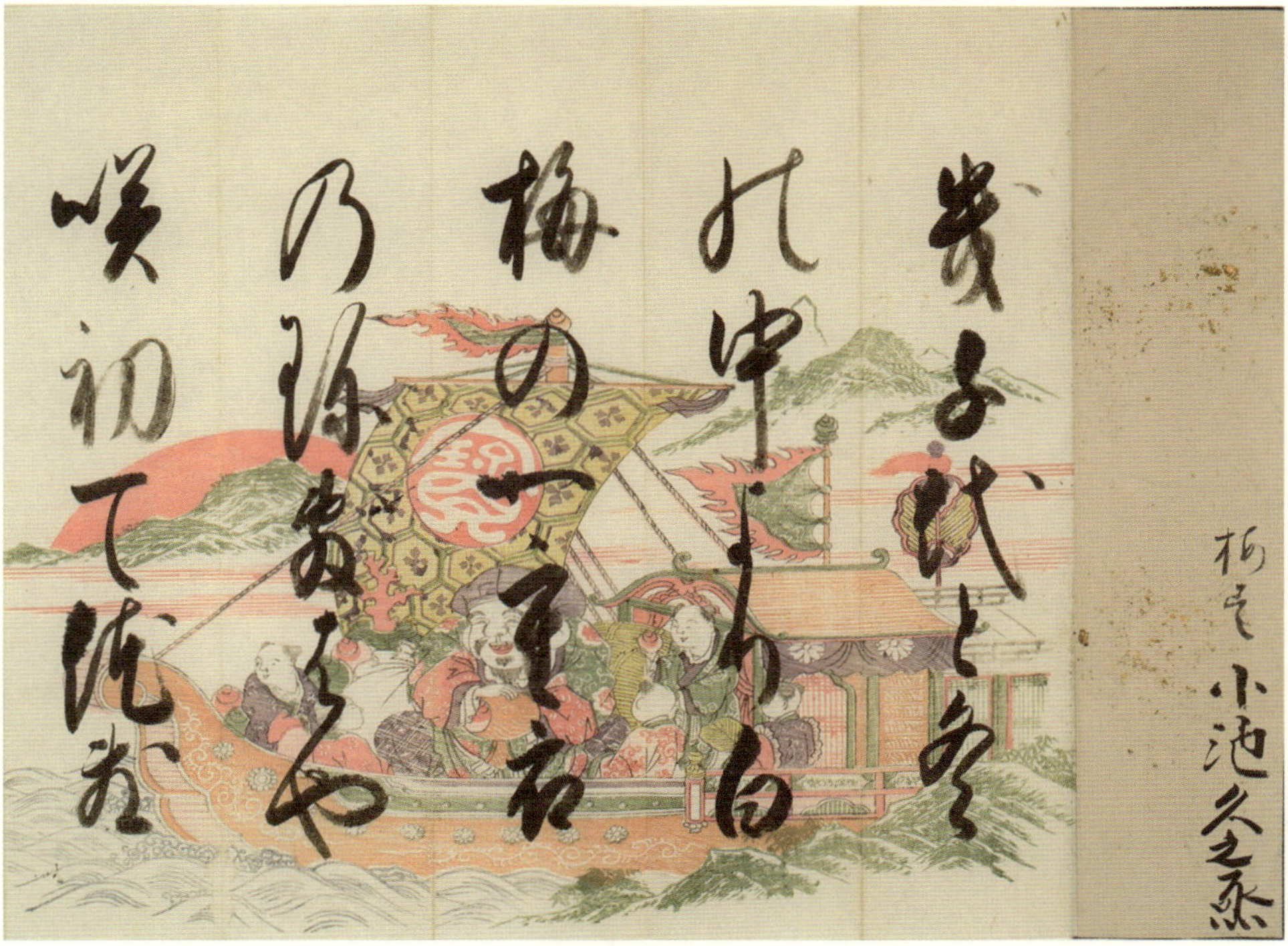

図4　絵入折手本「福神唐子遊び」ホノルル美術館レインコレクション［TD2018-1-084］

で住所を表わしているとすると「おうめ」は京都に住んでいたことになる。「おうめ」で気付いたのは、入江コレクションに「京屋梅　所持」と記されている一本があったことである。今のところ、その「梅」と「おうめ」の関係はこれ以上分からない。入江コレクションには、「馬場おしげ」と記されているものもあったが、「馬場」が地名であるという確証はない。

絵入折手本の伝品で圧倒的に多いのは多色摺のもので、レインコレクションにもそれが二十三本（合羽摺も含む）あった。多色摺の絵入折手本が作られ始めたのは十八世紀後期か十九世紀初めであるが、今それ以上絞り込むのは難しい。絵入折手本は、明治になり、新しい教育制度が導入されると急激に姿を消すが、その歩みは、ミニ浮世絵版画史といった様相を呈しているのである。

三　絵入折手本の版元と絵師

ここで、管見に入った絵入折手本の版元について述べたい。

その第一は、絵入折手本の第一紙に「松園堂」と墨で摺られ、その下に「福井」という朱印様のものを摺刷している版元（「福井」印のみのものを含む）である。この版元を仮に福井松園堂と呼ぶ。この版元印のある作品は、「娘四季風俗」（永手本、肥田コレクション）、「娘四季風俗」（永手本、入江コレクション）、「住吉風俗」（永手本、入江コレクション）、「源氏物語」（永手本、肥田コレクション）、「鎌倉三代記」（永手本、入江コレクション）、「所作事尽し」（永手本、レインコレクション）、「女児風俗」（半手本、肥田コレクション）、「女児四季風俗」（半手本、

図５　絵入折手本、保川春貞画「二十四孝」個人蔵

入江コレクション三本、レインコレクション）、「都名所」（半手本、肥田コレクション、入江コレクション、立命館大学アート・リサーチセンター）、「東海道」（半手本、入江コレクション）、「太閤記」（半手本、中出明文コレクション…）[2]があり、十一種、十六本に及ぶ。別に、第一紙の題辞「江戸名所尽」の背後が「福井　福井」と紅摺白抜き文字になっている永手本（架蔵）もある。確証はないがこれも福井松園堂の商品であろう。住所を記載したものは見いだせないが、商品がすべて錦絵の絵入折手本であることから江戸後期の営業、店はおそらく京都か大坂にあったと思われる。

福井松園堂に次いで多いのは、第一紙に「彩錦堂」が墨で、「近」「長」が紅で摺り入れられている版元である。この版元は、『買物独案内　大阪商工銘家集』に「万摺物并折手本所　北久太郎町中橋西へ入　彩錦堂近江屋長五郎」とある店に相違ない（鈴木俊幸氏ご示教）。この版元印のある作品は、「富士三十六景」（半手本、ホノルル美術館、入江コレクション、ボストン美術館[3]、と「都名所」（半手本、「近」「長」の印のみ。中出明文コレクション）を確認している。

他には最初の図に「□勝喜」（朱印）「画刀　花□　不二木」（版刻）とある「忠臣蔵」（永手本、入江コレクション）を確認している。「勝喜」は京都の版元・勝田喜右衛門、それとも大坂の版元・勝島喜六郎であろうか。「画刀」とあるのは絵師、彫師のことであろうか。残念ながら今のところ、これ以上は不明である。

絵入折手本の版元について、伝存作品以外の資料としては、幕末の大坂の富士屋政七版の書物の巻末に「折手本類　半手本・永手本・絵入」、同じく石川屋和助版の巻末に「絵入・無地　折手本いろ〱」

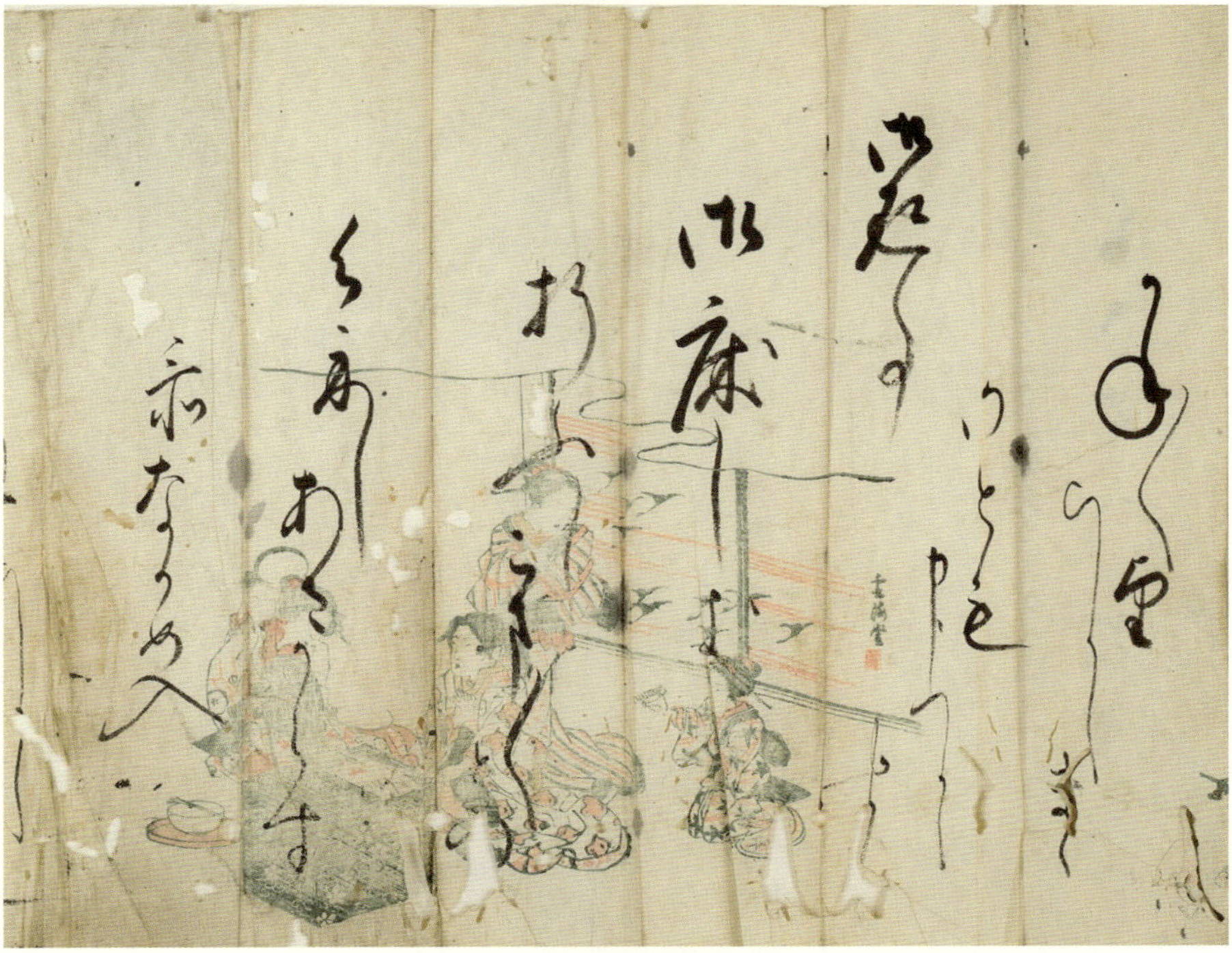

図6　絵入折手本、雲海堂画「女子四季風俗」ホノルル美術館レインコレクション［TD2018-1-073］

とあるのが知られている。[4] 他には、文政七年〈一八二四〉八月発行、中川五兵衛（芳山堂）版『商人買物独案内』の「か」の項に「紙類帳面・奉書折手本・絵半切おろし　心斎橋筋三ツ寺筋角　天満屋幾兵衛」とある。この天満屋幾兵衛（喜兵衛、木兵衛とも）は、江戸後期に草紙、錦絵、摺物などを幅広く手掛けた大手の版元で、折手本に「絵入」とは記していないものの、当然絵入折手本も制作販売していたものと推定される。[5] また、天保三年〈一八三二〉版『商人買物独案内　後編』の「て」の項には「無地画入折手本一式・諸国おろし所・半手本中手本しなじな　かいや町すじ一丁目角　淡路屋藤兵衛」とある。この淡路屋藤兵衛については他に全く知るところがないが、やはり絵入りを含む種々の折手本を制作販売していたことになる。

絵入折手本の版下を描いた絵師はほとんど分かっていないが、中出明文氏は、二つの興味深い作例を紹介している。[6] その一つは、「二十四孝」（永手本、中出コレクション）の最終図「呉猛」の衝立に「春貞」とあるもので、京都の絵師、保川春貞画と分かる（図5）。この春貞は二代〈一八三〇―一八七〉であろう。また、「水滸伝」（永手本、中出コレクション）の巻頭には、「稲村氏応好　長谷川貞信画」とあり、これは大坂の絵師、初代長谷川貞信〈一八〇九―七九〉画と分かる。「稲村」は版元であろうが未詳。また、「京名所桜尽し」（永手本、肥田コレクション）には「玉水画」とあるが、これは京の絵師、黒川玉水と思われる。そして「女子四季風俗」（永手本、レインコレクション）にも「雲海堂」とある（図6）。この「雲海堂」が版元を示している可能性もあるが、最終図「化粧」の襖に入れられていることから、絵師名と推定しておきたい。

図7　絵入折手本「所作事尽し」より「団扇売」ホノルル美術館レインコレクション［TD2018-1-075］

四　永手本「所作事尽し」

レインコレクションにある永手本「（仮題）所作事尽し」は、福井松園堂制作の絵入折手本で、「玉章集　凡婦人女子の文玉章は……」で始まる手本が墨書されている女子向けのものである。全七図で、仮に「石橋」「娘道成寺」「万歳」「手習子」「団扇売」「胡蝶の夢」「朝妻船」と題を付してみた。演じているのは女性・女児であるが、「団扇売」（図7）は、振売りの女性の団扇売りのもとに二人の女児が寄ってきている図様、「胡蝶の夢」は、机前の遊女が二羽の蝶を見ている図様であり、全図が所作事に依拠しているのかは少々疑わしい。興味深いのは、「団扇売」に描かれている団扇の多くが歌舞伎役者に因んだ紋になっていることで、団扇売りの女性が持っているのが四代目中村歌右衛門ゆかりの寒雀に翫、売り物の団扇に、五代目市川団蔵ゆかりの結び柏、実川延三郎や八代目片岡仁左衛門ゆかりの紋などを見出せる。それで直ちに制作年などを限定できるわけではないが、天保末から嘉永頃、京・大坂で制作されたものと推定される。

五　永手本「江戸名所尽」

既述したように、「江戸名所尽」は唯一見出した江戸名所の永手本であるが、第一紙の題辞「江戸名所尽」の背後が「福井　福井」と紅摺白抜き文字になっていることから、おそらくこれも福井松園堂の商品であろう。全七図からなる未使用のもので、各図に題名が記されている。図の取材源は、天保五年〈一八三四〉、同七年刊『江戸名所図

図8　絵入折手本「江戸名所尽」より「吉原の春景」個人蔵

会』のうち、天保七年に刊行された巻四〜巻七である。それらに各図の摺刷の色を合わせてまとめると以下のようになる。

◎「吉原の春景」仲の町の茶屋の前の遊女道中。図会の巻六を参考にしたと思われるが、図会の図を直接模してはいない。同一の茶屋が連綿と連なっている景観は吉原を直接知らない絵師によるものと推定される。主版は墨、それに紅・薄紅・黄・緑・青・紫。（図8）

◎「こがねゐばし」玉川上水の岸で花見をする三女。背景描写は図会の巻四の「小金井橋春景」図を模している。主版は緑、それに紅・薄紅・青。

◎「角田川三囲稲荷」向島で花見をする女性を中心とした一行。図会の巻七を参考にしたと思われるが、図会の図を直接模してはいない。主版は緑、それに紅・薄紅。

◎「浅草観音」参詣する御殿女中の一行。背景描写は図会の巻六の「金龍山浅草寺」図を参考にしている。主版は緑、それに紅。

◎「めじろした大あらひ堰」花見帰りの母娘の一行。背景描写は図会の巻四の「目白下大洗堰」図を模している。主版は緑、それに紅。（図9、図10）

◎「落合ほたる狩」蛍狩りをする二女と小僧。背景描写は図会の巻四の「落合蛍」図を参考にしている。主版は墨、それに紅。

◎「小名木川五本松」五本松を眺める二女と幼児。背景描写は図会の巻七の「小名木川五本松」図を模している。主版は緑、それに紅。

通覧すると、『江戸名所図会』を基に構想を練ったことは明白であり、当然ながら制作したのは天保七年以降ということになる。春景が五、夏景が二で、図会に依拠したといっても直接模倣したのは背景の

図９　絵入折手本「江戸名所尽」より「めじろした大あらひ堰」個人蔵

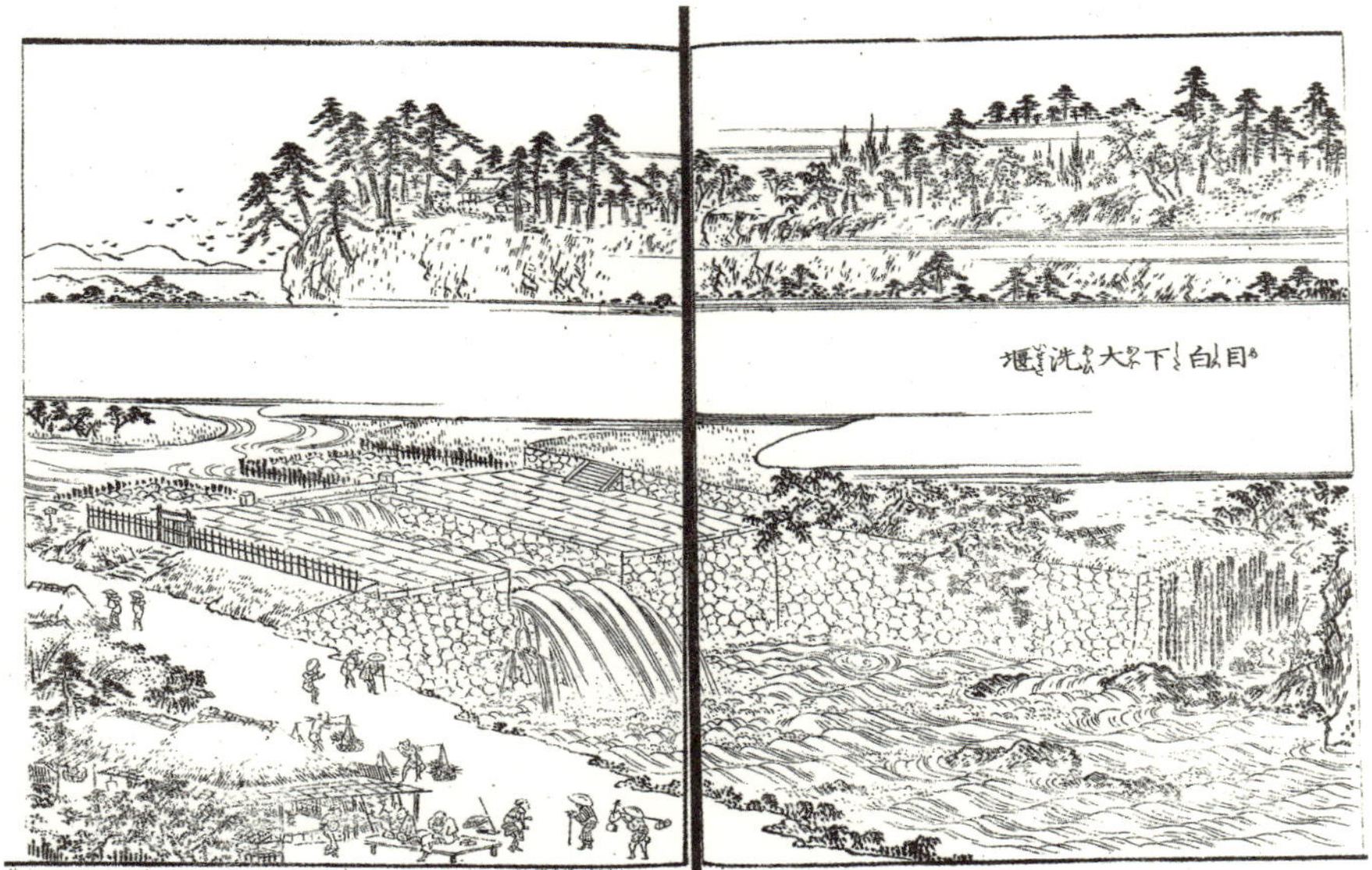

図10『江戸名所図会』巻四の「目白下大洗堰」国文学研究資料館蔵

みで、前景の人物は図会とは別に作画している。最初の「吉原の春景」が墨の主版の他六色、第二図以降、版数を落としているのは絵入折手本の通例通りであるが、主版が墨と緑の二種あるのに注目していただきたい。絵入折手本は、上に墨書するということが前提であるためか、緑など墨以外の色を主版に使う例が少なくない。

そして、「吉原の春景」でも述べたように、この絵師は江戸住とは思われない。福井松園堂が京都・大坂の版元であること、さらに、江戸でも絵入折手本の需要があったことを裏付ける資料といっていいのかもしれない。

六　半手本「東海道」

福井松園堂版の半手本「東海道」も、図様を江戸の版本に依拠して描き刊行したものである。その様を少し詳しく述べてみたい。

『狂歌東関駅路鈴』は、臥龍園梅麿撰、葵岡北渓画、「花園連蔵」版、つまり私家版の狂歌集で、淡彩摺の北渓画に狂歌を加えた部分と、狂歌のみの部分から成るが、現存する諸本は異同が多い。最も早く刊行されたと思われるのは、国会図書館蔵本で、共紙表紙（裏は白）に、北渓画に狂歌を加えた「日本橋」から「平塚」までの図が五丁、「三月分兼題」の狂歌が十六丁という構成になっている。その後、「三月拾遺」「閏月分兼題」「三月閏月拾遺」「四月分兼題」……と順次加えていき、「九月分兼題」で「大津（京）」まで到着し完結した。北渓の「戸塚」図の傍示杭に「文政十三庚寅年」とあること、兼題の記載から閏三月のあった年であること、東京大学駒場図書館蔵本の完結本三冊の巻末に「文政十三年庚寅仲冬中旬全成帙」とあることから、東海道の宿駅を兼題とした狂歌催事が文政十三年（一八三〇）に挙行されたのは動かない。すなわち、『狂歌東関駅路鈴』は、文政十三年の「三月分兼題」の狂歌を載せ「日本橋」から「平塚」の図を加えたものを同年夏に刊行し、以後、毎月順次追加制作して刊行し、同年十一月に完結したということになる。

その『狂歌東関駅路鈴』の図の部分の版木を買い取り、狂歌を削除して改題し、一般売りしたのが『道中画譜』（『北斎道中画譜』『五十三次道中画譜』とも）である。『道中画譜』には、描いたのは「前北斎為一翁」の筆とする高井蘭山の序一丁と、誰の下絵か不明の、「東壁堂永楽屋江戸店店頭図」半丁と、「日本橋」の見開き図が加えられ、その後に「品川」以下「京」の図が続くという構成になり、北渓の「日本橋」は削除されている。名古屋の版元、永楽屋東四郎が江戸出店を果たすのは天保四年（一八三三）頃なので、[7] それを記念しての出版であることはほとんど疑いない。披見できたのも名古屋市博物館A本など永楽屋東四郎の蔵版目録が付されているものが一番多いが、何故か永楽屋版で刊記のあるものには接していない。[8] 刊記があるのは、皓月堂井筒屋文助版で、「道中画譜」と「山水画譜」の広告の後に、「天保六乙未正月」「書林　名古屋大船町　皓月堂文助」となっている半丁が裏表紙ウラに添付されている（個人蔵）。この皓月堂井筒屋文助版は、永楽屋江戸店店頭図の一部が入れ木で改刻されている。すなわち、行灯看板の「日本橋通本白銀町　永楽屋東四郎」が「古本売買」となる。同じ刊記を具える名古屋市博物館B本は、さらに暖簾の「東壁堂書斎」が「書斎」に改められる。レインコレクションの『道中画譜』は、名古屋市博物館B本と同様ながら、版元の住所が「大船町」ではなく、「樽屋町」と入れ木で改刻されているので、何段階かの修正が施されたことが分かる。井筒屋文助版については、『名古屋書林蔵板目録』（写本）の「井筒屋文助」の項に「一　北斎道中画譜　壱巻　天保六未年九月永楽屋東四郎より求板」とあるので、[9]天保六年に永楽屋東四郎より求版したことが分かる。本書の版木は明治に入ると更に転売されるが、それについては割愛させていただく。

翻って、永楽屋は、何故、北渓のものを北斎画と偽って販売したかであるが、これについては、北斎の知名度が高かったからという以外に考えようがない。当時永楽屋は『北斎漫画』の版元として知られており、特に名古屋における北斎の人気は高かった。加えられた「永楽屋江戸店店頭図」半丁図と「日本橋」の見開き図は、北斎画の可能性もあるが、署名がないので断定しがたい。「日本橋」図は、北斎画の絵入狂歌本『東都名所一覧』の「日本橋」や、『春興五十三駄之内（狂歌入東海道）』の「日本橋」、「富嶽三十六景　江戸日本橋」を参考に、北斎の弟子筋が描いた可能性も否定できないからである。

『狂歌東関駅路鈴』と『道中画譜』を検討すると、それに示された北渓の図様の影響は、北渓が自身で転用するばかりでなく、[10]福井松園堂版の絵入折手本「東海道」にも及んでいる。「東海道」は「江戸日本橋」「加奈川」「藤沢」「沼津」「鞠子」「島田」「舞坂」「岡崎」「土山」「草津」の十図から成るが、『狂歌東関駅路鈴』にない「日本橋」図の模倣図が入っているので、直接的には『道中画譜』に依拠したものであることは明白である。十図はすべてほとんどそのまま写しているので、両者の関係も紛れがない。興味深いのは「鞠子」（図11）で、名物のとろろ汁を出す茶店を描いているのであるが、『道中画譜』（図12）にない梅の図と二人の人物が加えられている。そのうちの人物は描くとして、梅の図は、広重画の保永堂版「東海道五拾三次」の「丸子（鞠子）」の梅の図を取り入れたものではないであろうか。そうであれば、江戸の人気商品の図様を意図的に取り入れたということになるであろう。

七　版元、近江屋長五郎

「所作事尽し」「江戸名所尽」や「東海道」を制作刊行した福井松園堂についての住所などは不明であるが、既述したように、近江屋長五郎は大坂の版元であることが分かっている。しかし現在判明しているのは、刊行した既述の絵入折手本と『買物独案内　大阪商工銘家集』に載る記事だけである。該書は刊記が「弘化三丙午年仲春新刻　寿栄堂松岡蔵板」となっているのが初版と思われるが、本の性格上、改刻、増補、削除をくり返し、明治初年頃まで販売したものと推定される。したがって異版も多く、それを縷々記述することは小論では適切と思われないので省くが、「近江屋長五郎」の項に二種の版があることだけは記しておきたい。初版本（国会図書館、ベルリン国立図書館等蔵）には、上部に（折手本の図）を入れ、その下に「御摺物并折手本所」、右に「北久ほうじ町中橋西へ入」、左に「近江屋長五郎」とある。それが、後印では一部が入れ木で改刻され、上部が（かね長）の暖簾印、その下に「万摺物并折手本所」、右に「北久太良町中橋西へ入」、左に「彩錦堂　近江屋長五郎」と変えられている。おそらくは住所が変

図11　絵入折手本「東海道」より「鞠子」兵庫県立歴史博物館入江コレクション

図12　葵岡北渓画『道中画譜』より「鞠子」ホノルル美術館レインコレクション［TD2018-1-085］

わった時に改刻したものであろう。興味深いのは、初版は暖簾印の代わりに（折手本の図）を入れていることである。あるいは創業時は（折手本の図）を暖簾印にしていた可能性すらあり、折手本に対する近江屋長五郎の思い入れを察することができるであろう。[11]

八　国芳画「弁慶梵鐘引き上げ」を模倣した絵入折手本の図

近江屋長五郎版の半手本「富士三十六景」が葛飾北斎画の「富嶽三十六景」に依拠して制作刊行されたことは、以前述べたことがある。[12]永手本「江戸名所尽」[13]や半手本「東海道」も江戸で刊行されたものを模した例であるが、最後に、歌川国芳画の弘化期（一八四四―四八）の作である大判錦絵三枚続「弁慶梵鐘引き上げ」（図13、図には「弁慶が勇力戯に三井寺の梵鐘を叡山へ引揚る図」と記している）を模倣した絵入折手本を紹介して稿を終わりたい。その絵入折手本はレインコレクションにある「武者絵尽し」（永手本六図、墨摺、または色摺に合羽摺）の最終図「武蔵坊弁慶」（図14）で、梵鐘を引き上げる弁慶と梵鐘が大写しに描かれているものである。上部から垂れる松の描写など、両者の影響関係は明白である。

山口県立萩美術館・浦上記念館蔵

図14　絵入折手本「武者絵尽し」より「武蔵坊弁慶」ホノルル美術館レインコレクション［TD2018-1-086］

図13　歌川国芳画「弁慶梵鐘引き上げ」（大判錦絵三枚続）

注

(1) 肥田晧三「上方の手本紙」(『藝能懇話』二〇、二〇〇九年十一月)、高杉志緒「シーボルトが持ち帰った『大坂　絵入折手本』小攷」(『下関短期大学紀要』三三、二〇一五年三月)、浅野秀剛『浮世絵細見』(講談社選書メチエ、二〇一七年)

(2) 中出明文『私の上方絵物語　錦絵編』(中尾松泉堂、二〇〇五年)

(3、4) 注1の浅野の著書参照

(5) 天満屋喜兵衛は、『商人買物独案内』には、「か」の項の他、「ほ」の項に「草紙本類卸」として、「す」の項に「すりもの処」として、都合三箇所に掲載されている。そのうちの「す」の項に「小西氏」とあるのが注目される。天喜は、錦絵の版元印から、金花堂(金華堂)という堂号であったことが判明しているので、天保期(一八三〇—四四)以降、大坂の中判役者絵に頻出する「金花堂小西」印の版元は、天満屋喜兵衛であったことが分かる。

(6) 注2に同じ

(7) 岸雅裕『尾張の書林と出版』(日本書誌学大系82、青裳堂書店、一九九九年)

(8) 最も早いと推定される名古屋市博物館A本は、柿色表紙、原題簽「道中画譜　全」、見返しは白、序、永楽屋江戸店店頭図、日本橋図、「品川」~「京」の図、「尾張東壁堂蔵板画譜画手本目録」半丁、という構成。袋も具わり、その表は、「架鷹に富士」図の中央に「五十三次　北斎道中画譜　全」とある。目録の最後に「北斎漫画従初編十二編迄出版十三編近日売出仕候」と記されているので、『北斎漫画十二編』が刊行された天保五年以降の目録ということになる。これより早いと思われる伝本を見ていないので、天保五年頃刊としておきたい。

(9) 注7に同じ

(10) 北溪が天保五~六年頃に刊行した横大短冊版錦絵の揃物「諸国名所」は十四図知られているが、そのなかの「伊豆千貫樋」と「駿河薩埵山」は、それぞれ『狂歌東関駅路鈴』の「沼津」と「由井・奥津」を下敷きにしている。

(11) 『買物独案内　大阪商工銘家集』の初版には、「追述」として「儒者」以下、当時の大坂の諸名家が十丁分付されている。画家部には長山孔寅・上田公長・森一鳳、錦繡画師(浮世絵師)には謌川国舛・長谷川貞信・五楽亭貞広が住所とともに掲載されている。歌川貞升が既に国升と改名しているのは興味深い。弘化元年(一八四四)、師の国貞が豊国と改名したのにあわせてまもなく改名したものと推定される。

(12) 注1の浅野の著書参照。

〈付記〉

本稿を成すにあたり、レインコレクションの閲覧と図版掲載に際して、Sean O'Harrow ホノルル美術館長、Shawn Eichman 東洋美術部長、Stephen Salel 同学芸員、南清恵同リサーチアシスタントの甚大なご協力を得ました。衷心より感謝申し上げます。

I would like to extend our deep appreciation to everyone at the Honolulu Museum of Art who gave me permission to publish the text, particularly Dr. Sean O'Harrow, the Director of the museum, Dr. Shawn Eichman, Asian Art Curator, Mr. Stephen Salel, Curator of Japanese Art, and Ms. Kiyoe Minami, Japanese Art Research Assistant.

本稿は科学研究費補助金による基盤研究(B)「在外絵入り本を中心とする書誌・出版・解釈の総合的研究」(研究代表者・山下則子、課題番号26300020)による研究成果である。

『たまひろひ』と『山城名勝風月集』、そして『都名所画譜』――絵俳書の板木再利用――

伊藤　善隆

はじめに

俳諧関連の書物の中でも、とくに挿絵を趣向とするものを「絵俳書」と称する。絵俳書を扱う際には、しばしば改題改刻本の存在が問題となる。絵俳書制作の経費は、通常の句集よりも割高であったことは容易に想像できる。絵の入るスペースに句を多く載せた方が、俳書としての経済的な効率は良いからだ。したがって、せっかく費用をかけて制作した板木であれば、それを再利用したいという発想が出てくることも当然であろう。

　その代表的な例の一つとして、栖鶴編・一蜂画『両兎林』（大本三冊、宝暦九年〈一七五九〉五月刊）が挙げられる。同書は、後に所収句の全てが削り去られ、その空白部分には鈴木隣松によって新たに絵が書き込まれて、『英筆百画』（安永二年〈一七七三〉刊）と題する画譜に作り替えられたのである。この例では、本当は英一蜂の挿絵だったものが、英一蝶のものとされてしまった。その後も、『英林画鏡』（『英筆百図』の前半部）、『英画図考』（『英筆百図』の後半部）が別途出版され、『英筆百画』には安政四年〈一七七五〉求版本まで存在するという、もとの編者たちが予想だにしていなかった広がりをもって流布していくこととなった。(1)

　こうした絵俳書の改題改刻の実態を具体的に検討することは、書誌学的な問題のみならず、俳諧という文芸や近世絵入り本のあり方を検討する上でも重要な問題である。そこで、本稿では、『たまひろひ』と『山城名勝風月集』、そして『都名所画譜』を取り上げて、その改題改刻のあとを辿ってみることとする。

一　『たまひろひ』と『山城名勝風月集』

　近世の絵入り本を豊富に所蔵するホノルル美術館リチャード・レインコレクションには、絵俳書『たまひろひ』（烏岬編、文久元年〈一八六一〉序刊、所蔵番号 TD 2018-1-057）とその改題改刻本『山城名勝風月集』（服部稲雄編集・岸田稲処校正、明治十八年〈一八八五〉刊、所蔵番号 TD 2018-1-046）が所蔵されている。京都の名所の挿絵に句を添えた絵俳書である。

　『たまひろひ』の伝本は比較的多く、「日本古典籍総合目録データベース」にも二十を越える所蔵者が著録されている。しかし、幕末期の俳書のためか、これまであまり注目されず、『俳諧大辞典』、『俳文学大辞典』に立項されていない。編者の麦仙城烏岬も『俳諧大辞典』、『俳文学大辞典』、『新選俳諧年表』に立項されていない。そこで、まず「日本古典籍総合目録データベース」で烏岬を検索すると、以下の編著が確認できる。

『北丹勝景集』　安政四年〈一八五七〉序

※烏岬が丹後を遊歴した折の集。出版地は丹後。

『勝景集』　安政六年〈一八五九〉序

※烏岬が丹後を遊歴した折の集。出版地は丹後。

『たまひろひ』　嘉永七年〈一八五四〉序

※烏岬が加越能三州を遊歴した折の集。出版地は金沢。

『たまひろひ』　万延元年〈一八六〇〉序

※京都の名所を主題とした絵俳書。出版地は京都。

『多磨比路飛』　安政三年〈一八五六〉序

※烏岬が越中を遊歴した折の集。出版地は富山。

『ちなみぐさ』　弘化二年〈一八四五〉刊

※伊予俳人の肖像画入り人名録。

右のうち、『北丹勝景集』の東柯序は烏岬を京都の人と記すが、和田徳一『越中俳諧史』（桜楓社、昭和56年9月）、『富山県史　通史編4』（富山県、昭和58年3月）、『愛媛県史　文学』（愛媛県、昭和59年3月）は烏岬を伊予の人としており、「金毘羅街道が結ぶ俳文化」（愛媛県生涯学習センター「データベース『えひめの記憶』」[2]）では、伊予松山魚町の表具師で骨董商の吉永烏岬であると指摘する。烏岬はは伊予出身で、丹後や越中に暫く滞在したようであるから、京都にも滞在し活動した時期があったのだろう。

いっぽうの『山城名勝風月集』は、『たまひろひ』刊行から二十四年後の出版である。編者の稲雄（服部栄輔）は、稲処（文化十二年〈一八一五〉～明治三十六年〈一九〇三〉）の黄雲亭を継承した俳人。稲処は、京都の人で、はじめ梅室門、のちに黙池門、八木芹舎と並んで関西俳壇で活躍した俳人である。なお、この二人のコンビは、翌明治十九年〈一八八六〉に『日本名所風月集』（中本四冊）も刊行している。

明治期刊行物である『山城名所風月集』は、国内諸機関での所蔵状況を把握しにくいが、伝本を目にする機会はやはり多い。ただし、やはり『俳諧大辞典』、『俳文学大辞典』に立項されておらず、「日本古典籍総合目録データベース」では三康図書館本とゲルハルト・プルヴェラー日本絵本コレクション本の二本を著録するのみである。[3]なお、その「書誌注記」欄には、同書が『たまひろひ』の改題改刻本である旨が簡単に指摘されているが、[4]そのことは、稲処の序文に明確に記されている（引用にあたり、濁点と句読点を補った）。

平安洛内外の名所佳景は、手習ふうない子すら口ずさみて諸国の冠たり。されど、山霞み海隔たる遠き国々には見ぬ人も多からむ迚、所謂居ながら名処を知らしめんと、嚢に烏岬老人がねもごろに心を尽し、其所々の勝景を名工に画かせ、諸風家の発句を加へ、さくら木にのぼして捃玉集と唱へ、さゞれ石の巌と成までと言し甲斐もなく、央に烏歿し、終に加茂川の埋れ木と成しを、書肆西湖堂が嘆き、こたび思ひ起て、序跋句とも削り捨、画面は其儘に猶漏たるを増し、新たに諸風士の芳吟を乞ひ加へて、山城名勝風月集と唱へ替申。こは、亡編集者の意に違ふに似て違ふにあらず。当今眼新らしきを専らとなすがゆへなり。出句の中には、其場処に聊不応もあれど、そは捨るに忍びざる所あればなり。さればその事のよしを口ひらきなし給へてよと、書肆かいふに任せて、序に換て一言述る事しかり

明治十七年の冬、樗の翁稲処識す。

傍線部では、烏岬と「捃玉集」(『たまひろひ』の別称)の名前を挙げ、その序跋と句を差し替え、さらに名所絵を追加して『山城名勝風月集』とした旨が記されている。書肆西湖堂の希望に応じた改刻改題であったように記されていることと、すでに亡き烏岬の「意に違ふに似て違ふにあらず」と言い訳めいた文言があることも興味深い。

なお、『たまひろひ』の版元は「京堺町四条上ル/御集冊摺物所/近江屋又七」(坤巻裏表紙見返しに捺された印による)である。いっぽう、『山城名勝風月集』の版元は、序文中では「書肆西湖堂」と呼ばれているが、奥付には「鳥居又七/下京區第十二組立賣西町四條髙倉西入五十三番戸」とある。すなわち、「近江屋又七」と「鳥居又七」を比べると、両者は同じ「又七」だが所在地が異なる。そこで、井上隆明『改訂増補近世書林板元総覧』(青裳堂書店、平成10年2月)を参照しつつ、近江屋又七の刊行物に記されたその所在地を整理すると、概ね以下のようになる。

『としこと集』(天保十三年〈一八四二〉)…「四条寺町東入」

『落噺酒のにほひ』(嘉永〈一八四八—五三〉カ)…「四条通東洞院東入」

『狐茶袋』三編(安政四年〈一八五七〉跋刊)…「京柳馬場佛光寺下ル」(裏表紙見返しに捺印)

『釣瓶縄』(安政五年〈一八五八〉序刊)…「京堺町四条上ル」(裏表紙見返しに捺印)

『花がたみ集』(文久三年〈一八六三〉刊)…「堺町四条上ル」

『わすれみつ』(慶応二年〈一八六六〉跋刊)…「京四条通高倉西へ入」(裏表紙見返しに捺印)

つまり、近江屋又七は、天保期〈一八三〇—四三〉以降、何度か所在地を移しているが、『たまひろひ』当時の所在地は「京堺町四条上ル」で、その後に「京四条通高倉西へ入」に変わる。とすれば、二人の「又七」は同一書肆と見て良いだろう。二十四年の間に代替わりなどはあったかもしれないが、近江屋又七の手許に『たまひろひ』の板木が残っており、それを利用して『山城名勝風月集』の刊行が企画されたと推定することができる。

二　両書の書誌

つぎに、『たまひろひ』の書誌を簡単に示す。調査し得たのは四本だが、異版が確認できたので、その概要を記しておく。なお、異版に関して、色版の異同を正確に判別することは難しいので、主に発句部分(本文テキスト)の異同を指摘することとした。

A、早稲田大学図書館雲英文庫蔵本(文庫31・A1386)

原装、大本二冊。香色原表紙、二五・八cm×一七・〇cm。原題簽、左肩双辺、「たまひろひ　乾(坤)」。四周単辺、二〇・八cm×一四・八cm(「序一」オ内法)。白口、上象鼻に「玉」、下象鼻に丁付(後掲の「構成対照表」を参照)。乾巻に、八十四菘翁(貫名菘翁)題、自序、梅通序(文久元年〈一八六一〉良夜)、増山丹蓉序(万

延二年〈一八六一〉春）、蕪庵彦貫序（文久元年〈一八六一〉夏）、冷窓小史劉昇序、榛間隈川漁夫笠雅序（万延二年〈一八六一〉春）、坤巻に、梅軒北村惇序、魚泊菰芳跋（万延二年〈一八六一〉春）。坤巻裏表紙見返しに板元の印「京堺町四条上ル／御集冊摺物所／近江屋又七」を捺す。

B、早稲田大学図書館蔵本（へ5・4900）

原装、大本二冊。朱色原表紙ヵ、花菱に向かい鶴を艶出し、二四・九cm×一六・八cm。坤巻のみ原題簽（なお、乾巻題簽は、他本の坤巻の原題簽を用いて補い、その際「坤」字を抹消して「乾」と墨書したと覚しい）、左肩双辺「たまひろひ　乾（坤）」。四周単辺、二〇・七cm×一四・八cm（「序一」オ内法）。Aと比較すると、乾巻とは本文が一致するが、坤巻には発句の増補と発句作者名の改版がある。その改版箇所は以下のとおり。「下八」ウ（一名分変更）・「下十二」ウ（二名分変更）・「下十五」オ（一句増補）・「下二十」ウ（一名分変更）・「下廿八」ウ（五句増補）。また、A・Cでは坤巻裏表紙見返しに捺されていた「近江屋又七」の印がない（とすれば、或いは本点は改装本かとも想像される）。

C、個人蔵本

原装、大本二冊。香色原表紙、二五・八cm×一七・〇cm。原題簽、左肩双辺、「たまひろひ　乾（坤）」。四周単辺、二〇・八cm×一四・八cm（「序一」オ内法）。薄縹色の原書帙（紙製）入り。帙に貼付された外題には、臙脂色刷で「都名處捃玉集」（中央双辺）とある。前記二本と比較すると、巻頭の崧翁題字の関防印を欠き、榛間隈川漁夫笠雅序を欠き、乾・坤巻ともに発句の増補と発句作者名の改版がある。なお、坤巻の改版の一部はBの本文と一致する。その改版箇所は以下の通り。「上二」ウ（七句増補）・「上十」オ（五句増補）・「上十一」オ（六句増補）・「上十三」オ（一句増補）・「上十四」オ（五句増補）・「上十五」ウ（一名分変更）・「上十七」ウ（二句増補）・「上十八」ウ（二名分変更）・「上卅二」ウ（漢詩を削除）・「下八」ウ（一名分変更、Bに同じ）、「下十」ウ（2句増補）・「下十二」ウ」（二名分変更、Bに同じ）、「下十五」オ（一句増補、Bに同じ）、「下二十」ウ（一名分変更、Bに同じ）、「下廿八」ウ（五句増補、Bに同じ）。

D、リチャード・レイン コレクション蔵本（TD 2018-1-057）

原装、大本欠一冊（乾巻存）。香色布目原表紙、二五・八cm×一七・〇cm。原題簽、左肩双辺、「たまひろひ　乾」。前記三本と比較すると、A・Bと同版だが、Cとは異版である。AとCと同じく香色表紙だが、本書のみ布目表紙である。

以上を整理すると、まずAとBを比べた場合、乾巻は同版だが、坤巻は異版である。つぎにAとBに対してCを比べると、Cの乾巻も坤巻も異版だが、Cの坤巻の異版の一部は、Aに対するBの異版と一致する。とすれば、摺刷の前後はA→B→Cの順であると推定できる。Dは坤巻を欠くため、A・Bとの前後関係は決められないが、Cよりも前の摺刷であると推定できる。句数に注目すると、A→B→Cと摺刷が進むにつれて、Bで六句、Cで二八句、計三四句が増補されている。

つづいて、『山城名勝風月集』の書誌を記す。調査し得たのは次の二本だが、同版と判断される。

イ、個人蔵本

原装、大本二冊。黄色原表紙、二六・二cm×一七・一cm。原題簽、左肩双辺、「山城名勝風月集　乾（坤）」。四周単辺。白口、上象鼻に「玉」（ただし、乾巻の第一・二丁、坤巻の第一・二丁と最終丁はナシ。なお、後述するように柱部分で表と裏を糊付けした丁が存在するが、その場合、版心部分で紙を裁断してあるため、「玉」の有無が明確でない箇所が多い）、下象鼻に丁付（詳細は後掲の「構成対照表」を参照）。乾巻に、如意山人（谷鉄臣）題、稲処題、稲処序（明治十七年〈一八八四〉冬）、坤巻に、静香園丹蓉序（明治十七年〈一八八四〉十月）、桜戸玉緒口絵・題、黄雲亭稲雄跋（明治十七年〈一八八四〉冬）。坤巻裏表紙見返しに刊記「明治十八年三月十七日出版御届／仝年四月刻成／校正者 京都府平民 樗庵 岸田稲處 下京區第四組御射山町東洞院蛸薬師北入二十二番戸／編輯者 京都府平民 黄雲亭稲雄 服部榮輔 下京區第十九組忠庵町柳馬場松原南入八番戸／俳諧發句御摺物所 出版人 京都府平民 鳥居又七 下京區第十二組立賣西町四條高倉西入五十三番戸」。

ロ、レイン コレクション蔵本（TD 2018-1-046）

原装、大本欠一冊（下巻存）。黄色原表紙、二六・〇cm×一七・〇cm（但し、裏表紙は欠損）。原題簽、左肩双辺、「山城名勝風月集　坤」。四周単辺。白口、上象鼻に「玉」（ただし、乾巻の第一・二丁、坤巻の第一・二丁と最終丁はナシ）。下象鼻に丁付。黄雲亭稲雄跋（明治十七年〈一八八四〉冬）。刊記はイに同じ。

三　両書の比較―句数の増加

『山城名勝風月集』は『たまひろひ』の挿絵部分の板木を流用し、発句部分は全て彫り替えている。そのことを踏まえた上で、両書の相違として、大きく二点を指摘することができる。すなわち、①収録している名所に増減があること、②『山城名勝風月集』の方が収録句の数が多いこと、である。はじめに、句数の違いについて確認したい。なお、前章で触れたように、句数の増加は、『たまひろひ』で摺刷を重ねた際にも行われていた。そのことも併せて図版で確認したい。まず、図版1はDの『たまひろひ』「梅之宮」である（A・Bも同様）。いっぽう図版2はCの『たまひろひ』「梅之宮」である。一六句から二二句に増補され、そのスペースを確保するため画面左側の月が省略されていることが判る。図版3『山城名勝風月集』「梅の宮」では、さらに三七句に増えている（月は色版の白抜きで復活している）。

また、『山城名勝風月集』では、句を載せるスペースが挿絵の余白では足りず、丁を追加した箇所が八つある。そのひとつ、図版4が『たまひろひ』、図版5・図版6が『山城名勝風月集』の「嵐山」である。僅か一〇句だったものが、合計で一〇六句に増えている。

この丁の追加のため、『山城名勝風月集』には、やや特殊な製本が施されている。図版5と図版6の柱の部分に注目すると、図版5では、上象鼻に柱題「玉」が、下象鼻に丁付が印刷されているが、図版6ではそれがない。図版5と図版6は連続した箇所だから、図版5の左側半葉と図版6の右側半葉は、通常の袋綴本の場合は一枚の板木から一枚の紙に刷られるはずだ。とすれば、図版6の右側半葉の柱には、当

参考図版

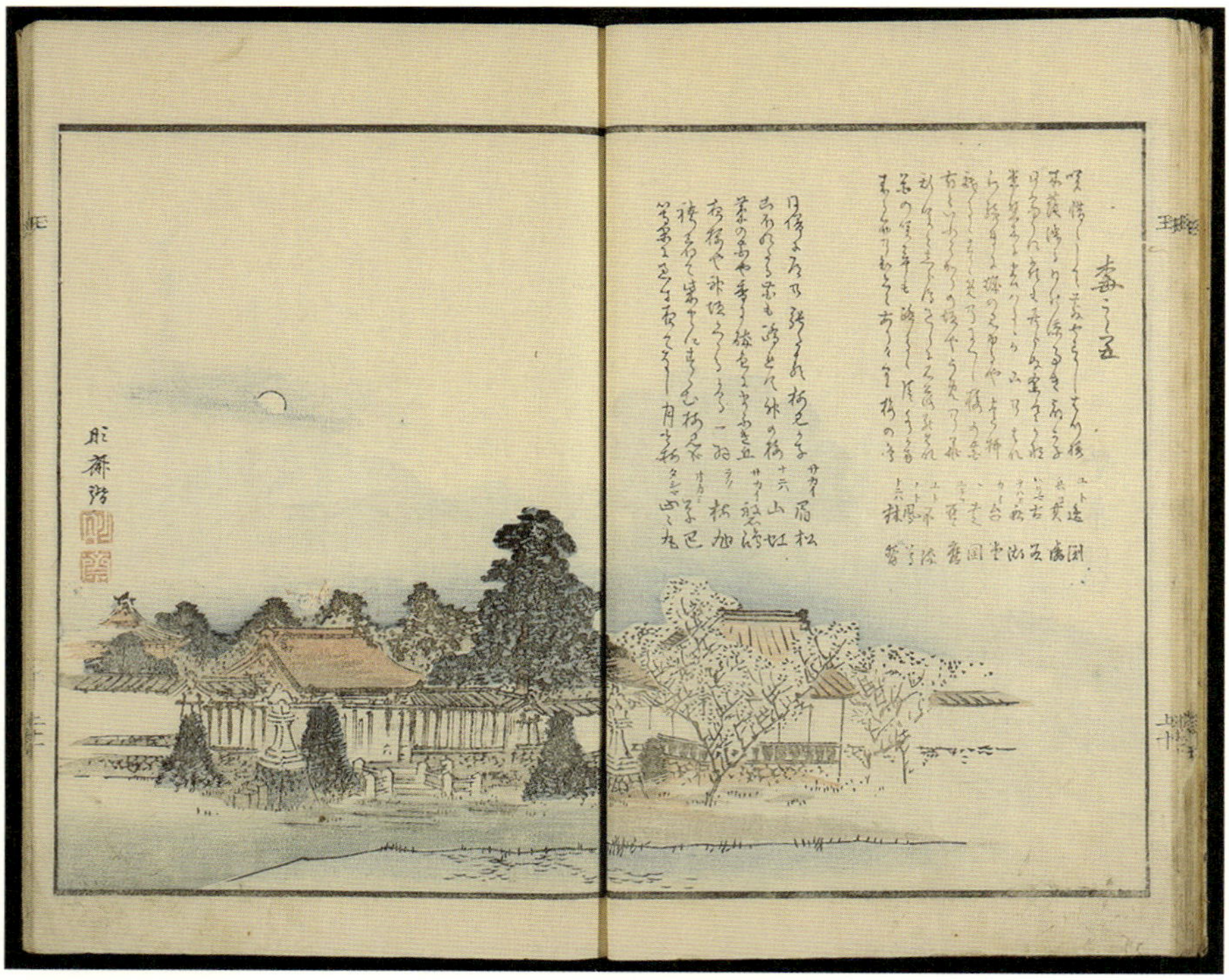

（図版1）『たまひろひ』「梅之宮」（レインコレクション本）

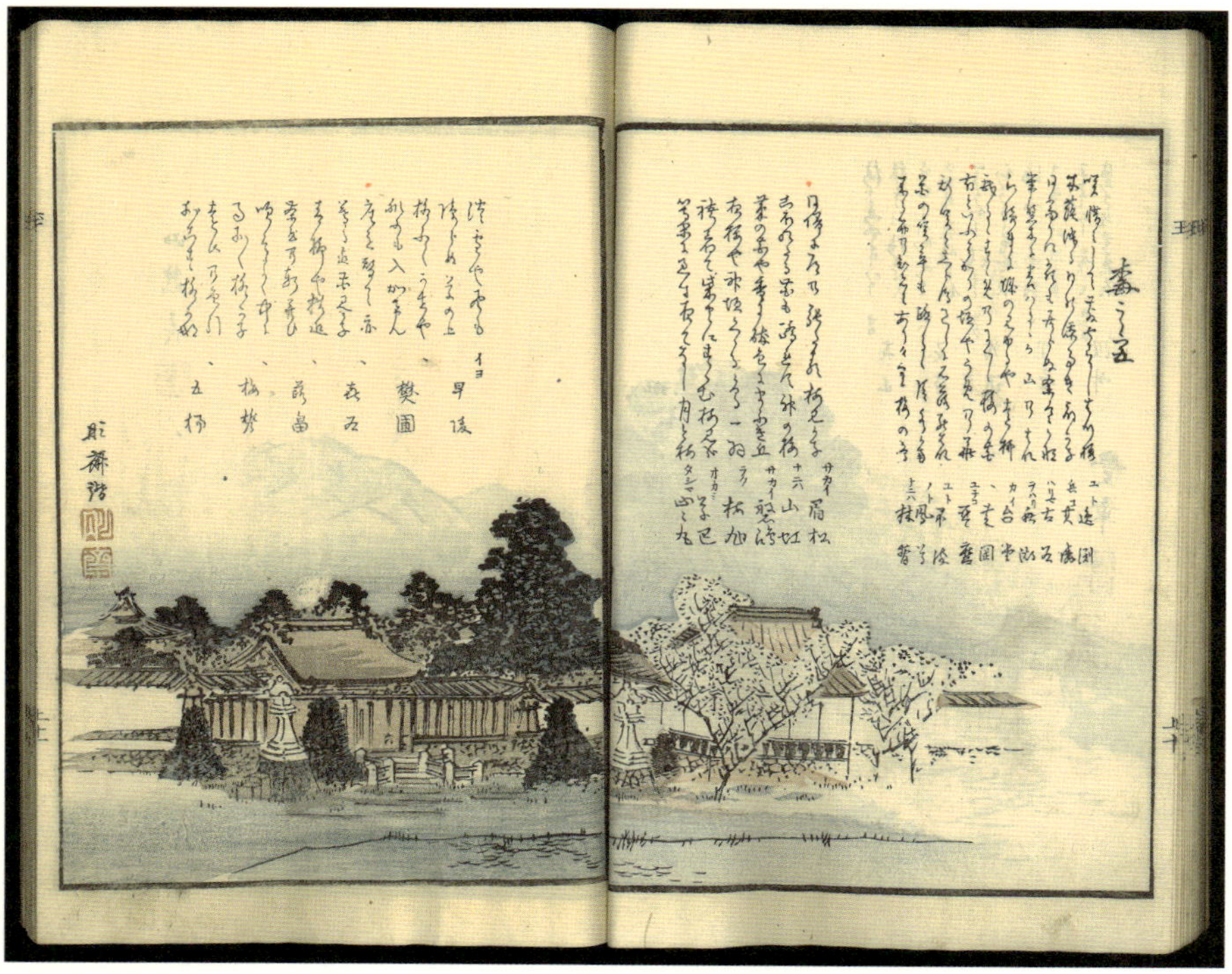

（図版2）『たまひろひ』「梅之宮」（個人蔵本）

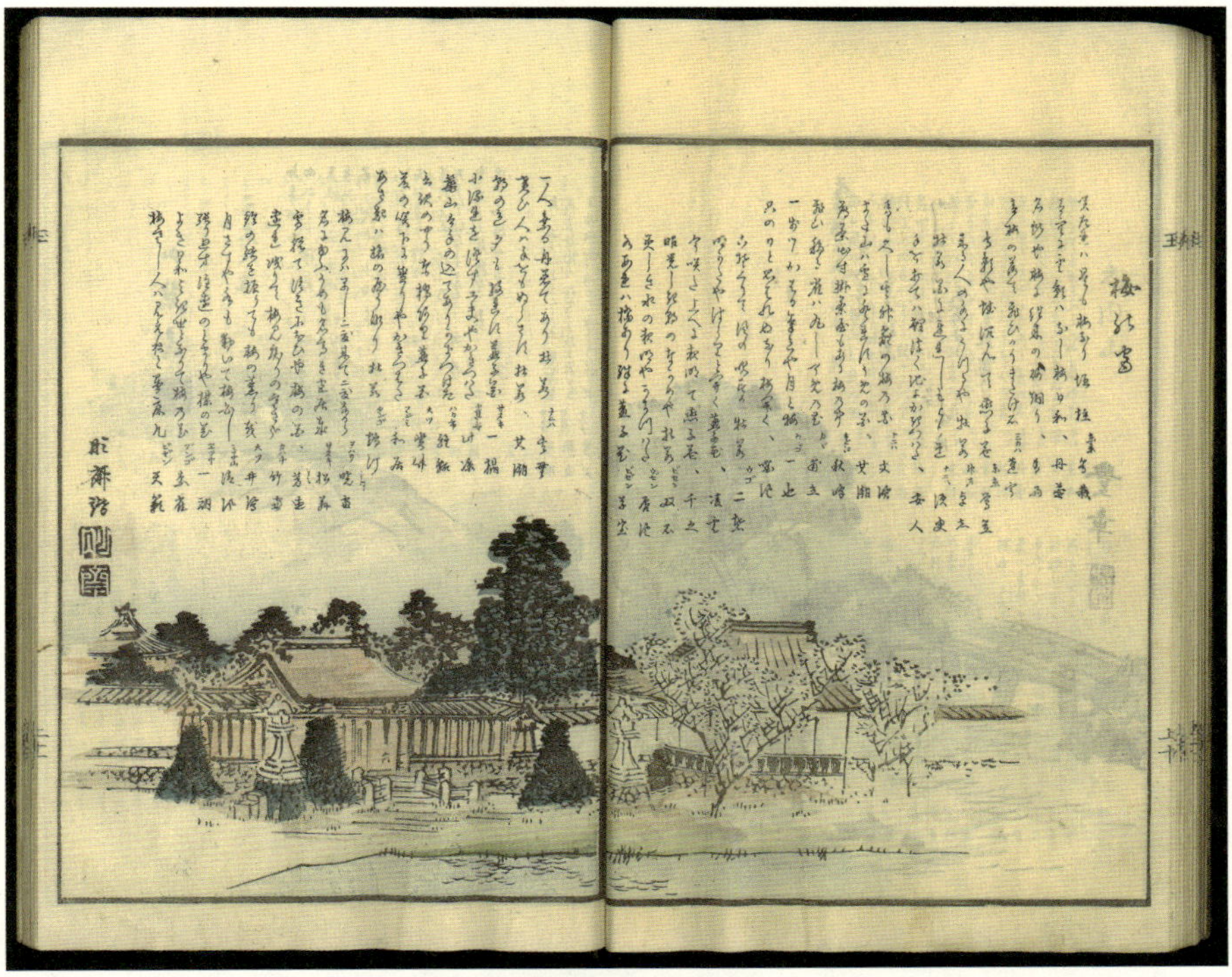

（図版３）『山城名勝風月集』「梅の宮」（個人蔵本）

（図版４）『たまひろひ』「嵐山」（個人蔵本）・表紙

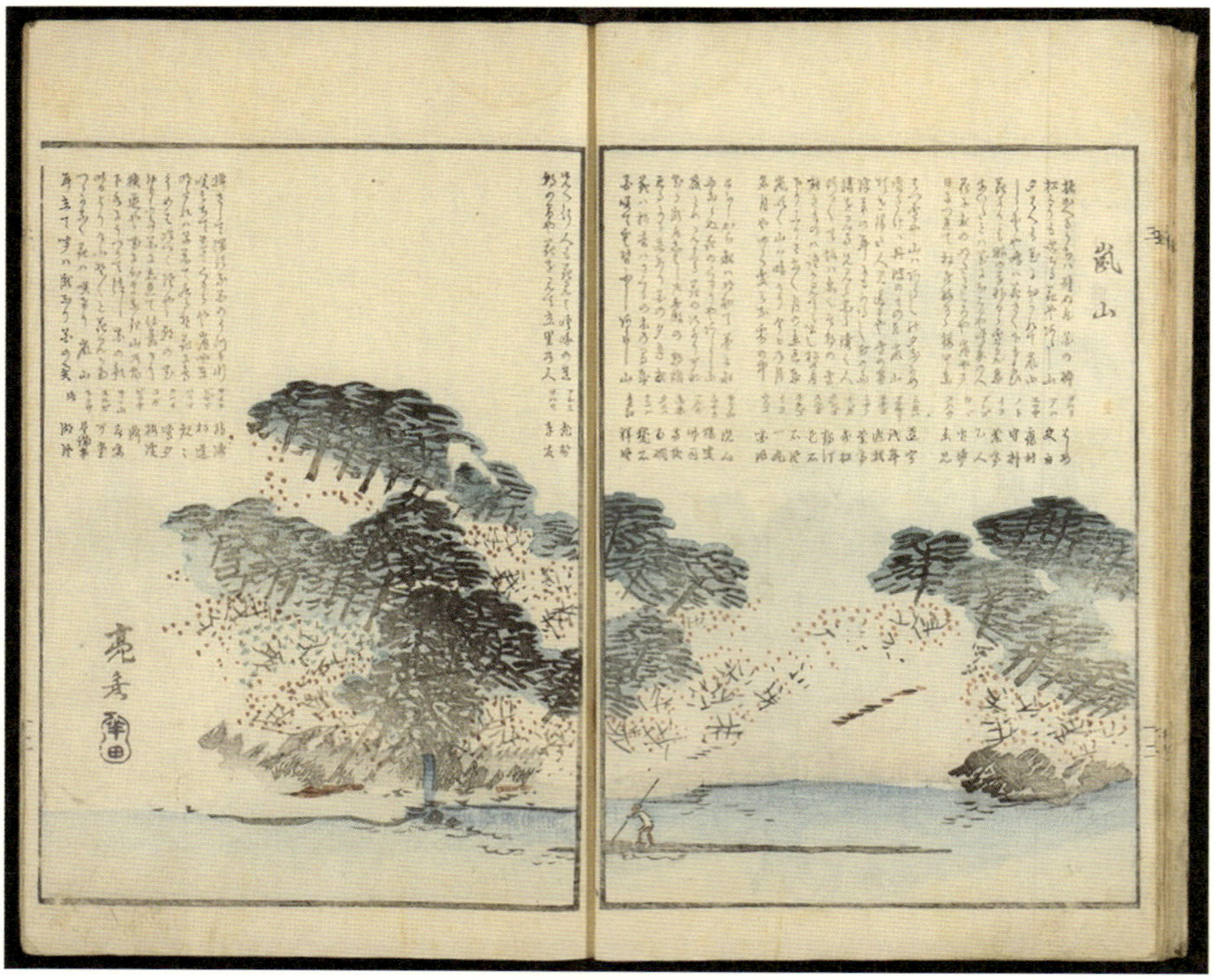

（図版5）『山城名勝風月集』「嵐山」（レインコレクション本）

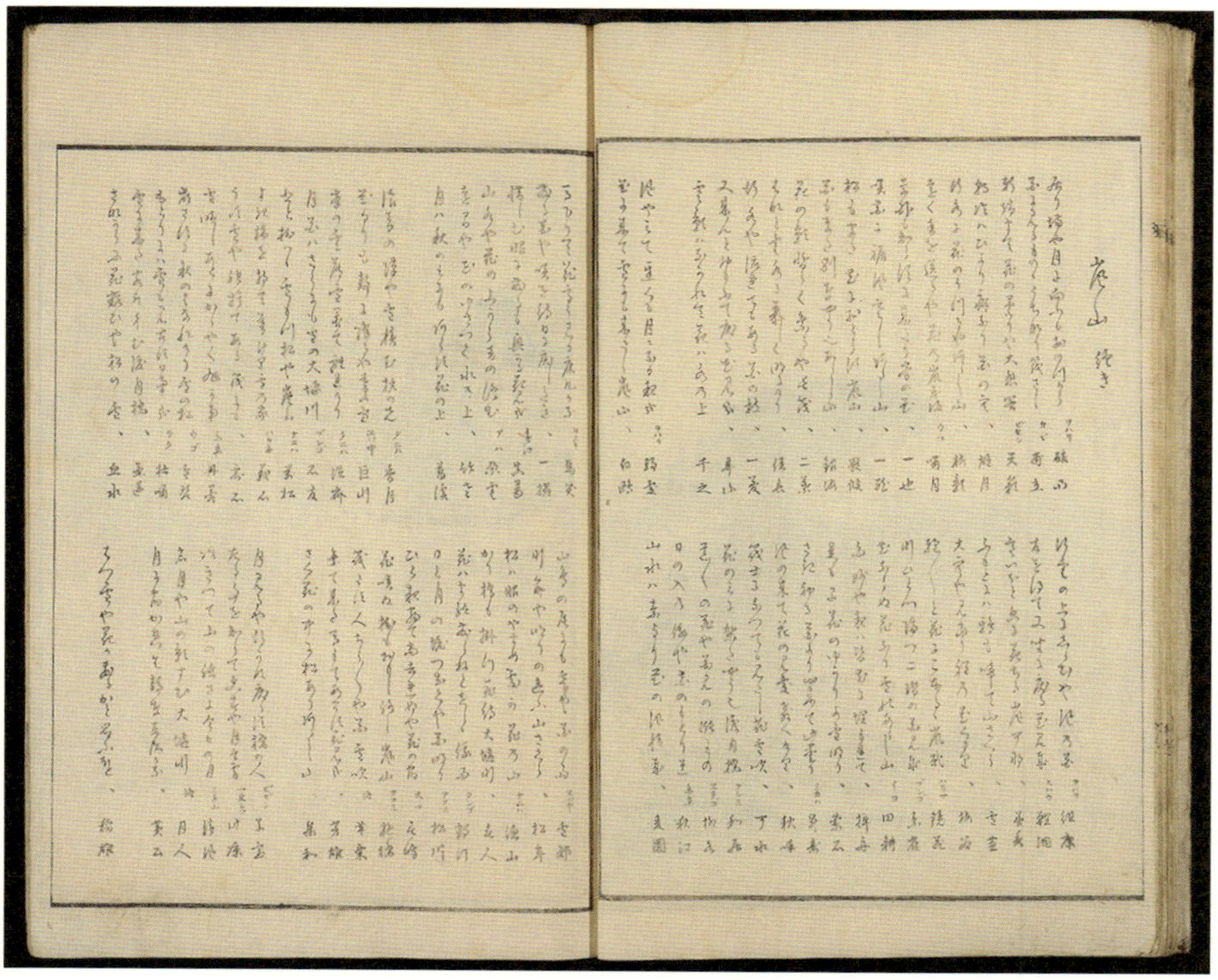

（図版6）『山城名勝風月集』「嵐山」（レインコレクション本）

然「玉」と「下十二」の左半分が確認されるはずである。

そこで、あらためて当該箇所を確認すると、じつは柱の部分は一枚の紙を折ったのではなく、二枚の紙を貼り付けていることが確認できる。そして、図版6にはない「玉」と丁付「下十二」の左半分は、じつは「嵐山」の後に続く「圓山」の右側半葉の柱（ここも糊付け）に刷られている。すなわち、「嵐山」の左側半葉と「圓山」右側半葉とで一枚をなしていた『たまひろひ』の板木で印刷し、柱の部分（本来なら折目となる部分）で二枚に切り離して、その間に句のみを印刷した紙を半葉ずつ糊付けして製本した、ということである。糊代の巾は僅かであって、紙に皺が寄っているというようなこともなく、意識しなければ糊付けに気づかない程だ（したがって、現存本では剥がれてしまっているものも多い）。

以上の措置を行った結果、全体では、Aの『たまひろひ』の七一八句に対し、『山城名勝風月集』は二二四〇句を収録しており、その数は約三倍になっている。全体的に元の挿絵を大きく損なうような改刻は行われていないが余白に刷られた文字が多くなり、やはり画面の雰囲気はかなり変わったように思う。

なお、色版の異版も一例指摘しておきたい。図版7、図版8、図版9は、それぞれDの『たまひろひ』、Cの『たまひろひ』、『山城名勝風月集』の「男山」の挿絵の一部である。立ち並んだ木々の幹を表現していた茶色の色版が省略されていることが判る。

四　両書の比較—全体の構成

さて、前章で説明した改刻が一覧できるように、題字、序跋、収録された名所、それを描いた絵師、そして当該箇所の丁付についてまとめたものが表1である。「項目（名所）」の欄の上段に「○」を付した名所はそれぞれに独自の名所である。つまり「○」が付された『たまひろひ』の名所は『山城名勝風月集』で削除された名所であり、『山城名勝風月集』で「○」が付された名所は新たに追加された名所である（題字と序跋は全て変更されているので、いちいち「○」を付さなかった）。また、必要に応じて注記を「※」印につづけて記入した。なお、見やすさを考えて、同じ名所が表の上下に配置されるよう、適宜空欄を設けた。この表1の丁付の情報を追って頂ければ、増補（丁の追加）の様相を具体的に確認することができる筈である。

（図版7）『たまひろひ』「男山」部分（レインコレクション本）

（図版8）『たまひろひ』「男山」部分（個人蔵）

（図版9）『山城名勝風月集』「男山」（個人蔵）

（表1）『たまひろひ』『山城名勝風月集』対照表

たまひろひ				山城名勝風月集			
乾	項目（名所）	落款（筆者）	記載のある丁	上	項目（名所）	落款（筆者）	記載のある丁
	（題）	八十四菘翁題（貫名菘翁）	「序一」オ		（題）	如意山人（谷銕臣）	「序一」オ
	（序）	（自序）	「序一」ウ		（題）	稲処謹書	「序一」ウ
	（序）	梅通	「序二」オ・ウ		（序）	樗の翁稲処	「序二」オ・ウ・「首一」オ
	（序）	増山丹蓉	「序三」オ・ウ				
	（序）	蕪庵彦貫誌	「序四」オ・ウ				
	（序）	冷窓小史劉昇撰并書	「序五」オ・ウ				
	（序）	榛間隈川漁夫笠雅誌	「序六」オ・ウ	○	吉水湯泉	直入山樵写	「首一」ウ・「首二」オ
	（題）	芭蕉翁	「上一」オ	○	四條銕橋	米僊	「首二」ウ・「上一」オ
	如意嶽瀑布	華渓	「上一」ウ・「上二」オ		如意ヶ瀧	華渓	「上一」ウ・「上二」オ
	高尾	画所預正五位下左近衛将監藤原光文	「上二」ウ・「上三」オ		高尾	画所預正五位下左近衛将監藤原光文	「上二」ウ・「上三」オ
				○	高尾続キ	※句のみ、見開き	丁付ナシ ※前後と糊付け
	野々宮	文麟	「上三」ウ・「上四」オ		野々宮	文麟	「上三」ウ・「上四」オ
				○	野々宮之続キ	※句のみ、見開き	丁付ナシ ※前後と糊付け
	神泉苑	玉章	「上四」ウ・「上五」オ		神泉苑	玉章	「上四」ウ・「上五」オ
	永観堂	幸楳嶺	「上五」ウ・「上六」オ		永観堂	幸楳嶺	「上五」ウ・「上六」オ
	南禅寺	文寵	「上六」ウ・「上七」オ		南禅寺	文寵	「上六」ウ・「上七」オ

	三つか峰	雙石	「上七」ウ・「上八」オ
	指月山	左近衛府生岸慎	「上八」ウ・「上九」オ
	大内山	豊章	「上九」ウ・「上十」オ
	梅之宮	彤斎諧	「上十」ウ・「上十一」オ
	三條大橋	山熊彦	「上十一」ウ・「上十二」オ
	男山	雲屏	「上十二」ウ・「上十三」オ
○	籬か島	有章	「上十三」ウ・「上十四」オ
	四明か嶽	清暉	「上十四」ウ・「上十五」オ
	稲荷山	丹波介岸誠	「上十五」ウ・「上十六」オ
	東山長楽寺	七十三翁狻山	「上十六」ウ・「上十七」オ
	松尾	梁舟	「上十七」ウ・「上十八」オ
	上加茂	圓山應立	「上十八」ウ・「上十九」オ
	廣沢	圭璘	「上十九」ウ・「上二十」オ
	東寺	雲仙	「上二十」ウ・「上廿一」オ
	清瀧	松庵	「上廿一」ウ・「上廿二」オ
	如意ヶ嶽	義章	「上廿二」ウ・「上廿三」オ
	黄檗山	大鳳	「上廿三」ウ・「上廿四」オ
	八坂	霞彩	「上廿四」ウ・「上廿五」オ
	音なしの瀧	半耕	「上廿五」ウ・「上廿六」オ

	三つか峰	雙石	「上七」ウ・「上八」オ
	指月山	左近衛府生岸慎	「上八」ウ・「上九」オ
	大内山	豊章	「上九」ウ・「上十」オ
	梅の宮	彤斎諧	「上十」ウ・「上十一」オ
	三條大橋	山熊彦	「上十一」ウ・「上十二」オ
○	三条大橋続き・男山前	※句のみ、見開き	丁付ナシ ※前後と糊付け
	男山	雲屏	「上十二」ウ・「上十三/十四」オ ※入木
	四明か嶽	清暉	「上十三/十四」ウ ※入木・「上十五」オ
	稲荷山	丹波介岸誠	「上十五」ウ・「上十六」オ
	東山長楽寺	七十三翁狻山	「上十六」ウ・「上十七」オ
	松之尾	梁舟	「上十七」ウ・「上十八」オ
	上加茂	圓山應立	「上十八」ウ・「上十九」オ
○	上加茂続き・廣沢前	※句のみ、見開き	丁付ナシ
	廣澤	圭璘	「上十九」ウ・「上二十」オ
	東寺	雲仙	「上二十」ウ・「上廿一」オ
	清瀧	松庵	「上廿一」ウ・「上廿二」オ
	如意か嶽	義章	「上廿二」ウ・「上廿三」オ
	黄檗	大鳳	「上廿三」ウ・「上廿四」オ
	八坂塔	霞彩	「上廿四」ウ・「上廿五」オ
	音なしの瀧	半耕	「上廿五」ウ・「上廿六」オ

	竜安寺	百仙	「上廿六」ウ・「上廿七」オ		竜安寺	百仙	「上廿六」ウ・「上廿七」オ
	霊山	黄文	「上廿七」ウ・「上廿八」オ		霊山	黄文	「上廿七」ウ・「上廿八」オ
	高臺寺	百年	「上廿八」ウ・「上廿九」オ		高臺寺	百年	「上廿八」ウ・「上廿九」オ
	通天橋	玉峰	「上廿九」ウ・「上三十」オ		通天橋	玉峰	「上廿九」ウ・「上三十」オ
	（和歌）	祐以	丁付ナシ ※最終丁の表と裏は貼り合わせ		（杖と笠図）	八十七叟可亭	丁付ナシ ※最終丁の表と裏は貼り合わせ
坤	項目（名所）	落款（筆者）	記載のある丁	下	項目（名所）	落款（筆者）	記載のある丁
	（序）	梅軒北村惇	「下一」オ ※初丁の表と裏は貼り合わせ		（序）	静香園丹蓉	丁付ナシ×2丁
					（桜図と和歌）	桜戸玉緒・たまを	丁付ナシ（半丁オ）
				○	真如堂	応文	丁付ナシ（半丁ウ）・「下二」オ
				○	大徳寺	景年歓	「下二」ウ・「下三」オ
				○	銀閣寺	萬年	「下三」ウ・丁付ナシ ※丁付ナシは、「上三十」ウと貼り合わせ
	大佛鐘	（松尾）秀山	「上三十」ウ・「下二」オ		大佛	（松尾）秀山	「上三十」ウ・「下五」オ ※「下五」の「五」は入木と思しい
○	天龍寺	梁渓祐親	「下二」ウ・「下三」オ				
	吉田	狩野縫殿助永岳	「下三」ウ・「下四」オ		吉田社	狩野縫殿助永岳	「下五」ウ・「下六」オ
○	蚕島の森	花堂	「下四」ウ・「下五」オ				
○	淀川	越前守岸岱	「下五」ウ・「下六」オ				
	平等院	直彦	「下六」ウ・「下七」オ		平等院	直彦	「下六」ウ・「下七」オ
	島原	華陽	「下七」ウ・「下八」オ		島原	華陽	「下七」ウ・「下八」オ
				○	島原続き	※句のみ、見開き	丁付ナシ ※前後と糊付け

	栂尾	萬延庚申初冬近江介原在照	「下八」ウ・「下九」オ
	西大谷	有美	「下九」ウ・「下十」オ
	祇園社	竹堂写	「下十」ウ・「下十一」オ
	嵐山	亮彦	「下十一」ウ・「下十二」オ
	円山	春泉	「下十二」ウ・「下十三」オ
	清水寺	董園祭魚	「下十三」ウ・「下十四」オ
	今宮社頭	友樵	「下十四」ウ・「下十五」オ
	下加茂	栄雅	「下十五」ウ・「下十六」オ
	双林西行庵	清曠	「下十六」ウ・「下十七」オ
	金閣寺	九岳岸英	「下十七」ウ・「下十八」オ
	槙の尾	九峰堂日東	「下十八」ウ・「下十九」オ
	御室	雅楽助岸恭	「下十九」ウ・「下二十」オ
○	宇治橋	友廣	「下二十」ウ・「下廿一」オ
	長岡	庚申晩冬桃谷	「下廿一」ウ・「下廿二」オ
	朝日山	寛斎	「下廿二」ウ・「下廿三」オ
	天王山	直愛	「下廿三」ウ・「下廿四」オ
	華頂山	来章	「下廿四」ウ・「下廿五」オ
	鹿ヶ谷法然寺	芳園	「下廿五」ウ・「下廿六」オ
	黒谷	菜村	「下廿六」ウ・「下廿七」オ

	栂の尾	萬延庚申初冬近江介原在照	「下八」ウ・「下九」オ
	西大谷	有美	「下九」ウ・「下十」オ
	八坂社	竹堂写	「下十」ウ・「下十一」オ
	嵐山	亮彦	「下十一」ウ・「下十二」オ
○	嵐山続き	※句のみ、見開き	丁付ナシ ※前後と糊付け
	圓山	春泉	「下十二」ウ・「下十三」オ
○	圓山続き・清水前	※句のみ、見開き	丁付ナシ ※前後と糊付け
	清水	董園祭魚	「下十三」ウ・「下十四」オ
	今宮	友樵	「下十四」ウ・「下十五」オ
	下鴨	栄雅	「下十五」ウ・「下十六」オ
	西行庵	清曠	「下十六」ウ・「下十七」オ
	金閣寺	九岳岸英	「下十七」ウ・「下十八」オ
	槙の尾	九峰堂日東	「下十八」ウ・「下十九」オ
	御室	雅楽助岸恭	「下十九」ウ・「下二十廿一」オ
	長岡	庚申晩冬桃谷	「下二十廿一」ウ・「下廿二」オ
	朝日山	寛斎	「下廿二」ウ・「下廿三」オ
	天王山	直愛	「下廿三」ウ・「下廿四」オ
	花頂山	来章	「下廿四」ウ・「下廿五」オ
	鹿ヶ谷	芳園	「下廿五」ウ・「下廿六」オ
	黒谷	菜村	「下廿六」ウ・「下廿七」オ

北野森	中岳	「下廿七」ウ・「下廿八」オ	北野	中岳	「下廿七」ウ・「下廿八」オ
			○北野続き	※句のみ、見開き	丁付ナシ ※前後と糊付け
平野社	有美	「下廿八」ウ・「下廿九」オ	平野	有美	「下廿八」ウ・「下三十」オ※飛び丁
（跋）	魚泊孤芳	「下廿九」ウ・「下三十」オ・ウ	（跋）	黄雲亭稲雄誌	「下三十」ウ

五　両書の比較―名所の増減

さて、右に掲げた表1によれば、『山城名勝風月集』で新しく追加された名所は、「吉水湯泉」「四條銕橋」「真如堂」「大徳寺」「銀閣寺」の五箇所である。注目すべきは、冒頭の二箇所だ。

「吉水湯泉」は、京都円山にあった人工湯泉で、也阿弥ホテルとともに、円山を象徴する存在であった。図版10の三層の楼閣がそれで、明治六年〈一八七三〉に京都の近代化政策の推進者であった明石博高が金閣を摸してして作ったものという。[5]もともと、この付近には安養寺の塔頭として六阿弥坊があり、明治十二年〈一八七九〉に長崎県人の井上万吉が塔頭の也阿弥などの施設をを買収し、洋風に改造して開業したのが也阿弥ホテルである。ピエール・ロティやフェノロサ夫妻なども利用したという。図版11の絵葉書（制作年不明、部分）と比較すると、省筆ながら実景をよく写した図であることが判る。

「四條銕橋」は、明治七年〈一八七四〉四月に架けられたもの。幕末の安政三年〈一八五六〉に架けられた四条大橋は、石柱を立てた上に板を敷いたものだったが、[6]明治六年〈一八七三〉の洪水で破壊され、翌年に鉄橋として改架された。図版12はその鉄橋を描いている。なお、この鉄橋は明治四十四年〈一九一一〉まで使用され、その後は鉄筋コンクリートのアーチ橋に架け替えられた。図版13の絵葉書（制作年不明、部分）と比較すると、橋脚の構造など、よく写していることが判る。

ところで、明治期の俳諧一枚摺の中には、蒸気機関車や洋燈など、新時代の風俗を挿絵に取り入れたものがある。[7]本書が「吉水湯泉」「四條銕橋」を載せたことにも、そうした一枚摺と共通する志向性を見ることができよう。先に引用した稲処の序文に「当今眼新しきを専らとなすがゆへなり」とあったのは、まさにこのことを言っていたのだと理解することができる。また、当時の名所の実態を反映させた例として、「祇園社」の名称が「八坂社」に変更されていることも指摘できる。「八坂神社」の名称は、明治元年〈一八六八〉五月三十日付布告を法源にしており、それ以前は「祇園社」あるいは「感神院」の名称が普通であった。

なお、他の三箇所、「真如堂」「大徳寺」「銀閣寺」が追加された具体的な理由は不明である。取り敢えずは、それぞれ京都を代表する著名な名所であるからだと考えておきたい（たとえば、文字富之助編『開化絵入京都見物独案内』（明治十三年〈一八八〇〉三月）等々、当時の名

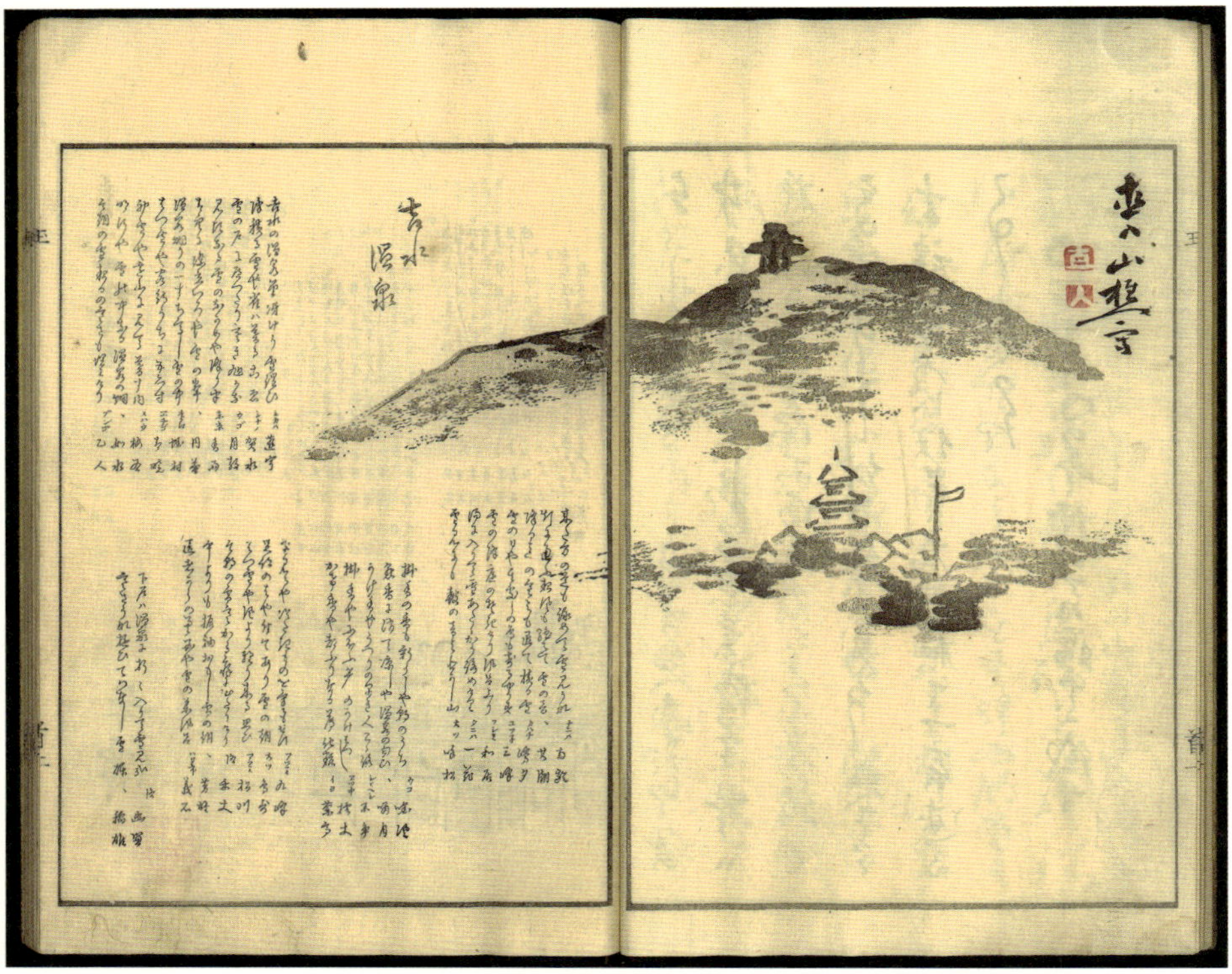

（図版10）『山城名勝風月集』「吉水湯泉」（個人蔵本）

（図版11）吉水湯泉（絵葉書「京都圓山公園」部分）

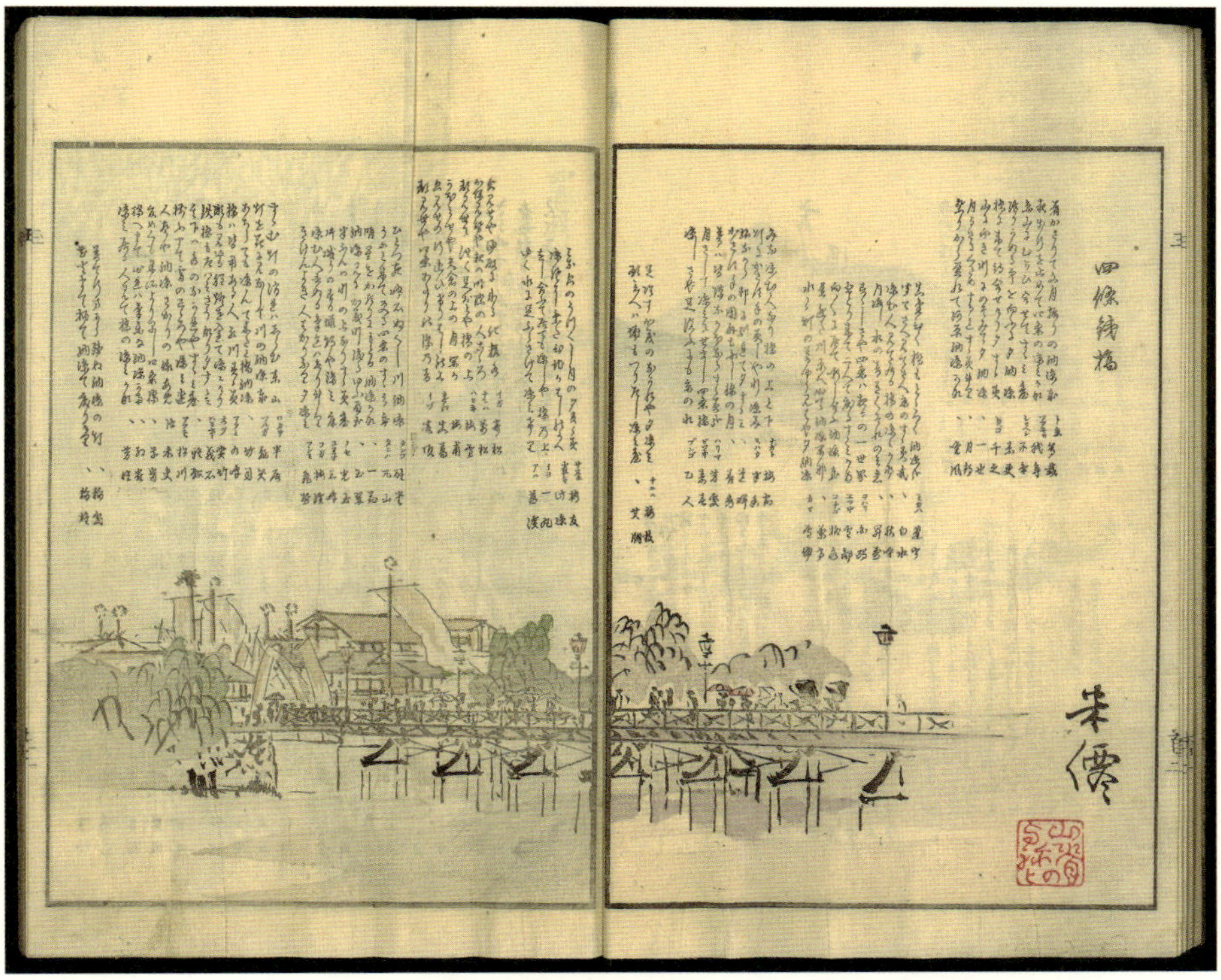

（図版12）『山城名勝風月集』「西城銕橋」（個人蔵本）

（図版13）四条鉄橋（絵葉書「京都四條大橋」部分）

所案内にも、当然漏らさずに記載されている）。

いっぽうで、「籬か島」「天龍寺」「蚕島の森」「淀川」「宇治橋」の五箇所が削除されている。その具体的な理由も不明だが、天龍寺に関しては、当時伽藍が焼失していたためと推測することができる。すなわち、元治元年〈一八六四〉七月の禁門の変（蛤御門の変）に際し、天龍寺は長州藩の宿営地であったため、追撃してきた薩摩藩の兵火にかかり、堂宇を悉く焼亡してしまった。その復興は、多宝塔が建立される昭和九年〈一九三四〉にまで至ることは、諸書に触れられている通りである。

以上、『たまひろひ』と『山城名勝風月集』を比較してきた。その改題改刻の特徴をまとめると、以下の四点になろう。①『山城名勝風月集』は『たまひろひ』の挿絵の板木を利用している、②序跋と題字、発句部分が全て差し替えられている他、収録された名所に増減がある、③以上の改編を実現するため、袋綴の柱の部分を糊付けして製本した箇所がある（やや珍しいやり方で製本をしている）、④その結果、再版当時に相応しい名所（とくに冒頭の「吉水湯泉」と「四條銕橋」）を収録することで新味を出し、また入集句を約三倍に増加させることができた。

六　『都名所画譜』

さて、以上が『たまひろひ』から『山城名勝風月集』への改題改刻のあらましである。しかし、『たまひろひ』の板木の命脈は、以上で終わりとはならなかった。明治二十七年〈一八九四〉二月に大坂で編集発行された『都名所画譜』（上下二巻）で、いわば「再々利用」されるのである。同書は、国際日本文化研究センターの「都名所画譜データベース」で参照することができる[8]。同データベースの解説には「本書は京都を中心にした古今の絵師たちの筆になる京都の名所画を編集したものと銘打ってあるが、その真偽は不明である」（平成30年3月27日参照）とあるが、じつは同書の六三図のうち五〇図が、『山城名勝風月集』の挿絵のみを摺刷したものであることが判明する。

以下、実際に調査し得た早稲田大学図書館蔵本（チ4・246）により簡単に書誌を記す。大和綴で大本二冊、原装の濃緑色表紙（二三・九cm×一七・五cm）に原題簽（中央無辺「都名所畫譜　巻之上（下）」）を備え、扉に「古今諸名家図画／都名所画譜／版権所有／青木嵩山堂出版」とある。念のため匡郭（「高雄」挿絵部分の内法）を測ると、『たまひろひ』（A．雲英文庫本）が二〇・八cm×一四・五cm、『山城名勝風月集』（イ．個人蔵本）が二一・〇cm×一四・七cm、『都名所図譜』が二〇・八cm×一四・六cmで、ほぼ同寸であった。

なお、『たまひろひ』と『山城名勝風月集』の挿絵の色味は寒色系（青系）が強いが、『都名所画譜』は暖色系や緑が強く、いっけんすると雰囲気がかなり異なる。しかし、匡郭の破損などの特徴を追っていくと、『山城名勝風月集』の板木を利用していることは明らかである。

そこで、収録された名所に私に番号を振りつつ、『山城名勝風月集』を利用したものに〇、そうでないものに×を付した（表2）。

また、本書の製本も特殊である。『山城名勝風月集』を利用した部分は袋綴じだが、そうでない挿絵は一枚の紙に見開きを刷り、それを半分に谷折りにした折目部分の裏側に紙製のヒンジを糊付けし、そのヒンジ部分を綴じ合わせている。その上で、柱にあたる部分で前後の用紙と糊付けしている。

なお、『都名所画譜』は、『山城名勝風月集』の如意山人（谷鐵臣）の題字「鍾秀」も利用しているが、関防印は刷られていない。いっぽうでCの『たまひろひ』と『山城名勝風月集』で用いられていなかった「男山」の樹木の幹の色版がそれぞれ復活していること、さらに「四條鐵橋」の背景に山影の色版が追加されていることも、併せて指摘しておきたい。

おわりに

幕末・明治期の俳諧一枚摺には、挿絵はそのままで句のみを差し替えた例をしばしば目にする。とすれば、『山城名勝風月集』も、同様の発想から企画されたと考えられるように思う。版元近江屋又七の経済的収支を具体的に明らかにすることはできないが、残された伝本の多さ（諸機関に所蔵される他、古書肆の目録で目にすることもしばしばある）からすると、『たまひろひ』、『山城名勝風月集』とも、大いに成功を収めたと想像される。その上で、さらに青木嵩山堂に板木を譲渡（売却）できたとなれば、その経済的効果は充分なものであったと想像することができよう。また、このことは、幕末から明治期にかけて、名所を主題とした刊行物に流行があったことを想像させる。

稲雄と稲処が『日本名勝風月集』（明治十九年〈一八八六〉跋）を刊行していることも、その想像の裏付けとなろう。また『たまひろひ』『山城名勝風月集』の両書に序文を寄せた増山丹蓉（文政十年～明治三十四年〈一八二七～一九〇一〉）に、『東京名勝画詞』（明治二十年〈一八八七〉刊）、『続東京名勝画詞』（明治二十三年〈一八九〇〉刊）の編著があることも注目される。同書は、東京の名所が主題であること、発句だけでなく漢詩・和歌も収録することが特徴だが、その体裁は『山城名勝風月集』を彷彿とさせる。そもそも、烏岬の編著も大半が名所を主題としたものであるし、大阪の版元である青木嵩山堂が京都の名所図譜の出版を企画したことも、その想像の裏付けとなろう。幕末・明治期の他の名所句集や名所詩集、あるいは名所案内や名所画譜などを相互に比較すれば、当時における名所を主題とした文芸活動の具体像が、より明確に見えてくるように思う。今後の課題としたい。

（表2）『都名所画譜』『山城名勝風月集』対照表

	『都名所画譜』巻之上		
		名所	『山城名所風月集』当該丁
×	1	宇治橋	
×	2	鳳凰堂	
×	3	淀城水車	
×	4	清水瀧	
×	5	詩僊堂	
×	6	東山雨中	
○	7	高雄	「上二」ウ・「上三」オ
○	8	野々宮	「上三」ウ・「上四」オ
○	9	神泉苑	「上四」ウ・「上五」オ
○	10	永観堂	「上五」ウ・「上六」オ
○	11	南禅寺	「上六」ウ・「上七」オ
○	12	三津ヶ峯	「上七」ウ・「上八」オ
○	13	指月山	「上八」ウ・「上九」オ
○	14	大内山	「上九」ウ・「上十」オ
○	15	梅之宮	「上十」ウ・「上十一」オ
○	16	三條大橋	「上十一」ウ・「上十二」オ
○	17	男山	「上十二」ウ・「上十三」オ
○	18	四明ヶ嶽	「上十四」ウ・「上十五」オ
○	19	稲荷山	「上十五」ウ・「上十六」オ

	『都名所画譜』巻之下		
		名所	『山城名所風月集』当該丁
○	1	銀閣寺	丁付ナシ（半葉のみ）
×	2	皇居	
×	3	北野菅廟	
×	4	宇治米かし	
×	5	比叡山より琶（ママ）湖を望む	
×	6	祇園垂纓桜	
×	7	西大谷	
×	8	八瀬	
○	9	真如堂	丁付ナシ・「下二」オ
○	10	大徳寺	「下二」ウ・「下三」オ
○	11	大佛	「上三十」ウ・「下五」オ
○	12	吉田社	「下五」ウ・「下六」オ
○	13	栂の尾	「下八」ウ・「下九」オ
○	14	八坂社	「下十」ウ・「下十一」オ
○	15	嵐山	「下十一」ウ・「下十二」オ
○	16	圓山	「下十二」ウ・「下十三」オ
○	17	清水	「下十三」ウ・「下十四」オ
○	18	今宮	「下十四」ウ・「下十五」オ
○	19	下加茂	「下十五」ウ・「下十六」オ

○	20	東山長楽寺	「上十六」ウ・「上十七」オ
○	21	松尾	「上十七」ウ・「上十八」オ
○	22	上加茂	「上十八」ウ・「上十九」オ
○	23	廣澤池	「上十九」ウ・「上二十」オ
○	24	東寺	「上二十」ウ・「上廿一」オ
○	25	清瀧	「上廿一」ウ・「上廿二」オ
○	26	如意ヶ嶽	「上廿二」ウ・「上廿三」オ
○	27	黄檗	「上廿三」ウ・「上廿四」オ
○	28	八阪塔	「上廿四」ウ・「上廿五」オ
○	29	音なしの瀧	「上廿五」ウ・「上廿六」オ
○	30	竜安寺	「上廿六」ウ・「上廿七」オ
○	31	四條鐵橋	「首二」ウ・「上一」オ
○	32	高臺寺	「上廿八」ウ・「上廿九」オ
○	33	通天橋	「上廿九」ウ・「上三十」オ

○	20	西行庵	「下十六」ウ・「下十七」オ
○	21	金閣寺	「下十七」ウ・「下十八」オ
○	22	槙の尾	「下十八」ウ・「下十九」オ
○	23	御室仁和寺	「下十九」ウ・「下二十／廿一」オ
○	24	長岡天満宮	「下二十／廿一」ウ・「下廿二」オ
○	25	朝日山	「下廿二」ウ・「下廿三」オ
○	26	天王山	「下廿三」ウ・「下廿四」オ
○	27	知恩院山門	「下廿四」ウ・「下廿五」オ
○	28	鹿ヶ谷	「下廿五」ウ・「下廿六」オ
○	29	黒谷	「下廿六」ウ・「下廿七」オ
○	30	平野社	「下廿八」ウ

注

1. 早稲田大学近世貴重本研究会（雲英末雄・伊藤善隆・二又淳）「影印・翻刻『両兎林』」『早稲田大学図書館紀要』第54号、早稲田大学図書館、平成19年3月。『太平文庫58　英画図考』太平書屋、平成19年9月、を参照。
2. 「http://www.i-manabi.jp/system/regionals/regionals/ecode:1/25/view/3512」、平成30年3月29日閲覧。
3. 平成30年3月29日閲覧。
4. 同データベース「書誌注記」欄には「〈般〉捃玉集部分改刻改題本。〈版〉文久2刊の後修／多色摺。」、「〈般〉『たまひろひ』（Ｎｏ．６８4）の挿絵（他の類書版本も使用か）の版木を流用し発句を変えて刊行　ただし最初の2図・最終図については『たまひろひ』になし「右章」図はこの本に欠　過半は『たまひろひ』と一致するが一部異なる，都名所の絵入俳書」とある。
5. 『写真集成 京都百年パノラマ館』（淡交社、平成4年7月）を参照。
6. 『花洛名勝図会 東山之部』（文久二年刊）に挿絵が載る。
7. 拙稿「俳諧一枚摺に見る明治」（『文学』第六巻第二号、岩波書店、平成17年3月）。
8. 「http://www.nichibun.ac.jp/meisyozue/gafu/c-pg6.html」、平成30年3月29日閲覧。

付記

本稿をまとめるにあたり、『たまひろひ』『山城名勝風月集』の図版掲載をお許し下さったホノルル美術館に厚く御礼申し上げます。同書の調査にあたり、Sean O'Harrow ホノルル美術館長、Shawn Eichman 東洋美術部長、Stephen Salel 学芸員、南清恵リサーチアシスタント、Scott T. Kubo デジタルイメージングスペシャリストの皆様には、大変に御世話に与りました。厚く御礼を申し上げます。また、『たまひろひ』『都名所画譜』の調査にあたり、早稲田大学図書館古書資料室の皆様に大変お世話になりました。厚く御礼を申し上げます。本研究はJSPS科研費JP26300020の助成を受けたものです。

桃隣舎文辰著『〔池西言水四季独吟評釈〕』について——近世後期における元禄俳諧評釈——

伊藤　善隆

はじめに

本稿は、ホノルル美術館リチャード・レイン コレクションに所蔵される『〔池西言水四季独吟評釈〕』（所蔵番号 TD 2017-2-211）を翻刻紹介するものである。当該資料は、言水の発句を集めた「四季独吟」（宝永四年〈一七〇八〉奥）に、桃隣舎文辰という狂歌師が加えた注解（文政十三年〈一八三〇〉序）である。文辰の注釈は、「四季独吟」成立から百十三年後のものだが、同じ江戸期のいわゆる「古注」として貴重な資料である。

一　池西言水・桃隣舎文辰

池西言水（慶安三年〜享保七年〈一六五〇〜一七二二〉）は、奈良の出身。父柳以《りゆうい》の影響で年少期から俳諧に親しみ、延宝期に江戸で談林派の一人として頭角を現した。のち新風樹立を目指して松尾芭蕉や椎本才麿らと連携して活動、やがて独自の作風に進み、天和二年以降は京都に移って俳壇に勢力を拡大した。代表句「木枯の果てはありけり海の音」によって「木枯の言水」と呼ばれた。

桃隣舎文辰（安永二年〜天保六年〈一七七三〜一八三五〉）は、現在はあまり有名ではないが、地元の武生ではよく知られており、百回忌には石橋重吉『越前武生文辰狂歌集』（非売品、文辰百年追遠会、昭和10年4月）が刊行されている。同書の「はしがき」（石橋氏稿）によれば、文辰の本姓は平野氏、通称は竹屋利兵衛、出身は泉州堺とも伊賀とも言われるが詳細は不明。天明年間に祖父文吉に連れられて武生に移ったといい、大心寺に両親の墓が残っている。化政期から天保期に全盛を迎えた越前狂歌界の主要人物の一人で、山本輪田丸の『南越五十人一首狂歌袖食籠』（文政九年〈一八二六〉刊）にその画像が載り、狂歌・連歌・俳文などを抜書きした『掃溜集』（文辰自筆、文政六年〈一八二三〉奥）が残されているという。なお注目すべきは、同「はしがき」に見える以下の記述である。

彼が書残したものに、前記「掃溜集」の外、池西言水の「四季獨吟」を評釋した自筆本一巻があることを附言して置く。この書には彼が天保元寅年の序と、文政十三寅とし七月桃隣舎文辰解の奥書があり、「掃溜集」と同じき落款を用ひてある。もと武生町某氏の所持であつたが、今は同町幸區前澤宗一氏の所藏になつてゐるのを一見した。この書によつて彼は狂歌の外、俳諧にも一鑑識を有してゐたことが窺はれ、追慕の念が深くなつてきた。

傍線部で言及される「自筆本一巻」の説明は右に限られ、残念ながら写真も掲載されていない。しかし、同書に載る他の文辰自筆資料の写真と比較すれば、本稿で紹介しようとする評釈も文辰の自筆として良い。また、傍線部では、当該評釈を「自筆本一巻」と説明しているが、同書では冊子本も「冊」ではなく「巻」を用いて示している。とすれば、（文辰が何冊か同内容の自筆本を作成した可能性が皆無とは言えないが）右の引用で言及される「自筆本一巻」こそ、本稿で紹介する文辰の評釈であると推定することができるのである。

二　本書に注目する理由

さて、「四季独吟」は、言水が堀江氏梅水（未詳）に与えたもので、四季発句一一〇句を収録する（「独吟」といっても連句ではない）。この「四季独吟」は、荻野清『元禄名家句集』（創元社、昭和29年6月）、松尾靖秋「池西言水」（『俳句講座 第二巻』明治書院、昭和33年11月）をはじめ、宇城由文『池西言水の研究』（和泉書院、平成15年3月）、田中善信『元禄名家句集略注 池西言水篇』（新典社、平成28年3月、本稿では以下『略注』と略記）にも関連する記述はない。とすれば、言水関連資料として新出のものと考えられ、『略注』に収録されない二五句（2・6・13・15・16・31・32・35・46・51・58・61・65・68・69・72・81・91・92・94・97・103・105・106・110）の存在は注目に値する。

また、序文によれば、文辰の評釈は、応身窟のあるじ（未詳）の依頼に応じて書かれたものというが、江戸期における「元禄俳人」の発句評釈としても貴重である。そもそも、芭蕉以外の元禄俳人の評釈は、江戸時代にあっても珍しい。また、言水の場合、『初心もと柏』（享保二年〈一七一七〉刊）で自句一四二句にごく簡単に注を加えてはいるが、文辰の評釈ほど詳しくはない。試みに両者を比べてみると、難解な句であっても、文辰は言水の自注とほぼ同様に解釈していることが確認できる。しかも、文辰自身は『初心もと柏』を参照していないようだ。すなわち、26「何ぼとけ」の句は『初心もと柏』に拠れば言水の妻の追悼句であるが、文辰はそのことに触れていないのである。とすれば、作品の成立から百十三年後の評釈とはいえ、文辰の確かさは同じ近世期の解釈（古注）としての大きな価値を持っているといえるだろう。

その古注としての価値は、現代の評釈と比較することで、より明らかになる。48「二の鳥居こゆる迄なし郭公」を、たとえば現代の『略注』は「二の鳥居を越えるまでもなかった、ホトトギスの鳴き声は。二の鳥居を越える前にホトトギスの声が聞こえたのである」と解釈している。もちろん誤りはないが、この句の作意については言及がない。いっぽうの文辰は、姿の見えない天照御神の御神徳を、やはり声は聞こえても姿の見えない時鳥にたとえて感賞したのだと、その作意を指摘している。また、42「夙に起て妻にはせをぬはせけり」を、『略注』は「朝早く起きて妻に芭蕉布を縫わせている。これも旅の途中九州で見た光景であろう。バショウは俳諧では秋のあわれを代表する植物として扱われているが、九州に来てみたら生計を支える重要な収入源だったのである。その意外さを詠んだ」と解釈している。いっぽう、文辰は、秋の悲しさを詠むのに破れた芭蕉を妻に縫せたという「迂詐《ウツ》」を上手についた趣向であると解している。たしかに、『初心もと柏』の自注には「つとは朝速也。はや秋風のもろくその葉を割ク此悲ミ」とあって、収入源や意外さには触れずに「悲ミ」を強調している。とすれば、やはり文辰の解の方が、言水の作意には近いと考えることができるだろう。

おわりに

現代人の感覚からすれば嘱目や写生の句であっても、文辰の評釈は積極的に「寓意」を読み取ろうとする傾向が強い。たとえば、文辰は「表」と「裏」の句意を考え、「裏」には「諷諫」や「観念」などの寓意がある等々と解釈するのである。賛否の分かれる句もあるとは思うが、これを逆にみれば、〝写生〟を重んじる現代人の感覚に頼っているだけでは、当時の俳人たちの〝作意〟を充分に理解することはできないとも言える。このように、文辰の評釈は、俳諧注釈のあり方を考える上で大変示唆に富むものである。

書誌

書型……写本一冊。大本（縦二四・四cm×横一六・六cm）。袋綴じ。楮紙。

表紙……摺付表紙。表紙は熨斗模様散らし、裏表紙は歌川国安の浮世絵美人画を用いる（浅野秀剛氏のご教示による）。

題簽……なし。

序文……序題なし。「天保元年寅年　桃隣舎文辰［伊賀／文辰］（白文方印）」。

題署……内題「四季独吟」、署名「註文辰」。

写式……無辺無界。毎半葉十二行内外。やや大きい字で発句を示し、発句に対して一字下げてやや小さな字で評釈を記す。

字高……一八・二cm（序文初行「こは此頃～世の中の事」を計測）。

奥書……「文政十三寅とし七月　桃隣舎文辰解［伊賀／文辰］（白文方印）」。

丁数……全四五丁（墨付四五丁）。

凡例

翻刻にあたり、適宜句読点を補い改行を改めた。また、発句には、私に通し番号を付けた。

異体字等は一部を除き概ね通行の字体に改め、片仮名は一部を除き平仮名に改めた。また、合字の「ヿ」も「こと」、もしくは「ごと」と改めた。

濁点は適宜補った。ただし、原本に濁点が付されていたものには、その傍らに「•」を付した。なお、原本のフリガナに濁点が付されていたものは、都合上、その字の前に「•」を付した（例、「催馬楽《サイ•バラ》」）。

原本の各丁片面の終わりに当たるところに　」を付し、（　）内にその丁数および表・裏（オ・ウ）を示した。

難読の箇所は□で示した。虫損・焼損の箇所にはそれぞれ「（虫損）」・「（焼損）」とルビを付した。

参考のため、原本の一部を図版で末尾に示した。

翻刻

俳諧諸流
花開門発句　貞徳《松永》　立甫　聖頼　令徳　安静　四武　貞室
　　季吟　松堅　梅盛
伊勢流発句　守武《荒木田》　望一　止利
牡丹花家発句　肖柏《夢庵》　慶友　徳元　玄札
法師風発句　宗祇《飯尾》　宗鑑　天空　祇空
談林風発句　宗因《知山》　由平　高政
花開門楽流　貞宜　未得　湖春　一晶
洛陽ノ名家　一雪　和及　言水　我墨　信徳　竹亭　亀林
　　鷺水　方山　如泉　」(オ一)
津南ノ名家　弘永　貞因　玖也　旧徳　鬼貫　来山
東都ノ正風　桃青　其角　嵐雪　鼠行　貞佐　沾徳　不角
　　枳風　素堂　髫翁
近江ノ風流　松琵　尚白　木尊　許六　千那
尾濃ノ正風　知足　野水　越人　丈艸　支考
浪花ノ遺風　芳室　貞峨　三帷　淡々　」(ウ一)

こは此比応身窟のあるじ、世の中の事何くれとなくはなしの折から、懐にせしひとまきをとりで丶、是が中にひとつふたつこ丶ろえぬこと侍り、をのが思ふさまを句のかたはらにものしてよと賜ふを見れば、そのかみ富士の山に瘤のいできしころほひ、都に鳴りて凩の果はありけりなどいひし古狐也。されは言葉の玉を句々の尾先に顕はし、正風のひと化」(オ二)を変じて古儀十体の七化姿にばかされつ丶、眉につばする術をさへ忘れて、よるとも知らず昼ともしらず、こ丶ろのむばらかやはらを搔分、うまい口して味ひぬるを、かの馬の糞の饅頭とか、畑うつおのこの笑はゞわらへ、よしやおもふ事いはぬも、又はらふくる丶業なめりと、独ごちしてかいつけぬ。

天保元寅年　　桃隣舎文辰［伊賀／文辰］（白文方印）」(ウ二)

四季独吟　　註文辰

試筆　　言水

1　おもひ出づ赤人に迄の鏡餅

思ひ出づ赤人に迄のトいふ詞に、玉津嶋、住吉、人麿、和歌三神の掛物、言外に有。筆の試ミに一首一句をつらねて備ふる時、赤人の事を思ひ出せる也。されば古今集の序にも、山の辺の赤人といふ人あり、歌にあやしくたへなりけり、人丸は赤人のかみに立ん事かたく、赤人は人丸の下に立ん事かたくなんありけると云々。是を碁に譬ていはく、先々せんほどの違ひなりと。此所を言水よく心付て、赤人にまでの鏡餅と心のうちにて備へしは、末世迄又なき手柄、此道信仰のいさをし、上手と成べき三神の御恵なるべし。」(オ三)

夜卯花と云題にて

2　卯花も白し夜半《ナカ》の天河

うの花もト云もの字、一句の眼なるべし。天の川に糠星集リて白く川の流る丶如くにみゆ。よりて銀河共云也。此光を受て夜の卯花も白くみゆるとは、よく心を用ひたり。又天河は秋のみと思へども然らず。能因法師の雨乞の歌に

〽天の川苗代水にせきくだせあまくだります神ならばかみ
いで《出羽》羽なるきさかたの浦にたびねして

3 夜や秋や蛩の痩子や鳴鴎

此句初心ならば、長き夜や蛩の痩子に鳴かもめ、などゝいふべし。夜や秋やと（虫損）わけて云たる詞、上手の業（虫損）なるべし」（ウ三）。夜や秋やとは、夜も夜、殊更に秋の長き夜、といふ義也。その上に、やせ子の乳のたらで泣のみか、汀の鴎迄も鳴立て、旅ねの長き夜に取添て、いとかしましくも物うかるべき体、思ひやるべき也。や文字三所有て耳立ず。是又上手の手際なるべし。

4 木がらしの果はありけり海の音

夜のほど、どう〳〵と吹たる凩の、さすがに夜明ぬれば吹やみて、籬なんど吹倒れたるのみ名残にて静に成たる時、此句を味ふべし。其木がらしの果と思ふは、たゞいつも聞く海の音を□□（虫損）、扨は果といはゞいふべきと也。凩に果は有りといふ所が、面白き曲節なるべし。人情にとりていはゞ、非有非無、生死の悟道にも至るべけれ共、名句に評を入るれ（ママ）、却て句の意味浅くなるもの」（オ四）なれば略し侍る。翁の、古池や蛙飛込水の音、といふ句のたぐひにて、筆紙舌頭に尽し難きもの也。只あとの淋しさを思ひやるべし。

立春

5 かすみけり比恵は近江の物ならず

此句、一わたりは聞え安く、立春の日、年の改ニ付霞立そめてみれば、日枝は近江の物ならずと始て思へりと也。常ニは湖水を渡る船など、ひえおろしなどゝいひて、我近江の物と思ひしと也。抑、俳諧は滑稽なりと東花坊のいへる、是諷諫なりといふ事也。此句表計にては何の詮もなし。物によそへて人を諫《イサム》るゆへに滑稽也、道也。其道となるべき所は、句の裏にあり。人欲の私にて、人の国の山（虫損）迄我物と思ふ、万事皆斯のごとし。可慎事也。」（ウ四）

東門主一如様依御所望

6 つ（焼損）りそめて蚊や面白き月夜哉

□□（焼損）御門主を始て拝顔の時なるべし。蚊屋面白きとは、うつとし□□□（焼損）ながら夫よりも月夜の光りをみれば、物思ひもなく面白□□□□（焼損）人を月に譬え、をのれを蚊屋にとりなし、其うつくしい□□□□（焼損）月をみれば、世に有がたくと御挨拶申上たるよしなるべし。□□□□（焼損）しき所を見付たる句作なるべし。

7 □□□□（焼損）外にいでゝ
□□□□□（焼損）二日の月もちから哉

□□□□□（焼損）といへば、他の句なるべきを、是は鳴子ひくといへるにて」（オ五）□□□□□（焼損）二日の月も力哉といへり。すべて□□□□□□（焼損）外から陰言をいふやうニ成て作りごとに成り安し。□□□□□□（焼損）狂歌等の教も歌は身にひしと引受てよむなり。□□□□□□（焼損）かりほの庵の御歌も天子自ラ民の身の上になり給ひて□□□□□□（焼損）されし也。別して恋《コヒ》の歌は大名、乞食等にても皆□□□□□□（焼損）てよまざれば歌ニならず。発句も又しかあるべし。去ながら、□□□□□（焼損）自の句ニすべきといには非ず。其題其句の模様によるべし。

訪閑人

8　炉しづかに凩の葉ぞ物狂ひ

爐静にといふ詞に、観念などして心をすまし居る人のさまみゆ。さる折から、凩にちる木の葉は乱れて物狂はしからんといふ句也。此凩の葉は、をのれ也。心を澄し居る人を訪ひ行て、却て心□（虫損）騒がしぬる我こそ、木がらしの葉の如く物狂ひ」（ウ五）ぞと、卑下の詞を句の底に含めたる上手の仕業也。炉静には、閑人訪我は凩の葉ぞと詞を入てみるべき也。余情に詞を云残すが名人也。

としのあした

9　年玉にむめ折小野の翁哉

常の在所親父ならば、蕪おほねなどをこそ年玉には送るべきを、梅の枝を折て送れる翁は、いはずとも只ものならず。世を遁れて□（焼損）物の貯へもなき人物なるべし。年玉の梅に心の香リ添ひて□（焼損）譁しく、何はなくとも斯こそ世には住たけれと覚え侍る。

10　ほと〻ぎす桜は杣に伐られけり

此句は、郭公と呼出して作者問答の句也。時鳥、汝はなんの能無き」（オ六）もの〻、却て仕合也。桜は花の王と呼ばれて尤名花なれ共、木にも又徳有がゆへに杣にきらる。汝は名高く人の恋慕ふ鳥なれ共、常に能ッなし。籠に入置ても友を呼て啼にもあらず。名は、冥途ノ鳥、無常ノ鳥、或は不如帰と鳴過時、不実と鳴て濃（ママ）業を進むるといふのみ。或は、死出の山に住む鳥などいへば、忌々敷ク、声とてもうるはしからず。又、庖丁すべき美味もあらぬが汝の幸にて、今無事に鳴事よと也。桜は花散り過て卯月に伐る〻ぞといへり。

山崎宗鑑の歌ニ〽かしましや此里過よ時鳥都のうつけいかに待らん

此宗鑑の大器を習ひ、言水も又郭公ニなづまず。世間一面ニ時鳥といへば、何かしらず、或は尋ねさまよひ、幾夜も待侘る句作。是は皆郭公の無常をす〻むるといふ意も知らず、声のよき悪敷の差別もなく、其もとを吟味せずして口真似句作と知らる。此一句、所詮は人に教て、花麗を好ず名聞をのがれて身の一生を安く暮すには、徒然中ニ云へる如、智者ハ愚者となり、感能ハ無能ニなるべしとの心也。げに多能なる者ハ人の為に一生をつかはれ労するもの也。蚕《カイコ》は煮られ、榛の木は掻る〻が如しと。」（ウ六）

於須磨十五夜

11　すまの秋三日月からは来ぬ人ぞ

物淋しき須磨の浦の月をみんとて三日月の始より来て待得るにはあらずと断りたる詞に正直を顕はし、去ながら手を打て此十五夜の月を見んとて来りしぞと也。此詞ニ又月の賞翫深し。若シ三日月から来て待居るあらば、道のついで成べし、我はわざ〳〵十五夜の月をみんと来りし、といふ心也。人ぞといひて我も籠れり。実なきやうにいひて、しかも実の聞ゆる事、有難句なるべし。須磨の秋とのみいひて、淋しみ句中に籠れり。

小春のそらに」（オ七）

12 山茶花に囮《ヲトリ》鳴日の夕かな

さゞん花の咲出て暖なる小春の空、軒に釣置籠の中なる鳥も鳴て友よぶ声賑はしく、花の春のやうにも思ひたるが、さすがに夕部になれば音もせず、寒く淋しきよし也。小六月、小春などいへども、自然ならぬはあとよりさめて、一しほに寂しきとなるべし。一切擠へし事はさめ安しと、媒囮《ヲトリ》ト二字にも書、又哉ハア、夕部哉ト歎息の哉也。至て淋しき由をいへり。

落花浮水

13 まておのれ桜敲し水馴竿

待てをのれと筏士を咎メたる詞、是虚より出て実也。みなれ竿」（ウ七）をつかふとて、波に流るゝ桜を叩きたれば、散たる花の名残さへ惜きニあたら気色を失ふをおしみていへる心、尤さもありぬべし。浮レ水といふ題を心の底に敷て作れる上手の業也。芝山殿歌道物語といふ書を見しに、地下の者共は歌は能くよめども題を敷といふ事を知らず、と仰られたり、三十一文字の歌さへ言外の余情を肝要とせり。わづかに十七文字の発句、余情なくして、姿計よくみゆる共、名句とはいひがたかるべし。十七文字、切に姿さへあれば能きといはゞ、梅柳桜等も画きてみる如し。神儒仏の三道には叶ひがたかるべし。俳諧は上手に迂詐《ウソ》をつく事なりと翁もいはれ、蓮二も儒仏の媒ともいひ、又誹木諫皷の用と知るべしともいへり。猶、儒仏老荘の間ダをつたひていふにて知るべし。

すゑつむはな」（オ八）

14 摘女わが世をいのれ紅の花

つむ女、汝が今紅花をつむ業は賤しくとも、此紅の花にあやかりて我世を祈れよ、生涯をいのれよ、と也。紅は高位高官の服色也。されば其上人たる御身の肌に添ふ紅の花なれば、汝等もあやかるやうにいのれよ、女は氏なうて玉の輿とかや云諺も有ぞよ、と教る也。

豊としの有さまを

15 時雨けり桜も稲木松柞《ハヽソ》

時雨は木々を染るものなれば、しぐれけりといへり。併、此しぐれは、今時雨の染（虫損）るにはあらじ。桜柞はいふに及ばず、時雨にも」（ウ八）紅葉せぬ常盤の松も、とよ年の秋なれば、稲木の役にとられて、掛干す稲の赤らみに染て、松の木迄も時雨の染て紅葉せしやうにみゆるよし也。時雨けりは、先達て時雨けりなと、なの字を入て疑ひてみるべき也。

鶏旦

16 比叡にこそ額の皺はあさ霞

きのふ迄は年の用意何くれと取集めたる閙敷さに、ひたひのしはも延る隙なし。然るに一夜の春に引かへて、日枝の山に朝霞のかゝりたる気色をみれば、額の皺も延たりと也。此こそト置たる手尓葉は、額の皺は延るなれと、」（オ九）詞の外にあましたり。かやうなるこそは、余りてにをはといふべきにや。

端午

17　薬玉や灯《トモシ》の花のゆらぐ迄

くす玉は薬草を集、五色の糸にてまき、此日是を翫べば、年中の邪気を除キ長寿を得るといへり。人の玉の緒はもとより、ともしの花もゆらぐ迄といへり。灯の花は光りなるべし。ゆらぐは、ゆるく也。五音通也。夜る迄も翫ぶよしなり。

古歌ニ〽小松曳初子のけふの玉はゝき手にとるからにゆらぐ玉の緒

此歌より出たる句なるべし。

」(九ウ)

更級にて

18　さらしなや馬の恩知る秋の月

更級山、姨捨山、同じ山也。田毎月ハ更科山ノ前ニ有。鏡台山、姨石、月見堂あり。馬の恩しるとは、海道より在所道の難所ゆへ、馬に乗行て月を見しにや、更紋《(ママ)》ノ記にも、馬の恩に預る事有り。但シ春耕には馬の田掻に苦労するを思ひ、四十八田毎のみのりたる秋の月を見て、馬の恩しるといふにや。何れにもあれ、句体面白く覚え侍る。

」(一〇オ)

駅路の冬

19　火燵いでゝ古郷こひし星月夜

旅のやどりの徒然なるに、巨燵を出て冴わたるほし月夜の空を詠ればゝいとゞ古郷恋しと也。咄し合ふ人もなきたびの火燵に一人あらん時、淋しさやる方なくて大空をみるさま、李白が 挙頭望山月 低頭思古郷 詩の心を思ひ出て作れるにや。古歌にも

〽大空は恋しき人のかたみかは物思ふごとに詠めらるらむ

東山の台にて

20　菜の花や淀も桂も忘水《ワスレ》

東山のうてなより見おろせば、菜花一面のさかりにて、淀川もかつら川も此花の黄なる色に川筋も埋れたる」(一〇ウ)如くになり、川有といふ事をわすれしといふをわすれ水と置たるもの也。忘水は野中の池の水有かと思へば、又から〳〵に干上りてなき也。よりて是を忘水といへり。尤一句気色面白くこそ。菜の花やノや文字ニ心なし。只呼出す迄也。

見つゝ行里げしき

21　見てゆくや早苗のみどり里の蔵

此見て行やノや文字は、疑ひにも非ず、呼出しにも非ず。見てゆくなりといふやうなるや也。一句は打聞たる通りにて、早苗のみどりノ青々としたる里のくらは、白壁など交りて、いろの栄へあひたるが、時候に付、人の心もいさましき気色なるべし。今此早苗も秋は此蔵につみ重ぬる事よと思ふ心も有にや。

」(一一オ)

爐はまだしあきのゆふべ

22　飛石に一葉〳〵よ秋の蘿

飛石に一葉〳〵の落かゝりたるが、吹とゞまりて、岩に蔦のまとひたるやうにみゆると、落葉を蔦に見立たる句姿、面白し。昔は、此見立句、専ら有し也。蘿ノ字つたともこけともよめば、炉はまだしといふ詞書に庭の寂を思ふていふならんか。さあれば、一葉〳〵の雨露にぬれて飛石にひつ付を秋の苔とみゆるといふにや。二つの心

あれども、こけの方がよろしからんか。

待恋

23　こぬ人よ炉中に煙る椎のから

初五、来ぬ人よといふニ眼をつくべき句也。こぬ人よ早く来りて此」（一一ウ）炉中に椎の殻のけぶるをも見よかし、宵より待々し思ひの胸の煙ぞよ、待うみてせめてもの心なぐさめにしゐを焼しに、夫さへかく数多になりて炉中のけぶる也、とかこつよし也。初五を、待宵や、人待てば、来ぬ人に、などゝいはゞ、此余情少しも有べからず。わづかよノ一字ニいまだ来ぬ人を眼前にみる如く恨ぬる所、よの字に妙ありと知るべき歟。又詞といふものも大事也。此句、栗のからといはゞ、いやしく聞ゆべし。

元日

24　はつ空や有の福禄寿無の悪魔

初春のあしたは、いかなる窮民も三日の糧あれば福禄あり。今日又一年を待えたれば、寿もえたりといふべし。是ぞ有《ウ》の」（一二オ）福禄寿也。又、今日はいかなる人の心にも鬼なければ、外より悪魔の来らんやうもなし。是無の悪魔也。詞かたく云たる𠑊の御尤句のやうなれども、人常に倹約にして悪心なくば、不断も又々此三日の如くならんト諷諫裏になきにしもあらず。

夏河

25　あまつさへ経木迄ふむ鵜河哉

なりわひの為とて鵜川の殺生をするさへ、後の世の罪のいたましきに、剰へ流潅頂などに残りし経木迄を踏むは、いか成悪敷因縁ぞや、其罪何事をして亡じてんと、一句の外に心を籠たり。是又諷諫也。武門の人はともあれ、一首一句をつらぬる人は、河狩など慎むべき」（一二ウ）事なりと諌る心なるべし。

其暁またしき高野山にて

26　何ぼとけ乗せ来る秋の山かづら

山かづらの隙白くなる暁、次第に紫の雲さへ出来るを、所がら三尊仏来迎の空に見なして、扨はいかなる仏をか乗せ来るぞと也。秋は西にして日の没する方、則人にしては春は生じ、秋は死也。よりていか成人の成仏せる姿を乗せ来るといふなり。尤高野山にてと有にてよく聞ゆべし。

当广寺におゐて義山和尚慢（ママ）陀羅の講談、其夜園所にやどりて」（一三オ）

27　有難や炉にふすゆめも仏達

其夜爐辺に臥たる夢に迄仏達を見しといふやうに聞ゆれども、さにては風雅の所なし。慢陀羅の講釈を聞たる僧俗あまた炉辺にざこ寐したる姿、何のへつらひもなく、うまくいねて夢みる有さまを仏達といふ義なるべし。然れ共、句には夢もと置ざれば不叶。炉にふす姿も仏達といふ時は、又只事のやうに聞ゆ。よりて夢もといひて夢の姿の仏達と云残す也。実に仏達を夢に見ば、言水も大俗也。さにはあらず。

湖上眺望

28 破レ鐘もかすむたぐひかにほの海 」(一三ウ)

はるかに湖上を眺メやるにつけて、此水底より三井の破鐘は上りしと聞、然らば其鏡の音も定てぼつとしたる音をや出すならん、今此海の霞て見ゆるが、その鐘もやはり此海の霞むたぐひの一つにてこそあるらめと也。かねの音をかすむたぐひといひしぞ珎らしく、此句の手柄とする所なるべし。

河東凉

29 ゆふすゞみ妬《ネタ》しや湖《ニホ》のあり所

河東の凉なれば、もとより川も水も有べければ、是にて心足りぬべきを、猶湖水の在所の遠きをうらみ、妬むこそ人情なれ。漸く昼の暑を凌ぎ、其夕凉ミにだに如此。千金の商人は万金の商人を妬く思ひ、旦暮彼レが上に立ん事をおもふ。」(一四オ)さある時は一生足る事を知る道なし。浅間敷ものは獣よりも物知れる人間にこそ侍れと、作者は世上の人の心をよく知りてかく諷諫したる句なれば、かくいふに付ては、作者の心は凉しき所、慥ニみゆ。常に人の望む事、是にひとし。可慎可悲。

ねたましや

30 女郎花うてば扇の匂ひかな

妬ましやと書しは、をのが心に応ぜざる女か、或は遊女などなるべし。是をめなへしに取なして、打ば扇の匂ひ哉とは、妬ましきまゝにうらみながら、扇にて背中などをうちたるに、其扇の移り香に、又いやましに思ひ増りたる由也。恋の情、尤深し。女郎花は仮もの也。今の人は祝などの時計と心得しや。」(一四ウ)

水鳥

31 夕ぐれや烏もふたつ池の鴨

此句、翁の〳〵枯枝に烏とまりけり秋の暮 といふ句ニは異なり、烏も二つ、池のかもも并び居て、賑はしきやうにて淋しき情ありて、面白く聞え侍るならん。詩、歌、連歌、俳諧歌、発句と名は替れども、元は一也。西行の歌は〳〵心なき身にも哀は知られけり鴫たつ沢の秋の夕暮、狂歌ニては長門大膳大輔様の歌に、鴫立沢ニて〳〵やう〳〵に烏一羽ぞ見つけたる鴫たつ沢の秋の夕ぐれ、とよまれたり。翁の句といひ此句といひ、淋しみ一やうならずして同じ心也。

元日

32 はつ春や人袴着て九折 」(一五オ)

常躰ならば、初春や人はかま着て爰かしこ、と只言にいふべきを、つゞら折といふて、山道ならぬ人家の台所へ爰かしこ上り下りするを九折といふて、百家の事を一口にいひおふせたり。是に付て、をのれも五六年以前せし句に〳〵花の春まづ蓬莱の山めぐり、といふ句、いかゞと思ひ、句のやうにもあらず思ひしが、なき事にもあらぬにや。

初夏

33 うの花に道あり牛のひとつ鳴キ

草木など生《ヲヒ》茂りたる夏の朝まだき麓道をたどり行に」（一五ウ）卯の花はいと白くみゆれども、いまだ人影もみへあへぬに、牛の一声吼たるにぞ、扨はあのうの花の中に道ありと知る一句の姿、余情面白くも能くいひおふせたる作意なるべし。人おのが行道より外はなきと思ふ、皆誤り也。万事に付ても此ことはりあり。此句もをのれにしかずと思ふ心を慎めとの心有。

虫撰

34 つたなしやむし吹中に尼ひとり

此句、虫吹中に尼も打交りて共に虫をとりて遊ぶと聞くは、殺生戒を破りて句といふ物にもあらぬ方へ走るべし。此尼は、もとめのとなどの尼になりて、嵯峨野などに住るを、ゆへある人々の虫狩に参り給ひて、無拠其場所迄伴ひまいりて、尼はひとり見て立るさまなるべし。此尼手を下して殺生をするにはあらねど、其罪はのがれがたし。よりて因縁のつたなし」（一六オ）やといふ五文字と見るべきものならん。喧嘩好める人とつれ立ゆかば、其かゝり合ひの罪遁れがたし。是にて知るべしとぞ。

ふゆ河

35 ふゆ川や父の日かえる狩梁《ヒトツハシ》

奥山家の人、諸用有て市中に在しが、今日父の命日也とて帰る道のさま也。山家人は心正直なれば、孝道も忘れず、寒キに桟を渡りて帰る有様、尤哀なる句也。廿年計以前、加賀の人の句なりとて〽冬の川売らるゝ牛の渡りけり、といふ句承り、わすれがたく覚へしが、今此冬川の句、夫《ソレ》にも増りて覚え侍る。是孝道に叶ふがゆへ、さ覚えつ。

さわらび

36 をしゆがむ蕨も風のゆくてかな」（一六ウ）

只句の表は、吹風の行手にわらびの吹ゆがめられたるよし也。蕨もといふもノ字に心を付てみれば、夷叔《イシユク》兄弟周の使に背きたるを、此わらびも周の物ならずやと、此道理に押ゆがめられ飢死したり。されば此風の行手は、武王の威風也。句の表はたゞ蕨の事なれども、此故事なくては一句動くべし。薄も尾花も土筆もおしゆかむ風の行手哉となるべき也。上手は何となく故事などをつかへども目立ず。下手は云過て目立也。此所を味ふべし。

加茂の祭

37 見て出むふたつ鏡に葵草

かも祭り見に行女の、先我姿をみていでんと也。ふたつ鏡」（一七オ）といふに、即葵ぐさの二ッ葉の心をももたせしにや。かもの祭りは別して曠がましく、尤あふひ草はかざしにさすなればさも有ぬべし。但シ女の心にてよめるなるべき歟。男もかけぬにはあらず。さればなべての人とみるか。

初鴈

38 後から物めさせけり厂の声

うしろから物召せけりといふにて、貴人高位の姿みゆ。初厂は八月十五夜の月に渡るといへば、夜寒の比也。空行はつ厂の声にふと立出て御覧ずるを、夜さむの風を厭ひて、御侍衆などの、後から羽織めさせられたるなるべし。時節と云貴人の姿と云、夜寒の風も眼前ニみるが如し。妙と云べきのみ。」（一七ウ）

難波江にて

39 誰が礫氷の上の玉がしは

玉柏ハ石の一名也。句の表は、浪花江に氷張つめて銀池共見なしたるに、いか成いたづら者ぞ、此氷の上につぶての石を打しと咎メたる詞也。但シ此句はかやうに計聞ては難波江にてといふ詞書の詮なく、いづ方にもなるべし。よりて作者の心の底に、むかし此堀へ善光寺の如来を打込しは守屋のおとゞ也、今はた打たる礫こそ何者なるにや、といふ心こもれり。

元日催馬楽」（一八オ）

40 夫《ツマ》にせよ妻にせむ我レ手に安し松の羽

元日、乙女子の羽子を突遊びしに、門松に掛りぬるをみて、男のいへる詞也。我とる事手に安し、取て得させん、さあらば我を汝が夫にせよ、さもあらば我又汝を妻にせん、といふ義なり。手に安しは、たやすしの詞、夫にせよ、妻にせん、といふは、催馬楽《サイバラ》の諷ひ物なるべし。さいばらハ諸国より禁裏へ貢物を奉る時、馬に付て引来り、此唱歌をうたふ。後には此事なく、其かた計残りて、今も催馬楽とて諷ひ物になりぬ。我師友足、其駒といふを京師にて習ひ、我も一度承りし事有。古代めきたる音声なりし。すべて千歳といふを始、謡物の名十一有云々。其うたひ物の詞を取て一句を仕立たる也。」（一八ウ）

傾城にかはりて

41 身を思へばいなする蚊屋のほたる哉

傾城にかはりてとは、我身傾城の心になりて仕立たる句也。身を思へばとは、勤の身は籠中の鳥同前なれば、我身につまされて、蚊屋の内に放して詠めし蛍を庭へにがし出すよし也。げにをのが身を思はゞさも有ぬべし。哀ふかし。

立秋

42 夙《ツト》に起て妻にはせをぬはせけり

芭蕉響て初て秋の来ることヲ知ると聞さへ秋の来るは悲しきに、朝」（一九オ）とく起てみれば、はせをの破れてあるは、秋も早末になりたる心地して苦しければ、妻に縫せけりと也。いと珎らしく、翁のいへる迂詐《ウソ》を上手につきたる趣向也。但し、はせを葉のひゞく音を聞て悦ばんとにはあらねど、年も半を過、芭蕉のやぶれて次第に秋も更行をいたむ心なるべし。かへすぐ\もばせをの破れを縫はすといふ哇、風雅の実情に至るべし。

たには《丹波也》路のかへさ《帰るさノ略》に朱雀をとをりて

43 嶋原や根葱《ギ》の香もあり夜るのあめ

しめやかなる夜の雨に、名にしおふ嶋原も、伽羅の香に打交りて、葱の香も聞ゆるよし也。淋しき体也。伽羅の香を」（一九ウ）いはずして、ねぎの香もと、もの字に呼出したる所、上手の手妻也。

かはづ

44　蓮池に生れてもとの蛙哉

此句の表は、蓮池に生れながら仏にも成り得ず、もとの蛙哉といふ句なれども、蛙の事には非ず。万物をかりに題として用ひ、つゞまる所は人をして教化するの道也。題といふに気を付てみるべし。人は天地の霊、万物の長たるものにて、常に聖経をよみ、仏経を見聞ながら、欲心に引れて、清浄ならずしてもとの人間也、といふ事なる(虫損)べし。蛙とても仏性は備へ侍らんなれども、弁へなし。」（二〇オ）人間は弁(虫損)へを知りながら、かゝる天下太平の清浄土の蓮池に住ても、胸の仏性を顕はさざるゆへに、もとの人間也、蛙也。喜撰法師の、世をうぢ山と人はいふ也とは、観念の心よりすみ得れば、うぢ山即王舎城也。唯身の浄土も吾心の弥陀も此所なるべしと知らざる人を、いたく作者のいたみていひ出せる句にや。かゝる有がたき句をや、名句とはいふべからむ。吾心の弥陀も、つとめてこそは光ある仏なれ。勤めざれば、やはり本の蛙なるべし。

豊年

45　盲も稲負世也ひとつ橋

道にはあやうき一つ橋さへ有に、豊年の秋とて盲人までも稲おふて歩むは、誠に犬の手もかりたきといふ秋のいそがはしさみゆ。此句はさしたる事もなげにみゆ。意の深き句のみは見る人の労れるゆへ、其間々に挟みて軽き句を入る事、是作者の働き也。」（二〇ウ）

うへ人を羨

46　何のゆめみるぞ綿子に菊枕

菊枕といふ物、未知らざれ共、うへ人をうらやむといふは、菊は長生のの(ママ)ものなれば名づけし物ならん。慈童は菊の滴りを呑て七百才を保チ、魏ノ文帝、此術を受て百年の寿を保給ひしとかや、菊花酒等品々有。菊枕も、其長寿を得ん為なるべし。そのうへ、御身には暖に綿子を着、眠り給ふ上々様の姿をみて、うへもなき栄花の枕、夢にはいかならん事を見給ふぞと也。かの荘子が見し胡蝶ともなりて、此菊の花の上を飛歩行て遊ぶ夢や見給ひけんと羨み侍るにや。」（二一オ）

としの朝

47　音やいつ師走の風鈴軒の梅

夏の物なる風鈴に師走といひ、軒の梅と春をいひたて、音やいつとは面白くこそ。三季をいひ立て、しかも軒の梅といふに、年の朝を聞(ママ)せたり。古今集巻頭の歌ニ へとしの内に春は来にけり一とせをこぞとやいはんことしとやいはん、此歌のたぐひにて、よくいひおふせたるもの也。音やいつ、風鈴の調子をいつととがめいふ詞か。

山田が原にて

48　二の鳥居こゆる迄なし郭公

山田が原は伊勢の山田なるべし。二の鳥居越る迄もなく、一の華表をこゆると、はやそゞろに有難くも尊きよしなり。」（二一ウ）さも有べし。日本の宗廟天照御神鎮座まします神垣也。御正躰は見難し。是を姿の見えぬ時鳥にたとへて、二の鳥井こゆる迄なしとは、誠ニ御神徳を感賞したる句作、めでたきもの也。此句にても題はかり物といふ事知れぬ。時鳥ハ時節をかるのみ。

田舎わたらひに

49 あさ霧や今は何ふむ水車

朝霧一面ニ立わたり、物の綾なき折から、水車のものふむ音は聞ゆれども、穀物皆出来上りたる秋の末なるべし。よりて今は何ふむといふなるべし。文なき朝ぎりの中に水車ふむ気色、其侭の句ながらも面白くこそ。

としのくれ 」（オ三）

50 淀のはし短き年の極月哉

年の暮の閙がしさに、思はずこゆるをいはんとて、長き淀の橋を短きといひ、其短きといふ文字をその侭に年の短かくくるゝによくいひ叶へたる句作ならん。

但し、淀の橋の長きゆへ、いよ〳〵人の心も急がれて、年の短き師走哉といふ心にや。極月哉ハしはすとよむべきか、不知。

51 欵冬やおらで渦巻渕の上

水のうづまく渕の上に咲山吹なれば、誰あつてか折人もなしといふ義にや。いづれ深き心は有まじ。其気色のみとみゆ。人の折れぬ所は幸ひにして見事に咲りといへるにや。世捨人などをたとへしにや。

52 皃ばかりみえて物喰蚊遣哉 」（ウ三）

侘しき家に蚊遣たく俤をいはんとて、顔計見えて物喰とは、めづらしき所を見付たる句也。誠に蚊遣火の燃上《モヘ》りたる火かげには、顔計ならでは不見、賤が家のわびしき姿、眼前にみるやうなる体也。

ふしみにて

53 入あひや荻の中来るふしみ船

川辺の荻を吹わけ来る夕風、入相の鐘の声と共に舟中に入て聞ゆる気色也。言外に風を余して余情深き句作也。詩に、夜半鐘声到《イタル》ニ客舟一と云心、倭唐土といへども、詩人歌人の胸は相同じきものにや。

54 火の影や人にてすごき網代守 」（オ三）

人にて凄きといふ所が聞所也。年老たるあじろもりの、白髪はおどろを乱したる如くにて、火影にみゆる姿也。されども此姿のおそろしきにはあらず。年老て頓て死なんずる事を思はゞ、かゝる浅間敷殺生をいとなみとせずとも、あらましを死するといふ道を知らぬにもやと也。人として死する事、知らぬには非ず。わするゝ也。此死を忘れたる者ほど、凄くおそろしき物は世にあらじ。一切の悪事、皆此死をわすれて居るものゝ仕業也。可恐と云。

鷹匠房輔公（司か。公ノ字不心得。）於御前即興

交花松

55 家づとや桜のあゆむ小松原

桜のあゆむといふ詞、妙也。桜はあゆまねども、家づとにせんとて

引かたげて帰る花の枝、小松が原の中をあちこちと行姿、人影はみえず。げにも」（二三ウ）桜のひとり歩むやうにみゆべし。家づとやといひて人を言外に余し、さくらのあゆむといふにて人かげのなき迄の気色をみするは、上手のうへの上手とやいふべからん。桜のあゆむと詞曲節にして、虚より出て実なるものとは是成べし。

端午

56　芦田鶴の香を齅《カギ》出す粽哉

あし田づハ只鶴の事也。又、田鶴と計も云。今日祝ふちまきに、その芦たづの香も有やと真菰の葉をかぎてみるは、風雅の心づかひなり。実に齅出すものにはあらねども、かすかなる所を気づきてかぎ付る事、一句の風味にして格別のうまみ有りといふべき也。粽ハ千巻とも書、茅《チ》にて巻の義なれば、或、笹の葉、柏の葉、品々有。」（二四オ）

有馬山、ある御方にいざなはれて

57　帷幕《マク》の湯も自然柳の一葉哉

詞書にある御方にともなはれしは、いづれ大名方とみゆ。よりて幕の湯もトあり。此御方を祝して良将にいひなして謀ごとを帷幕《イバク》の内にめぐらし、勝事を千里の外に知るといふ意を以て趣向を出せり。君が御養生の湯入は、是病ひの敵を起らざらしむ為の謀ごと也。自然、柳の一葉、水に浮むは、舟を作りし智謀を思ひ合せ、猶行末病をおこらさじとの御養生は良将也との御挨拶申上て、湯入を祝ふ心籠れり。わづか十七文字にかく迄心の籠れるは、誠に奇といふべし。幕の湯もといふに帷幕と二字に書し所、又柳の一葉と云ニ目を付れば、右評する如く、祝する義なるべし。只、秋のしるしにちり込ならば、何の葉にてもよし。柳と限るべからずとぞ思ふ。如何。」（二四ウ）

58　物〳〵よ済花さゝぬ玉すだれ

もの〳〵よといふ詞に、夫々の物よと上に詞を置て聞句也。夫々に一得あり、一失ありて、済花ノ名残とて、名花といへ共、桜の枝さへも玉簾にさしはせね共、葵はさすぞと也。桜には遥に劣りてさのみ見所ある物ならでも、加茂祭りの時、御車のすだれなどにも指て、枯果ても捨ず。清少納言の枕の双紙に、過にし方恋しき物と云に、御簾の葵と書り。九月の比にも加茂の祭の折を思ひ出し候事也。爰を済花さゞぬといひて、桜をいたみおしむ情也。句体珎らしく、是諷諫也。男女に限らず、よきも悪敷も時に合ふと合はぬとの心得、是にて観念すべきものか。

雉子

59　美しや麦踏科はなき雉子

きじの羽色の美しきといふのみにも非ず。麦ふむを科《トガ》とは」（二五オ）気色づかぬが、つか〳〵と踏しだく雉子こそ、上々様の花見などの有様、又は殿の鷹野などに、同じやうに麦畑をふみありくにも、何心なく悪敷事とも思はぬは、大名高位の御方の心に似て、むとんじやくなる心を美しやと也。一句の詮には、何心なく青麦を踏歩行事よと言外に姿を出し、雉子にいひて、却て上々様へ其心得有たき由の諷諫なるべし。是ぞ誹木諫皷の用成べし。

川狩

60　成長《ヒト、ナリ》て左手にかざせり枕蚊屋

ひとゝなりてといふ詞は、此比迄はまだ幼くて、昼ねの枕もとに蝿のたかるを厭ひ、枕蚊屋を置しに、けふは早成人して、其枕蚊屋を左手網のかはりに引かつぎ出て、川辺に魚をとるさまをいへり。うたに」(二五ウ)

〽生れ子が次第〳〵に智恵つきて仏に遠くなるぞ悲しき

きのふ昼ねの幼《キ》寐顔は仏なりしに、けふは心の鬼となるを戒しめ、諷諫の句也。多くの経々を一句にのべたる手柄といふべし。

61　秋の葉やひとつ東寺の塔の上

秋の木の葉の風に吹立られて塔の上にかゝれるを見付たる句也。塔は樹々の梢よりも遥に高けれども、其上に迄秋の行届かぬ所はなきぞといふ義也。歌にも詩にも秋は悲しきものゆへ、傷ぬ人とてはなし。秋色閉門来と詩にも作り、めづらしき句也

当广念仏院にて

62　撰のけて菩提樹ふまぬ落葉哉」(二六オ)

落葉といへ共、ぼだい樹の葉はえりのけて踏ぬよしなり。たえま念仏院といふこと書によく叶へり。此句少し理屈めきたれども、尤歌道の一筋、皆共に神仏を尊み、五倫の道をたゞし、よく勤んが為なれば、かく有べき事也。

やよひの比

63　いせ参みやこ見かへせ花曇り

此句人并の作者ならば、伊勢参芳野見かへせ花ぐもり、ともいふべきを、都見帰せといふ所に感あり。伊勢は天照おほみ神なれば、国土の始にして御苦労の御恵《ミ》尤深し。其御恩を報ぜん為に参詣するならずや。さあらば、当今の在す都の空をも見かへし遥拝せよと、旅人に告る意也。今も天子には、四方拝の朝《タ》より節分の夕迄怠りなく、只五穀成就民安全の御祈祷の外、多(ママ)事なし。近代の帝の御製に」(二六ウ)

〽我ために何をいのらん朝な〳〵民やすかれて思(ママ)ふばかりぞ

此御歌にても御恵《ミ》の程奉察べき事也。

夏野

64　馬子の袖に昼顔かゝるかりね哉

馬士は心詞もあら〳〵しくて、旅人の袖をとらへて酒代などを乞ふものなれども、并松の陰、野中の草むらにも昼ねなどすれば、却て其馬子の袖に昼顔のはひかゝるよし也。荒き馬士の袖に、やさしき昼皃のはひかゝるには、馬士も咎《メ》えず。是則、弱能強《ニ》勝の心含めたるものならん。然らば、此句も又諷諫也。可味。

65　崩簗うし馬あらふ枝折哉」(二七オ)

くづれやなといふに水色黒く濁りたる様子《ハ》いはずしてもみゆべし。去折から牛馬を洗ふ人、川の深浅知れがたければ、崩たるやなをしをりとして、心あてに入て洗ふよし也。簗を枝折といふ詞、火を水

にいひなし、水を火に取なす。上手の仕業也。水ノ深浅を知るものは漂澪《ミヲツクシ》也。川ニ柱を建、寸尺を付置て、今日は何寸高しなど計り知る也。此みをつくしを指置て、山道ニ用ゆる所の枝折を川にいひなしたる事、弥敷作者の手柄なるべし。

66　人魂の果やみるらむ鉢叩キ

鉢たゝきハ夜もすがら七墓をも廻り歩行ものゆへ、人だまの果やみるらんと也。但し、此果といふ字に心有べきか。人夢の中に魂ぬけ出るを生霊《ヒトダマ》といひて、魂結びの歌あり。又翁の句に〽鶯を魂に眠る歟たを柳、といふ句あり。是は眠る柳の夢の中に出たる魂は、あの鶯かといふ意也。然れば、果といふは、人多死たる古戦場」（二七ウ）、或は三昧などには、地中に血のかたまり有て、此所は小雨ふる夜はほゞらとかいひて、青く火の燃いづるもの也といへり。是を果といふにや。又空を行人魂、恐れてよく見とめる者なし。汝鉢叩は見るべきよと也。

井手にて

67　玉河や蛙流るゝ馬の沓

蛙はよく水を泳ぐものなるを、玉川や蛙ながるゝとは、落て流るゝ馬の沓の上に乗て流るゝ風情をいへり。其姿面白く、又玉川ならでは此馬の沓の詮なし。此句、古歌より出て一しほ目出度ものなり。俊成卿の歌ニ〽駒とめていざ水かはん山吹の花の露そふ井堤の玉川、此歌を思ひ出て馬の沓の趣向出せり。又蛙も此所の名物にして、今も妙音にて鳴コト他邦の蛙とは異るよし也。山吹も又名物にて、むかしは八重の大輪有しよし。今はなしと古書にみゆ。」（二八オ）

勢田

68　ゆく蛍瀬田の瀬ぶみや親しらず

瀬田の上ミ一里ばかりにして親しらずといふ所有とかや。然れども夫にはあらじ。橋のほとりより水際を飛ぶ蛍の友をも待たず、つい〳〵とをのれがちに行風情を、旅人の親しらず子しらずをはしりまどふて我がちに行姿に譬へてかくいふ也。瀬ぶみやとは岸の浅ミを行といふ断り也。其辺に親しらずありといはゞ、却て句味ひなし。蛍の親しらずの波を恐んや。人のおそれてはしるに取なしてこそ、面白き風情もあらめ。

七夕

69　妬まるゝ星のくさめか小夜あらし」（二八ウ）

七夕の夜吹出したる小夜嵐を、彦《ヒコ》星の吹出したるくさめにて有かと疑ひいへる所、尤面白し。諺に、人陰言すればくさめいづるといへば也。又、上五文字は衆星の中に牽牛織女のみ女夫ありて、余の星には其沙汰なければ、ねたまれて陰ごとするゆへにやといふなるべし。又、永き世までの星の契りを羨ミ、願ひの糸を掛、小袖を貸も、よき夫を得まほしきとの願ひ也。此うらやむ中に、又妬ミも籠れり。よりてかくいひたる物ならん。何分嵐をくさめにいひなしたる事、上手の仕業なり。

70　つわの葉や霰待えて破レけむ

石蕗の葉は艶ありて厚く、露霜にも痛ずして有しが、わざとあられを待えて破る丶かと、問ひかけていへる也。常体ならば丸雪待えて破れけりと置べきを、けんとはねて疑ひたるにて、句に味ひある所か。つはの葉には心なし。天然自然に」（二九オ）破る丶なれども、少し疑ひたるにて、人情にか丶り、霰の如く強く急なる時は、人も又義をみてせざるは勇なきなりといふなるべし。此理は万事にわたるべし。

南京にて

71　釈迦霞けりや生駒は雨曇り

いこま山ハ今の京より入ル道にあり。大和也。釈迦霞けりやとは、奈良の大仏と生駒山とを見くらべにして、大仏を一方の山と見なし、よりて釈迦は霞けりやと疑ひて思ひやり、さて向ひたる方の生駒山は雨ぐもりせり、といへり。此けりや丶ハ、爰《コヽ》をみてかしこをうたがふといふ手尓於葉也。手強き上手の業也。

高安の娘、業平を恋て〳〵君があたり見つ丶送らん生駒山ト、此歌ヨリ出たるなるべし。」（二九ウ）

寄御祓障子ト云題にて

72　はつ風の障子あらふ歟みそぎ河

かたへ涼しき秋風の吹くみな月晦日なれば、夏のうち取放し置たる樟（ママ）子も張かえん為に洗ふ由也。御祓もしつかりとして夏と秋との一重の隔、心詞も又詳也。秋風の吹ゆへに洗ふなれば、はつ風の樟（ママ）子洗ふかと疑ひいへり。御祓ニよる樟（ママ）子と云題は、難題なれども、かくやすらかによみおふせては難題のやうにもあらぬが上手の業なるべし。

淀の名月

73　名月やくまぬも寒き水車

此句名月やと呼出して、扨淀の水車も此夜此水を汲こぼさば、水烟の立て嘸寒からんが、乍併、汲ぬも又一しほ寒きと也。月澄わたりて蟻のはふもみゆるに、水車の動きもやらず有ル姿を、悲しき月の詠にとりそへて、淋しくも寒きとの心、尤聞えたり。汲は其音にてもせめては賑はしく心なぐさまんと也。月の光をいはずして清光明かなり。」（三〇オ）

74　比ゑ愛宕雲の根透りむら時雨

ひえあたごと二ヶ所の山を初五に出したるは、句の長ヶにもなりて面白くこそ侍らめ。雲の根すけりハ雲の裾と山の頂と間のすきて、今時雨たるもしばし晴る気色、眼前にみゆ。今又いづこやしぐるならんと、心に余せしにや。」（三〇ウ）

東山の花見にいざなはれて

75　ゆき〳〵て蝀《ニシ》の根ひくし山ざくら

東山の花みんとて打つれ行々て、虹を低くみて、山桜高くのぼりてみし由也。此句は姿を専らとして余情はなし。雨後気色は今みるやうなれども、外に注するに不及。只面白き気色といふのみ。

日枝ニて

76　高峯より礫打みむ夏の海

比叡の絶頂より湖水の水につぶて打みんとは、人気の」（三一オ）はかなき所ありて、面白也。夏の海といふに、礫打て水の涼しき音をも聞ん為也。夏は遠き所もあざやかにて手にとるやうにみゆ。然れども、中々礫の届くべきや。及ばぬ事をも思ふが人情也。万事にかやうなる望事あり。此句を笑ふべからず。慎むべきとのよき諷諌也。可味事歟。つれ〴〵草の中には、枇杷に種のなからしめ給へと神にいのりし人さへ有けり。

77　山萩のそへ竹もなし去ながら

山はぎは添竹もなけれど、去ながら自然にておもしろきと詞を余したり。此句にとりて裏を評する時は、山萩は山家人の木訥《ボクトツ》なるに譬へ、添竹もなしとは、直ク成聖賢の教の道《ミチ》とてもな《ナ》けれども、去ながら其身其侭にして市中の人よりも見所あるよし也。去ながらといふに自然と面白きといふ心、余情に聞ゆ。名人の句作也。」（三一ウ）

78　霜月の晦日《ミソカ》よ京の薄氷

霜月晦日は、京都九条に宇賀祭と云有。此所の東西の辻を宇賀の辻と云。倉稲魂神《ウカノミタマノカミ》と云て、春の神なるを、霜月晦日に祭ルゆへ、京の薄氷といへる也。霜月晦日より前にも厚氷は有べけれ共、此日より春に成たる心地にて、京の薄氷を今日に出したるなるべし。春風氷を解の心を含みてよめるなるべし。

かみの薗に

79　よど鯉よ死なば桜の二三月

神の園は吉田の事なるべし。八百万神在す故、かく云ならん。」（三一オ）一句の意は、淀鯉よ、とても網にかゝり死すならば、桜の盛りなる二三月に死せよ、さあらば、風雅人などの風味して悦ぶべし。死ぬにはよき比ぞと教へたる句なり。西行辞世の歌ニ〽願はくは花のもとにて我死ん其如月のもち月の比、即西行の忌日二月十五日也。墓所も此辺りにあり。よりて一しほ面白く聞え侍る。

まつりの時

80　葵草かゝるや加茂のうしの角

あふひぐさかゝるや加茂のといひて、祭りといふ詞は詞書に譲りたるもの也。葵祭りは御車の簾に掛、餝あふひともいふ也。其外参詣の諸人かざしに掛り。よりて葵草かゝるや加茂の牛の」（三一ウ）角といへり。つのに葵さしたるが趣向也。曲也。

しぎたつ沢にて

81　石うつてたゝする鴫はあはれなし

石打て翅するしぎは哀なしとは、評の詞を聞やうにて、たゞごと体ともいふべきなれ共、さにはあらず。西行の歌ニ〽心なき身にもあはれはしられけり鴫たつ沢の秋の夕暮、是でこそ面白くも淋しくも哀なれ。石を打てわざとたゝするは、自然ならねば哀なしと也。何事も自然こそよけれと、是又諷諌の心なるべし。

雪ふりあへてさむき夜に　」（三三オ）

82　ある人の水仙苅つ夜るの魨《ふぐ》

ある人の裏の水仙かりつといふべきを、裏の字心ニ余したり。苅つハかりつゝの意也。此水仙ハ葱《ネギ》と取違へたる也。夜るの鰒といふに心を付てみるべし。夜目ながら水仙とねぎと見違へる人物、いはずとも知るべき義也。剰ヘ余所の裏などにあるを盗ミ取は、いづれ横道なる人柄也。其人柄をもいはず、取違へし共いはずして夜るの鰒といふに、取違ひも人物の悪敷人柄も顕はす事、誠に名人の仕業にて妙成所也。

知恩院之華

83　いりあひの黒ミを染ぬ桜かな　」（三三ウ）

入相は雀色時などもいひて、何によらず薄黒くみゆるなるを、桜計は、其色にも染ず白妙也と誉たる句也。尤知恩院には墨染桜あり。殊に僧衣は墨染なれば、桜も其色に染べきをいへるならん。入相の黒ミを染ぬといふ詞、珎らしく面白し。

84　早苗乙女見にゆく宮のかゞみ哉

早苗とる乙女は、顔などへも泥のかゝる物なれば、人の見て笑はん事を恥る心は都鄙の分ちは有べからず。よりて其あたりの宮へ行て、神鏡に照らしてみる心逸し。言水よく女の情を得たるもの也。殊更宮の鏡といふに、田面の外に気色有て、猶田水の濁り迄いはずして言外に顕はるゝ事名誉也。下手なりせば、水鏡と置て誤るべき所なるべし。　」（三四オ）

85　送り火の身にはかゝらぬながめかな

身にはかゝらぬといふにて、家々に霊を送る火ニあらざる事聞たり。是ぞ妙法ノ火、大文字山の送火也。京の橋々の上よりみる時は、いと面白く身にはかゝらぬ詠哉と一句の表にいへるにて、猶身にかゝるとしらるゝなり。此火は法界のためなれば、誰か一人身にかゝらざるものやあらん。けふは人のうへと思ひ、面白しとみれ共、明日は我身のうへ也。徒然艸に書る祭りの見やうも是にひとし。目にみて心に観ミざるは見るには非ずといへり。然ればとて、身にかゝる詠とさとりがましくいへば、風雅にはあらじ。我慢に落べきゆへ、しらず顔してかくいへり。

禅林にて

86　凩の匂ひ齅けり風呂揚り　」（三四ウ）

木がらしの匂ひとて別にはあらね共、風呂上りといふに心を付てみるべき也。詞書に禅林にてといふも、禅寺は掃除よきものなれば、凩の吹ちらしたる木の葉こと〴〵く掃よせて風呂の下にたきたる其煙、湯上りの鼻にかぎつけて、よく思へば、是ぞ凩の匂ひ也と、是即禅家問答の如く理外の理ヲもつて一句を仕立たり。其理は以心伝心なるべし。

みよし野にて

87　人々に同じ様なし山桜

此句ハ年々歳々似花相　歳々年々人不同と、此詩より出て作れりとみゆれ共、少しかはる所あり。今よしの山に来りて見わたすに、人々に同じ姿も同じ顔もなし。或は酒呑、謡ひ、舞ひ、又は詩を作り、和歌をよみ、顔に皺よせてみるもあり。樽《タル》枕に打眠るもありて、心々」（三五オ）さま〴〵也。さりながら、山桜は夫に引かへ此山に数千本あれども、いつれも同じやうにうるはしく面白きとほめたる心也。

あるひと打むれて川せうやう《逍遥也》せしかへさに

88　君来ませ篠《シノ》のほたるの羽づくろひ

川せうようせしかへさと詞書にあれば、日暮に及びたるさま也。いざ帰りなん君来ませと催し立る詞に、あれ見給へ、しの丶葉に泊れる蛍も立出んと羽つくろひして用意する也と進めたり。其侭の一句ながら面白し。何事もかく物によそへて、人の気にさかはぬやうに有たきもの也。篠ハ只草の蛍といふに少し品を付るのみ。」（三五ウ）

みやま路にて

89　法師にもあはず鳩ふくおとこ哉

法師にも逢ずとは仏説《ブツセツ》有。深山路に鳩ふく狩人、法師にも逢ねば、誰有てか異見する者もなければ、因果の道理をもしらずありなん。浅間敷とみるに付て出たる句也。よりて詞書に、深山路にて、と書り。仏説に、鷹に追れて逃来るはと一つ行者の懐に入、鷹来りて僧ニ鳩を出し給へとせむ。僧の曰、今鳩を出して汝の餌となす時は、吾レ破戒となる。ゆるせよと侘ブ。鷹又ゆるしやれば、我又うゆると。依之、僧詮方なく我肉とかえて与んとて、手足の肉をすき取、鳩と掛くらべて鷹に与ふる時、鷹も鳩も共に仏と顕はれ、僧も戒行みちて仏に成と。此俤を一句によみたる成べし。さなくては法師にも逢ずといふ事、聞えがたし。是も鳩ふく狩人の男のみの事に有ず。俳諧は滑稽なりとは、即諸人へ殺生を戒む諷諫と知るべし。鳩吹はは との鳴真似して是を取、鳩ふく秋といふは、鳩の鳴まねして鷹を呼びとる事也。」（三六オ）

菅大臣の宮笠着俳諧之興行巻頭

90　桂折る左も可也冬の梅

菅大臣の宮ハ北野なるべし。笠置俳諧といふハ、笠置ながら、社檀の本トに立て前句ヲ聞て出勝に付る也。当時、清水寺にも編笠連歌と云有り。同之。桂折る左も可也といふハ、菅家御幼少の御時より天然の秀才にてましまし候故、禁裏の博士何某も、我レ君が師となるべき器に非ずとて辞す。よりて叡山の大阿舎利を又師と頼みて学問ありしに、阿舎利其才を誉て〻久方の月の桂も折ばかり家の風をもふかせてし哉、とよみて給ふ。誠に此歌のごとく位階御昇進旭の登が如く、終に右大臣兼右近衛の大将迄ニ昇進し給ひ、左大臣たる時平公よりも君の御寵愛御威勢共に左りに越給へり。よりて桂折左も可也といふ。左にも可也に叶ふと云義也。梅は御愛樹也。殊に御紋にも是を付る。但し、冬の梅と置たるは附合」（三六ウ）の冬の季につれていへるや。又は菅家御一代の御立身の早きゆへ、時を待たざるといふ義にて冬の梅と置たるにや。北野の宮の興行にかく菅家を誉奉る句、巻頭になせし事、尤成義也。

おほろげ月に

91　猫逃てむめにほひけり朧月

猫にげては、雨戸なんど引明たる音に猫は逃て、梅が香のさと匂ひ来る春の夜、向ふには朧々として月影のみゆる気色なり。戸を明る拍子に、梅の匂来るとかしましき声に鳴居たる恋猫のにぐると、二つのものに往ク と来との姿、風情をいひ立、あとに残りたる月の朧なる様子、いはんかたなく面白くこそ。」（三七オ）

端午

92　横町に琴ひく雨のあやめ哉

賑はしき端五の日も、横町は表通りと事かはりいと淋しく、雨さへ降れば物静に琴ひく音など聞ゆるよし也。雨のあやめ哉と置たる詞にやさしみありて、横町ながら琴ひくの詞よく叶へり。又軒毎に葺《フキ》わたしたる菖蒲に雨の伝ひ落る音のほち〳〵と鳴をも心の底に置てかくいへるにや。一句いと羲し。

すまにて

93　見に来たる人かしましや須广の秋　」（三七ウ）

見に来る人かしましや、須广の秋は淋しきをこそめづるなるを、みにこし人の風景に絶かね、鳴呼とめで合ふ声に、却て須广の秋の寂しき情を失へり、物いはずしてめでよかしと思ふ意也。人を誉るにも、目前にてほむれば顔赤らむ業なれば、よき人のせぬ事にて、陰ながら誉るぞ実なるべし。実に感ずる時は詞に出ぬもの也。声を発して誉るはほむるに非ずと心をこめたるものならん。都て誉る意深し。

南都大乗院御門跡御所望即

94　ふゆ牡丹腕に霜しくながめ哉

いで一句と御所望有ける時、即当に御門主様を冬牡丹と見立たるなるべし。是、牡丹は花の富貴なるものといへればなり。」（三八オ）腕に霜敷とは、冬といふ字に当りて也。両手を地につけたるをのが姿をいはんとて、うでに霜しく詠め哉といへり。一句の御所望をはつと手をつきたる其身其侭の即興とみゆ。逸き作意なりかし。

東御門主御会に

95　ふかぬ日農《の》風鈴は蜂のやどり哉

風吹かぬ日は風鈴の中にも蜂の来りてやどりとして住と也。此蜂ハ言水の我を譬へたり。いつもならば御奥の有様、玉琴の爪音などにて賑はしく、風鈴の音にさそふ風の音も無かしと思ふに、けふは御会につきて下ざまの我々同士が集りて、涼すき御間の風鈴もうるさき蜂のやどりトなり、かしがましく候はんと、御挨拶の句なるべし。俳諧の席なれば、ひつそりと静なるを吹かぬ日の風鈴とは云しにや。」（三八ウ）

96　むれてゆく蚊のかたよりや暁雲《ヤマカヅラ》

夜もすがら鳴わめきてかしがましき蚊の声も、さすがに暁方にはいづち行けん、ひつそと成りし比、起出てみれば、雲白くやまかづらせる有さま、扨はよべより鳴たてたる蚊の逃行てかしこにかたまりしにやと也。此やハ疑ひ也。尤めづらしき所を見付たる句也。古歌ニ〽もろこしの山のあなたに立雲は爰にたく火の烟なるらん、此歌より趣向を取出したる物ならんか。

重陽

97　今朝やしる栗より菊に村雀

けさやしるハ今朝ぞしる也。やその通ひにて、少し疑ひたるもの也。」（三九オ）栗より菊にむら雀とは、群がる雀に非ず。栗といふ字に付て村雀と置たる也。菊に雀のよるよしなし。栗よりとは、百性は農業の為にいつもは栗ひえなどの畑に寄るなれ共、今日節句なりとて菊作りし家などに里人の集り来て、酒のみなどするさまをかくいへり。けふぞ知るの五文字に眼をつくべき也。伊勢の宮に烏帽子狩衣にて参詣の人に銭を乞ふものを宮雀といふがごとし。

98　しら玉も帋燭よせけり冬牡丹

此白玉ハ露の事のやうにも聞ゆれど、牡丹の花の白玉成べし。冬牡丹の珎らしければ、夜ル紙燭さして見るより也。此、紙燭寄せけり、といふ所が一句の趣向也。牡丹の花は大キなる物なれば」（三九ウ）星明りにもみゆべけれ共、冬の一字を設《サバ》き、言外に雪霜を聞《（ママ）》かするには、紙燭よせけりといふ詞に聞ゆ。雪霜の白きに紛れて、白牡丹の花みえわかぬよし也。〽心あてに折ばや折らん初霜のをきまどはせる白菊の花、此歌の意に相同じ。

99　あさ烏何を田螺の角頼み

朝烏アリと詞を添へてみるべし。何を田にしの角を頼とはするぞ。餌ばみの為に、朝まだきより四方へ別れてあさりする朝烏あり。然れば汝が頼みとする角も詮なく、貝も頼ミなく、引掴ミ行てくらふぞといふ義也。田螺の角を出して田面を我もの顔にくねり歩行をみてよめる也。是又諷諫也。力量有人は夜道を好ミ、富る人は貧人を眼下に見下し、芸能有者は無能をそしりて」（四〇オ）、うへみぬ鷲の翼をならせども、其手上〳〵有事を知らざるはをのが誤りにして。此田螺の角を頼とするにひとしと、田螺にいひて人におよぼす作者の大慈悲心と知るべき也。

真葛原にて

100　我恋は慈鎮の残すほと、ぎす

慈鎮和尚は天台《台》の座主にて後慈円と改。百人一首ニ我立杣の歌あり。又真葛原の恋の名歌有。〽我恋は松を時雨の染かねてまくずが原に風さはぐ也。言水、此真葛原にて此歌を思ひてつゞりたる一句也。よりて、我恋は慈鎮の名歌を残したる真葛原の時鳥よといふ義也。郭公も待わびぬれば、やはり恋也。人を恋ふと時鳥を恋ふと違ひにて、恋に違ふ事なし。狂歌に」（四〇ウ）、〽宵〳〵に待こそ侘れ郭公老ての恋は是ひとつのみ、是に相同。

七夕

101　奥ゆかし梶の葉ねぎる申《モ》左《サ》ひとり

奥ゆかしの初五、此一句にとりて妙也。表口には七夕に手向る梶の葉買ふとて、もさ一人出てねぎるさまは、下ざまの体にしてをかしきに、其梶の葉に歌など書て星に手向んとする人は、大低(ママ)女なるべしとはみゆれ共、一本指の下男一人遣ふて奥に居る人、老女にや、若キ女にや、いかさまにも見まほしくて、奥床しの詞よく置たるもの也。中左は詞を取次ギ申侍といふ略語なるべし。されども侍には非ず。下々にていひ習はしの詞とみるべきか。」（四一オ）

102　白昼に雉子拾ひけり年のくれ

白昼にきじひろひけりとは、故事有事か不知。何分市中の事には有まじく、野外にて狐などのいためたる鳥か、狩人の網にかゝりたるか、いづれ年の暮の閙しき折からなれば、鳥を取狩人も知らずして、往来の人の拾ひしよしにや。此句は、只年の暮の人気そゞろにて雉子さへも昼中に拾ひしと云て、年のくれの閙がしさをいはん為なるべし。

元日

103　はつ空や煙草ふく輪の中の比ゑ

初空やといふに、風もなく長閑なる気色籠れり。さなくては」（四一ウ）一句動くべし。かくてさへ煙草ふく輪の中の比ゑ、常にも輪の中にみゆべし。此句ハ霞の字を一句の外に余し、初空やトいふにて、今朝霞の立初、烟草吹輪の如くみゆる中に、日枝の山をみし気色なるべし。たばこ吹輪のといふの文字、是を如に通ふのといへり。百人一首ニ焼やもしほの如、山鳥の尾のしだり尾の如、是等のたぐひ也。霞をたばこのけぶり輪と見立たる方がはるかに勝れ侍るべし。

104　夜着きてもあたごは早し時鳥

山は卯月になりても寒き物なれば、時鳥の鳴比もまだ夜着をきるよし也。されども時鳥は時をたがへず、都よりも早く愛宕山に来鳴よといへり。かくいひては只事のやうなれども、外に故事の有とも思はれず。愛宕山ハ寒ければ、京より」（四二オ）早く時鳥を聞、京は早く暖なれども、郭公の初音を聞事は遅し。是ぞ世の中の習ひにて、二つながらよき事はなき物と観念したる作者の心有にや。

高雄のかへさ

105　はな帋の間の紅葉や君が為

君が為と置たるは上手の業也。いづれ家づとに違ひはあらねども、君がためといふにて上々様などへ参らするとみゆる。紅葉は、源氏物語にも紅葉の賀と題に出されたり。

〽君が為春の野に出て若菜つむノ此歌をとりてけるにや。此歌の詞書にも、人に賀を給ふとてとあり。紅葉若葉の外ノ品にては、君が為といふ共賞美は有まじく、高尾ハ他に異りて紅葉の色よしと也。」（四二ウ）

宗祇の像に賛

106　傘提てしらぬ翁ぞむら時雨

かさ提て知らぬと切て、翁ぞ村時雨とよむべき也。かささげてと句を切、知らぬ翁ぞといひては、翁が傘を持居るやうに聞ゆ也。一句ハ生涯傘といふもの持て知らぬ雅人なりといふ意なるべし。宗祇は連歌の達人にて、諸国を行脚して住所を定めず。紀州の産にて、後は駿州桃園禅林寺に寂す。無我の法師にて、或時山賊のために衣類をはぎ取れけれ共、いたむ色もなかりければ、山賊共戯れに御坊の髭はいと長し、剃りて箒にしてんといひしかば、即興に狂歌をよむ。〽我ために箒ばかりはゆるせかし塵の浮世をはき捨る迄」（四三オ）とよみければ、山賊共も岩木ならねば聞訳てや有けん、かく仏の如き人をはぎとらば、忽チ報ひや来らんとて返し着せけるとぞ。かほど無我の人なるゆへ、かさ提て知らぬ翁といふなるべし。賛は誉る習ひなれば、村時雨にもかささげて知らぬと賞したるものならん。

我庵は京のたゞ中

元日

107　しかぞすむ雑煮数子都草

しかぞ住ハ、然《シカ》ぞ住と書て、如斯住えたりといふ義也。喜撰ノ歌〽我庵は都の辰巳しかぞすむ、といへり。歌の意をとり用ひて、我庵は都《キヤウ》のたゞ中、元日、と詞書せり。雑煮、数子、都トつゞけし。此都草は松也。然れば、雑煮を祝ひ、并に数子」（四三ウ）、軒には門松を建て、我も此所に住得たりといふ義也。数子は数々に子の有様にとの義にて、言水も子数多持れしにや、又雑煮は女の用なれば、女房もとより家内賑はしく暮せしなるべし。さあらば、しかぞ住の詞めでたく聞ゆ。

108　皃書む粽のかしらほの〴〵と

ちまきは蚫の形に表す。よりて年中の邪気を払ひ、別して夏は毒虫、家の内に入なれば、是を降伏する心にて祝ふ也。身にわざはひ無き時は人無病にて、顔もほの〴〵とすべし。されば粽も裸にしたる形は人体に似てあれば、是にも頭の方に顔書ん、同じ事ならば、祝ふ粽も無病にて笑ふやうにほの〴〵と皃書て祝はんと思ひ付たる作者の心、尤をかしくも面白し。」（四四オ）

少納言がかけるみのむしは父恋しと鳴と

109　蓑むしの悪奴《アイツ》と鳴り啄木鳥《テラツヽキ》

みの虫のあいつとなけりとは、啄木鳥の木をつゝきて虫を喰はんとするをにくみ、蓑虫の鳴声に取なしたり。此詞虚にして実なるもの也。父恋しと鳴虫ながら、さもあるべし。人にても怒る時はしか也。然れ共、人は此所を常に心得て腹立有りとも堪忍ぶを人間とはいふべし。俳諧百一首の中に、〽きり〴〵す我聞時は里恋し、といへり。蛬ハつゞれさせと鳴と歌にはよめ共、旅の宿などにて聞ば、里恋しと我心からさも聞ゆべし。いづれも上手の仕業也。」（四四ウ）

ふゆ篭

110　むくひけり目白笑ひし冬籠

眼白ハ押合鳥とて、籠の内に押合中に、居る鳥の絶かねて遁れいでゝ、又端の方へ并び押合ふと也。身に多く虫のわきて、かゆさ絶がたきゆへ、互に身を摺り合ふ中にも、夏の暑き比、毛のかはる時は、友鳥の喰ひむしりて、皮をもむく。され共、かゆき余りに心よければ、動きもせず、首うなだれてむしらするをかしき鳥也。是を笑ふたる其報ひなりといふ義也。笑ひし我も、今冬籠の寒に絶がたく、首引ちゞめて虱などにも喰れながら、かゆさ寒を絶忍ぶ冬籠りのさま也。句の裏には、人の失をわらへば、人又我失を」（四五オ）笑ふ也。然れば、人の失を笑はんより、我失を改よとの諷諫とみるべし。終《リ》に冬籠りの此句を置、はじめへは筆試の句に神を敬ふ句を出し、中程は差別なし。むつかしき句二三句めに只気色のみの句二三句と、人の退屈せざらん為にや、取まじへて書しものとみへたり。

宝永四のとし中夏　　　　鳳下の窓筆染　言水印」（四五ウ）

右は、堀江氏梅水子への□□しくあらはれわたる見る石の工みて深き作意也。予が綴《ル》やれむしろ、其取もいとはず入来むと也。其志にほだされて独詠し品書付送りぬ

文政十三寅とし　七月　　　　桃隣舎文辰 解［伊賀／文辰］」（裏表紙見返し）

付記

本稿をまとめるにあたり、ご所蔵資料の図版掲載および翻刻をお許し下さったホノルル美術館に厚く御礼申し上げます。また、調査にあたり、Sean O'Harrow ホノルル美術館長、Shawn Eichman 東洋美術部長、Stephen Salel 学芸員、南清恵リサーチアシスタント、Scott T. Kubo デジタルイメージングスペシャリストの皆様には、大変に御世話に与りました。厚く御礼を申し上げます。

本研究は JSPS 科研費 JP26300020 の助成を受けたものです。

参考図版

1. 表紙

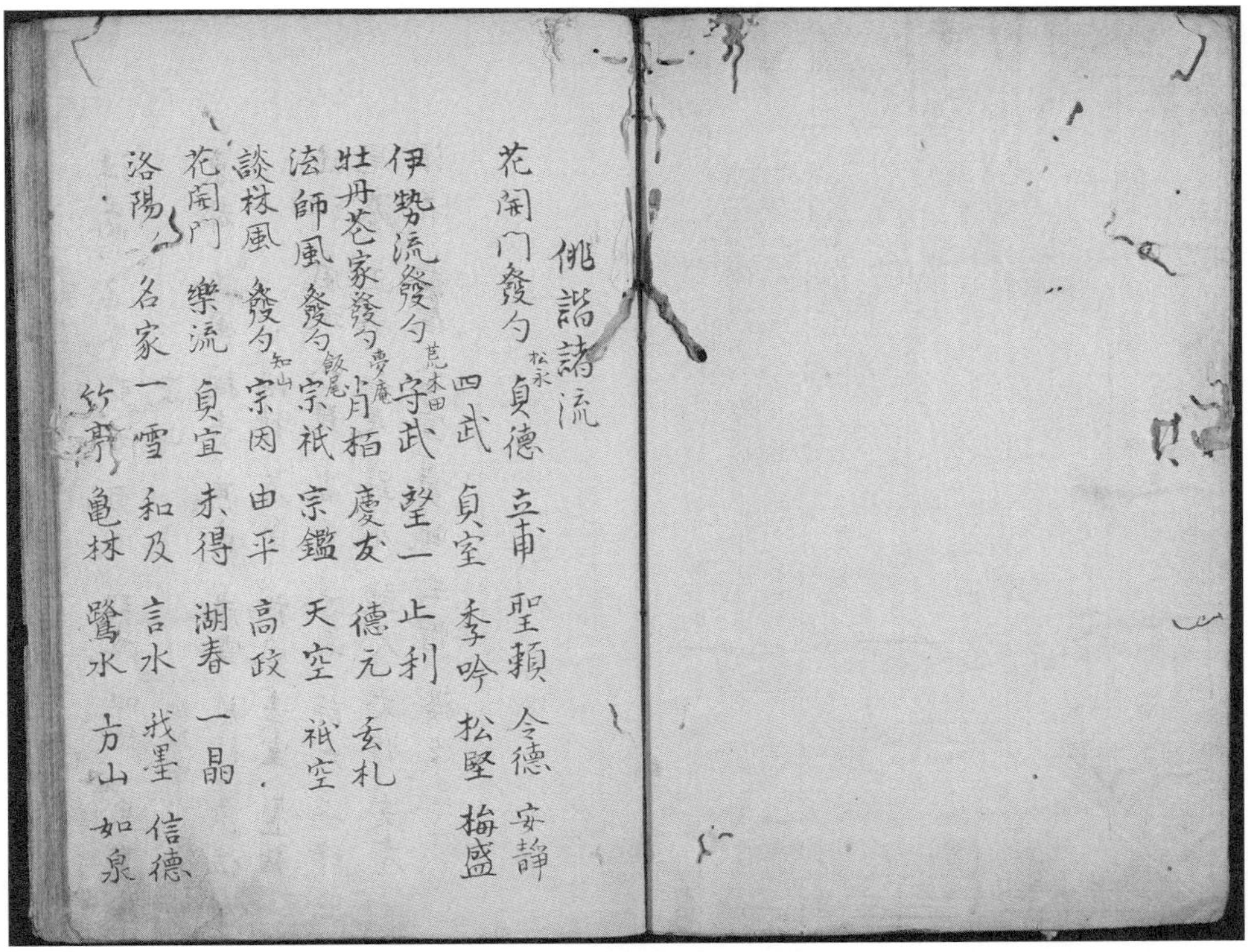

俳諧諸流
花開門發句　貞徳《松永》　立甫　聖頼　令徳　安静
四武　貞室　季吟　松堅　梅盛
伊勢流發句　守武《荒木田》　望一　止利
牡丹花家發句　肖栢《夢庵》　慶友　徳元　玄札
法師風發句　宗祇《飯尾》　宗鑑　天空　祇空
談林風發句　宗因《知山》　由平　高政
花開門樂流　貞宜　未得　湖春　一晶
洛陽名家　一雪　和及　言水　我黒　信徳
竹亭　亀林　鷺水　方山　如泉

2. 巻頭

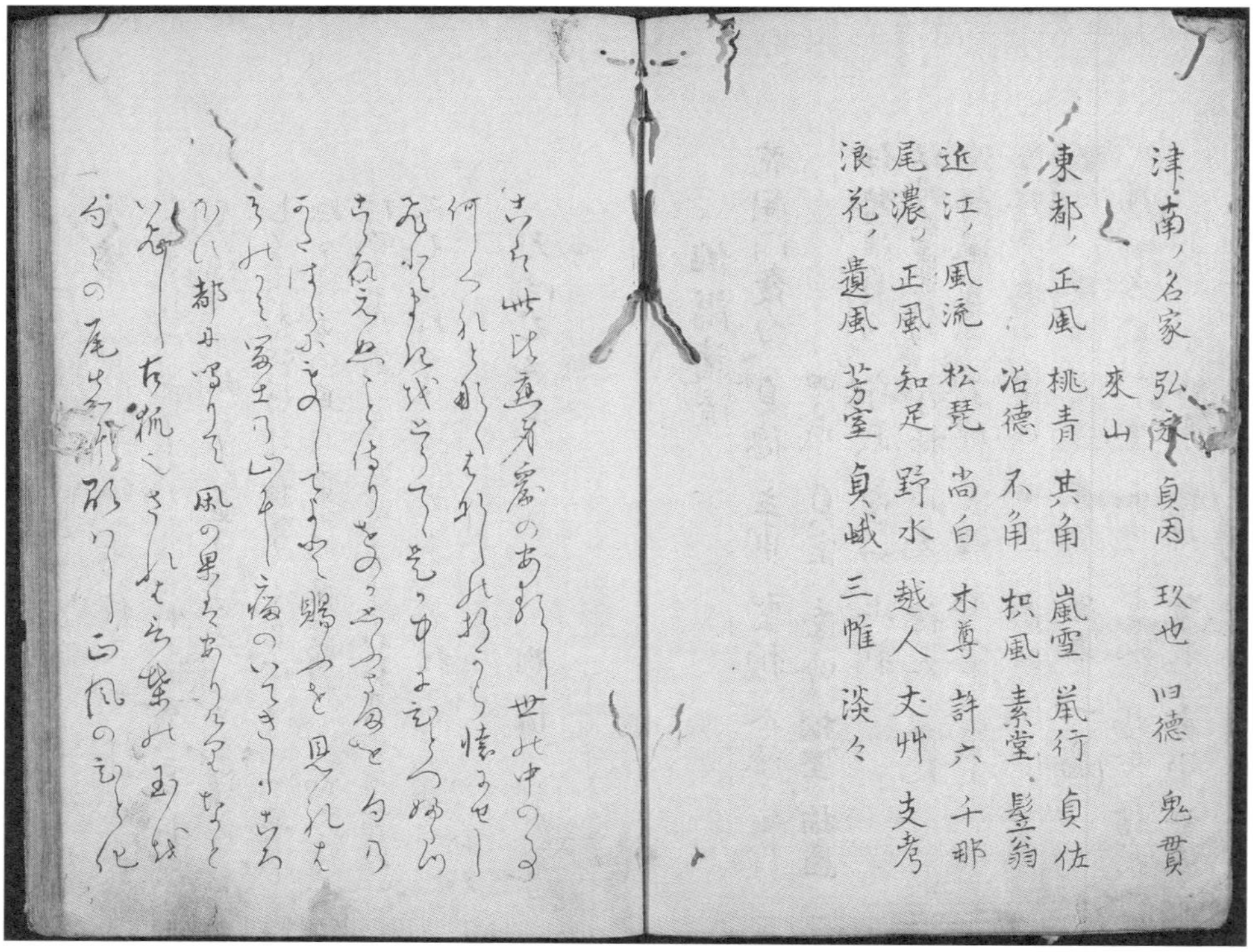

3．序巻頭

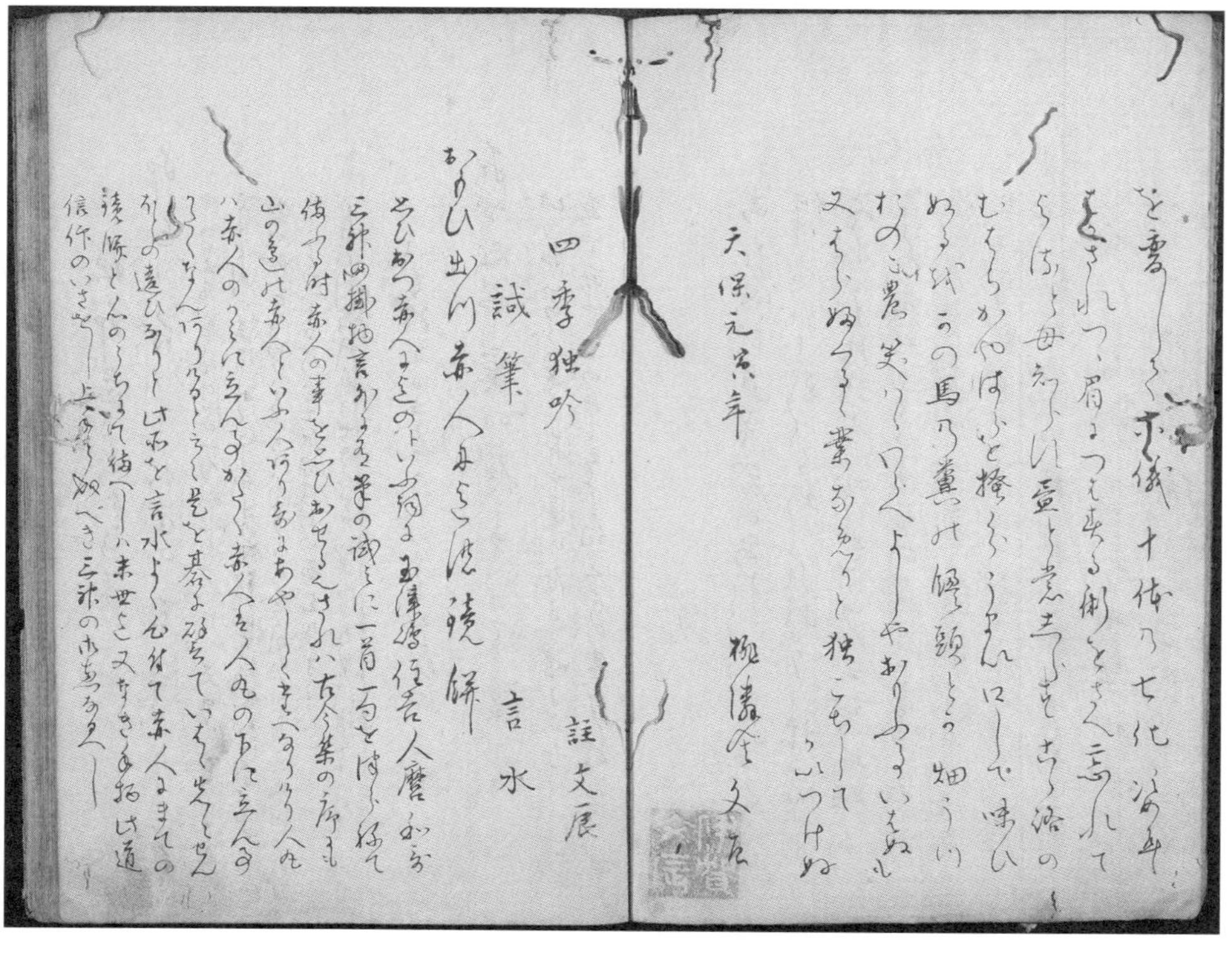

4．序末・本文巻頭

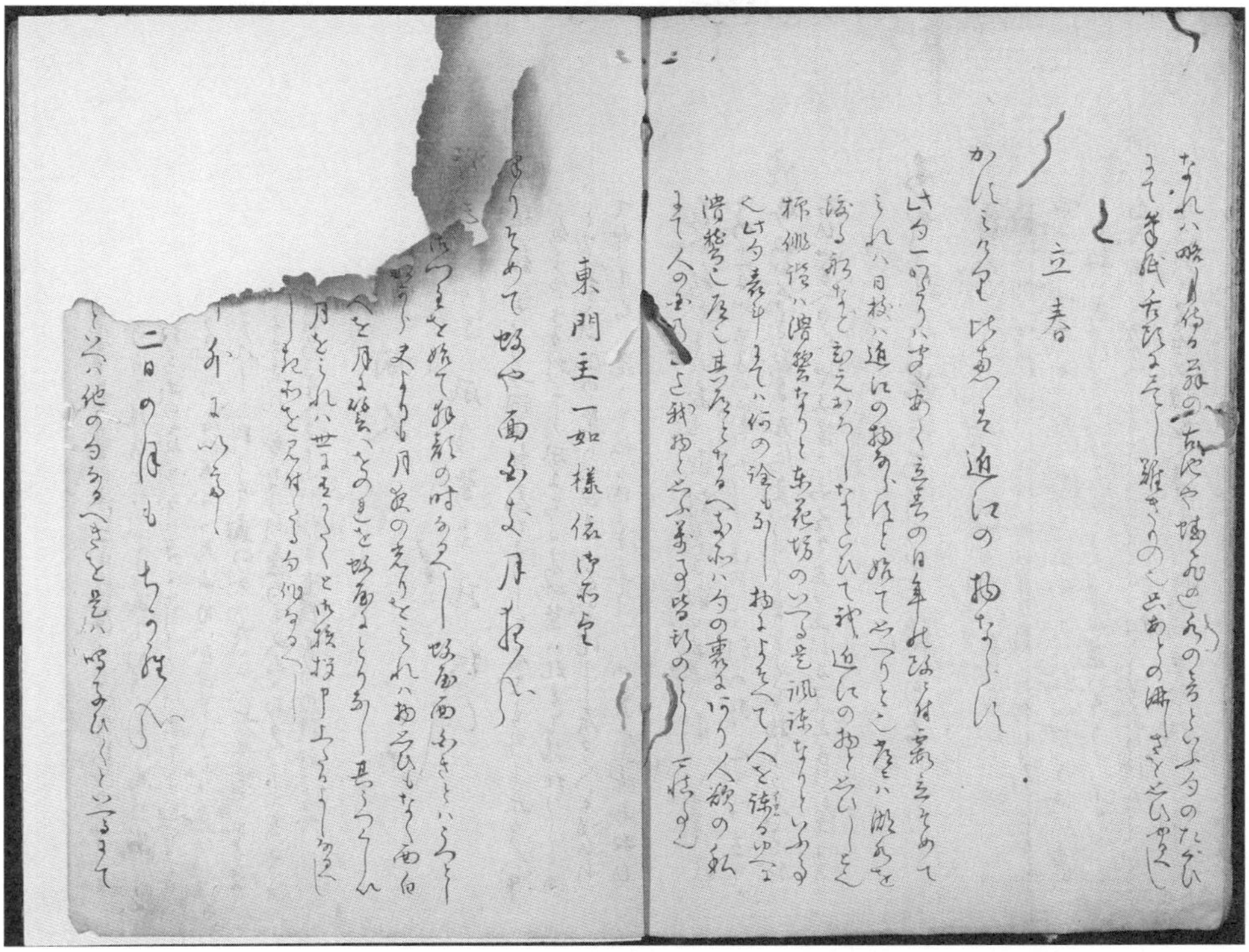

5．本文（四ウ・五オ　焼損部分）

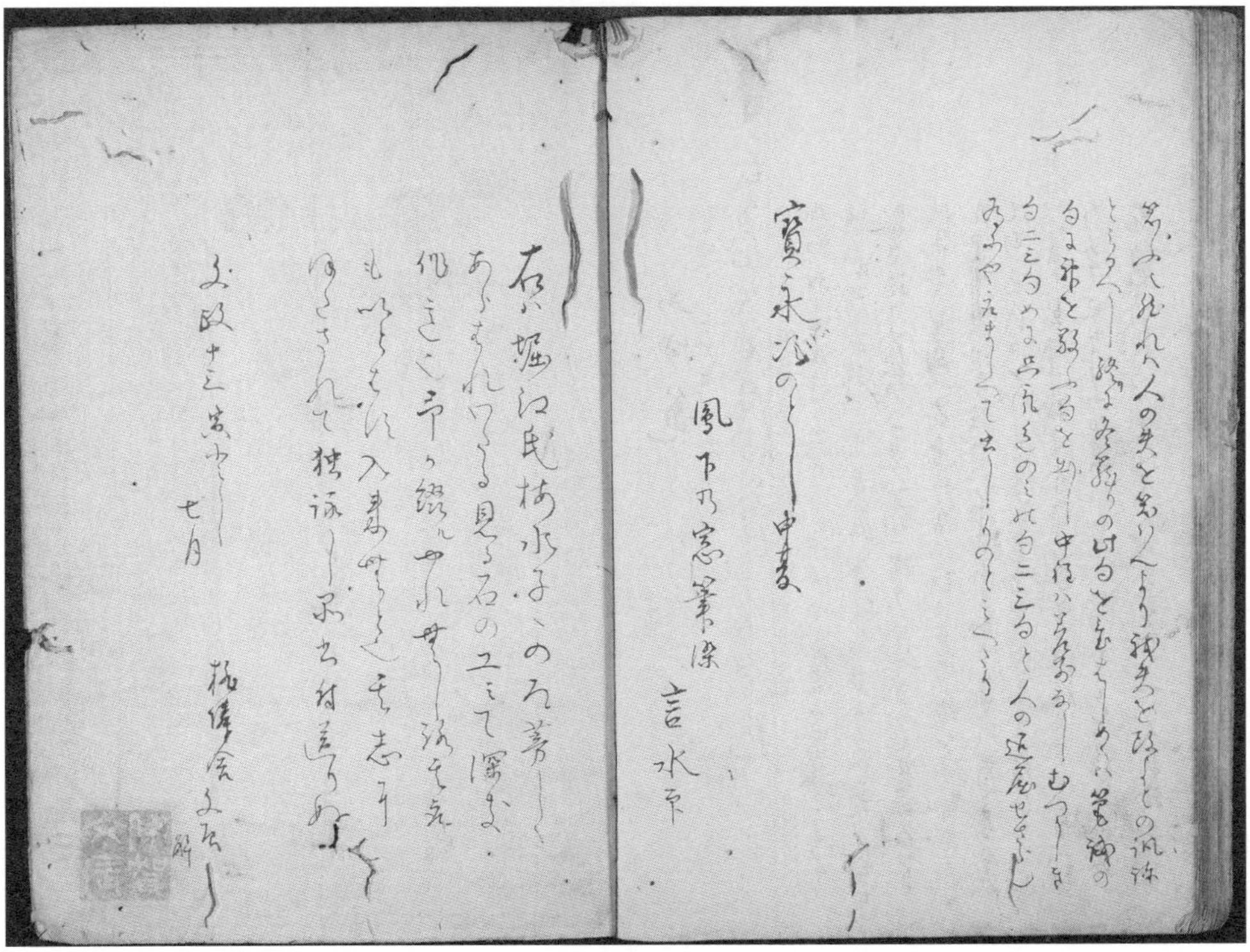

6．巻末

7. 裏表紙

ホノルル美術館蔵黄表紙『積孝雪振袖』（『敵討政五郎話』）影印・翻刻

二又　淳

解題

本書は改装裏打本。萌黄色表紙で絵題簽を欠く。全十五丁。柱題「かたきうち」。十四・十五丁の下部に大きな破損箇所がある。冒頭の見返し裏に「書号年代不知。但、作者之時代、又、画様ヲ以考ルニ、天明初年ノ刻ナルコト必セリ　敵討　可笑門人雀声作／蘭徳画」と墨書される。

日本古典籍総合目録データベースで、作者雀声と画工蘭徳の組み合わせの作品を見ると、『敵討政五郎話《かたきうちまさごろうばなし》』と、天明六年〈一七八六〉刊『積孝雪振袖《つもるこうゆきのふりそで》』の二作品が確認できる。ただし、両作品とも「日本小説年表による」として所在を記さない。

棚橋正博『黄表紙総覧』では、『敵討政五郎話』については、「該本及び該当する絵題簽未見」とする（棚橋正博『黄表紙総覧　後編』刊年未詳の条）。『積孝雪振袖』については、「榎本屋板」とし、「該書未見。該当する絵題簽も未見。書名以下は書年表の記載に拠り、板元については『外題鑑』に従う」とする（棚橋正博『黄表紙総覧　前編』）。

柱題が「かたきうち」で、敵役として嶋川政五郎が登場するので、本書は所在が確認できない『敵討政五郎話』かということになるが、『積孝雪振袖』は抱谷文庫蔵本のマイクロフィルムが国文学研究資料館に備わるので確認すると、本書と抱谷文庫本『積孝雪振袖』は同版本であった。

抱谷文庫本『積孝雪振袖』も残念ながら改装本で、表紙に「積孝雪振袖　蘭徳　天明六」と墨書されるのみである。抱谷文庫本『積孝雪振袖』は原本未見ながら、マイクロフィルムによると裏打本のようで、版面の下部に破れや手擦れ箇所があるが、レインコレクションの十四・十五丁の破損箇所を補える。

本書の内容はあらすじを参照いただきたいが、父親を殺害され、恋の意趣晴らしで母親までも政五郎に殺害された娘お菊が、剣術稽古に励んだ上で、剣術の師玄龍の一子・靫負《ゆきえ》の介とともに政五郎を討つという、古風な実録風の「娘敵討」のストーリーである。本書が何を参考にしたのかはわからないものの、例えば、山東京伝の筆名初出作である安永九年〈一七八〇〉刊『娘敵討古郷錦』と内容の類似は認められる。

それでは、『敵討政五郎話』と『積孝雪振袖』のどちらが元のタイトルかと考えると、本書の内容は敵役の政五郎に重きがおかれる『敵討政五郎話』よりは、『積孝雪振袖』のほうがふさわしいのではと思われる。四丁オモテ、政五郎が草履取り鉄平とともに左近の館に忍び入る場面で、「おりしも春の残雪に是幸《さいわ》いと」とあり、絵でも雪の景が描かれる。『黄表紙総覧』で指摘される『外題鑑』（『燕石十種』所収『戯作外題鑑』）が編まれた時点では、天明六年榎本屋版の『積孝雪振袖』の絵題簽が存在したものであろう。

　翻刻にあたっては、基本的には原本通りであるが、句読点・濁点等を補い、読解の便と解釈を示すため、適宜漢字を当てた。その場合、原本の平仮名を振り仮名として残した。

あらすじ

　若狭の国松田家の家臣・関口左近は、同国を悩ませていた盗賊・若狭太郎を捕らえた功によって、殿より不動国次の一腰を拝領する。同家中・嶋川政五郎は、左近の妻・お歌に言い寄るが拒まれる。ある夜、左近方に忍び入った政五郎は、左近を殺害、国次の一腰を奪って逃走する。

　お歌は、娘お菊とともに、お菊の乳母を頼りに近江彦根へと向かう。途中持病の癪の病で苦しむところで政五郎と出会い、自分に従わないお歌を政五郎は殺害する。両親を殺されたお菊は、何とか乳母のもとに辿り着く。乳母の夫・長九郎はもと政五郎の家来であったので、お菊は長九郎に絞め殺されるが、野州岩船地蔵尊が身代わりになり、お菊は無事であった。乳母のもとを離れたお菊は非人となり、京へ向かう。

　岩船地蔵尊の夢想を受けた京都五条の軍学の師匠・三好玄龍はお菊を養い、お菊は三年間、剣術の稽古に励み、腕を上げる。玄龍の一子・靭負《ゆきえ》の介と深い仲となったお菊、二人が四条の茶屋で夕涼みの折、同じく祇園の辺で高禄の身となっていた政五郎と出会う。日を選び、靭負の介の助太刀を得て敵を討ったお菊は、古主への帰参が叶い、靭負の介と結ばれる。

影印・翻刻

見返し裏書き入れ

　書号年代不知。但、作者之時代、又、画様ヲ以考ルニ、天明初年ノ刻ナルコト必セリ。

1オ

　石川や浜《はま》の真砂《まさご》は尽《つ》きるとも世に盗人《ぬすびと》の種《たね》は尽《つ》きせじト、げに五右衛門が辞世《じせい》に異《こと》ならず、国に盗人《ぬす》、家《いへ》に鼠《ねづみ》は限《かぎ》りしもの。若狭の国小《お》浜領《ばまりやう》五島《しま》村に、与太郎といふ者《もの》あり。以前《いぜん》は帯刀《たいとう》をもせし身《み》なれども、身持放埒《みもちほうらつ》ゆへ、父《ちゝ》に勘当《かんどう》受け、身《み》の置《お》き所なく、その日を送《おく》りかね、ついに盗賊《とうぞく》となり、ほど近《ちか》き山中を住処《すみか》となし、名《な》あるあぶれ者《もの》を集《あつ》め、近郷近在《きんがうきんざい》へ押《お》し込《こ》み、切取強盗《きりどりごうどう》を業《わざ》とし、誰言《たれい》ふともなく若狭太郎と異名《いめう》を付《つ》き、いよ〳〵悪逆《あくぎやく》、日《ひ》に増《ま》しける。

（手下）「あの川井《かわい》村に、平作とてい、代物《しろもの》がござります」

1ウ・2オ

　当国川井村《とうごくかわいむら》に、百性平作といふ者《もの》あり。耕作《こふさく》に油断《ゆだん》なく、貧《ひん》なる者《もの》には米銭《べいせん》を施《ほどこ》し、川井村《むら》にては指折《ゆびお》りの長者《ちやうじや》なりしが、ある夜《よ》、若《わか》狭太郎がために、家財残《かざいのこ》らず奪《ば》い取《と》られ、無念《むねん》に思《おも》ひ、「打《う》ち捨《す》ておかば国中の難儀《なんぎ》、多《おゝ》くの人のためなれば、我《わ》が命には替《か》へがたく、たとへ我《わ》が一命《めい》を取《と》らるゝとも、余国《よ》は知《し》らず、若狭《わかさ》一か国《こく》の盗賊《とうぞく》の根《ね》を絶《た》やさん」と願《ねが》い書《がき》を認《したた》め、若狭は松田家の領分《りやうぶん》なれば、松田殿の役所へ訴《うつた》へ、家老《かろふ》用人をもつて殿《との》へ申上ければ、神妙《しんびやう》に思《おぼ》し召《め》し、「かねて聞《きゝ》き及《およ》ぶ盗賊《とうぞく》、助《たす》け置《お》くわ国《くに》の恥辱《ちじよく》なれば、家中《かちう》の内にて人を選《あら》み、近々に召《め》し取《と》らん」と評議《ひやうぎ》ある。

こゝに松田殿の家臣《かしん》に嶋川政五郎とて、僅《わづ》かの武芸《ぶげい》を言《いゝ》い立《た》て、高弐百石を領《りやう》し暮《く》らしける。しかるにこの度、若狭太郎が追手《おつて》に向《む》かふ者《もの》は、政《まさ》五郎ならであるまじと、一《いつ》家中風聞《ふうぶん》ありければ、政五郎、是を聞《きゝ》きつけ、「若狭《わかさ》太郎は余国《よこく》にも隠《かく》れなき盗賊《とうぞく》なれば、所詮我《しよせんわ》れ討《うつ》手《て》に向かうたりとも、中々か我《われ》には敵《かの》ふまじ」と、殿より仰せのなき内《うち》、俄《にわ》かに病気《き》と言《いゝ》い立《た》て、御前へ出《いで》ず引《ひ》き籠《こも》りけるゆへ、是非《ぜひ》なく当《とう》家中、関口左近《さこん》といへる者《もの》に仰付らるゝ。

(家老)「いかにも願《ねが》いの趣《おもむき》、聞《きゝ》き届《とゞ》けて遣《つか》はす。立《た》て〳〵」

(男)「ありがとう存《ぞん》じます。ハヽ〳〵」

(平作)「なにとぞ御威光《いかう》をもちまして、召《め》し捕《と》られ下《くだ》されませうなら、ありがとう存じまする」

(政五郎)「そふさ〳〵」

(男)「折悪《おりわる》い御《ご》病気《き》。左近殿《さこんどの》の《ゝ》手際《てきは》には、心許《こゝろもと》ない」

2ウ・3オ

こゝにまた、関《せき》口左近《さこん》といふ者《もの》、先祖《せんぞ》よりの武功《ぶかふ》すさまじく、弓馬《きうば》の道《みち》も暗《くら》からず、このたび殿《との》より仰《おふ》せを蒙《かうむ》り、足軽《あしがる》二人供に連《つ》れ、河井村に到《いた》り、百性に案内《あんなひ》させ、太郎が住《す》まいける山中に入《い》りければ、手下の者《もの》ども、これを見付《みつ》け、すは討手《うつて》ならんと、若狭《わかさ》太郎にかくと告《つ》げければ、太郎もはやこれまでなりと、差添《さしぞ》へを抜《ぬ》き放《はな》し、左近《さこん》に渡《わた》り合《あ》い、半時《はんじ》ばかり戦《たゝか》いしが、鋭《するど》き刃《やいば》に斬《き》り立《た》てられ、敵《かな》わじとや思《おも》ひけん、刀打《かたなう》ち捨《す》て逃《に》げんとせし所《ところ》を、取《と》つて押《お》さへ、用意《よふい》の早《はや》縄《なわ》かけ絡《から》めとる。

是を見るより手下の者《もの》、これを見て雲の子《こ》を散《ち》らす如《ごと》く逃《に》げ失《う》せける。残《のこ》る奴原《やつばら》、足軽《あしがる》二人にて縄《なわ》をかけ、左近《さこん》が生捕《いけど》り太郎もろとも御前へ引据《す》へければ、殿にもいよ〳〵御機嫌《きげん》良《よ》く、御褒美《ほうび》として、不《ふ》動国次《どうくにつぐ》の一腰《こし》を被下ける。

(男)「まず親分《おやぶん》から締《し》められた。どうで仕舞《しまい》はこんなことであろふと思《おも》つた。これから此商売《せうばい》をさつと止《や》めて、橋本町《はしもとてう》へでも参《まい》りませう」

(若狭太郎)「汝《なんぢ》らごときに不覚《ふかく》を取《と》りしも、某《それがし》が運尽《うんつ》きたる所か。残念《ざんねん》な」

(関口左近)「尋常《ぢんぜう》に縄掛《なわかゝ》かれ。国主《こくしゆ》よりの上意《ゐ》なるぞ」

(足軽)「捕《と》つた〳〵。こいつ足《あし》の速《はや》い奴《やつ》だ」

(男)「その筈《はづ》だ。普段逃《ふだんに》げつけているからさ」

3ウ・4オ

左近《さこん》が女房《ぼう》はお歌《うた》とて、美《うつく》しきこと一家中《いつかちう》に並《なら》ぶ者《もの》もなく、夫婦《ふうふ》の中睦《むつ》ましく、娘《むすめ》壱人持《も》てり。お菊《きく》とて、明《あ》け暮《く》れ寵愛《てうあい》し、大事に育《そだ》てける。日頃政《ひごろまさ》五郎は、左近《さこん》が首尾《しゆび》の良《よ》きを妬《ねた》み、この度《たび》の働《はたら》きにて名を上《あ》げしをなを〳〵嫉《そね》み、その上お歌《うた》に深《ふか》く心《こゝろ》を掛《か》け、たび〳〵文《ふみ》を遣《つか》わしけれども、お歌《うた》は左近《さこん》に貞《てい》女を立《た》て、ついに一度の返事《へんじ》もなく、ある日《ひ》左近《さこん》が留守《るす》を幸《さいわ》いに、色々《いろ〳〵》に口説《くど》く。

(政五郎)「そふつれなくはせぬものだ。俺《おれ》だとつても、あんまり捨《す》てた男《おとこ》でもねへによ」

(お歌)「そこお離《はな》しなされませ。左近《さこん》が耳《みゝ》へ入《い》りましたら、お為《ため》になりますまい」

　政五郎はお歌《うた》を手《て》に入んと、色々《いろ〳〵》にすれどつれなく言《いゝ》放《はな》しけるゆへ、心《こゝろ》を痛《いた》め、「左近《さこん》があるゆへ、我《われ》に従《したが》わず。何《なに》とぞ左近《さこん》を密《ひそ》かに失《うしな》ひ、お歌《うた》を我《わ》が花に眺《なが》めん」と、草履取《ぞうりと》り鉄平を招《まね》き、「今宵《こよい》左近《さこん》が館《たち》へ忍《しの》び入《い》り、その訳《わけ》はかよふ〳〵」と語《かた》りければ、鉄《てつ》平も主に劣《おと》らぬ不敵者《ふてきもの》、早速《さつそく》請《う》け合《あ》い、おりしも春の残雪に是幸《さいわ》いと、主従《しう〴〵》白装束《しうぞく》にて忍《しの》び入ル。

(鉄平)「お旦那《だんな》、静《しづ》かに、危《あぶ》ない〳〵」

(政五郎)「合点《がつてん》〳〵」

4ウ・5オ
　それより主従《しう〴〵》二人、まんまと左近《さこん》が寝間《ねま》へ忍《しの》び入《い》りければ、左近《さこん》物音《おと》に目《め》を覚《さ》まし、すは曲者《くせもの》と声掛《こへか》けられ、南無三仕損《なむさんしそん》じたりと、刀《かたな》抜《ぬ》く間《ま》もあらばこそ、左近《さこん》が肩《かた》より脾腹《ひはら》へかけて切下《さ》げられ、さすがの左近《さこん》も深手《ふかで》に弱《よわ》り、だち〳〵と怯《ひる》む所《ところ》を畳《たゝ》みかけ、ついに政《まさ》五郎が手にかゝり、あへなくもこの世《よ》を去《さ》りぬ。お歌《うた》はかくと見るより、長押《なげし》に掛《か》けし長刀《なぎなた》押《お》つ取《と》り、夫《おつと》の敵《かたき》と政五郎を目掛《めが》け切《き》りかくるを、鉄平後《うし》ろより抱《だ》き留《と》めけるゆへ、振《ふ》り返《かへ》り長刀《なぎなた》の石突《いしづき》にて突《つ》き伏《ふ》せ、扱《しご》きにて縛《いまし》める。このひまに政五郎は、国次《くにつぐ》の一腰《こし》を奪《うば》い、塀《へい》を乗《の》り越《こ》へ、いづくともなく逃《に》げ失《う》せける。お歌《うた》は女《おんな》ながらも天晴《あつぱれ》なる働《はたら》きなり。

(お菊)「ハア、とゝ様《さま》は切《き》られてじや。悲《かな》しや〳〵」

(お歌)「夫《おつと》の敵《かたき》、逃《に》ぐるとて逃《に》がそうか」

(鉄平)「南無三《なむさん》、急所《きうしよ》を締《し》められた」

(政五郎)「左近《さこん》めはくたばつたか。大願成就《ぐわんぜうじう》、忝《かたじけ》ない」

5ウ
　左近横死《さこんおゝし》の段《だん》、早速《さつそく》上へ届《とゞ》けければ、検使《けんし》も相済《あいす》み、お歌《うた》が捕《と》らへし鉄《てつ》平が白状《はくぜう》にて、政五郎が仕業《しわざ》なること知《し》れけれど、相手《あいて》取《と》り逃《に》がしたることを不届《ふとゞ》きなりと、家財《かざい》御取《と》り上《あ》げにて、親子共《おやこども》に屋敷《やしき》を払《はら》われ、以前使《いぜんつか》いしお菊《きく》が乳母《うば》、今《いま》は江州彦根《ごうしうひこね》にて、相応《そふおふ》に暮《く》らす由《よし》、これへ尋《たづ》ね行《ゆ》き、身《み》の上《うへ》を頼《たの》まんと、親子《おやこ》二人、慣《な》れぬ旅路《たびじ》に赴《おもむ》きける道すがら、「かわい〳〵」と鳴《な》く蛙《かわず》、いと物哀《ものあわ》れに見《み》へにける。
(お歌)「お菊《きく》や、そなたはくたびれはせぬか」
(お菊)「いへ〳〵、私《わたし》よりお前《まへ》が」

6オ
　お歌《うた》は近江《おゝみ》の彦根《ひこね》へ急《いそ》ぐ道《みち》にて、持病《ぢびやう》の癪《しやく》に差《さ》し詰《つ》められ、それにこの程《ほど》の心遣《づか》いにや、気持悪《きもちあ》しくなり、娘《むすめ》お菊《きく》、色々《いろ〳〵》と介抱《かいほふ》すれども、その験《しるし》なく、山家《やまが》のことゆへ、湯水《ゆみづ》に困《こま》り、日も西《にし》に傾《かたむ》きしころ、俄《には》かに大雨降《ふ》り出《いだ》し、お菊《きく》は詮《せん》方なく、薬《くすり》を求《もと》めんと、健気《けなげ》にも町家《まちや》を尋《たづ》ね行《ゆ》く。

(お菊)「おかゝさん、早《はや》く良《よ》くおなりなされてくだされませ」

(お歌)「こゝをちつと擦《さす》つてくりや」

6ウ・7オ

お歌《うた》はお菊《きく》が帰《かへ》りを待《ま》つ内《うち》に、次第《しだい》〳〵に病気《びやうき》重《おも》り、前後《ぜんご》も知《し》らずに倒《たを》れける。こゝに政五郎は、左近《さこん》を手にかけ、若狭《わかさ》の住《す》まいなりがたく、所々《しよ〳〵》方々《ほう〴〵》とさまよい歩《ある》き、今は朝夕の食事《しよくじ》さへ乏《とぼ》しく、何とぞ良《よ》き頼《たよ》りを求《もと》め、武士奉公《ぶしぼうかう》を稼《かせ》(が)んと思いつも、此所を通りかゝりしに、女の苦《くる》しむ声《こゑ》しけるゆへ、不思議《ふしぎ》に思《おも》いて、提灯《てうちん》にてよく〳〵見れば、我《わ》が執心《しうしん》かけし左近《さこん》が女房《ぼう》ゆへ、不審《ふしん》には思《おも》へど心嬉《うれ》しく、懐《くわい》中より薬を出《いだ》し与《あた》へければ、早速心つき礼を述《の》べ、顔《かほ》を見るに政五郎ゆへ、夫《おつと》の敵《かたき》と切かけし刀《かたな》もぎ取《と》り、色々《いろ〳〵》口説《くど》けども聞き《きゝ》入《い》れぬゆへ、恋《こひ》の邪魔《じやま》と手にかけ、金《きん》子を奪《うば》い立退《の》く。

(政五郎)「その方《ほう》がために夫《おつと》の敵《かたき》とあれば、いかにも討《う》たれてやりてへが、まめほらぬ悪《わる》い料簡《りやうけん》だ。敵討《かたきう》ち止《や》めにして、おれが心に従《したが》へさ」

(お歌)「心に従《したが》へとは汚《けが》らはしい。夫《おつと》の敵覚悟《かたきかくご》せい、政《まさ》五郎」

7ウ・8オ

お菊《きく》はかくとも知《し》らず、薬《くすり》を求《もと》め、母《はゝ》に与《あた》へんと急《いそ》ぐ道《みち》にて、胸騒《むなさわ》ぎせしゆへ、心許《もと》なく急《いそ》ぎ帰《かへ》りけれど、母《はゝ》見へぬゆへ、不思議《ふしぎ》に思《おも》ひ、そこゝと尋《たづ》ね、思《おも》わず母《はゝ》の死骸《しがい》に行《ゆ》き当《あ》たり、よく〳〵見れば、お歌《うた》が死骸《しがい》ゆへ、驚《おどろ》き抱《だ》き起《おこ》し、呼《よ》べど叫《さけ》べどその験《しるし》なく、息絶《いきた》へければ、その身《み》も共《とも》に泣《な》き沈《しづ》み、年端《としは》もゆかぬお菊《きく》が行方《ゆくへ》ぞ定《さだ》めなき。


(お菊)「もし、かゝ様《さま》、親《おや》人に離《はな》れ、私《わたくし》は何《なん》といたしませう」

さても嶋《しま》川政《まさ》五郎は、お歌《うた》を我《わ》が手にかけ、いまは心安《こゝろやす》しとて、六十六部《ぶ》と姿《すがた》を変《か》へ、これも近江《おゝみ》の国《くに》へと心ざしける道《みち》に踏《ふ》み迷《まよ》い、山中にかゝりける。こゝに過《す》ぎし頃《ころ》、若狭《わかさ》の国《くに》にて、左近《さこん》がために滅《ほろ》びたる若狭《わかさ》太郎が残党《ざんとう》、昔《むかし》の盗賊《とうぞく》に立《た》ち返《かへ》り、国々《くにぐに》を徘徊《はいかい》なし、政《まさ》五郎を常《つね》の六部と思《おも》ひ、剥《は》ぎ取《と》らんとして、皆々《みな〳〵》政《まさ》五郎に討《う》たるゝ。

(盗賊)「六部《ぶ》、酒手《さかて》を置《お》いて通《とう》れ」

(政五郎)「小癪《こしやく》な泥棒《どろぼう》めら、かたはち覚悟《かくがう》しろ。たゞの六部《ぶ》だと思《おも》つたら当《あ》てが違《ちが》おふ」

(盗賊)「これ腕《うで》が折《お》れるは。許《ゆる》してくれろ」

8ウ・9オ

それよりお菊《きく》は、母《はゝ》の死骸《しがい》を取《と》りおさめ、母《はゝ》の教《おし》へにまかせ、彦根《ひこね》の乳母《うば》を尋《たづ》ね行《ゆ》かんと思《おも》へど、貯《たくわ》へとては一銭《せん》もなく、往来《おうらい》の旅人《りよじん》に手の内《うち》を乞《こ》ひ、昼《ひる》は過《す》ごせど、夜《よる》は臥所《ふしど》に立《た》ち迷《まよ》ひ、邪見《じやけん》の人には打《ぶ》ち叩《たゝ》かれ、慈悲《じひ》ある人は一夜《いちや》を泊《と》め、よふ〳〵と尋《たづ》ね来《きた》り、乳母《うば》に会《あ》い、左近《さこん》お歌《うた》が横死《おゝし》の様子《よふす》、残《のこ》らず物語《ものがた》り、お菊《きく》が育《そだ》ち来《きた》りしを、乳《う》母《ば》は喜《よろこ》びしが、だん〳〵の様子《よふす》を聞き《きゝ》、しばし涙《なみだ》に暮《く》れにける。

(乳母)「やれ〳〵、それは情《なさ》けない事でござります。ほんにお前様《まへさま》がお愛《いと》しうござります」

(長九郎)「これはしたり」

(お菊)「力《ちから》に思《おも》ふはそなた衆《しゆ》じや。どうぞ身《み》の上《うへ》を頼《たの》みますぞへ」

9ウ・10オ

乳母《うば》が連《つ》れ添《そ》う長九郎は、その以前《いぜん》政五郎が家に勤いたりしが、子《し》細《さい》あつて今は町《てう》人となり、お菊《きく》が乳母《うば》と不思議《ふしぎ》の縁《ゑん》にて夫婦《ふうふ》となりしが、お菊《きく》が話《はなし》にて聞《き》けば、敵《かたき》は政《まさ》五郎と聞《き》き、心を痛《いた》めしが、今宵《こよい》は左近夫婦《さこんふうふ》が逮夜《たいや》に当《あ》たりければ、たゞ一遍《ぺん》の営《いとな》みをせんと、修行者《しゆぎやうじや》の通《とう》りしを招《まね》き、思《おも》わず顔《かほ》をを見《み》れば、政《まさ》五郎ゆへびつくりし、お菊《きく》が話《はなし》の様子《やうす》といゝ、さてはと心付《づ》き、人知《し》れず政《まさ》五郎を匿《かくま》い置《お》く。

長九郎は、政《まさ》五郎を匿《かくま》い置《お》き、朝夕《あさゆふ》の食事《しよくじ》にまで気《き》をつけ、お菊《きく》がためには敵《かたき》ゆへ、討《う》たせては女房《ぼう》への義理《ぎり》は立《た》てど、主人《じん》へ言い訳《いゝわけ》なく、どちらも主人のためなれば、背《せ》に腹《はら》は代《か》へられず、元より悪心《あくしん》なる長九郎ゆへ、政五郎にしか〴〵の事話《はな》し、二人心を合《あ》はせ、密《ひそ》かにお菊《きく》を絞め殺《ころ》し、死骸《しがい》を葛籠《つゞら》に隠《かく》し、政《まさ》五郎を落《お》とす。

(長九郎)「こゝに構《かま》はずと、ござりませふ」

(政五郎)「そちが心ざし、忘《わす》れはおかん。忝《かたじけ》ない」

10ウ

長九郎はお菊《きく》が敵《かたき》政五郎を匿《かくま》い置《お》きし事、乳母《うば》悟《さと》り、お菊《きく》を長《なが》く留《と》め置《お》かば、身《み》の障《さわ》りにもならんと、路銀《ろぎん》を与《あた》へ、人知《し》れずお菊《きく》を落《お》とす。この様子物陰《やうすものかげ》より長九郎覗《のぞ》き見て、正《まさ》しくお菊《きく》は殺《ころ》せしに、今又いるは不思議《ふしぎ》なりと驚《おどろ》き、以前《いぜん》の葛籠《つゞら》を開《あ》け見れば、死骸《しがい》にあらで、お菊《きく》が首《くび》に掛《か》けし守《まも》り・岩船地蔵尊《いわふねじぞうそん》ゆへ、「さては身代《みが》はりに立《た》ち給ふや」と、これより一念発起《いちねんほつき》して、お菊《きく》が力となり、後《あと》を慕《した》いて行。

お菊《きく》も非《ひ》人となり、都《みやこ》の方へ志《こゝろざ》す。

(乳母)「そんなら随分《ずいぶん》おまめで。やがて御目にかゝりませう」

(お菊)「今《いま》までは、いかい世話《せは》。名残《なごり》は尽《つ》きぬ、おさらば〳〵」

11オ

都《みやこ》五条の辺《へん》に、三好玄龍《よしげんりう》といへる軍学《ぐんがく》の師《し》あり。門弟《もんてい》大勢《ぜい》にて、何不足《なにふそく》なく暮《く》らしける。ある夜《よ》、玄龍《げんりう》、まどろみし夢《ゆめ》の中《うち》に、いづくともなく三衣《さんへ》を着《ちやく》せし、美僧《びそふ》一人忽然《こつぜん》と現《あらわ》れ、「近《ちか》き内《うち》、この所《ところ》へ優《やさ》しき非人《ひにん》の来《きた》るべし。彼《かれ》は親《おや》の敵《かたき》を狙《ねら》ふといへど、いまだ手《て》の内定《うちさだ》めがさ（たヵ）し。何《なに》とぞ、彼《かれ》が力《ちから》となり、身《み》の上《うへ》の願《ねが》いを叶《かな》へ遣《つか》わし申べし。かく言《い》ふ我《われ》は、野州岩船《やしういわふね》の地蔵《ぢぞう》なり。頼《たの》むは汝《なんじ》一人なり」と、掻《か》き消《け》すごとく失《う》せ給ふ。

11ウ

玄龍《げんりう》は夢覚《ゆめさ》め、家内《かない》の者《もの》にも様子《よふす》を話《はな》し、お菊《きく》が来《き》たらんことを待《ま》つ所《ところ》に、ある日《ひ》の夕暮《ゆふぐ》れに、一人の非人《ひにん》、玄龍《げんりう》が門《かど》へ立《た》ち、手《て》の内《うち》を乞《こ》いけるゆへ、何心《なにごゝろ》なく立《た》ち出《い》で見《み》るに、棲外《つまはづ》れ卑《いや》しからぬ娘ゆへ、これこそと告《つ》げ給《たま》いしにやと、家《うち》へ連《つ》れ、しばらく留《と》め置《お》く。

(玄龍)「きれいなよい子じや。年《とし》はいくつで、名《な》は何《なん》と申ス」

(お菊)「あい、菊《きく》と申ます。年《とし》は十五でござります」

12オ

こゝに嶋《しま》川政《まさ》五郎は、彦根《ひこね》より、少《すこ》しの知《し》る辺《べ》を頼《たの》み、京祇園《ぎおん》の辺《ほとり》へ、足軽《あしがる》奉り（公ヵ）を勤《つと》め、相部屋《あいべや》の者《もの》に、心安《やす》く武芸《ぶげい》の指南《しなん》なぞせしが、此家中に、政五郎に続《つゞ》く者《もの》なく、誠に無類《むるい》の骨柄《こつがら》なりと、一家中取沙汰《とりざた》に及《およ》び、殿の御耳《みゝ》に達《たつ》し、ついには高禄《ろく》の身となりて、今《いま》は内福《ないふく》ニ暮《く》らしける。

(政五郎)「これから帰《かへ》りに、島原《しまばら》へ参《まい》ろうてはござらぬか」

(同役)「拙者《せつしや》は、ちつと用事《やうじ》があれど、まつと淵流《ふちなが》して参りませう」

12ウ・13オ

玄龍《げんりう》は、お菊《きく》を匿《かくま》い置《お》き、だん〳〵の語《かた》りを聞《きゝ》き、若狭《わかさ》にて政五郎といふ者《もの》(ゝ)ために、父《ちゝ》を討《う》たれ、母《はゝ》も何者《なにもの》ともなく害《がい》せられし様子《よふす》、玄龍《げんりう》が残《のこ》らず物語《ものがた》りしければ、地蔵尊《じぞうそん》の教《おし》へといゝ、不便《ふびん》に思《おも》い、日夜剣術《にちやけんじゆつ》の稽古《けいこ》先《さき》も侍《さむらゐ》のことなれば、女の身《み》にては心許《こゝろもと》なしと、怠《おこだ》りなり(くヵ)教《おし》へければ、親《おや》の敵討《かたきう》ちたきと思《おも》ふ一念通《ねんつふ》じてや、だん〳〵とせうさつ(上達ヵ)して、もはや三年《さんねん》も習《なら》いけるに、男勝《おとこまさ》りの達人《たつじん》となり、大勢《おゝぜい》の門弟《もんてい》の中にても、お菊《きく》に敵《かな》ふ者《もの》、さらになし。玄龍《げんりう》も喜《よろこ》び、なを奥義《おくぎ》を指南《しなん》して、天晴早業《あつぱれはやわざ》、名誉《めいよ》の達人《たつじん》に仕立《した》てける。

(門弟)「此次《つぎ》、貴様《きさま》じや。お支度《したく》〳〵」

(門弟)「いや、私《わたくし》はご免《めん》なされ。今日《けふ》はなぜか腰《こし》が痛《いた》みます」

(玄龍)「天晴《あつぱれ》、できた〳〵」

(お菊)「見《み》へましたか」

(門弟)「いま〳〵しい。又締《し》められた。ちつと七《なゝ》ふぐりの筋《すじ》だ」

13ウ・14オ

光陰矢《こういんや》のごとく、とは世《よ》の譬《たと》へ、お菊《きく》もはや十七才《さい》になり、生《うま》れ付《つ》き心ばへ優《やさ》しく、誰《たれ》心をかけぬ者《もの》もなかりける。玄龍《げんりう》が一子靫負《ゆきへ》の介といつしか深《ふか》き中となり、頃《ころ》しも夏《なつ》の事なりし、靫負《ゆきへ》とお菊《きく》二人連《づ》れにて、四条《ぜう》の夕涼《ゆふすゞ》みに出《い》で、方々と見物し、水茶屋《や》に立《た》ち寄《よ》りける。そばに同《おな》じく腰打《こしう》ち掛《か》けて、深編笠《ふかあみがさ》の侍《さむらい》、靫負《ゆきへ》に話《はなし》なぞしかけ、侍同士《さむらいどし》の事なれば、互《たが》いに名所《などころ》を問《と》いけるに、かの侍《さむらい》、嶋《しま》川政五郎とて、祇園《ぎおん》の辺《へん》に居《い》る由《よし》、お菊《きく》は心付《づ》き、よく〳〵見れば、幼少《よふせう》の時見覚《ときみおぼ》へし政五郎ゆへ、天《てん》の与《あた》へと大きに喜《よろこ》び、靫負《ゆきへ》にかくと知《し》らせける。

(茶屋娘)「よい若衆《わかしゆ》じや。紀伊国屋《きのくにや》にそのまゝさ」

(政五郎)「以後《いご》は御心安《やす》う、お出会《でや》い申そう。貴殿《きでん》の御名は何と申な」

(靫負の介)「拙者《せつしや》は、三好《よし》靫負《ゆきへ》の介《すけ》と申ます」

14ウ・15オ

二人の者《もの》は我《わ》が家《や》へ帰《かへ》り、玄龍《げんりう》に右《みぎ》の様子《よふす》を聞《き》かせければ、敵明白《かたきめいはく》に知《し》れる上《うへ》は、急《せ》く所《ところ》にあらずとて、玄龍《げんりう》、所の役人ゑ願《ねが》いを出《だ》し、日《ひ》を選《ゑら》み、四条《ぜう》の川辺《べ》にて立《た》ち会《あ》ふべしと言《いゝ》い渡《わた》され、この沙汰《さた》、世上《せでう》に隠《かく》れなく、見物群集《けんぶつくんじゆ》なしける。玄龍《げんりう》、お菊《きく》へ餞別《せんべつ》として、白無垢《むく》一重《ひとかさね》を贈《おく》り、お菊《きく》は女の事なれば、靫負《ゆきへ》の介に助太刀《すけだち》を許《ゆる》し、お菊《きく》、年来習《ねんらいなら》いし事なれば、秘術《ひじゆつ》を尽《つ》くして、ついに政五郎を討《う》ち取《と》りける。

こゝに以前《いぜん》、江州《ごふしう》にてお菊《きく》を尋《たづ》ね、後《あと》を追《お》い、家出《いへで》せし長九郎、国々《くにぐ》を尋《たづ》ね、京都《と》へ出《い》で、敵討《かたきう》ちある由《よし》を聞《き》き、もしやと思《おも》い様子《よふす》を聞《き》けば、違《ちが》いなきゆへ、検使《けんし》へ願《ねが》い、両人介抱《かいほう》のため、矢来《やらい》の内《うち》へ許《ゆる》され、お菊《きく》に力《ちから》をつけて、敵《かたき》を討《う》たせ、後《のち》に政《まさ》五郎が菩提《ぼだい》のため、墨染《すみぞ》めの身《み》となる。

(靫負の介)「お菊《きく》、怯《ひる》むな。助太刀《すけだち》には、靫負《ゆきへ》が控《ひか》へているぞ」

（政五郎）「飛《と》んで火《ひ》に入る夏《なつ》の虫《むし》。小癪《こしやく》な小女郎《こめろふ》め、返《かへ》り討《う》ちだ。
靫負《ゆきへ》の介めも覚悟《かくごう》しろ」

（お菊）「珍《めづら》しや、政《まさ》五郎殿《どの》。先年《せんねん》御身の手にかゝりし左近《さこん》が娘菊《きく》、父《ちゝ》の敵《かたき》、思《おも》ひ知《し》られよ」

（見物）「珍《めづら》しい事た」

（見物）「あの娘のには、合点《がてん》のゆかぬものだ」

（見物）「是非《ぜひ》もない事じや」

15ウ

お菊《きく》は念《ねん》なく敵《かたき》政《まさ》五郎を打、国次《つぐ》の一腰《こし》を取《と》り返《かへ》し、古主《こしう》へ帰参《きさん》相済《あいす》みければ、松田殿《どの》、玄龍《げんりう》が実心《じつしん》、お菊《きく》が孝心《こうしん》を感《かん》じ給《たま》い、御褒美《ほうび》として、御加増《かぞふ》あり。

玄龍《げんりう》が一子靫負《ゆきへ》、元服《げんぶく》して、吉日を選《ゑら》み、お菊《きく》と婚礼《こんれい》ありて、関口左近《さこん》が跡目《あとめ》を下《くだ》され、玄龍《げんりう》が家《いへ》に伝《つた》わる軍学《ぐんがく》の秘書《ひしよ》を譲《ゆづ》り、めでたく栄《さか》へしも、岩船地蔵《いわふねじぞう》の御利益《ごりやく》なること、古《ふる》き書《しよ》に見へしを、こゝに書《か》き綴《つゞ》り、三冊《さつ》の草紙《そうし》となし、御子様方《がた》の御慰《なぐさ》みといたし、まいらせ候。めでたくかしく。

可笑門人雀声作・蘭徳（花押）

（表紙）

（表紙裏）

（見返し裏）

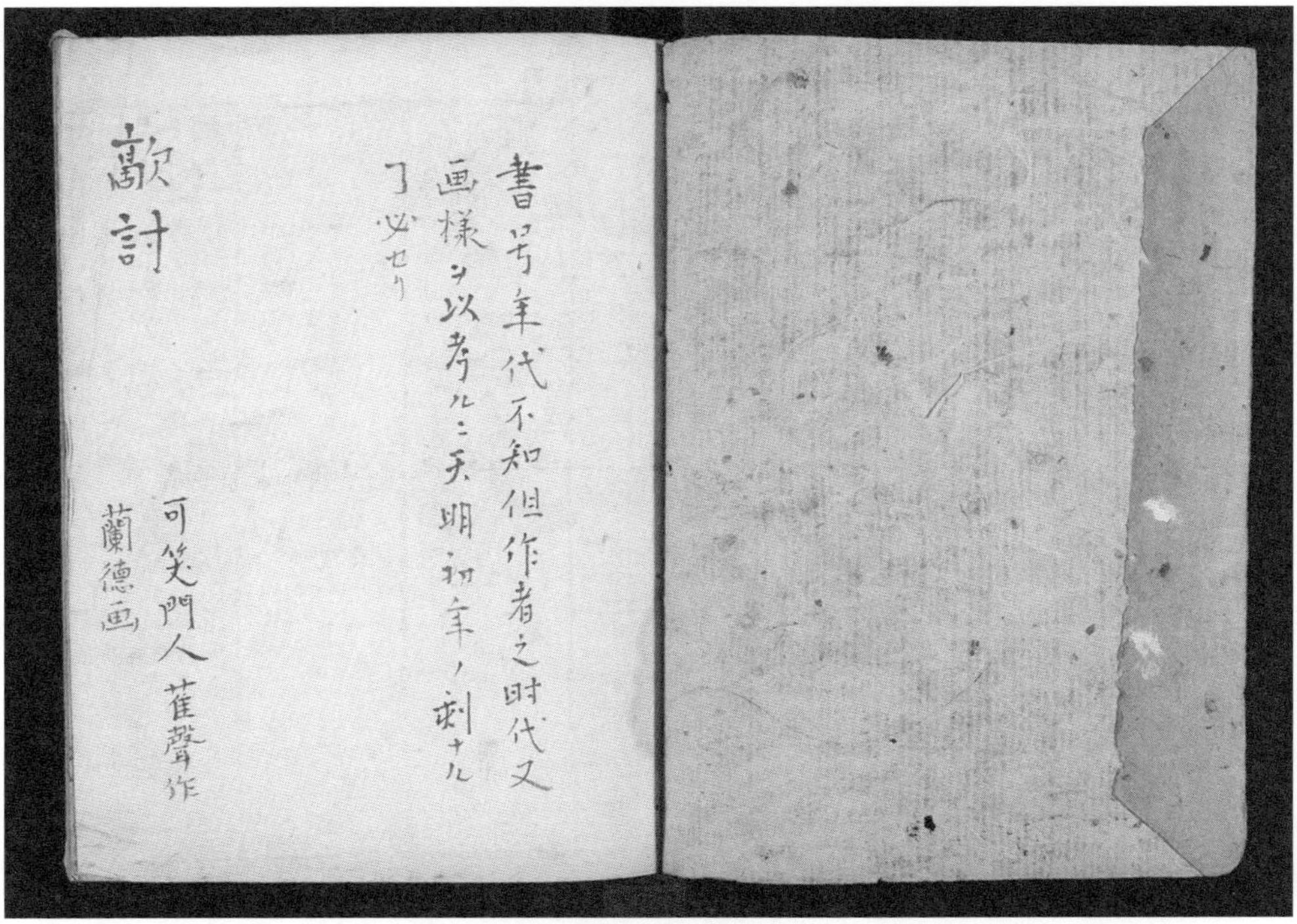
書号年代不知但作者之時代又
画様ヲ以考ルニ天明初年ノ刻ナル
ヿ必セリ
敵討
可笑門人
萑聲作
蘭徳画

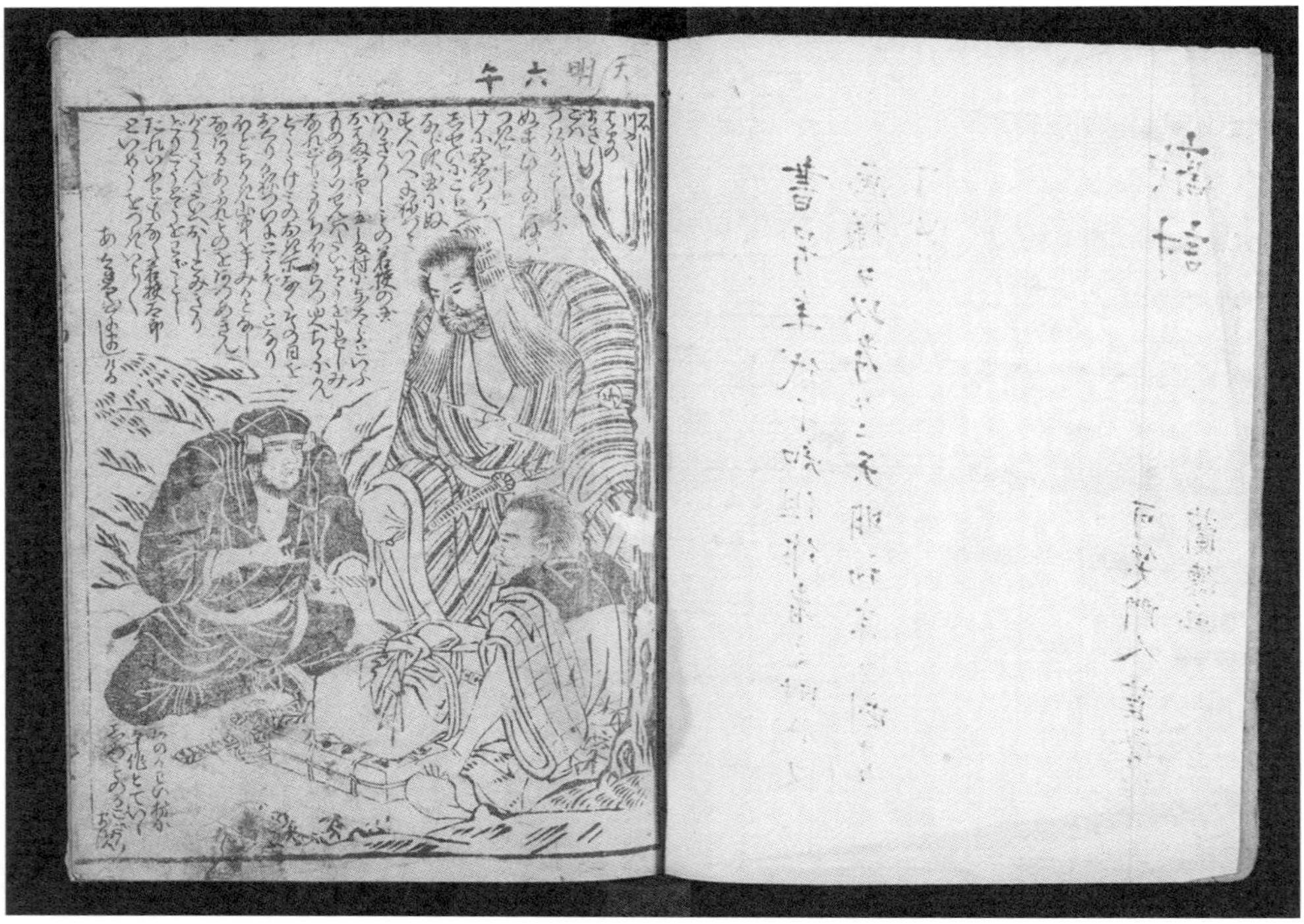

（見返し・1オ）

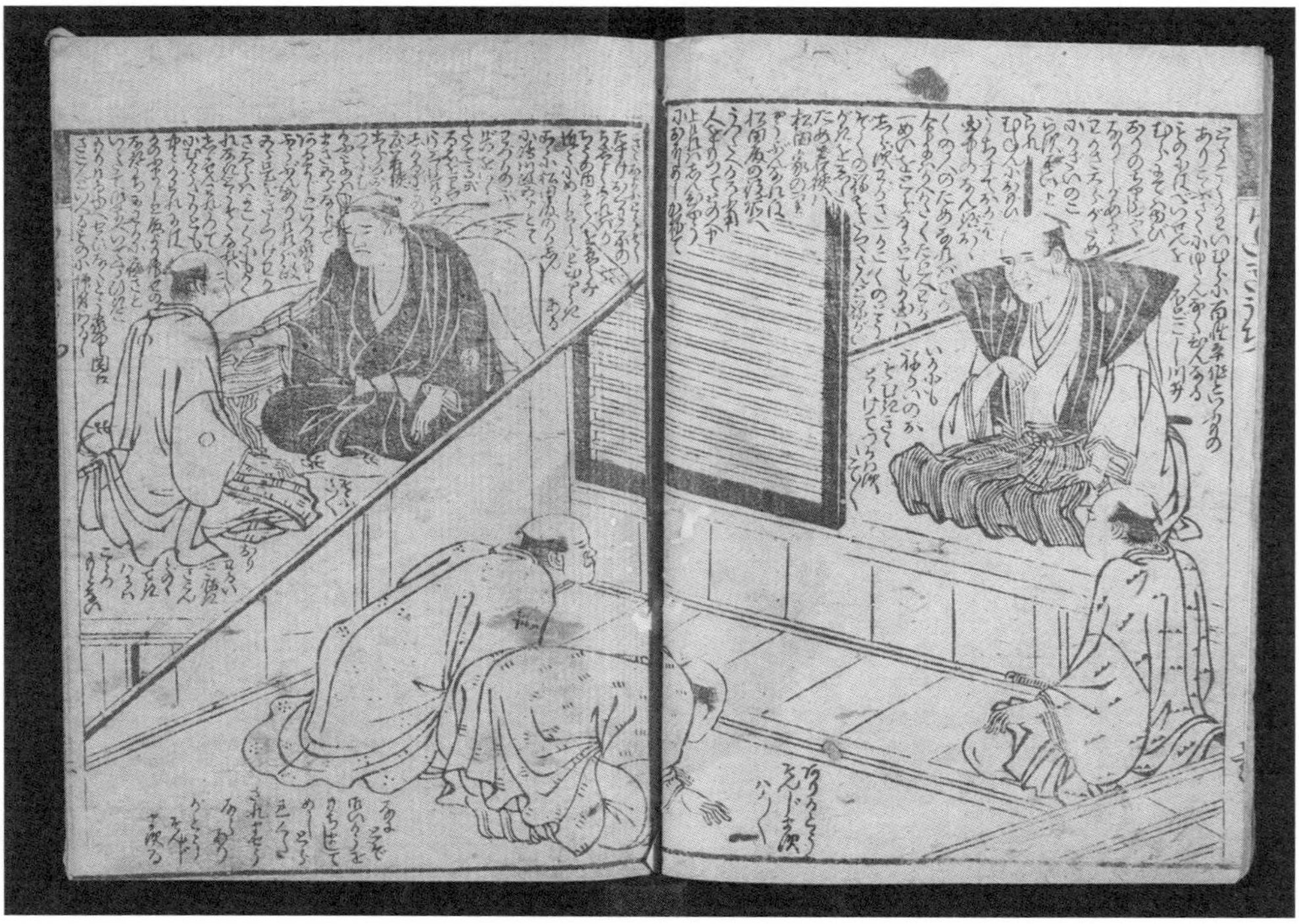

（1ウ・2オ）

（2ウ・3オ）

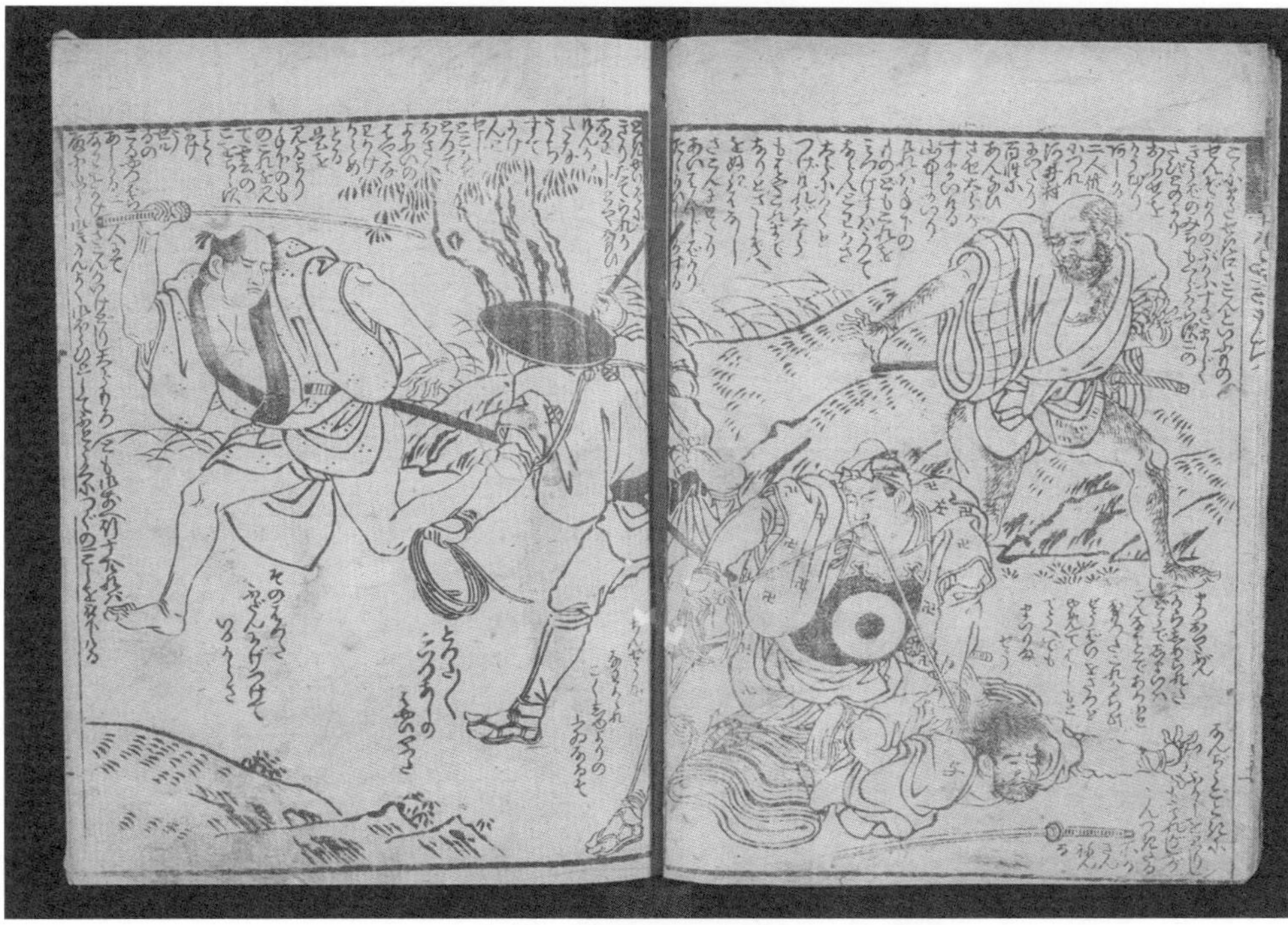

（3ウ・4オ）

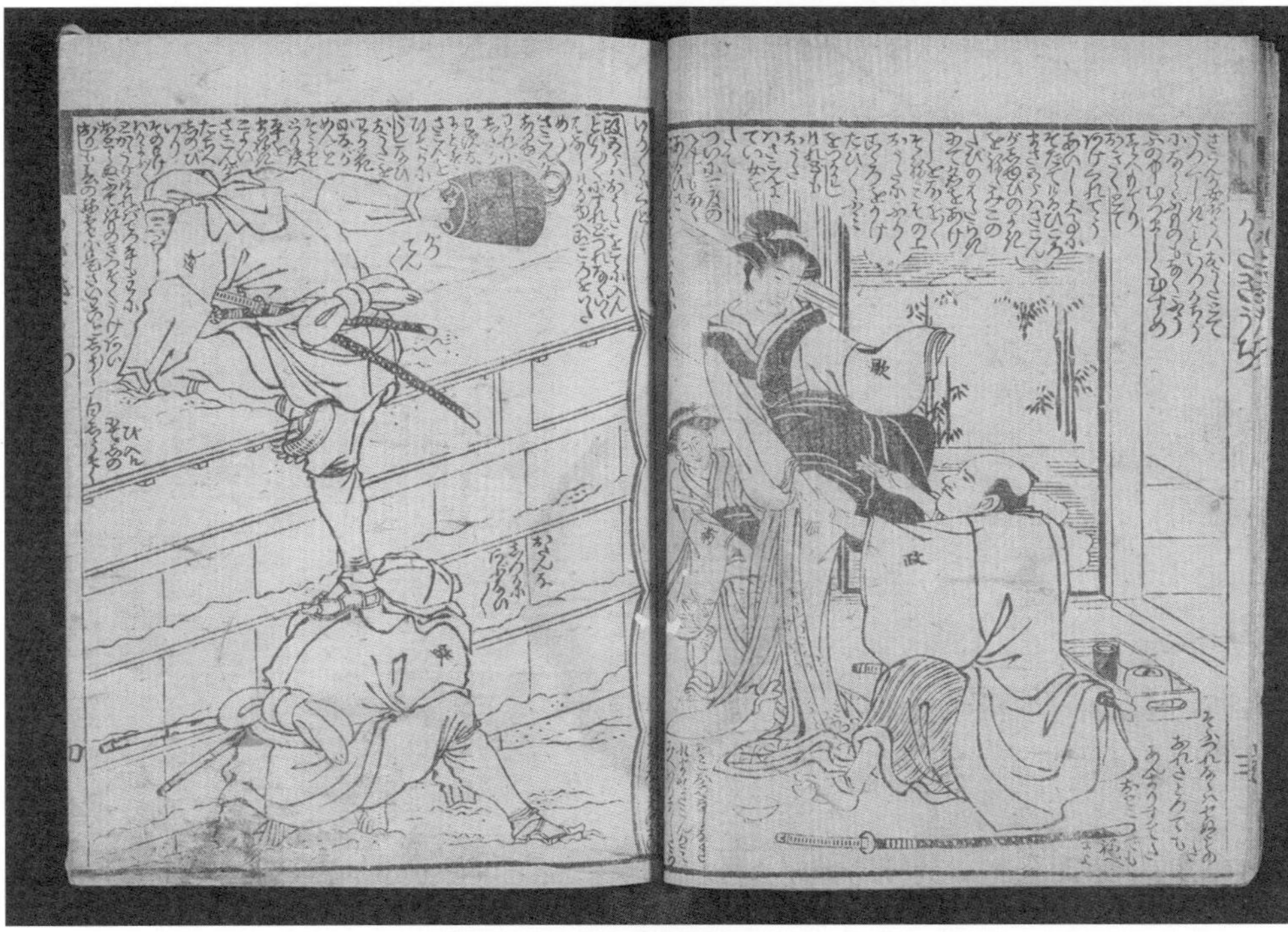

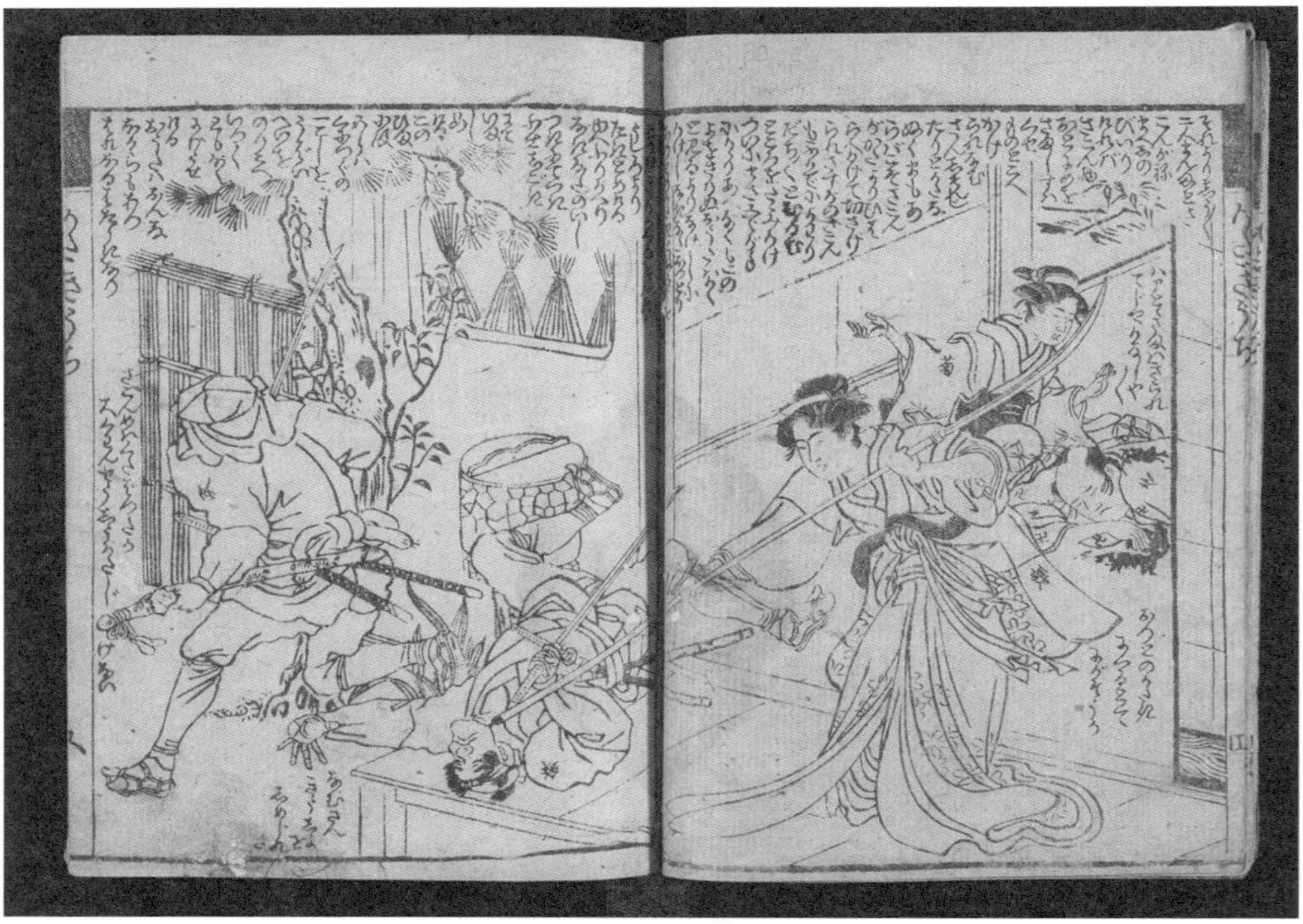

（4ウ・5オ）

（5ウ・6オ）

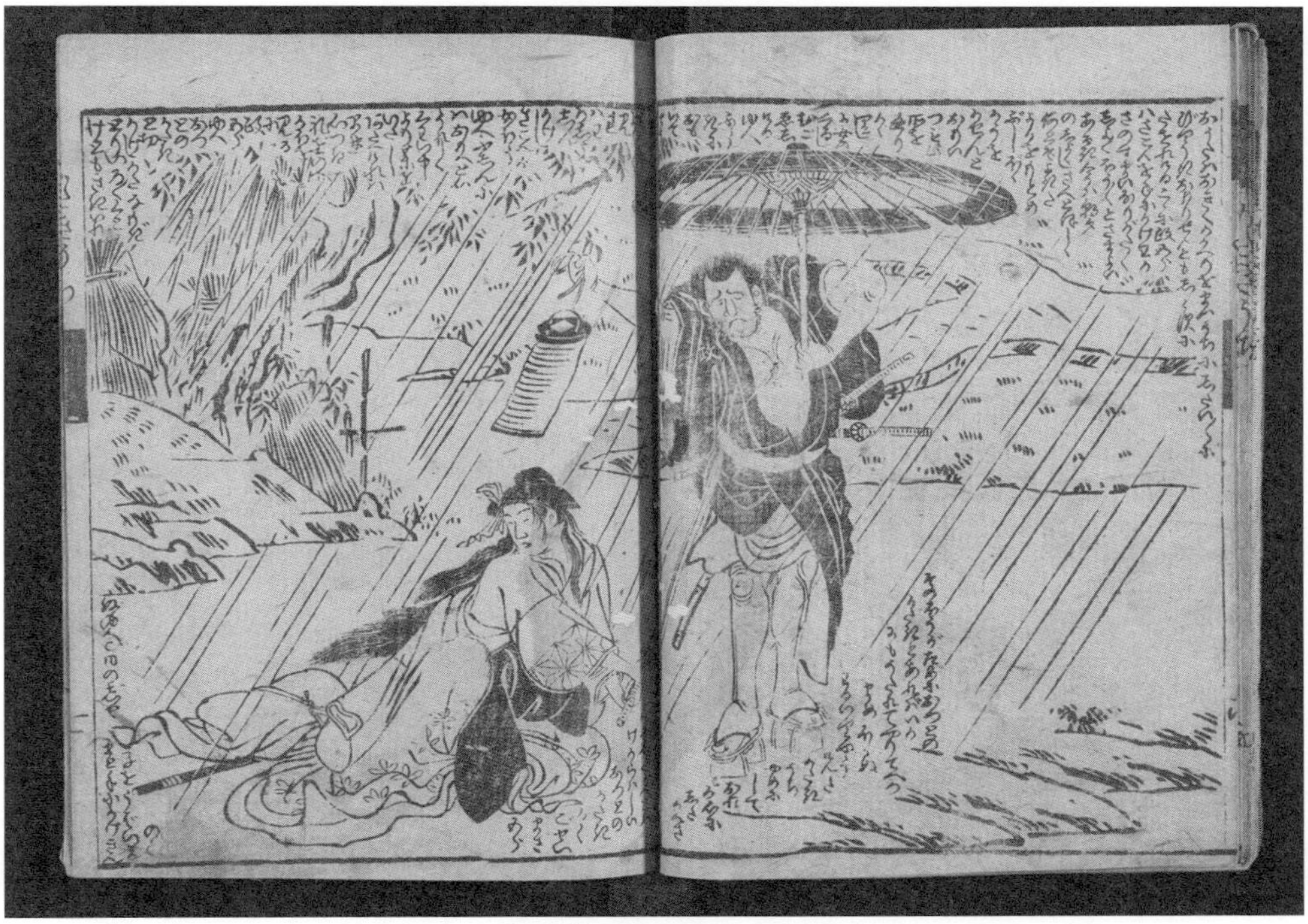

（6ウ・7オ）

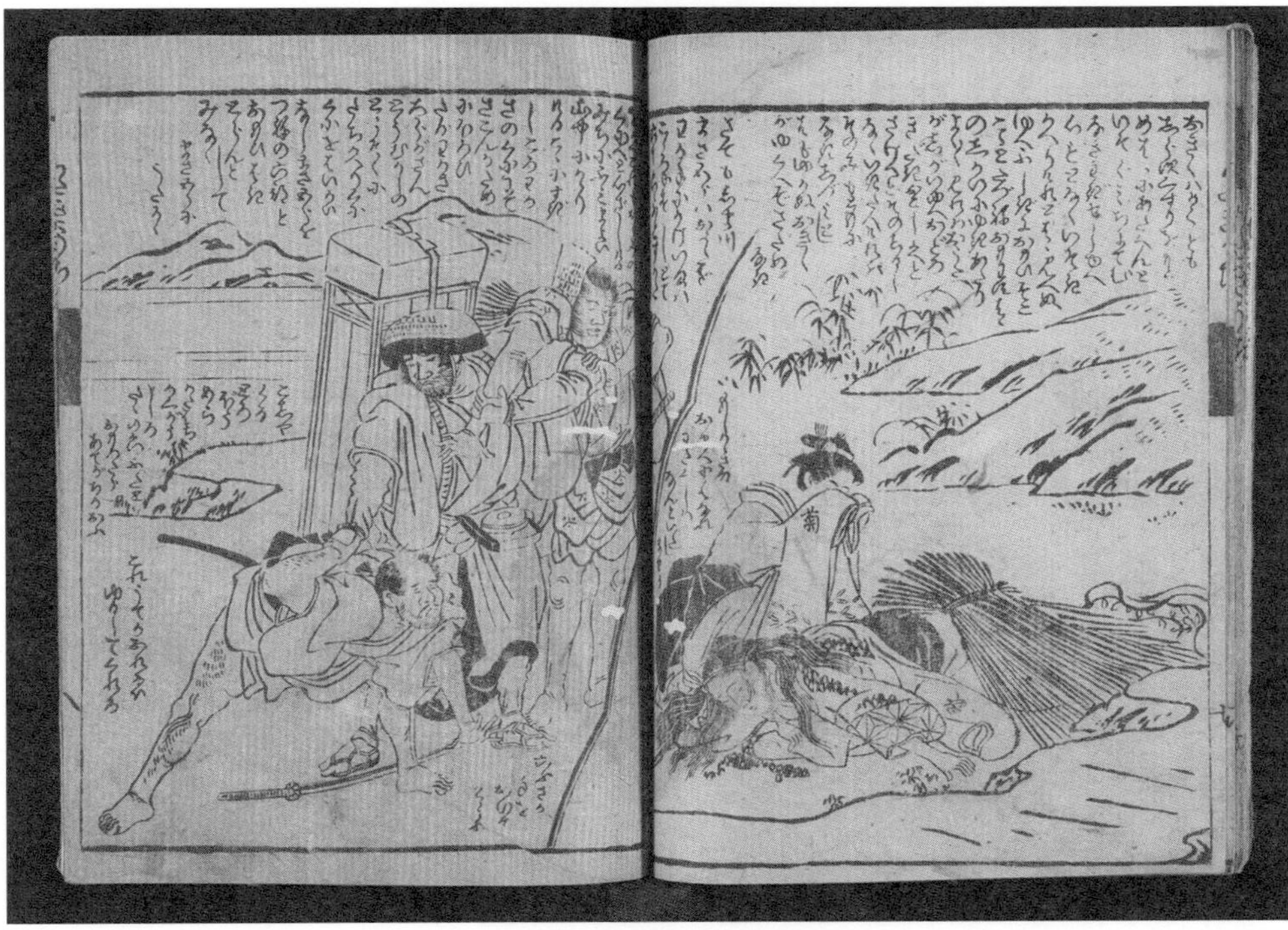

（7ウ・8オ）

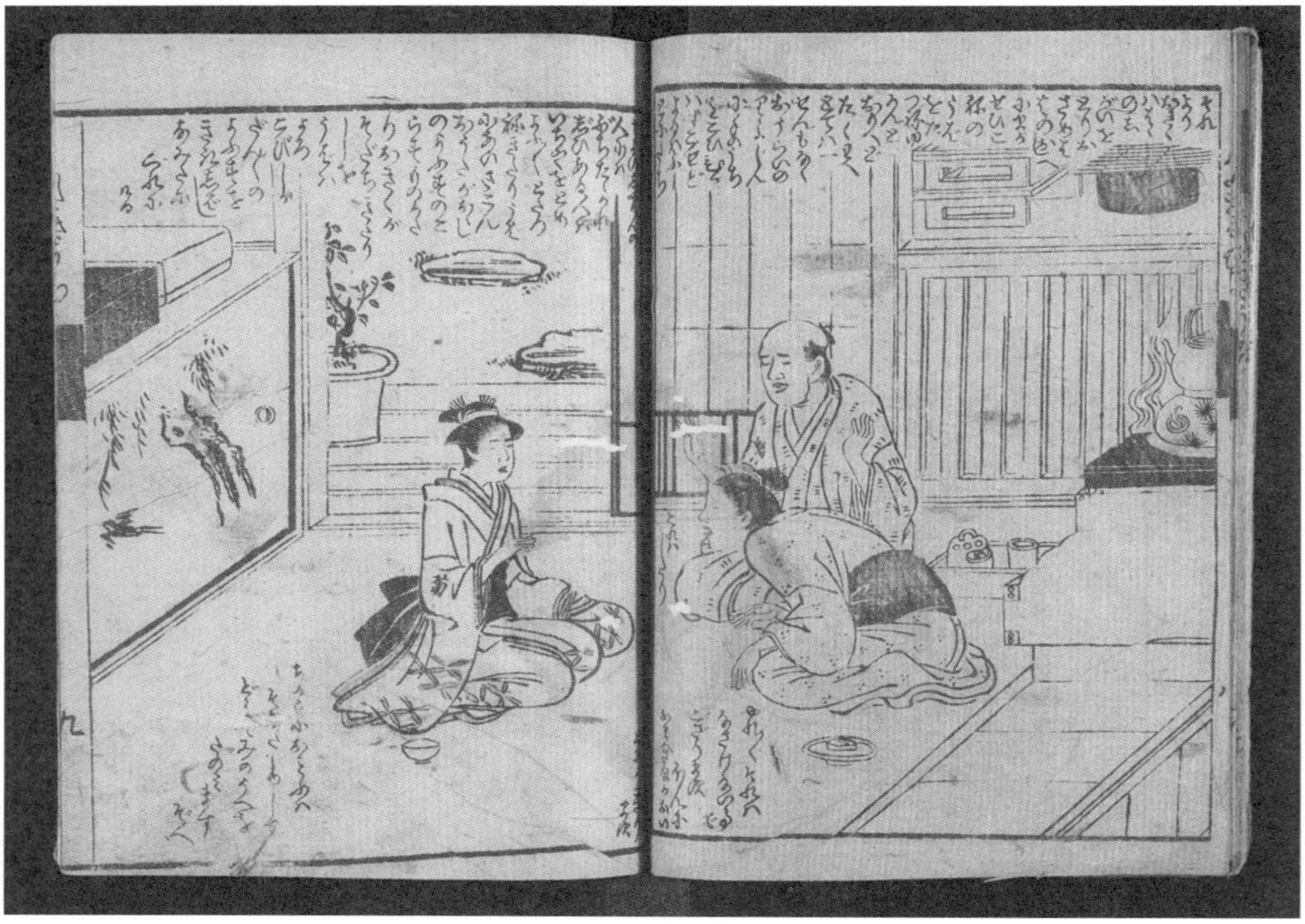

（8ウ・9オ）

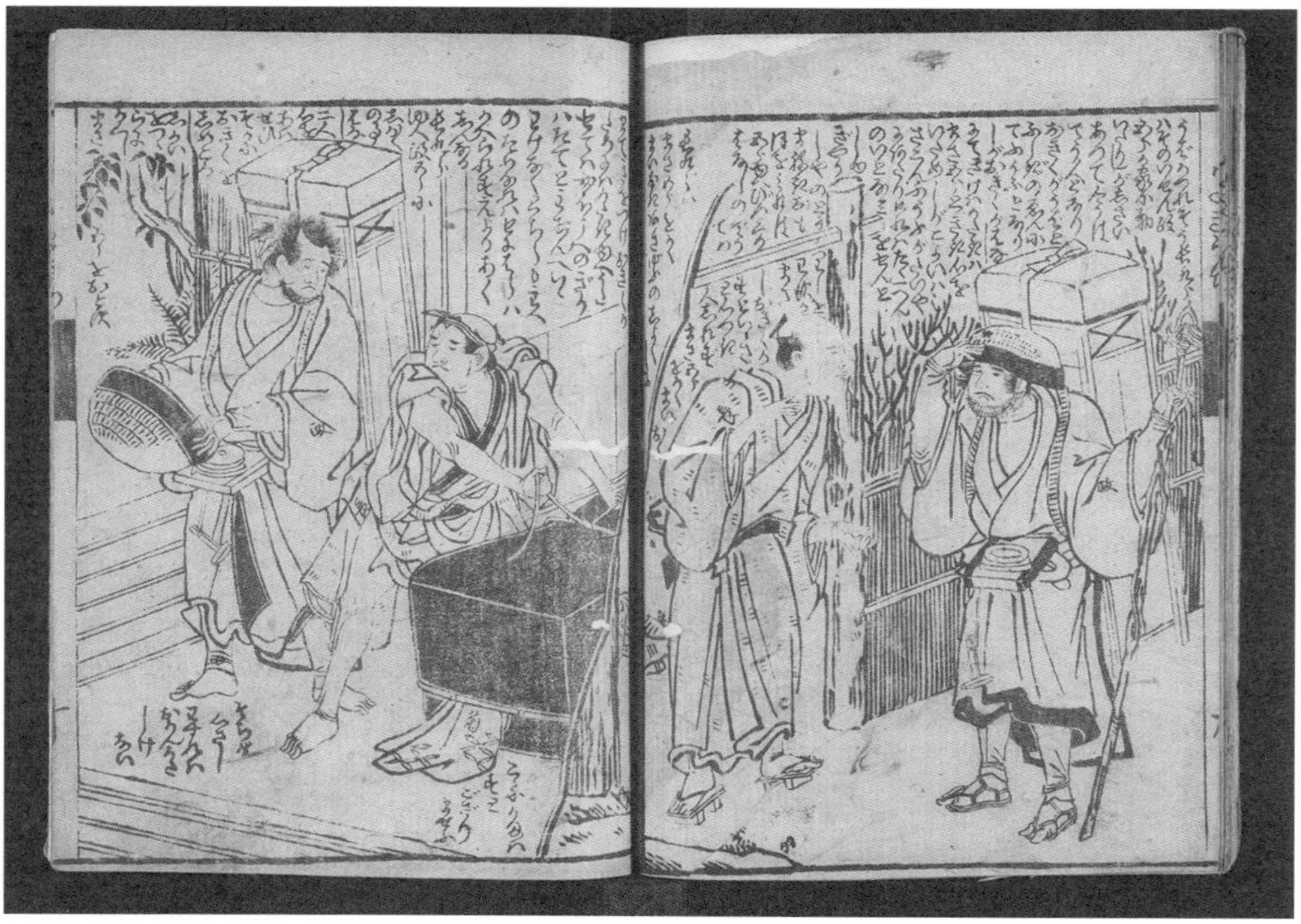

（9ウ・10オ）

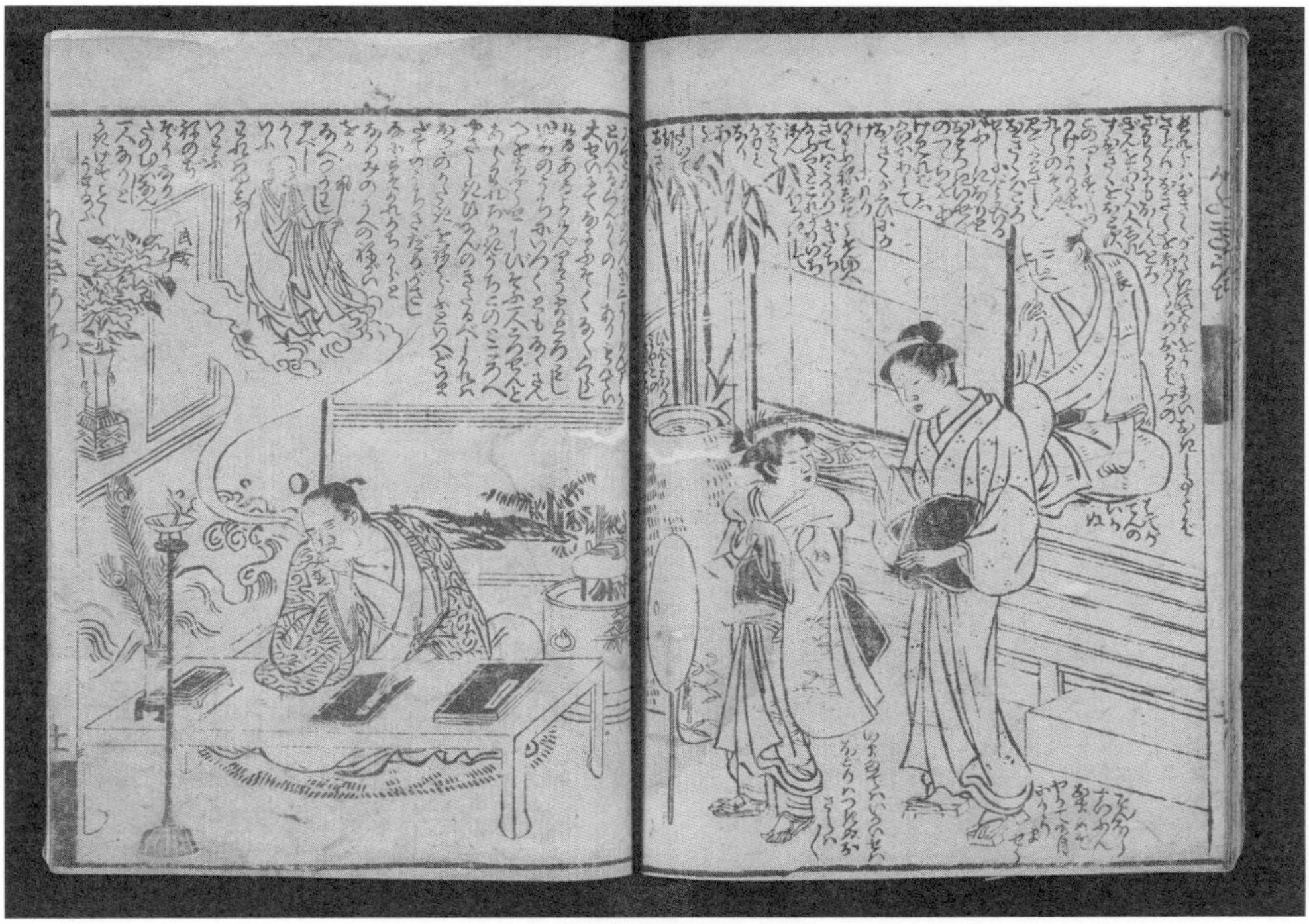

（10ウ・11オ）

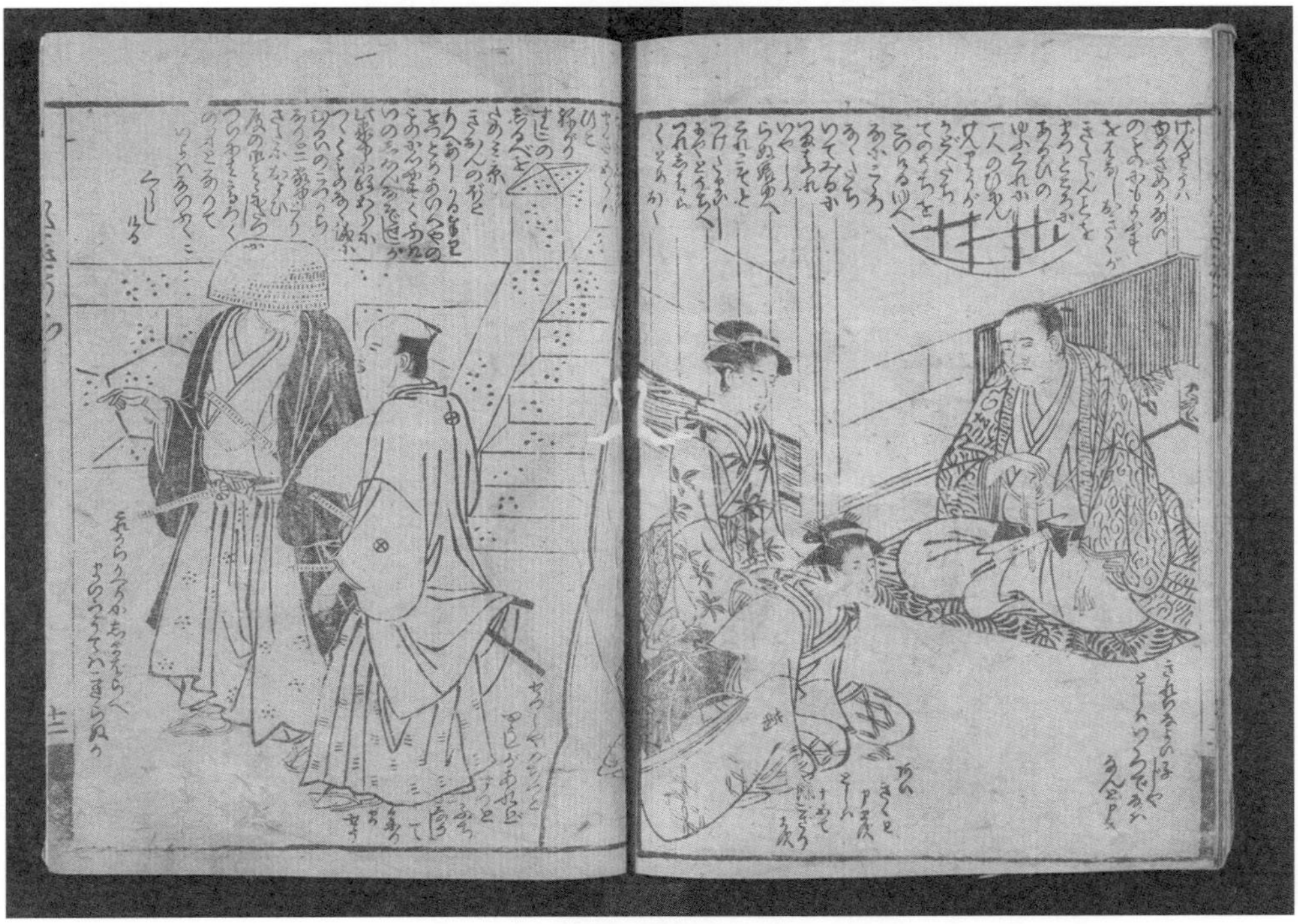

（11ウ・12オ）

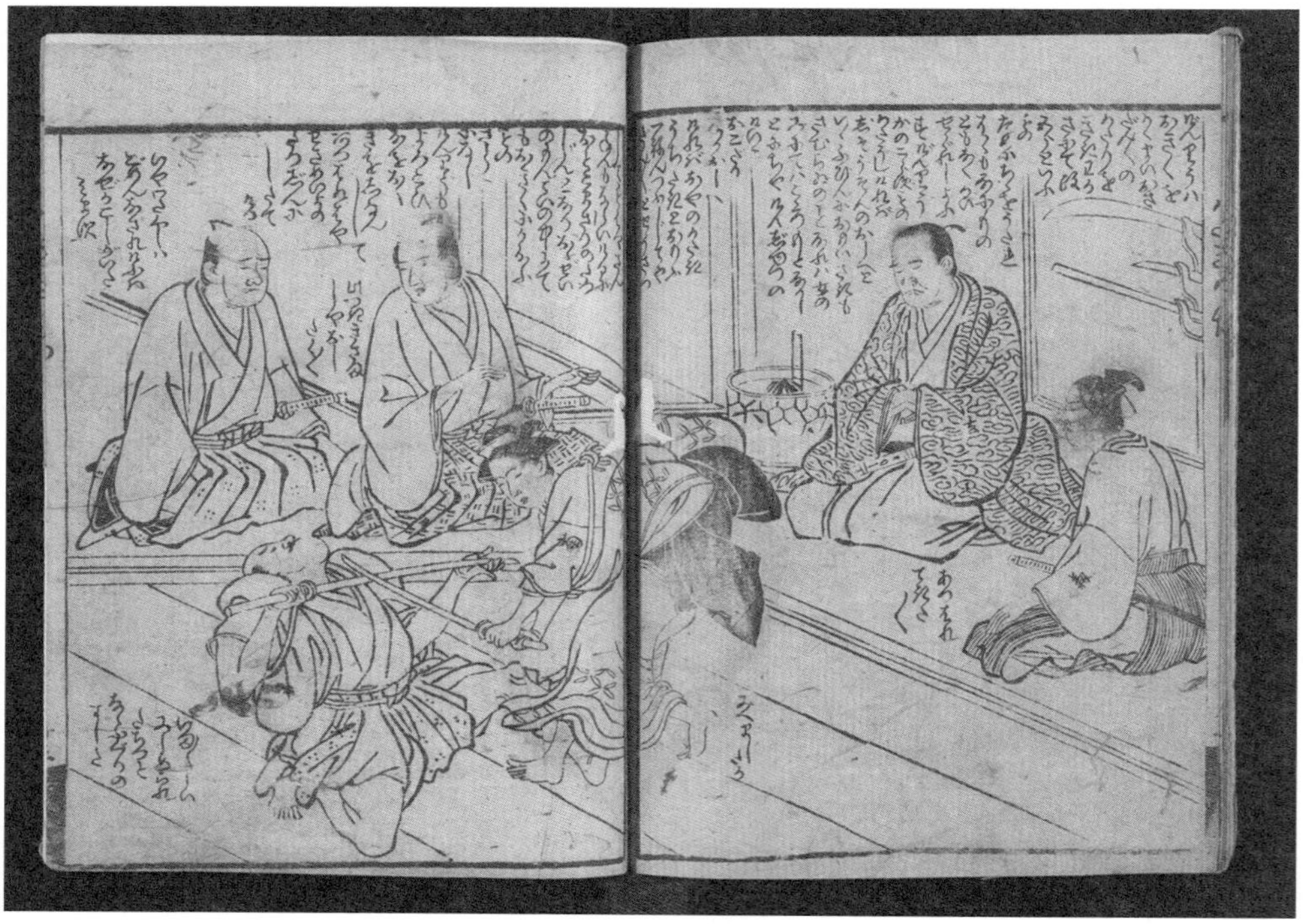

（12ウ・13オ）

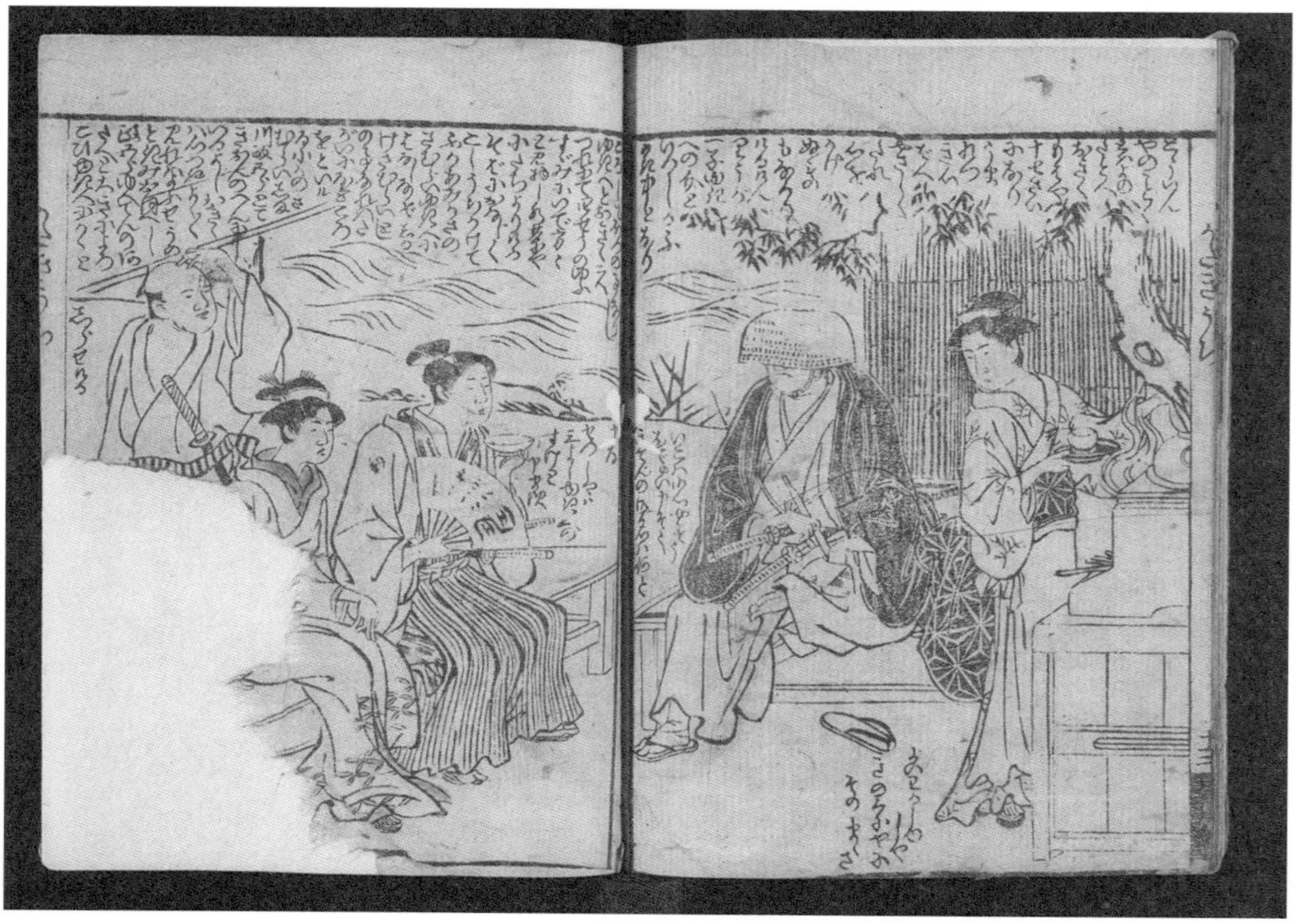

（13ウ・14オ）

（14ウ・15オ）

（15ウ）

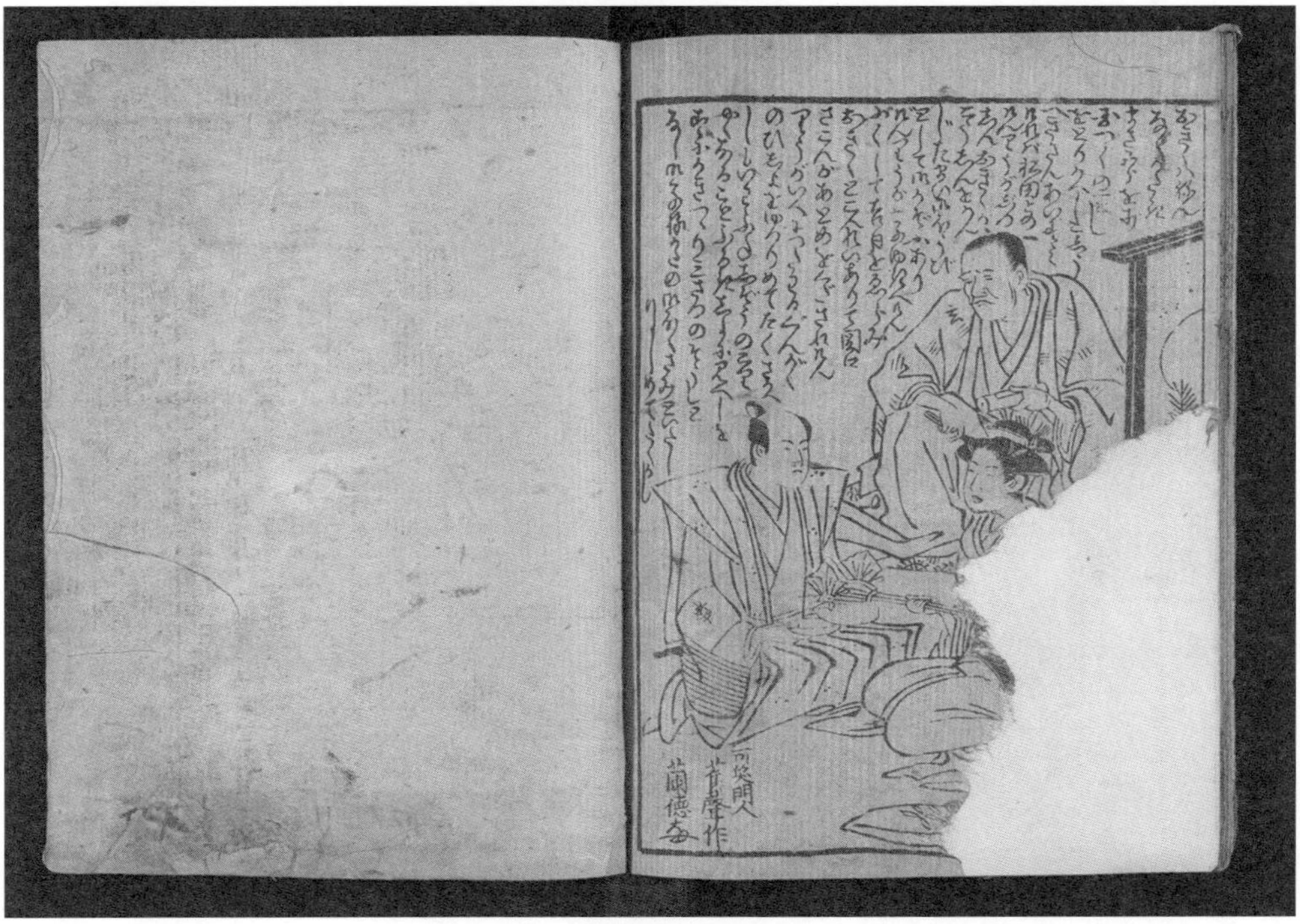

（裏表紙）

（13ウ・14オ）

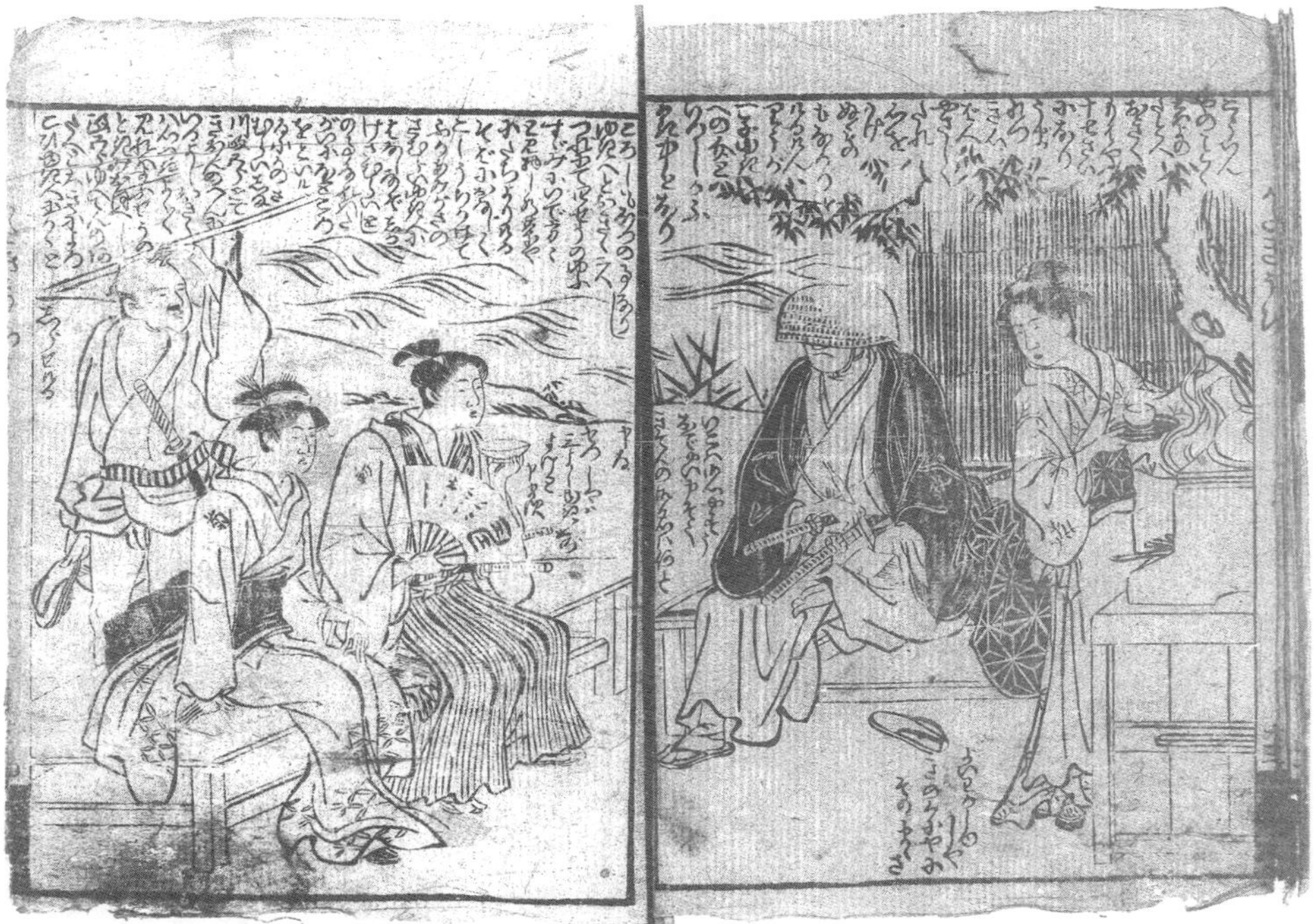

抱谷文庫本

（14ウ・15オ）

抱谷文庫本

（15ウ）

抱谷文庫本

付記

『積孝雪振袖』のホノルル美術館レイン コレクション所蔵番号は2010.0122である。

レイン　コレクション『獣絵本つくし』の研究

山下　則子

アメリカ合衆国ハワイ州ホノルル美術館リチャード・レイン　コレクションの『獣絵本つくし』は、国文学研究資料館ホームページの「日本古典籍総合目録データベース」の書名検索では、同一の作品名を見つけられない。

ただし「獣絵尽」で書名検索すると

著作ID 931362 統一書名　獣絵尽（けだものえづくし）　巻冊　一冊　分類　絵本　著者　菱川／師宣画　成立年　天和三　著作注記〈般〉絵本の研究による。著作種別　和古書　国書『国書総目録』所収1

とある。「日本古典籍総合目録データベース」の書名は、田中喜作氏以降の書名「獣絵尽」が使用され、『絵本の研究』（仲田勝之助、八潮書店、昭和二十五年初版発行）に記載されることをその根拠としている。原本を見られなかったため詳細未詳であったと思われる。

『師宣祐信絵本書誌』（松平進、日本書誌学大系、青裳堂、昭和六十三年刊）の「菱川師宣作画絵本」の三十七に「獣絵本つくし　けだものえほんづくし」は立項される。そして松平氏は、この本が大英博物館東洋古美術部のヒリアー旧蔵本のみで、他での伝存は知らないとする。該書口絵には大英博物館蔵本十八丁裏・十九丁表の龍の図が載る。大英博物館蔵本の序文、本文、跋文即ち表紙を除く写真版は『菱川師宣展』図録（千葉市美術館、平成十二年刊）に掲載される。

ベルリン国立図書館に、改題後刷本で、天和三年〈一六八三〉鱗形屋刊『花鳥絵づくし』と元禄七年〈一六九四〉鱗形屋刊『獣絵本づくし』を合わせて三冊に改編したものがあり、最終丁に「宝暦七丁丑正月吉日　江戸書肆　鱗形屋三左衛門梓」の刊記がある、との指摘が『調査研究報告』第二十号（平成十一年発行、国文学研究資料館）所収「海外科研報告」の平成十年度第一回調査でなされている。つまりレインコレクション『獣絵本つくし』の他は、大英博物館本とベルリン国立図書館本のみが、存在を報告されている。

松平氏は『師宣祐信絵本書誌』で、宮武外骨著『菱川師宣画譜』（雅俗文庫、明治四十二年刊）では「〇獣絵本尽　▲　大一冊（疑）」とあって、外骨が該書を師宣在名本だが真跡かどうか疑問があるとしたことに触れ、人物図がないために奥書署名を積極的に否定する根拠を持たないとされている。

以下、レインコレクションの『獣絵本つくし』について、以下の項目に従って述べる。

一、書誌的事項
二、写真版及び翻刻、注・画題説明
三、考察

一、書誌的事項

本書リチャード・レイン コレクション『獣絵本つくし』の書誌は以下の通りである。

美術館所蔵番号　2017-22-004
統一書名　獣絵本つくし（けだものえほんつくし）
外題　獣絵本つくし（けだものえほんつくし）、ただしこれは後人の墨書による。
内題　獣絵本つくし（けだものえほんつくし）
画工　菱川師宣
巻冊　一冊
書型　大本
寸法　縦二十六・六cm×横十八・二cm
版心　手擦れによる破損で判読困難。「獣絵本　一～廿」か。
丁数　十九丁
刊行年　元禄七年〈一六九四〉刊
分類　絵本
出版者　鱗形屋開版
表紙　朱色　雷文たすきに鳥の型押し
備考　一丁表の序文下部に「英　王堂蔵書」の朱文方印があり、バジル・ホール・チェンバレンの旧蔵書であることが分かる。裏表紙見返しに、後人の手による「天和三年原刊」と朱書きされる紙片貼付。ただし天和三年〈一六八三〉初版を裏付ける資料は未見である。『菱川師宣と浮世絵の黎明』（浅野秀剛、東京大学出版会、平成二十年刊）でも、天和三年初版の可能性は留保されている。最終丁の「鱗形屋開版」の横に、薄く「弐十七ノ内」と墨書されるが、これは貸本屋の整理番号か。

レインコレクションには、本書以外にも『獣絵本つくし』が二冊存在する。二冊の概要は以下の通りである。
美術館番号　2006.0379　登録番号 Moronobu　0034　外題『獣絵本つくし』内題なし　画工　菱川師宣　大本一冊　縦二十六・六cm×横十八・四cm　元禄七年刊　鱗形屋開版　表紙は鼠色無地。
美術館番号　2006.0380　登録番号 Moronobu　0035　後表紙の外題『獣絵本つくし』内題『獣絵本つくし』　画工　菱川師宣　大本一冊　縦二十七・〇cm×横十八・五cm　刊年未詳　吉田氏開版　後表紙は紺色無地。
なお、「吉田氏開版」とは、江戸通油町の吉田喜右衛門かと思われるが、未詳である。

二、写真版及び翻刻、注・画題説明

以下の翻刻では、漢字平仮名は原文そのままで、句読点のみ適宜補った。〈 〉内の本文は、大英博物館本によって補った部分である。
注は本文該当箇所の下に、（ ）内に注番号を付し、本文翻刻の横に記述した。

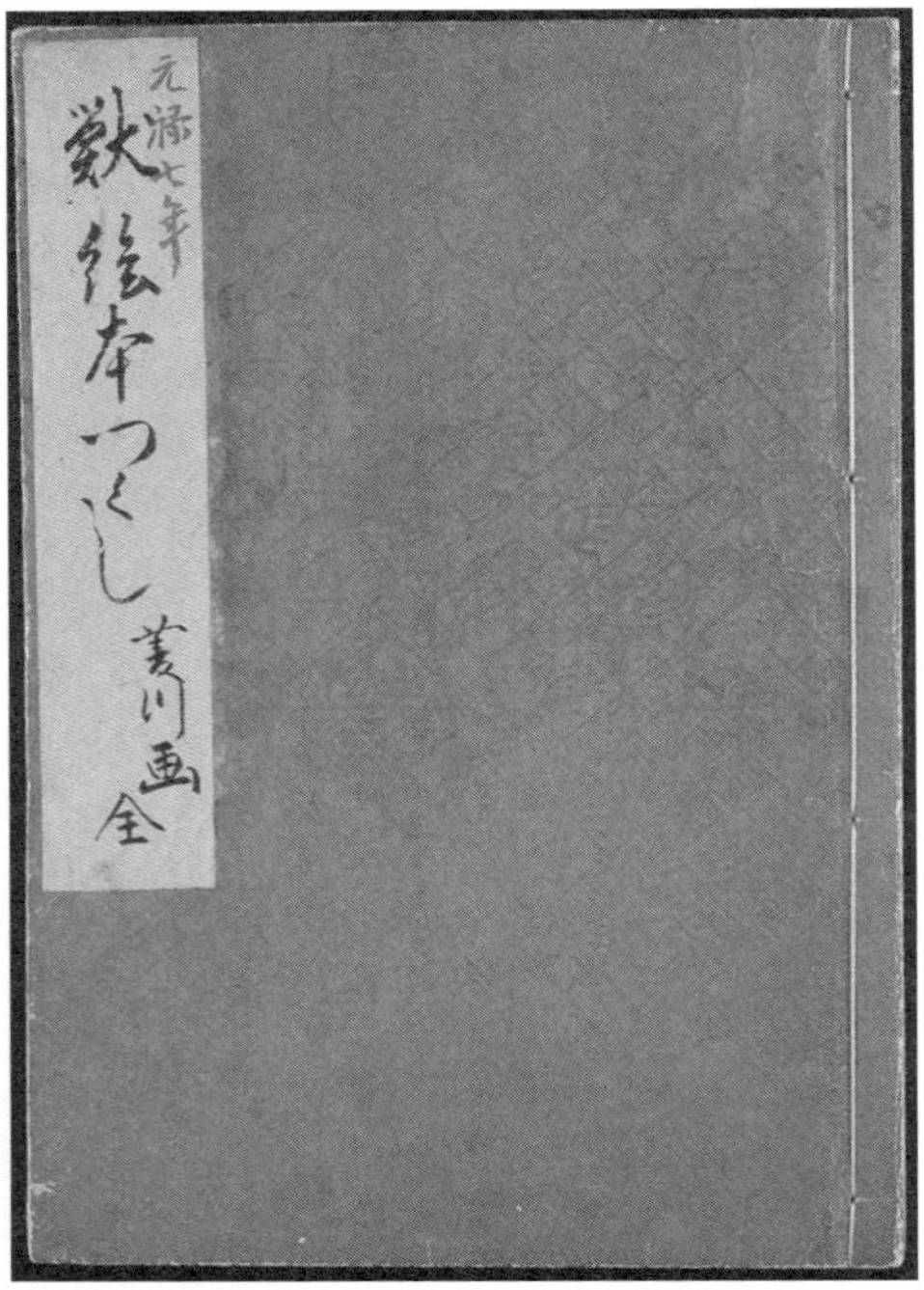

（表紙）

（後ろ表紙）

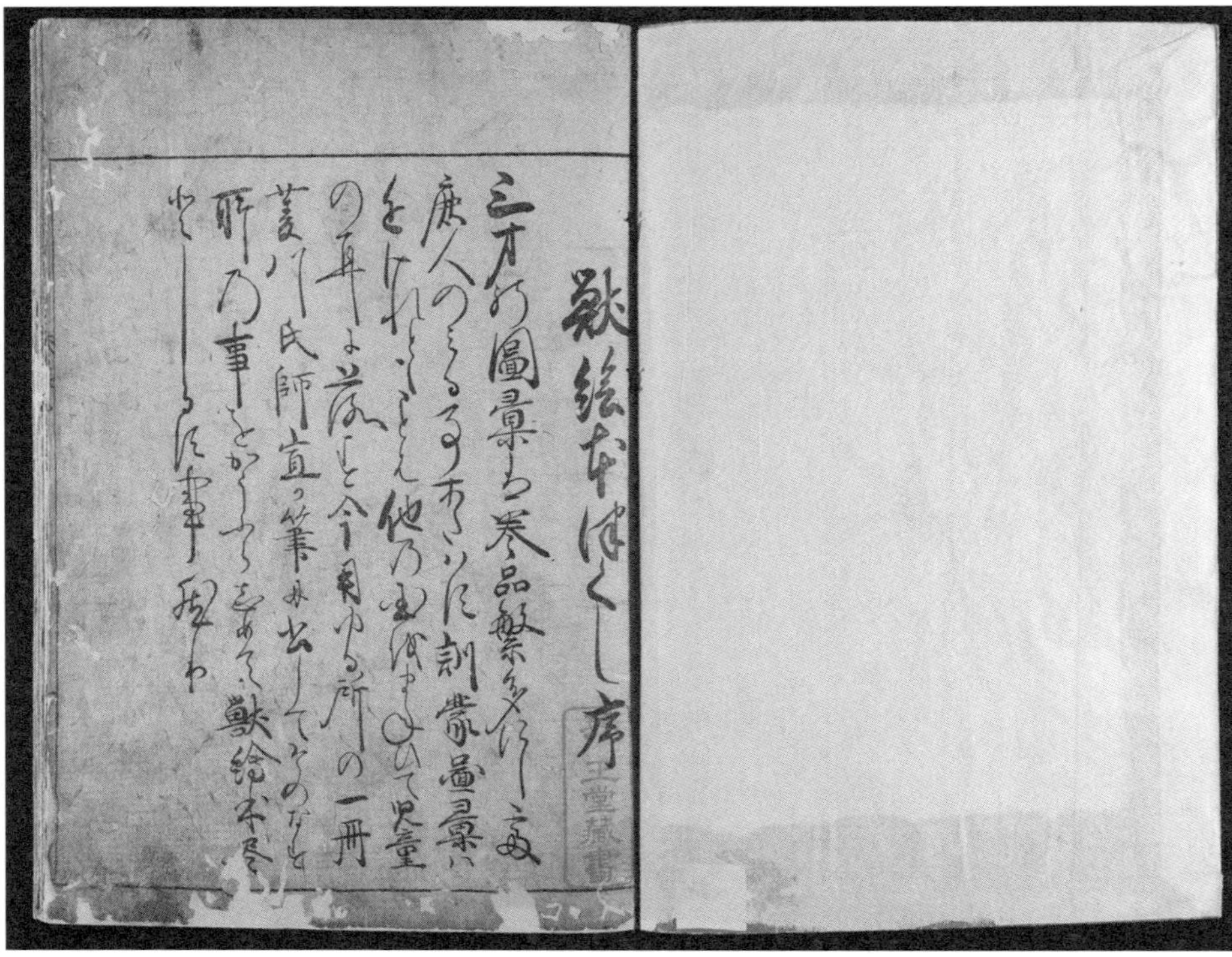

（表紙見返し・一オ）

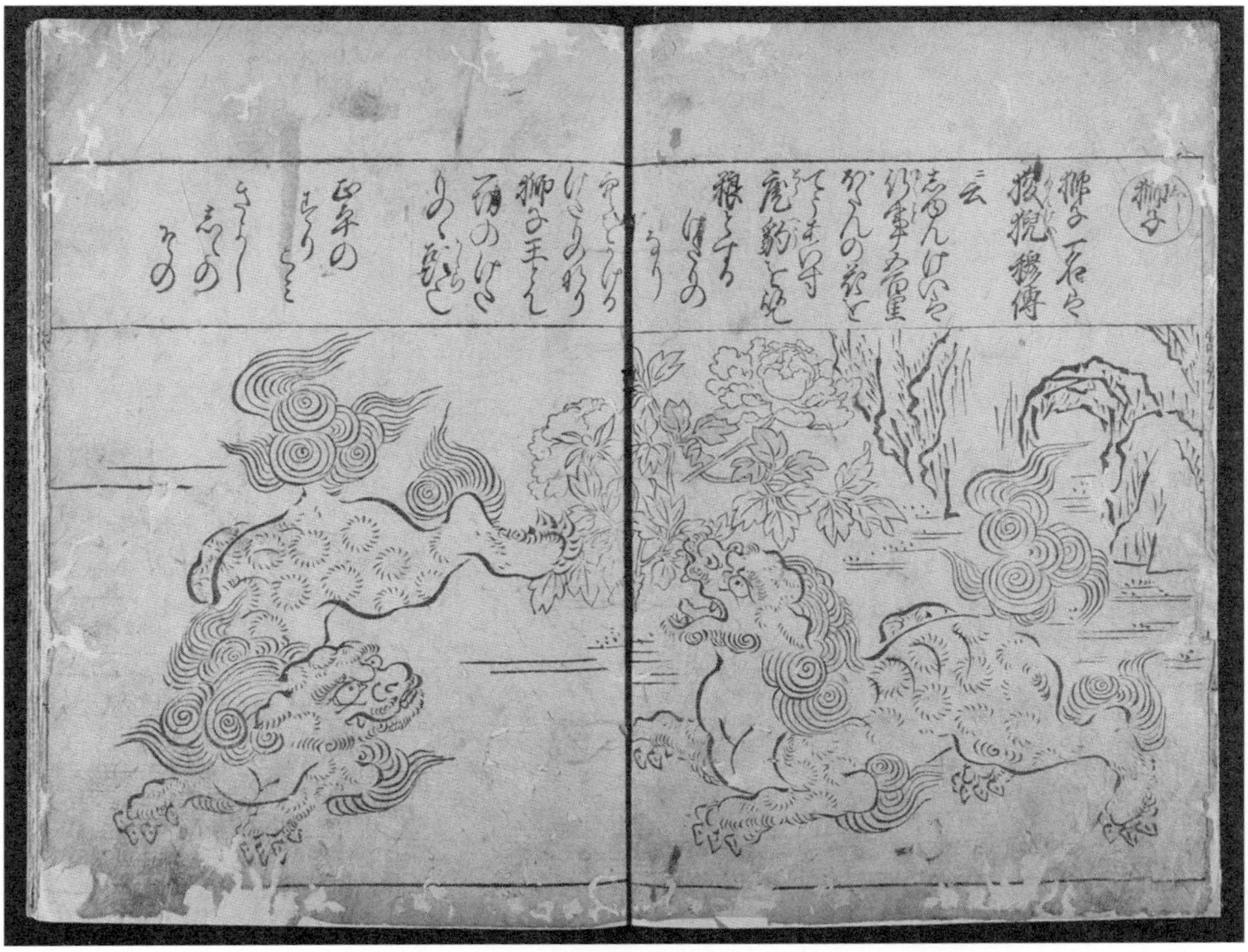

（一ウ・二オ）

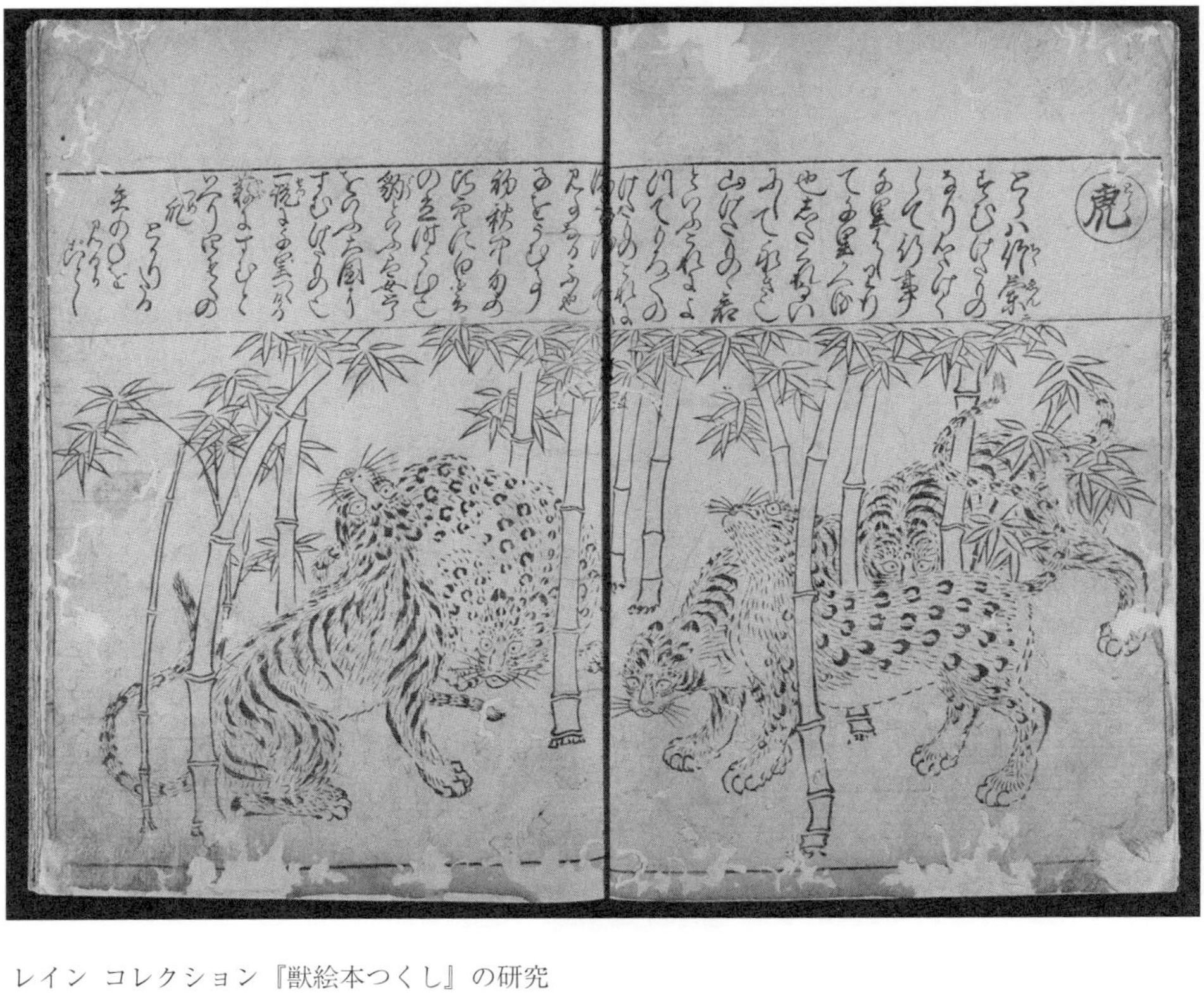

（二ウ・三オ）

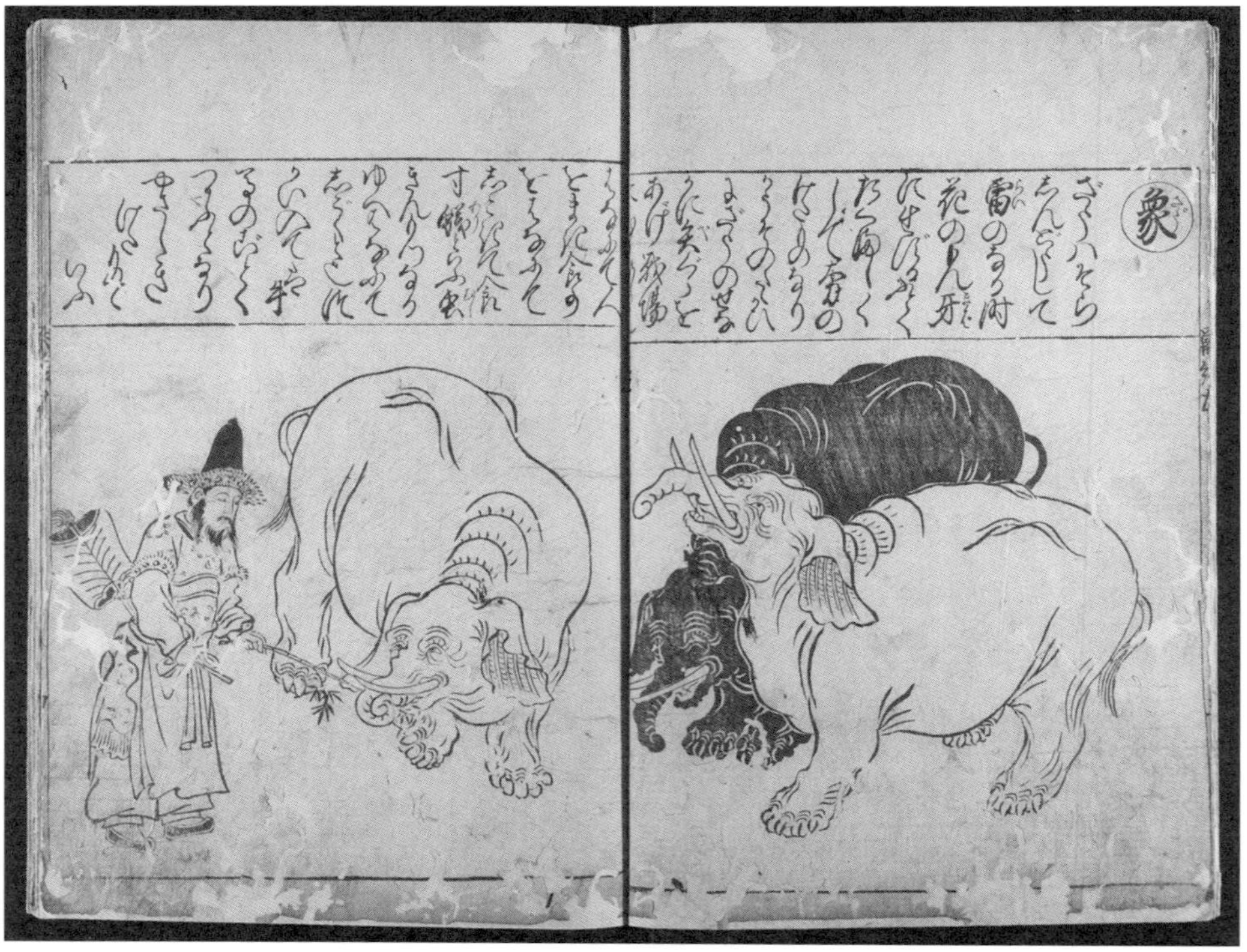

（三ウ・四オ）

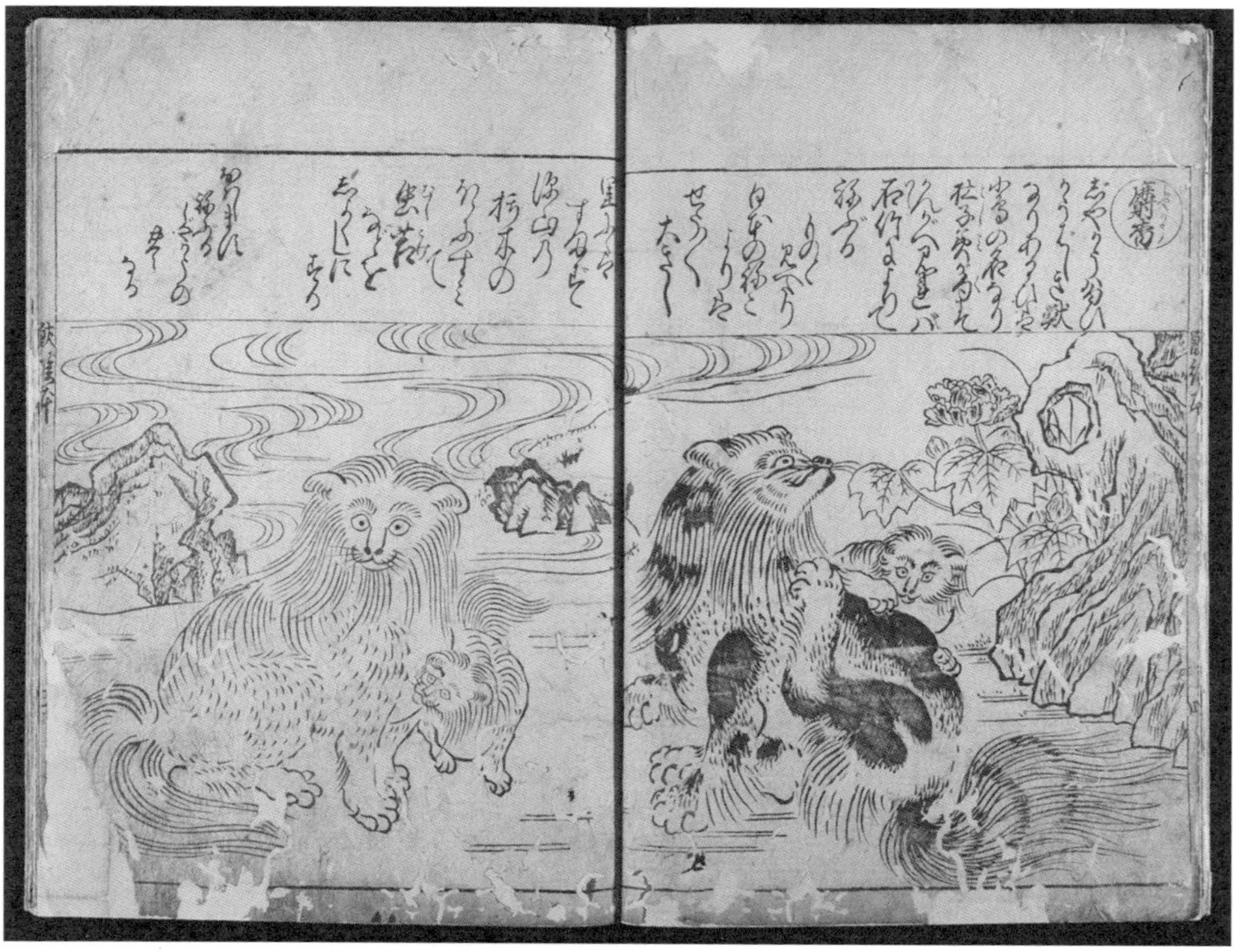

（四ウ・五オ）

（五ウ・六オ）

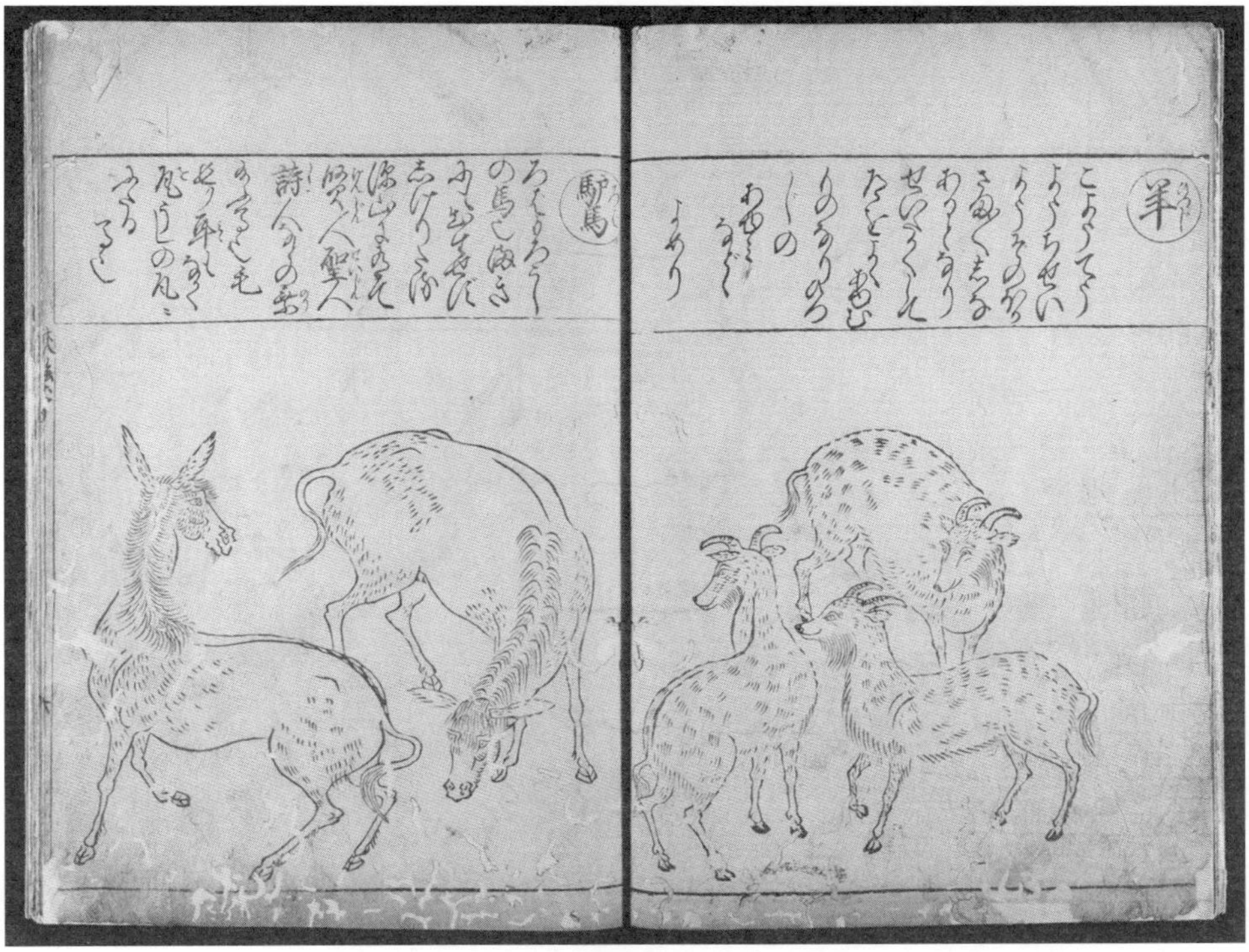

（六ウ・七オ）

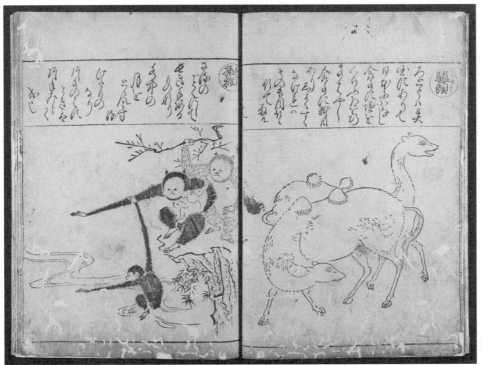

（七ウ・八オ）

（八ウ・九オ）

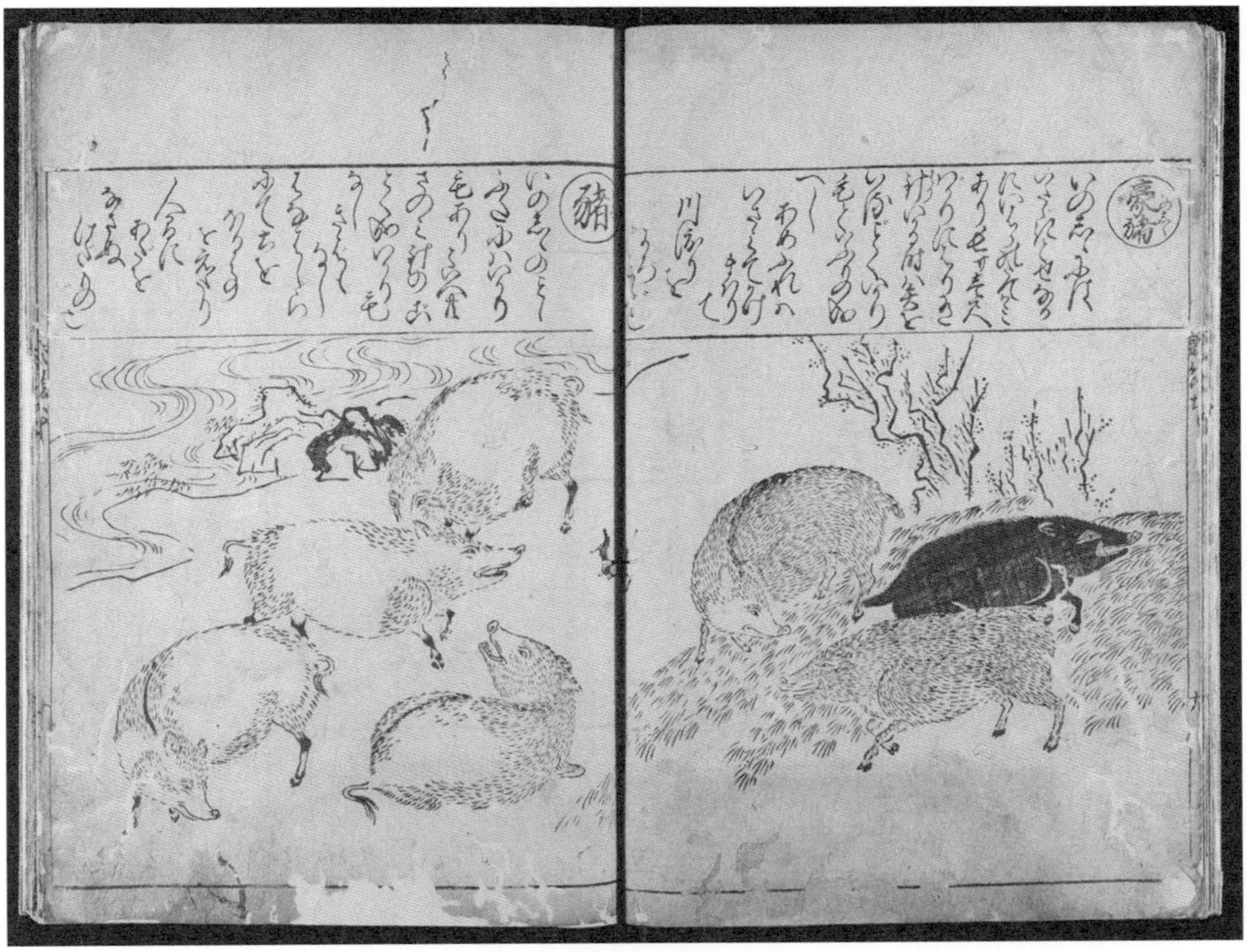

（九ウ・十オ）

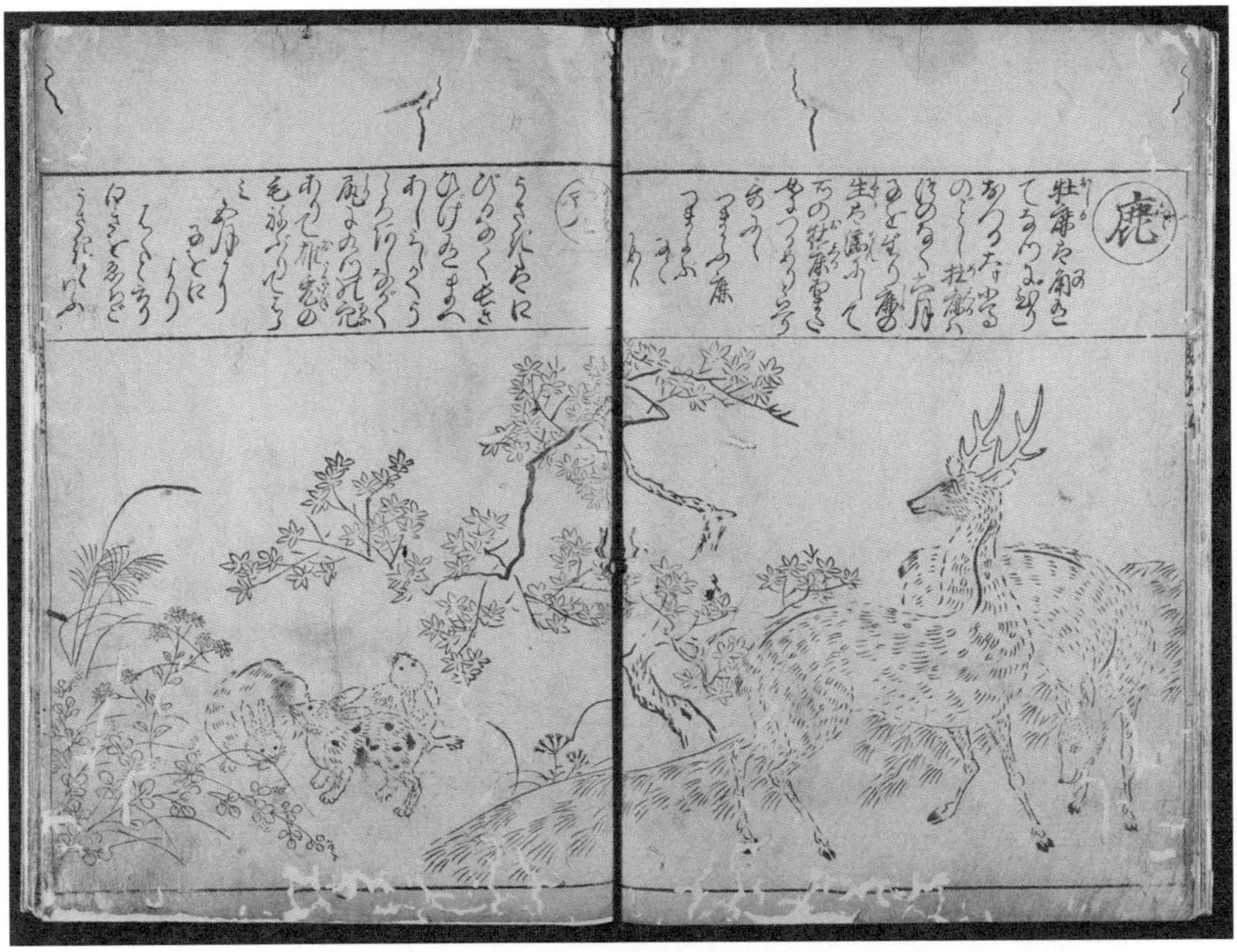

（十ウ・十一オ）

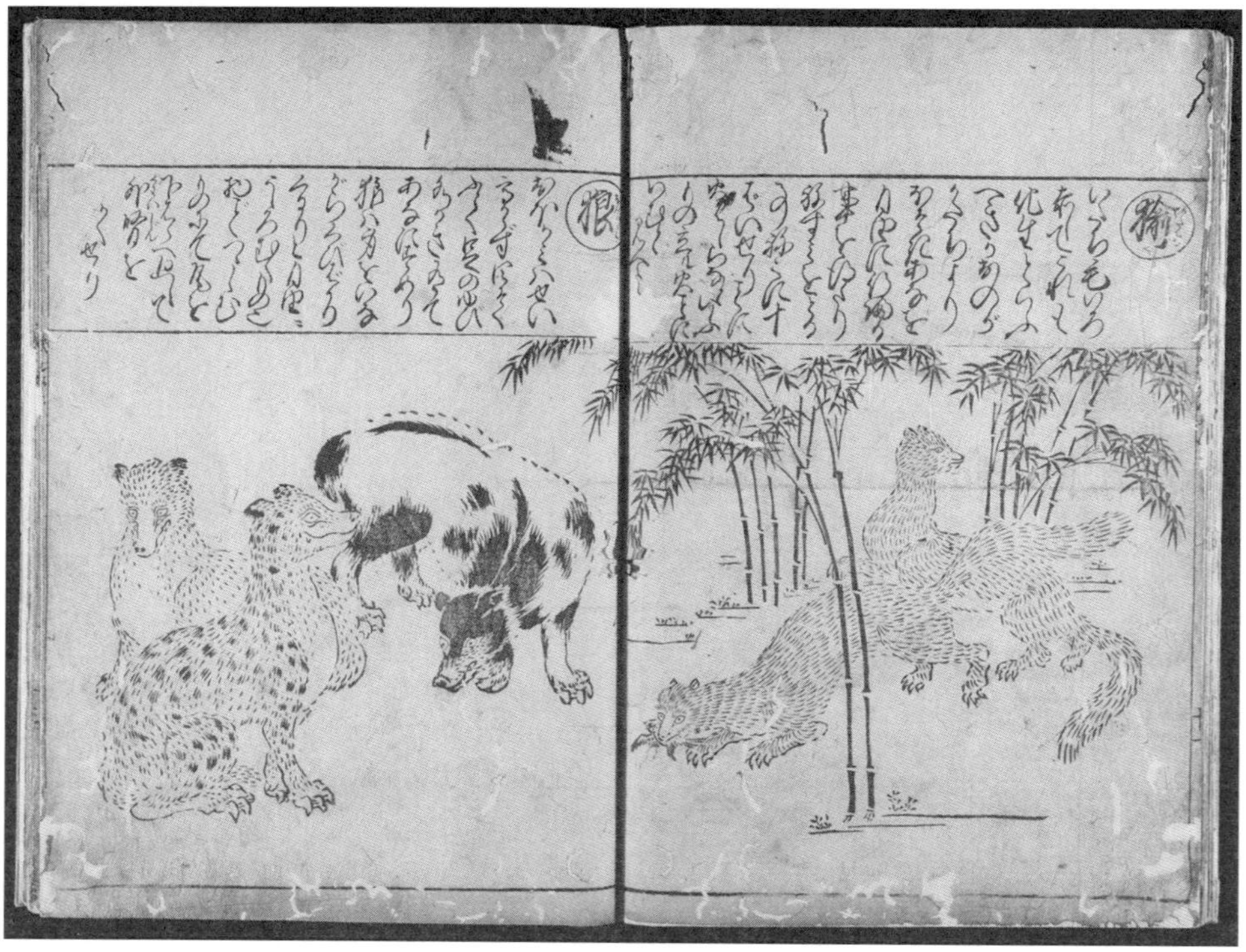

（十一ウ・十二オ）

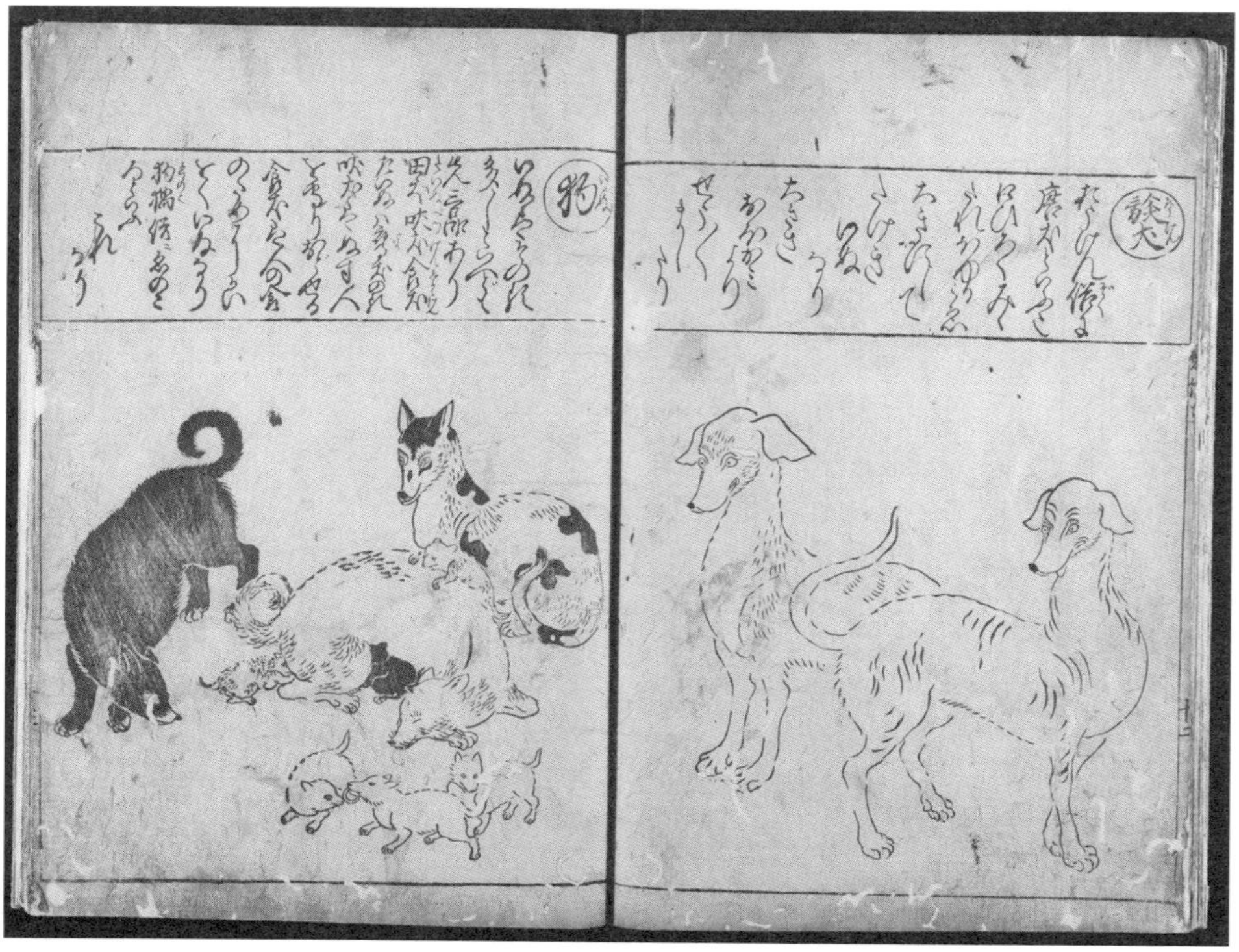

（十二ウ・十三オ）

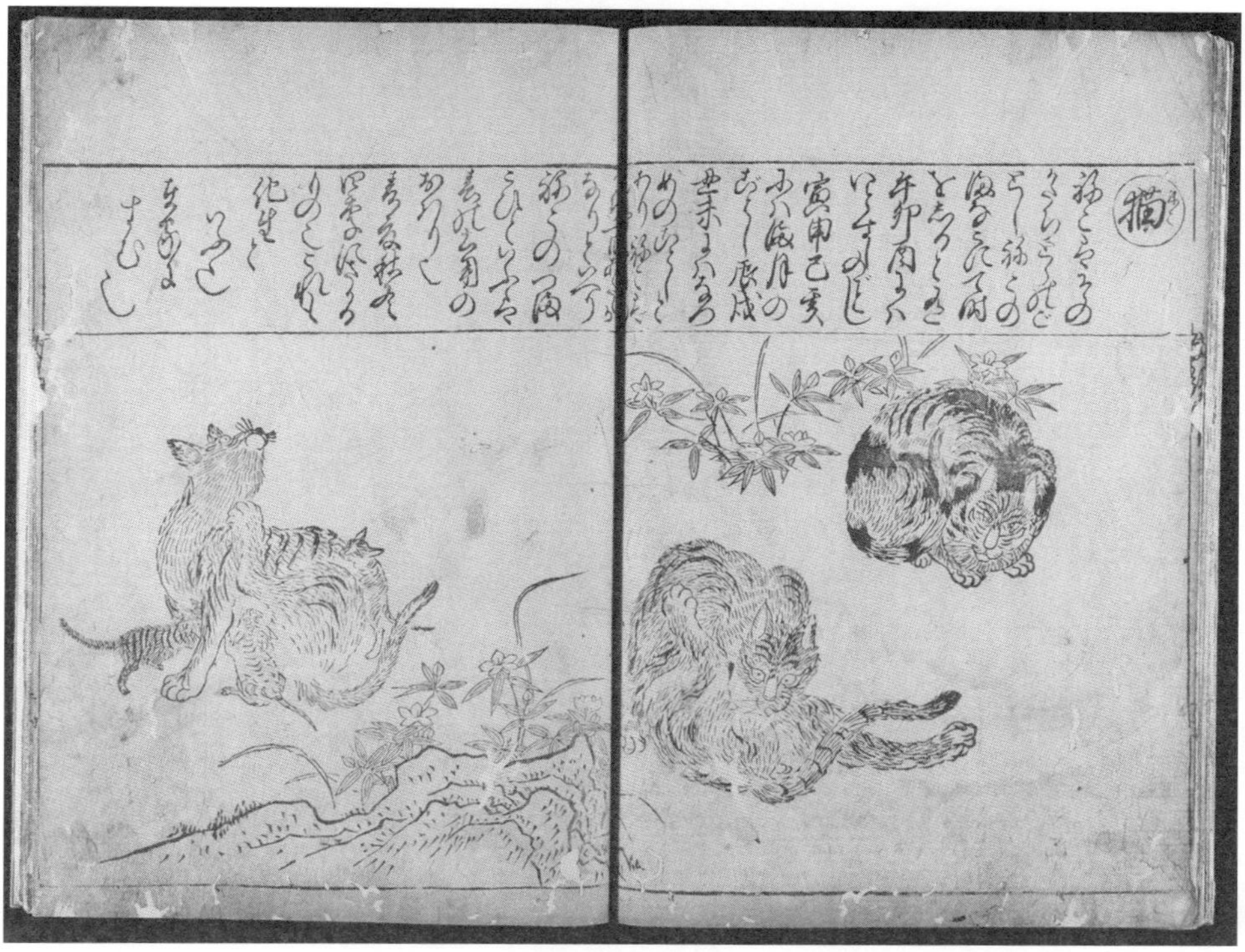

（十三ウ・十四オ）

（十四ウ・十五オ）

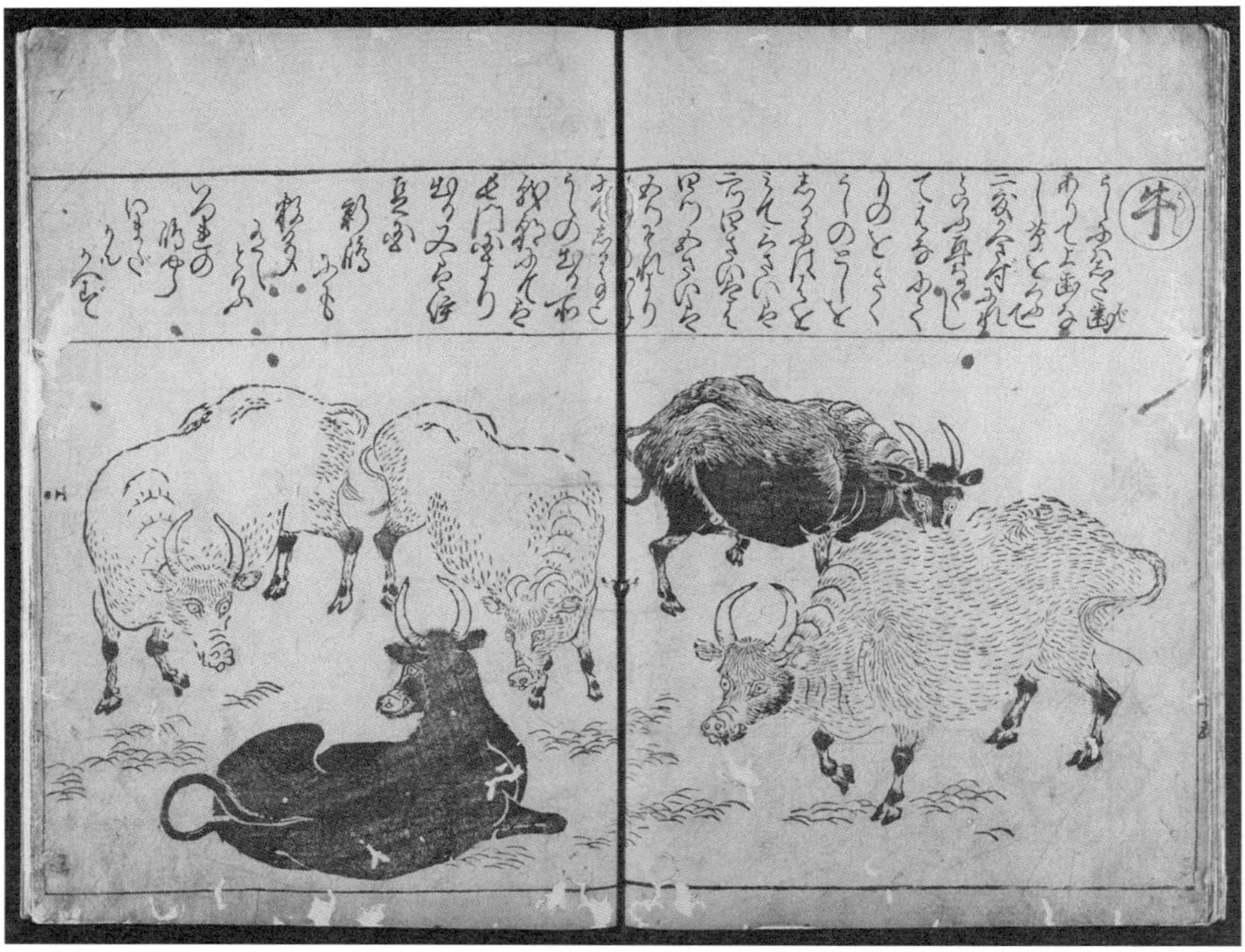

（十五ウ・十六オ）

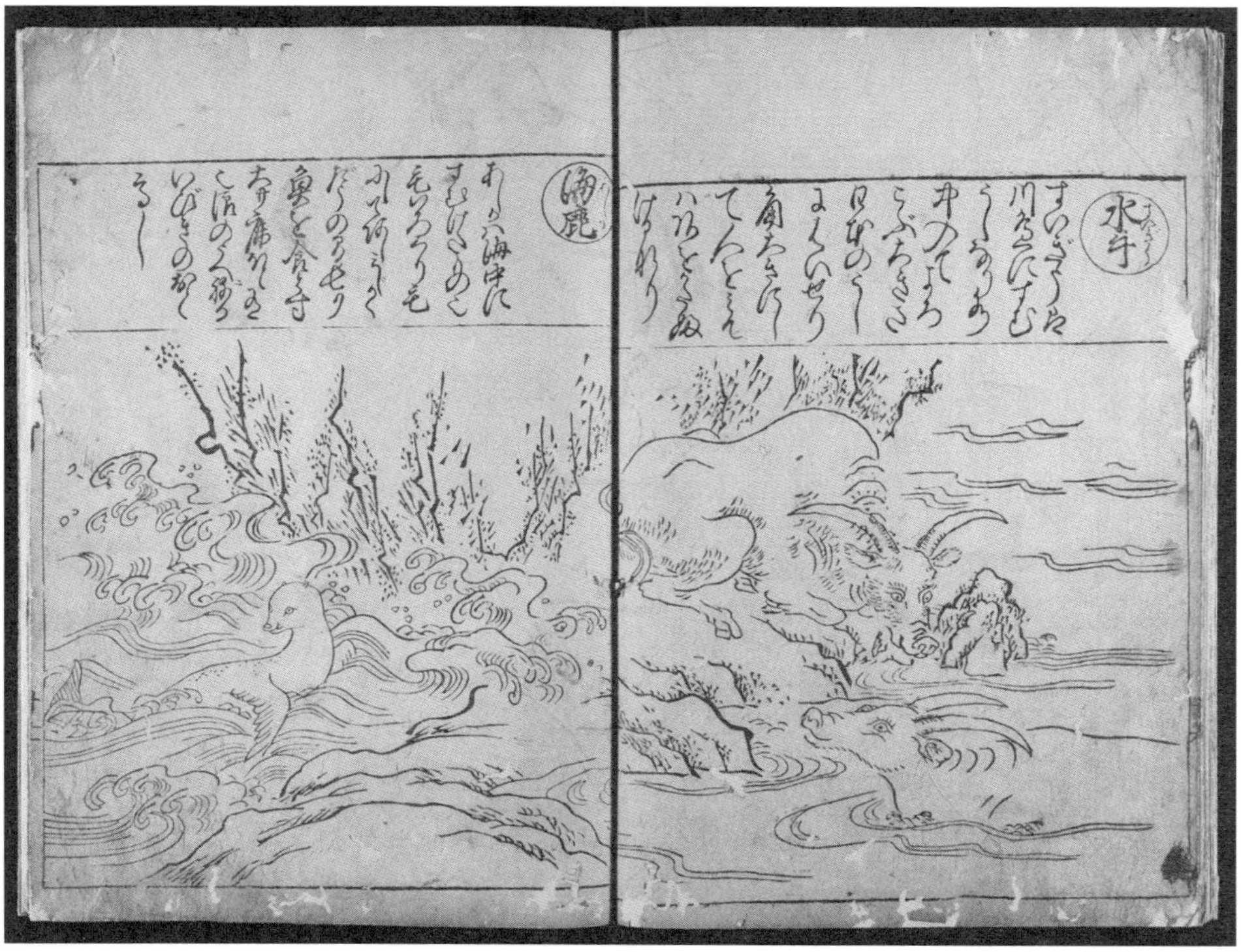

（十六ウ・十七オ）

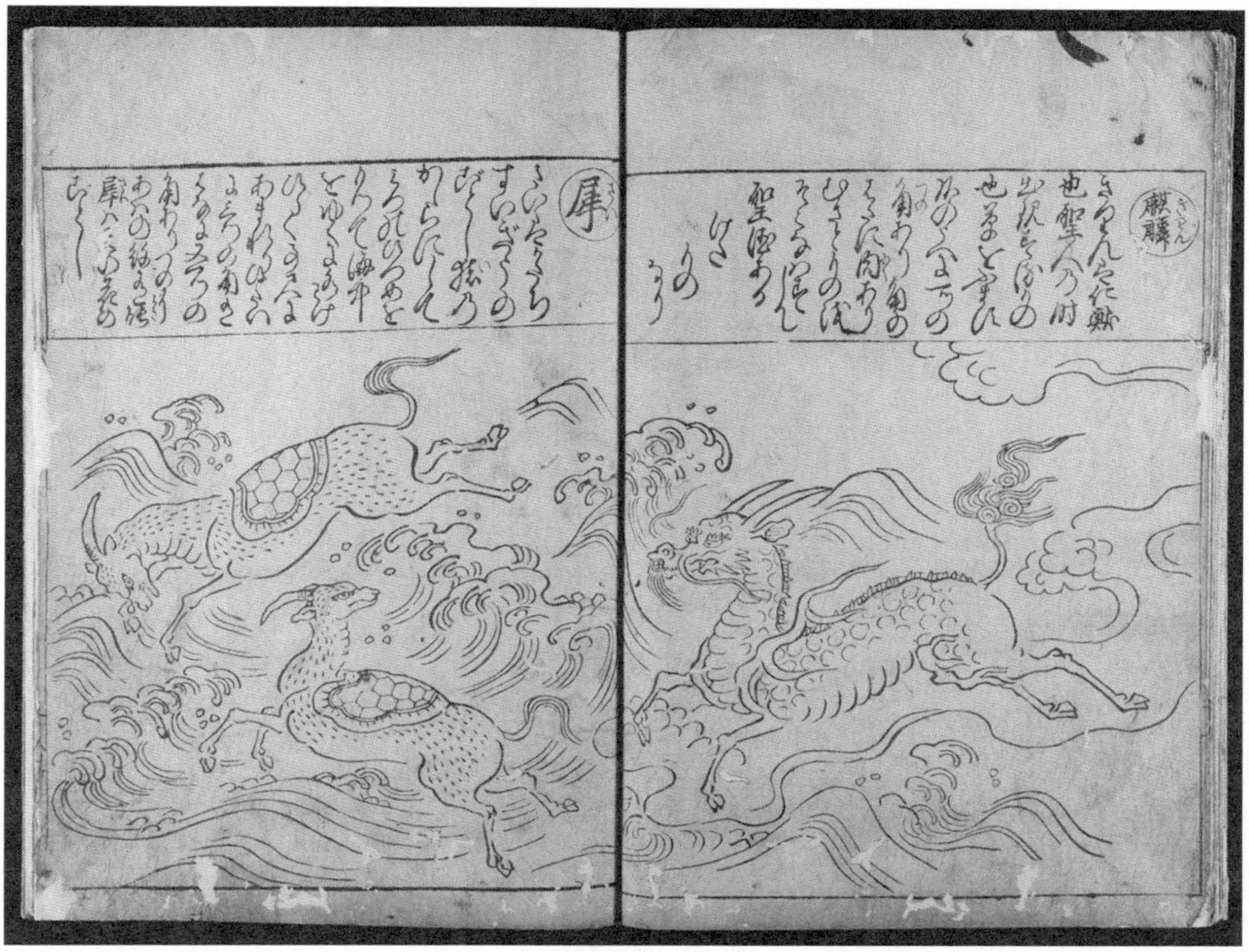

（十七ウ・十八オ）

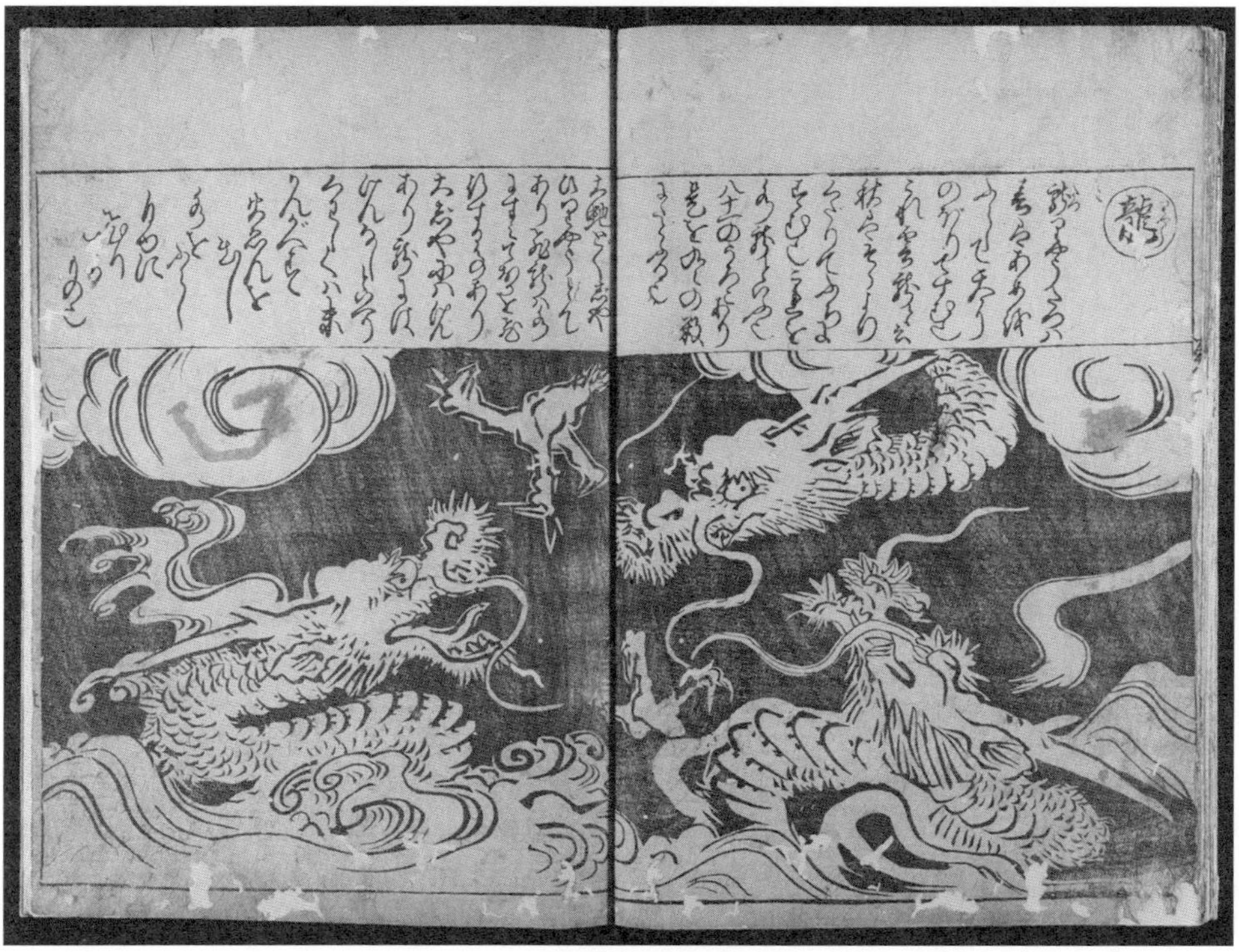

（十八ウ・十九オ）

（十九ウ・後ろ表紙見返し）

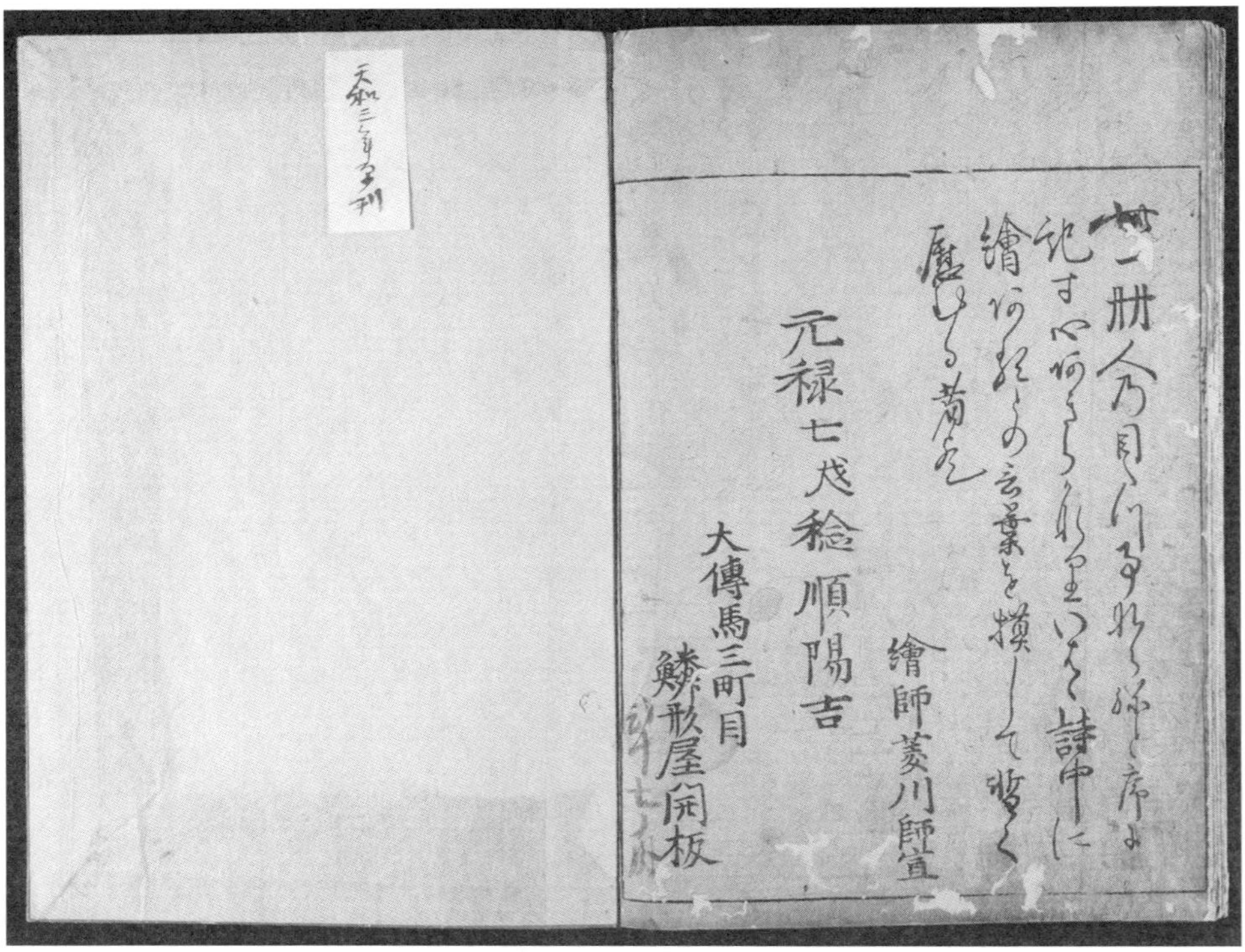

（表紙）元禄七年　獣絵本つくし　菱川画　全

（一オ序文）獣絵本つくし序　三才の図彙（1）は、巻品繁多にして、庶人のみる事あたはす。訓蒙図彙（2）は近けれとも、ことは他の国をまねひて、児童の耳に落す。今用ゆる所の一冊、菱川氏師宣か筆に書して、そのなす所の事をかうふらしめて、獣絵本尽としるす事然り。

（注1）『三才図会』明の百科事典。万暦三十七年〈一六〇九〉序刊。日本へは徳川幕府の『御文庫目録』に寛永十七年〈一六四〇〉入庫とある。また、『和漢三才図会』（寺島良安・正徳三年〈一七一三〉刊）は、本書刊行以後の作品である。

（注2）『訓蒙図彙』には、寛文六年〈一六六六〉初版、寛文八年〈一六六八〉改版、元禄八年〈一六九五〉増補改訂版『頭書増補訓蒙図彙』、寛政元年〈一七八九〉刊『頭書増補訓蒙図彙大成』があるが、元禄版までは寛文六年初版本の図を基本的には踏襲している。故に本書との比較には、寛文六年初版本を用いた。

（一ウ・二オ）獅子《しし》　獅子一名は狻猊《しゆんけい》（3）。穆伝（4）ニ云、しゆんけいは行事《ゆくこと》五百里、ぼたんの花をてうあいす。虎豹《とらへう》を以て粮とするけたものなり（5）。空をかけるけたものなり。獅子王とて、一切のけたものゝ頭《かしら》也。正平の（6）すりこみきよししゝのその

（注3）寛文六年版『訓蒙図彙』に立項、「狻猊」とあり。但し図は類似しない。『本草綱目』巻五十一獣部　獅の釈名に「狻猊」あり。

（注4）穆天子伝のことか。最古の小説書。周の穆王の西遊の話。『四庫提要、子、小説家類』。

（注5）ここまでの文章は、『倭名類聚抄』（源順・承平五年〈九三五〉以前）に類似する。

（注6）正平革のこと。藻獅子《もじし》文様の絵革の一種。金具廻りの形状の中に、獅子や牡丹の文様を白地藍に赤を配して染め、空間に五星文と「正平六年六月一日」の日付を藍で染め出した革。正平六年〈一三五一〉征西将軍懐良《かねよし》親王が、肥後国の革工に命じて染め出したものと伝える。

【画題】獅子は、ライオンのことであり、仏教画の文殊菩薩像とともに古来より伝えられている。特に唐獅子は中世以降武家に好まれた勇猛な図であり、屏風絵などに多く描かれている。宮内庁三の丸尚蔵館蔵の狩野永徳画「唐獅子図」屏風等、狩野派にも多数作品が存在する。本図は、狩野派障屏画に類似する。

（二ウ・三オ）虎《とら》　とらは竹薗《ちくゑん》にすむけたものなり。心たけくして、行事千里はしり行て、千里かへる也。したくれないにして、永き也。山けたものゝ君といふ（7）これによつてもろ〱のけたものこれに〈おそるゝ。毛色〉またらにして見事なるふ也。子をうむ事初秋中旬の比、空に白雲の立時うむ也。豹《へう》といふは女とらをいふ（8）。大国にすむけたもの也。一説《せつ》に、千里つゝける藪《やぶ》にすむといへり。四そくの爪《つめ》とかりたる、矢のねを見るかごとし。

（注7）『倭名類聚抄』に「虎　山獣之君也」とあり、『本草綱目』巻五十一獣部　虎にも類似文章あり。

（注8）『本草綱目』「豹」には、「虎生三子。一為豹」とある。但し、十二世紀半ば成立の『鳥獣人物戯画』にも虎と豹は別に描かれ、寛文六年〈一六六六〉版『訓蒙図彙』に虎は立項するが、豹は別に立項されている。

【画題】虎は朝鮮半島に棲息していたため、古来より虎に関する知識はあった。狩野派の最初の画論書『後素集』（狩野一溪、元和九年〈一六二三〉の年記）「鳥獣」の項に「竹虎図」とあり、狩野派障屏画にも、南禅寺小方丈の狩野探幽画「竹林群虎図」等数多く存在する。狩野派障屏画では豹もともに描かれており、（京都妙心寺蔵　狩野山楽筆「龍虎図屏風」等）豹を雌の虎とする本図と類似する。

（三ウ・四オ）象《ざう》　ざうは、そらしんどうして雷《らい》のなる時、花のもん牙《きば》に生ずる（9）。ふとくたくましくして、大力のけたものなり。かうそ（10）のた丶かひに、ざうのせなかに矢《や》ぐらをあげ、戦場〈にむかひしと也〉はなにて人をまき、食事をはなにてしこきて食す。蟻《あり》といふ虫《むし》きんもつなるゆへ、はなにてしごくと也。つかい入ては、牛馬のごとくつかふとなり。やさしきけたものといふ。

（注9）『本草綱目』巻五十一獣部「象」に類似表現あり。

（注10）劉邦が戦象を使ったという話の典拠未詳。ただし、戦象は紀元前よりインドや地中海周辺等で使われている。

【画題】象は古くから仏教画とともに伝えられ、法隆寺金堂壁画に普賢菩薩騎象図がある。白象は神聖な霊獣とされ平安時代後期十二世紀頃の「普賢十《じゆう》羅《ら》刹女《せつにょ》像」（『日本古寺美術全集二十五巻　三十三間堂と洛中・東山の古寺』）等普賢菩薩とともに数多く描かれる。狩野派にも、南禅寺大方丈の「象図」などが描かれており（『原色日本の美術　一三　障屏画』武田恒夫）、本図と類似する。

（四ウ・五オ）麝香《じやかう》　じやかうは匂ひかうばしき獣なり。あるひは小鳥の名なり。杜子美《としみ》が句《く》にてかんがへ見れば、石《いし》竹によりてねぶるものと見へたり（11）。日本のねこよりはせう〳〵大きし。里にはすまず、深山の朽木のほらにすみて、虫苔《むしこけ》などをしよくしにする。おはしますねぶるじやかうの豊なる

（注11）杜甫の五言律詩「山寺《さんじ》」に、「野寺残僧少　山園細路高　麝香眠石竹　鸚鵡啄金桃　乱水通人過　懸崖置屋牢　上方重閣晩　百裡見秋毫」（野寺《やじ》残僧少なく　山園細路高し　麝香石竹に眠り　鸚鵡《おうむ》金桃を啄む　乱水人を通して過ぎしめ　懸崖《けんがい》屋を置くこと牢《かた》し　上方重閣《ちようかく》の晩《くれ》　百里秋毫《しゆうごう》を見る）とあり、それに拠った表現。この山寺とは甘粛省の麦積山瑞応寺のことであり、ここでの麝香とは、高地に住む麝香鹿のことと思われる（『杜甫全詩訳注』一、松原朗他、二〇一六年刊、講談社学術文庫）。

【画題】『本草綱目』巻五十一獣部には、「麝」の項の次に「霊猫」即ち麝香猫の項があり、『訓蒙図彙』でも「麝」と「霊猫じやかうねこ」とは別項である。

明の『三才図会』〈一六〇九〉においても、「小鹿の如く香あり」と書きつつも、その挿絵は山猫のように描かれており（図1）、麝香のイメージは混乱している。なお、『壒嚢抄《あいのう》』（行誉、

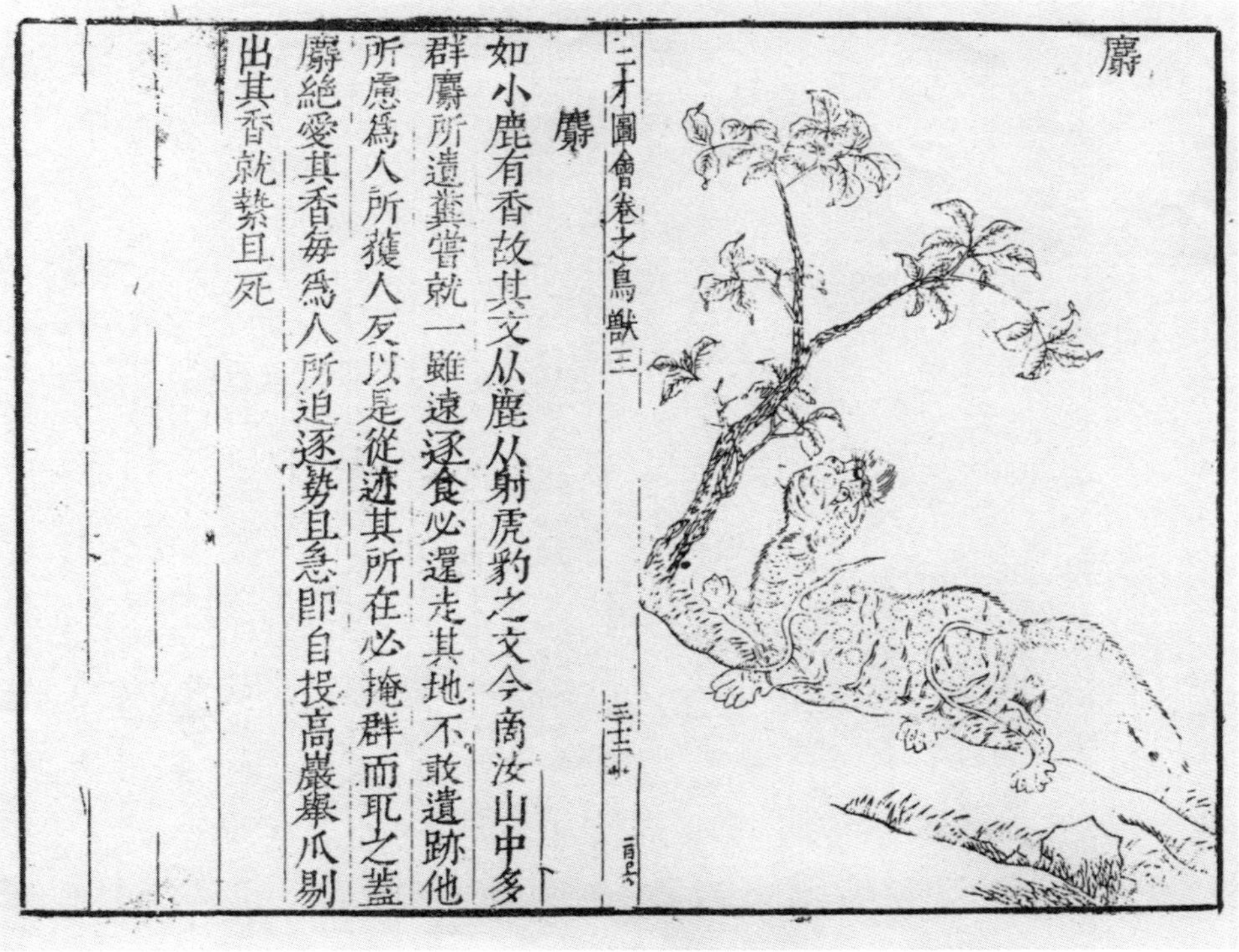

図1　麝『三才図会』（部分）

文安二～三年〈一四四五～四六〉成）に、唐絵の麝香が猫として描かれていることの誤りを指摘しており、中国絵画においても、麝香は麝香猫として描かれていた可能性がある。日本においては、平安時代以前から薬として珍重されていた麝香であるが、安土桃山時代には文禄三年〈一五九四〉に、堺の商人がルソンから帰国し、生きた麝香猫を秀吉に進呈した（『太閤記』）ことをはじめ、複数回、麝香猫が様々な動物とともに贈られている。

麝香は狩野派では比較的よく描かれた画題であり、『古画備考』四六「合作類及不詳印」には、寛文五年〈一六六五〉制作の絹巻物に法眼永信筆の「虎・獅・じやかう・鹿・栗鼠」、狩野隼人佐信筆の「きりん・ゐのしゝ・狐・河をそ・じや香」とある。そして中世来狩野派障屏画には、麝香猫が多く描かれている。

慶長十六年〈一六一一〉四月に、建物とともに朝廷から拝領した京都南禅寺の大方丈障屏画「牡丹麝香猫図襖」（伝狩野山楽筆）は、実は天正十四年〈一五八六〉完成の正親町院御所の建築を拝領したものである（『日本古寺美術全集　第二十二巻　京の五山』山根有三他）。慶長十九年〈一六一四〉に完成した名古屋城本丸御殿表書院三の間には、麝香猫図が描かれる（図2）。これは狩野貞信、孝信らの制作である（『原色日本の美術　一三　障屏画』武田恒夫）。どちらも豊かな毛の尾を持つ、本書と類似した動物に描かれている。また寛文六、七年〈一六六六、六七〉の制作とされる狩野探幽筆『飛禽走獣図巻』にも、麝香猫が描かれ、孔雀の羽根を銜えている。麝香猫は牡丹や孔雀の羽根とともに描かれる漢画系列の画題であることが解る。

本書の絵は、『本草綱目』『訓蒙図彙』では別項をたてられているにも関わらず、唐絵からの伝統を重んじ、中世より狩野派で描かれてきた「霊猫」を麝香として描いたものである。

後世の作品ではあるが、橘守国画『絵本写宝袋』（享保五年〈一七二〇〉初版）九巻下の「麝香」に「むく犬を描て麝香猫《じやかうねこ》とし霊猫《れいめう》を描て麝香《じやかう》なりとす」と明記されている。『絵本写宝袋』の霊猫図は、本書の麝香図と類似する。

図2　麝香猫（部分）　名古屋城本丸御殿表書院

（五ウ・六オ）羊《ひつじ》　こよう（12）、てうよう（13）、ちせいよう（14）そのほかさま〳〵しなあるとなり。せいたかくして、道をよくあゆむものなり。ひつじのあゆみなど丶よめり。
驢馬《ろは》　ろば、もろこしの馬也。まきにも出生せず、しけりたる深山に有て、賢人聖人詩人《けんじんせいじんし》なとの乗《のり》給ふ馬也。毛長く耳《みゝ》もなかく、尾《を》うしの尾にたる馬也。
（注12）『本草綱目』巻五十獣部に「胡羊」。
（注13）『本草綱目』巻五十獣部に「洮羊」。ただし読みはトウヨウ。『和漢三才図会』（正徳三年〈一七一三〉刊）には記載無し。
（注14）『本草綱目』巻五十獣部に「地生羊」。
【画題】　羊として描かれている本図には髯があるので山羊と思われるが、これは『訓蒙図彙』と類似している。驢馬の図も『訓蒙図彙』と類似する。『後素集』「鳥獣」の項には、羊や驢馬は画題として挙げられていない。但し寛文五年制作の絹巻物に、狩野右近常信筆「きりん　狐　象　羊　おほかみ　いぬ　ゑんこう」、氏信「いたち　かいろ　らくだ　羊　牛」、勝貞寛「蝙蝠　羊　ぶた」等の群毛図巻が描かれた記録が『古画備考』に載る。

（六ウ・七オ）驢頭《ろとう》　ろとうは異国にありて日本にはなし。食事に塩《しほ》をくらふ。道を行事はやし。食事に料目あり。しよくすくなけれは、その升目ほと行て留る〈也〉。
猿猴《ゑんかう》　さるのごとくにして、長き手あるものなり。水中の月をとらんとするけたものなり。片手のはすときは、片手みじかく成也。

【画題】驢頭、らくだは正倉院宝物にも描かれているが、朝鮮半島経由で、推古帝に献上されている。本書の駱駝図は『訓蒙図彙』と類似し、構図もそのままである。猿猴図は『訓蒙図彙』と類似しない。猿猴図は、狩野派をはじめ多くの障屏画に描かれる。『後素集』にも「枯木猿猴図」とあり、中国渡来の画題で古くから数多く描かれたものである。水中の月を取ろうとする猿猴の画題は、京都金地院の長谷川等伯筆「猿猴捉月図」でも有名である（『日本美術全集　十五巻　永徳と障屏画』）。

（七ウ・八オ）熊《くま》　くまはめでたきもの也。目もとだてにあき、あしは人のことく、冬はあなにすみ、くち木のうろにすみ、食せず、うゆる時はたな心をねぶるとなり（15）。酒をこのむけたものといふ。のとに白き月かたあり。いかる時は草木もかるゝ〈と也〉。

猿《さる》　さるは世俗《ぞく》に馬のきたうをよくすると云ならはせり。馬をかうもの、さるをかへば、馬の病をよくいやすものなり（16）。さるは一生やまひといふ事なし。まめなる事色〳〵せつ有といへとも、こゝにりやくす。

（注15）『本草綱目』巻五十一獣部「熊」に類似説明あり。
（注16）『本草綱目』巻五十一獣部「猨猴」に類似説明あり。

（八ウ・九オ）狸《たぬき》　たぬきは、はやし又里、古寺大屋敷なとのえんの下にかならずあなをほり、かくれゐて、人をまどはかし、わさをなすもの也。唐《から》〈にも〉種々あり。日本にも三種ありとは、たぬき芝はしり狢《むじな》也。其外まことのたぬきには、つらかむねに八文字のふあり。

狐《きつね》　きつねははなこまか也。尾《お》大にして妖《やう》くわいをなす。山名記（17）に云、きつねには婬婦《ゐんふ》そのなをむらさきといふ（18）。化してきつねとなる。おほくみづからむらさきと云となり。人をまとはかす事をえたるけたものなり。

（注17）山名記　未詳。『山槐記』のことか。
（注18）『燕石雑志』に「唐山の古説に、狐は千古の淫婦也、その名を阿紫といふといへば…」とある。出典未詳。

（九ウ・十オ）豪猪《いのしゝ》　いのしゝには、いたゝきとせなかに、いはらのたてかみあり。長さ壱尺ばかりにはり有。針《はり》いかる時は、矢をいるごとく、いかり毛といふもの成へし。あめふれは、いさみてかけまはりて川渡りをよろこぶ也。

猪《ぶた》　いのしゝのことし。ふたにはいかり毛ありといへ共、さのみ針のごとく成いかり毛なし。きばもなし。はなはしらにて、土をほる事をえたり。人間にあだをなさぬけだもの也。

（十ウ・十一オ）鹿《しゝ》　牡《お》鹿《しか》は角《つの》有て、なつに至りおつる。大さ小馬のごとし。牝《め》鹿《しか》はつのなく、六月子を生り。鹿《しか》の生《しやう》は淫《ゐん》にして、所の牡《お》鹿《しか》あまた女につるめりといへり。哥にも　つまかふ鹿　つまよぶなどかあり。

兎《うさぎ》　うさきは口びるなく、長きひげ有。まへあしみじかく、うしろあしながく、尻《しり》に九つの穴《あな》ありて、雄《お》兎《うさぎ》の毛ねぶりてはらみ、五月に子を口よりはくと云り（19）。白きをゐちごうさきといふ。

（注19）『本草綱目』巻五十一獣部「兎」に類似説明あり。『三

才図会』に類似説明あり。

（十一ウ・十二オ）獪《いたち》（鼬《いたち》）いたち毛いろ赤くてこれも化生といふへきか。おのがかたちよりほそきあなを、自由に行帰る事を得たり。ねすみをとる事ねこに十ばいせり。ことに火はしらなといふもの立る。火ことにいむと見へたり（20）。

狼《おほかみ》 おほかみはせい高からず、四そくふとく、足のゆび水かき有て、あなにすめり。狼は身をいながら、くびばかりくるりと自由にうしろむくもの也。物ごとつゝしむものにて、尾を下はらへ廻して、外腎《ぐわいじん》（21）をかくせり。

（注20）『倭名類聚抄』に類似表現あるが、いたちの火柱については記されない。

（注21）陰嚢。

（十二ウ・十三オ）獒犬《たうけん》（22）たうけん俗《ぞく》に唐犬といふ也。口ひろくみゝたれほゆるこゑ大きにして、たけきいぬなり。大きさおほかみよりせう〳〵ましたり。

狗《いぬ》 いぬはその類多しといへども、先三品あり。田犬《たいぬ》、吠犬《べつけん》、食犬《しよくけん》。たいぬは鷹《たか》犬の類、吠犬はぬす人を守りおどせる。食犬は、人の食のためにかいをくいぬなり。（23）狗猧《ゑのこ》俗にゑのころといふ、これなり。

（注22）『訓蒙図彙』と図の類似あり（図3）。ただし獒犬の読みは「がうけん」とある。室町期以降は小型犬のみならず、ポルトガル船で運ばれた様々な海外の犬が存在した。慶長十七年〈一六一二〉に家康が鷹狩りを催した時は、唐犬六～七十匹が参加したという。江戸時代初期には唐犬を飼うことが流行した。

（注23）『本草綱目』巻五十獣部「狗」に類似説明あり。

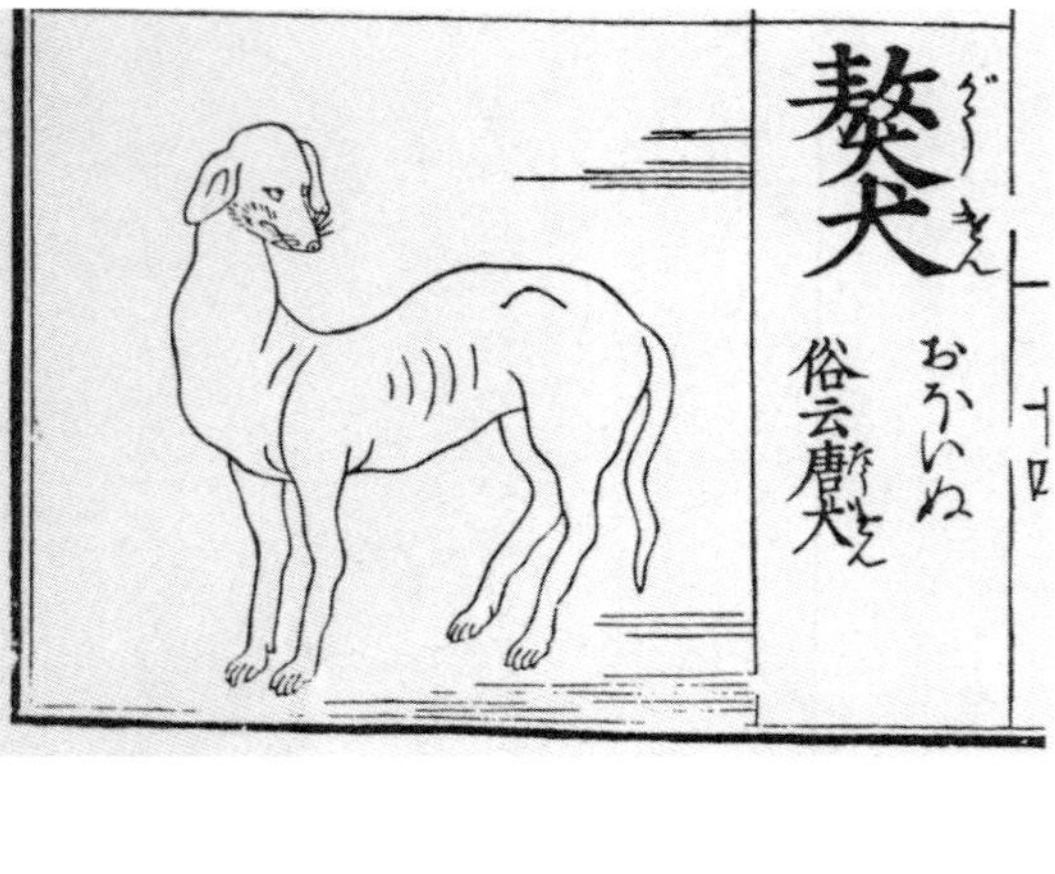

図3　獒犬『訓蒙図彙』（部分）

（十三ウ・十四オ）猫《ねこ》 ねこは そのかたち とらのごとし。ねこのまなこにて時をしると有。午卯酉には いとすしのごとし。寅申巳亥には満月のごとし。辰戌丑未にはなつめのことしとあり（24）。ねこは〈六月土用のうち〉一日あたゝかなりといへり。ねこのつまこひといふは、春の土用のおはり也。春夏秋冬四季にさかるもの也。これも化生といふ也。在家にすむ也。

（注24）『本草綱目』巻五十一獣部「猫」に類似説明あり。

（十四ウ・十五オ）胡馬《うま》 一字《じ》ともによめり。しかるに日本の人は馬の字《じ》を呼《よぶ》といふ。胡馬也。その理なきににたり歟。馬おほく出る北胡おゐてより故いわく胡馬也。小馬《こま》あるひは土佐の国より〈出るちいさき〉馬なり。小児《せうに》のりならひにめさるゝ馬也。

あふ坂や　かけみるほとも　なかりけり　引こすこまの　はしり井

のみづ

(十五ウ・十六オ) 牛《うし》 うしにはした歯《ば》ありて、上歯なし。草をくふて二度かへさずにれといふ。耳なくしてはなにてものをきく。うしのとしをしるには、はをみて三さいは二つ、四さいはは四つ、五さいは五つ、それより〈せなかのほね〉にてしる事也(25)。うしの出る所、我朝にては長門国より出る。又は伊豆国新嶋にも数多有之といふ。いつれの嶋やらいまだかんかへず。

(注25) 『本草綱目』巻五十獣部「牛」に類似説明あり。

(十六ウ・十七オ) 水牛《すいぎう》 すいぎうは川辺にすむうしなり。水中入てよろこぶ。大きさ日本のうしにはいせり。角大きにして、人をみては頭をかたふけるなり。

海鹿《あしか》 あしかは海中にすむけたもの也。毛いろくり毛にして、あしみじかく、だうの間長く、魚を食とす。大さ鹿ほと有也。浪のうへにねる。いびきのおと高し。

【画題】 本書の水牛図も海鹿(海驢)図も、『訓蒙図彙』と類似する。

(十七ウ・十八オ) 麒麟《きりん》 きりんは仁獣也。聖人の時出現するもの也。草をふます。頭のうへに一つの角《つの》あり。角のはたに肉《にく》あり。むさとものをそこなはすして、聖徳あるけたものなり(26)。

犀《さい》 さいはかたちすいぎうのごとし。猪《い》のかしらにして、みつのひつめをもつて海中をゆくに、水わけひらく事尺にあまれり。ひたいに三つの角有。はなに又一つの角あり。つのにあはの紋有。能犀《よきさい》は〈天〉の花のごとし(27)。

(注26) 『三才図会』は『説文解字《せつもんかいじ》』(後漢、許慎編、永元十二年〈一〇〇〉成)より、「王者不刳胎、不破卵、則麒麟出于郊」、『孫卿子』(『荀子』)より「王者好生、悪殺、則麟遊于野」を引用する。『太平御覧』(宋、李昉ら撰、九八三年成、日本では一一七九年に初めて記事が見られる)には、『説文』『春秋』等に加えて『礼記』「礼運」、『春秋左子伝』「哀公十四年伝」等が載る。特に『春秋』から派生した後者は影響が大きく、「西狩獲麟」(絶筆するの意)との格言が生まれた。後世のものであるが、日本でも寛政元年〈一七八九〉刊の黄表紙『孔子《こうし》縞《じま》于時《ときに》藍染《あいぞめ》』にも使われるほど通行していた。本書刊行以後のものではあるが、『頭書増補訓蒙図彙』(元禄八年刊〈一六九五〉)には、「麒麟ハ仁獣也。麞《くじか》身牛尾《うしのお》一角あり。牡を麒といふ、牝を麟といふ。生虫をふまず、生草を踏ず、聖人の世にいつ」とある。

(注27) 犀は犀角が正倉院宝物にも蔵されており、医薬品としての角に対する関心は古くから存在し、鎌倉時代には相当数輸入されていた。『夫木和歌抄』(延慶三年〈一三一〇〉頃成)所載、寂蓮法師の和歌「うき身にはさいのいき角えてしがな袖のなみだもとをざかるやと」もある。一方動物としての犀のイメージは不鮮明であった。本書のこの部分は『倭名類聚抄』『本草綱目』巻五十一獣部「犀」ともに類似説明があるが、角の文様については『本草綱目』のみに類似説明あり。

【画題】 犀の図は、『訓蒙図彙』(図4)とは異なる。背中に甲羅があることは、『本草綱目』「犀」の項にも「水犀皮有珠甲」と記されるが、『本草綱目』の図には、甲羅は描かれていない。明の王圻《おうき》編『三才図会』（〈一六〇九〉序刊）の図でも、一角の鹿のような身体ではあるが、甲羅は描かれない。本書の犀の、鹿のような身体に亀の甲羅状のものを背負う形状は、本書本文とも異なる。狩野派の画論書『後素集』の画題には、犀は記されていない。

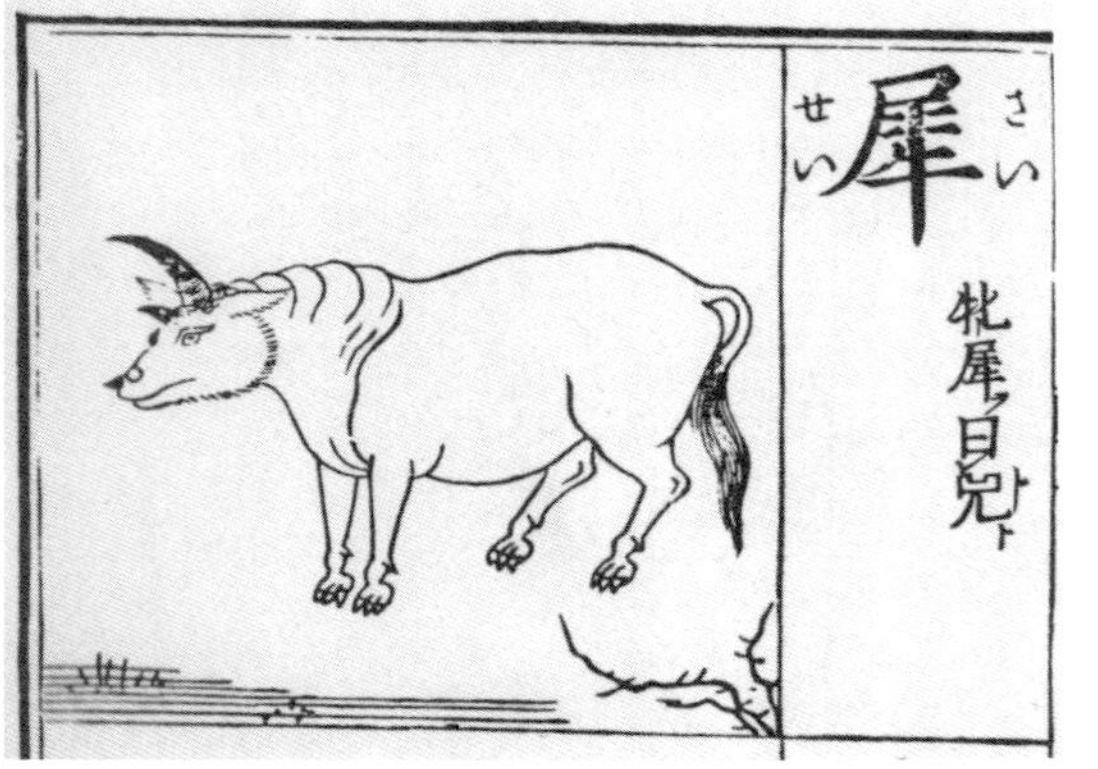

図4　犀『訓蒙図彙』（部分）

　本書と同様に背に甲羅がある犀の図は、十二世紀半ば成立の『鳥獣人物戯画』に見られる（図5）。これを「玄武」とする説もあるが、玄武は中国四神の一つであり、北方を守護する水神で、脚の長い亀に蛇が巻き付いて描かれることが多く、本図とは異なる。

　狩野松栄画の「大涅槃図」（永禄六年〈一五六三〉制作、京都大徳寺蔵）には、背中に甲羅があり、鹿のような身体で頭上に角を持つ、犀と思われる動物が描かれている（『日本美術絵画全集』九巻　狩野永徳・光信　土居次義）（図6）。俵屋宗達画の杉戸着彩図（養源院蔵）の犀は、元和七年〈一六二一〉制作とされる。

　そして、社寺建築の中にはこの形態の犀が数多く存在する。宝塚市中山寺本堂には、豊臣秀頼の命により片桐且元が慶長八年〈一六〇三〉に再建したと伝えられる彩色画（平成十七年に彩色修復）、京都市北野天満宮透屏の犀には、豊臣秀頼の命による慶長十二年〈一六〇七〉造営の彫刻、岡崎市伊賀八幡宮随神門は、徳川家ゆかりの神社であるが、鹿の身体に亀の甲羅の犀が彫刻され、寛永十三年〈一六三六〉造営である。その他慶安年間〈一六四九～五一〉修理時に造営されたかとされる京都三十三間堂本堂向拝、

図5　『鳥獣人物戯画』（部分）

図6　「大涅槃図」（部分）

寛文五年〈一六六五〉造営の京都市山科区毘沙門堂門跡本堂には、犀の彫刻が十四カ所、秩父市秩父神社拝殿の彫刻は、天和年間〈一六八一～八三〉に作られたものであり、鹿の身体に甲羅のある犀図が四カ所彫刻彩色されている。これらのことから、社寺の火難除けのために水犀を祀ったのではないかと推察されている。

（社寺建築の犀に関しては、https://www.syo-kazari.net/sosyoku/dobutsu/sai/sai1html　犀―雄峯閣　装飾の間を参照した。）

（十八ウ・十九オ）龍《りやう》　龍《たつ》　りやう　たつは春はあめをふらして、天にのぼりてすむ也。これ雲龍と云。秋はそらよりくたりて、ふちにすむ也。これを水龍といふ也。八十一のうろこあり。是を九々の数にたとふる也。大虵どくじやひりやうとてあり。飛龍は水にすみておかを飛行するものあり。大じやには、けんあり。龍には、けんなしといへり。くわしくは未かんがへす。火ゑんを出し、水をふらし、自由に〈飛〉行〈す〉るもの也。(28)

（注28）龍に関しては、『太平御覧』によると『説文解字』に「春分而登天　秋分而入淵」とある。本書のその他の説明は『倭名類聚抄』『本草綱目』に依拠するものではなく未詳。

（十九ウ）此一冊人の目たつ事ならねと、序に記す心あきらかなり。いはく詩中に絵あり(29)との言葉を模して、暫く慰む者與。

絵師　菱川師宣

元禄七戌稔順陽吉

大伝馬三町目

鱗形屋開板

（注29）宋代の蘇東坡が唐代の王維の作品を評した言葉「詩中有画」（王維の漢詩の中には絵があるの意味）を引用か。

三、考察

『獣絵本つくし』は様々な動物の特徴が上段に簡単に説明され、一丁見開き、もしくは半丁に一種類の動物が描かれている絵本であるが、描かれている動物は、全二十八種のうち、異国のものや、架空のもの所謂霊獣が半分の十四種混在している。

『獣絵本つくし』本文の翻刻および注釈を加えたことにより、本文が影響を受けた作品は、多くの獣の説明が『本草綱目』（明、李時珍編、万暦十八年〈一五九〇〉成、和刻本は寛永十四年〈一六三七〉、寛文十二年〈一六七二〉等）に依ったものであることが判明した。なお、本書中に『本草綱目』に拠ったとの説明はなされていない。その他『倭名類聚抄』（源順・承平五年〈九三五〉以前成立、元和三年〈一六一七〉古活字本、慶安元年〈一六四八〉刊本、寛文十一年〈一六七一〉刊本等）なども典拠としている。即ち本書本文は、やや知識階層の作者が作成したものと思われる。

一方獣の図は、中世以来の狩野派障屏画画題である走獣画との類似が見いだせる図が数多くあり、仏教画からの影響が推測される図も複数ある。『訓蒙図彙』（中村惕斎、寛文六年〈一六六六〉初版）との類似が見出せるものも複数ある。これらの獣図の中には、『訓蒙図彙』『本草綱目』説明文との齟齬を生じているものもあり、著者と画工とが異なる可能性を示唆する。また、『獣絵本つくし』と構図の類似が複数見出せる『絵本写宝袋』（橘守国作画、享保五年〈一七二〇〉刊、大坂・柏原屋）は、本書を参照したと思われる。

『獣絵本つくし』は、『絵本の研究』「浮世絵派の絵本」菱川師宣の章に挙げられた署名本の中には、「獣絵尽　大一冊　天和三年」とあり、また同書には、田中喜作著『師宣絵本年表』（大正十四年刊）に「獣絵尽　大一冊　天和三年」とあることも指摘されている。

天和三年〈一六八三〉には『花鳥絵づくし』や『美人絵づくし』も刊行されており、『獣絵本つくし』も刊行された可能性はあるが、その刊記が記載される本が現存していない。

そして仲田氏は後の狩野派による「画本」が生まれるヒントを与えたものとして、師宣絵本の意義の大きさを認めている。菱川師宣と狩野派との関係については、『岩崎文庫貴重本叢刊　菱川師宣絵本』解説（鈴木重三、貴重本刊行会、昭和四十九年刊）に、師宣の簡単な伝記―父は安房国保田村の縫箔業、菱川吉左衛門―とともに、天和二年〈一六八二〉刊の絵本『岩木絵づくし』序文や同年刊『屏風掛物絵鑑』の題材等から、師宣は狩野派・土佐派を何らかの方法で習得したらしい、と推測されている。同時に鈴木重三氏は、師宣絵本の版次に注意すべきことも指摘されている。また「菱川絵本の諸問題」（佐藤悟、千葉市美術館『菱川師宣展図録』所収、平成十二年発行）は、延宝五年〈一六七七〉刊の師宣在名春本『恋の品枕』の画風が、「狩野派摂取の痕跡が明瞭に見られ、師宣が本格的な狩野派の修行を行ったことが窺える」とする。『恋の品枕』の背景や屏風などに描かれる草花や虎図からの推測かと思われる。『団扇絵づくし』（天和二年刊、鱗形屋）の序文にも「長谷川土佐筆をつくしたる絵あり　興ありて誰人も褒美しければ　是にもとついて菱川の工夫にたより　絵書て出しぬ」と、師宣が土佐派や長谷川派の絵を基にしながら、独自の工夫を加えて描いたと記される。

『獣絵本つくし』の獣図の依拠する画題調査により、先行研究で指摘されていた序文の記述等に加えて、師宣が明瞭に長谷川派や狩野派の走獣画を基にして絵本を作成したことが分かり、後の狩野派絵手本『絵本写宝袋』に影響を与えたことも見て取れる。

本書序文に記すように、幼童を対象に「獣尽くし」を描こうとする啓蒙的意図は、十二世紀半ば成立の『鳥獣人物戯画』乙巻でも指摘されている。珍獣・霊獣と日常的に目にする動物とを、同一に並列的に描きだす作品としては、鎌倉後期以降の涅槃図に共通するものがある。また、法華宗（日蓮宗）徒であった狩野派絵師達による金碧障屏画、異国動物や霊獣描写の背景に、法華宗からの影響を考察する説もあり（『法華経の美術』中島純司　『日本古寺美術全集　第二十五巻』）、その影響下にある本書が、霊獣をも含めて「獣尽くし」を描いた意図には、作者や画工の意識下に宗教的な背景があった可能性がある。

付記

本稿を成すにあたり、『獣絵本つくし』の図版掲載及び翻刻をご許可下さったホノルル美術館に心より御礼申し上げます。なお、閲覧に際しては、Sean O'Harrow ホノルル美術館長、Shawn Eichman 東洋美術部長、Stephen Salel 同学芸員、南清恵同リサーチアシスタントのご協力を得ました。衷心より感謝申し上げます。

I would like to extend our deep appreciation to everyone at the Honolulu Museum of Art who gave me permission to publish the text and modern translation of the "Kedamono Ehon Zukushi", particularly Dr. Sean O'Harrow, the Director of the museum, Dr. Shawn Eichman, Asian Art Curator, Mr. Stephen Salel, Curator of Japanese Art, and Ms. Kiyoe Minami, Japanese Art Research Assistant.

本稿は科学研究費補助金による基盤研究（B）「在外絵入り本を中心とする書誌・出版・解釈の総合的研究」（研究代表者・山下則子、課題番号26300020）による研究成果である。

【主な参考文献】

『絵本の研究』仲田勝之助　八潮書店　昭和二十五年〈一九五〇〉初版、同五十二年覆刻
『岩崎文庫貴重本叢刊　菱川師宣絵本』解説　鈴木重三　貴重本刊行会　昭和四十九年〈一九七四〉刊
『師宣祐信絵本書誌』松平進　日本書誌学大系　青裳堂　昭和六十三年〈一九八八〉刊
『菱川師宣展』図録　千葉市美術館　平成十二年〈二〇〇〇〉刊
『菱川師宣と浮世絵の黎明』浅野秀剛　東京大学出版会　平成二十年〈二〇〇八〉刊
『太平御覧』宋、太平興国八年〈九八三〉成　中華書局出版　一九六〇年刊
『倭名類聚抄』（元和三年〈一六一七〉古活字本）勉誠社　昭和五十二年〈一九七七〉発行
『三才図会』明、王圻纂輯　万暦三十五年〈一六〇七〉刊本　成文出版社
『訓蒙図彙』中村惕斎　寛文六年〈一六六六〉刊　大空社　平成十年〈一九九八〉刊
『訓蒙図彙』中村惕斎　寛文八年〈一六六八〉刊
『頭書増補訓蒙図彙』中村惕斎　元禄八年〈一六九五〉刊　国立国会図書館蔵
『古事類苑』動物部　神宮司廳　明治四十三年〈一九一〇〉発行
『古画備考』朝岡興禎編　思文閣　明治三十七年〈一九〇四〉発行
『杜甫全詩訳注』一　松原朗他　講談社学術文庫　平成二十八年〈二〇一六〉刊
『日本絵画論大系』坂崎坦　名著普及会　昭和五十五年〈一九八〇〉刊
「後素集とその研究（上）」山崎誠『調査研究報告』十八号　平成九年〈一九九七〉刊
『探幽縮図』京都国立博物館蔵　同朋舎出版　昭和五十五、五十六年〈一九八〇、一九八一〉刊
『狩野派絵画史』武田恒夫　吉川弘文館　平成七年〈一九九五〉刊
『狩野探幽　御用絵師の肖像』榊原悟　臨川書店　平成二十六年〈二〇一四〉刊
『日本絵巻大成　六　鳥獣人物戯画』小松茂美他編　中央公論社　昭和五十二年〈一九七七〉刊
『原色日本の美術　一三　障屏画』武田恒夫　小学館　昭和四十二年〈一九六七〉刊
『日本美術絵画全集　第九巻　狩野永徳・光信』土居次義　昭和五十三年〈一九八三〉刊
『日本古寺美術全集第二十二巻　京の五山』山根有三他　昭和五十三年

〈一九八三〉刊
『日本古寺美術全集第二十五巻　三十三間堂と洛中・東山の古寺』　集英社　昭和五十六年〈一九八一〉刊
『日本美術全集　十五巻　永徳と障屏画』　講談社　平成三年〈一九九一〉刊
『日本動物学史』上野益三　八坂書房　昭和六十二年〈一九八七〉刊
『日本動物史』梶島孝雄　八坂書房　平成十四年〈二〇〇二〉刊
「伝狩野元信原画「獣尽屏風模本」と狩野派の動物画」門脇むつみ『国華』一三九六号　平成二十四年〈二〇一二〉刊

【図版一覧】

1『三才図会』（成文出版社）より引用（部分）。
2『原色日本の美術　一三　障屏画』（小学館）より引用（部分）。
3『訓蒙図彙』（大空社）より引用（部分）。
4『訓蒙図彙』（大空社）より引用（部分）。
5『日本絵巻大成　六　鳥獣人物戯画』（中央公論社）より引用（部分）。
6『日本美術絵画全集　第九巻　狩野永徳・光信』（集英社）より引用（部分）。

ボストン美術館蔵、北斎筆、未刊読本挿絵「大日本将軍記初輯」について

浅野　秀剛

「日本名将伝」と「大日本将軍記初輯」

版下絵「大日本将軍記初輯」六冊と、その稿本（下絵）である「日本名将伝」三冊はともにボストン美術館の所蔵であり、二〇一七年十～十一月、あべのハルカス美術館における「北斎―富士を超えて―」展に出品された。その作品について筆者は、同展図録に「高年の北斎―自発・自決へのこだわり」と題して小論を掲載した（英語版も大英博物館で開催した展覧会図録"Hokusai : beyond the Great Wave"に掲載）が、大きな誤りを犯したことを反省して、再度論述したのが本稿である。

「日本名将伝」（所蔵番号2006.1863）は、各二三・五×一六・四cmの三冊本で、各巻の題簽に「北斎画」と墨書され、見返し部分の表から隠された内側に「日本名将伝」、上巻扉に「北斎板下草画」「未夕此図者板ニ不成古今之名画ナリ」と墨書されているもので、全部で見開き三二図の下絵が認められる。「大日本将軍記初輯」（所蔵番号1998.669）は、各二八・〇×二〇・〇cmの仮綴じの六冊本で、柱刻に「大日本将軍記初輯巻之」と入れられた四周単辺の墨摺り用箋に見開き三三図の版下絵が認められる。特徴的なのは、版下絵は一図おきに描かれていることで、つまり、一丁の右か左は図のない白ページになっている。そして、オモテの右下に「二ノ壱」「三ノ一」などと巻数と図の順序が記されている。「日本名将伝」は「大日本将軍記初輯」より一図少ないが、三二図はすべて「大日本将軍記初輯」と対応し、両者は稿本と版下絵の関係にある。

このうち、「大日本将軍記初輯」が北斎自身の筆になることは、天保期の北斎の武者絵本との比較により容易に比定できるが、(1) 少し付記しておきたい。天保七年〈一八三六〉刊『和漢絵本魁』、同『絵本武蔵鐙』などの既刊の北斎の絵手本と関連する版下絵と考えられるメトロポリタン美術館蔵の版下絵「画本和漢葛飾振（画本葛飾振）」と、様式などが完全に一致することをまず述べなければならない。「画本和漢葛飾振」は切り離されて一図一図台紙に貼られているが、「画本葛飾振」と柱刻された四周単辺の墨摺り用箋に描かれているので、その形式も「大日本将軍記初輯」と一致する。一版の墨摺用ではなく、濃淡二版（時に三版）の墨摺用になっている点は、北斎没後の嘉永三年〈一八五〇〉に刊行された『絵本和漢誉』と同様であり、北斎が、費用の掛かる版にすることを強く主張したために刊行できなかった可能性もある。因みに、ボストン美術館蔵の書名未詳の北斎の版下絵三冊

（二〇一六年にセーラ・トンプソン氏によって"HOKUSAI'S LOST MANGA"の書名で刊行された作品）も、版心に上魚尾入りの匡郭を墨摺りした用箋（文字は入れられていない）に版下絵が描かれている。

また、「大日本将軍記初輯」の上部枠外に、図題（図の内容）が簡便に記されているが、その文字と形式が前記の武者絵本類と一致することも述べておくべきであろう。版下絵の匡郭は約二〇・八×一四・三cmあるので、この図題がこのまま枠外に彫刻されると、半紙本ではなく大本にしなければならない。図題が必ずしも丁寧に記されていないことを勘案すると、図題は、図を彫刻した後に（あるいは版元と協議した後に）、または別版にして画中に記される予定であったと推定される。

そして「日本名将伝」にも、下絵（画稿）ならではの北斎の筆跡の魅力が横溢している。そしてそれが「大日本将軍記初輯」の下絵であることは明白なので、北斎筆であることを疑う必要はないが、疑うとすれば、「日本名将伝」が「大日本将軍記初輯」を基にして描かれた場合であろう。しかし、朱や薄墨でおおよそのアタリをつけてから下絵を描く方法が、下絵の残る「富嶽百景」、「百人一首乳母が絵解」と同様であること、画中の墨書の筆跡が「大日本将軍記初輯」と同じであること、「大日本将軍記初輯」と大きく異なる部分や、「大日本将軍記初輯」に描かれているのに「日本名将伝」には全くない造形（つまり、版下絵の段階で加えられたもの）が認められること、そして後に言及する添付の紙片によって、「大日本将軍記初輯」から「日本名将伝」を制作するのは不可能である。

ただし、この稿本と版下絵の制作時期については慎重に検討しなければならないであろう。私見では、天保期の武者絵本に顕著な、躍動感と対比が誇張された人物表現が見られないことなどから文政〈一八一八―三〇〉後期から天保〈一八三〇―四四〉前期頃と考えている。

既述したように、「日本名将伝」が仮題であることと、それを改めたのが版下絵「大日本将軍記初輯」であることを踏まえ、以降は必要ない限りこれらを「大日本将軍記初輯」と呼ぶことにしたい。

「大日本将軍記初輯」の内容と典拠

さて、ここで「大日本将軍記初輯」に描かれた内容について触れる必要があるだろう。幸いに一図の例外を除いて各図に図題が記されているので、内容に紛れはなく、ほとんどすべてがいわゆる源平合戦物である。年代的に最も早いのが治承四年〈一一八〇〉八月一七日の「武衛（頼朝をいう）伊豆に義兵を挙《あげ》て山木兼隆を討んとす」（以下の図題は「大日本将軍記初輯」に従う）と「定綱味方にひき別れて信遠を誅す」であり、最も遅いのが文治五年〈一一八九〉八月の奥州合戦を描いた「頼朝奥州の泰平征伐陣押隊伍の図」となっている。源平合戦と関係がないのは、弁財天と龍を描いた「江の島弁財天来歴五頭毒龍発起」であるが、この図が入れられた意味については後述する。

五頭龍図以外の図は、『吾妻鏡』『平家物語』『源平盛衰記』『義経記』およびそれらから派生した物語に典拠を求めることができる。それらの史書・物語のうち、図題が最も適合し本書の基幹を成すと思われるのが『吾妻鏡』であるが、それだけに限定することは無理である。例えば、「真田与一義忠勇戦」は、『吾妻鏡』に具体的な記述はなく、

『平家物語』『源平盛衰記』などに典拠を求めなければならない。そして「牛若丸皆鶴を賺《すか》して鬼一が秘書を閲《み》る」は、『義経記』などに典拠を求めなければならないが、直接には、浄瑠璃・歌舞伎の『鬼一法眼三略巻』に想を得たと思われる。また、「志水義高鎌倉に入て義母政子に対面」も『吾妻鏡』『平家物語』『源平盛衰記』『義経記』に直接依拠しない図様であり、一般的には、御伽草子『清水冠者物語』あたりを典拠として作り上げた図像と考えられるが、直接的には、『頼《らい》豪《ごう》阿《あ》闍《じゃ》梨《り》恠《かい》鼠《そ》伝《でん》』（読本、馬琴作、北斎画、一八〇八年刊）巻一にある「政子前は、佐《すけ》殿の意《こころ》を暁《さとり》給はねば、大姫が婿がねなりとて、日毎に女房たちをもて、叮嚀《ねんごろ》に慰めまうさく、わが女児は年もまさりて、三五の春も暮行に、なほ両三年はとく過よかし。愛たく婚姻をとゝのはして、夫婦の睦しきを見まほしとぞ宣ひける。」というくだりが発想の契機ではないであろうか。

図像について、北斎が参考にしたと具体的に指摘できるのは、『源平盛衰記図会』[2]である。「義経が奇計鵯越の険《さか》落し」が『源平盛衰記図会』巻五の「一谷鵯越阪落　其二」、「敦盛城上に名笛の曲を尽す」（図1）が同じく「太夫敦盛青葉笛を携て出陣す」（図2）、「風波の難を懼れず義経四国に渡る」（図3）が同じく「大将義経暴風をしのいで屋島にわたる」（図4）、「（衣川の戦）其二　弁慶勇戦して死す」が同巻六の「義経高館合戦」と類似する。特に、「風波の難を懼れず義経四国に渡る」は、「大将義経暴風をしのいで屋島にわたる」の三艘の帆船の紋と、源氏の笹龍胆のみならず、木瓜と四つ目菱まで同一なので、参考にした確率がかなり高い。

以下、推定される各図の典拠と事件の年月日（原則として『吾妻鏡』による）を記す。図題の表記は「大日本将軍記初輯」による。

【巻一】

「武衛伊豆に義兵を挙て山木兼隆を討んとす」『吾妻鏡』1180.8.17

「定綱味方にひき別れて信遠を誅す」『吾妻鏡』1180.8.17

「真田与一義忠勇戦」1180.8.23　『吾妻鏡』に具体的な記述はなく、『平家物語』『源平盛衰記』などによる。

「石橋山の役に頼朝敗れて僵木に遁る」『吾妻鏡』1180.8.24

「牛若皆鶴を賺して鬼一が秘書を閲る」伝説。伝説ではあるものの、年代的には治承四年〈一一八〇〉より前の出来事。ここに入れたのは1180.10.21の頼朝、義経の対面に関係すると推定される。

【巻二】

「尾州墨俣川合戦」『吾妻鏡』1181.3.10

「頼朝石橋山に着たる鎧を山内の尼にみする」『吾妻鏡』1180.11.26（騎馬武者の合戦）下絵になし。この頃にあった「墨俣川の戦い」「横田河原の戦い」などに関連すると思われるが未詳。

「江の島弁財天来歴五頭毒龍発起」頼朝の命により文覚が江の島に弁財天を勧請し、1182.4.5に頼朝が参詣・祈願した（『吾妻鏡』）ことに関係すると推定（図5、図6）。『北条九代記』の影響もあるか。

「志水義高鎌倉に入て義母政子に対面」1183.3　『吾妻鏡』に記事なし。『頼豪阿闍梨恠鼠伝』に依るか。

「木曽の軍勢比叡山に在て洛中を見おろす」1183.7　『吾妻鏡』に記事なし。『平家物語』『源平盛衰記』などによる。

【巻三】

「平家太宰府落風雨にあふて艱難辛苦の図」1183.9-10　『平家物語』

図１　葛飾北斎画「大日本将軍記初輯」より「敦盛城上に名笛の曲を尽す」ボストン美術館蔵

図２『源平盛衰記図会』より西村中和画「太夫敦盛青葉笛を携て出陣す」国文学研究資料館蔵

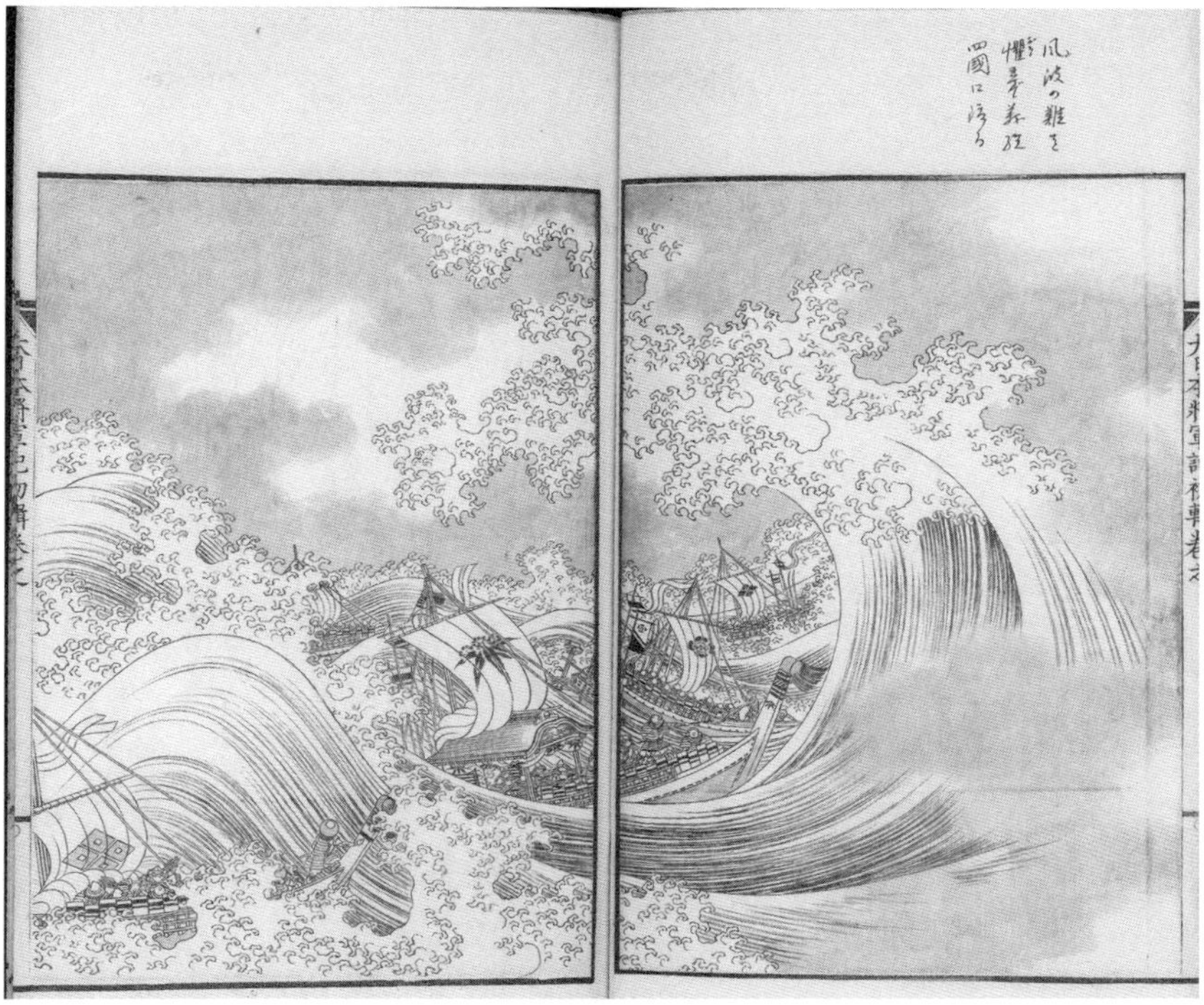

図３　葛飾北斎画「大日本将軍記初輯」より「風波の難を懼れず義経四国に渡る」ボストン美術館蔵

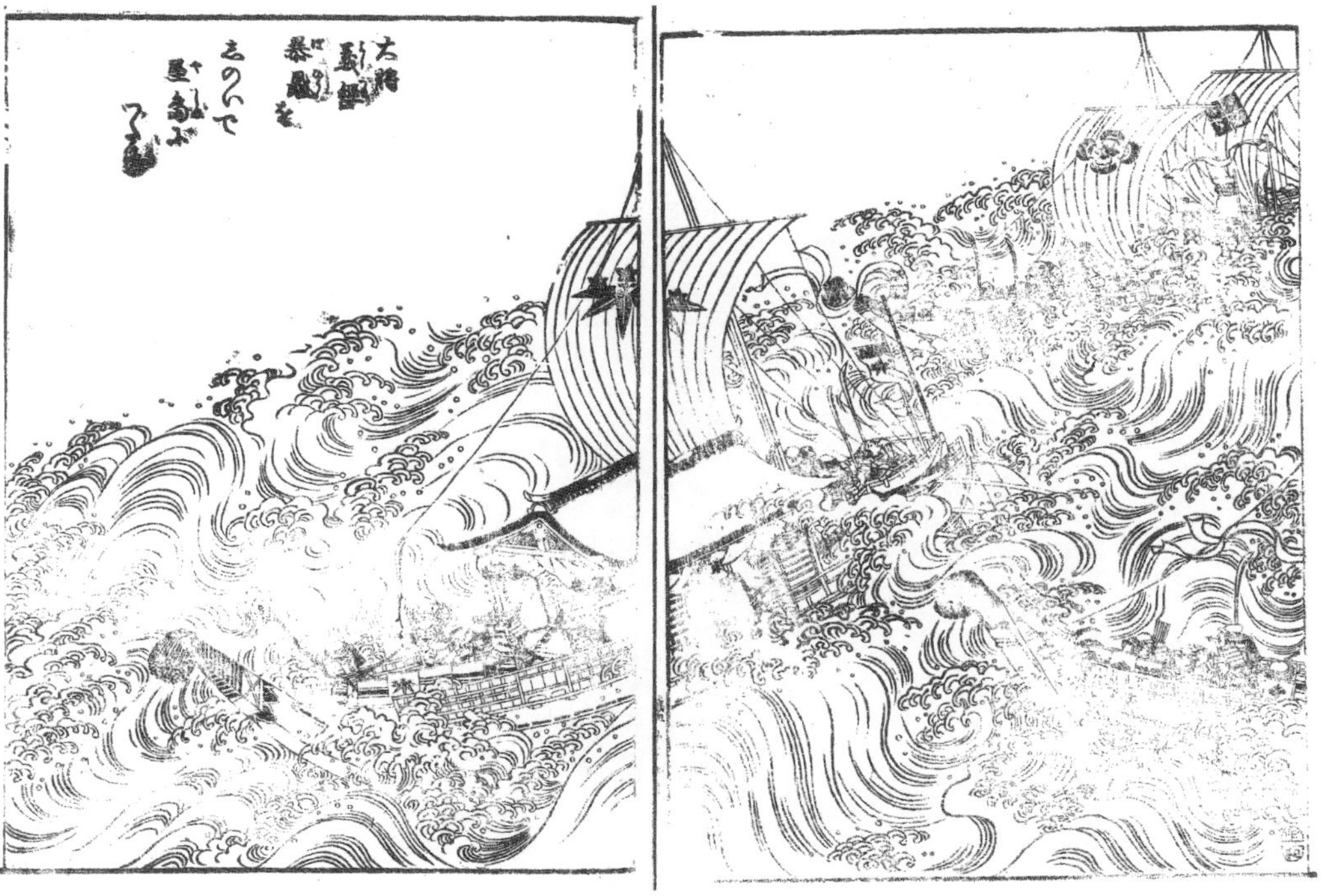

図４　『源平盛衰記図会』より西村中和画「大将義経暴風をしのいで屋島にわたる」国文学研究資料館蔵

図５　葛飾北斎画「日本名将伝」より「榎島弁財天来歴　五頭の毒龍発起」ボストン美術館蔵

図６　葛飾北斎画「大日本将軍記初輯」より「江の島弁財天来歴　五頭毒龍発起」ボストン美術館蔵

『源平盛衰記』などによる。
「佐々木高綱梶原景季宇治川を渉す」1184.1.20　『平家物語』『源平盛衰記』などによる。
「木曽の妾巴御前血戦」1184.1.20　『平家物語』『源平盛衰記』などによる。
「義仲今井兼平に遭て死を供にせんとす　兼平可ず」1184.1.20　『平家物語』『源平盛衰記』などによる。
「生田の合戦に熊谷直実その子直家を敵中より救ひ出す」1184.2.7　『平家物語』に詳述、『吾妻鏡』は略述。
「義経が奇計鵯越の険落し」1184.2.7　『平家物語』に詳述、『吾妻鏡』は略述。

【巻四】

「敦盛城上に名笛の曲を尽す」1184.2.7　『平家物語』『源平盛衰記』などによる。
「直実扇を揚て敦盛を呼戻す」1184.2.7　『平家物語』『源平盛衰記』などによる。
「景季勇戦箙の梅」1184.2.7　『源平盛衰記』による。
「風波の難を懼れず義経四国に渡る」『吾妻鏡』1185.2.18
「屋島の皇居焼討の図」『吾妻鏡』1185.2.19
「那須与一宗高扇の的を射て西海に名を揚る」1185.2.19　『平家物語』『源平盛衰記』などによる。

【巻五】

「義経屋島の弓流しこの事謡曲にも出たり」1185.2.19　『平家物語』『源平盛衰記』などによる。
「義経迫て八艘を踊り越る」1185.2.19　『平家物語』『源平盛衰記』などによる。
「頼朝讒を信じて義経を腰越に駐む」『吾妻鏡』1185.5
「土佐坊昌俊六條の義経が舘に夜討す」『吾妻鏡』1185.10.17
「佐藤忠信義経の甲冑を帯して横川の覚範を誅し芳野を退く」1185.11?　伝説。『義経記』『義経千本桜』などによる。

【巻六】

「鶴が岡の廻廊にて静法楽の舞を奏ずる」『吾妻鏡』1186.4.8
「安宅の関にて弁慶が智謀関守も欺き通る」1187春頃カ　伝説。『義経記』などによる。
「衣川の軍さ源家の諸士勇戦」『吾妻鏡』1189.閏4.30
「其二　弁慶勇戦して死す」1189.閏4.30　『義経記』などによる。
「頼朝奥州の泰平征伐陣押隊伍の図」『吾妻鏡』1189.7-8

「大日本将軍記初輯」は読本の挿絵

筆者は、拙稿「高年の北斎—自発・自決へのこだわり」のなかで、「大日本将軍記初輯」を未刊武者絵本として紹介した。「大日本将軍記初輯」には絵しかなく、絵本の稿本（下絵）と版下絵であることを疑わなかったのである。しかしその後、絵本ではなく、読本の挿絵ではないかという疑念がわき、今ではそうであると確信している。以下にその理由を述べる。

○版下絵はほぼ年代順で一貫性があり、適宜伝説も入るという構成は読本にこそふさわしい。

○絵本であれば、「大日本将軍記」というタイトルに適合しない図が多すぎるという疑念がわくが、読本であれば問題ない。
○柱刻に「大日本将軍記初輯巻之」とあり、形式が『絵本漢楚軍談』と同じで、輯巻構成の大部な物語を想定していると考えるのが自然である。
○一巻に五～六図というのは、絵本では少なすぎ、読本にこそふさわしい。
○半丁図がない。
○版下絵が一図おきに描かれているので、白紙部分には本文が入ることを想定しているものと考えるべきである。
○図と図題だけだと分かりにくいものが多い。
○前頁（オモテ）にも図題を記しているのは、バラバラにしても分かるようにという配慮と思われる。

『吾妻鏡』は鎌倉幕府将軍の年代記という形式の歴史書なので、「大日本将軍記」は鎌倉幕府の歴代将軍の物語という意図で書かれた読本と考えれば筋が通る。その初輯全六巻の挿絵として制作されたのが「大日本将軍記初輯」ということになる。

しかし、疑念は残る。その第一は、作者は誰かということである。北斎は読本の文章を待たずに（読まないで）画稿を作成した可能性が高いが、具体的にどのように打ち合わせを行ったのかが分からない。天保期の北斎の読本の挿絵は、作者の下絵なしに描いたものが多いのでは（「高年の北斎―自発・自決へのこだわり」参照）と推定しているが、本書もそういったものの一つということになる。

「日本名将伝」と「大日本将軍記初輯」の書入れ

興味深いのは、「日本名将伝」に貼付された小片の墨書と、「大日本将軍記初輯」に記された彫師への指示であろう。

「日本名将伝」のなかの「石橋山の役に頼朝敗れて僵木《ふしき》に遁る」（図7）は、左に大樹の洞に隠れる頼朝一行、右奥に「大庭俣野」[3]の軍勢を描いた図であるが、その右上に薄紙の短冊片が貼られ、「頼朝真鶴が崎の乗船か」「箱根永実駄餉を贈るか但これは百将伝にもあり」と記されている。この墨書は「日本名将伝」の他の筆跡と同じであるので北斎によるものと思われるが、何を意味するのであろうか。頼朝一行が大庭景親から逃れた後、箱根永実から駄餉（弁当）を提供されること、その後に真鶴が崎から安房（千葉県）に舟で渡ることは確かである。北斎は石橋山の戦いを描くのであれば、伏木隠れが最も一般的なのでそれを描いたが、それを止めて別の図にすべきかを作者・版元に相談するために紙片を貼ったのかもしれない。その結果、やはりこの場面を採用することになり、版下絵である「大日本将軍記初輯」では、右方に、敵陣にありながら頼朝を救った「梶原景時」を加えたものと思われる（図8）。「但これは百将伝にもあり」の「百将伝」が具体的に何をいうのか判然としないが、それが寛文七年刊〈一六六七〉『日本百将伝抄』を示すとすれば、「源頼朝」の項に「終七騎ニナリテ椙山ヘノカレ入、ソレヨリ箱根山ニ隠レ、土肥ノ真名鶴崎ヨリ舟ニ乗テ安房国ヘ赴ク」とある[4]。

「大日本将軍記初輯」の「江の島弁財天来歴五頭毒龍発起」図の左上にも、薄紙の小片が貼られ、「くものなかのほし（雲を表わす墨版の

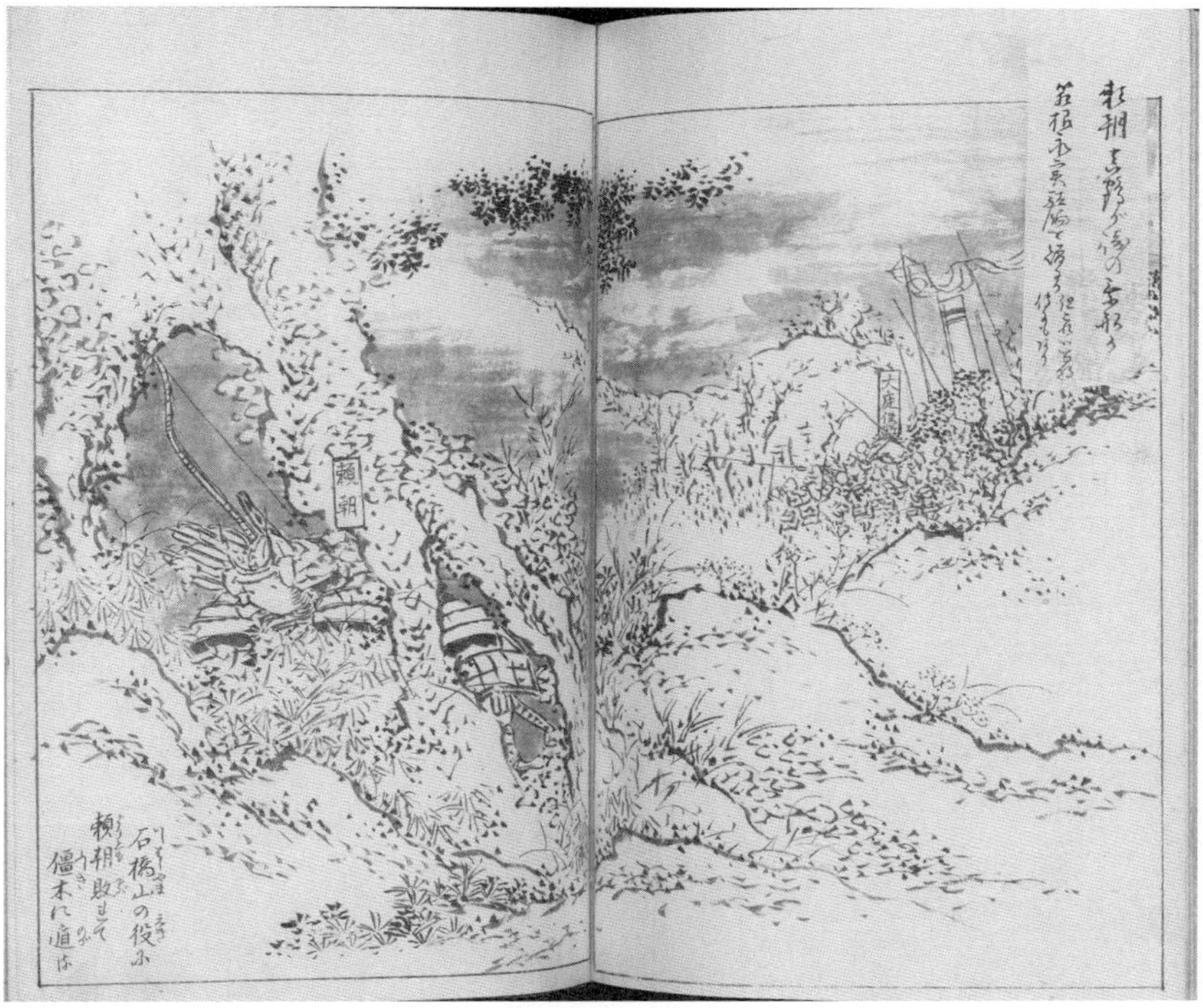

図7　葛飾北斎画「日本名将伝」より「石橋山の役に頼朝敗れて僵木に遁る」ボストン美術館蔵

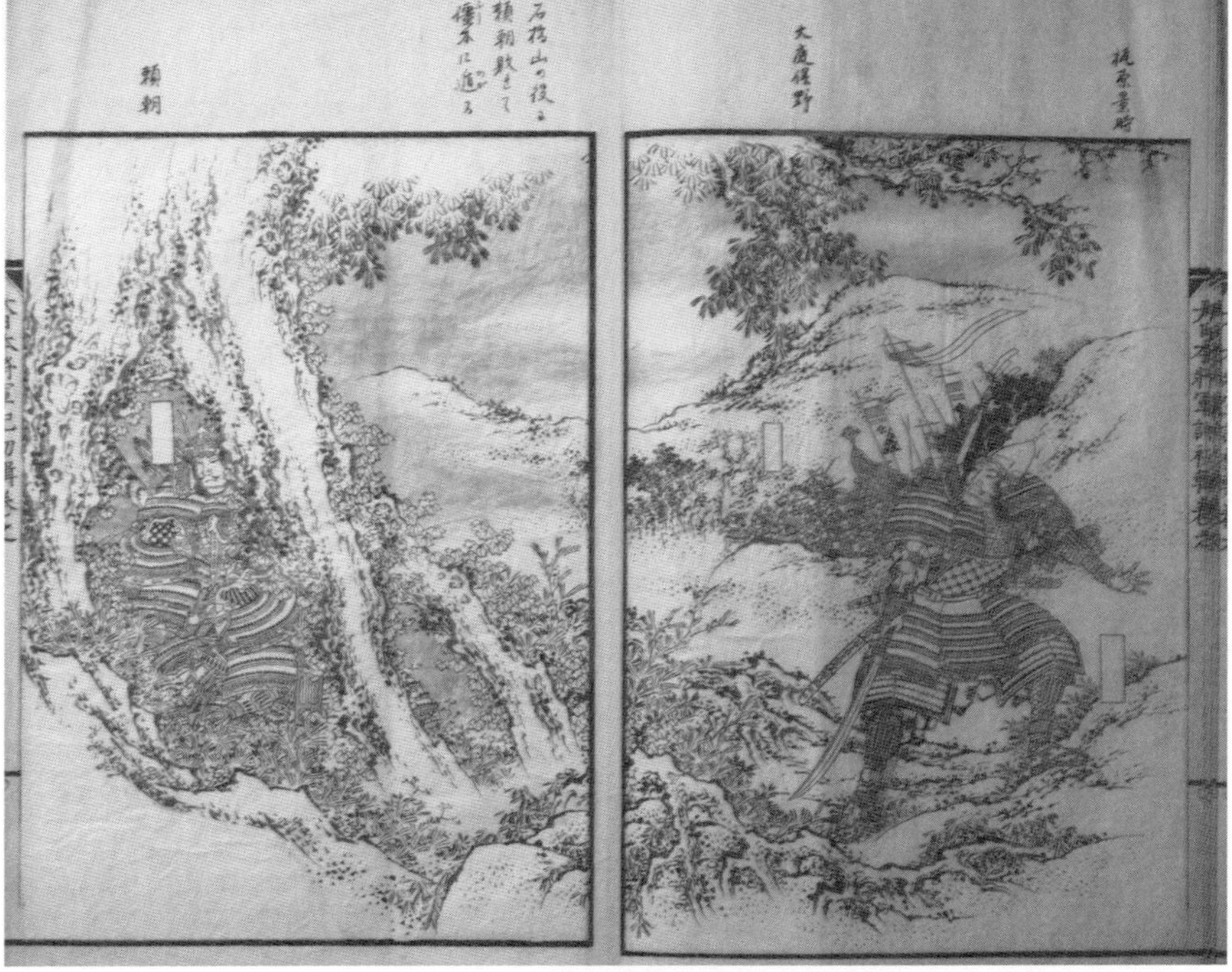

図8　葛飾北斎画「大日本将軍記初輯」より「石橋山の役に頼朝敗れて僵木に遁る」ボストン美術館蔵

なかに白線を円形に彫る形）白くぬくはあしく候間　此ごとく御彫奉願上候」と記されている。これが彫師への指示であることは明白であり、読本『椿説弓張月』続編巻之三の「石櫃を破て曚雲出現す」の、放射状に放たれた墨地のなかの表現や、錦絵「百物語　小はだ小平二」の蚊帳の縁のような彫を求めたことになる。また、「平家太宰府落風雨にあふて艱難辛苦の図」（図９）の右上に「此板けんとう附ル」「雨はねずみにて入る」、左上に「此板けんとう附」と記されているのも彫師への指示であろう。版下絵に雨の線はないが、画稿の「日本名将伝」には斜めの雨の線が入っているので、それを鼠色で摺るための版を作るよう指示したのである。ということは、この図は、もしも薄墨の版と、空と雲のぼかしの版を別々に作るとすれば、主版、雨の版を加えて四版ということになる。「此板けんとう附ル」はそのための指示と思われるが必ずしも判然としない。

おわりに

筆者は、高年の北斎が自発・自決にこだわり、それが大きな要因となって「大日本将軍記初輯」が未刊に終わったのではないかという趣旨を「高年の北斎―自発・自決へのこだわり」のなかで述べた。北斎は嘉永二年〈一八四九〉四月一八日に没するが、没後の嘉永三年に刊行されたのが『絵本和漢誉』である。『富嶽百景』三編も嘉永二年頃に刊行され、『北斎漫画』十三編も嘉永二、三年〈一八四九、一八五〇〉頃の刊行と推定されている。それらの本の彫摺が悪いというつもりはないが、北斎が生きていたなら、出来に満足したかということを

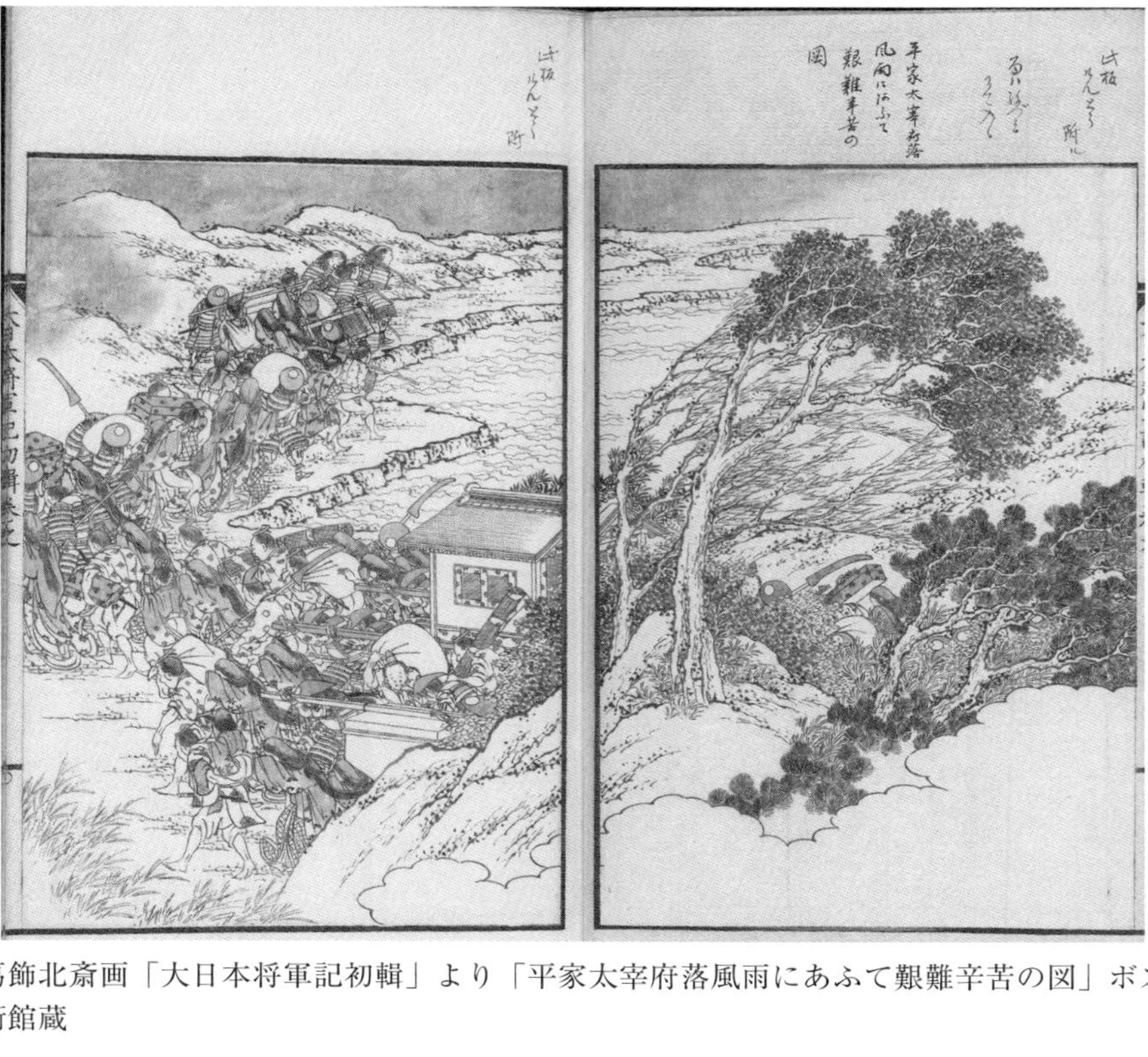

図９　葛飾北斎画「大日本将軍記初輯」より「平家太宰府落風雨にあふて艱難辛苦の図」ボストン美術館蔵

筆者は考えている。踏み込んで言うと、それらのものが、北斎の没した直後に刊行されたのは偶然ではないのではと考えている。高年の北斎が心血を注いだ版下絵がかくも多く現存するのは、北斎のこだわりと版元の間に径庭があった故であろう。それを思うと北斎の嘆息が聞こえてきそうな遺品である。

注

（1）例を挙げると「鶴が岡の廻廊にて静法楽の舞を奏ずる」の水干烏帽子姿で帯刀した静の姿は、北斎描く白拍子や巫女の舞姿に複数の類例を見出すことができる。特に『絵本孝経』下巻（嘉永三年〈一八五〇〉刊）の「白拍子」図との近似は著しい。また、「屋島の皇居焼討の図」の煙焔の描写は、やはり『絵本孝経』下巻の「沛公の智臣蕭何宝にかへて秦の書倉に入りて書籍をとる」の煙焔の描写そのものである。

（2）読本六冊、秋里籬島作、西村中和・奥文鳴画、寛政一二年〈一八〇〇〉刊、京都二鳩堂版。

（3）大庭景親と俣野景久の軍勢であるが、画中の短冊形枠に一人の名ではなく、二人の苗字を記すのは異例。

（4）「百将伝」に該当しそうな本はいくつかあるが、関連する記事・図像は他に見いだせない。ただし、享保一六年版『新撰書籍目録』に載る『絵本百将伝』一冊は、伝存例を知らず未見。

〈付記〉

本稿を成すにあたり、ボストン美術館所蔵品の閲覧と図版掲載に際して、アン・N・モース氏とセーラ・E・トンプソン氏の甚大なご協力を得ました。衷心より感謝申し上げます。

マリオ・マレガ文庫蔵黒本『眉間尺《みけんじやく》』

山下　則子

黒本『眉間尺』は、碑文谷サレジオ教会に残されていたマレガ神父旧蔵古典籍の中にあったものであるが、現在ではローマのサレジオ大学図書館マリオ・マレガ文庫に移送されている。

黒本『眉間尺』は、『国書総目録』『日本小説書目年表』には記載されていない。『国書総目録』に「みけんじやく　三巻　類　黒本・青本　版　大東急（中巻欠）」とある本は、本書とは別本である。この大東急本『みけんじやく』は、後題簽による外題で、柱題「みけんじやく」に依るものと思われる。内容は、葛城の大君・魔取・兼道・更科などが登場する、土佐少掾の古浄瑠璃『和国女眉間尺』の抄録ものである。

国文学研究資料館「日本古典籍総合目録データベース」には「眉間尺」の書名は存在しない。しかし同「新日本古典籍総合データベース」には、韓国国立中央図書館蔵黒本・青本『みけんじやく』が検索される。同データベース書誌情報に、韓国国立中央図書館　一般　古5-42-16とあり、請求記号　365-206-7である。公開画像から、後表紙で十丁、画工・版元未詳で、本書と全丁の絵の構図が類似した作品であることがわかる。

ただし本書と韓国国立中央図書館本の図を子細に比較すると、画風が異なり、本文も内容は類似するが異なっていることが分かる。先後関係を断定することは難しいが、本書の画風は他の奥村政信画草双紙との類似が見られること、本書の本文の方が多いこと、本書の版面が摩滅により読みにくくなっていることから、本書マリオ・マレガ文庫本の板木版面が摩滅したために、再度同内容の作品を作成したものかと推測する。故に本書マリオ・マレガ文庫蔵『眉間尺』成立の方が、韓国国立中央図書館本よりも早いものと考える。

以下、マリオ・マレガ文庫蔵黒本『眉間尺』について、次の項目に従って述べる。

一、書誌的事項
二、梗概
三、翻刻・校訂
四、考察
五、写真版

一、書誌的事項

一、表紙　原表紙。黒色無地。

二、題簽　原題簽。外題と絵が一枚に刷られた貼題簽。下巻のみ存。
三、書名　外題に「眉間尺《みけんじやく》」
四、柱　みけんしやく
五、寸法　表紙　縦十七・三cm×横十二・五cm
　　　　　題簽　縦十四・三cm×横七・三cm
　　　　　匡郭　縦十五・七cm×横十一・五cm
六、紙数　十丁
七、作者・画工　未詳。画工は奥村政信か。
八、板元　奥村屋（下巻題簽、一丁表匡郭上、六丁表匡郭上にある商標による）
九、刊年　未詳。画工が奥村政信だとすると、享保四年〈一七一九〉～宝暦七年〈一七五七〉頃か。
十、備考　一丁表の右匡郭上部に、古堀栄の図案郭朱文円印あり。同じ蔵書印は、マレガ文庫蔵『〔さよの中山〕』（『娘敵討念刃《むすめかたきうちおもいのやいば》』）にも見られた。所蔵番号 HM41

二、梗概

楚《そ》しゃ王の后が、三年間懐胎していて出産しない。体が辛い時には鉄の柱に抱きついて、体を冷やしていた。后は鉄の玉を二つ出産した。王はこの玉を剣に打てと、干将莫邪《かんしょうばくや》に命じる。莫邪は玉を二振りの剣に打つが、王へは一振りのみ献上して、もう一振りは隠し持っていた。王に献上した剣が汗をかくので、占わせると、もう一振りの剣があると言う。王は怒り、莫邪を捕らえる。莫邪は剣を埋めて、息子が二十一才になった時に掘り出すようにと書き置きして死ぬ。成長した息子は眉間尺と名乗り、剣を手に入れる。眉間尺に殺される夢を見た王は、眉間尺を探し回る。伯仲という者が眉間尺に、「結局逃げられないのであるから、お前の首と剣を私に渡せ、そうすれば私が敵討ちをしてやろう」と言う。眉間尺は自分で自分の首を斬る。伯仲が渡した眉間尺の首は、眼が開いて生きているようであった。恐ろしくなった王は、首を三日三晩煮る。しかし、首は形も変わらず、眼も開いたままであった。王が煮ている釜に近寄って見ると、眉間尺の首が口に含んでいた剣の切っ先を吹きかけたので、王の首は釜の中に落ちる。眉間尺の首と王の首が戦い、眉間尺の首が負けそうになったので、伯仲は自分で首を斬って釜に首が入る。三人の首は互いに喰い合って戦い、釜から上に舞い上がる。この姿から「三つ巴」が生まれた。

三、翻刻・校訂

【表紙】
眉間尺《みけんじやく》　下

【一丁表】
楚《そ》しや王の后《きさき》、御懐妊《くわいにん》御耐《た》へかたきおりふし、ひたすら鉄《くろかね》の柱《はしら》に御身《み》を冷《ひ》やし給ふ。
博士《はかせ》考《かんが》へる。三年《ねん》と御産《こさん》なきによつて占《うらな》い給ふ。□□驚《おどろ》かせつ□み給□の□

【二丁裏・二丁表】

とうやう夫人《ぶにん》、鉄《くろがね》のまろかせを産《う》み給《たも》ふ。お薬《くすり》をあげませふ。□□の玉に産湯《うぶゆ》を注《そゝ》ぐ。三年か間、夫人《ふじん》の胎内《たいない》にありし玉。

楚《そ》しや王《わう》、夫人《ぶにん》の御平産《さん》の玉、剣《けん》に打《う》ち奉《たてまつ》れとの仰。大切《たいせつ》の仰《おう》せ付じや。楚《そ》しや王《わう》、干将莫邪《かんせうはくや》お召《め》す。二つの鉄《くろかね》の玉を剣《けん》に打《う》たせ給ふ。莫邪《ばくや》は受《う》け申。名剣《めいけん》に打《う》ち奉《たてまつ》らんと言《い》ふ。莫邪《ばくや》　楚《そ》しや王《わう》より二つのまろかせを受《う》け取、家来《けらい》に持《も》たせ我《わ》が家《や》へ帰《かへ》る。きつう重《おも》い物じや。


【二丁裏・三丁表】

莫邪《ばくや》我《わ》が家《や》にて、二つの玉を剣《けん》に打《う》つ。さて塩梅《あんはい》の良《よ》い鉄《かね》じや。莫邪《ばくや》か妻《つま》、食事《しよくじ》をこしらへる。危《あぶ》ない。そつちに居《い》や。莫邪《ばくや》か子、四、五才。発明《はつめい》にて、後《のち》、眉間尺《みけんしやく》といふ。

かゝ様《さま》、もう食《た》へよふ。

莫邪件《はくやくたん》の玉を二振《ふたふ》りの剣《けん》に打《う》ち、一振《ひとふ》り雌剣《しけん》と名付《なつ》け、又一振《ふ》りを雄剣《ゆうけん》と名付《なづ》け、雄剣《ゆうけん》ばかり王ゑ上奉り、雌剣《しけん》をば深《ふか》く隠《かく》し、石のかろうとへ入《い》れ、南山へ埋《うつ》めおかんと巧《たく》む。此雌剣《しけん》は　なかんづく見事じや　悴成《せかれせい》人の後《のち》　佩《は》かせん。


【三丁裏・四丁表】

莫邪《ばくや》は雄剣《ゆうけん》ばかり持《も》ち来《き》たり、王を欺《あざむ》く。でかした〳〵。さて大儀《たいき》てあつた。莫邪雄剣《ばくやゆうけん》の捧《さゝ》ぐる。さつても退屈《たいくつ》した。長々《なか〱》しい御褒美《ほうひ》は、てつか知《し》らぬまで。

楚《そ》しや王、莫邪《ばくや》か打《う》つたる雄剣《ゆうけん》、御身《み》を離《はな》さす御佩《は》かせ給ふ。ある時灯火傾《とぼしみかたふ》け、見給《たま》へは、汗《あせ》をかく故占《ゆへうらな》わせ給《たま》へは、此剣二《ふた》かち也か。今一振《ふ》りは隠《かく》せしよ。玉につらてけいむふりたいかぬことなり。二振《ふたふ》り、わき一振《ふ》りお慕《した》い、かくの如《こと》くと博士《はかせ》申上る。さては打《う》ちをへ、隠《かく》せしに極《きわ》まりしと、楚《そ》しや王逆鱗《けきりん》有。


【四丁裏・五丁表】

莫邪雌剣《ばくやしけん》の剣《つるき》を隠《かく》し、大王謀《たばか》りしゆへ、楚《そ》しや王怒《おういか》り甚《はなは》たし。官《くわん》人共、大勢莫邪《ぜいばくや》か居宅《いたく》を取《と》りまきけり。鍛冶《かぢ》めか、一振《ふ》りはくろめのけおつた。太《ふと》い奴《やつ》の。生《い》け捕《と》りにいたそう。捕《と》つた〳〵。

莫邪《ばくや》二振《ふ》りの内、雌剣《しけん》をは南《なん》山に埋《うつ》みおき、悴《せがれ》廿一になりし時《とき》、掘《ほ》り出し与《あた》へよと書《か》き置《お》きし、妻《つま》の方《かた》へ渡《わた》し、大王《おう》へ囚《とら》われ、責《せ》め殺《ころ》さるゝ。もう是非《ぜひ》に及《およ》はぬ。莫邪《ばくや》子、十三才無念《むねん》がる。母悲《はゝかな》しみ嘆《なげ》く。


【五丁裏・六丁表】

眉間《みけん》尺廿一才になり、人となるに従《したが》つて、逞《たくま》しなり、母と連《つ》れ立、南《なん》山に分《わ》け登《のぼ》り、雌剣《しけん》の掘《ほ》り出《いだ》す。莫邪妻《はくやつま》、眉間《みけん》尺を南山へ連《つ》れ行。父の遺言《ゆいごん》の通《とお》り、雌剣《しけん》お掘《ほ》り出《いた》す。母共《とも》に喜《よろこ》ふ。さて〳〵、眉間《みけん》尺てかしやつた。父の仰《おう》せの通じや。

楚《そ》しや王夢《ゆめ》の内《うち》に、眉間尺《みけんじやく》といふ者《もの》に、殺《ころ》され給ふと見《み》給ふ。官人《くわんにん》共、眉間《みけん》尺か勢《いきお》ひに恐《おそ》れ、皆々《みな〱》逃《に》げる。さて〳〵恐《おそ》ろしい奴《やつ》の。今《いま》か最期《さいこ》たぞ、観念《くわんねん》しろ。ゑゝ無念《むねん》や。


【六丁裏・七丁表】

楚《そ》しや王、夢《ゆめ》の様子《ようす》心得《へ》がたく思召、国々草《くに〱くさ》を分《わ》けて詮議《せんぎ》せよとの給ふ。殊大事《ことたいじ》の綸言《りんげん》じや。眉間《みけん》の間一尺ある男《おとこ》を捕《と》らへとの仰じや。騒《さわ》ぐな。臣下《しんか》絵姿《ゑすかた》を見する。よふ覚《おほ》へて、国元《くにもと》へ帰《かへ》つて、下々《した〱》へもよふ聞《き》かせよ。畏《かしこ》まりました。大きな人の。よく近《ちか》くゑ寄《よ》つて見《み》ろ。

【七丁裏・八丁表】

眉間《みけん》尺か絵姿《ゑすかた》、里々《さと〱》に張《は》り、往来《おうらい》人に見《み》する。いかさま、悪《わる》い奴《やつ》と見《み》へた。眼《め》の間が壱尺有。そうたい大柄《おうがら》の人じや。伯仲《はくちう》と言《い》ふ者《もの》、眉《み》間《けん》尺が家《いへ》に来り、汝《なんし》を所々に人形《かた》にてご詮議《せんき》有。逃《のか》れ難《かた》き命《いのち》なれは、我《われ》に汝《なんし》か首《くび》おくれなば、楚《そ》しや王を謀《たばか》り、かね〱望《のぞ》みし親《おや》の敵《かたき》を取《と》らせん、と言《い》ふ。眉間《みけん》尺□□き□□し□仰を□□かうしと我《われ》と我《わ》が手《て》に雌剣《しけん》の切《き》つ先《さき》をく□□口□含《ふく》み□伯仲《はくちう》に首《くび》を渡《わた》す。眉間尺《みけんじやく》か最期《さいご》を見《み》て、伯仲《はくちう》潔《いさきよ》しと言《い》ふ。両けん□伯仲《はくちう》か物語《ものがたり》お聞《き》ゝ、楚《そ》しや王《おう》討《う》たんためなれは、もし負《ま》けになる時は、必《かなら》す命《いのち》お捨《す》て、味方《みかた》し給《たま》へと約《やく》束《そく》しける。

【八丁裏・九丁表】

楚《そ》しや王、眉間尺《みけんしやく》か首《くひ》、雌剣《しけん》の剣《つるき》お得《ゑ》給ひ喜《よろこ》ひ給ふ。眉間尺《みけんしやく》か首《くび》。雌《し》剣剣《けんつるき》。伯仲《はくちう》、眉間尺《みけんしやく》か首《くひ》と雌剣《しけん》の剣《つるき》を相添《そ》へ、注進《ちうしん》のする。眉間《みけん》尺か死《し》に首《くび》、眼《まなこ》を見開《ひら》き生《い》けるか如《こと》し。楚《そ》しや王恐《おそ》ろしく思《おぼ》し召《め》し、士卒《しそつ》に言《い》い付、釜《かま》にて三日三夜《や》茹《う》でる。伯仲《はくちう》が謀《たばか》るとは知《し》らで、楚《そ》しや王、伯仲《はくちう》と親《した》しみ給ふ。いくら煮《に》ても、首《くひ》生々《なま〱》しい。

【九丁裏・十丁表】

眉間《みけん》尺か首《くび》、三日三夜《や》釜《かま》に入て煮《に》けれども、形《かたち》変《か》わらず眼《まなこ》塞《ふた》がす、生《い》ける如《こと》し。楚《そ》しや王最期《さいご》。楚《そ》しや王もはや煮《に》へつらんと、立《た》ち寄《よ》り覗《のぞ》き見給《たま》へば、眉間《みけん》尺か首《くび》、口に含《ふく》みたる剣《けん》の切《き》つ先《さき》吹《ふ》きかけければ、楚《そ》しや王の首《くび》落《お》ちにける。かくて、楚《そ》しや王首《くび》と、眉間《みけん》尺か首《くび》、喰《く》いやいけれども、眉間《みけん》尺か首《くび》、二三日釜《かま》にて茹《う》でられ、少《すこ》し負《ま》け色《いろ》に見へければ、伯仲《はくちう》歯《は》がゆしと、やがて我《わ》か手《で》に首《くび》を掻《か》き切、釜《かま》の内へ入、三人喰《く》いやいける。官《くわん》人共皆々《みな〱》肝《ぎも》を消《け》し「　」これはたまらぬ、恐《こは》い事しや。逃げよ〱。

【十丁裏】

楚《そ》しや王、眉間《みけん》尺、伯仲《はくちう》三人の首《くひ》喰《く》い合、釜《かま》より上《うへ》ゑ舞《ま》い上《あ》がる。三つ巴《ともゑ》是より始《はし》まる。皆々《みな〱》恐《おそ》ろしかる。凄《すさ》まし□事《こと》の。

四、考察

黒本『眉間尺』の内容は中国の『捜神記』等を原典とするが、直接には日本の『曽我物語』から取材している。即ちこの話の原話は、中国の『捜神記』に「三王の墓」にまつわる話として載り、それが広く伝播して、孝子伝として日本の『太平記』や『曽我物語』にも記述されている。親の敵を討つ話であるために、同様に親の敵を討つ話である『曽我物語』に引用されたと思われる。『曽我物語』の眉間尺譚には、特異な点が多いとされ[1]、本書には『曽我物語』（岩波古典文学大系本・東京大学附属図書館青洲文庫蔵十行古活字本）との類似が多く認められる。例えば本書には『曽我物語』にしか使われていない名前、「楚しや王」や后「とうやう夫人」や敵討ちを勧めた「伯仲」の名前が、そのまま使われている。また、后が懐胎して三年出産しなかったこと、王に差し上げた剣が隠された剣を慕って汗をかくことなど、『曽我物語』の話と類似しているといえる。

一方、本書黒本『眉間尺』独自のところは、二丁裏、子供時代の眉間尺が、剣を打つ父の莫邪の後ろで、母親にご飯を食べようと言っている場面である。これは、『曽我物語』や『太平記』には全く見られない、黒本独自の「日常」を描く所である。また、十丁裏で最後に、三人の首が互いに食い合いながら宙へ舞い上がった様子から、三つ巴の模様が出来たとする三つ巴由来譚の部分も、『曽我物語』や『太平記』には見られない。三つ巴由来譚は元禄期〈一六八八～一七〇三〉に刊行された七巻本『宝物集』に載る話[2]であるが、『庭訓往来抄』（寛永八年〈一六三一〉刊）の四月五日状「鍛冶」の注にもこれが載る。七巻本『宝物集』や『庭訓往来抄』は、共に江戸時代以降成立なので、三つ巴由来譚が眉間尺の話に付け加えられるのは、江戸時代以降である。

演劇では、『松平大和守日記』寛文六年〈一六六六〉七月十一日の条に、杉山肥前掾の古浄瑠璃『みけんしやく』六段物の記録があるが内容未詳であり、土佐少掾の古浄瑠璃『和国女眉間尺』は、本書とは全く異なる内容である。また、横山正氏が角太夫の『眉間尺物語』との関連を推測している、延宝〈一六七三～八〇〉頃成立かと思われる古浄瑠璃『みけんじゃく』[3]は、眉間尺譚をかなり改変した内容であるが、后「とうようぶにん」が「てつ丸二つ」を産み、「はくちう」が登場し、三人の首が「かなわになりてをひまは」る点が、本書『眉間尺』と共通する。享保十三年〈一七二八〉五月大坂嵐三十郎座上演歌舞伎『眉間尺』もしくは『眉間尺鉄柱』[4]は、詳細未詳である。享保十四年〈一七二九〉八月大坂竹本座上演浄瑠璃『眉間尺象貢《みけんじゃくぞうのみつぎ》』は、粗筋は眉間尺譚をかなり改変したものであるが、后「桃容后《たうようこう》妃《ひ》」が鉄丸を二つ産み、「伯中」が登場し、眉間尺と伯中の首が王の首を追い回す。これらの古浄瑠璃の三人の首が飛び回るところは、からくり仕掛けで見せた可能性もあるが、詳細は未詳である。

黒本『眉間尺』は、粗筋は『曽我物語』に依拠し、古浄瑠璃や庭訓往来からの部分的な影響を受けたものと思われる。他の黒本で、明らかに『前太平記』から取材している初期草双紙もあり[5]、本書が『曽我物語』を取材源とする可能性は十分にある。

本書の作者も画工も未詳である。板元が奥村屋であり、特徴ある画風から奥村政信画である可能性がある。また、作者と画工が同一人物であるかどうかも不明である。かなり初期から、草双紙の作者は、画工とは別にいたのではないかと言われている[6]。

注

1 黒田彰「眉間尺外伝―孝子伝との関連―」（『和漢比較文学叢書 第六巻 中世文学と漢文学Ⅱ』所収、昭和六十二年〈一九八七〉十月刊、汲古書院）。後に黒田彰『中世説話の文学史的環境』（昭和六十二年十月刊、和泉書院）に再録。

2 注1参照。

3 横山正「浄瑠璃『みけんじやく』について」（『近世演劇 研究と資料』所収、昭和五十六年〈一九八一〉十月刊、桜楓社）。

4 土田衞「『歌舞伎年表』補訂考証 享保編其四（享保十二年～十六年）」（『演劇研究会会報』第三十三号所収、平成十九年〈二〇〇七〉

五月刊)。

5 高橋則子「国文学研究資料館蔵黒本『〔四天王〕』について―『頼光《らいくはう》金臣《きんしん》　本末記《いちだいき》』―」(『国文学研究資料館紀要』第三十一号文学研究篇所収、平成十七年二月刊)。

6 鈴木俊幸「板元と作者―草双紙を中心に―」(『国文学解釈と鑑賞』所収、平成六年〈一九九四〉八月刊)、棚橋正博「草双紙の時代(五)草双紙作者津軽のお爺」(『日本古書通信』六十一巻五号所収、平成八年〈一九九六〉五月刊)、松原哲子「『津軽のおぢい』資料」(『実践国文学』五十五巻所収、平成十一年〈一九九九〉三月刊)。

マリオ・マレガ文庫蔵『眉間尺』の写真版掲載と翻刻をご許可下さった、Marcello Sardelli サレジオ大学図書館長に心より御礼申し上げます。

I would like to extend my deep appreciation to Dr.Marcello Sardelli, the Director of the "Biblioteca Don Bosco" who gave me permission to publish the text and modern translation of the "Mikenjaku".

五、写真版

（表紙）

（後ろ表紙）

（表紙見返し・一丁表）

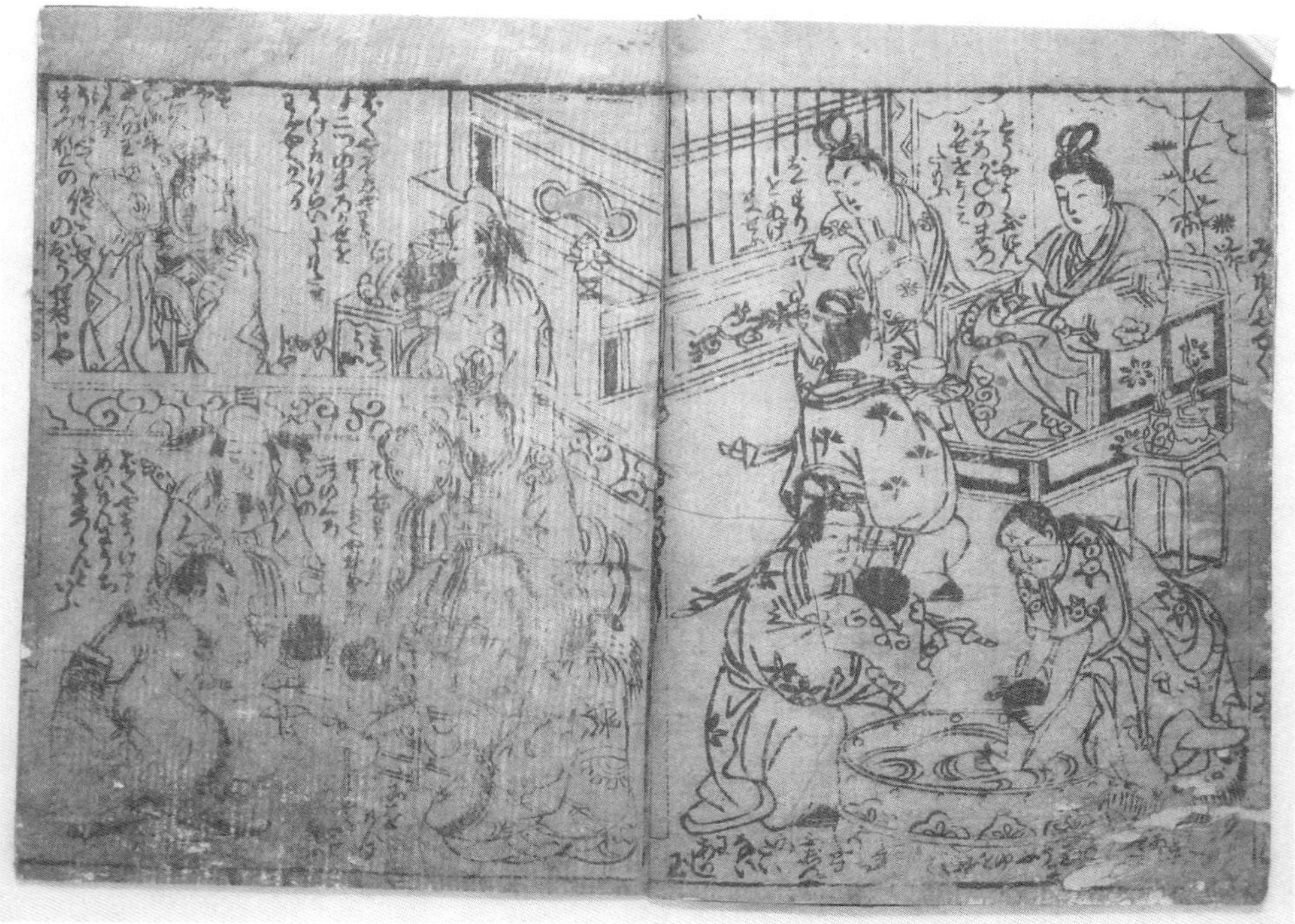

（一丁裏・二丁表）

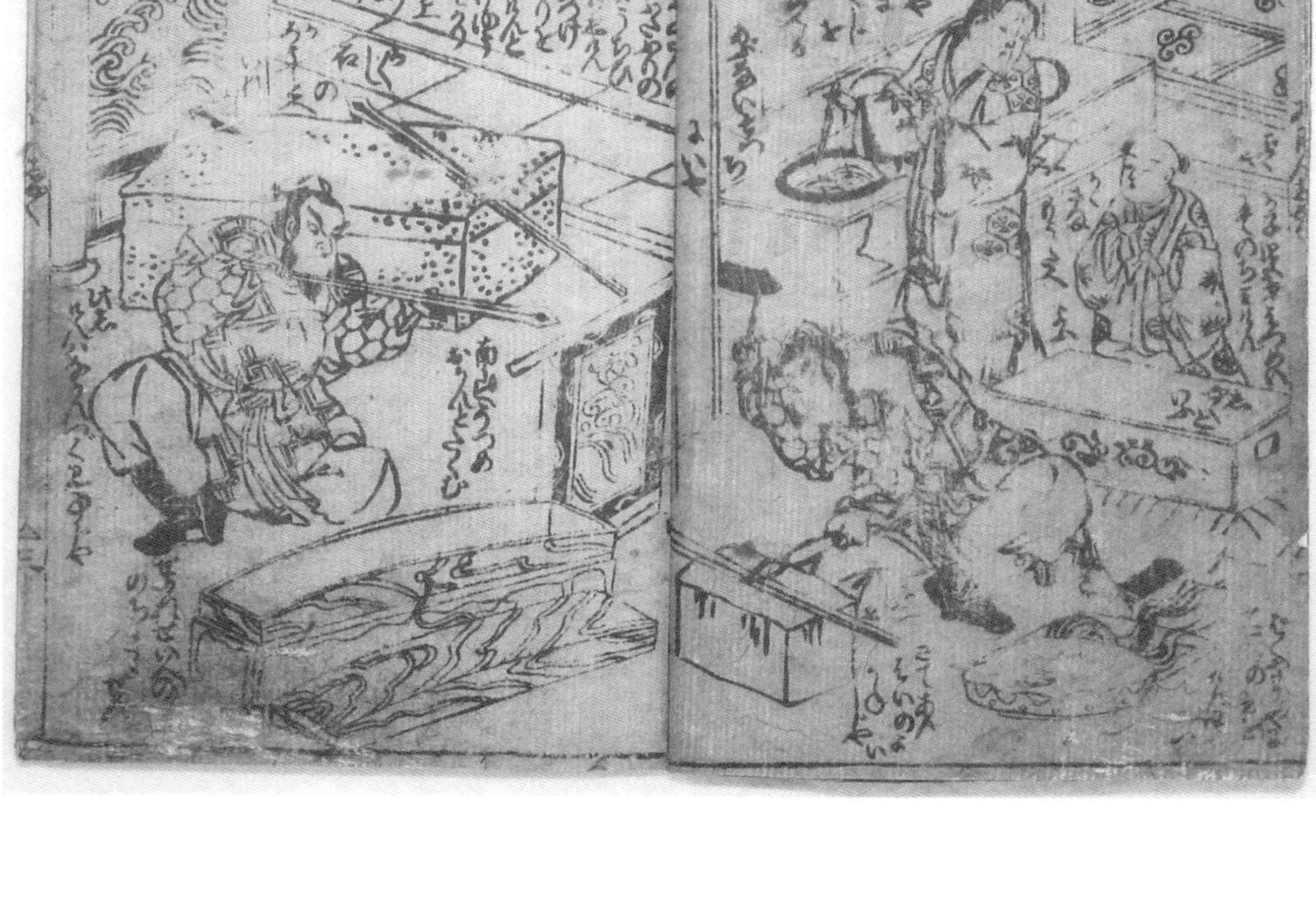

（二丁裏・三丁表）

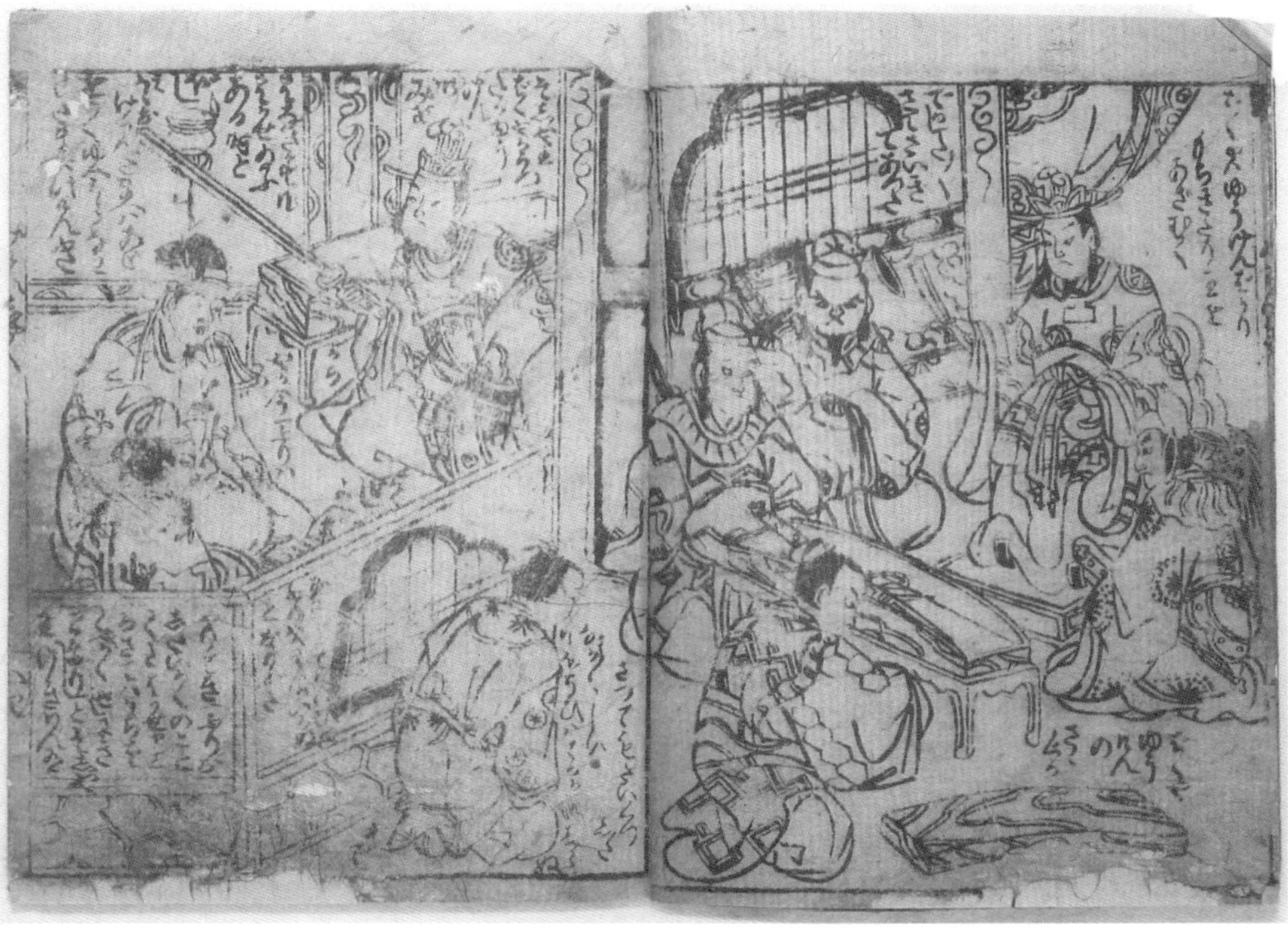

（三丁裏・四丁表）

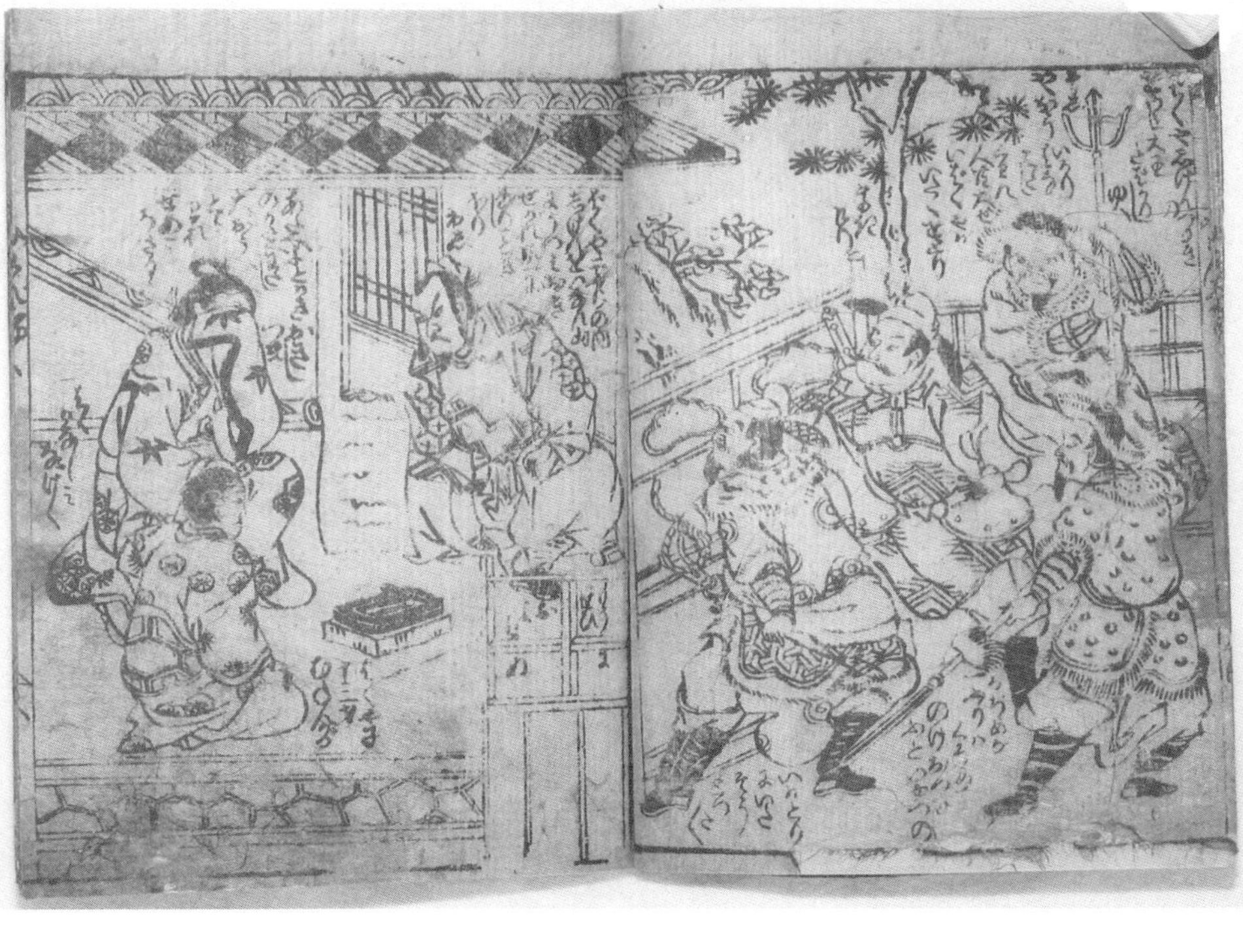

（四丁裏・五丁表）

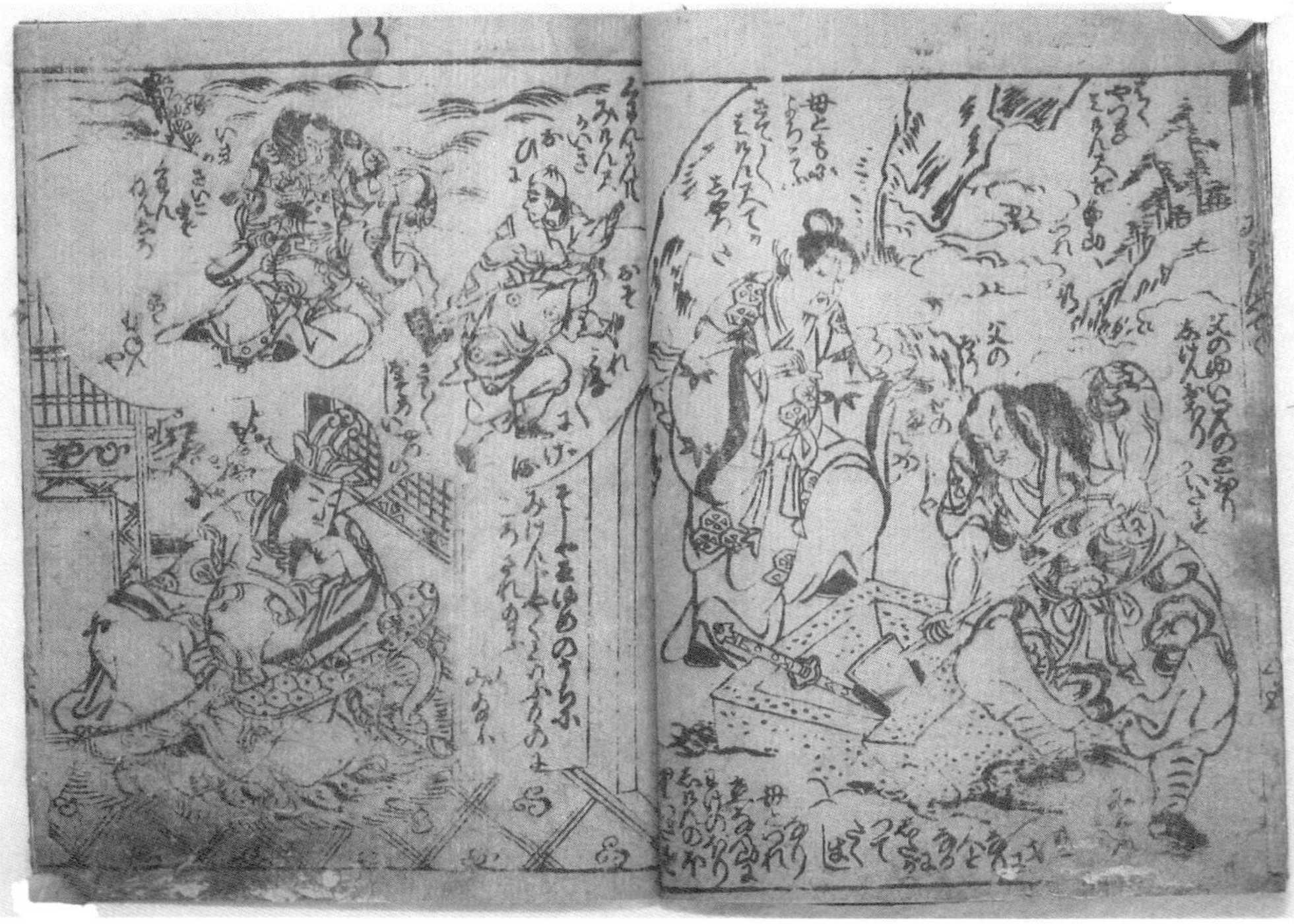

（五丁裏・六丁表）

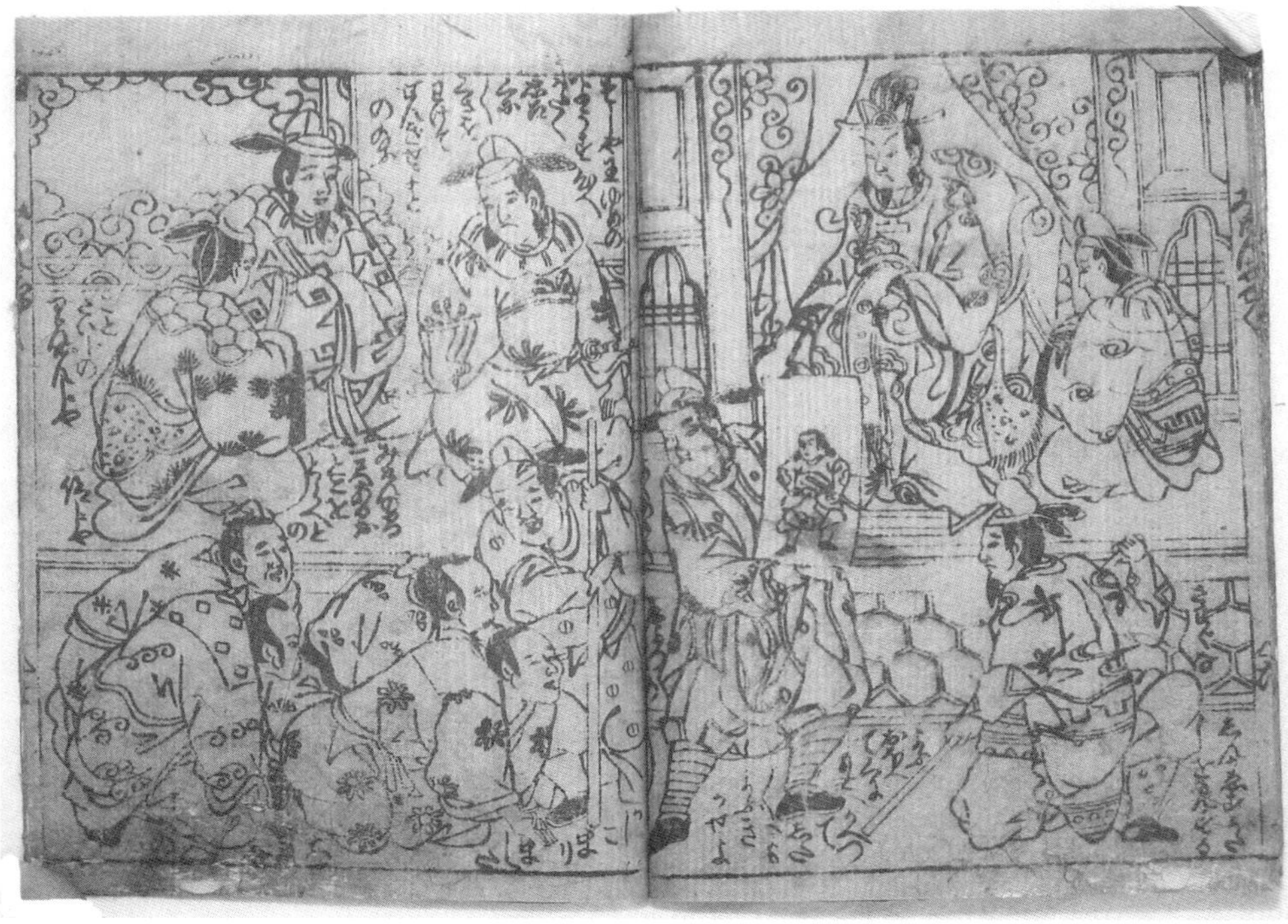

（六丁裏・七丁表）

（七丁裏・八丁表）

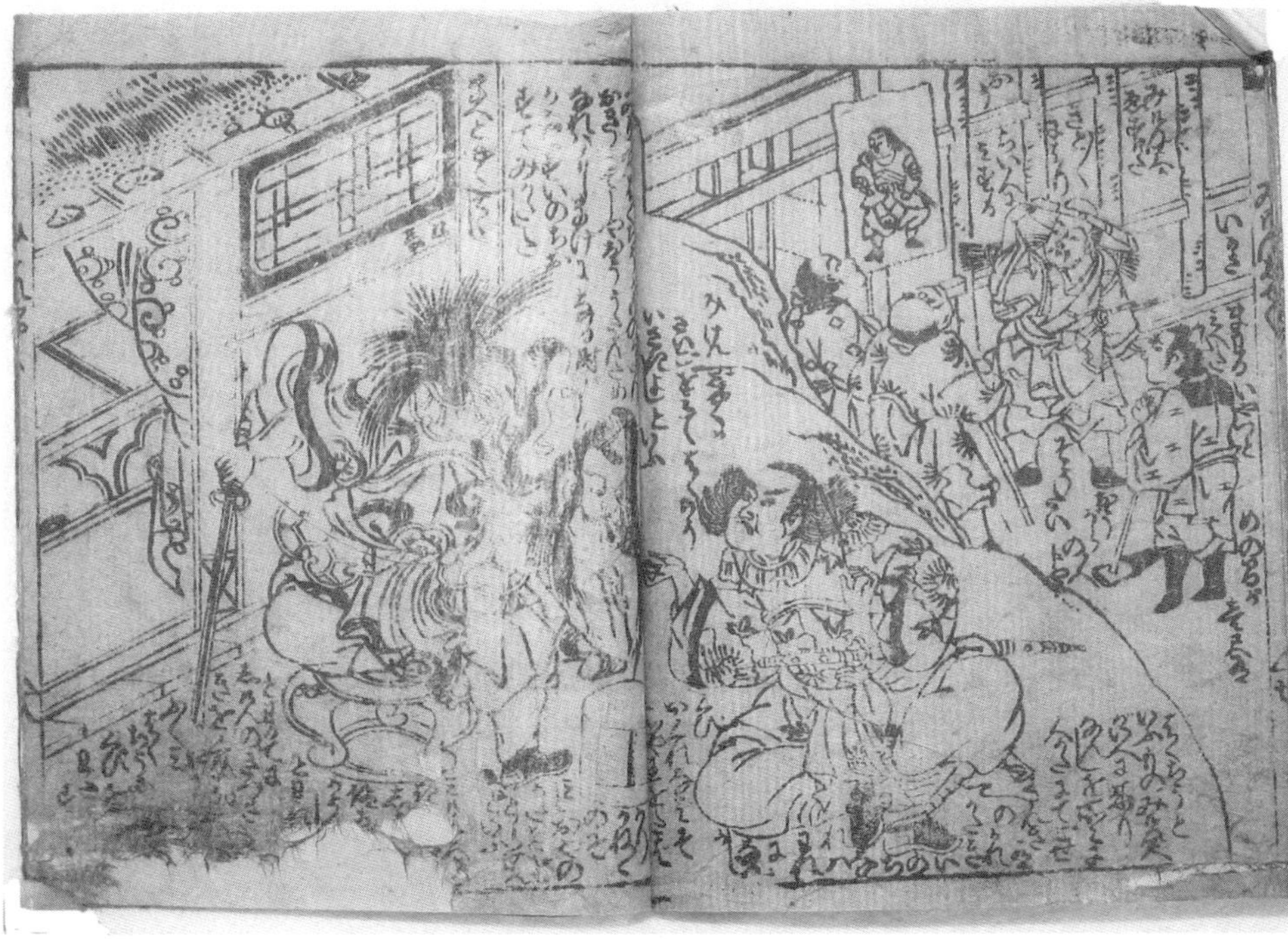

（八丁裏・九丁表）

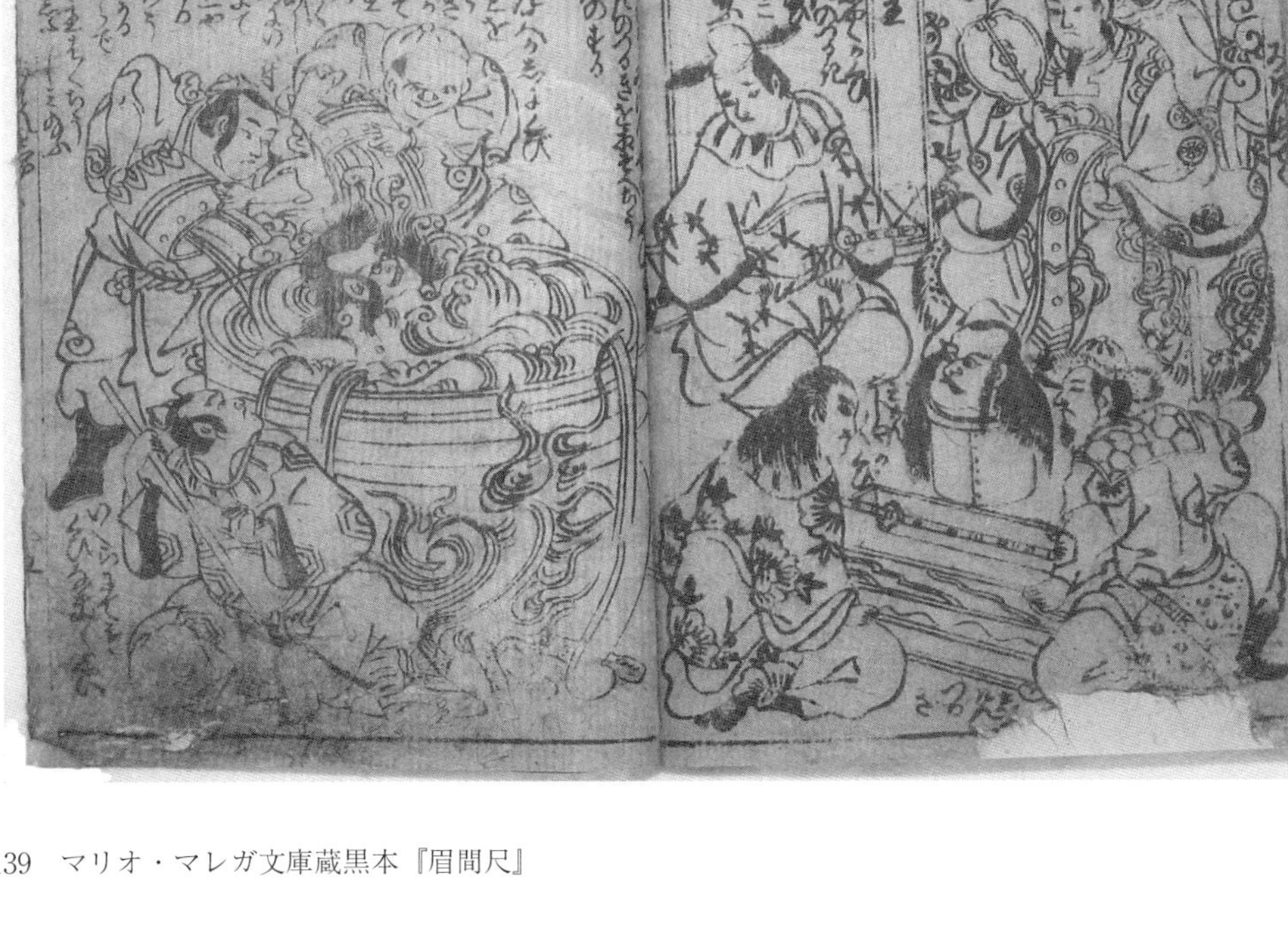

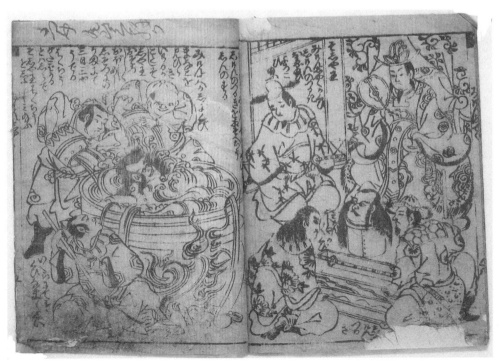

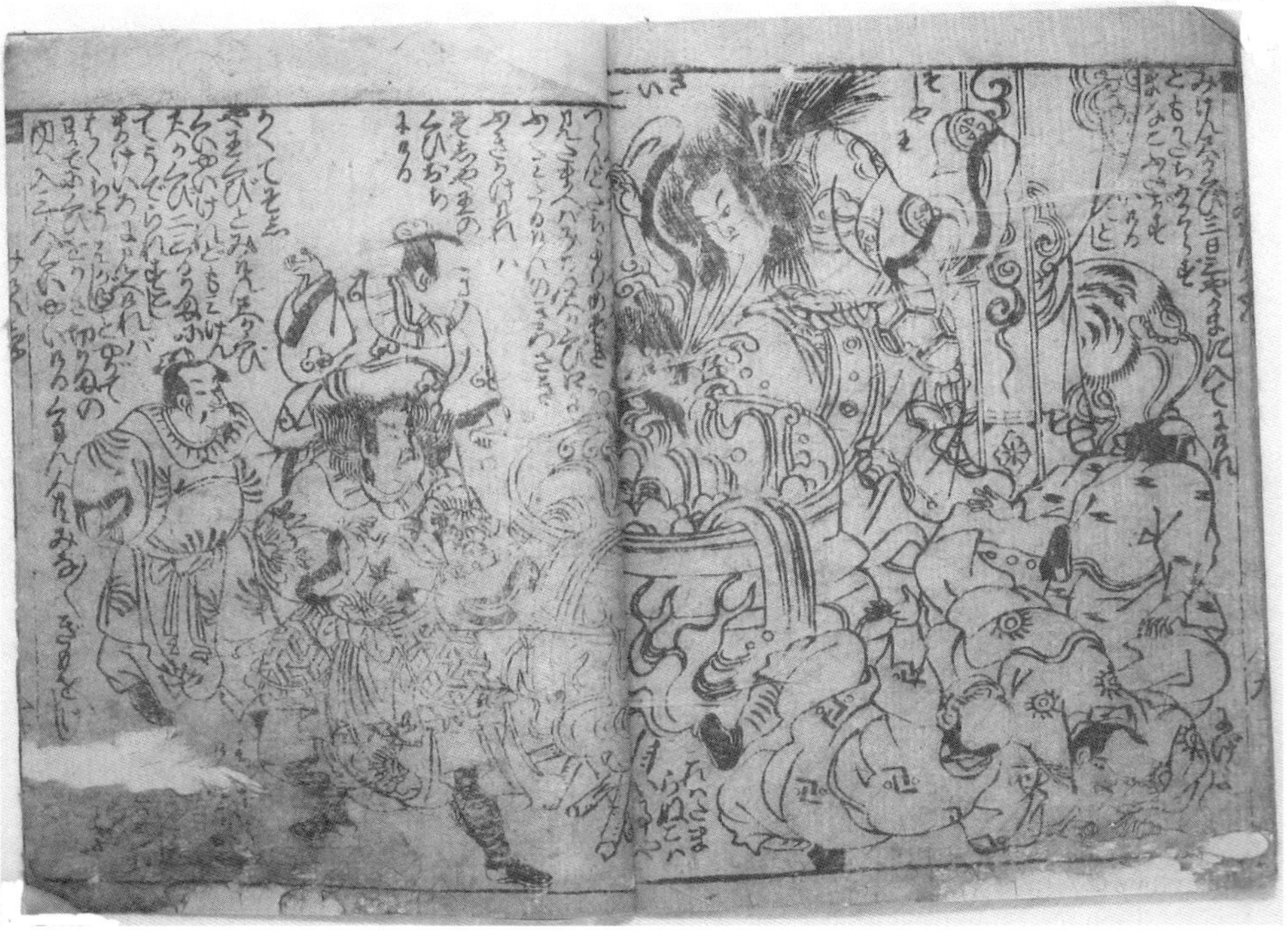

（九丁裏・十丁表）

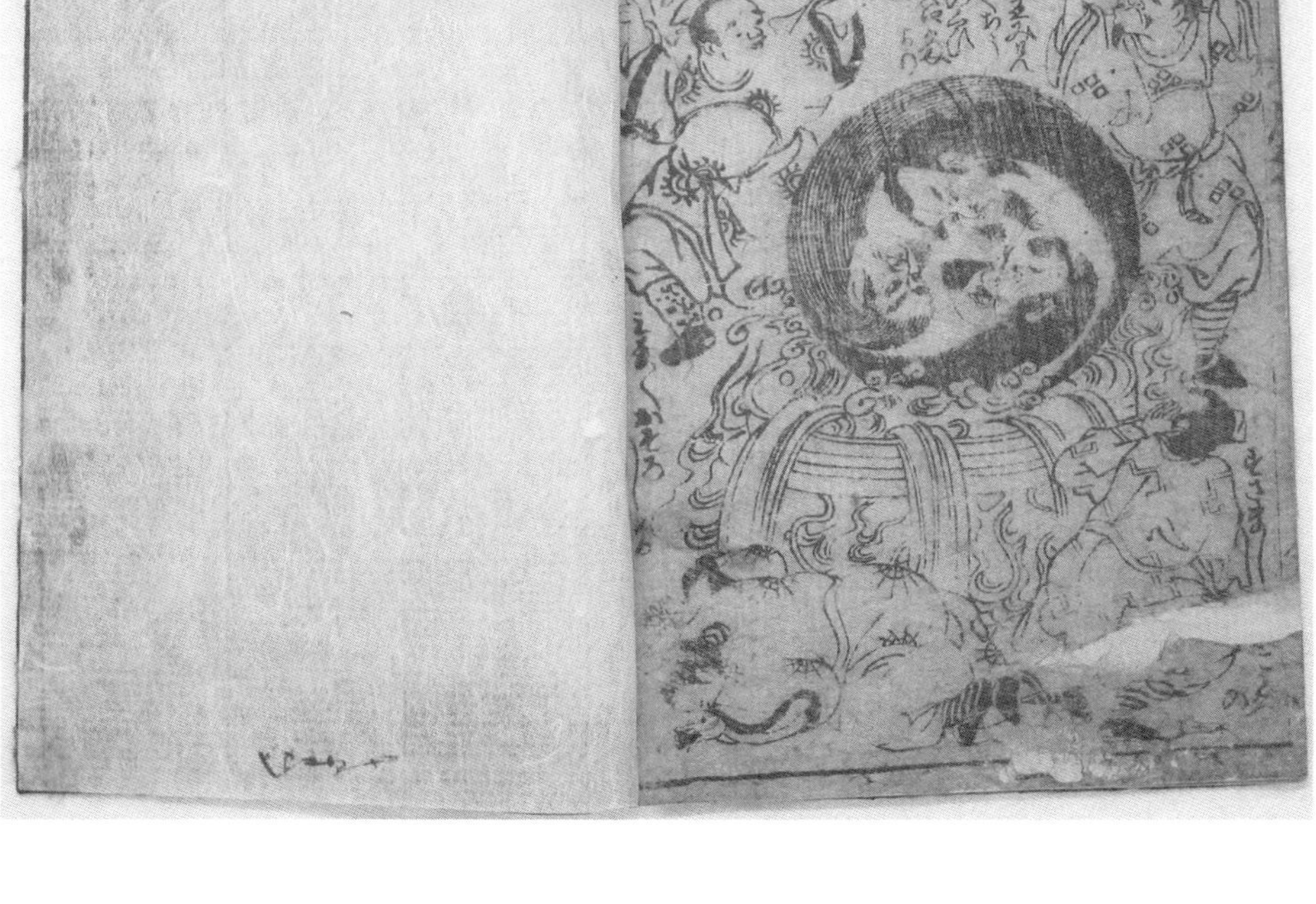

（十丁裏・後ろ表紙見返し）

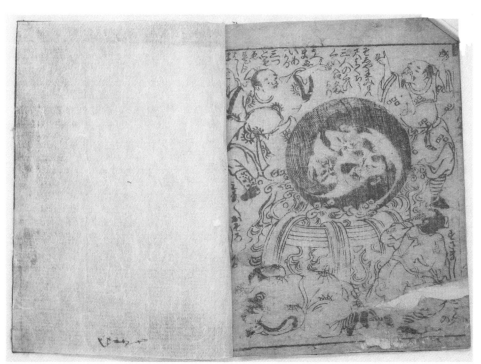

【執筆者紹介】

浅野　秀剛
大和文華館館長・あべのハルカス美術館館長。一九五〇年生れ。主著『菱川師宣と浮世絵の黎明』（東京大学出版会、二〇〇八年）、『浮世絵細見』（講談社選書メチエ、二〇一七年）。

伊藤　善隆
立正大学准教授。一九六九年生れ。主著『芭蕉　コレクション日本歌人選34』、主論文「大社の俳人にみる師弟関係―『岡崎日記』前後―」（『日本文学』六六巻一〇号、二〇一七年）。

二又　淳
四川外国語大学外籍教師。一九六九年生れ。主論文「戯作者の筆耕」（『国文学研究』一六〇集、二〇一〇年）、「京伝合巻と板元たち」（『文学』一七巻四号、二〇一六年）。

山下（高橋）則子
人間文化研究機構国文学研究資料館副館長・総合研究大学院大学教授。一九五六年生れ。主著『草双紙と演劇―役者似顔絵創始期を中心に―』（汲古書院、二〇〇四年）、主論文「土佐浄瑠璃六段本『京太郎』」（『演劇研究会会報』四一号、二〇一五年）。

編集後記

山下則子教授を首班とする科研「在外絵入り本を中心とする書誌・出版・解釈の総合的研究」等の成果である『在外絵入り本研究と目録』編集の下作業にあたってきた。ようやく刊行の運びとなったことを慶びたい。調査および目録の作成・刊行を許可された海外の資料所蔵機関と大学に厚く御礼申し上げる。また、早くに原稿を提出して頂いたにもかかわらず、刊行まで長期にわたってお待たせした、論文執筆の各氏にお詫び申し上げる。

イタリアに蔵される日本の和古書資料の調査は、長年に及ぶものであったため、ここに出来上がった目録は、所蔵先によって形式を若干異にしている。形式を揃えるためには、再度の現地調査を行わねばならず、それは時間、労力、予算いずれの面からもかなわなかった。その不備を補完するため、各目録を横断する書名索引を作成し収録しているので（ヨコ書き221頁～240頁）、検索にあたっては、これを利用していただきたい。

編集作業については、川下俊文氏から全面的な協力を受けた。銘記して深謝申し上げます。また採算のとりにくい本書のごとき専門書の刊行を英断された、三弥井書店にも厚く御礼申し上げます。

武井　協三

在外絵入り本　研究と目録

2019年10月31日　初版発行

定価はカバーに表示してあります。

発行者　吉田敬弥
発行所　株式会社 三弥井書店
〒108－0073 東京都港区三田3－2－39
電話03－3452－8069
振替00190－8－21125

ISBN978－4－8382－3355－7 C1091
製版・印刷　藤原印刷

第二部

在伊日本古典籍

―目録と解題―

サレジオ大学
マリオ・マレガ文庫日本書籍目録

「サレジオ大学マリオ・マレガ文庫日本書籍目録」解説

（1）マリオ・マレガ文庫の発見と整理

ローマの北郊、テルミネ駅から出発するバスで40分ほど離れたところにローマ教皇立サレジオ大学がある。聖ジョヴァンニ・ボスコが創立した、サレジオ会唯一の総合大学である。そこに大量の日本書籍が運び込まれたのは、書籍の前所有者マリオ・マレガ神父が亡くなって３年経った1981年のことであった。サレジオ会の伝道師で日本宗教史研究家として知られる神父は、生涯の大半を外地で過ごしており、没後、その所属宗派の大学図書館に本が収められることは自然の成り行きだったであろう。以来20年間、5,000冊に余る日本の板本と活字本は、紐で括ったまま（古本屋の袋詰めのまま、のもあった）、静かに眠り続けていた。数年前に、国文学研究資料館文献資料部の海外日本文献調査の一環として、未紹介かつ未整理のこの蔵書を継続的に調査・整理する機会を得た。眠りから目を覚めさせ、利用者に歳月の扉を開くために目録が先決であることはいうまでもなく、書架の整理作業と平行して、ここで発表する目録に向けての書誌調査にまず着手したのである。はじめに、サレジオ会の人々との邂逅、われわれの経た調査の経過について簡単に触れ、あわせて文庫の主マリオ・マレガ神父の生涯について知り得たことを若干報告したい。

サレジオ大学マリオ・マレガ文庫（以下「マレガ文庫」と略称）の存在をはじめて知ったのは、平成９年２月のことであった。その年念願のヴァティカン図書館調査が叶い、調査団はローマへと向かった。ヴァティカン訪問の３日目、当時閲覧サービス係だったレヴェルニック博士から、たまたま来館中のサレジオ大学図書館長オリヴァーレス神父を紹介された。大理石を敷き詰めた宏大な廊下で立ち話をしていると、うちの貴重書室に東洋文字らしい本が一山あるから、見に来ないかと、オリヴァーレス神父から何気なく声をかけられた。ヴァティカンではおおむね見るべきものは見尽くしていたので、翌朝タクシーを飛ばして、サレジオまで遠征した。館長に案内された書庫には、可動式棚が壁と直角に12本立っていて、右から数えてその１本半、つまり３列分がマレガという神父の残された書籍である、と説明された。当時調査団でマレガの名を知っていた者は、誰もいなかった。覗いてみると大半は江戸から明治の和装本で、なかでも草双紙の派手な摺付《すりつけ》表紙が山また山をなしていて、われわれをあっと言わせた。急いで日本の古い本である旨をオリヴァーレス館長に告げ、大ざっぱな冊数勘定だけを済まして、大学を後にした。そして翌日、ローマを去った。そして平成10年の春以来、４人程度の団体または単独で６回の調査旅行を繰り返してきた。６回だけではあまりにも短兵急、という反省もあるが、ともかく予算の許すかぎり通ったつもりである。調査と平行して進められていたサレジオ大学新図書館の工事も、ほぼ同じ時間を要し、今年めでたく竣功した。立派な図書館に、マレガ文庫専用の閲覧室まで用意されるという。図書館長の深い洞察力に、感心するばか

りである。

２回目からは、新しい図書館長となったホァン・ピカ神父がわれわれを迎えてくれた。スペイン生まれで英語が得意でないとへりくだる神父は、スペイン語もイタリア語も解せない調査員に向かって英語で語り、ときには呼び出してくる職人に「帙」など東洋の文具をどうやって造るのかなどを、イタリア語で懸命に説明する。作業が中盤にかかったところで現地の優秀な通訳を得たのが物怪の幸いというべく、ピカ神父のご負担が確実に減ったのはこの時点からである。

平成10年春の調査から書物の整列と書誌調査という相関した二つの作業を同時開始した。泣き別れ、取り合わせ、結局連れが見つからず端本と断定せざるを得ないタイトルの凄まじい錯綜。おそらく前所有者の熱烈なる読みっぷりをそのまま語っているのであろう。書型ごとに山を作るがその山はいくども崩れ落ち、再興を繰り返してゆく。11年の春、調査の３回目に中央大学の鈴木俊幸教授が加わることで一気に勢いがついて、草双紙類に目処を付けるところまでいった。その年、文庫の全点に請求記号をいちおうふりあてる段階にまで進んだ。そして例の３カ国語「帙」設計説明会をも済ませて、ローマを後にした。４回目の来訪は平成13年春（この時キャンベル不参加）。イタリア職人に造らせた数百枚の帙は、資料館で使っているもの以上に実に精緻な出来栄えではあったが、惜しいことに、本を測ったときに請求番号もともに控えることを職人が忘れたらしく、全ての帙に、全ての本を充ててゆくという涙ぐましい労苦の日々を導いたという。装填に成功したものからラベルを貼って、その年度の作業を終えたのである。

それより先に、ピカ神父はわれわれのプロジェクトのことを大学広報に紹介していた。平成11年に大学の外部から、マレガ神父旧蔵という錦絵と史料が新たに寄贈されたという知らせを受けた（錦絵の概要について山下の後述の報告をご参照）。13年の秋に行った５回目の調査では、これら新出資料の整理と、残していた明治以降の洋装本・雑誌および複製類の書誌を取りながら、一方では目録データに補訂をひたすら書き込んでいった。それでも草双紙の帙がまだ到着しないというから、山下は果敢にも単独渡欧、最後の装填と整理を現場の方々といっしょに仕上げることにした。14年春のことで、６回目の調査で作業は終了。以上、遠距離調査団のいきさつを粗々記してみたが、より詳しい模様を知りたい方は、山下則子「マリオ・マレガ文庫所蔵日本古典籍の調査と整理」（平成14年９月発行『国文学研究資料館報』第59号掲載）をあわせて参照されたい。

（２）マリオ・マレガ神父とその蔵書

日本の古典籍で欧州各地にあるものは、その根本が19世紀末から欧州人が持ち帰ったり（または遺産として輸送したり）、または直接日本人の手によってロンドン・パリなど大都会へ商品として輸出された近世の絵入板本である。日本をめぐるヨーロッパ人種の認識の種となったのは、今さらいうまでもなかろう。流出（現地からすれば流入）の初めから現在なお続いてい

るこの個人収集を見わたすと、美しい色刷り絵の躍る絵入狂歌本、絵俳書、文人画譜などが大半を占めている。そのような背景に置いてながめると、マレガ文庫900余点は、主人の立場に忠実に、いわゆる善本稀覯書は１点もない。絢爛さに欠けるのは、宣教師マリオ・マレガ自身の立った歴史状況と、その状況のなかで彼が磨いた志向とを、むしろ豊富に指し示していよう。昭和20年代末から、東京都調布市にあるサレジオ会神学校で日本歴史を教わったという元学生の話によると、マレガ先生はつねに謹厳で気が短く、渾身の情熱を生徒に注いだ教師であり、時間さえあれば好きな歴史を勉強していたと、志向の強さを強調する[1)]。日本の歴史風俗・宗教史・武術に対して神経質なまでにいくつかの関心の種を抱きつつ、長い年月にそれらを掘り下げ、ふくらませていった。マレガ文庫は、宣教師のその長い年月の産物ともいえる。質素ではあるが遠心力に富み、これがかえって異色を放っているといえよう。

自国の日本学を成り立たせるのに貢献多しとして、イタリアの若い研究者の間でもマレガの学業は現在も認められている。学業と蔵書に関しては後にその一端にふれるとして、先ず本人の経歴に即して、知り得たことを述べてみたいと思う[2)]。

マリオ・マレガは、1902年９月30日に、当時はオーストリア・ハンガリー帝国の麾下にあったイタリア北東部、ゴリツイァーの近くの小さな街で誕生した。父はアンジェロ、母はマリア、旧姓ブライドット（Braidot）という。活溌な息子にはじめて外国語学習の喜びを教えたのは、父アンジェロだったらしい（*Il ciuscingura* 献辞）。1915年、ウイーンの中学校に入り、帝国の崩壊をもたらした第１次大戦終戦直後、トリノ近郊の高等学校に入学、聖職者への道を選択した。1919年10月に修練者の登録をゆるされ神学にはげみ、サレジオ会神父として終身の誓いを24歳のときに立てた。1926年12月大晦日のことである。1929年（昭和４年）10月23日、ヴェネツィア港を出航して、九州は大分県を布教地として、その年の暮れに初めて来日した。マレガは同盟国の市民として、戦前はもちろん、戦中も帰国せずに九州に留まることができた。もともと製図に巧みだった彼は、大分に着いて２年後には、市内に木造の教会を自ら設計し工事を行い、臼杵にはコンクリート造りの小さな教会を設計施工したという。

昭和20年７月16日夜の大分空襲でミッションをことごとく焼かれてしまった。その際、避難できなった蔵書の一部も失ったらしい。弓射る青年を模した蔵書印（図版②）に添え書きしたメモをみると、その印章が、「1945年７月17日、大分ミッションの火事で焼かれた蔵書印」であったという[3)]。マレガ自身、九州一円に居住するほかのイタリア人同様に、イタリアが連合軍に降参してから日本敗戦にいたるまでの数ヶ月間、身柄を拘束されていたらしい。福岡県の山間、小さな村にあったという古い旅館に、同僚で親友でもあったタッシナーリ神父といっしょに収容されていたという[4)]。タッシナーリ神父の話によると、収容生活に不自由はしたが、身に危害がおよぶことはなかったらしい。終戦直後、すぐに大分へ帰れた模様。長い戦争が終息すると、マレガにだんだん募っていた帰国の望みが叶い、昭和22年、焦土と化した大分を去り、食糧難にあえぐ本国イタリアに帰っていった。その年の暮れから翌年にかけて、シチリアのパレルモへ渡った。伝道活動の一環として展示会を開き、そこで貧しい街の人々に遠く離れた日本の歴史を語り、豊富な史料を見せたという。

ところが23年のうちにも再度の渡日命令が早々と下り、今度は九州ではなく、東京都目黒区碑文谷に在住する日々を送ることになった。昭和29年に着工したサレジオ会目黒教会は、マレ

ガが設計図を引いたものである。東京では、マレガの著書一覧から一端がうかがえるように、宣教のかたわらに、ひたすら日本研究に心血を注いだ。その頃、サレジオ会から月刊『カトリック生活』（*Vita Cattolica*）を自ら発刊し、精力的に寄稿を重ねていた。昭和37年３月、日伊の文化交流に対する貢献を認められ、イタリア騎士隊勲章を三田のイタリア大使館で受勲。しかしやがて強壮だった身体が衰えて認知症の症状もあらわれ、49年（1974年）、ついにイタリアへ帰らざるを得なくなった。45年間過ごした日本を離れることを、極度に嫌ったという。神父がブレッシイアーの病院で息を引き取ったのは、1978年１月30日、享年75歳であった。この目録が完成した2002年は、ちょうど生誕百年の年にあたる。今も目黒の教会の３階にある図書室には、マレガ神父が持っていた欧米と日本の洋装本が、数多く残されている。

マリオ・マレガの蔵書は、錦絵を入れて約2,000点。如上、文庫のほとんどは近世期から明治に刊行された板本類からなっており、明治本の割合が多く、そのうち江戸の学術と風俗に関わるもの、もしくは新作草双紙が大半を占めている。明治期のもので、西洋的啓蒙に関係するいわゆる開化本が皆無、というのも特徴の一つといえよう。全体を通して、江戸期板本は神仏書、軍記、教訓書、名所図会、そしておびただしい数の読本と草双紙が柱となっている。ふんだんに書き込まれた万年筆ノートから、マレガが早くも1930年代の前半から、江戸～明治期板本を買い漁っていた模様が浮かび上がってくる。「林忠正印」を捺した１本（『絵本常盤草』）を除いて、古くから海外に持ち出された形跡のある本はなく、すべて国内で調達したライブラリーであること、まず間違いあるまい。明治から昭和期にいたる洋装本も、200点以上含まれている。

マレガは大分に着任して早々、教会の建築と日本語によるキリスト教入門書の執筆に取りかかっている。そのかたわら、板本にかぎらず、臼杵藩をはじめ九州キリシタン大名たちの歴史資料を、大分市内で大量に手に入れている。そのときの思い出を、タッシナーリ神父は昨日のことのごとく、鮮明に語ってくれた。1930年代のある日、年月の詳しいことはもう憶えていないが、そのある日、マレガさんは大分の街を歩いていた。役所（図書館だったかもしれない）の前を通り過ぎたら、職員たちは掃除の最中、なにかしら古い文書のようなものをごっそり処分しようとしていた。そこを、マレガさんが割って入って、あのゴミをぼくにくれないかと頼んだそうである。聖職者の一攫千金ともいえる、大量の近世期キリシタン史料であった。そっくりもらって帰った文書の山を、戦中をかけて解読し、やがて『豊後切支丹史料』『続・豊後切支丹史料』２冊として出版する。『豊後切支丹史料』の正編は、別府市太呂辺町のサレジオ会が市内の印刷所に造らせ、昭和17年（1942年）８月に全国配給している（日本出版文化協会員登録済み）。正続『豊後切支丹史料』に収めた300点以上もの古文書は、現在、ローマのマレガ文庫に存在しない。マレガ本人は、1950年の時点ですべてこれらのキリシタン史料を、ローマにある教皇庁立伝道民族博物館（Pont. Museo Missionario Etnologico）に寄贈済みだと言っている（*Documenti sulla storia della Chiesa in Giappone*）。戦後の一時期に帰国した際、いっしょに持っていったということか。なお、このコレクションについて問い合わせたところ、現時点では同博物館内に所在が確認できない、ということであった（松田毅一『在南欧日本関係文書採訪録』にも未収録）。

『切支丹史料』に先だち、1938年には『古事記』の初のイタリア語訳を日本で完成させた

（図版③）。文庫につけば、『古事記』テクストは貞享４年版『鼇頭／古事記』に始まり、『校訂／古事記』（田中頼庸校訂、明治20年）も、『校定古事記』（皇典講究所蔵版、明治44年）も、当時手元にあったはずである。家蔵『校訂／古事記』の原文を、翻訳本に図版として写している（図版④）。元禄７年版『鼇頭旧事記』（ただし後印）、貞享４年版『追考／中臣祓瑞穂抄』など、古代研究に資したと思われる文献を戦前、積極的に揃えようとしていた。古典籍を揃える一方、マレガは少なくともその時点では、『古事記』の根源的な解釈と関わり合いを、日本社会のあらゆる側面に求めていた。たとえば大日本帝国の政体を、古代神話の当然の帰結として、訳者は古典籍と現実を重ねて読み解こうとする。具体的にいえば、『古事記』を「日本の聖書」と呼びかえて、全世界が目を見はる近代日本のあらゆる anima（= “Yamato Tamashii”）の源泉を、このテクストに見出せる、といっている。自序は次のようにいう。

日本の近代を実現させたのも、この『古事記』にほかありません。世界から日本を隔絶せしめた奸賊将軍の座を奪い、1864年（ママ）の革命を可能にしたのも、まさしくこの１冊。そして自国の神とともに、日本人の手に実践的な施政、領土拡張の政体をも取り戻させたものは、他ならぬ、この本であります。（キャンベル訳）

このように、ドイツによる三国同盟の提議、日伊文化協定調印（1939年春）がおし進められる政治情勢のなかで、マレガ神父は自国に向けては『古事記』を訳し、日本人のために『豊後切支丹史料』を編んだわけである。倒錯するかにみえる二つの仕事を、どう評価すればよいだろう。著者の意識の行方をもう少し浮き彫りにさせるのは、戦前のもう一本の主著であろう。1939年、Ko-gi-ki を請け負ったのと同じイタリアの出版社から出された *Il Giappone*（〔日本～その物語と伝説〕）、である（図版⑤）。今も続刊中の *Biblioteca di Cultura Moderna*（〔近代文化叢書〕）というシリーズの一冊で、1937年９月の序文によれば、「純真でやや子供っぽい」日本のポピュラーな物語を面白く分かりやすいものにしようと脚色を加え、描いたものである。目次を開けば釈迦一代記、羽衣伝説、赤穂浪士、義経、花咲爺等々、古代伝説・英雄・芸能のことを軽妙に物語っている。浪士関連のものを文庫で探すと、『仮名手本忠臣蔵七段目』（写本、明治５年）、『絵本忠臣蔵』後編（文化４年序）、『仮名手本忠臣蔵二編』（柳水亭種清、安政６年刊）、錦絵〔仮名手本忠臣蔵〕（折帖、明治３年改）などがあり、著者の足跡をたどることは難しくない。これらのテクストはさらに、1948年に出版される *Il ciuscingura : la vendetta dei 47 ronin*（〔忠臣蔵－四十七士の敵討ち〕、『仮名手本忠臣蔵』伊訳と研究）につながってゆく。ことほど左様に、*Il Giappone* の第１話に述べられる菅原道真と道真信仰についてみても、黄表紙『菅原伝授手習鑑』（安永５年）から『太宰府神社御略伝』（明治19年）にいたるまで、歴史教訓がつむぎだせる絵入り文献を中心に、実にこまめに集めていた（図版⑥⑦）。想像するに、書架の中に見出した小さな種を育てているうちに、書架が次第にふくれ上がり、著書も生まれ、そして本目録にみられるような広範の知の堆積にまで成長していったのであろう。

マレガ神父が来日から帰国の日までに発表した10数点の単行書とかずかずの雑誌論文は、当然ながらどれも本人のこの蔵書と切っても切れない密接な関係にあり、マレガの位相、著作の一つ一つの時代背景とあわせて、20世紀の「日本学」を見直す契機を私たちに突きつけている

ように思える。文庫は、特異な地位に生きたその主人の、日本文化の過去と現在を捉える恰好の器であった。

註

1）カトリック下井草教会主任司祭バウチスタ・マッサ神父との談話。

2）マリオ・マレガの経歴について、当時国文学研究資料館の研修生だったアンドレア・ラオス君を介して、ローマ大学東洋学科のテレザ・チャパローニ教授から貴重なご教示をいただいた。その後、ヴェネツィア大学大学院生ラウラ・モレッティさんを通じて、イタリア・モッサにお住まいのフェドリゴッティ神父（ Don Giovanni Fedrigotti、Parrochia di S.Andrea Apostolo, Mossa）より、神父がマレガの書簡などに基づいて記したパンフレット Centenario della nascita di P.Mario Marega（1902-1978）per 45 anni missionario in Giappone（1929-1974）を入手し、参照した。

3）“Timbro che brucio nell'incendio di Oita 17 luglio 1945”

4）別府サレジオ・ハウスのClodoveo Tassinari神父との談話による。タッシナーリ神父は、マレガより10歳年下で現在90歳、1930年代初頭から宣教師として九州に在住。なお、フェドリゴッティ神父のパンフレットにつくと、マレガは昭和18年９月８日以降、阿蘇山近くの谷間の村に収容された、ということになっている。詳細について後考に待ちたい。

マリオ・マレガ著書年表

現時点で確認ができたマレガの著作を、単行本と雑誌記事を混ぜて年代順に配列したものである。

1933

『信仰の根本』。昭和８年大分刊（*Shinko no kompon*、『続豊後切支丹史料』巻末書目による）。

『オザナム』。昭和８年大分刊（*Ozanam*（*Translation*）、『続豊後切支丹史料』巻末書目による）。

『カトリック・コタエル（一）』。昭和８年大分刊（*Katorikku Kotaeru I*、『続豊後切支丹史料』巻末書目による）。

1934

『カトリック・コタエル（二）』。昭和９年大分刊（*Katorikku Kotaeru II*、『続豊後切支丹史料』巻末書目による）。

1938

Ko-gi-ki: vecchie-cose-scritte. Il più antico libro di mitologia e storia del Giappone. Bari: Gius. Laterza & Figli, 1938, 516p.（*Biblioteca di cultura moderna; n. 333*）。

1939

Il Giappone - nei racconti e nelle leggende. Bari: Gius. Laterza & Figli, 1939, 351p. ※国際交流基金図書館本はマレガ氏寄贈。

“Memorie cristiane della regione di Oita,” *Annali Lateranensi* vol.III, Città del Vaticano: 1939. 50p.

“E-fumi,” *Monumenta Nipponica*, vol.2, Tokyo:1939。pp.281-86.

“Akogi by Seami Motokiyo, Monumenta Nipponica, vol.2, Tokyo: 1939。pp.551-72.

1940

“Okina, Il Vegliardo, La ballata pi antica tra il nogaku la pi sacra,” *Monumenta Nipponica*, vol.3, Tokyo: 1940。pp.610-18.

1941

“Minase. No-guku della scuola Kita-ryu,” *Monumenta Nipponica*, vol.4, Tokyo 1941. pp.585-99.

“Tracce del cristianesimo nell'era di Nara,” Torino: *Salesianum*, 1941.

1942

『豊後切支丹史料』サレジオ会発行、別府市印刷、昭和17年刊、170頁。

1946

『続豊後切支丹史料』サレジオ会発行、東京印刷、昭和21年刊、451頁。

1947

“La letteratura Giapponese.” Torino: *Convivium*, 1947.

1948

Il ciuscingura : la vendetta dei 47 ronin. Bari: Gius. Laterza & Figli, 1948, 344p.

1949

“Saggio sui riti esoterici della setta buddista giapponese Shingon-shu”. *Annali Lateranensi*, vol. 13, pp.9-98.

1950

“Documenti sulla storia della Chiesa in Giappone,” estratto, *Annali Lateranensi* vol.XIV, Città del Vaticano, 1950. 50p. ※国際交流基金図書館所蔵別刷はマレガ氏寄贈。

1955

“The Christian Tombs in Bungo,” *Salesian College Miscellanea* vol.1, 1955, Tokyo.10p.

1956

“Development of Buddhism,” extract, *Salesian College Miscellanea* vol.2, 1956, Tokyo. 70p.

1961

“Oci-bo-sciu : quadri storici del Giappone : l'epoca di Tsunayoschi, leggi del periodo e primi contatti col Cristianesimo,” estratto, *Annali Lateranensi* vol.XXV, Città del Vaticano, 1961. 312p. ※国際交流基金図書館所蔵別刷はマレガ氏寄贈。扉にマレガ自筆“The Laws of the Go-nin-gumi-cho by Tsunayoshi and Yoshimune.” 図版に鉛筆書込み多し。

1963

“Pre-Xaverian Christians in Japan,” summary of report, *Transactions of the International Conference of Orientalists in Japan* 〔国際東方学者会議紀要〕no.7, 1963.2.

“The Kirishitan yashiki キリシタン屋敷,” Transactions of the International Conference of Orientalists in Japan 〔国際東方学者会議紀要〕no.8, 1963.11.

1968

『キリシタンの英雄たち』ドン・ボスコ社発行、東京・昭和43年（1968）刊、348頁。※元々

『カトリック生活』誌に連載されたもの。

“The Oldest Buddhist Ceremonies in Japan: The shu'nie 修二会 ceremonies,” *Transactions of the International Conference of Orientalists in Japan* 〔国際東方学者会議紀要〕no.13, 1968.9.

1972

“The *Nakatomi harai* 中臣祓 and the *remben* 蓮弁 at the Todai-ji 東大寺 Temple,” *Transactions of the International Conference of Orientalists in Japan* 〔国際東方学者会議紀要〕no.16,1972.1.

年次未詳

The First Martyrs of Nagasaki. 別刷、掲載誌・発表年月未詳、7p. 国際交流基金図書館本は「マリオ・マレガ氏寄贈」とあり。

◎ Le leggi anticristiane dei Tokugawa. *Annali Lateranensi*.

◎ Una lettera degli inquisitori de Yedo, 1668.『地理歴史』東京、日本語。

◎ Sulla morte del XIV daimiô di Usuki.『地理歴史』東京、日本語。

◎ Dal Piccolo Veicolo al Grande Veicolo. ?

◎ Dante ed il Kogiki. *Rivista Buddista*, 東京、日本語。

【付記】

（１）（２）の文章は、岩波書店発行『文学』2001年５・６月号、特集《文庫のドラマを読む》に掲載された拙稿「マリオ・マレガ文庫」を改稿したものである。改稿にあたって、ラウラ・モレッティさんおよび国際交流基金図書館の図書専門職員・東京および別府サレジオ会の方々に多くのご教示を賜りました。深謝を表します。

（以上2002年11月，ロバート キャンベル筆）

（３）目録未収載の明治期錦絵

マリオ・マレガ文庫には、書籍目録には記載されていないが、幕末から明治期の錦絵が970枚ほど蔵されている。これらは全て三つの白い箱に収められ、S1～S4の請求番号を付されている。S1～S4の内容を簡単に記す。

S1	三代目豊国・国芳・国周等大判錦絵	約100枚	幕末～明治
S2	周延・国周・芳年等大判錦絵（三枚組が多い）	約270枚	幕末～明治
	ナンバー１～92まで付される。		
S3	国周・二代目国貞等大判錦絵（国周の三枚組が多い）	約600枚	明治
	ナンバー101～300まで付される。		
S4	川瀬巴水版画	２枚	昭和

これらのうちS1～S3の幕末・明治期錦絵には、国周のものが多く（図版⑧）、保存状態も良好である。

なお、画帖仕立てになっている浮世絵は、書籍目録に記載されている。それらの画帖仕立ての浮世絵を目録収載順に紹介する。「東錦絵（請求番号616）」「今源氏錦絵合（614）」「今様擬源氏（619）」「〔江戸役者絵画帖〕(609)」「小倉擬百人一首（638)」「〔国芳等戯画集〕(620)」「〔天保改革後役者絵〕(637)」「美勇水滸伝（87)」「役者宇津志絵鏡（123)」「俳優姿見鏡(124)」「東すがた（624)」「美術／東錦絵画帖（623)」「教育／東美人十二ヶ月（622)」「江戸錦（627)」「〔仮名手本忠臣蔵〕(554)」「雪月花／現時五十四情他（634)」「四季の眺め（633)」「十二ひと絵（621)」「善悪児手柏（553)」「千代田之御表（628)」「千代田の紫他（631)」「婦人風俗尽（632)」「和漢智勇名誉競（555)」等である。

（この項2002年11月，山下則子筆）

（4）図版（P.15～20）キャプション

①ａマリオ・マレガ神父肖像写真（表）。年代未詳。友人の千沢楨治氏（『キリシタンの美術』等の編著者）と並んで、東京国立博物館にて。神父が手にしている絵画は、カルロ・ドルッチー（1616年～1686年）による〈江戸のサンタ・マリア〉聖画、東京国立博物館蔵。千沢氏は九州に伝来したという踏み絵に見入っている。

①ｂマリオ・マレガ肖像写真（裏）。千沢氏との交流などを認めた神父自筆のノート。

②マリオ・マレガ蔵書印（『観音経和談抄』より）

③ Mario Marega, *Ko-gi-ki*

④『校訂／古事記』（Ko-gi-ki 図版）

⑤ Mario Marega, *Il Giappone*

⑥マレガ文庫蔵　青本『菅原伝授手習鑑』表紙。

⑦マレガ文庫蔵『天神記図会』見返しの自筆書込み。菅原道真の死と神格化の経緯を述べ、「このように、真の神への信仰が、神と化した人間への敬服にすり替えられていった」と結んでいる。マレガ氏は、天神信仰の起こりと文化史的背景に強い関心を持っていた。

⑧マレガ文庫蔵　豊原国周画大判錦絵『新聞狂言俳優名寄』明治８年８月改印。

⑨マリオ・マレガ蔵書印（『観音経和談抄』より）

⑩マリオ・マレガ蔵書印（『忠勇／阿佐倉日記』より）

⑪マリオ・マレガ蔵書印（『身延記』より）

⑫サレジオ大学マリオ・マレガ文庫。整理済みの書架風景。

⑬カトリック碑文谷教会図書室　マレガ神父旧蔵書の一部。

⑭マレガ文庫蔵『古今和歌集』（275番）見返しの蔵書印とマレガ筆書き込み。

⑮マレガ文庫蔵　浅井了意著『江戸名所記』巻１

⑯マレガ文庫蔵　丈阿作『〔さよの中山〕』

⑰マレガ文庫蔵　丈阿作『藤戸魁』

⑱マレガ文庫蔵　山東京伝作『分解道胸中双六』

⑲マレガ文庫蔵　関文川画『文川画譜』

⑳マレガ文庫蔵　一魁斎芳年画『美勇水滸伝』
㉑マレガ文庫蔵　万亭応賀作『釈迦八相倭文庫』第40編（434a番）

＊なお、マリオ・マレガ神父に関する最新研究は、「豊後キリシタンの跡をたどるマリオ・マレガ神父―マレガ文書群の成立過程とその背景―」（シルヴィオ・ヴィータ・『国文学研究資料館紀要アーカイブズ研究篇』第12号・2016年３月・所収）に詳しい。

（５）目録凡例

1．この目録は、サレジオ大学マリオ・マレガ文庫に所収される図書を刊年にしたがって①近世期、②明治期、③大正期、④昭和期の４区分に分け、それぞれを50音順に配列した。雑誌など定期刊行物を⑤逐次刊行物とし、⑥複製本とともに別項目として立てることにした。なおサレジオ大学の正式名と所在地は

Università Pontificia Salesiana
Piazza Ateneo Salesiano 1
00139 Roma　Italia

2．各項目は、書名・読み仮名・著者・画工・刊写の別・冊数・寸法・刊年・刊行地名・版元（発行元）・存欠状況・備考・請求番号の順に、書誌を記した。書名は、原則として外題による。著者名・画工名は、原本通りを主としながら、適宜姓号などを補った。近世期板本で刊年が判明しないものについて、印刷装幀などに鑑みて「近世後期」「幕末」のように、時代の見当をつけるようにつとめた。明らかな後印本はその旨を記した。
3．書名その他の表記は現行の字体を用い、常用漢字以外の漢字については正字を用いた。角書きは、角書きと本題の間に／を入れて区別した。
4．このプロジェクトは、平成11～12年度科学研究費補助金「在欧日本古典籍の所在および伝来に関する調査と研究」を受けて行ったものである。
5．本調査と整理に関わった方々は、次の通りである。所属と職名は各自が作業に携わった当時のものである。岡雅彦（企画調整官・文献資料部教授）、新藤協三（文献資料部長）、鈴木淳（整理閲覧部教授）、谷川恵一（文献資料部教授）、ロバート・キャンベル（文献資料部助教授）、山下則子（文献資料部助教授）、辻本裕成（文献資料部助手）、和田恭幸（文献資料部助手）、鈴木俊幸（中央大学文学部教授）、ホァン・ピッカ（サレジオ大学付属図書館長）、セルジオ・レヴィ（ローマ日本文化研究所学芸員）、ロベルタ・ストリッポリ（ナポリ東洋大学非常勤講師）、ラウラ・モレッティ（ヴェネツィア大学大学院生）、中島次郎（原稿整理、明治大学大学院生）、丹羽みさと（原稿整理、立教大学大学院生）。

① a

① b

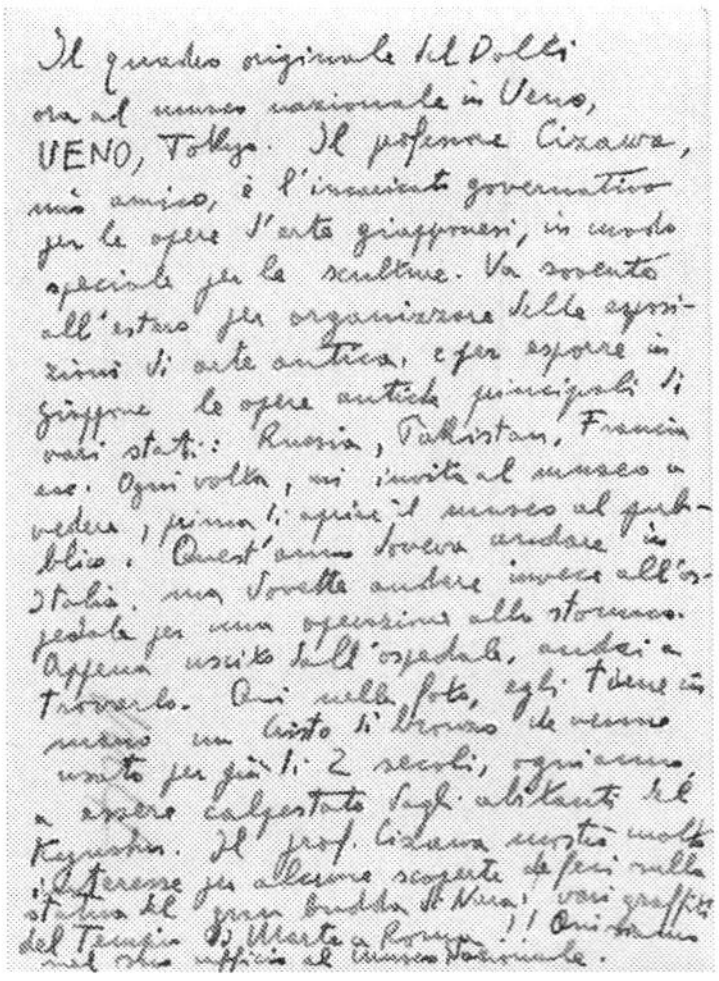

Il quadro originale del Dolci
ora al museo nazionale in Ueno,
UENO, Tokyo. Il professore Cizawa,
mio amico, è l'incaricato governativo
per le opere d'arte giapponesi, in modo
speciale per la scultura. Va sovente
all'estero per organizzare delle esposi-
zioni di arte antica, e per esporre in
giappone le opere antiche principali di
vari stati: Russia, Pakistan, Francia
ecc. Ogni volta, mi invita al museo a
vedere, prima di aprire il museo al pub-
blico. Quest'anno doveva andare in
Italia, ma dovette andare invece all'o-
spedale per una operazione allo stomaco.
Appena uscito dall'ospedale, andai a
trovarlo. Qui nella foto, egli tiene in
mano un Cristo di bronzo che venne
usato per più di 2 secoli, ogni anno,
a essere calpestato dagli abitanti del
Kyushu. Il prof. Cizawa mostrò molto
interesse per alcune scoperte da fare sulla
statua del gran budda di Nara; vari graffiti
del Tempio di Uberto a Roma!! Qui sotto
nel suo ufficio al museo nazionale.

②

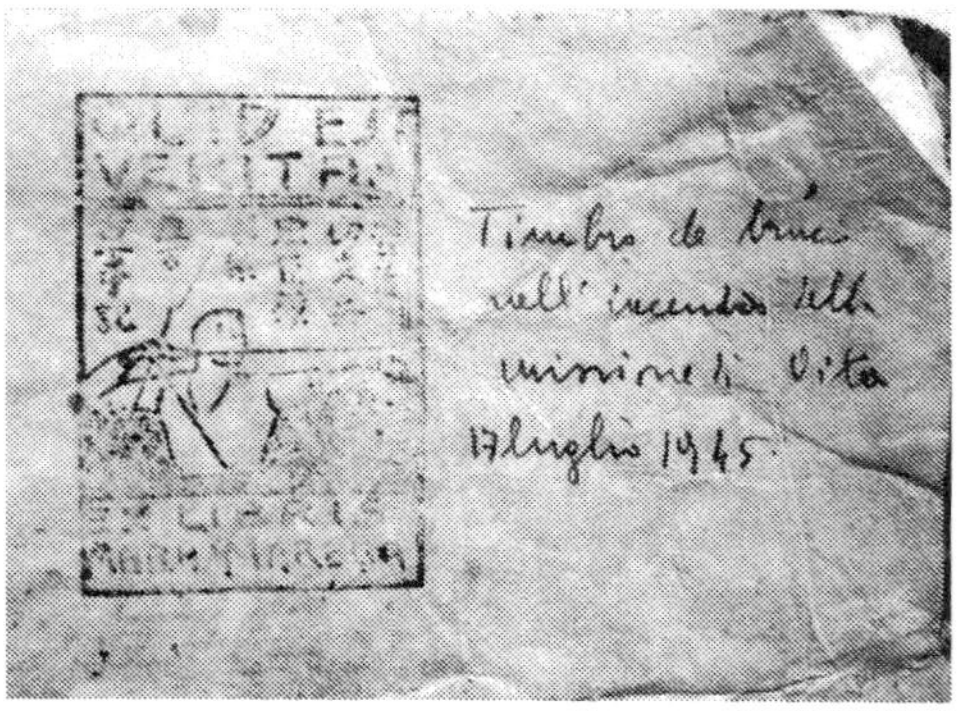

③

④

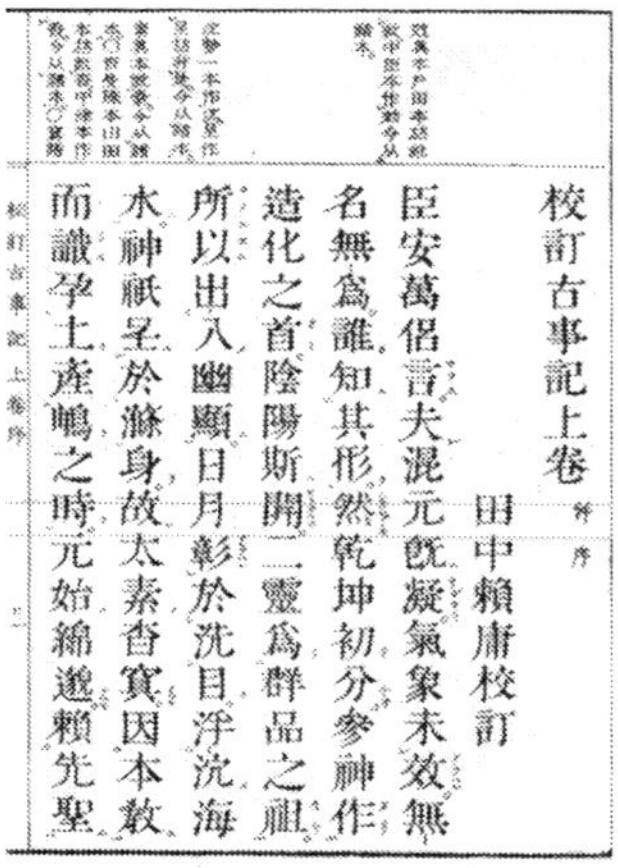

校訂古事記上巻　序

田中頼庸校訂

臣安萬侶言夫混元既凝氣象未效無
名無爲誰知其形然乾坤初分參神作
造化之首陰陽斯開二靈爲群品之祖
所以出入幽顯日月彰於洗目浮沈海
水神祇呈於滌身故太素杳冥因本敎
而識孕土産嶋之時元始綿邈頼先聖

La prima pagina del testo xilografato del Kogiki di proprietà del traduttore.

⑤

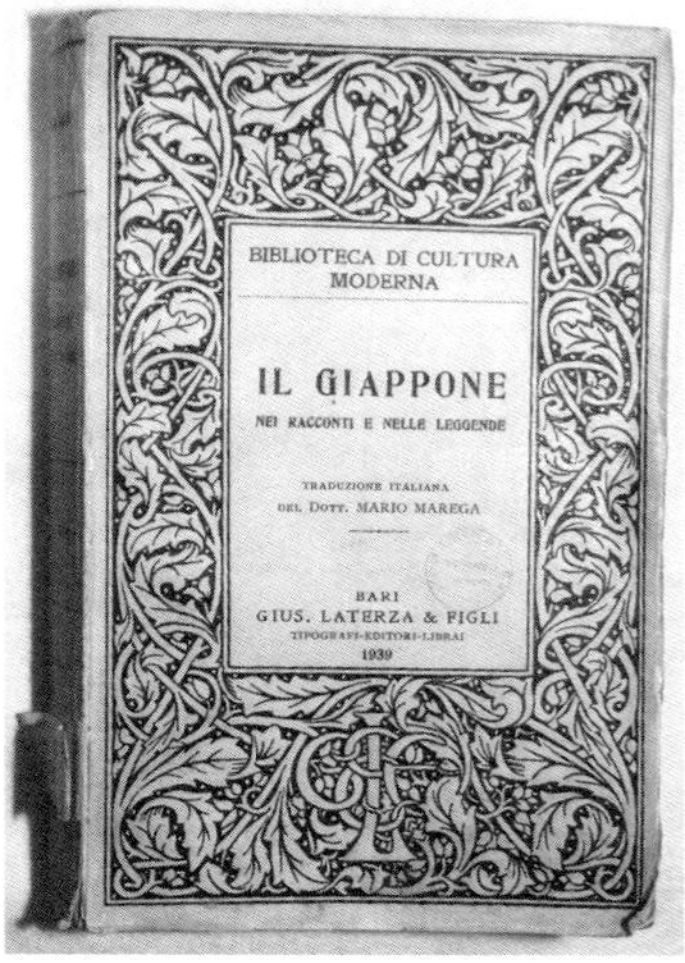

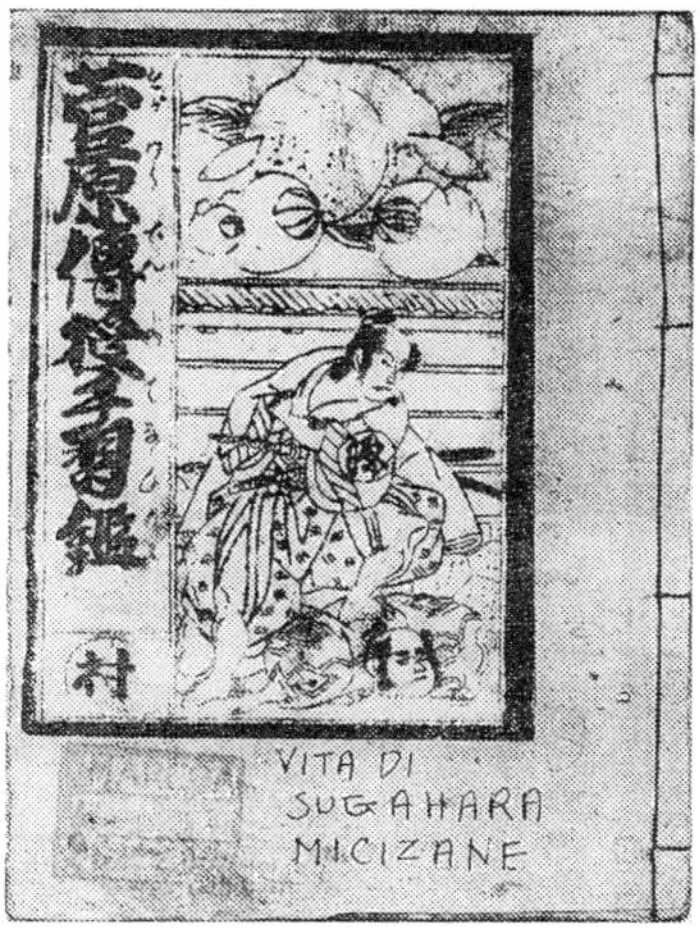
VITA DI
SUGAHARA
MICIZANE

⑥

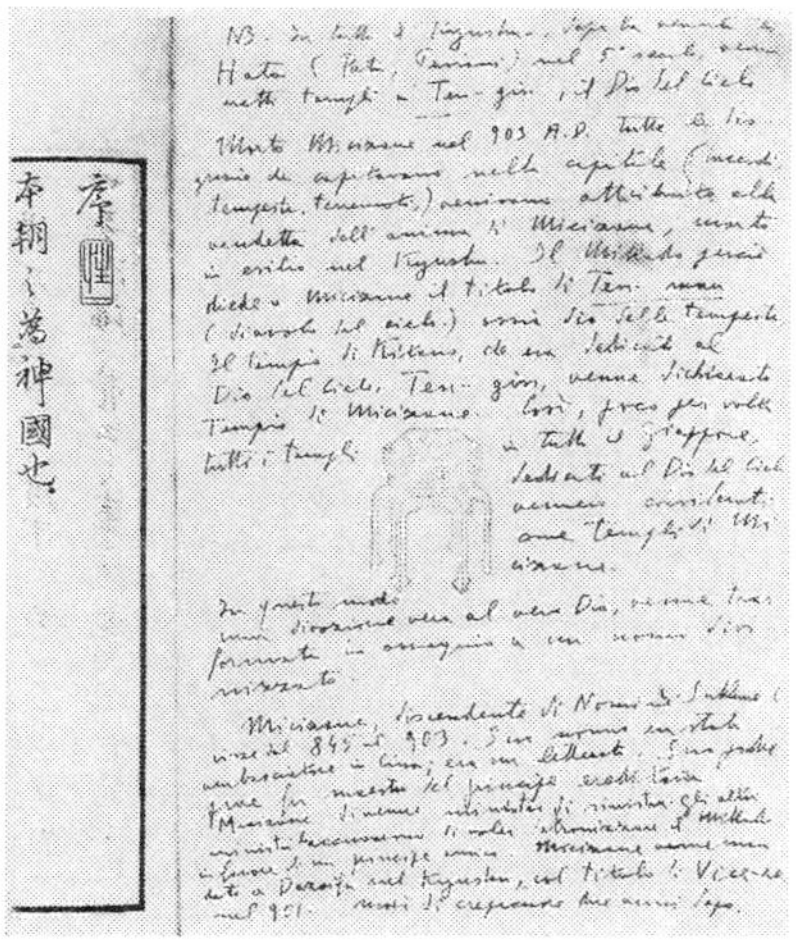

⑦

⑧

EX LIBRIS
日の国
MAREGA

⑨

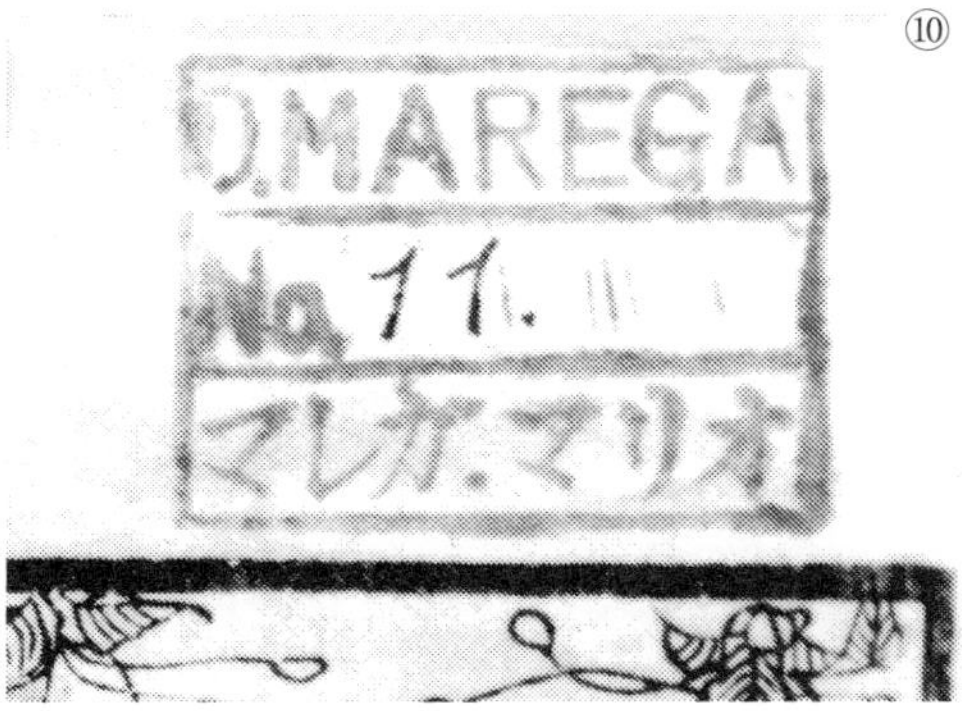
D.MAREGA
No. 11.
マレガ.マリオ

⑩

D.MAREGA
N.
マレーガ

⑪

⑫

⑬

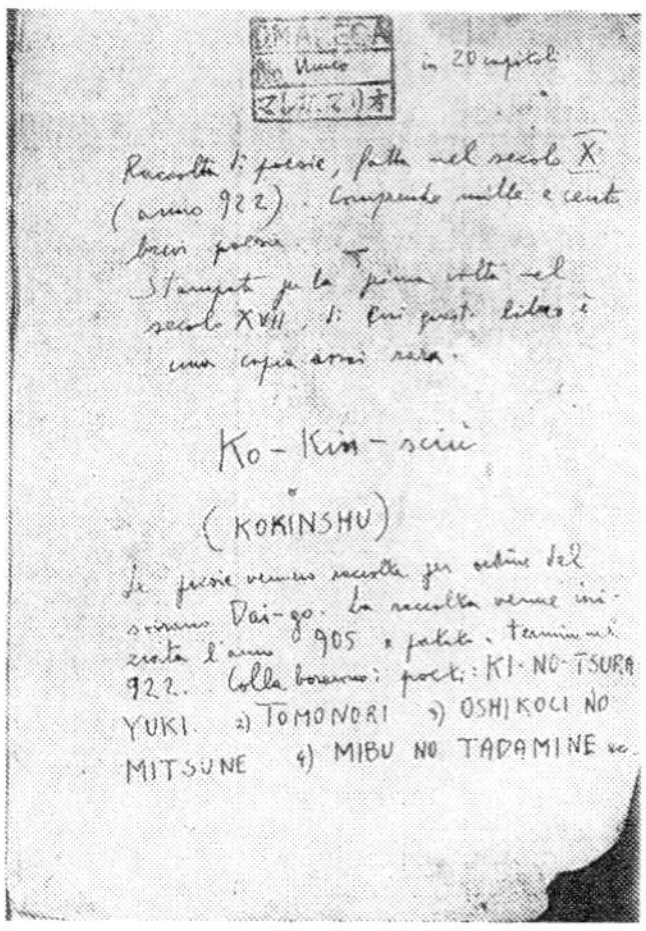

in 20 capitoli

Raccolta di poesie, fatta nel secolo X (anno 922). Comprende mille e cento brevi poesie.
Stampato per la prima volta nel secolo XVII, di cui questo libro è una copia assai rara.

Ko-Kin-sciu

(KOKINSHU)

Le poesie vennero raccolte per ordine del sovrano Dai-go. La raccolta venne iniziata l'anno 905 e finita, terminata nel 922. Collaborarono i poeti: KI-NO-TSURAYUKI. 2) TOMONORI 3) OSHIKOCI NO MITSUNE 4) MIBU NO TADAMINE ecc.

⑭

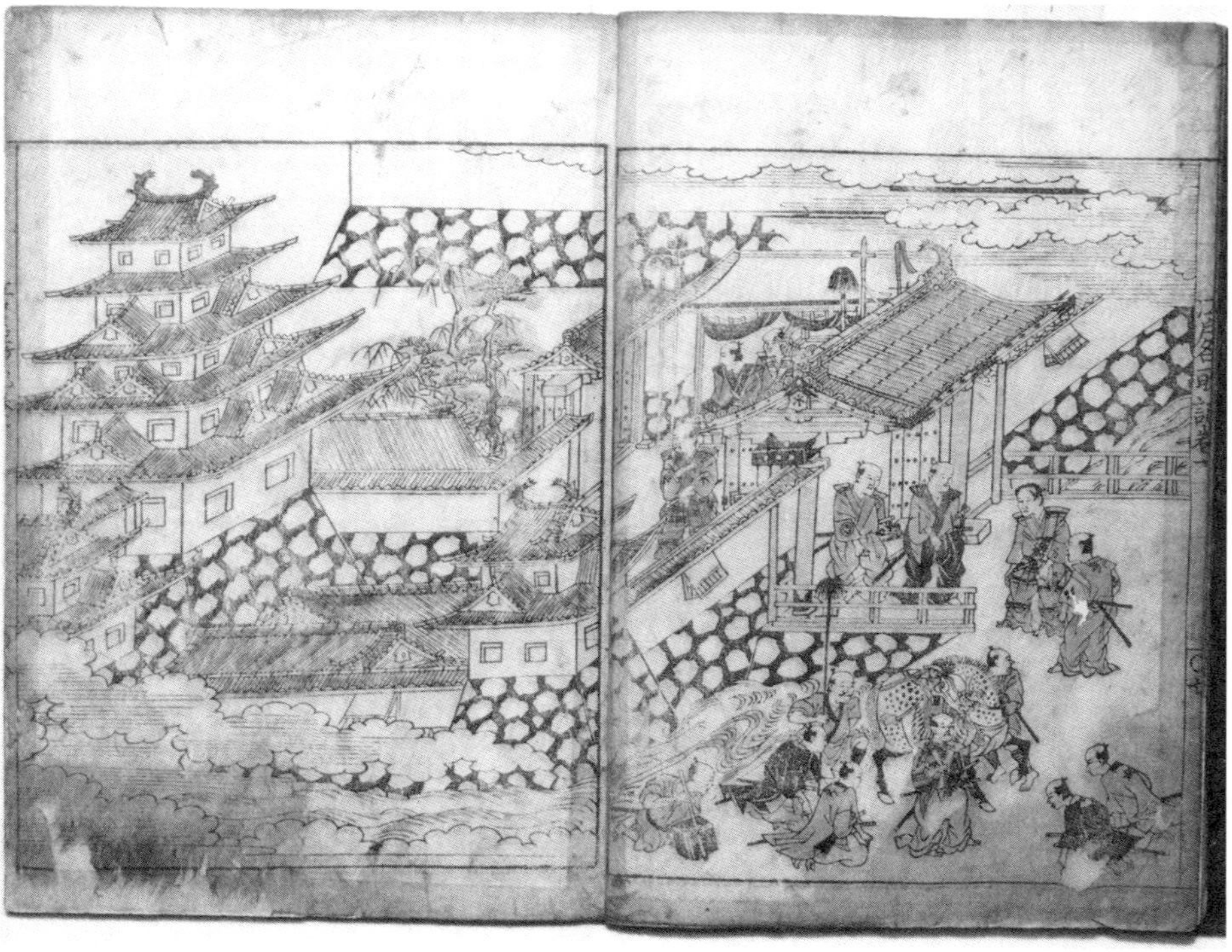

⑮

⑯

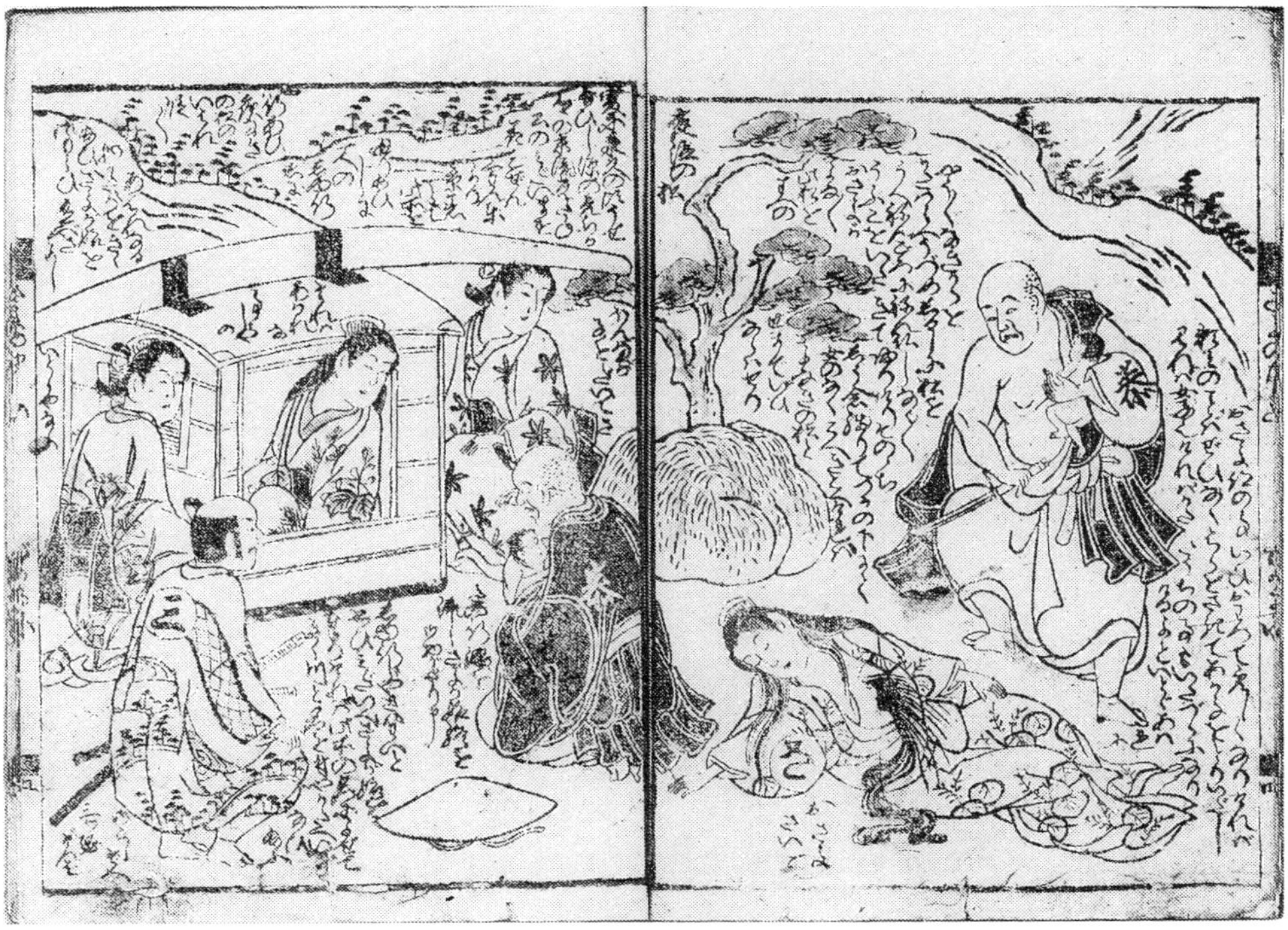

⑰

⑱

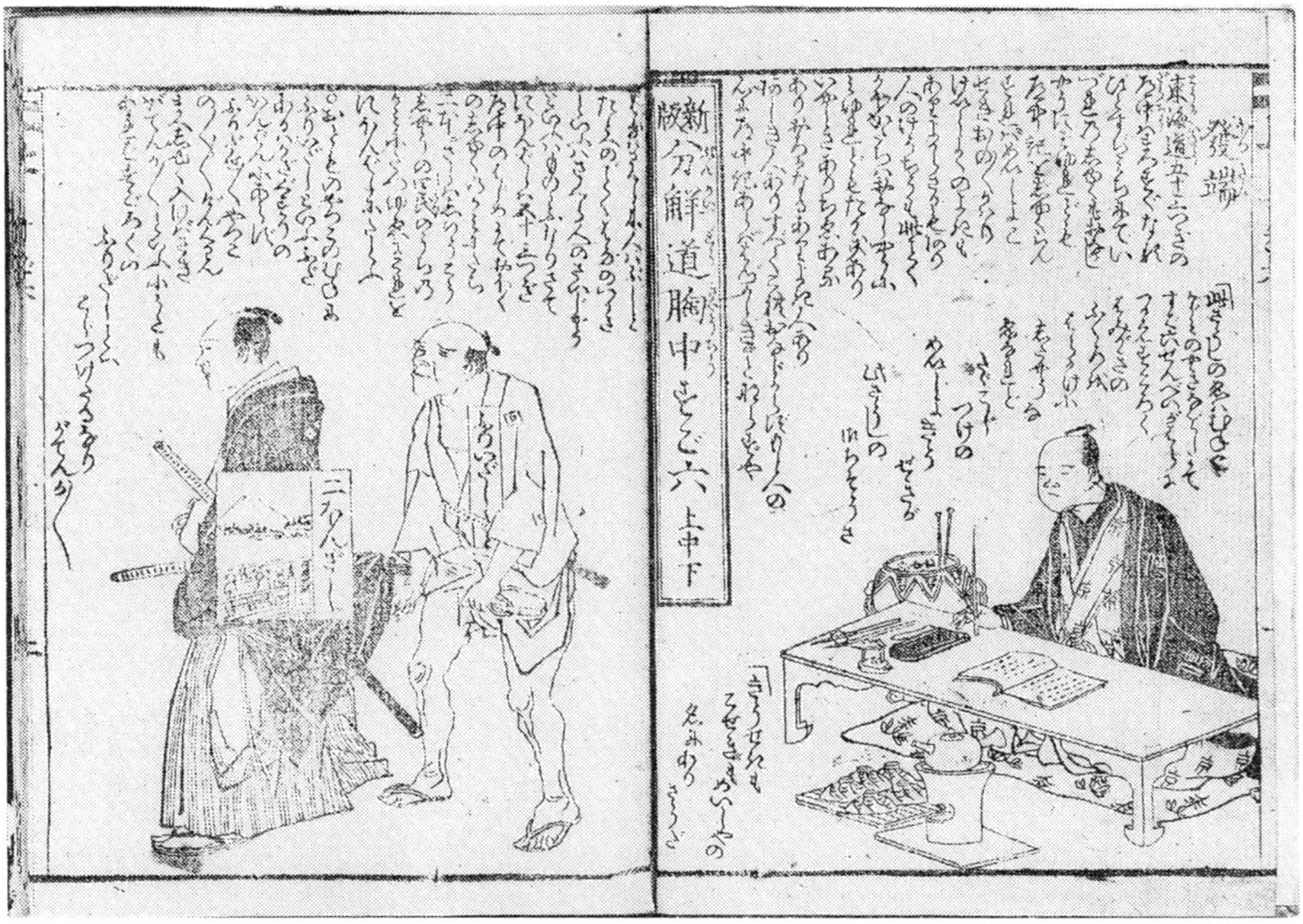

⑲

⑳

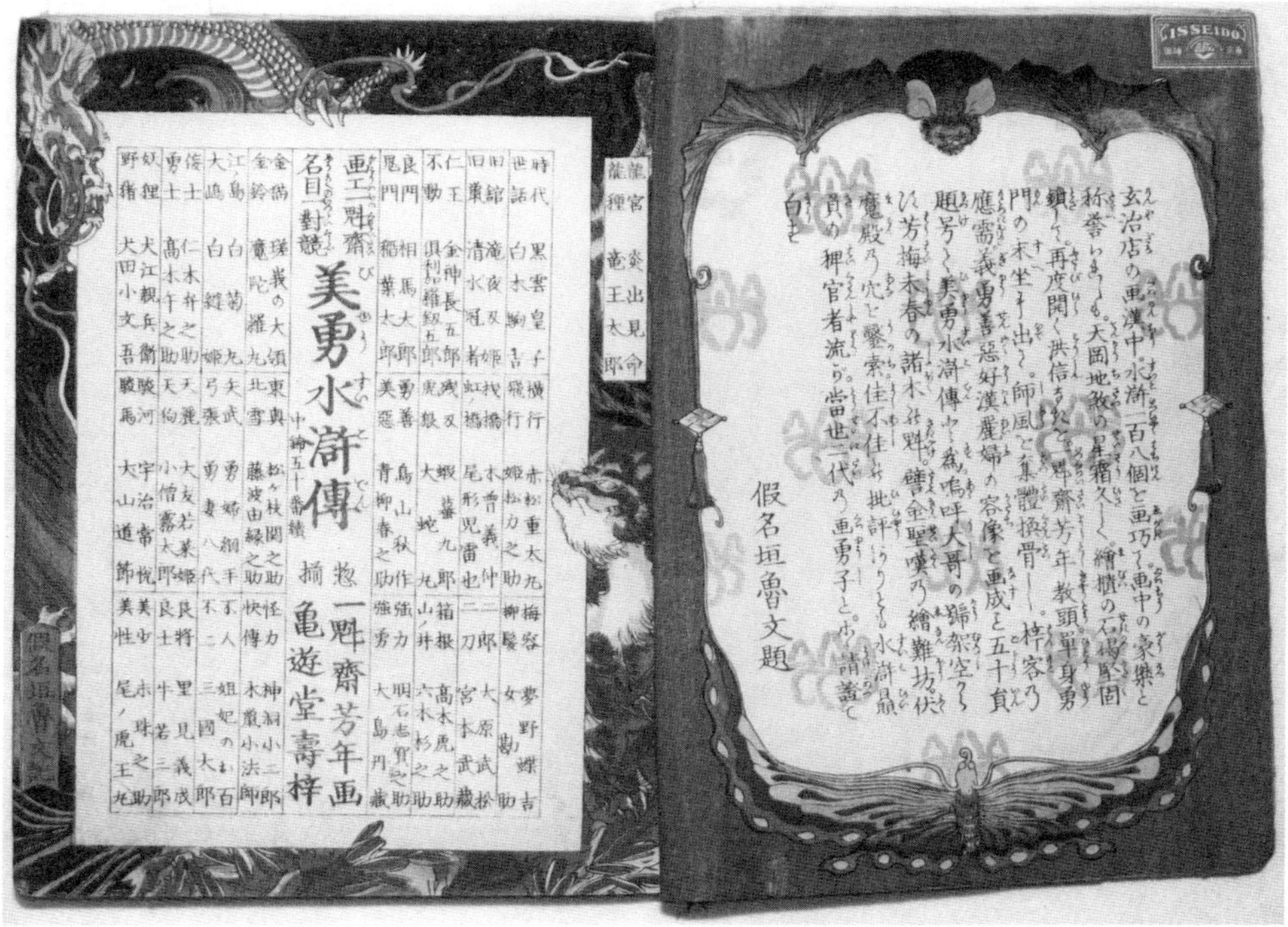

㉑

サレジオ大学マリオ・マレガ文庫日本書籍目録

近世期

〔あ〕

青砥藤綱摸稜案　あおとふじつなもりょうあん
曲亭馬琴著　葛飾北斎画　刊3冊　21.8×15　文化9年跋　初集1～3　初集4･5･後集1･2　後集3～5を合冊
317

風俗浅間嶽　ふうぞくあさまがたけ
柳下亭種清作　歌川国貞画　刊1冊　17.7×11.7　弘化2年頃　江戸･和泉屋市兵衛　6編下のみ1冊
374

足利絹手染の紫　あしかがきぬてそめのむらさき
笠亭仙果作　刊2冊　17.8×11.8　嘉永6年　12編上下
606

足利絹手染紫　あしかがきぬてそめのむらさき
笠亭仙果他作　歌川豊国他画　刊10編20冊　17.6×11.8　嘉永3年～万延6年　江戸･太田屋佐吉　山田屋庄次郎　6･7･11～20編存
375-a

足利絹手染紫　あしかがきぬてそめのむらさき
笠亭仙果他作　歌川豊国他画　刊8編15冊　17.9×11.8　嘉永5年～安政3年　江戸･太田屋佐吉　山田屋庄次郎　11･13の下　14の上　16の上　17～20　20編存
375-b

足利絹手染紫　あしかがきぬてそめのむらさき
松亭金水作　歌川国貞画　刊2編5冊　17.8×11.7　安政3年　江戸･山田屋庄次郎　19･20編･20の下の巻存
375-c

東駅伊呂波日記　あずまかいどういろはにっき
河竹新七案　柳屋梅考作　梅蝶楼国貞画　刊3編6冊　17.7×11.7　文久2年　江戸･蔦屋吉蔵
376

東錦絵　あずまにしきえ
歌川豊国･芳年画　刊1帖　35.8×25.0　嘉永5年他
616

阿毘縁山解脱教寺高祖日蓮大菩薩尊像縁起
あびえんさんげだつきょうじこうそにちれんだいぼさつそんぞうえんぎ
刊1冊　24.6×17.6　近世後期　絵入　共紙表紙　こより綴じ
300

雨夜廼鐘四谷雑談　あまよのかねよつやぞうだん
能進斎作　歌川国貞画　刊1冊　17.9×11.7　文久2年　江戸･恵比寿屋庄七　3編下存
378

陰陽和合/安産幸運録　あんざんこううんろく
加茂清行著　荒木芳貴･中西亀年画　刊2冊　22.6×15.7　天保10年　巻中・巻下存　備岳館蔵板
296

万歳楽/安政見聞誌　あんせいけんぶんし
一登斎芳綱画　刊2冊　24.1×16.8　幕末　中巻欠か
157

安政風聞集　あんせいふうぶんしゅう
森光親画　刊2冊　25.0×16.8　幕末　上巻欠
158

〔い〕

意気廼通家会　いきのつうかえ
刊1冊　17.8×11.7　近世後期　序文に「午ノ新ばん」とあり
366

方物図解/為斎画式　いさいがしき
葛飾為斎画　刊1冊　22.7×15.5　元治元年序　大坂･大和屋喜兵衛ほか14肆　初帙
236

和泉名所図会　いずみめいしょずえ
秋里籬島編　春朝斎竹原信繁画　刊4冊　26.4×18.4　寛政8年　大坂･高橋平助ほか4肆
76

和泉名所図会　いずみめいしょずえ
秋里籬島編　春朝斎竹原信繁画　刊4冊　25.9×18.4　寛政8年　大坂･高橋平助ほか4肆
77

伊勢参宮名所図会　いせさんぐうめいしょずえ
蔀関月画　刊6冊　26.4×18.5　寛政9年　大坂･塩屋忠兵衛ほか6肆
39

伊勢参宮名所図会　いせさんぐうめいしょずえ
蔀関月画　刊6冊　25.4×18.0　近世後期　大坂･柏原屋義兵衛ほか5肆　寛政9年跋
72

伊勢参宮名所図会　いせさんぐうめいしょずえ
蔀関月画　刊5冊　25.5×17.9　近世後期　第5巻（第5冊）は本文48丁ウで終了　第5冊うしろ見返しに（大坂）河内屋喜兵衛の広告『夢卜輯要指南』を付す
73

伊勢参宮名所図会　いせさんぐうめいしょずえ
蔀関月画　刊6冊　25.7×18.2　寛政9年　大坂･塩屋忠兵衛ほか6肆　付録1巻（冊）
94

伊勢参宮名所図会付録　いせさんぐうめいしょずえふろく
刊2冊　26.4×18.3　寛政9年　大坂･塩屋忠兵衛ほか6肆　1上･1下存
74

伊勢物語　いせものがたり
刊1冊　26.2×17.8　近世中期　上冊存
181

伊丹覚左衛門覚書　いたみかくざえもんおぼえがき
写1冊　23.2×16.8　近世後期写
290

一勇画譜　いちゆうがふ
一勇斎国芳画　刊1冊　21.6×15.1　弘化3年　大坂･河内屋茂兵衛ほか1肆　刊記に「江戸孫三郎画」とあり
243

一老画譜　いちろうがふ
八島一老画　刊1冊　22.8×16.2　文政6年序跋
228

一休諸国物語図会　いっきゅうしょこくものがたりずえ
平田止水編　源基定補正　菱川清春画　刊7冊　24.9×18.2　慶応元年　大坂･河合屋和助ほか8肆　後印　この内　「一休諸国物語拾遺」の第2冊欠本　うしろ見返しに河合屋徳兵衛ほか9肆の刊記あり
8

一休諸国物語図会　いっきゅうしょこくものがたりずえ
平田止水編　源基定補正　菱川清春画　刊8冊　25.1×17.1　天保7年　京都･堺屋仁兵衛ほか1肆　後印　うしろ見返しに「河内屋和助」ほか10肆の刊記あり
9

一休諸国物語図会　いっきゅうしょこくものがたりずえ
平田止水編　源基定補正　菱川清春画　刊5冊　25.0×17.3　弘化3年　大坂･堺屋仁兵衛「一休諸国物語図会拾遺」を欠く
10

厳島絵馬鑑初編　いつくしまえまかがみしょへん
刊5冊　26.6×18.6　天保3年　広島･米屋兵助ほか4肆
186

厳島図会　いつくしまずえ
刊3冊　25.8×17.9　近世後期印　巻2･3･5存
175

厳島扁額縮本初編　いつくしまへんがくしゅくほんしょへん
千歳園藤彦著　刊4冊　26.9×18.6　近世後期　広島･米屋兵助ほか4肆　巻1,2,4,5存
55

厳島道芝記　いつくしまみちしばのき
小島常也著　刊6冊　23.5×16.2　元禄15年　巻6欠　後印
307

一対若衆梅桜樹　いっついわかしゆうめとさくらぎ
美図垣笑顔作　溪斎英泉画　刊2編4冊　17.9×11.8　天保12年　江戸･和泉屋市兵衛
379

[今川状]　いまがわじょう
玉林子筆　刊1冊　26.4×17.9　近世後期　京都･菊屋七郎兵衛　享保2年成（奥書）
12

今源氏錦絵合　いまげんじにしきえあわせ
一陽斎豊国画　刊1帖　26.4×18.5　嘉永6年　江戸・佐野屋喜兵衛
614

今様擬源氏　いまようなぞらえげんじ
一恵斎芳幾画　刊1帖　36.0×23.8　元治元年～慶応3年　江戸･近江屋久助　久次郎
619

正史実伝/いろは文庫　いろはぶんこ
為永春水著　刊4冊　17.3×11.9　近世後期　4編・6編・11編・15編存
355

岩見重太郎一代記　いわみじゅうたろういちだいき
一竜斎貞山著　刊1冊　17.3×11　安政4年改　前編
359

印可講釈抄　いんかこうしゃくしょう
写1冊　24.1×17.3　近世後期写　弓矢の書
194

〔う〕

浮世画譜　うきよがふ
歌川広重画　刊1冊　24.2×16.3　幕末　3編　後印
558

浮世画譜　うきよがふ
渓斎英泉画　刊1冊　22.8×15.6　近世後期　2編　名古屋・片野東四郎ほか14肆　後印
302

薄紫宇治曙　うすむらさきうじのあけぼの
柳下亭種員作　一陽斎豊国画　刊6編12冊　17.5×11.7　嘉永3年～6年　江戸･山本平吉
382

〔謡本〕　うたいぼん
刊17冊　22.5×16.5　寛文3年　京都･和田屋平左衛門　観世流謡本　5番綴じ　第1・11・20巻欠
318

運気星繰八卦手引草　うんきせいそうはっけてびきぐさ
菊丘臥山人著　刊1冊　17.2×11.2　天保7年　大坂･和田屋太右衛門ほか5肆
330

年々改正/雲上明覧大全　うんじょうめいらんたいぜん
刊2冊　15.8×11.1　文久3年　京都･竹原好兵衛ほか4肆
331

〔え〕

文武将士/英勇画譜　えいゆうがふ
長谷川光信画　刊1冊　22.7×15.7　幕末　名古屋･永楽屋東四郎ほか12肆
247

英雄五十三次　えいゆうごじゅうさんつぎ
竹屋の主人著　貞秀画　刊1冊　18×11.9　嘉永5年序　江戸･山口屋藤兵衛ほか16肆　後印　柱刻「五十三次」　書付外題「東海道五十三次」
325

英雄五十三次　えいゆうごじゅうさんつぎ
竹屋の主人著　貞秀画　刊1冊　17.9×11.6　嘉永5年序　江戸･山口屋藤兵衛ほか12肆　後印　柱刻「五十三次」
332

英雄図会　えいゆうずえ
南里亭其楽編　玄竜斎戴斗画　刊1冊　22.4×16　近世後期　大坂･河内長兵衛ほか4肆
264

〔絵入り百人一首〕　えいりひゃくにんいっしゅ
刊1冊　21.0×13.2
601

画口合集　えくちあいしゅう
山田案山子選　九鳳亭琶水画　刊1帖　35.7×23.3　文政12･13･天保2･3年
635

江戸地図　えどちず
66.8×89.4　天保13年　江戸・上州屋重蔵（西村与八元板）　亀井戸部分（東部）を貼付
640

〔江戸派春興帖〕　えどはしゅんきょうちょう
刊1冊　22.6×15.9　文政7年
274

江戸名所記　えどめいしょき
浅井了意著　刊5冊　26.4×18.2　寛文2年　京都･河野道清　巻5･6の2冊欠　巻1･2･3･4･7

存
47

江戸名所記　えどめいしょき
刊1冊　26.8×18.4　近世後期　後印　巻6存　47番とは別
170

江戸名所図会　えどめいしょずえ
刊20冊　25.7×18.1　天保7年　江戸・須原屋伊八　須原屋茂兵衛　大尾丁ウラ「三都発行書林」として須原屋佐助ほか12肆（No.44にも同一の連名刊記あり）
52

江戸名所図会　えどめいしょずえ
松涛軒斎藤長秋編輯　長谷川雪旦画　刊12冊　25.9×18.3　天保7年　江戸・須原屋伊八　須原屋茂兵衛　男藤原懸麻呂　懸麻呂男月岑幸成校正（52と同版）
44-1,2

〔江戸役者絵画帖〕　えどやくしゃえがじょう
三代目歌川豊国画　刊1冊　36.0×26.2　嘉永元年～2年
609

［絵本］　えほん
刊1冊　24.4×16.7　近世後期　明治後印　墨刷　全26丁
210

絵本荒川仁勇伝　えほんあらかわじんゆうでん
教訓亭主人撰　翻蝶庵国九画　刊5冊　22.6××15.8　天保7年　江戸・中村屋幸蔵ほか3肆原刊　江戸・大阪屋ほか2軒「順補丸」広告あり
251

増補/絵本勲功草　えほんいさおしぐさ
山崎知雄編　可菴武靖画　刊10冊　22.7×16.1　天保10年　江戸・須原屋茂兵衛・須原佐助
283

絵本一休譚　えほんいっきゅうはなし
刊2冊　21.7×15.2　文化13年跋　後印　前編文化13年序　後編　文化13跋　前編6巻合1冊　後編6巻合1冊
259

絵本一休譚　えほんいっきゅうばなし
刊2冊　22.6×15.3　文化8年　大坂・河内屋喜兵衛ほか　刊記破れあり　5肆まで確認可能
226

絵本詠物選　えほんえいぶつせん
橘保国画　刊5冊　22.9×15.9　安永8年　大坂・渋川与左衛門ほか1肆
284

絵本英雄鑑　えほんえいゆうかがみ
長谷川光信画　刊1冊　22.2×15.4　近世中期板の大坂・赤志忠七後印
299

絵本鶯宿梅　えほんおうしゅくばい
橘守国画　刊5冊　22.2×15.8　元文4年序　後印　巻1～4・6存
286

画本鶯宿梅　えほんおうしゅくばい
橘守国画　刊1冊　22.4×15.5　元文4年序　2冊合1冊　巻1・2・3存
312

〔絵本亀尾山ほか〕　えほんかめのおやま
刊1冊　27.2×18.8　京都・菱屋治兵衛ほか1肆　明治以降後印　『絵本亀尾山』（延享4年原刊）『絵本千賀浦』（寛延3年原刊）『絵本高名二葉艸』（宝暦9年原刊）ほか2点合刻　115・117と一具
116

絵本金花談　えほんきんかだん
刊4冊　22×15.3　近世後期　巻1・2・3・4存
311

絵本顕勇録　えほんけんゆうろく
刊10冊　21.1×14.8　文化7年　大坂・平野屋宗七ほか11肆　うしろ見返しに（大坂）河内屋平七ほか5肆の後印刊記あり
235

画本西遊全伝　えほんさいゆうぜんでん
口木山人・岳亭五岳著　大原東野民声（初編）・葛飾戴斗（3編）画　刊29冊　22×15.3　文化3年～天保6年　初編刊欠　初編9冊　文化3年大坂河内屋太助板の大坂河内屋茂兵衛ほか10肆後印/2編10冊　大坂河内屋茂兵衛ほか10肆後印/3編10冊　天保6年大坂河内屋茂

兵衛ほか10肆後印
303

画本魁　えほんさきがけ
刊1冊　22.6×15.5　天保7年序　2編　明治後印　改装　題は本文柱刻による　天保7年序柱刻「画本武蔵鐙」
309

絵本塵摘問答　えほんじんてきもんどう
刊1冊　12.3×17.5　文政3年　江戸・西村屋与八ほか1肆
341

絵本菅原実記　えほんすがわらじっき
刊5冊　25.9×18.5　文化7年　大坂・中川松之助ほか8肆　巻2・3附録1・2・3存　附録「不知火草紙」は恋香亭睡仙作　石田玉峯画
168

絵本太功記　えほんたいこうき
刊5冊　17.9×11.5　慶応2年　江戸・吉田屋文三郎ほか1肆　初編～5編
339

絵本忠臣蔵　えほんちゅうしんぐら
速見春暁斎著　刊10冊　22×15　文化4年序　大坂・河内屋茂兵衛　後編
292

絵本朝鮮軍記　えほんちょうせんぐんき
秋里籬島著　刊10冊　22.3×15.8　寛政12年　江戸・松本平助　京都・出雲寺文治郎
237

絵本通宝志　えほんつうほうし
橘守国画　刊5冊　22.3×15.5　近世後期　柱刻「写錦袋後編」　巻2・4・5下・6・7存
285

児女教訓/絵本艶庭訓　えほんつやていきん
窓梅舎可耕作　刊2冊　23.3×15.9　宝暦5年序　後印　前編・後編
229

絵本徒然艸/祐信画鑑　えほんつれづれぐさすけのぶえかがみ
西川祐信画　刊3冊　26.0×18.5　東京・文宝堂山田藤助　明治後印　見返し「東都　昇山房蔵版」
45

絵本徒然艸/祐信画鑑　えほんつれづれぐさすけのぶえかがみ
西川祐信画　刊2冊　25.0×17.6　兵庫県神戸・弘文堂船井政太郎　明治後印　上・下の2冊存　中巻欠　見返し「東都　弘文館蔵版」
19

絵本常盤草　えほんときわぐさ
刊1冊　25.9×18.0　近世中期　蔵書印「林忠正印」巻竹存
155

絵本豊臣勲功記　えほんとよとみくんこうき
八功舎徳水著　一勇斎国芳画　刊49冊　22.7×15.6　安政4年～安政7年　江戸・和泉屋市兵衛　2編巻7欠　初編10巻　2編9巻　3編10巻　4編10巻　5編10巻　古沢氏蔵板
263

絵本豊臣勲功記　えほんとよとみくんこうき
梅沢堂山編輯　一勇斎国芳画（初・2・5編）・松川半山（6・7編）画　刊70冊　22.5×15.7　初編安政4年　2編安政5年　3編安政6年　4編安政7年　5編安政7年　6編文久3年　7編慶応4年板　東京・山中市兵衛　大坂・松村九兵衛　同岡田茂兵衛後印　7編　各編10冊
304

絵本豊臣勲功記　えほんとよとみくんこうき
梅沢堂山編輯　一勇斎国芳画　刊10冊　22.4×15.7　安政6年　東京・山中市兵衛　大坂・松村九兵衛　同岡田茂兵衛後印　3編10冊存
305

絵本直指宝　えほんねざしたから
橘守国画　刊10冊　22.3×15.6　延享2年　大坂・渋川清左衛門
293

絵本早学初編　えほんはやまなびしょへん
刊1冊　18.9×12.9　安政4年（序より）　書名鈍亭魯文序による　題簽「北斎画譜」
344

〔絵本番付三種〕　えほんばんづけさんしゅ
刊3冊　18.6×10.2　江戸・片ばみ屋米次郎　小川半助　尾河宇郎　文久3年5月中村座・元治2年正月中村座・明治9年6月守田座
605

絵本藤の縁　えほんふじのゆかり
長谷川光信画　刊1冊　22.5×15.7　寛延4年　京都・丁字屋源次郎後印
273

絵本藤袴　えほんふじばかま
絳山樵夫撰　柳川重信画　刊2冊　21.5×15.4　天保7年　江戸・和泉屋市兵衛ほか4肆求板（文政6年原刊）
242

絵本保元平治　えほんほうげんへいじ
秋里籬島作　西村中和画　刊5冊　24.3×17.3　享和元年　大坂・小川源兵衛ほか5肆　内題「保元平治闘図会（ほげんへいじかっせんずえ）」
41

絵本保元平治　えほんほうげんへいじ
秋里籬島著　西村中和画　刊6冊　25.2×17.9　享和元年　京都・小川源兵衛ほか5肆　10巻うしろ見返しに（大阪）河内屋茂兵衛ほか10肆の後印刊記（連名）あり
60

〔絵本十寸鏡ほか〕　えほんますかがみ
刊1冊　27.1×18.6　明治以降後印　『絵本大和詩経』『旦生言語備（やくしやものいはひ）』など10点を合刻　115・116と一具
117

円光大師伝　えんこうたいしでん
古磵画　刊24冊　27.2×18.9　近世中期印　内題「法然上人行状画図」　元禄13年跋
51

〔お〕

奥羽道中膝栗毛　おううどうちゅうひざくりげ
十返舎一九著　刊14冊　18.2×12.4　嘉永2（4編）　江戸・山崎屋清七ほか3肆　初編上中下巻　2編上中下巻　3編上中下巻　4編上中下巻　5編上中巻存
372

黄金水大尽盃　おうごんすいだいじんさかずき
為永春水著　歌川国輝・歌川国芳画　刊17冊　17.5×11.6　嘉永7年〜慶応2年　江戸・和泉屋市兵衛　初編〜17編揃
385-a

黄金水大尽盃　おうごんすいだいじんさかずき
為永春水著　歌川国輝・歌川国芳画　刊9冊　17.7×11.5　嘉永7年〜安政7年　江戸・和泉屋市兵衛　初編〜10編揃
385-b

黄金水大尽盃　おうごんすいだいじんさかずき
為永春水著　歌川国輝・歌川国芳画　刊1冊　17.7×11.5　安政4年序　江戸・和泉屋市兵衛　6編存
385-c

平かな絵入/往生要集　おうじょうようしゅう
刊3冊　22.1×15.5　近世後期　京都・大文字屋与惣兵衛ほか9肆　（見返）「嘉永再刻往生要集」刊記に年記なし
239

平かな絵入/往生要集　おうじょうようしゅう
刊3冊　22×15.1　嘉永年間　京都・丁字屋九郎左衛門　見返し「嘉永再刻」
270

近世美談/大川仁政録　おおかわじんせいろく
松亭主人著　歌川若梅画　刊20冊　22.0×15.5　近世後期　大坂・藤屋宗兵衛ほか8肆　初輯〜第4輯　初輯　大坂・河内屋平七　第2輯　大坂・藤屋宗兵衛ほか8肆　第3輯　大坂・藤屋宗兵衛ほか8肆　第4輯　大坂・藤屋宗兵衛ほか8肆
233

慶応改正/大阪細見全図　おおさかさいけんぜんず
松川半山画　刊1舗　18.0×12.1　慶応元年　大坂・伊丹屋善兵衛
459

大津絵ふし　おおつえぶし
刊1冊　17.6×11.6　幕末
602

大坪本流馬術要覧　おおつぼほんりゅうばじゅつようらん
刊1冊　22.7×16.2　近世中期　巻3・4・5存
319

大伴金道忠孝図会　おおとものかねみちちゅうこうずえ
好華堂野亭選　柳斉重春・宮田南北画　刊11冊　25.0×18.0　嘉永3年　大坂・河合屋茂兵衛ほか1肆　前編5冊　後編5冊　前編は嘉永2

年刊　書肆は同一
11

大晦日曙草紙　おおみそかあけぼのそうし
山東京山作　歌川豊国他画　刊19編38冊　17.2×11.5　嘉永3年～慶応2年　江戸・蔦屋吉蔵　後印　初編～7・9・10・13～22編存　取り合わせ本
383

小笠原家射器射法切帋集書　おがさわらけしゃきしゃほうきりがみしゅうしょ
写1冊　23.1×16.8　江戸中期写
208

小笠原諸例大全　おがさわらしょれいたいぜん
法橋宝山著　石玉峯画　刊3冊　22.0×15.5　文化6年　大坂・河内屋義兵衛ほか6肆　取り合わせ本
220

小笠原諸礼大全　おがさわらしょれいたいぜん
刊2冊　22.3×15.7　文化6年序　近世後期刊　大坂・河内屋長兵衛　上巻下巻の2冊存　下巻付録1冊欠
253

童子専用増補絵入/小笠原諸礼調法記　おがさわらしょれいちょうほうき
春暁斎・松川半山画　刊2冊　21.0×15.2　天保9年　大坂・堺屋新兵衛ほか2肆
281

小笠原流百箇条口訣　おがさわらりゅうひゃっかじょうくけつ
写1冊　24.2×17.0
196

小倉擬百人一首　おぐらなぞらえひゃくにんいっしゅ
柳下亭種員作　国芳・広重・豊国画　刊1冊　36.4×24.0　天保14年～弘化4年　江戸・伊場屋仙三郎
638

御蔵領村々高之覚　おくらりょうむらむらたかのおぼえ
写1冊　9.9×19.8　近世後期　出羽・延沢・大石田・元蔵増ほか　山形藩領か
445

教艸女房形気　おしえぐさにょうぼうかたぎ
山東京山著　歌川豊国画　刊8冊　17.7×11.7　弘化3年～嘉永7年　江戸・山田屋庄次郎　3・4・14・17編存
384-a

教艸女房形気　おしえぐさにょうぼうかたぎ
山東京山・鶴亭秀賀著　歌川豊国画　刊8冊　17.7×11.7　弘化4年～文久2年序　江戸・山田屋庄次郎　初編～12・19～22編存
384-b

教の小づち　おしえのこづち
脇坂義堂述　下河辺拾水子画　刊2冊　20.4×15.7　寛政2年序跋
238

音記久小倉色紙　おとにきくおぐらしきし
柳条亭種長著　歌川国貞画　刊1冊　18.0×11.9　安政元年改安政4年序　東京・辻岡文助　明治後印　3～5編存
387

女子をしへ艸　おなごおしへぐさ
刊1冊　25.1×17.8　幕末　大坂・伊丹屋善兵衛ほか9肆
3

覚　おぼえ
写1冊　8.0×17.2　近世後期　和算稿
446

女郎花五色石台　おみなえしごしきせきだい
曲亭馬琴・柳下亭種員・柳水亭種清著　歌川豊国・歌川国輝・一恵斎芳幾画　刊7冊　17.3×11.7　弘化4年序～文久2年　江戸・和泉屋市兵衛　後印　初集上帙下・同下帙上下・第2集上帙上中下・同下帙上下・第3集上下帙各上下・5～10編各上下存　欠丁・錯簡あり
386-a

女郎花五色石台　おみなえしごしきせきだい
曲亭馬琴・柳下亭種員・柳水亭種清著　歌川豊国・歌川国輝画　刊3冊　17.3×11.7　嘉永2年序～嘉永7年　江戸・和泉屋市兵衛　後印　3～6編存
386-b

女郎花五色石台　おみなえしごしきせきだい
柳下亭種員・柳水亭種清著　歌川国輝・一恵斎

芳幾画　刊2冊　17.5×11.7　嘉永6年序～文久2年序　江戸・和泉屋市兵衛　後印　5～9編存
386-c

女郎花五色石台　おみなえしごしきせきだい
曲亭馬琴著　歌川豊国画　刊6冊　17.7×11.7　弘化4年序～嘉永2年序　江戸・和泉屋市兵衛　後印　初集上帙上・2編上帙下・3編上下帙存
386-d

女郎花五色石台　おみなえしごしきせきだい
曲亭馬琴著　歌川豊国画　刊1冊　17.6×11.8　弘化5年序　江戸・和泉屋市兵衛　後印　2編上帙上下存
386-e

女郎花五色石台　おみなえしごしきせきだい
曲亭馬琴著　一陽斎豊国画　刊2冊　17.8×11.8　嘉永4年　江戸・和泉屋市兵衛　4集下帙
604

文政再板/女今川梅花文庫　おんないまがわばいかぶんこ
北尾紅翠斎重政画　刊1冊　26.5×18.0　寛政2年　江戸・西村屋与八ほか3肆　刻師・井上進七郎
33

女教訓宝文庫　おんなきょうくんたからぶんこ
刊1冊　26.1×18.5　無刊記　近世中～後期刊
4

女四書芸文図会　おんなししょげいもんずえ
刊1冊　25.9×18.4　文政・天保頃　方簽「曽大家女誡図会」「風」のみ存
167

女大学教草　おんなだいがくおしえぐさ
池田善次郎（東籬）編　溪斎英泉画　刊1冊　25.6×17.8　天保14年　江戸・和泉屋市兵衛　安政頃後印
110

女大学宝箱　おんなだいがくたからばこ
貝原益軒　刊1冊　25.2×17.5　文久3年　大坂・服部屋幸八ほか2肆
63

女大学宝文台　おんなだいがくたからぶんだい
金井耕正書　刊1冊　22.5×15.5　幕末　江戸・西村屋与八　書肆名は見返しによる
219

［女教訓往来物］　おんなていきんおうらいもの
刊1冊　24.9×17.7　近世後期　消息　「女教訓百ヶ条」「女大学百人一首」などから成る　全194丁　口絵奥半山画
104

〔か〕

甲斐叢記　かいそうき
大森快庵著　刊1冊　26.0×18.4　嘉永元年序　温故堂　明治後印　前輯巻1存
182

会談三組盃　かいだんみつくみさかずき
山東京伝著　勝川春扇画　刊1冊　22.2×15.6　文化11年　江戸・山中市兵衛　前編上巻存
478

［家屋図］　かおくず
写1冊　33.4×44.8　文久2年～明治5年写　米沢上萩村ほか
494

神楽歌　催馬楽　風俗歌　かぐら　さいばら　ふうぞくうた
写1冊　24.2×16.7　幕末明治頃写
191

画史会要　がしかいよう
刊3冊　25.0×17.9　大阪・中川藤四郎　明治後印
161

敵討義恋柵　かたきうちちかいのしがらみ
刊3冊　22.2×15.5　近世後期　後編・巻6・7・8存　蔵書印「緑川文庫」
313

敵討賽八丈　かたきうちまがいはちじょう
曲亭馬琴著　歌川国貞画　刊2冊　17.5×11.8　天保11年再刊　江戸・蔦屋吉蔵　上巻欠・中下巻存
388

華頂山大法会図録　かちょうざんだいほうえずろく
刊1冊　22.7×15.8　文化8年　京都・沢田吉左衛門ほか1肆
222

画典通考　がてんつうこう
普斎岡子雉著　橋弁次守国画　刊2冊　22.3×16.0　享保12年　江戸・須原屋茂兵衛ほか1　10巻合2冊
262

仮名手本忠臣蔵　かなでほんちゅうしんぐら
柳水亭種清著　歌川国芳画　刊1冊　16.7×11.8　〔安政6年〕　2編　上巻存　改装本
393

仮名反古一休草紙　かなほうごいっきゅうそうし
柳下亭種員　柳烟亭種久著　歌川国輝画　刊9冊　17.5×11.7　嘉永5年序～万延2年序　江戸・和泉屋市兵衛　2・7～13編存
391

仮名読八犬伝　かなよみはっけんでん
為永春水　曲亭琴台著　歌川国芳画　刊47冊　17.8×11.9　〔嘉永元年〕～安政4年改　江戸・丁字屋平兵衛　3編下～26編存
389-a

仮名読八犬伝　かなよみはっけんでん
為永春水著　歌川国芳画　刊3冊　17.2×11.3　嘉永4年序　江戸・丁字屋平兵衛　後印　11～16編存
389-b

定結納爪櫛　かみかけてちかいのつまぐし
刊3冊　22.4×15.6　文化12年　大坂・河内屋太助ほか1肆　4冊目之巻下・5冊目之巻・（不明　但し5冊目之巻より後）の3冊存　原題簽は存するが、上半分が判然としないので内題による
255-1

定結納爪櫛（目録題による）　かみかけてちかひのつまぐし
刊1冊　22.4×15.6　文化12年　大坂・河内屋太助　絵入　巻3存
255-2

〔花洛細見図〕　からくさいけんず
刊1冊　23.6×17.1　近世中期　後印
297

河内名所図会　かわちめいしょずえ
秋里籬島著　丹羽桃渓画　刊6冊　26.5×18.4　享和元年　大坂・森半太助ほか5肆　前編3巻　後編3巻
93

官職秘鈔　かんしょくひしょう
刊2冊　27.2×19.0　元禄14年　京都・小林半兵衛　幕末後印
140

勧進的之書　かんじんまとのしょ
写1冊　23.9×17.3　明和4年　助門藤九郎（写）
201

勧善青砥演劇譚　かんぜんあおとものがたり
敷雀庵斗文作　一陽斎豊国画　刊6編12冊　17.7×11.8　弘化4年～嘉永2年　江戸・菊屋幸三郎
373- a

勧善青砥演劇譚　かんぜんあおとものがたり
敷雀庵斗文作　一陽斎豊国画　刊1冊　17.6×11.9　弘化4年　江戸・菊屋幸三郎　2編上帙1冊存
373- b

勧善懲悪覗槐機　かんぜんちょうあくのぞきからくり
桜田治助・河竹其水著　歌川国貞画　刊1冊　17.9×11.5　文久2年　江戸・蔦屋吉蔵　初編上存
488

邯鄲諸国物語　かんたんしょこくものがたり
柳亭種彦著　歌川豊国画　刊4冊　17.5×11.7　天保5年～11年　江戸・西村屋与八　初編・3～5編存
392-a

邯鄲諸国物語　かんたんしょこくものがたり
柳亭種彦・笠亭仙果著　歌川豊国画　刊3冊　17.5×11.7　天保12年～嘉永4年　江戸・山本平吉　7～12編存
392-b

邯鄲諸国物語　かんたんしょこくものがたり
柳亭種彦・笠亭仙果著　歌川豊国画　刊5冊　17.7×11.8　天保11年～嘉永5年　江戸・山本平吉　5編下・6編上下・17編下・18編下存　求板後印本
392-c

邯鄲諸国物語　かんたんしょこくものがたり
柳亭種彦著　歌川豊国画　刊2冊　17.7×11.8　天保11年～12年　江戸·山本平吉　6編下·8編下存　求板後印本
392-d

観音経絵抄　かんのんきょうえしょう
刊1冊　26.2×18.7　元文4刊　京都·貝葉書院後印
25

訓読絵入/観音経和談抄　かんのんきょうわだんしょう
刊1冊　25.5×18.8　江戸初期　京都板
29

訓読絵入/観音経和談抄　かんのんきょうわだんしょう
刊1冊　25.6×17.8　江戸·鱗形屋孫兵衛後印　江戸·西村屋与八原刊
130

訓読絵入/観音経和談抄　かんのんきょうわだんしょう
刊1冊　25.7×18.2　江戸·鱗形屋孫兵衛後印　江戸·西村屋与八原刊
131

観音経和談抄　かんのんきょうわだんしょう
刊1冊　26×18.5　天和3　後印
258

観音経和談鈔図会　かんのんきょうわだんしょうずえ
平田止水遺稿　源基定筆記　刊3冊　26.0×18.0　天保4年　京都·堺屋仁兵衛
36

花園校本/観音懺儀　かんのんせんぎ
刊1帖　22.2×10.2　寛政元年　京都·泉太兵衛ほか1肆　折帖
450

西国三十三所/観音霊場記図会　かんのんれいじょうきずえ
厚誉著　西村中和画　刊4冊　25.4×17.7　弘化2年　京·堺屋儀兵衛ほか1肆
149

〔き〕

紀伊国名所図会　きいのくにめいしょずえ
高市志友編述　武内華亭刪訂　西村中和画　渡辺玉壹斎書　刊10冊　25.7×18.2　文化9年和歌山·帯屋伊兵衛　大坂·河内屋太助　うしろ見返しに「発兌書林」として「角丸屋甚助」ほか9肆　刻師·井上治兵衛　樋口源兵衛　山崎庄九郎
17

紀伊国名所図会　きいのくにめいしょずえ
高市志友編述　武内華亭刪訂　西村中和画　渡辺玉壹斎書　刊27冊（前篇10冊　後篇6冊　第3篇7冊　熊野篇4冊）　25.6×18.2　文化9年～嘉永4年刊明治18刊　紀伊·帯屋伊兵衛　大坂·河内屋太助ほか　初編～第3編　熊野編　前篇の刊記　文化9年刊　大坂・河内屋太助　紀伊・帯屋伊兵衛　後篇の刊記　嘉永4年刊　紀伊・帯屋伊兵衛　大坂・河内屋太助ほか2肆　第3篇の刊記　天保9年刊　紀伊・帯屋伊兵衛　大坂・河内屋太助ほか1肆
62

紀伊国名所図会　きいのくにめいしょずえ
高市志友編述　武内華亭刪訂　西村中和画　渡辺玉壹斎書　刊10冊　25.8×18.0　文化9年　大坂·河合屋太助　紀伊·帯屋伊兵衛
91

紀伊国名所図会　きいのくにめいしょずえ
高市志友編述　武内華亭刪訂　西村中和画　渡辺玉壹斎書　刊10冊　25.3×18.2　文化9年　大坂·河内屋太助ほか1肆　幕末後印
159-1

紀伊国名所図会　きいのくにめいしょずえ
刊5冊　25.9×18.3　嘉永4年　紀伊·帯屋伊兵衛　後編　巻3欠
159-2

紀伊国名所図会　きいのくにめいしょずえ
西村中和·小野広隆·上田公長画　刊7冊　26.3×18.3　天保9年　紀伊·帯屋伊兵衛ほか2肆　3編
159-3

鵗鵗藤戸魁　きじのこえふじとのさきがけ
丈阿著　鳥居清満画　刊2巻10丁　16.8×12.8　柱「ふぢともんとう」　改装　題簽欠
350

岐蘓路安見絵図　きそじやすみえず
刊1冊　11.0×16.0　宝暦6年　江戸·万屋清兵衛ほか2肆　近世後期印　巻末に「寛政十一

未正月ヨリ駄賃壱割半増を加ふ」と改刻あり
442

吉岡山観音寺図　きっこうざんかんのんじず
刊1枚　44.0×32.8　摺物
599

帰命本願抄　きみょうほんがんしょう
向阿著　刊1冊　18.4×12.4　天保9年序　明治後印
548

九州諸将軍記　きゅうしゅうしょしょうぐんき
彦城散人編　刊12冊　25.3×17.6　天明8年　大坂・河内屋八兵衛ほか1肆　うしろ見返しに「発行書肆」河合屋喜兵衛ほか11肆の刊記あり　内題「九州軍記」
13

弓道正統巻　きゅうどうせいとうのまき
写1冊　24.0×16.7　近世中期写
209

弓法弓之書　きゅうほうゆみのしょ
写1冊　24.5×17.3　近世中期写　（本奥書）貞享五年・三好七郎兵衛尉貞成書判　浅岡八兵衛殿宛
200

弓法弓之書全　きゅうほうゆみのしょぜん
写1冊　26.7×22.0　近世中期写
202

教育女礼式　きょういくじょれいしき
刊1帖　18.2×12.2　折本　著者・刊行年・発行者等記載なし
670

興歌喚友集　きょうかかんゆうしゅう
鶴廼屋乎佐丸他撰　北川広信・松川半山画　刊1冊　22.2×15.7　天保11年序　大坂・志保山喜祐　浪速雪廼屋蔵板
277

狂歌水滸伝　きょうかすいこでん
塵外楼清澄・福廼屋藤内編　定岡画　刊1冊　22.7×15.4　文政5年序　大坂・豊住幾之助　三重県・豊住伊兵衛　明治後印
241

一休禅師蜷川/狂歌問答　きょうかもんどう
鈍亭魯文著　刊1冊　17.5×11.6　近世後期　江戸・品川屋朝治郎
363

絵入/狂言記　きょうげんき
刊1冊　11.1×16.1　近世後期印　巻2存
452

［京図］　きょうず
池田東籬考正　中村有楽斎画　刊1舗　21.4×15.2　京都・竹原好兵衛　近世後期印
460

敬仏感応鈔　きょうぶつかんのうしょう
刊1冊　26.5×18.9　万延元年序　蔵書印「黒川真頼蔵書」「黒川真道蔵書」
137

法橋/玉山画譜　ぎょくざんがふ
刊1冊　23×15　近世後期　上巻存
320

先進繡像/玉石雑誌続篇　ぎょくせきざっしぞくへん
柳庵栗原氏編　信兆画　刊5冊　26.1×18.1　天保15年　東京・知新堂発兌　後印　栗原孫之丞蔵板
32

義烈百人一首　ぎれつひゃくにんいっしゅ
緑亭川柳著　前北斎卍老人他画　刊1冊　18.2×12.2　嘉永3年　江戸・山口屋藤兵衛　江戸・山口屋藤兵衛ほか11肆後印
334

金華七変化　きんかしちへんげ
鶴亭秀賀著　歌川国貞画　刊12冊　17.7×11.4　安政7年～慶応3年　江戸・辻岡屋文助　後印　初編～24編揃
395-a

金華七変化　きんかしちへんげ
鶴亭秀賀・仮名垣魯文著　歌川国貞画　刊9冊　17.8×11.5　安政7年～明治3年　江戸・辻岡屋文助　後印　初編～29編揃
395-b

金華七変化　きんかしちへんげ
鶴亭秀賀著　歌川国貞画　刊1冊　17.7×11.5　文久3年～元治元年　江戸・辻岡屋文助　15・

16編存
395-c

金華七変化　きんかしちへんげ
鶴亭秀賀著　歌川国貞画　刊1冊　17.8×11.4　慶応3年　江戸・辻岡屋文助　25編存
395-d

琴声美人録　きんせいびじんろく
山東京山著　歌川豊国画　刊2冊　18.0×11.9　嘉永4年　江戸・佐野屋喜兵衛　初編上・6編上下存
394

〔く〕

〔楠二代軍記〕　くすのきにだいぐんき
刊1冊　25.7×17.9　近世中期後印　巻5存　柱刻「楠二」
185

九想詩絵抄　くそうのしえしょう
葛原斎仲通著　刊4冊　22.5×15.6　文化8年　京都・沢田吉左衛門ほか1肆　蔵書印「玖侶社記」
291

〔国芳等戯画集〕　くによしなどぎがしゅう
歌川国芳・豊国等画　刊1帖　36.3×24.3　文化末～嘉永6年
620

群花百人一首和歌薗　ぐんかひゃくにんいっしゅわかのその
池田東籬編　渓斎英泉画　刊1冊　26.8×18.2　嘉永3年　江戸・須原屋茂兵衛ほか6肆　天保7年刊の再刻本
107

〔け〕

支那撰述/華厳法界玄鏡　けごんほっかいげんきょう
澄観述　刊1冊　27.8×19.3　近世後期　和刻本
26

女子風俗/化粧秘伝　けしょうひでん
佐山半七丸著　速水春暁斎画　刊1冊　24×16.1　文化10年　東京・酒井藤兵衛　明治後印　下巻存
308

源氏雲浮世絵合　げんじくもうきよえあわせ
一勇斎国芳画　刊1冊　36.6×24.2　天保14年～弘化4年
636

源平盛衰記図会　げんぺいじょうすいきずえ
秋里籬島輯　西村中和・奥文鳴源貞章画　刊6冊　25.2×18.1　近世後期　京都・勝村治右衛門ほか10肆
50

源平盛衰記図会　げんぺいじょうすいきずえ
秋里籬島編　西村中和・奥文鳴源貞章画　刊6冊　25.3×17.9　寛政12序　大坂・河内屋忠七ほか10肆発行　後印
98

源平盛衰記図会　げんぺいじょうすいきずえ
秋里籬島編　西村中和・奥文鳴源貞章画　刊6冊　25.3×17.7　寛政12序　大坂・伊丹屋善兵衛ほか9肆発行　後印
99

〔源平八嶋合戦〕　げんぺいやしまかっせん
刊1冊　17.6×12.0　幕末　下巻存
600

〔こ〕

絵入/皇朝三字経　こうちょうさんじきょう
鶌鵊斎春水編　葛飾為斎画　刊1冊　18.1×12.2　嘉永6年　江戸・英文蔵ほか3肆
326

延佳神主校正/鼇頭旧事紀　ごうとうくじき
度会延佳校　刊5冊　26.3×18.2　近世後期　延宝6年跋
42

古今和歌/伊勢物語　こきんわかいせものがたり
刊2冊　25.8×18.2　幕末　書名は題簽　上段に古今和歌集　下段に伊勢物語
111

古今和歌集　こきんわかしゅう
刊2冊　22.8×16.2　近世中期　江戸・須原茂兵衛　絵入　2冊を改装合綴　書名は内題による
275

古今和歌集　こきんわかしゅう
刊1冊　15.6×11.1　寛文13年　度々勘兵衛・中野半兵衛　巻下存　東京古書会館和洋会の袋に宛書「目黒区碑文谷3・1江戸のサンタ・マリア　マレガ・マリオ様」とあり
322

国郡全図　こくぐんぜんず
東谿青生元宣編　刊2冊　28.3×19.2　文政11年跋　刊　「平戸藩蔵書」「楽歳堂国書記」ほか印　全図多色刷り
95

古事記　こじき
刊3冊　26.4×18.1　近世後期　貞享4年度会延佳跋
18

古史成文　こしせいぶん
平田篤胤　刊3冊　26.7×18.4　文政6年序　幕末後印
121

頭書訓読/古状揃講釈　こじょうぞろえこうしゃく
一鵬斎芳藤画　刊1冊　18×12　近世後期　江戸・丁字屋平兵衛
324

御所桜梅松録　ごしょざくらばいしょうろく
鶴亭秀賀著　歌川国貞・一猛斎芳虎画　刊5冊　17.7×11.6　万延2年～元治元年　江戸・山田屋庄次郎　2編下・7編上下・8編上下存
397

御所奉公東日記　ごしょぼうこうあづまにっき
万亭応賀著　一猛斎芳虎画　刊5冊　18.5×11.5　嘉永7年序～安政2年序　江戸・山田屋庄兵衛　庄次郎　後印か　初編・2・4・6～8・11・12編存
396

御制法五人組状　ごせいほうごにんぐみじょう
笠原里泉写　写1冊　31.7×21.8　天保3年
85

後撰夷曲集抜書　ごせんいきょくしゅうぬきがき
刊1冊　22.3×15.9　寛延3年　大坂・田原屋平兵衛　序文「時寛延三年・浪速百子堂主人識之」
248

和漢稀世/古銭図譜　こせんずふ
刊1冊　22.2×15.6　安政2年　中川文林堂泉寿　下巻存　大阪・青木嵩山堂ほか2肆　後印
310

古代珍物集　こだいちんぶつしゅう
写1冊　25.0×18.3　幕末　写本　「天明六年閏九月写生椿山生」「文晁縮図」等の語あり
120

滑稽栗毛の弥二馬　こっけいくりげのやじうま
十返舎一九著　一恵斎芳幾画　刊1冊　16.3×11.0　万延2年改　初編存
398

小坪規矩追加　こつぼかねついか
刊1冊　16.0×22.7　享保2年　幕末後印
447

諺臍の宿替　ことわざへそのやどがえ
一荷堂半水著　刊1冊　17.3×11.9　近世後期　九編
354

奉差上五人組御仕置証文　ごにんぐみおしおきしょうもんさしあげたてまつる
写1冊　33.1×23.8　天保6年　羽州村山郡北作村
489

小幡怪異雨古沼　こはだのかいいあめのふるぬま
河竹新七原稿　柳水亭種清綴・歌川国貞画　刊6冊　17.6×11.6　安政7年　江戸・蔦屋吉蔵　初編～3編揃
399

古文孝経　こぶんこうきょう
兼山先生音註　刊1冊　25.6×17.1　安政7年　江戸・小林新兵衛
213

大字/古文孝経正文　こぶんこうきょうせいぶん
太宰春台校　刊1冊　25.9×17.5　嘉永4年　江戸小林新兵衛　再刻
134

御用記　ごようき
写1冊　26.3×18.3　文久2～慶応元年　（羽前国月布村）文書　宗門別改の記事などに付

箋を貼付
86

金比羅参詣名所図会 こんぴらさんけいめいしょずえ
暁鐘成編　浦川公佐画　刊6冊　25.6×18.2　弘化4年　大坂·堺屋定七ほか7肆
71

婚礼祝儀箱 こんれいしゅうぎばこ
鳥羽了怡著　刊1冊　23.4×16.2　天明2年後印
231

〔さ〕

西国三十三所観音霊場記図会 さいごくさんじゅうさんしょかんのんれいじょうきずえ
厚誉春鴬述　辻本基定画　刊5冊　25.0×17.6　弘化2年　京都·堺屋仁兵衛　明治後印　厚誉春鴬作「観音霊験記鈔」の図会
37

罪人捕秘法 ざいにんとりひほう
写1冊　12.6×19.0　享保19年　大福帳
443

咲替蕣日記 さきかえてあさがおにっき
墨川亭雪麿·笠亭仙果著　歌川国輝画　刊12冊　17.7×11.6　嘉永3年序～7年序　江戸·恵比寿屋庄七　後印　初編～3·8·9編存
403

讃岐国名勝図会 さぬきのくにめいしょうずえ
梶原藍渠·梶原藍水著　松岡信正画　刊7冊　26.3×18.5　嘉永7年　大坂·河内屋清七ほか6肆
65

佐野渡雪八橋 さののわたりゆきのやつはし
為永春水著　歌川国貞画　刊1冊　17.7×11.8　万延2年序　江戸·大黒屋平吉　8編上存
401

さよの中山（柱による） さよのなかやま
丈阿著　刊1冊　18×13.1　近世中期　江戸·丸屋小兵衛　2巻10丁　改装　題簽欠
349

山海名産図会 さんかいめいさんずえ
刊2冊　26.1×18.2　幕末後印　巻2·3存
156

山海名産図会 さんかいめいさんずえ
蔀関月画　刊5冊　25.5×18.0　寛政10年　高木遷喬堂·塩屋長兵衛
612

三元生成図 さんげんせいせいず
落合直澄著　刊1冊　24.4×17.9　近世後期　慶応元年跋
16

三七全伝南柯夢 さんしちぜんでんなんかのゆめ
曲亭馬琴著　葛飾北斎画　刊17冊　22.3×15.3　文化5年　江戸·榎本平吉ほか2肆　大阪岡田茂兵衛後印　後編と合17冊
272

算法新書 さんぽうしんしょ
千葉雄七胤秀編　刊1冊　26.0×18.0　文政13年　江戸·西倉弥兵衛ほか6肆
46

〔し〕

重井菱染別小紋 しげのいびしそめわけこもん
為永春水著　歌川豊国·歌川国輝画　刊1冊　17.3×11.3　弘化5年序～嘉永7年序　江戸·伊場屋仙三郎（初・2編）　後印　上州屋重蔵（3・4編）　初編～4編揃
404

四条橋新造記 しじょうばししんぞうのき
刊1冊　22.5×15.5　安政4年跋刊　祇園氏子発願同志坊長　年寄与七ほか19名の募刊
256

実語教絵抄 じつごきょうえしょう
曲亭馬琴作　岡田玉山画　刊1冊　22.3×15.8　文化9年　大坂·河内屋太助ほか2肆
218

実語教童子教 じつごきょうどうじきょう
刊1冊　21.8×15.7　近世後期　江戸·本屋安兵衛　書名は内題による
230

絵入改正/〔実語教童子教〕 じつごきょうどうじきょう
刊1冊　17.6×11.7　柱刻は6丁から「童子教」に変わる　合刻
357

悉曇愚鈔　しったんぐしょう
刊1冊　26.0×19.0　近世中期印　上巻存
179

〔四天王其源〕　してんのうそのみなもと
五柳亭徳弁著　歌川国安画　刊1冊　17.8×11.8　〔文政10年〕　後印　25丁
437

品定五人娘　しなさだめごにんむすめ
山東京山著　一猛斎芳虎画　刊1冊　17.1×11.8　〔安政元年〕　〔江戸・山田屋庄次郎〕　後印　4編下存
406

戯場訓蒙図彙　しばいきんもうずい
式亭三馬著　勝川春英・歌川豊国画　刊3冊　23.0×15.5　文化3年　江戸・上総屋忠助原刊　明治後印
240

島原合戦記　しまばらかっせんき
刊1冊　25.6×18.4　宝永元年　後印　内題「嶋原記　上（下）」
88

釈迦御一代記図会　しゃかごいちだいきずえ
山田意斎著　葛飾北斎画　刊5冊　25.4×17.9　天保10年序　大坂・河内屋茂兵衛ほか1肆　巻1〜5存
166

釈迦八相倭文庫　しゃかはっそうやまとぶんこ
万亭応賀作　歌川国貞画　刊20編38冊　17.7×11.7　安政4年〜明治2年　江戸・上州屋重蔵　重七　37編〜42・43の下・44・46〜55・56の上・57存
434- a

釈迦八相倭文庫　しゃかはっそうやまとぶんこ
万亭応賀作　一陽斎豊国他画　刊27編46冊　17.9×11.7　弘化2年〜慶応4年　江戸・上州屋重蔵　重七　1の下・3・4・5・6・12・15・16・19・19・20の下・22・24の下・25・25の下・26の上・27・34・35・35・36・39・45の下・46の下・50の下・54・56
434- b

釈迦八相倭文庫　しゃかはっそうやまとぶんこ
万亭応賀作　一陽斎豊国他画　刊18編20冊　17.8×11.7　文久2年〜文久4年　江戸・上州屋重蔵　重七　6の下・7の下・8・9・10の下・23の下・32の下・34の下・36の下・37の下・38の上・39の下・40の下・42の下・45の下・50の下・51の上・53の下存
434- c

釈迦八相倭文庫　しゃかはっそうやまとぶんこ
万亭応賀作　一陽斎豊国他画　刊30編60冊　17.7×11.7　弘化3年〜慶応2年　江戸・上州屋重蔵　重七　2〜7・9〜11・11・12・14〜17・19・20・25・26・29〜32・39・40・43・44・53〜55編存
434- d

釈迦八相倭文庫　しゃかはっそうやまとぶんこ
万亭応賀作　一陽斎豊国他画　刊29編58冊　17.7×11.7　天保16年〜安政2年　江戸・上州屋重蔵　重七　初〜12・17〜33編存
434- e

釈迦八相倭文庫　しゃかはっそうやまとぶんこ
万亭応賀作　一陽斎豊国他画　刊16編32冊　17.8×11.7　弘化2年〜嘉永4年　江戸・上州屋重蔵　重七　1〜10・12〜16・20編存　後印本
434- f

釈迦八相倭文庫　しゃかはっそうやまとぶんこ
万亭応賀作　一陽斎豊国他画　刊11編22冊　17.6×11.7　弘化3年〜嘉永6年　江戸・上州屋重蔵　重七　3・4・7〜12・19・20・26編存　後印本
434- g

釈迦八相倭文庫　しゃかはっそうやまとぶんこ
万亭応賀作　一陽斎豊国他画　刊31編62冊　17.7×11.7　嘉永5年〜明治2年　江戸・上州屋重蔵　重七　22〜26・28〜34・37〜49・51〜53・55・57・58存
434- h

釈迦八相倭文庫　しゃかはっそうやまとぶんこ
万亭応賀作　一陽斎豊国他画　刊9編16冊　17.8×11.6　弘化4年〜明治2年　江戸・上州屋重蔵　重七　5・25・27の下・37の上・40・43・54・55・57存
434- i

拾遺/都名所図会　しゅういみやこめいしょずえ
竹原春朝斎画　刊5冊　25.9×18.2　天明7年　大坂・河内屋太助ほか2肆　後印
82-4

拾遺/都名所図会　しゅういみやこめいしょずえ
秋里籬島撰　春朝斎竹原信繁画　刊5冊　25.4×18.2　天明7年　大阪·河内屋太助ほか2肆
79-b

拾遺/都名所図会　しゅういみやこめいしょずえ
秋里籬島撰　春朝斎竹原信繁画　刊5冊　27.2×18.7　天明7年　京都·吉野屋為八
80-2

拾遺/都名所図会　しゅういみやこめいしょずえ
秋里籬島撰　春朝斎竹原信繁画　刊2巻2冊　27.4×18.8　巻2·4存
82

周易彖解　しゅうえきたんかい
吉川祐三著　刊1冊　17.3×12.2　文久2年　大坂·河内屋和助ほか2肆　明和2年自序
327

秀雅百人一首　しゅうがひゃくにんいっしゅ
緑亭川柳著　前北斎卍老人他画　刊1冊　18.1×12.3　弘化5年　江戸·山口屋藤兵衛　江戸·山口屋藤兵衛ほか11肆　後印
333

袖玉武鑑　しゅうぎょくぶかん
刊1冊　7.0×16.3　万延元年　江戸·須原屋茂兵衛
448

袖玉武鑑　しゅうぎょくぶかん
刊1冊　6.6×15.8　天保10年　江戸·須原屋茂兵衛
449

[種子集]　しゅうじしゅう
刊1冊　25.3×17.3　近世前期　「本」（上巻か）冊存　寛文10年識語あり
177

宗統復古志　しゅうとうふっこし
刊1冊　25.5×18.0　近世後期　上巻存
190

〔宗門改他証文〕　しゅうもんあらためほかしょうもん
写1巻　31.1×52.1　宝永元年
779

十勇士尼子柱礎　じゅうゆうしあまこのいしずえ
柳下亭種員著　歌川国輝画　刊1冊　17.9×11.6　〔嘉永5年〕　江戸·恵比寿屋庄七　2編下存
407

十勇士尼子柱礎　じゅうゆうしあまこのいしずえ
仮名垣魯文作　歌川芳虎画　刊1冊　17.8×12.7　文久2年　江戸·恵比寿屋庄七
607

縮画集山水人物花鳥禽獣蟲　しゅくがしゅうさんすいじんぶつかちょうきんじゅうちゅう
写1冊　22.8×16.3　近世後期写
254

里の花川の月/春秋二季種　しゅんじゅうふたきぐさ
三亭春馬著　歌川国直画　刊6冊　18.1×12　江戸·和泉屋幸三郎　初編3冊後編3冊
358

曲亭稗説/旬殿実実記　しゅんでんじつじつき
曲亭馬琴作　一柳斎歌川先醒画　刊12冊　21.9×15.3　安政5年（下編）　大坂·河内屋茂兵衛ほか5肆　上編6冊　下編6冊　上編安政4刊　大坂・河内屋茂兵衛ほか4肆　上の第1冊見返「曲亭新編実実記」　内題「阿旬殿兵衛實實記」
217

新撰早引/匠家雛形　しょうかひながた
刊1冊　22.0×15.3　安政3年　東京·鈴木忠蔵ほか10肆　2編　明治後印　上下　2巻合1冊
223

正信偈訓読図会　しょうしんげくんどくずえ
暁晴翁編　松川半山画　刊3冊　23×15.7　安政3年跋　江戸·英文藏　東京浅倉屋久兵衛後印
267

正信偈訓読図会　しょうしんげくんどくずえ
暁晴翁編　松川半山画　刊3冊　23×15.4　安政3年跋　江戸·英文藏　東京福田屋勝藏ほか9肆　後印
268

聖徳太子伝　しょうとくたいしでん
刊10冊　27.1×18.9　寛文6年　近世前期後印　ただし入れ本あり
113

聖徳太子伝図会　しょうとくたいしでんずえ
西村中和画　刊6冊　26.2×18.4　文化元年　大坂・松本平助　河内屋太助
613

浄土百歌仙　じょうどひゃっかせん
近藤伊一書・画　刊1冊　22.9×15.8　安政3年跋　聖衆来迎菴蔵板
249

書翰初学抄　しょかんしょがくしょう
刊1冊　26.0×18.5　近世後期　巻末は破損
35

[女教往来物]　じょきょうおうらいもの
刊1冊　25.0×18.1　近世後期　大坂・藤屋宗兵衛　「女年中用文章」「百人一首」「女大学」「女実語教」ほかから成る　全178丁
68

[女教往来物]　じょきょうおうらいもの
刊1冊　25.8×18.7　近世後期　「近江八景」「十二月異名并和歌」「古今六歌仙」「源氏香」「百人一首」「女今川」から成る　全108丁
70

[女教往来物]　じょきょうおうらいもの
刊1冊　23.5×17.4　近世後期　表紙欠損　巻首巻末に落丁あり　「女大学」「百人一首」から成る
211

女教小倉文庫　じょきょうおぐらぶんこ
刊1冊　25.1×17.8　幕末　大坂・藤屋九兵衛
105

[女教往来物]　じょきょうおんなおうらいもの
刊1冊　24.6×17.8　大阪・北島長吉ほか2肆　明治後印　刊記のはじめに「大阪偉業館蔵版」とあり　「曲水宴」多色刷り口絵　「古今の烈女」「源氏八景」「百人一首」「女今川」「女大学」「当流女中用文章」「小笠原折形之図」から成る
78

女訓孝経教寿　じょくんこうきょうおしえのことぶき
八隅山人著　刊1冊　25.4×17.8　幕末　江戸・岡田屋嘉七ほか6肆　文政5年序　後印
109

児雷也豪傑譚　じらいやごうけつものがたり
美図垣笑顔他作　香蝶楼国貞他画　刊42編84冊　17.7×12　天保10年～慶応2年　江戸・和泉屋市兵衛　8編2冊欠
409- a

児雷也豪傑譚　じらいやごうけつものがたり
美図垣笑顔他作　香蝶楼国貞他画　刊24編48冊　18.5×12.0　天保10年～慶応2年　江戸・和泉屋市兵衛　初編～3編・5～7編・10編・15～17・20～24・27・31・36・38～42存
409- b

児雷也豪傑譚　じらいやごうけつものがたり
美図垣笑顔他作　香蝶楼国貞他画　刊34編68冊　16.9×11.7　天保10年～万延元年　江戸・和泉屋市兵衛　初編～33編・37編存
409- c

児雷也豪傑譚　じらいやごうけつものがたり
美図垣笑顔他作　国貞他画　刊5編8冊　17.8×11.8　嘉永7年～慶応2年　江戸・和泉屋市兵衛　19～20・29編上・40・41編上存
409- d

児雷也豪傑譚　じらいやごうけつものがたり
美図垣笑顔他作　香蝶楼国貞他画　刊4編7冊　17.8×11.7　万延元年～元治2年　江戸・和泉屋市兵衛　38～40編・42編の下存
409- e

白菊物語　しらぎくものがたり
緑亭川柳著　一猛斎芳虎画　刊1冊　17.7×11.9　嘉永4年　江戸・和泉屋市兵衛　2編下存
410

白縫譚　しらぬいものがたり
柳下亭種員他作　香蝶楼豊国他画　刊71編142冊　17.7×11.8　嘉永2年～明治12年　江戸・藤岡屋慶次郎　広岡屋幸助ほか
411-a

白縫譚　しらぬいものがたり
柳下亭種員他作　香蝶楼豊国他画　刊60編120冊　17.5×11.5　嘉永2年～明治3年　江

戸・藤岡屋慶次郎　広岡屋幸助ほか　61編～71編は欠
411-b

白縫譚　しらぬいものがたり
柳下亭種員作　香蝶楼豊国画　刊4編8冊　17.3×11.8　嘉永2年～嘉永4年　江戸・藤岡屋慶次郎　1・2・5・6編存
411-c

白縫譚　しらぬいものがたり
柳下亭種員作　香蝶楼豊国他画　刊10編20冊　17.7×11.8　嘉永2年～安政4年　江戸・藤岡屋慶次郎　1・2・7～13・24編存
411-d

白縫譚　しらぬいものがたり
柳下亭種員他作　香蝶楼豊国他画　刊14編28冊　17.8×11.8　嘉永2年～慶応3年　江戸・藤岡屋慶次郎　広岡屋幸助　7・8・10～16・18・19・36下・37下・50・52存
411-e

白縫譚　しらぬいものがたり
柳下亭種員作　一寿斎国貞画　刊9編18冊　17.8×11.7　嘉永5年～安政6年　江戸・藤岡屋慶次郎　広岡屋幸助　12・13・17・20・21・24・27・29・30編存
411-f

白縫譚　しらぬいものがたり
柳下亭種員他作　梅蝶楼国貞画　刊8編15冊　17.6×12.0　安政6年～元治元年　江戸・広岡屋幸助　29・31・33～35・36の上・43・44編存
411-g

白縫譚　しらぬいものがたり
柳下亭種員他作　一寿斎国貞他画　刊8編16冊　17.7×11.7　嘉永6年～文久3年　13・14・25・26・29・30・37・38編存
411-h

白縫譚　しらぬいものがたり
柳下亭種員他作　香蝶楼豊国他画　刊17編34冊　17.7×11.7　嘉永2年～慶応3年　3の下・16の下・22～30・30～34・37・53編存
411- i

新靭田舎物語　しんうつぼさともがたり
十返舎一九著　歌川貞秀画　刊2冊　17.8×11.7　嘉永2年　江戸・蔦屋吉蔵　2編上下存
413

教訓/心学図会　しんがくずえ
刊1冊　17.9×11.8　天保14年序　江戸・藤岡屋慶次郎ほか13肆　古賀兵蔵序　後印
337

新局九尾伝　しんきょくきゅうびでん
為永春水著　歌川国貞画　刊7冊　17.5×11.5　慶応2年～4年　江戸・蔦屋吉蔵　初編～14編存
402-a

新局九尾伝　しんきょくきゅうびでん
為永春水著　歌川国貞画　刊1冊　17.5×11.5　〔慶応2年序〕　江戸・蔦屋吉蔵　4編下存
402-b

信玄一代記　しんげんいちだいき
鳥居派か　刊1冊　17.4×12.8　明和頃　黒本
603

神事行燈　しんじあんどん
一筆庵英泉画　刊5冊　24.5×15.9　文政12年序　名古屋・片野東四郎ほか14肆　明治後印　画・初編大石真虎　2編歌川国芳　3編渓斎（英泉）　4編歌川国直　5編一筆庵英泉
214

神事行燈　しんじあんどん
歌川国直画　刊1冊　22.7×15.7　近世後期　名古屋・永楽屋東四郎　4編
215

神事行燈　しんじあんどん
大石真虎・渓斎英泉画　刊3冊　23.7×16.1　近代　京都・芸艸堂　初編・3編・5編存（2・4欠）
216- a

神事行燈初編　しんじあんどん（しょへん）
大石真虎画　刊1冊　23.7×16.1　文政12序　明治後印　有欠
216- b

真宗教要鈔　しんしゅうきょうようしょう
蓮如　刊2冊　25.5×17.4　宝永元年　京都・丁字屋
125

真書千字文　しんしょせんじもん
巻菱湖書　刊1帖　27.3×13.9　天保9年
465

新撰口上茶番　しんせんこうじょうちゃばん
無茶苦茶庵著　刊1冊　17.3×11.5　安政1年序
360

新増補西国奇談　しんぞうほさいごくきだん
為永春水著　歌川国貞画　刊1冊　17.7×11.7　安政5年　江戸・佐野屋喜兵衛　5・6編存
400-a

新増補西国奇談　しんぞうほさいごくきだん
為永春水著　歌川国貞画　刊1冊　17.7×11.5　文久3年・慶応4年　江戸・駿河屋半兵衛　16・17編存
400-b

新増補西国奇談　しんぞうほさいごくきだん
為永春水著　歌川国貞画　刊1冊　17.5×11.5　慶応4年改　江戸・佐野屋喜兵衛原版　明治11年後印　篠田久次郎・堤定吉求板　3編下存
400-d

神代巻　神武巻　じんだいのまきじんむのまき
刊3冊　27.4×19.1　近世中期　下御霊社蔵板　柱刻「山崎嘉政正」
212

神代評撰記　じんだいひょうせんき
日宣著　刊4冊　26.0×18.4　天保3年　第1冊欠
165

人物草画　じんぶつそうが
古澗画　刊2冊　25.9×18.3　享保9年　大坂・寺田与右衛門ほか1肆　近世後期後印　中巻欠
151

人物草画　じんぶつそうが
古澗画　刊1冊　26.4×18.7　近世後期後印　下巻存
169

新編金瓶梅　しんぺんきんぺいばい
曲亭馬琴著　歌川国貞画　刊3冊　17.4×11.4　天保5年～6年　江戸・和泉屋市兵衛　1～3集各上下帙各上下存
412-a

新編金瓶梅　しんぺんきんぺいばい
曲亭馬琴著　歌川国貞画　刊7冊　17.5×11.8　天保5年～12年序　後印　2・3・4集の一部　5～8集存　4集は数丁分残
412-b

新編金瓶梅　しんぺんきんぺいばい
曲亭馬琴著　歌川国貞画　刊2冊　17.5×11.8　天保9年・13年序　江戸・和泉屋市兵衛　後印　5・9集存
412-c

新編金瓶梅　しんぺんきんぺいばい
曲亭馬琴著　歌川国貞画　刊5冊　17.5×11.8　天保5年～13年序　〔江戸・和泉屋市兵衛〕　後印　初集下・4集上・8集上下・9集下存
412-d

新編金瓶梅　しんぺんきんぺいばい
曲亭馬琴著　歌川国貞画　刊1冊　17.5×11.8　天保12年序　江戸・和泉屋市兵衛　後印　8集上下存
412-e

新編金瓶梅　しんぺんきんぺいばい
曲亭馬琴著　歌川国貞画　刊1冊　17.5×11.8　天保5年序　江戸・和泉屋市兵衛　後印　初集下帙下存
412-f

新編金瓶梅　しんぺんきんぺいばい
曲亭馬琴著　歌川国貞画　刊1冊　17.5×11.8　〔江戸・和泉屋市兵衛〕　初集・6・9集のそれぞれ一部分存　綴じキレ　表紙欠
412-g

清明軍談　しんみんぐんだん
青衛主人訳編　刊5冊　25.5×17.8　安政元年序　青衛塾蔵板　見返し「翻訳画本」　口絵は薄墨使用
101

親鸞聖人/御旧跡図彙　しんらんしょうにんごきゅうせきずい
山田信斎著・画　刊1冊　26×18.3　寛延4　大坂・安井弥兵衛
100

〔す〕

随一小諷絵抄　ずいいちこうたいえしょう
田仲宣編　多賀如圭画　刊1冊　21.6×14.8　文化2年　大坂・大野木市兵衛ほか4肆
276

菅原伝授手習鑑　すがわらでんじゅてならいかがみ
鳥居清経画　刊1冊　17.1×12.6　（安永5年）　江戸・村田屋次郎兵衛　4巻20丁合綴　10丁と11丁の間に題簽付の巻3表紙を綴じる
352

〔せ〕

絵詞要略/誓願寺縁起　せいがんじえんぎ
慧明著　東洲画　刊1冊　26.8×18.9　近世後期後印　上巻存
153

声曲類纂　せいきょくるいさん
斎藤月岑編　長谷川雪堤画　刊6冊　26.0×17.2　弘化4年　江戸・須原屋伊八ほか10肆
7

正字玉篇大全　せいじぎょくへんたいぜん
刊1冊　12.4×18.5　天保14年序　江戸・和泉屋市兵衛　山崎美成再校
439

誠忠義臣銘々伝　せいちゅうぎしんめいめいでん
柳亭種彦録　歌川国貞画　刊1冊　17.6×11.6　江戸・藤岡屋慶次郎　表紙恵斎芳幾筆・招禄翁識
345

青楼年中行事　せいろうねんじゅうぎょうじ
十返舎一九作　喜多川歌麿画　刊2冊　22.6×16.0　享和4年　江戸・上総屋忠助
610

青楼年中行事　せいろうねんじゅうぎょうじ
十返舎一九作　喜多川歌麿画　刊2冊　22.6×16.0　享和4年　江戸・上総屋忠助
611

摭古遺文　せきこいぶん
刊1冊　26.8×17.8　享保元年　京都・林権兵衛ほか2肆　近世後期後印　第2冊存
162

世帯平記雑具噺　せたいへいきがらくたばなし
真政画　刊1冊　17.3×11.7　近世後期　江戸・品川屋久助　3巻12丁（上4丁・中4丁・下4丁）
361

真宗/説教五十題略弁　せっきょうごじゅうだいりゃくべん
福田覚城著　刊1冊　17.0×12.0　京都・西村七兵衛　内題は「説教第五号」～「説教第七号」　端本か
591

摂津名所図会　せっつめいしょずえ
秋里籬島著　竹原春朝斎画　刊12冊　25.7×17.7　寛政10年　大坂・森本太助ほか4肆
43

摂津名所図会　せっつめいしょずえ
秋里籬島著　竹原春朝斎画　刊12冊　24.9×17.8　寛政10年　大阪・柳原喜兵衛ほか4肆
90

雪梅芳譚犬の草紙　せつばいほうだんいぬのそうし
笠亭仙果作　一陽斎豊国画　刊22編44冊　17.8×11.6　弘化5年～嘉永7年　江戸・藤岡屋慶次郎　蔦屋吉蔵　初編～14・17・18・25～30編存
380-a

雪梅芳譚犬の草紙　せつばいほうだんいぬのそうし
笠亭仙果他作　一陽斎豊国他画　刊20編40冊　17.7×11.7　嘉永3年～文久2年　江戸・蔦屋吉蔵　11～26・36・37・40・41編存
380-b

雪梅芳譚犬の草紙　せつばいほうだんいぬのそうし
笠亭仙果他作　一陽斎豊国他画　刊6編12冊　17.8×11.7　嘉永6年～安政2年　江戸・蔦屋吉蔵　12・18・23・24・29・36編存
380-d

雪梅芳譚犬の草紙　せつばいほうだんいぬのそうし
笠亭仙果他作　一陽斎豊国他画　刊8編16冊　17.8×11.8　嘉永3年～文久2年　江戸・蔦屋吉蔵　10の下・12の下・14・26・42編存
380-e

雪梅芳譚犬の草紙　せつばいほうたんいぬのそうし
笠亭仙果他作　一陽斎豊国他画　刊16編33冊　17.7×11.7　嘉永5年～　江戸・蔦屋吉蔵　1・2・7・8・9・10・10の下・12・22編存　保存状況破・汚・疲
380-f

三国伝来/善光寺如来縁起　ぜんこうじにょらいえんぎ
刊5冊　22.3×15.5　弘化3年　京都・菱屋孫兵衛　元禄5年版（原刊記）
224

撰極巻　せんごくのまき
写2冊　24.8×17.8　近世後期写　乗馬の書　本奥書　文明九年　斎藤備前入道芳蓮在判ほか天文10年・天文16年・慶長11年・天和2年
192

先陣武蔵鐙　せんじんむさしあぶみ
七曲舎倭金著　一猛斎芳虎画　刊1冊　17.7×11.7　下巻存
414

先代旧事本紀　せんだいくじほんぎ
刊1冊　25.8×18.0　幕末・明治初期後印　巻1・2の1冊存
164

前太平記　ぜんたいへいき
刊41冊　22.2×16.2　江戸中期　（無刊記）　目録1冊　巻1～40（40冊）　全41冊
234

前太平記図会　ぜんたいへいきずえ
西村中和画　刊6冊　26.1×18.1　享和3年　京都・今村八兵衛ほか10肆
114

〔そ〕

双鶴帖　そうかくじょう
刊1冊　31.3×21.7　天保3年　京都・山城屋佐兵衛ほか1肆　書の手本
127

挿花伝書/四方之薫　そうかでんしょよものかおり
未生斎広甫　刊1冊　25.8×18.0　天保15年　大阪・前川文栄堂　明治後印　未生斎広甫法眼蔵板
102

草書淵海　そうしょえんかい
井出臥渓編　刊2冊　25.3×18.5　近世後期印　延宝3年訥斎田宗堅甫序
64

曹大家女誡図会　そうたいかじょかいずえ
浦辺良斎書　村田嘉言画　刊1冊　25.3×18.2　文政11年　大坂・奥田弥助ほか2肆
193

雑談雨夜質蔵　ぞうだんあまよのしちぐら
為永春水著　歌川豊国・歌川国郷画　刊1冊　17.9×11.5　慶応4年改　江戸・若狭屋与市後印　2編下巻存　明治6年の新板目録付載　外題書名脇に「よみ切ばなし」
574

総誉安西法師往生記　そうよあんざいほっしおうじょうき
刊1冊　23×15.8　天保11年跋　三縁山西渓竹叢軒蔵板
278

曽我綉侠御所染　そがもようたてしのごしょぞめ
竹柴言彦・竹柴桃寿著　歌川国貞画　刊2冊　17.5×11.5　文久4年　江戸・蔦屋吉蔵　初編存
426

続著聞集　ぞくちょもんじゅう
刊5冊　26.0×18.3　京都・菊屋喜兵衛　近世後期印　京都・田中屋治助原刊
27

続膝栗毛　ぞくひざくりげ
刊17冊　18.2×12　近世後期　江戸・紙屋利助　初編上巻　2編上巻　3編上巻　4編上巻　5編上・下巻　6編上・下巻　8編下巻　9編上・下巻　10編上・下巻　11編上・下巻　12編中・下巻存
371

其姿紫の写絵　そのすがたゆかりのうつしえ
一陽斎豊国画　刊1帖　28.4×19.4　弘化4年～嘉永5年　江戸・和泉屋市兵衛　表紙に「今

源氏錦絵合」
615

其紫鄙廼俤　そのゆかりひなのおもかげ
一筆菴主人著　歌川豊国画　刊6冊　17.6×11.5　弘化4年～5年　江戸・鶴屋喜右衛門（初編求板・3編合梓）　三河屋鉄五郎求板（初編）太田屋佐吉合梓（3編）　初編～3編存
415-a

其紫鄙廼俤　そのゆかりひなのおもかげ
一筆菴主人著　歌川豊国画　刊6冊　17.6×11.8　弘化4年～嘉永3年　江戸・鶴屋喜右衛門　2・5・6編存
415-b

其紫鄙廼俤　そのゆかりひなのおもかげ
一筆菴主人・笠亭仙果著　歌川豊国画　刊5冊　17.6×11.6　弘化4年～嘉永4年　江戸・鶴屋喜右衛門（初2編）　後印　太田屋佐吉（4・8・9編）　初編・2・4・8・9編存
415-c

其紫鄙廼俤　そのゆかりひなのおもかげ
一筆菴主人・笠亭仙果著　歌川豊国画　刊2冊　17.6×11.8　弘化4年～嘉永3年　江戸・鶴屋喜右衛門　3～6編存
415-d

〔た〕

大学図会　だいがくずえ
沢諠平著　吉田之秀画　刊5冊　25.7×18.4　文化5年　京都・林宗兵衛ほか5肆
126

真像/太閤記図譜　たいこうきずふ
又玄斎南可画　刊1冊　18.4×12　近世後期　江戸・大和屋喜兵衛ほか21肆　初編　宝集堂蔵板
328

大達法師碑銘　だいたつほうしひめい
刊1帖　27.1×13.8　清刊か
466

改正/大日本道中独案内図　だいにっぽんどうちゅうひとりあんないのず
刊1舗　15.2×7.8　天保12年　京都・竹原好兵衛ほか6肆
455

大日本道中細見全図　だいにほんどうちゅうさいけんぜんず
三木光斎　刊1帖　36.6×147.4　弘化5年　江戸・菊水屋忠蔵　若林喜兵衛　大坂屋鍬太郎　地図
641

大般若法則　だいはんにゃほうそく
刊1冊　16.2×13.4　明和9年跋　高野山・山本平六　折帖　明和9年霊瑞南竜跋
441

太平記　たいへいき
刊38冊　27.2×20.1　近世中期後印　第1冊欠
150/150-2,3,4

伊達黒白大評定　だてこくびゃくだいひょうじょう
刊3編合1冊　18.0×12.0　裏表紙「安政三辰年三月下旬伊藤平治」と書付
342

伊達模様紅葉打懸　だてもようもみじのうちかけ
橋本徳瓶著　勝川春扇画　刊1冊　17.4×12.8　文化12年　江戸・森屋治兵衛　初巻柱「三ツあふき」　前・後編6巻30丁を合綴　初～6巻おもて表紙存
353

旅雀我好話　たびすずめあいやどばなし
柳水亭種清著　歌川国貞画　刊4冊　17.5×11.5　安政2年　江戸・蔦屋吉蔵　初編～7編存
416

多宝塔碑　たほうとうのひ
顔真　刊1帖　27.0×13.4　天保11年
530

〔泉田村文書一括〕　たむらむらもんじょいっかつ
写36通　寛政5年～慶応4年
780

〔ち〕

竹林派矢数指南師弟問答　ちくりんはやかずしなんしていもんどう

写1冊　25.2×17.5　江戸中期写　（本奥書）星野差太夫
207

忠勇阿佐倉日記　ちゅうゆうあさくらにっき
松亭金水著　玉蘭斎貞秀画　刊15冊　22.6×15.6　安政2年　江戸・大和屋喜兵衛ほか5肆　初編5巻　2編5巻　3編5巻
271

朝尊者御一代記　ちょうそんじゃごいちだいき
刊1冊　25×17　文政10年序　共紙表紙の紙縒綴じ　芝三田小原氏・田村氏・井口氏跋
265

勅会御式略図　ちょくえぎょしきりゃくず
刊1冊　26.5×18.6　近世後期
31

〔つ〕

追考/中臣祓瑞穂鈔　ついこうなかとみのはらえみずほしょう
刊1冊　27.2×19.2　貞享4重刊　上下2巻と合本
183

造栄桜叢紙　つくりばえさくらそうし
花笠文京校　松園梅彦作　一猛斎芳虎画　刊1冊　17.5×11.6　嘉永5年　江戸・山田屋庄兵衛　後印　6編存
417

辻的書　つじまとのしょ
写1冊　25.0×17.5　江戸中期写　外題下に「浜伝来」と墨書　外題　本文と同筆
205

辻的書　つじまとのしょ
写1冊　34.8×17.2
198-1

〔て〕

木曽義仲/鼎臣録　ていしんろく
瀬川如皐等作　渓斎英泉画　刊3冊　22.6×15.8　文政5年　江戸・越前屋長次郎　巻2・4・5存
287

新撰/てづまの種　てずまのたね
貞芳表紙画　刊1冊　17×12.8　近世後期　大坂・塩屋麦治
365

訂正/篆書字引　てんしょじびき
池永一峰撰　刊1冊　22.7×15.4　弘化3年　江戸・英大助ほか10肆
279

天神記図会　てんじんきずえ
蓮了述　岩瀬蕙谷画　刊5冊　26.0×17.5　慶応元年　京都・石田忠兵衛ほか1肆　内題「天神垂迹要記」
15

天神記図会　てんじんきずえ
蓮了著　岩瀬蕙谷画　刊5冊　25.3×18.0　元治元年序　京都・石田忠兵衛ほか1肆　10巻5冊
96

天神記図会　てんじんきずえ
蓮了著　岩瀬蕙谷画　刊5冊　25.7×17.7　慶応元年　京都・石田忠兵衛ほか1肆
128

〔天保改革後役者絵〕　てんぽうかいかくごやくしゃえ
国芳・豊国画　刊1冊　35.2×23.6　天保14年～嘉永　主に天保改革直後のもの　国芳多し
637

天保新選/永代大雑書万暦大成　てんぽうしんせんえいだいおおざっしょばんれきたいせい
刊1冊　25.2×18.2　天保13年　大坂・敦賀屋九兵衛ほか5肆
69

天満宮実記　てんまんぐうじっき
松亭金水著　刊1冊　22.0×15.0　嘉永5年　江戸・吉田屋文三郎ほか7肆　内題「天満宮御伝実記（てんまんぐうごでんじつき）」
260

〔と〕

東海木曽/両道中懐宝図鑑　とうかいきそりょうどうちゅうかいほうずかん
刊1冊　15.7×11.2　天保13年　江戸・須原屋茂兵衛
440

東海道中膝栗毛　とうかいどうちゅうひざくりげ
十返舎一九　刊15冊　17.6×11.5　近世後期　初編3巻　2編1巻（下存）　3編3巻　4編2巻（上・下存）　5編1巻（上存）　7編1巻（上存）　8編1巻（下存）　9編1巻（上存）　10編2巻（上・下存）
368

東海道中膝栗毛　とうかいどうちゅうひざくりげ
十返舎一九著　刊1冊　18.3×12.5　近世後期　5編1巻（下存）
369

東海道中膝栗毛　とうかいどうちゅうひざくりげ
十返舎一九著　刊1冊　18×11.9　近世後期　江戸・椀屋伊三郎ほか4肆　3編上・中・下巻を合本
370

東海道名所図会　とうかいどうめいしょずえ
秋里籬島編　西村中和画　刊6冊　26.7×18.5　寛政9年　大坂・柳原喜兵衛ほか8肆
56

東海道名所図会　とうかいどうめいしょずえ
秋里籬島編　西村中和画　刊5冊　26.6×18.3　寛政9年　第6巻欠
57

東海道名所図会　とうかいどうめいしょずえ
秋里籬島編　刊6冊　25.4×18.0　寛政9年　江戸・小林新兵衛ほか10肆
188

当甲定め高為別御取箇処（免）　とうさるさだめだかべっしておとりかしょ
写1冊　14.9×18.8　天保中
444

唐詩選画本　とうしせんえほん
石峯先生画　刊5冊　23×15.7　文化2年　江戸・小林新兵衛　五言絶句5巻
266

道中独案内図　どうちゅうひとりあんないず
刊1舗　14.7×7.0　明和8年再板　京都・菊屋喜兵衛　近世後期印
458

東都小石川絵図　とうとこいしかわえず
刊1舗　16.4×9.2　安政4年修　江戸・尾張屋清七　切絵図
454

東都歳時記　とうとさいじき
刊1冊　22.8×16.2　天保8年　「春上」の巻存
221

当南身延御利益　ときにみんみのぶのごりやく
柳水亭種清著　歌川国貞画　刊2冊　17.3×11.5　安政5年　江戸・蔦屋吉蔵　2・3編存
418

出村玉屋/富岡恋山開　とみがおかこいのやまびらき
鈍亭魯文校　為永栄二録　歌川国綱画　刊1冊　17.5×11.8　安政4年序　江戸・大国屋金治郎　上巻存
419

〔な〕

長崎絵図　ながさきえず
享保20年写　題簽に「吉川氏正本　享保20年写」と朱書
639

新板/なぞなぞづくし　なぞなぞづくし
景斎英寿著・画　刊1冊　16.7×11.5　近世後期　江戸・品川屋久助
362

名高手毬調実録　なにたかしてまりうたじつろく
柳水亭種清録　梅蝶楼国貞画　刊1冊　17.7×11.5　安政2年　江戸・蔦屋吉蔵　初編上のみ1冊
430

難波戦記　なにわせんき
写3冊　27.8×20.5　近世中期　大坂冬夏の陣
106

南柯夢優妓舞衣　なんかのゆめおんなまいぎぬ
楽亭西馬著　歌川国芳画　刊1冊　17.5×11.5　嘉永7年～安政2年　江戸・丸屋清次郎　初編～3編存
420

〔に〕

二十四孝評註　にじゅうしこうひょうちゅう
刊1冊　19.1×12.2　天保13年　大坂・秋田屋太右衛門ほか6肆　錦布で改装　「家弟延蔵之書弟没後家君壮太郎保存焉　俊彦」と書付
336

偐紫田舎源氏　にせむらさきいなかげんじ
柳亭種彦著　歌川国貞画　刊9冊　17.5×12.0　天保2年再板～10年　江戸・鶴屋喜右衛門　3・5・9・10・12・18・23上・28・31編存
421-a

偐紫田舎源氏　にせむらさきいなかげんじ
柳亭種彦著　歌川国貞画　刊74冊　17.6×12.0　文政12年再板～天保13年　江戸・鶴屋喜右衛門　初編～34・36・37編存　22～30編取合わせ
421-b

偐紫田舎源氏　にせむらさきいなかげんじ
柳亭種彦著　歌川国貞画　刊9冊　17.6×12.0　天保3年～10年　江戸・鶴屋喜右衛門　7～12・21～23・25～27・29・30編存　巻3は取合わせ
421-c

日蓮大士真実伝　にちれんだいししんじつでん
泰堂小川孝栄撰　雪堤嶽松斎宗一画　刊5冊　26.0×18.5　慶応3年　東京・須原屋茂兵衛　田中吉右衛門校合　東京・日蓮宗大教院蔵板
61

日蓮大聖人御伝記　にちれんだいしょうにんごでんき
刊5冊　25.4×18.2　延宝9年　京都・中村五兵衛　11巻5冊
97

日蓮大菩薩御一代記　にちれんだいぼさつごいちだいき
円明院日澄撰　歌川国丸画　刊2冊　22.7×15.6　文化11年　江戸・岡田屋嘉七
244

日本国開闢由来記　にっぽんこくかいびゃくゆらいき
指漏漁者編　国芳等画　刊1冊　22.6×16.0　万延元年　名古屋・永楽屋東四郎　6巻付1巻合1冊
261

日本書紀　にほんしょき
刊15冊　26.8×18.9　寛文9　八尾甚四郎友春ほか3肆
59

改正大増補/日本道中行程記　にほんどうちゅうこうていき
刊1帖　15.5×6.4　延享5年　大坂・鳥飼市兵衛
453

［日本道中図］　にほんどうちゅうず
池田東籬編　刊1舗　15.1×7.9　近世後期　「弘化三年丙午六月」の識語あり
457

日本百将伝一夕話　にほんひゃくしょうでんいっせきわ
松亭金水撰　柳川重信画　刊12冊　25.7×18.1　近世後期　大坂・河内屋茂兵衛ほか10肆
34

人相小鑑大全　にんそうこかがみたいぜん
喜多村江南軒著　刊1冊　18×12.4　近世後期　大坂・敦賀屋九兵衛
329

〔ぬ〕

濡衣女鳴神　ぬれごろもおんななるかみ
為永瓢長著　歌川国貞画　刊2冊　17.0×11.7　安政2年割印　江戸・辻岡屋文助　万延2年印　初編存
423

濡燕稲妻艸紙　ぬれつばめいなづまそうし
玉川亭調布著　錦朝楼芳虎画　刊6冊　17.6×12.0　嘉永4年　江戸・山田屋庄兵衛　初編～3編揃
422

〔の〕

〔能楽図〕　のうがくず
耕漁画　写66枚　25.8×37.1　箱入り
618

埜居鷹　のずえのたか
万亭叟馬著　葛飾北斎画　刊5冊　22.5×15.8　近世後期　京都・細野十右衛門　内題「由利

稚野居鷹（ゆりわかのずへのたか）」　蔵書印「蓮池文庫」
257

〔は〕

俳諧画譜集　はいかいがふしゅう
黄園五岳撰　刊2冊　18.8×12.7　天保7·8年序　東京·博文館　明治27年印
551

俳人百歌撰　はいじんひゃっかせん
緑亭川柳著　雄斎国輝他画　刊1冊　18.3×12.2　安政2年　江戸·和泉屋市兵衛
335

八犬伝犬の草紙　はっけんでんいぬのそうし
笠亭仙果他作　一陽斎豊国他画　刊50編100冊　17.8×11.4　東京·林芳蔵　蔦屋吉蔵　明治後印　初編～50編
380-c

八犬伝犬の草紙　はっけんでんいぬのそうし
柳亭種彦録　一蘭斎国綱画　刊1冊　17.7×11.7　万延2年　江戸·蔦屋吉蔵　42編1冊存
380-g

八犬伝犬の草紙　はっけんでんいぬのそうし
笠亭仙果録　歌川国貞他画　刊3編6冊　17.3×11.5　文久4年　江戸·蔦屋吉蔵　34～36編存
380-h

八宗起原釈迦実録　はっしゅうきげんしゃかじつろく
鈴亭谷峩著　橋本玉蘭画　刊5冊　22.6×15.3　嘉永7年序　江戸·英文藏　東京嶋屋平七ほか9肆後印
269

花摘籠五十三駅　はながたみごじゅうさんつぎ
柳水亭種清著　歌川国綱画　刊2冊　17.7×11.5　元治元年改　後印　初編～4編存
424

花競三編忠臣蔵評判　はなくらべさんぺんちゅうしんぐらひょうばん
柳水亭種靖著　一陽斎豊国画　刊1冊　18.4×12.2　安政1年　江戸·和泉屋市兵衛
356

花封莟玉章　はなふうじつぼみのたまずさ
三亭春馬·柳亭種彦著　歌川国貞画　刊3冊　17.5×11.5　万延2年～慶応2年　江戸·蔦屋吉蔵　後印　3·4·7～10編存
390-a

花封莟玉章　はなふうじつぼみのたまずさ
三亭春馬著　歌川国貞画　刊1冊　17.5×11.6　安政7年～万延2年　江戸·蔦屋吉蔵　初編～3編存
390-b

花封莟玉章　はなふうじつぼみのたまずさ
柳亭種彦著　歌川国貞画　刊2冊　17.3×11.5　慶応元年～慶応2年　江戸·蔦屋吉蔵　後印　9·10編存　綴糸切れ
390-c

英画口合俄　はなぶさえくちあいにわか
二代目一九重一著　長谷川貞信画　刊1冊　17.3×11.5　近世後期　長崎·紫雲堂　大坂·北国屋豊助　初編
364

花嚢笠梅稚物語　はなみのがさうめわかものがたり
楽亭西馬著　歌川国輝画　刊1冊　17.6×11.6　安政2年　江戸·蔦屋吉蔵　4編存
425

〔春の鶯〕（序文中による）　はるのうぐいす
墨川亭雪麿著　刊1冊　18×11.6　近世後期　江戸·文改堂吉田屋文三郎　色摺り　葦手の描き方を説く
367

番匠作事文章　ばんじょうさくじぶんしょう
刊1冊　18×12.3　近世後期　江戸·亀屋文蔵
323

幡随意上人伝　ばんずいいしょうにんでん
刊1冊　25.6×18.2　文久2年増上寺教音（大徳）序
138

般若心経鈔図会　はんにゃしんぎょうしょうずえ
辻本基定校　寛嶺画　刊1冊　25.9×17.6　天保15年　京都·堺屋仁兵衛
40

般若波羅密多心経疏　はんにゃはらみったしんぎょうしょ
法蔵撰　刊1冊　28.1×18.2　寛永20年　正保2年の識語あり
118

改正刪補日夜重宝/万暦両面鑑　ばんれきりょうめんかがみ
刊1舗　15.9×7.9　弘化4年　大坂・奈良屋吉兵衛ほか2肆
456

〔ひ〕

日置流弓以書之事　ひおぎりゅうゆみもってがきのこと
写1巻　18.0×135　寛文11年
778

東山名勝図会　ひがしやまめいしょうずえ
木村明啓・川喜多真彦編　半山松川安信・春翠四方義休・東居楳川重寛画　刊4冊　26.5×18.7　元治元年　大坂・河内屋喜兵衛ほか全26肆
2

東山名勝図会　ひがしやまめいしょうずえ
刊1冊　26.6×18.8　幕末・明治後印　巻3下存
176

被甲便蒙　ひこうべんもう
刊1冊　22.7×15.9　近世後期
227

美人大原女　びじんおおはらめ
蓬莱山人・西来居未仏著　刊1冊　22×15.3　近世後期　下巻存
314

飛弾匠物語　ひだのたくみものがたり
六樹園飯盛作　葛飾北斎画　刊1冊　22.5×16.0　文化6年　江戸・角丸屋甚助
608

人麿一代記　ひとまるいちだいき
鳥居清満画　刊1冊　16.9×12.8　江戸・蔦屋重三郎　5巻25丁　宝暦10年鱗形屋板『明石松蘇利《あかしのすずり》』の求板・改題本
351

比奈乃都大内譚　ひなのみやこおおうちものがたり
柳亭種彦著　歌川国芳・一猛斎芳虎画　刊2冊　17.6×11.6　万延2年～文久3年序　江戸・恵比寿屋庄七　初編～4編揃
427-a

比奈乃都大内譚　ひなのみやこおおうちものがたり
柳亭種彦著　歌川国芳画　刊1冊　17.8×11.6　万延2年　江戸・恵比寿屋庄七　初編存
427-b

〔百将画伝〕　ひゃくしょうがでん
刊1冊　16.5×12.1　幕末　巻頭巻末欠損　41丁
338

百人一首図会　ひゃくにんいっしゅずえ
田山敬儀著　刊1冊　25.0×17.7　近世後期　巻頭と巻尾の丁が欠
6

百人一首図会　ひゃくにんいっしゅずえ
田山敬儀著　刊3冊　25.7×18.0　文政7年　大坂・秋田屋太右衛門ほか1肆　後印
92

百人一首一夕話　ひゃくにんいっしゅひとよがたり
尾崎雅嘉著　大石真虎画　刊9冊　25.3×18.1　天保4年　大坂・敦賀屋九兵衛　大尾丁のウラに京都・勝村治右衛門（連名の右端）ほか12肆
30

百人一首一夕話　ひゃくにんいっしゅひとよがたり
尾崎雅嘉著　大石真虎画　刊9冊　25.9×18.5　天保4年　大坂・敦賀屋九兵衛　大尾丁ウラ「発行書林」として京都・勝村治右衛門（連名の右端）ほか12肆
38

百人一首一夕話　ひゃくにんいっしゅひとよがたり
尾崎雅嘉著　大石真虎画　刊9冊　25.8×18.4　天保4年　大坂・敦賀屋九兵衛　蔵書印「漆山文庫」
146

百人一首姫小松　ひゃくにんいっしゅひめこまつ
刊1冊　24.4×17.9　嘉永6年　大坂・河内屋太助
67

美勇水滸伝　びゆうすいこでん
一魁斎芳年画　刊1冊　25.1×18.1　慶応2・3年　錦絵画帖　刷題簽　見返し仮名垣魯文撰
87

〔ふ〕

風俗金魚伝　ふうぞくきんぎょでん
曲亭馬琴作　歌川国安画　刊1冊　17.7×11.7　天保10年　5編下編の下
428

笠寺霊験/福聚奇遇　ふくじゅきぐう
鳥有散人著　鷺斎雪中画　刊2冊　22.6×15.9　文政3年　江戸・角丸屋甚助ほか4肆　巻1・5存
306-1

筆廼海四国聞書　ふでのうみしこくのききがき
柳亭種彦著　歌川国貞画　刊3冊　17.6×11.6　文久元年・4年改　江戸・蔦屋吉蔵　明治後印　2編上下・8編下存
405

不動尊愚鈔　ふどうそんぐしょう
刊1冊　26.5×17.5　本屋五郎衛門　近世中期　後印
133

武勇魁図会　ぶゆうさきがけずえ
渓斎英泉画　刊1冊　22.6×15.8　近世後期　初編・第2編2冊合冊
298

分解道胸中双六　ぶんかいどうきょうちゅうすごろく
山東京伝著　北尾重政画　刊1冊　17×12.3　享和3年序　3巻15丁　改装　題簽欠
348

分間江戸大絵図　ぶんけんえどおおえず
金丸影直図　刊1舗　28.5×19.7　天明4年　江戸・須原屋茂兵衛
463

文川画譜　ぶんせんがふ
関文川画　刊1冊　22.5×15.7　安政2年　大坂・河内屋喜兵衛
94

〔へ〕

平家物語　へいけものがたり
刊7冊　26.4×17.8　近世中期　巻5・6・7・8・9・10・12（7冊）存
148

平家物語　へいけものがたり
刊2冊　25.7×19.0　近世前期　巻6・8存
163

平家物語　へいけものがたり
刊9冊　27.3×19.6　延宝5年　京都・書肆堂　巻1・2・4・5・7・8・9・11・12存
174

平家物語　へいけものがたり
刊4冊　28.7×19.9　寛永頃か　巻2・5・8・10存　片仮名本
173-A

平家物語　へいけものがたり
刊1冊　28.3×19.7　近世前期　巻9存　平仮名本
173-B

平家物語図会　へいけものがたりずえ
高井蘭山校　有阪蹄斎画　刊6冊　25.4×17.7　文政12年　江戸・大阪屋茂吉郎ほか2肆　後印　前編　大坂河内屋茂兵衛ほか10肆
103

平家物語図会　へいけものがたりずえ
高井蘭山校　有阪蹄斎画　刊6冊　25.4×17.6　嘉永2年　江戸・大坂屋茂吉郎ほか2肆　後印　後編　大坂河内屋茂兵衛ほか10肆
103

平家物語図会　へいけものがたりずえ
高井蘭山校　有坂蹄斎画　刊6冊　25.5×17.8　嘉永2年　江戸・大坂屋茂吉郎ほか2肆　嘉永2版の後印　大坂河内屋茂兵衛ほか10肆
139

闢邪管見　へきじゃかんけん
杞憂道人（徹定）著　刊1冊　25.7×17.9　万延元年跋　巻下存
184

闢邪集　へきじゃしゅう
杞憂道人徹定訓　刊1冊　25.7×17.9　近世後期　万延元年徹定序　巻上「天学初徴」　巻下「天学初闢」
24

〔ほ〕

豊公遺宝図略　ほうこういほうずりゃく
刊1冊　24.7×17.4　天保3
20

奉射之次第并的絵図　ほうしゃのしだいならびにまとえず
助川藤九郎（写）　写1冊　24.6×17.1　明和4写
197

奉納四国八十八ヶ所霊場巡拝　ほうのうしこくはちじゅうはっかしょれいじょうじゅんぱい
納経帖　1舗
48

北斎画譜　ほくさいがふ
葛飾北斎画　刊1冊　22.5×15.7　近世後期　名古屋・永楽屋東四郎　中編
315

北斎漫画　ほくさいまんが
刊1冊　22.8×15.7　近世後期　名古屋・永楽屋東四郎　九編
316

北雪美談/時代鏡　ほくせつびだんじだいかがみ
為永春水著　歌川国貞画　刊48冊　17.6×11.8　安政2年～明治15年　江戸・若狭屋与市　後印　48編揃
408-a

北雪美談/時代鏡　ほくせつびだんじだいかがみ
為永春水著　歌川国貞画　刊35冊　17.6×11.8　安政2年～元治2年　江戸・若狭屋与市　後印　初編～35編存
408-b

北雪美談/時代鏡　ほくせつびだんじだいかがみ
為永春水著　歌川国貞画　刊3冊　17.4×11.5　安政3年～万延元年　江戸・若狭屋与市　後印　5・6・8・9・20編存
408-c

北雪美談/時代鏡　ほくせつびだんじだいかがみ
為永春水著　歌川国貞画　刊4冊　17.8×11.7　安政3年～万延元年　江戸・若狭屋与市　後印　16・19・21・25編存
408-d

北雪美談/時代鏡　ほくせつびだんじだいかがみ
為永春水著　歌川国貞画　刊8冊　17.1×11.4　安政3年～明治3年　江戸・若狭屋与市　後印　17・19・25・37・40編存　欠丁あり
408-e

北雪美談/時代鏡　ほくせつびだんじだいかがみ
為永春水著　歌川国貞画　刊4冊　17.7×11.5　安政3年～7年　江戸・若狭屋与市　後印　15・19編存
408-f

北雪美談/時代鏡　ほくせつびだんじだいかがみ
為永春水著　歌川国貞画　刊2冊　17.7×11.5　安政3年～7年　江戸・若狭屋与市　後印　4編上・20編下存
408-g

北雪美談/時代鏡　ほくせつびだんじだいかがみ
為永春水著　歌川国貞画　刊5冊　17.7×11.5　安政3年～文久2年　江戸・若狭屋与市　後印　12・25編・26編上存
408-h

北雪美談/時代鏡　ほくせつびだんじだいかがみ
為永春水著　歌川国貞画　刊10冊　17.7×11.5　安政2年～元治元年　江戸・若狭屋与市　後印　初編・13・15・19・21・25・27・29・30・33・34編存
408-i

星月夜顕晦録　ほしづきよけんかいろく
高井蘭山著　蹄斎北馬画　刊1冊　22.4×15.4　文化6年序　大坂・赤志忠七・岡田江津後印　第2編5巻を合刻
280

本化高祖紀年録　ほんげこうそきねんろく
深見要言著　柳斎笑子画　刊10冊　26.6×17.8　寛政7年序　「不染濁堂耟梓」
135

本朝弓馬要覧　ほんちょうきゅうばようらん
刊1冊　22.7×16.2　天明7年　江戸・須原屋茂兵衛　内題「芸術要覧上（下）巻」
245

本朝千字文　ほんちょうせんじもん
貝原益軒校　戸川後学注　刊1冊　26.2×18.6

近世中期　渋川興文館
142

〔ま〕

正成忠戦録　まさしげちゅうせんろく
三亭春馬沢著　立川国郷画　刊1冊　17.7×11.5　安政5年　江戸･蔦屋吉蔵　上下2巻合1冊
429

的場之次第　まとばのしだい
助川藤九郎（写）　写1冊　24.0×16.8　明和4写
199

山水花鳥/漫画早引　まんがはやびき
葛飾為斎画　刊1冊　17.9×12.3　慶応3年　東京･大島屋伝右衛門　いろは順の絵手本
343

〔み〕

御堂祖師縁起　みどうそしえんぎ
刊1冊　23.5×16.8　弘化3年　巻末「弘化三丙午仲夏中浣/発行　張州城南小出君明上梓」
301

身延記　みのぶき
刊1冊　25.7×18.1　江戸･最野亀七　日蓮宗大教院蔵板
477

都名所図会　みやこめいしょずえ
秋里籬島著　竹原信繁画　刊1冊　25.8×18.3　天明6年　大坂･河内屋太助　天明6年再板本の後印（安永9年原刊）　巻6存
141

都名所図会･拾遺都名所図会　みやこめいしょずえ
秋里籬島著　竹原信繁画　刊11冊　25.7×18.1　天明6年　大坂･河内屋太助　天明6年再版本の後印（安永9年原刊）　『拾遺』は天明7年板
147

都名所図会　みやこめいしょずえ
秋里籬島著　竹原信繁画　刊4冊　27.3×18.8　安永9年序　近世後期後印　巻1･2･4･5存
171

都名所図会　みやこめいしょずえ
秋里籬島著　竹原信繁画　刊2冊　27.2×18.6　安永9年　京都･吉野屋為八　近世後期後印　巻1･6存
172

都名所図会　みやこめいしょずえ
秋里籬島著　竹原信繁画　刊6冊　26.0×18.4　近世後期　第6冊（巻6）の大尾～跋丁まで補写　刊記欠
189

都名所図会　みやこめいしょずえ
秋里籬島著　竹原信繁画　刊6冊　25.8×18.3　天明6年　大阪･河内屋太助ほか2肆
79-a

都名所図会　みやこめいしょずえ
秋里籬島著　竹原信繁画　刊6冊　27.2×18.7　安永9年　京都･吉野屋為八
80-1

都名所図会　みやこめいしょずえ
秋里籬島著　竹原信繁画　刊6冊　27.2×18.8　安永9年　京都･吉野屋為八
81-1

拾遺/都名所図会　みやこめいしょずえ
秋里籬島著　竹原信繁画　刊4冊　27.2×18.8　天明7年　京都･吉野屋為八ほか2肆
81-2

都名所図会　みやこめいしょずえ
秋里籬島著　竹原信繁画　刊4冊　27.4×18.8　天明7年　京都･吉野屋為八
82-3

宮本無三四武勇伝　みやもとむさしぶゆうでん
槐亭賀全綴　芳春画　刊1冊　18.2×12.8　万延元年序　巻末欠損
347

恋夫帯娘評判記　みょうとむすびむすめひょうばんき
柳水亭種清著　歌川国貞画　刊1冊　17.5×11.5　安政5年改　江戸･蔦屋吉蔵　初編存　見返に3編のものを用いる
431

〔む〕

娘庭訓金鶏　むすめていきんこがねのにわとり
山東京山著　歌川国貞画　刊1冊　17.2×11.8
安政3年〜7年改　江戸･佐野屋喜兵衛　後印
初編〜5編存
432

[無声詩ほか]　むせいし
刊1冊　27.2×18.7　明治以降後印　『無声詩』
と北尾政美『武者絵』を合刻　『武者絵』は
寛政3原刊　政美絵本の序は「寛政三春東都
散人藤堅梁」　116･117と一具
115

鞭之書　むちのしょ
桑嶋昌房写　写1冊　27.4×20.2　享保10年
絵入写本　天正4本奥書
119

室町源氏胡蝶巻　むろまちげんじこちょうのまき
柳亭種彦･山々亭有人著　歌川国貞･歌川豊国
画　刊47冊　17.7×11.5　文久4年〜明治8年
江戸（東京）･蔦屋吉蔵　初編〜24編上巻存
433-a

室町源氏胡蝶巻　むろまちげんじこちょうのまき
柳亭種彦･山々亭有人著　歌川国貞･歌川豊国
画　刊6冊　17.6×11.5　慶応2年〜明治8年序
江戸（東京）･蔦屋吉蔵　8･21･24編　21編下
欠丁あり
433-c

室町源氏胡蝶巻　むろまちげんじこちょうのまき
柳亭種彦著　歌川国貞画　刊34冊　17.8×
11.7　文久4年〜明治8年序　江戸（東京）
蔦屋吉蔵　初編〜8･11〜19編存　欠丁多し
433-d

〔め〕

伽羅先代萩　めいぼくせんだいはぎ
刊1冊　21.9×15.9　近世後期　大坂･榎並屋
久蔵ほか1肆　袋表「再刻/政岡忠義段」　内
題下「御殿」
225

〔や〕

役者宇津志絵鏡　やくしゃうつしえかがみ
一養斎芳滝画　広貞画　刊1帖　23.9×17.9
幕末　上方役者絵貼り合わせ帖　「伊勢吉」
「川音」（川辺屋音次郎か）の小印あり　書名
は題簽　天保･嘉永頃刊　見立十二支など
123

俳優畸人伝　やくしゃきじんでん
立川焉馬著　歌川国貞画　刊4冊　22.7×15.4
天保4年　江戸･森屋治兵衛ほか2肆　初編2冊
2編2冊　「翫用福引当物画」1枚刷り2葉（明
治45年大分県）を挿む
252

俳優姿見鏡　やくしゃすがたみかがみ
芳滝･広貞画　刊1帖　25.2×18.1　幕末　上
方役者絵貼り合わせ帖　天保･嘉永頃刊「往
古・奇談」ほか
124

安見御江戸絵図　やすみおえどえず
刊1帖　21.1×9.5　宝暦14年　折帖
451

倭人物画譜　やまとじんぶつがふ
山口素絢画　刊6冊　26.4x18.8　文化元年刊
後印
145

倭人物画譜　やまとじんぶつがふ
山口素絢画　刊6冊　26.1×18.0　寛政11年･
文化元年刊　京都･芸艸堂　明治後印　前編3
巻3冊　後編3巻3冊
213-5

大和名所図会　やまとめいしょずえ
秋里籬島著　竹原信繁画　刊7冊　25.9×18.1
寛政3年　大坂･高橋平助ほか3肆
53

大和名所図会　やまとめいしょずえ
秋里籬島著　竹原信繁画　刊7冊　26.2×18.2
寛政3年　大坂･高橋平助ほか3肆
54

大和名所図会　やまとめいしょずえ
秋里籬島著　竹原信繁画　刊7冊　25.5×17.8

寛政3年　大阪·高橋平助ほか3肆
84

大和名所図会　やまとめいしょずえ
秋里籬島著　竹原信繁画　刊6冊　25.8×18.2
寛政3年　大坂·高橋平助ほか3肆　幕末後印
巻3欠
112

大和名所図会　やまとめいしょずえ
秋里籬島著　竹原信繁画　刊4冊　26.3×18.5
寛政3年序　巻1～4存　巻3入れ本
180

山伏問答私考記　やまぶしもんどうしこうき
写1冊　24.7×19.0　文政8年　梅園写　日蓮
宗の説教本
195

〔ゆ〕

唯一神道名法要集　ゆいいつしんとうみょうほうようしゅう
刊1冊　25.8×17.2　明暦元年　京都·林和泉掾
28

弓射之歌　ゆみいのうた
写1冊　24.9×17.5　江戸中期写
203

弓張月春廼宵栄　ゆみはりづきはるのゆうばえ
楽亭西馬著　歌川国輝·一猛斎芳虎画　刊18
冊　17.7×11.7　嘉永4年～慶応3年序　江戸·
恵比寿屋庄七求板　後印　初編～24編揃
435-a

弓張月春廼宵栄　ゆみはりづきはるのゆうばえ
楽亭西馬著　歌川国輝·一猛斎芳虎画　刊32
冊　17.7×11.7　嘉永4年～文久3年序　江戸·
恵比寿屋庄七求板　後印　初編～6上·7·8·
10·13～16·19·20上·21·22編存　状態悪し
435-b

弓張月春廼宵栄　ゆみはりづきはるのゆうばえ
楽亭西馬著　歌川国輝画　刊1冊　17.7×11.9
嘉永4年序　江戸·若狭屋与市　2編存
435-c

弓矢之書　ゆみやのしょ
写1冊　27.4×19.8　江戸中期　全9条
187

弓矢抜書　ゆみやのぬきがき
写1冊　24.0×17.0　江戸中期写　（本奥書）
正徳三年寺元与八郎種昌（ほか4名）
206

弓矢弦目掛合　ゆみやひきめのかけあい
写1冊　24.5×17.4　寛政8年写
204

〔よ〕

吉田流秘伝集　よしだりゅうひでんしゅう
写1冊　23.2×16.8　近世後期写　寛文9年吉
田露水軒識語
289

吉原青楼/年中行事　よしわらせいろうねんじゅうぎょうじ
刊2冊　22.8×15.6　享和4年　東京·大川錠吉
·武田伝右衛門　明治後印　上総屋忠助原刊
250

頼朝義経一代記　よりともよしつねいちだいき
三亭春馬著　歌川国周·歌川国久画　刊1冊
17.4×11.5　〔安政5年以後〕
436

〔り〕

柳塘緝譚　りゅうとうしゅうたん
冨俶輝之編　写2冊　27.1×19.3　近世後期
宝暦10年自序
160

〔ろ〕

老子鬳斎口義　ろうしけんさいくぎ
林希逸　刊2冊　26.8×19.1　宝永6年　江戸·
須原屋茂兵衛　幕末·明治後印　題簽は「訂
正鼇頭/老子経」
122

〔わ〕

若鶴百人一首　わかつるひゃくにんいっしゅ
刊1冊　25.2×17.7　安政3年修　文化10年刊
の修訂補刻本　大坂·藤屋宗兵衛ほか2肆
108

和歌布留の山ふみ　わかふるのやまふみ
城戸千楯著　刊1冊　17.2×11.8　巻3存
346

我宿草　わがやどくさ
太田道灌撰　刊2冊　22.6×15.8　享和2年序　巻中　巻下存
288

和漢衆画苑　わかんしゅうがえん
刊1冊　25.9×17.7　近世後期後印　巻5存
152

図画/和字選拓集　わじせんたくしゅう
源空著　忍海画　刊5冊　26.0×18.1　延享元年
1

童謡妙々車　わらべうたみょうみょうぐるま
柳亭種彦著　歌川国貞画　刊1冊　17.8×11.5　元治2年序　江戸・蔦屋吉蔵　19編存
438

明治期

〔あ〕

東すがた　あずますがた
鶇美宝画　刊1帖　24.0×33.4　明治後期か　東京・滑稽堂
624

美術/東錦絵画帖　あずまにしきえがじょう
楊洲周延画　刊1帖　23.8×35.2　明治31年　東京・福田初次郎
623

教育/東美人十二ヶ月　あずまびじんじゅうにかげつ
楊洲周延画　刊1帖　24.1×35.2　明治期か　東京・良故堂　図上題「十二ひと絵」　621と同板本
622

厚化粧万年嶋田　あつげしょうまんねんしまだ
為永春水作　歌川国貞画　刊2編3冊　17.9×11.8　明治元年　江戸・林吉蔵　3・4の下存
377

あまの羽衣　あまのはごろも
刊1冊　24.9×17.8　明治34年　京都・本田市次郎　「地」冊存
496

淡路国名所図会　あわじのくにめいしょずえ
暁鐘成著　松川半山画　刊5冊　26.0×17.8　明治27年　兵庫県洲本町福浦文蔵（藻文堂）
504

淡路国名所図会　あわじのくにめいしょずえ
暁鐘成著　松川半山・浦川公佐画　刊5冊　25.9×18.4　明治26　27年　兵庫県藻文堂
505

〔い〕

厳島名所しるべ　いつくしまめいしょしるべ
所信文著　雲松画　刊1冊　21.6×14.6　明治30年　広島・江上順吉　見返題「いつくしま名所のしるへ」　洋紙　活版
535

一掃百態　いっそうひゃくたい
渡辺崋山画　刊1帖　25.6×18.8　明治17年　東京・大倉孫兵衛ほか4肆　再版　金楽堂蔵版
514

滋賀県美談/今常磐布施譚　いまときわふせものがたり
松林伯円綴　梅堂国政画　刊2編6冊　17.7×11.9　明治12年　東京・伊勢屋庄之助　大西2・3編存
588

〔う〕

薄俤幻日記　うすおもかげまぼろしにっき
為永春水作　梅蝶楼国貞画　刊4編8冊　17.6×11.7　明治4年〜7年　東京・蔦屋吉蔵　1・2・7・8編存
381

〔え〕

永代大々神楽規則　えいたいだいだいかぐらきそく
写1冊　27.7×18.8　明治15年
515

永代大々神楽規則　えいたいだいだいかぐらきそく
写1冊　27.7×18.8　明治15年
515-1

江戸錦　えどにしき
楊洲周延画　刊1帖　24.8×35.2　明治36・37年　東京・松本平吉
627

画本/西遊記　えほんさいゆうき
口木山人訳　大原東野画　刊1冊　22.7×15.5　明治43年　葵文会　第1のみ1冊　葵文会翻刻　葵文庫か　内題は「絵本西遊記」
749

絵本西遊全伝　えほんさいゆうぜんでん
岳亭丘山著　月岡芳年画　刊4冊　22.4×15.0　明治16年　東京・法木徳兵衛　初編〜4編存　内題「絵本西遊記」
539

絵本太閤記　えほんたいこうき
刊1冊　17.8×11.6　明治4年改　巻4存
561

〔お〕

大岡政談之内　越後伝吉譚　おおおかせいだんのうちえちごでんきちものがたり
大西庄之助著　刊2冊　17.7×11.5　明治　東京・大西庄之助　上下巻合本
567

大久保政だん松前屋五郎兵衛一代記　おおくぼせいだんまつまえやごろべいいちだいき
刊2冊　16.5×11.2　明治13年　東京・沢久次郎　1号　上下2巻
579

おしへのつゑ　おしえのつえ
刊1冊　22.2×15.2　明治　巻末に「京森治彫」とあり
543

小野道風青柳硯　おののとうふうあおやぎすずり
竹田出雲他著　一恵斎芳幾画　刊2冊　22.6×15.1　明治15年　東京・歌舞伎新報社　活版
530

万年青培養秘録　おもとばいようひろく
篠堂五郎誌　刊1冊　22.2×15.1　明治18年　東京・博聞社
232

〔か〕

画学新編第一集　ががくしんぺんだいいっしゅう
富永雄世著　刊1帖　24.1×16.9　明治17　東京・又新堂発兌元　富永雄世・浅野友三郎出板人　売捌東京・大倉孫兵衛ほか22肆　抱背装
485

鹿児嶋伝報録　かごしまでんぽうろく
刊1冊　21.5×14.6　明治10年　東京・樋口繁三郎　第1号
528

〔笠森〕（柱題）　かさもり
春亭史彦著　梅堂国政画　刊1冊　17.7×11.2　明治15年　東京・伊勢屋庄之助　初編下存　表題不明
568

家庭教育/歴史読本　かていきょういく　れきしどくほん
小中村義象・落合直文著　刊12冊　19.0×13.2　明治24年～25年　東京・博文館　1～4・6～9・12編存　第1編（3版）第2編（5版明治27年）の別本あり　活版　洋紙　単葉綴
595

仮名古事記　かなこじき
坂田鉄安撰　刊3冊　26.1×18.5　明治7年　東京・中西忠誠　山梨・内藤伝右衛門ほか9肆
23

〔仮名手本忠臣蔵〕　かなでほんちゅうしんぐら
歌川国貞画　刊1帖　17.5×12.0　明治3年改　江戸・蔦屋吉蔵　折帖　「仮名手本忠臣蔵」を画題とした横小判錦絵12枚揃を画帖に仕立てたもの　後補題簽「KANA TE HON CHU-SHIN-GURA」
554

当蔵狂言/仮名手本忠臣蔵　七段目　かなでほんちゅうしんぐら
写1冊　28.0×18.4　明治5年8月写　第四十九区大登郁若連中（書写）
83

冠註四部録　かんちゅうしぶろく
刊1冊　26.2×19.0　明治9年　明治9年京・出雲寺文治郎版後印本の貝葉書院後印　柱刻「首書四部録」
143

観音経和訓図会　かんのんきょうわくんずえ
松亭中村経年撰　葛飾北斎画　刊1冊　22.4×15.4　明治24年　京都・村上勘兵衛　文久2年再刻本の補刻
246

西国坂東秩父/観音霊験記　かんのんれいげんき
万亭応賀著　国政画　刊1冊　18×12.2　明治15年　東京・児玉弥吉蔵出板人　「秩父三十四番まで」1巻存
340

〔き〕

新撰/規矩階梯　きくかいてい
江崎規定著　刊1冊　17.5×12.5　明治15年　新潟・室直三郎　下冊存　銅版
549

記主禅師行状絵詞伝　きしゅぜんじぎょうじょうえことばでん
吉水玄信著　刊3冊　25.8×17.6　明治18年　江戸・山口屋佐七ほか3肆　関東総本山蔵板
484

記主禅師行状絵詞伝　きしゅぜんじぎょうじょうえことばでん
吉水玄信著　刊3冊　26.2×18.3　明治18年　東京・山口屋佐七　「関東総本山蔵版」
507

教育東美人十二ヶ月　きょういくあずまびじんじゅうにかげつ
刊1冊　24.1×17.9　明治　東京・良古堂
490

教訓画　きょうくんが
長谷川寿美　刊1帖　23.5×17.8　明治29年　東京・長谷川寿美
541

暁斎画談　きょうさいがだん
河鍋暁斎画　瓜生政和編　刊4冊　25.4×17.5　明治20年　東京・岩本俊出板人　内篇外篇各2巻　大阪・松村九兵衛ほか51肆売捌
22

暁斎画談　きょうさいがだん
瓜生政和著　河鍋暁斎画　刊4冊　25.4×17.5　明治20　江戸・岩本俊出版人
482

暁斎酔画　きょうさいすいが
河鍋暁斎画　刊1帖　16.8×11.7　明治15年～17年序　東京・求古楼新書房　初編～3編合冊
590

義烈回天百首（見返）　ぎれつかいてんひゃくしゅ
染崎延房編　鮮斎永濯画　刊1冊　18.1×12.3　明治7年　岩崎氏蔵板　東京・辻岡屋文助発行
547

今古実録/赤穂精義参考内侍所　きんこじつろく　あこうせいぎさんこうないしどころ
一恵斎芳幾（表紙絵）画　刊5冊　22.7×14.9　明治15年　東京・栄泉社山内文三郎　1～5巻存　活版
531

吟光漫画　ぎんこうまんが
安達吟光画　刊1冊　22.4×15.2　明治34年35年再印　大阪・鈴木常松
538

孝貞節烈近世名婦伝　きんせいめいふでん
岡口霞舩編　伊藤静斎画　刊2冊　18.5×12.3　明治14年　東京・大川錠吉
587

〔く〕

呉竹　くれたけ
市田弥一郎編　刊1冊　31.3×22.2　明治35年　京都・市田商店
469-a

呉竹　くれたけ
市田弥一郎　刊1冊　31.3×22.2　明治35年　京都・市田商店
469-b

〔け〕

慶安太平記/正雪一代記　けいあんたいへいき　しょうせついちだいき
刊2冊　17.4×11.4　明治　上下巻合本
569-a

慶安太平記/正雪一代記　けいあんたいへいき　しょうせついちだいき
刊2冊　17.4×11.4　明治　上下巻合本　569-aの後印本　明治24年の識語があり刊行はそれ以前
569-b

実説慶安太平記　けいあんたいへいき
刊1冊　17.0×11.5　明治24年　東京・鎌田在明　桜表紙銅板
584

掲燈院小祥薦事会記　けいとういんしょうじょうせんじかいき
白山人画　刊1冊　19.8×12.7　明治32年序　序末「明治三十二年己亥五月/平斎生平蔵」跋末「己亥之夏　天江七十五翁欽」
592

月耕随筆　げっこうずいひつ
尾形月耕画　刊1帖　35.4×24.0　明治30・32年　東京・松本平吉
629

雪月花/現時五十四情　他　げんじごじゅうよんじょう
楊洲周延・豊原国周画　刊1冊　35.7×23.2　明治17・18年　小林鉄次郎　題簽「東のにしき」と墨筆
634

〔こ〕

好古事彙　こうこじい
刊2冊　25.4×18.2　明治42年　東京・青山堂書房　第1・2集
476

好古事彙　こうこじい
刊2冊　25.3×18.1　明治42年　東京・青山堂書店　第1集　第2集　好古社編纂部
495

好古類纂　こうこるいさん
好古社編　刊2冊　23.0×15.4　明治　東京・好古社事務所　〔外題〕好古類纂　儀礼上［下］
646

好古類纂　こうこるいさん
刊1冊　23.0×15.3　明治35年　東京・青山清吉　第8集　編纂者　好古社編纂部
527

巷説児手柏　こうせつこのてがしわ
高島藍泉著　落合芳幾画　刊2編合1冊　17.7×11.7　明治12年　東京・武田伝右衛門
593

校定古事記　こうていこじき
刊3冊　26.2×17.8　明治44年　東京・皇典講究所　皇典講究所蔵版　活版
503

高名合戦記　朝鮮征伐　こうみょうかっせんき　ちょうせんせいばつ
孟斎芳虎画　刊1冊　17.3×11.6　明治2年改　柱題「朝」
570

国語読本　こくごとくほん
刊4冊　22.3×14.8　明治35年　東京普及会
巻1･2･4･5存　尋常小学校用　訂正4版
521

国語読本　こくごとくほん
刊2冊　22.3×14.7　明治35年　東京普及会
巻5,6存　高等小学校用　訂正4版
521-1

国語読本　こくごとくほん
刊2冊　22.3×14.9　明治33年　東京普及会
巻6,7存　訂正再版
522

国民修身書　こくみんしゅうしんしょ
安積五郎･田中登作著　刊1冊　22.4×14.6
明治26年　東京普及会　訂正再版
520

増訂/古語拾遺　こごしゅうい
古川躬行校　刊1冊　25.6×18.1　明治5年
大坂･柳原喜兵衛
21

古語拾遺　こごしゅうい
刊1冊　26.7×18.4　明治3年序　気吹舎藏版
題簽「新/刻　古語拾遺」
129

校訂/古事記　こじき
田中頼庸校訂　刊3冊　25.8×17.9　明治20年
東京･会通社
497

故実叢書　こじつそうしょ
今泉定介編　刊5帖　36.3×25.2　明治　東京
･吉川弘文館　折本　輿車図考附図（小杉榲邨）〔甲乙･2帖　明治33年〕･冠帽図会〔2帖
明治32年発行〕･鎧着用次第　奥付等なし
711

故実叢書　こじつそうしょ
今泉定介編　刊6冊　23.0×15.5　明治　東京
･吉川弘文館　和装　本朝軍器考（新井君美）
〔1冊〕･本朝軍器考附図〔1冊〕･歴世服飾考
（田中尚房）〔4冊巻2～巻5〕　奥付等なし
747

故実叢書/輿車図考　こじつそうしょこしぐるまずこう
松平定信著　刊1冊　23.0×15.4　明治33年
東京･吉川弘文館
510

故実叢書/輿車図考　こじつそうしょこしぐるまずこう
松平定信著　刊1冊　23.0×15.4　明治33年
東京･吉川弘文館
511

故実叢書/装束着用図　こじつそうしょしょうぞくちゃくようず
伊勢貞丈著　刊2冊　25.3×18.2　明治37年
東京･吉川弘文館
509

故実叢書/礼服著用図　こじつそうしょれいふくちゃくようず
刊1冊　25.1×18.1　明治36年　東京･吉川弘文館
508

古代/礼服着用図　こだいれいふくちゃくようず
刊1帖　25.1×18.2　明治　故実叢書の附録？
512-b

滑稽人物画　こっけいじんぶつが
刊1冊　18.2×12.0　明治27年　東京･松井方利
540

古流生花/御代のうるほひ　こりゅういけばなみよのうるおい
柴野理博著　刊2冊　25.8×18.5　明治41年
石川県金沢市近八書房
506

〔さ〕

祭典作業略式　さいてんさぎょうりゃくしき
愛知県社以下神職取締所生徒寮編　刊1冊
23.3×15.7　明治28年　愛知県社以下神職取締所生徒寮発行　愛知県･森福三郎印刷
544

桜田日記　さくらだにっき
刊1冊　17.2×11.2　明治　東京･辻岡屋文助
柱題「桜田」　下巻のみ存
571

参考石山軍記　さんこういしやまぐんき
一恵斎芳幾（表紙絵）画　刊6冊　22.8×15.0
明治16年　東京･広岡幸助出版　東京･栄泉社

山内文三郎発兌印行　活版
532

三条実美公履歴　さんじょうさねとみこうりれき
東久世通禧詞書　田中有美画　刊5冊　27.0×18.5　明治40年　東京・三条実美公履歴発行所　旋風葉
492

三条実美公履歴　さんじょうさねとみこうりれき
東久世通禧詞書　田中有美画　刊5冊　27.0×18.5　明治40年　東京・三条実美公履歴発行所　旋風葉
493

〔し〕

敷嶋文庫/噂之橘　しきしまぶんこ　うわさのたちばな
柳条亭花彦著　月岡芳年画　刊1冊　18.1×12.2　明治18年　東京・千葉茂三郎出版　稗史出版共隆社発兌　明治19年別製本再印　活版　洋装　ボール表紙
552

四季の眺め　しきのながめ
宮川春汀画　刊1帖　35.4×24.8　明治31年　東京・秋山武右ヱ門
633

四国征伐　しこくせいばつ
永島辰五郎著　刊2冊　17.3×11.3　明治　東京・加賀屋吉兵衛　1号・2号
562

四声句読/五部九巻要文/二蔵二教略頌　ししょうくとうごぶくかんようもんにぞうにきょうりゃくじゅ
刊1冊　22.5×15.3　明治3年　京都・豊田熊太郎・沢田吉左衛門　2種を合刻　華頂山蔵板
282

四千両小判梅葉　しせんりょうこばんのうめのは
吉村新七著　刊1冊　18.3×12.4　明治21年　東京・歌舞伎新報社　作者は河竹黙阿弥　売捌所：綱嶋亀吉・栄泉社商店　上の巻〔表紙〕
742

七十一番歌合　しちじゅういちばんうたあわせ
刊3冊　26.1×17.4　明治　東京・温故学会　郡書類従五百三の上・中・下
5

七十一番歌合　しちじゅういちばんうたあわせ
刊2冊　26.3×17.5　明治以降　群書類従巻第五百三
144

釈迦御一代記図会　しゃかごいちだいきずえ
刊合1冊　25.5×17.8　明治17年　大坂・柳原友七　明治の覆刻か
502

八宗起原/釈迦実録　しゃかじつろく
鈴亭谷峩著　橋本玉蘭画　刊5冊　22.8×15.8　明治16年　名古屋・梶田勘助出版人　嘉永7年序　江戸板の重刻
295

釈迦八相倭文庫　しゃかはっそうやまとぶんこ
万亭応賀著　刊1冊　18.1×12.1　明治　洋紙活版　第12編～第18編まで　活版　改装本　奥付なし　題簽：釈迦八相/倭文庫　三　自12編至18編〔墨書〕　嶋津五右衛門〔見返し墨書〕　装再綴　忠誠/明治二十六年陰暦吉辰/購得之〔ウラ見返し墨書〕
598

Japanese Wedding Ceremonies Old and New　Mrs. R.Curizuka　刊1冊　17.9×25.4　明治37年　東京・小川写真製版所　著作・発行・印刷栗塚龍
557

古今対照/習画帖　しゅうがじょう
刊1冊　25.3×17.8　明治34年　東京・博文館　坤冊存
154

集古十種　楽器之部　しゅうこじっしゅ
刊2冊　22.8×15.5　明治　〔郁文舎〕　端本　活版
546

歴史参考/集古図譜　しゅうこずふ
好古社出版部編輯　刊1冊　26.4×19.0　明治39年　東京・青山堂書房　文永堂書房　和装　タイトルは目録題による　替表紙
647

新編/修身教典　しゅうしんきょうてん
刊3冊　22.2×14.6　明治33年　東京普及会

尋常小学校用　巻2・3・4存　訂正再版
519

十二ひと絵　じゅうにひとえ
楊洲周延画　刊1帖　24.0×35.2　明治30年　東京・長谷川寿美
621

小学読本　しょうがくとくほん
文部省編　刊1冊　20.1×13.6　明治8年　大坂師範学校　巻4存
516

新撰/小学読本　しょうがくとくほん
刊1冊　22.3×14.7　明治26年　東京・阪上半七　編述者　育英舎　巻3存　訂正再版
523

新撰/小学読本　しょうがくとくほん
刊1冊　22.4×14.7　明治26年　東京・阪上半七　巻6
525

上等葬祭図式　じょうとうそうさいずしき
常世長胤著　刊1冊　26.7×18.5　明治7年序
132

[女訓宝文庫]　じょくんたからぶんこ
刊1冊　23.5×16.7　明治　大坂・中野啓蔵　小信画多色刷口絵　「立画百人一首」「女今川」「女大学」から成る　全101丁
66

諸流秘伝/生花独稽古　しょりゅうひでん　いけばなひとりげいこ
沢口寛一著　刊3冊　17.6×12.0　明治35年　大阪・鐘美堂本店　東京・鐘美堂支店　1・3・4巻存　銅版
589

白井権八一代話　しらいごんぱちいちだいばなし
大西庄之助著　刊1冊　17.6×11.6　明治　東京・伊勢屋庄之助　柱題「権八」　下巻存
572

新局九尾伝　しんきょくきゅうびでん
為永春水著　歌川国貞　一猛斎芳虎画　刊6冊　17.5×11.5　明治2年～3年　江戸・蔦屋吉蔵　9～11編存
402-c

神社祭式　じんじゃさいしき
刊1冊　26.1×18.1　明治8年　江戸・山口屋佐七
483

信州川中島烈戦記　しんしゅうかわなかじまれっせんき
刊2冊　17.8×11.4　明治13年　東京・荒川吉五郎　上下巻合本
573

神道禊派/神葬祭略式　しんそうさいりゃくしき
坂田安治著　刊1冊　22.8×15.5　明治15年　神道禊教本院蔵版
499

新増補西国奇談　しんぞうほさいごくきだん
為永春水著　歌川国貞画　刊1冊　17.5×11.5　明治4年序　江戸・加賀屋吉兵衛　後印　19編存
400-c

翻刻/評注校正/神皇正統記　じんのうしょうとうき
藤原真彦校正　刊6冊　24.0×17.3　明治15年　京都・大谷仁兵衛原版主　大阪・伊藤猪次郎翻刻人　慶応元年自跋
14

〔せ〕

絵本実録/関ヶ原合戦　せきがはらかっせん
刊1冊　16.5×11.5　明治24年　東京・牧金之助　桜表紙銅板
585

昔日新話/小倉山青樹栄　せきじつしんわ　おぐらやまあおきのさかえ
泉竜亭是正著　桜斎房種画　刊1冊　17.5×11.7　明治11年　東京・小林鉄次郎　初編下存
566

善悪児手柏　ぜんあくこのてがしわ
柳水亭種清著　安達吟光画　刊1帖　17.6×11.6　明治18年　東京・山本与市　明治18年山本与市板横小判錦絵20枚を画帖に仕立てたもの
553

前賢故実　ぜんけんこじつ
菊池容斎著　刊20冊　25.8×18.2　明治　後印　東京・吉川半七
501

〔そ〕

五十三次/草鞋日記　そうあいにっき
伊藤銀月著　刊1冊　18.6×12.8　明治40年　東京・金尾文淵堂　厚紙表紙　表紙に「花廼舎蔵書」と墨書
732

新訂/草木図説　そうもくずせつ
飯沼慾斎著　刊4冊　26.5×18.0　明治8年　岐阜県大垣飯沼龍夫蔵板　安政3年原刻の増訂版
486

〔た〕

太閤記之内　賤ヶ嶽大合戦　たいこうきのうち　しずがたけおおかっせん
刊2冊　16.5×11.3　明治20年　東京・沢久次郎　上下2巻　柱題「しづがたけ」
565

太閤記之内　中国引返　たいこうきのうち　ちゅうごくひきかえし
刊2冊　17.6×11.5　明治　上下2巻　下巻末欠　内題「太閤記之内中国引返ヨリ山崎迄」　柱題「山崎」
563

太閤記之内　山崎合戦　たいこうきのうち　やまざきがっせん
刊2冊　16.0×11.0　明治　上下2巻　内題「太閤記之内山崎合戦3（4）号」
564

大葬図鑑　たいそうずかん
刊1冊　18.8×25.8　明治30年　京都・便利堂書店
685

大通世界　だいつうせかい
幸堂得知標註　刊1冊　23.8×15.2　明治24年　東京・春陽堂
491

大日本海陸/里程全図　だいにっぽんかいりく　りていぜんず
戸村御胤著　刊1鋪　17.9×12.5　明治19年　東京・稲田佐兵衛　畳物　銅版
556

校訂/太平記　たいへいき
刊1冊　19.4×13.5　明治43年　東京・博文館　17版　続帝国文庫第11編
741

太宰府神社御略伝　だざいふじんじゃごりゃくでん
刊1冊　21.8×14.7　明治19年　福岡県・西高辻信厳出版人　太宰府神社社務所蔵板
481

〔伊達〕（柱題）　だて
刊1冊　17.4×11.6　明治　東京・金英堂　上巻存　伊達騒動ものの明治合巻　表題記載の巻を逸している
575

玉藻前道春館の段　たまものまえどうしゅんやかたのだん
刊1冊　27.6×20.6　明治44年　大坂・加島屋竹中清助
480

〔ち〕

中古諸名家美人競　ちゅうこしょめいかびじんくらべ
福井月斎著　刊1帖　26.0×19.2　明治期　京都・芸艸堂　刊年等記載なし
649

新刻改正/中庸後藤点　ちゅうよう（ごとうてん）
刊1冊　24.6×17.7　明治
75

千代田之御表　ちよだのおんおもて
楊洲周延画　刊1帖　34.7×23.6　明治30年　東京・福田初次郎
628

千代田の紫　他　ちよだのむらさき
豊原国周画　刊1帖　35.6×23.2　明治30年
631

椿説弓張月　ちんせつゆみはりづき
曲亭馬琴著　刊4冊　22.7×15.5　明治43～44年　葵文会　葵文会翻刻葵文庫か
748

椿説弓張月　ちんせつゆみはりづき
曲亭馬琴著　刊1冊　22.7×15.5　明治43年　葵文会　第1のみ1冊　葵文会翻刻葵文庫か
753

〔て〕

天一坊大岡政談　てんいちぼうおおおかせいだん
守川音次郎著　守川周重画　刊2冊　17.3×11.4　明治12年　東京·加賀屋吉兵衛
577

天地人祝詞祭文　てんちじんのりとさいもん
岡熊臣著　刊1冊　26.0×17.8　明治13年　東京·吉岡十次郎　多頭之屋蔵版
136

〔と〕

東叡山農夫願書　とうえいざんのうふのねがいしょ
梅堂国政（表紙絵）画　刊2冊　16.6×11.4　明治21年　東京·沢久次郎
576

東海道名所図会　とうかいどうめいしょずえ
秋里籬島著　刊1冊　22.7×15.5　明治43年　葵文会　第1のみ1冊　葵文会翻刻葵文庫か
751

茨城常盤公園攬勝図誌　ときわこうえんらんしょうずし
水戸松平俊雄　刊2冊　23.2×14.5　明治18年　北沢清三郎
542

参考/徳川十五代記　とくがわじゅうごだいき
瓜生政和閲　和田定節編　本田翠淵画　刊6冊　18.2×12.0　明治12年　東京·熊谷庄七
594

訂正尋常小学/読書教本　どくしょきょうほん
刊1冊　22.2×14.6　明治28年　東京普及会　巻4　訂正3版
526

〔な〕

長崎県管内全図　ながさきけんかんないぜんず
西敬編集　38.6×48.0　明治20年　大阪·吉岡平助　甲乙·2図　長崎県管内全図·長崎市街全図　袋入り　吉田宝文軒蔵版〔袋〕　THE MAP OF THE NAGASAKIKEN〔袋〕　売捌：松尾双松堂〔長崎〕·鶴野常蔵〔長崎〕
672

奈類美加多　なるみがた
小田切春陵画　刊1冊　23.7×16.0　明治38年　凡例　続編上巻存　整板機械印刷　日本橋高島屋蔵書印あり
536

〔に〕

偐紫田舎源氏　にせむらさきいなかげんじ
柳亭種彦作　歌川国貞画　刊1冊　22.7×15.5　明治43年　葵文会　第1のみ1冊　葵文会翻刻葵文庫か　内題は「絵本西遊記」
750

日光名勝/十二景図　にっこうめいしょうじゅうにけいず
長谷川竹次良画　刊12枚　24.6×17.5　明治　栃木·小林次郎　錦絵
462

日清戦争絵巻　にっしんせんそうえまき
刊1冊　24.9×16.1　明治28年　江戸·春陽堂　第3号「成歓之巻」
473

実験/日本修身書　にほんしゅうしんしょ
渡辺政吉編　刊1冊　22.5×14.6　明治28年　東京·金港堂書籍株式会社　巻1·2　尋常小学生徒用
524

日本諸礼式　にほんしょれいしき
岡野英太郎　刊1冊　21.8×14.8　明治43年　東京·聚栄堂　大川屋書店　11版
678

日本名画鑑　藤原時代之部　にほんめいがかがみ
田中茂一著作編輯　刊3帖　25.0×18.5　明治31年　田中茂一　鳥羽僧正覚猷筆信貴山縁起（上·中·下）
49

日本歴史図解　にほんれきしずかい
麻生武平編輯　刊2冊　29.6×23.2　明治23年　東京·丸善商社書店　和装　英題Pictures of Ancient Japanese History　扉題「日本歴史

図解」　上世紀第1巻［第2巻］
660

〔の〕

能楽図会　のうがくずえ
耕漁画　刊1帖　24.6×36.4　明治31･32年　松木平吉　能楽38種の図
617

祝詞式正訓　のりとしきせいくん
平田鉄胤著　刊2冊　26.4×18.3　明治　明治2年鉄胤序
58-a

祝詞式正訓　のりとしきせいくん
平田鉄胤著　刊1冊　26.5×18.4　明治9年版権　東京･平田胤雄出版人　明治2年鉄胤序
58-b

〔は〕

白龍山人画譜　はくりゅうさんじんがふ
刊1冊　25.7×15.4　明治19年序　「地」冊存
513

絵本実録/八幡太郎一代記　はちまんたろういちだいき
刊1冊　16.9×11.5　明治23年　東京･牧金之助　桜表紙銅板
586

はなかさね　はなかさね
市田弥一郎編　刊1冊　31.3×22　明治31　京都･市田商店
470

花御所九重日記　はなのごしょここのえにっき
鶴亭秀賀著　歌川国輝画　刊2冊　17.7×11.5　明治5年改　慶応2年序　江戸（東京）･辻岡屋文助　初編上･2編上存
464

万工画式　ばんこうがしき
新井碧潭著　刊1冊　18.1×12.2　明治　東京･勧文堂　洋紙　石板　奥付は売捌半丁のみ
596

万物雛形画譜　ばんぶつひながたがふ
鮮斎永濯画　刊1冊　22.6×15.1　明治15年　東京･江藤喜兵衛　5編存
537

万葉小謡万歳楽　ばんようこうたばんざいらく
中村浅吉編輯　刊1冊　17.3×12.1　明治35年　京都･風月庄左衛門　同･風祥堂書店売捌　洋紙　銅版　見返し題：葉小謡万歳楽　内題：万宝小謡千秋楽　柱題：小うたひ　尾題：新刻/万葉小諷万歳楽［ばんようこうたひばんざいらく］
597

〔ひ〕

標注漢文入門　ひょうちゅうかんぶんにゅうもん
深井鑑一郎編　刊1冊　22.6×15.1　明治26年　東京･吉川半七　訂正2版　明治25年第1版　活版
517

平田篤胤　ひらたあつたね
大和田建樹著　刊1冊　22.5×15.0　明治32　東京･博文館　日本歴史譚第18編　附録：本居宣長　奥付等なし　耕溪画〔表紙〕
758

〔ふ〕

舞楽団　ぶがくだん
刊2冊　25.0×17.8　明治38年序　京都･芸艸堂
468

服飾彩筆図案蒐　ふくしょくさいひつずあんしゅう
写1帖　31.8×20.6　明治期か　手彩色着物図案集
630

武家/装束着用図　ぶけしょうぞくちゃくようず
刊1帖　25.1×18.2　明治　故実叢書の附録？
512-a

婦人風俗尽　ふじんふうぞくずくし
刊1帖　35.4×24.0　明治31年　東京･松本平吉
632

仏法双六　ぶっぽうすごろく
刊1舗　25.9×18.4　明治　東京･森江佐七
461

〔へ〕

参訂/平治物語註釈　へいじものがたりちゅうしゃく
内藤耻叟・平井頼吉著　刊1冊　22.3×15.0　明治43年　東京・青山政吉　第14版　和装
728

〔ほ〕

参訂/保元物語註釈　ほうげんものがたりちゅうしゃく
内藤耻叟・平井頼吉著　刊1冊　22.3×15.0　明治43年　東京・青山堂書房　第11版　和装
727

堀部安兵衛/三度之仇討　ほりべやすべい　さんどのあだうち
大西庄之助著　刊2冊　17.5×11.5　明治13年　東京・大西庄之助
578

本朝廿四孝子伝　ほんちょうにじゅうしこうしでん
西村亨象著　刊1冊　22.4×15.4　明治15年　京都・佐々木慶助
534

〔ま〕

松浦佐用媛石魂録　まつらさよひめせきこんろく
曲亭馬琴著　渓斎英泉画　刊9冊　22.6×15.2　明治16年　東京・東京金玉出版社　活版　前編1〜3　後編1〜7
533

〔み〕

都名所図会　みやこめいしょずえ
秋里籬島著　竹原信繁画　刊2冊　18.2×12.8　明治34年　東京・西東書房
550

都名所図会　みやこめいしょずえ
秋里籬島著　竹原信繁画　刊2冊　22.7×15.5　明治43〜44年　葵文会　第1・第2の2冊　葵文会翻刻葵文庫か
752

都名所図会　みやこめいしょずえ
秋里籬島著　竹原信繁画　刊1冊　22.7×15.5　明治44年　葵文会　第1のみ1冊　葵文会翻刻葵文庫か
754

宮本武蔵一代記　みやもとむさしいちだいき
孟斎芳虎画　刊2冊　17.5×11.5　明治　東京・加賀屋吉兵衛　内題「宮本武蔵武勇伝」
580

妙法蓮華経　みょうほうれんげきょう
刊2帖　16.3×6.3　明治16年　東京・森江佐七
560

〔む〕

室町源氏胡蝶巻　むろまちげんじこちょうのまき
柳亭種彦著　歌川国貞画　刊5冊　17.6×11.6　明治2年改〜3年改　東京・蔦屋吉蔵　後印　17〜21編存
433-b

〔め〕

明治戦争記　めいじせんそうき
刊1冊　16.3×11.8　明治　全10丁　外題脇に「上下」とあり　巻末に「次の四号に説わくへし」とあり
581

〔や〕

柳蔭月朝妻　やなぎかげつきのあさつま
山々亭有人著　歌川国貞画　刊合1冊　17.6×11.5　明治4年序　東京・林吉蔵　後印　4編存
582

〔よ〕

幼学綱要　ようがくこうよう
刊6冊　23.1×15.1　明治16年　再版本　宮内省蔵版　第1冊欠
500

幼学綱要　ようがくこうよう
刊2冊　22.5×15.2　中巻　下巻存　活版
518

義経一代記　よしつねいちだいき
永島福太郎（虎重）著　孟斎芳虎画　刊2冊　17.5×11.4　明治　東京・加賀屋吉兵衛
583-a

義経一代記　よしつねいちだいき
永島福太郎（虎重）著　孟斎芳虎画　刊1冊　17.5×11.4　明治　東京・加賀屋吉兵衛　下巻存
583-b

〔れ〕

歴代服装人形写真帖　れきだいふくそうにんぎょうしゃしんちょう
東京帝室博物館歴史部編　刊1冊　22.7×15.0　明治39年　東京帝室博物館　訂正再版　和装
676

〔わ〕

和漢智勇名誉競　わかんちゆうめいよくらべ
刊1帖　17.0×11.7　明治　装丁：折帖　絵本（錦絵）
555

大正期

〔あ〕

朝顔日記/今昔庚申譚　あさがおにっき　いまはむかしこうしんばなし
山田清作編纂　刊1冊　19.2×13.5　大正5年　東京・絵入文庫刊行会　絵入文庫第8巻　それぞれに坪内逍遥の序（いずれも大正5年5月）を付す
744

〔え〕

絵本太閤記　えほんたいこうき
法橋玉山画作　刊12冊　22.7×15.4　大正6～7年　東京・国書刊行会　帙入り　家庭絵本文庫第3回・第4回・第5回・第6回・第7回・第8回・第9回・第10回・第11回・第12回配本
663

絵本太閤記　えほんたいこうき
法橋玉山画作　刊1冊　22.7×15.4　大正14年
723

〔か〕

邯鄲諸国物語　かんたんしょこくものがたり
笠亭仙果著　水谷不倒校訂　歌川豊国画　刊1冊　半紙本　大正6年序　東京・国民出版社　下巻存　活版
529

〔き〕

近世侠義伝　きんせいきょうぎでん
小川煙村編　魁斎芳年画　刊1冊　24.2×16.6　大正6年　東京・風俗絵巻図画刊行会錦絵部　吉川弘文館　歴史地理風俗錦絵文庫第3回　和装
715

〔こ〕

高野山霊宝帖　こうやさんれいほうちょう
藤村密憧編輯　刊1冊　22.8×30.3　大正9年　和歌山・金剛峯寺
762

古今対照教育写真帖　ここんたいしょうきょういくしゃしんちょう
小林音次郎編纂　刊1冊　30.1×21.7　大正3年　東京·小林文泉堂
763

古今名婦伝　ここんめいふでん
小川煙村編　歌川豊国画　刊1冊　24.2×16.6　大正7年　東京·風俗絵巻図画刊行会錦絵部　吉川弘文館　歴史地理風俗錦絵文庫第5回　和装
662

御大礼記念写真帖　ごたいれいきねんしゃしんちょう
刊1冊　24.9×35.3　大正4年　東京·日本電報通信社
735

滾滾寿集　こんこんじゅしゅう
林石之助編　刊2冊　22.2×15.8　大正8年　新潟·林石之助　乾·坤　和装　帙入
674

〔さ〕

最新図説/模範日本住宅　さいしんずせつもはんにほんじゅうたく
近間佐吉著　刊1冊　26.0×19.5　大正8年　東京·鈴木書店　銅版彫刻　原田信幹〔東京〕　木板彫刻　中島正治〔東京〕　活版印刷　秀英社　銅版印刷　大江印刷所〔東京〕　木版摺　都築徳三郎〔東京〕　製本　鳥海伊七〔東京〕
768

山陽行脚　さんようあんぎゃ
エフ·スタール著　刊1冊　17.9×10.6　大正6年　東京·金尾文淵堂　3版　市俄古大学教授/人類学博士　エフ·スタール著〔内題次行〕
743

〔し〕

尺八譜箏曲/越後じゝ　しゃくはちふそうきょく/えちごじし
見崎（川本）逸翁著　刊1帖　27.0×9.1　大正7年　東京尺八講習会　6版　初版明治44年　折り本1帖　表紙に「初代逸重改/川本逸翁著」　内題：箏曲/越後獅子
730

尺八譜箏曲/都の春　しゃくはちふそうきょく/みやこのはる
川本逸重著　刊1帖　26.8×9.0　大正4年　東京尺八講習会　3版　初版明治40年　内題：都の春
731

〔せ〕

誠忠義士伝　せいちゅうぎしでん
小川煙村編　一勇斎国芳画　刊1冊　24.0×16.5　大正6年　東京·風俗絵巻図画刊行会錦絵部　吉川弘文館　歴史地理風俗錦絵文庫第2回　和装
716

〔そ〕

曽我物語　そがものがたり
小川煙村編　安藤広重画　1冊　24.0×16.6　大正6年　東京·風俗絵巻図画刊行会錦絵部　吉川弘文館　歴史地理風俗錦絵文庫第4回　和装　714と同じ
673

曽我物語　そがものがたり
小川煙村編　安藤広重画　1冊　24.0×16.6　大正6年　東京·風俗絵巻図画刊行会錦絵部　吉川弘文館　歴史地理風俗錦絵文庫第4回　和装　673と同じ
714

〔た〕

太閤記英雄伝　たいこうきえいゆうでん
小川煙村編輯　刊1冊　24.2×16.6　大正6年　東京·風俗絵巻/図画刊行会錦絵部　和装　錦絵文庫第1回
765

太閤記英雄伝　たいこうきえいゆうでん
小川煙村編輯　刊1冊　24.1×16.6　大正9年　東京·日本美術同好会　再版　和装　歴史地理風俗錦絵文庫全6冊〔奥付〕
766

大日本名所図会　第1輯　第4編　伊勢参宮名所図会　だいにほんめいしょずえ
蔀関月著　原田幹校訂　刊1冊　22.3×15.5　大正9年　東京·大日本名所図会刊行会　再版
755

大日本名所図会　第1輯　第1･2編　都名所図会　上･下巻　だいにほんめいしょずえ
秋里籬島著　原田幹校訂　刊2冊　22.4×15.5　大正7～8年　東京･大日本名所図会刊行会
756

大日本名所図会　第2輯　第3編　江戸名所図会　第1巻　だいにほんめいしょずえ
斎藤幸雄著　原田幹校訂　刊1冊　22.3×15.5　大正8年　東京･大日本名所図会刊行会
757

〔ち〕

千代嚢姫七変化物語　妹背山　ちよのうひめしちへんげものがたり　いもせやま
山田清作編纂　刊1冊　19.4×13.5　大正6年　東京･絵入文庫刊行会　絵入文庫第19巻　それぞれに坪内逍遥の序(いずれも大正6年4月)を付す
746

〔な〕

〔奈良仏像仏塔写真集〕　ならぶつぞうぶっとうしゃしんしゅう
写真2冊　26.6×36.0　大正4年　奈良県
691

成田山　なりたさん
佐藤一誠編輯　刊1冊　15.2×22.8　大正10年　東京　成田山霊徳奉讃会　白黒写真図版と成田山誌とから成る
734

〔に〕

錦絵文庫　にしきえぶんこ
小川煙村編輯　刊6冊　24.2×16.7　大正9年　東京･日本美術同好会　再版　和装　帙入り　太閤記英雄伝〔歌川国芳〕　誠忠義士伝〔一勇斎国芳〕　近世侠義伝〔魁斎芳年〕　曽我物語〔安藤広重〕　古今名婦伝〔歌川豊国〕　江戸百景〔一立斎広重〕　歴史地理風俗錦絵文庫全六冊〔奥付〕　謹呈　伊国マレガ博士/日本大分　合澤新市･辛島詢士〔墨書･帙内〕
717

日光東照宮写真帖　にっこうとうしょうぐうしゃしんちょう
日光東照宮社務所編　刊1冊　26.0×37.0　大正14年　栃木･別格官弊社東照宮社務所　和装
694

日本百将伝一夕話　上･下　にほんひゃくしょうでんいっせきわ
山田清作編纂　刊2冊　19.3×13.5　大正5年　東京･絵入文庫刊行会　絵入文庫第9巻〔上〕･第11巻〔下〕　坪内逍遥の序（大正5年6月）を付す　日本百将伝一夕話［にほんしやうでん　せきわ］〔内題〕
745

日本古典全集（西鶴全集）　にほんこてんぜんしゅう　さいかくぜんしゅう
与謝野寛･正宗敦夫･与謝野晶子編纂校訂　刊6冊　15.2×11.2　大正15年～昭和2年　東京･日本古典全集刊行会
713

日本古典全集（西鶴全集）　にほんこてんぜんしゅう　さいかくぜんしゅう
与謝野寛･正宗敦夫･与謝野晶子編纂校訂　刊1冊　15.2×11.2　大正15年　東京･日本古典全集刊行会　第1冊存
740

〔ふ〕

幼学綱要/婦女鑑　ふじょかがみ
元田永孚編〔幼学綱要〕･西村茂樹編〔婦女鑑〕　刊7冊　22.6×15.2　大正4年　東京･吉川弘文館　5版　幼学綱要〔上中下巻･3冊〕に婦女鑑〔上中下巻･3冊〕を併せ　幼学綱要漢文解〔一冊〕を付して一帙に収めたもの　奥付は婦女鑑･下巻のみにあり　幼学綱要/婦女鑑〔帙･題簽〕
650

幼学綱要/婦女鑑　ふじょかがみ
元田永孚編〔幼学綱要〕･西村茂樹編〔婦女鑑〕　刊4冊　22.4×15.2　大正15年　東京･郁文舎　7版　幼学綱要〔上巻･一冊〕･婦女鑑〔上中下巻･3冊〕　幼学綱要関西一手頒布所　神戸市村雨町五丁目一番地　山口良登〔奥付〕
675

〔ほ〕

盆景しをり　富士八景第二図　ぼんけいしおりふじはっけい
都流富士盆景家元　市倉秀楽図案　刊1冊　18.6×25.2　大正7年　東京·河合輝忠　和装
709

〔ま〕

松嶋写真帖　まつしましゃしんちょう
刊1冊　26.8×38.4　大正2年　宮城県庁
689

〔め〕

明治天皇/御大喪儀写真帖　めいじてんのうごたいそうぎしゃしんちょう
田山宗尭編輯　1冊　22.2×30.2　大正1年　東京·ともゑ商会
721

〔よ〕

稗史水滸伝　よみほんすいこでん
山東京山·柳亭種彦·笠亭仙果·松亭金水訳　歌川国芳画　刊4冊　22.6×15.4　大正6年　東京·国書刊行会　家庭絵本文庫　稗史水滸伝［よみほんすいこでん］〔見返し題〕　家庭絵本文庫第2回·第5回·第6回配本
651

〔れ〕

歴代風俗写真集　三　れきだいふうぞくしゃしんしゅう
江馬務編輯　刊1冊　23.6×16.0　大正6年　京都·芸艸堂　和装　山伏の風俗
726

昭和期

〔あ〕

後追ひ　あとおい
城野雅美撰　写1冊　16.1×11.0　昭和8年　写本　和装　昭和八年陽春下旬　小松吟社/春季大会　須磨遊園地畔　井筒楼上〔巻頭〕　端唄集
682

〔い〕

池上流声明品　いけがみりゅうしょうみょうほん
石井輝元誦唱　多紀道忍墨譜　刊1帖　15.6×10.2　昭和11年　内題「日蓮宗/池上流声明」　洋楽譜
720

伊勢神宮　いせじんぐう
岡田米雄（編著者代表）　刊1冊　26.8×36.9　昭和28年　東京·伊勢神宮式年遷宮奉賛会　頒布事務所：伊勢神宮式年遷宮奉賛会出版部分室〔東京〕
702

伊勢神宮　いせじんぐう
岡田米雄（編著者代表）　刊1冊　26.8×36.9　昭和28年　東京·伊勢神宮式年遷宮奉賛会　3版　頒布事務所：伊勢神宮奉賛会出版部分室〔東京〕
703

〔う〕

浮世草子集　うきよぞうししゅう
日本名著全集刊行会編　刊1冊　16.8×11.5　昭和3年　東京·日本名著全集刊行会　日本名著全集　江戸文芸之部　第9巻　箱入
738

〔え〕

江戸城資料　えどじょうしりょう
日本城郭協会編　刊1冊　26.0×36.4　昭和39年　東京·日本城郭協会
693

江戸商売図絵　えどしょうばいずえ
三谷一馬著　刊1冊　19.4×27.0　昭和38年
東京・青蛙房
773

新訳昭和/絵本曽我　えほんそが
河本年克編輯　刊1冊　22.0×30.2　昭和39年
河本年克　頒布所：新聞同人社〔東京〕
707

絵巻の構成　えまきのこうせい
奥平英雄著　刊1冊　25.7×19.0　昭和15年
東京・アトリエ社　アトリエ　第17巻　第13号　臨時増刊　替表紙
767

絵巻平家物語　えまきへいけものがたり
刊1冊　22.2×30.4　昭和34年　東京・社団法人東京都引揚者団体連合会/海外殉国同胞慰霊奉賛会　ケース入り　一方本抄訳
708

〔か〕

海軍館大壁画史　かいぐんかんだいへきがし
山田米吉編輯　刊1冊　21.9×30.2　昭和15年
東京・海軍館壁画普及会
761

怪談名作集　かいだんめいさくしゅう
日本名著全集刊行会編　刊1冊　16.7×11.5　昭和2年　東京・日本名著全集刊行会　日本名著全集　江戸文芸之部　第10巻
737

歌舞伎十八番　かぶきじゅうはちばん
太田雅光著　鳥居清忠校閲　刊1冊　31.9×24.0　昭和6年　東京・劇画刊行会　和装　帙入り
697

上方趣味/紫染集　新感興篇の二　かみがたしゅみ/しせんしゅう
渡辺亮編輯　刊1冊　17.8×12.4　昭和10年
兵庫・上方趣味社　和装　5編の短篇小説を収める
669

関西行啓之御蹟　かんさいぎょうけいのみあと
鉄道省編纂　刊1冊　30.2×21.4　昭和17年
帙入り
772

聖経/甘露の法雨　かんろのほうう
谷口雅春著　刊1帖　16.4×6.6　昭和12年
東京・株式会社光明思想普及会　ケース入り
665

〔き〕

義士大観　ぎしたいかん
藤井巨石著　刊1冊　26.9×37.0　昭和3年
東京・義士会出版部　3版　著者は義士会主幹
698

教育勅語画解　きょういくちょくごえとき
刊1冊　19.0×25.7　昭和5年　東京・教育勅語聖旨普及会　教育勅語画解［けういくちよくごゑとき］〔扉〕
659

教訓名画集　きょうくんめいがしゅう
高木義賢編輯　刊1冊　26.0×18.8　昭和12年
東京・大日本雄弁会講談社　〔背題〕11　教訓名画集
644

錦繍衣裳帖　きんしゅういしょうちょう
刊1冊　28.8×20.4　昭和6年序　東京・高島屋
和装　第5回錦繍衣裳展覧会陳列目録〔目録題〕
724

〔け〕

溪松舎目録　けいしょうしゃもくろく
刊1冊　26.4×18.9　昭和8年　和装　第2回特別陳列会　蒔絵展〔扉〕　会期：昭和8.7.5～7.9　場所：谷松屋出張所〔東京〕
645

〔こ〕

皇居と離宮　こうきょとりきゅう
刊1冊　22.1×31.0　昭和32年　東京・財団法人　東京都遺族連合会
775

皇居と離宮　こうきょとりきゅう
刊1冊　22.1×31.0　昭和32年　東京・財団法

人　東京都遺族連合会
776

金剛寿命陀羅尼経　こんごうじゅみょうだらにきょう
藤井佐兵衛編輯　刊1帖　17.9×7.2　昭和7年　京都·藤井佐兵衛　折本　仏説一切金剛寿命陀羅尼経［ぶつせついつさいこんごうじゆみやうだらにきやう］〔内題〕
668

〔さ〕

三樹洞落葉集　さんじゅどうらくようしゅう
山口八九子著　佐佐木睦祐編　刊1組　30.8×23.0　昭和9年　京都·佐佐木文具店内八九子版画頒布会　版画57枚　目次等1枚　帙入り　限定三百部
679

三上人御絵伝　さんしょうにんごえでん
柴田玄鳳著編　安田光雲画　刊1冊　19.0×26.0　昭和2年　京都·総本山知恩院
771

三拙集　さんせつしゅう
阪正臣著　刊1冊　22.9×15.4　昭和2年　東京·阪正臣　和装
729

〔し〕

〔静岡市　麓山居並某旧家/所蔵品入札目録〕
しずおかしろくざんきょならびにぼうきゅうかしょぞうひんにゅうさつもくろく
刊1冊　26.4×19.2　昭和10年　和装　期日：昭和10.4.22入札　会場：株式会社東京美術倶楽部〔東京〕
643

静　しずか
刊1冊　34.4×23.4　昭和期　富田商店　臈纈染襖紙のデザイン集
688

修養聖典　しゅうようせいてん
刊1帖　19.4×7.7　昭和期　埼玉·臨済宗　平林寺専門道場
725

詳解保元平治物語　しょうかいほうげんへいじものがたり
柴田隆著　刊1冊　18.7×13.0　昭和5年　大阪·日本出版社
710

消防大鑑　しょうぼうたいかん
日本消防協会編纂　刊1冊　30.2×22.0　昭和35年　東京·財団法人　日本消防協会
706

昭和天皇御即位/大典画史　しょうわてんのうごそくいたいてんがし
石川俊明編輯　刊1冊　38.1×26.8　昭和3年　東京·国際情報社
699

城　井上宗和城郭写真集　しろいのうえむねかずじょうかくしゃしんしゅう
井上宗和著　刊1冊　25.6×26.5　昭和35年　東京·日本城郭協会
769

新版/真言諸経要集　しんごんしょきょうようしゅう
上田実道編輯　刊1帖　17.8×7.0　昭和10年　京都·山城屋藤井佐兵衛　帙入り　新版/真言諸経要集　平かな付〔外題〕
681

真言諸陀羅尼　しんごんしょだらに
刊1帖　16.2×5.9　昭和か　刊記等記載なし　真言諸陀羅尼（おかんき本）〔外題〕
666

新撰寛永泉譜　しんせんかんえいせんぷ
亀田一恕·中川近礼·榎本文城編　刊2冊　24.0×16.4　昭和10年　東京·岡田優撰堂　前·後編　和装
671

神典　しんてん
大倉精神文化研究所編　刊1冊　17.8×11.0　昭和17年　横浜市·躬行会　4版　箱入
777

神拝祝詞/神道大祓大成　しんとうおおはらいたいせい
此村庄助著　刊1帖　17.2×6.9　昭和7年　大阪·此村欽英堂　折本　袋入り　月窓書屋蔵版〔見返し〕
680

神道八部大祓　しんとうはちぶおおはらい
此村庄助著　刊1帖　16.7×5.9　昭和8年　大

阪·此村欽英堂
664

〔す〕

図説/太平記　ずせつたいへいき
田中誉善編集　刊1冊　21.8×30.5　昭和37年　東京·みやこ新聞社分室
687

〔せ〕

青松庵所蔵品入札目録　せいしょうあんしょぞうひんにゅうさつもくろく
刊1冊　26.2×19.0　昭和8年　期日：昭和8.12　場所：東京美術倶楽部
655

聖戦美術　せいせんびじゅつ
陸軍美術協会編纂　刊1冊　38.0×29.0　昭和15年　東京·陸軍美術協会　2版　貼込図5枚　和装　帙入　非売品
695

聖戦美談/興亞の光　せいせんびだん/こうあのひかり
国史名画刊行会編輯　刊1冊　18.8×34.9　昭和14·15年　東京·省文荘社　45版
684

善光寺如来絵詞伝　ぜんこうじにょらいえことばでん
本多賢道著　刊1冊　26.2×18.2　昭和3年　長野·如来絵詞伝刊行会　元善光寺蔵版〔見返し〕　上巻欠
661

禅宗在家日課経　ぜんしゅうざいけにっかきょう
1帖　17.2×6.8　昭和13年　大阪·此村欽英堂　再版　禅宗在家日課経［ぜんしゆうざいけにつかきやう］〔内題〕　初版：昭和12年
654

〔た〕

大嘗祭　主基斎田写真帖　だいじょうさい　すきさいたしゃしんちょう
安本江陽写真　刊1冊　23.2×31.2　昭和3年　福岡県
704

〔ち〕

朝鮮/金剛山　ちょうせん/こんごうさん
徳田冨次郎著　刊1冊　22.5×30.0　昭和3年　朝鮮元山·徳田写真館　12版
705

〔て〕

天台宗在家勤行儀　てんだいしゅうざいけごうぎょうぎ
刊1冊　17.4×7.0　昭和か　滋賀·天台宗務庁教学部
653

天皇　Album of the Human Emperor　てんのう
社団法人　日本輿論調査研究所編輯　刊1冊　36.8×25.0　昭和7年　東京·社団法人　日本輿論調査研究所　カバー有り
774

〔な〕

南総里見八犬伝　なんそうさとみはっけんでん
日本名著全集刊行会編　刊3冊　16.7×11.5　昭和2～3年　東京·日本名著全集刊行会　上·中·下巻　日本名著全集　江戸文芸之部　第16～18巻
739

〔に〕

日光山写真帖　Select Views of Nikko　にっこうさんしゃしんちょう
関口慈真編輯　刊1冊　18.9×27.1　昭和8年　栃木·輪王寺門跡事務所　編輯兼発行者は輪王寺門跡執事
770

日本総合文化財図鑑　にほんそうごうぶんかざいずかん
刊1冊　22.4×31.0　昭和31年　社団法人　東京都引揚者団体連合会
656

図説/日本服装史　にほんふくそうし
谷信一著　刊1冊　18.0×12.4　昭和22年　東京·銀書院
652

日本仏教写真総攬　にほんぶっきょうしゃしんそうらん
第二回世界仏教徒会議編　刊1冊　26.3×37.1　昭和28年　東京・全日本仏教青年会同盟
701

修紫田舎源氏　にせむらさきいなかげんじ
日本名著全集刊行会編　刊1冊　16.6×11.5　昭和2年　東京・日本名著全集刊行会　上巻　日本名著全集　江戸文芸之部　第20巻　上巻存
736

〔は〕

版画大和路八景　はんがやまとじはっけい
徳力富吉郎画　刊1帖　21.2×28.0　昭和期か　京都・内田美術書肆
626

〔ひ〕

毘盧遮那佛　びるしゃなぶつ
刊1冊　36.6×26.0　昭和27年　東大寺
690

〔ふ〕

福島晩晴翁　ふくしまばんせいおう
不忘会編纂　刊1冊　26.8×18.2　昭和17年　東京・不忘会
648

福島晩晴翁　ふくしまばんせいおう
刊1冊　25.8×18.2　昭和17年　東京・不忘会　非売品
686

福島晩晴翁　ふくしまばんせいおう
刊1冊　25.8×18.2　昭和17年
686

〔ほ〕

紀元二千六百年/奉祝美術展集　第一輯　ほうしゅくびじゅつてんしゅう
アサヒグラフ編　刊1冊　37.8×26.0　昭和15年　東京・朝日新聞社　第1輯（洋画・彫塑）
722

奉納観音理趣経　ほうのうかんのんりしゅきょう
連隆文潤筆　刊2帖　24.4×8.6　昭和36年　和歌山・後藤信教　帙入り　般若理趣経・観音経の2帖　後藤信教は「和歌山市南相生町円蔵院住職」〔奥付〕
764

〔み〕

新版/御かぐら歌　みかぐらうた
伊東徳一著　刊1冊　22.8×15.6　昭和か　奈良・西川書店　和装　著者（兼発行者）は天理教教師少講義　〔外題〕新版/御かぐら歌御手振/足型　全
642

道のひかり　みちのひかり
蓮沼門三著　刊1帖　16.4×6.8　昭和7年　京都・財団法人修養団
667

都印新模様　みやこじるししんもよう
27.0×19.8　写本　着物図案集　京都烏丸通り五条下ル　馬場定治郎〔墨書・ウラ見返し〕
683

〔め〕

〔名所版画集〕　めいしょはんがしゅう
広重・北斎・光漁等　刊1帖　26.9×21.0　昭和期か　絵葉書判の複製
625

〔欧文〕

Appunti di Grammatica Giapponese
ガリ版刷2本
M4

Buddhistische Plastik in Japan
1920年　“Herausgegeben von Karl With, zweit auflage, Kunstverlag Anton Schroll & Co., Wien.”
718

Japan
Horace Bristol　刊12冊　21.6×18.2　1953年　Third edition　白黒の写真に英文の解説を付した12冊の小冊子　各タイトルはPOTTERY・TOKAIDO・GEISHA・TOKYOなど　帙入り

帙の背に金で「JAPAN　日本」　奥付なし
733

Japanese Flower Symbolism
Alfred Koehn　刊1冊　25.7×18.1　1954年　Lotus Court, Tokyo　和装　生け花について　英文
719

Japanese School Life Through the Camera
21.8×31.0　1937　写真集
692

Raccolta Italo-Giapponese　ガリ版刷
5

We Japanese
Frederic de Garis　刊1冊　22.6×15.8　昭和10年　FUJIYA HOTEL, Ltd.　再版　和装　帙入り　初版は昭和9年
657

We Japanese
Frederic de Garis　刊1冊　21.2×15.2　昭和22年　FUJIYA HOTEL, Ltd.　Vol.1, 2　和装　Vol.1は改訂6版増刊　22.6×15.8　Frederic de Garis著　Vol.2は3版　21.2×15.2　H.S.K.Yamaguchi（山口正造）編輯
658

逐次刊行物

〔え〕

絵本筋書（帝国劇場）　えほんすじがき
明治45年～昭和2年　東京・帝国劇場　明治45.1　大正4.1　大正13.12　大正14.2　大正14.7　大正14.5　大正14.10　大正14.12　大正15.10　大正15.12　昭和2.2　昭和2.5　昭和2.11.　昭和2.12　うち昭和2.2.1重複
P11

〔か〕

絵画叢誌　かいがそうし
刊36～60巻5冊　27×15.3　明治　東京・東洋絵画会事務所　5巻づつ合綴して表紙を付け元の表紙は失われている
P14

歌舞伎新報　かぶきしんぽう
富岡卯平編　刊11冊　22.5×15.4　明治22～23年　東京・歌舞伎新報社　金子源蔵発行　第1040号（明治22.8.25）～第1159号（明治23.8.12）　10号ずつ綴じる　全11冊
P1

〔き〕

季苑　きえん
岩根冨蔵　刊1冊　昭和22年　和歌山・青潮社　第1輯〔昭和22.4.1〕
P13

〔く〕

グラフィック　グラフィック
大澤米造編輯　38.1×26.4　大正15年　東京・グラフィック社　第1巻第1号（大正15.4）～第1巻第7号（大正15.12）
P16

〔こ〕

国史画報　こくしがほう
大倉保五郎編　明治26年　東京・大倉書店　第11号（明治26.4.29）～第13号（明治26.8.8）　日本歴史画報を改題追号
P3

御即位礼画報　ごそくいれいがほう
大正3年　御即位記念協会　第1巻　3版（第5版〔表紙〕）　大正3.2.283版発行
P7

此花　このはな
宮武外骨編　明治43～45年　雅俗文庫　第1枝（明治43.1.1）～第18枝（明治44.11.15）〔但し第7枝欠〕　第21枝（明治45.5.25）
P5-1

此花　このはな
宮武外骨編　明治43～45年　雅俗文庫　第1枝～第21枝　凋落号（明治45.7.15）　帙入り
P5-2

此花　このはな
朝倉亀三（無声）編　大正元～3年　此花社　第1号（大正1.10.1）～第24号（大正3.6.10）　第11号重複
P5-3

〔た〕

太陽　たいよう
大正4年　第21巻第8号　御大礼盛儀〔表紙〕　大正4.6.15印刷納本
P6

〔に〕

日清戦争絵巻　にっしんせんそうえまき
刊1冊　24.9×16.1　明治28年　東京・春陽堂　第3　成歓之巻（明治28.3.12）
P8

日清戦闘画報　にっしんせんとうがほう
久保田米僊・久保田米斎著　東京・大倉書店　第1篇（明治27.10.21）
P9

日本歴史画報　にほんれきしがほう
松本楓湖・津江松芳編　刊1冊　24.1×16.0　明治24年　東京・大倉書店　第1号（明治24.12.26）
P2-1

日本歴史画報　にほんれきしがほう
松本楓湖・津江松芳編　刊6冊　24.1×16.0　明治24～25年　東京・大倉書店　第1号（明治25.8.5　但し　上から白紙を貼って刊年を隠す）～第3号（明治25.4.16）　第5号（明治25.6.29）　第7号（明治25.9.29）　第9号（明治25.12.28）
P2-2

日本歴史画報　にほんれきしがほう
松本楓湖・津江松芳編　刊6冊　23.5×15.8　明治24～26年　東京・大倉書店　第1号（明治24.12.26）～第10号〔第4号以下刊記欠〕
P2-3

〔ひ〕

美術海　びじゅつかい
刊33冊　24.2×16.6　明治29～32年　京都・山田直三郎　巻5（明治29.7）　巻8（明治29.10）　巻12（明治30.2）　巻15（明治30.5）　巻16（明治30.6）　巻18（明治30.8）～巻24（明治31.2）　巻26（明治31.4）　巻28（明治31.6）～巻43（明治32.9）　巻45（明治32.11）　巻46（明治32.12）　うち巻15・巻46重複
P4

美術世界　びじゅつせかい
渡辺省亭編　刊4冊　23.9×15.3　明治23.24.25年　東京・春陽堂　第1・7・10・21号
P10-1,2,3

美術宝庫　びじゅつほうこ
松井栄吉編　刊10冊　25.0×16.3　明治28～29年　東京・画博堂　第1号（明治28.3.30）～第10号（明治29.8.25）
P15

〔ふ〕

風俗研究　ふうぞくけんきゅう
大正5年～昭和13年　京都・芸艸堂（ほか）　第1～214号のうち68冊存　うち29冊重複　編輯発行兼印刷者〔第2号〕：山田直三郎　編輯者（人）〔第17号～〕：江馬務　発行所：芸艸堂〔京都〕　内外出版株式会社〔京都第32号～〕　風俗研究所〔京都　第68号～〕所蔵：第1号〔大正5.5.15〕　第2号〔大正5.5.15〕　第3号〔大正5.7.15〕　第4号〔大正5.9.15〕　第5号〔大正5.11.15〕　第6号〔大正6.1.15〕　第7号〔大正6.3.15〕　第8号〔大正6.5.15〕　第9号〔大正6.7.15〕　第10号

〔大正6.9.15〕　第11号〔大正6.11.30〕　第12号〔大正7.1.15〕　第13号〔大正7.4.15〕　第14号〔大正7.6.15〕　第15号〔大正7.8.15〕　第16号〔大正7.11.15〕　第17号〔大正8.1.10〕　第18号〔大正8.3.25〕　第19号〔大正8.8.5〕　第20号〔大正8.11.25　備考：妖怪の史的研究〕　第27号〔大正11.7　備考：ウラ表紙ヤブレ〕　第31号〔大正11.12.1〕　第32号〔大正12.1.1〕～第39号〔大正12.8.1〕　第43号〔大正12.12.1〕　第47号〔大正13.4.1〕～第49号〔大正13.6.1〕　第51号〔大正13.8.1〕　第53号〔大正13.10〕　第55号〔大正13.12.1〕　第57号〔大正14.2.1〕　第68号〔大正15.1.1〕　第72号〔大正15.5.1〕　第77号〔大正15.10.1〕　第81号〔昭和2.2.1〕　第82号〔昭和2.3.1〕　第89号〔昭和2.7.1〕　第95号〔昭和3.4.1〕　第97号〔昭和3.6.1〕　第98号〔昭和3.7.1〕　第99号〔昭和3.8.1〕　第102号〔昭和3.11.1〕　第110号〔昭和4.7.1〕　第111号〔昭和4.8.1〕　第112号〔昭和4.9.1〕　第125号〔昭和5.10.1〕　第126号〔昭和5.11.1〕　第128号〔昭和6.1.1〕　第130号〔昭和6.3.1〕　第131号〔昭和6.4.1〕　第133号〔昭和6.6.1〕～第140号〔昭和7.1.1〕　第142号〔昭和7.3.1〕　第143号〔昭和7.4.1〕　第147号〔昭和7.8.1〕　第149号〔昭和7.10.1〕　第150号〔昭和7.11.1〕　第171号〔昭和9.8.1〕　第172号〔昭和9.9.1〕　第176号〔昭和10.1.1〕　第178号〔昭和10.3.1〕　第193号〔昭和11.6.1〕　第194号〔昭和11.7.1〕　第195号〔昭和11.8.1〕　第197号〔昭和11.10.1〕　第200号〔昭和12.1.1〕　第210号〔昭和12.11　備考：奥付等欠〕　第214号〔昭和13.3.1〕　うち重複　第1号・第2号・第3号・第4号・第6号・第7号・第8号・第9号・第10号・第11号・第12号・第13号・第16号・第18号・第32号・第33号・第34号・第35号・第36号・第37号・第44号・第46号・第51号・第57号・第98号・第126号・第137号・第39号・第142号
P12-A,B,C

複　製

〔い〕

一代男画譜　いちだいおとこがふ
刊1冊　『好色一代男』の万屋清兵衛版の複製　挿絵の部分だけを抜き出したもの
R1

一蝶狂画集　いっちょうきょうがしゅう
刊1冊　明治21年　目黒十郎
R48

一遍上人絵詞　いっぺんしょうにんえことば
刊1冊　大正8年
R56

彩画職人部類　いろえしょくにんぶるい
刊2冊　大正5年　風俗/絵巻/図画刊行会
R17

彩画職人部類　いろえしょくにんぶるい
刊2冊　大正5年　風俗/絵巻/図画刊行会
R18

彩画職人部類　いろえしょくにんぶるい
刊2冊　大正5年　風俗/絵巻/図画刊行会
R19

彩画職人部類　いろえしょくにんぶるい
刊2冊　大正5年　風俗/絵巻/図画刊行会
R20

〔う〕

浮世絵名画選集　うきよえめいがせんしゅう
刊2冊　大正9年　浮世絵研究会
R53

〔え〕

江戸百景　えどひゃっけい
刊1冊　大正7年　風俗絵巻/図画刊行会錦絵部
R30

初代広重　江戸土産　えどみやげ
刊12鋪　大正　重会
R42

絵本東わらは　えほんあずまわらわ
南杣笑楚満人戯言　歌川豊広画　刊2冊　大正6年　風俗絵巻/図画刊行会
R11

絵本東わらは　えほんあずまわらわ
刊2冊　大正6年　風俗絵巻/図画刊行会
R12

絵本東わらは　えほんあずまわらわ
刊2冊　大正6年　風俗絵巻/図画刊行会
R13

後編/絵本東童郎　えほんあずまわらわ
刊2冊　大正6年　風俗絵巻/図画刊行会
R14

絵本時世粧　えほんいまようすがた
刊2冊
R22

絵本時世粧　えほんいまようすがた
歌川豊国画　刊1冊　上冊存
R24

絵本時世粧　えほんいまようすがた
刊2冊　大正6年　風俗絵巻/図画刊行会
R23

絵本栄家種　えほんさかえぐさ
勝川春潮画　刊2冊　大正5年　風俗絵巻/図画刊行会
R6

絵本栄家種　えほんさかえぐさ
勝川春潮画　刊2冊
R7

絵本栄家種　えほんさかえぐさ
勝川春潮画　刊2冊
R8

絵本/青楼美人合　えほんせいろうびじんあわせ
刊3冊　第1･2･3冊存
R27

絵本/青楼美人合　えほんせいろうびじんあわせ
刊5冊　大正6年　風俗絵巻/図画刊行会
R26

絵本宝能縷　えほんたからのいと
刊1冊
R28

絵本宝能縷　えほんたからのいと
刊1冊
R29

絵本舞台扇　えほんぶたいおうぎ
刊2冊　大正6年　風俗絵巻/図画刊行会
R25

絵馬かがみ　えまかがみ
刊13冊　大正6～7年　絵馬鑑刊行会
R44

〔か〕

寛永江戸図　かんえいえどず
刊1舗
R39

〔き〕

吉利支丹/退治物語　きりしたんたいじものがたり
刊2冊　稀書複製会　版本55号
R2

〔し〕

四季の花　しきのはな
刊2冊　大正5年　風俗絵巻/図画刊行会
R31

〔四季の花〕　しきのはな
刊1冊　上冊存
R32

〔四季の花〕　しきのはな
刊2冊
R33

諸国六十余州名所図会　しょこくろくじゅうよしゅうめいしょずえ
一立斎広重画　刊1帖　大正10年　国際美術社
R50

〔せ〕

青楼美人合姿鏡　せいろうびじんあわせすがたかがみ
北尾重政　勝川春章画　刊3冊　風俗絵巻/図画刊行会
R15

青楼美人合姿鏡　せいろうびじんあわせすがたかがみ
刊1冊　大正5年　第3冊存　風俗絵巻/図画刊行会
R16

青楼美人合姿鏡　せいろうびじんあわせすがたかがみ
刊3冊　大正6年　風俗絵巻図画刊行会
R45

青楼美人合姿鏡　せいろうびじんあわせすがたかがみ
刊3冊　大正6年　風俗絵巻図画刊行会
R46

絵入/世間胸算用　せけんむなさんよう
刊1冊　巻51冊存
R21

〔た〕

たけさき季長の絵詞　たけさきすえながのえことば
山田安栄編　刊1冊　明治24序　活版絵入
R77

〔と〕

東海道五十三次　とうかいどうごじゅうさんつぎ
刊1冊　大正14年　日本木版印刷株式会社出版部
R57

東海道五十三次　とうかいどうごじゅうさんつぎ
安藤広重画　刊1帖　明治44か
R464

徳川時代配札集　とくがわじだいはいさつしゅう
刊1帖　昭和6年
R51

〔に〕

日本風俗図絵　にほんふうぞくずえ
刊12冊　大正3-4　日本風俗図絵刊行会
R37

日本風俗図絵　にほんふうぞくずえ
刊4冊　大正4年　日本風俗図絵刊行会　第4・7・10・12輯存
R38

〔ね〕

年中行事絵巻考　ねんじゅうぎょうじえまきこう
刊15冊　大正9年　田中文庫
R55

〔ふ〕

風俗鏡見山　ふうぞくかがみやま
刊1冊　日本風俗図会
R5

一立斎広重筆　冨士三十六景　ふじさんじゅうろっけい
刊1帖　大正・昭和頃
R52

〔ほ〕

北斎冨嶽三十六景　ほくさいふがくさんじゅうろっけい
刊1帖　北斎の複製画小型版　題簽には「北斎冨士三十六景」と墨書
R85

〔め〕

一立斎広重筆　名所江戸百景　めいしょえどひゃっけい
刊30鋪　昭和2年より　松寿堂画房
R43

〔も〕

蒙古襲来絵詞　もうこしゅうらいえことば
刊2冊　大正5年　風俗絵巻/図画刊行会　中巻欠
R10

蒙古襲来絵詞　もうこしゅうらいえことば
刊3冊　大正5年
R40

蒙古襲来絵詞　もうこしゅうらいえことば
刊3冊　大正5年　風俗絵巻図画刊行会
R49

蒙古襲来絵詞　もうこしゅうらいえことば
刊3冊　大正5年　風俗絵巻/図画刊行会
R9

〔木版日本画帖〕　もくはんにほんがじょう
刊2帖　大正・昭和頃
R47

〔木版風俗画集〕　もくはんふうぞくがしゅう
刊2冊　大正・昭和
R41

〔や〕

大和耕作絵抄　やまとこうさくえしょう
石川流宣画　刊1冊　東京・京都・芸艸堂
R3

大和耕作絵抄　やまとこうさくえしょう
石川流宣画　刊1冊
R4

「サレジオ大学マリオ・マレガ文庫日本書籍目録」補遺

碑文谷教会旧蔵書目録

近世期

〔あ〕

赤穂忠臣蔵実記　あこうちゅうしんぐらじっき
刊・1冊　18.9×13.5　江戸後期刊　錦林堂寿行
MMT0091

今戸／箕輪　浅草絵図　あさくさえず
戸松昌訓著　刊・1帖　50.0×54.5　嘉永6年・1853　江戸・尾張屋清七　切り絵図。
HM9

安倍郡腰越村人別改帳　あべぐんこしごえむらにんべつあらためちょう
写・4冊　13.6×35.8　明治3年・1870　万延二年丙三月、文久四年子三月、明治二年巳二月、明治三年午三月。
HM33

伊勢参宮名所図会　いせさんぐうめいしょずえ
刊・6冊　25.6×18.2　寛政9年・1797　五巻は上・下。蔵書印「河宮文庫」。
HM132

□□／くせ入　伊勢物語　いせものがたり
刊・1冊　26.2×18.9　近世中期　上巻一冊のみ。絵入り。
HM87

〔絵入伊勢物語〕　いせものがたり
刊・1冊　26.4×17.6　近世中期　上巻のみ。一段～四十八段。
HM86

〔絵入伊勢物語〕　いせものがたり
刊・2冊　25.8×18.2　文政8年・1825　名古屋・美濃屋　序文「文政六年尾張名古屋人市岡ノ猛彦」。
HM88

一休諸国物語図会　いっきゅうしょこくものがたりずえ
平田止水編・源〔辻本〕基定補・菱川清春画　刊・5冊　25.1×17.6　慶応1年・1865再刻　京都・尚書堂辻本仁兵衛　天保7年刊の再刻。
MMT107

雪梅／芳譚　犬之雙紙〔22編上下～25編上下〕　いぬのそうし
笠亭仙果・豊国画　刊・1冊　17.7×10.5　文久3年・1863　地本双紙問屋蔦屋吉蔵板　文久三年癸亥陽春開板標目。
MMT0094

太秦牛祭画巻　うずまさうしまつりえまき
平（岸本）由豆流校訂・千春模写　刊・1冊　文化14年・1817　蔵書印「斑山文庫」。
HM119

蝦夷国全図　えぞのくにぜんず
森有慶模写　写・1枚　52.9×95.0　文化6年・1809　手彩色地図。「仙台・林子平図」を模写したもの。「五枚之内」の一枚。
HM25

江戸案内巡見図鑑　えどあんないじゅんけんずかん
石川流宣図　刊・1帖　102.2×160.0　正徳1年・1711　江戸・山口屋須藤権兵衛　手彩色地図。
HM30

〔江戸絵図〕　えどえず
刊・1帖　70.0×88.7　文政10年・1827　江戸・須原屋茂兵衛　色刷り地図。
HM18

〔江戸切絵図〕　えどきりえず
刊・1帖　77.5×66.0　近世後期　欠損甚だし。
HM13

江戸職人歌合　えどしょくにんうたあわせ
刊・2冊　26.8×18.4　近世後期　名古屋・永楽屋東四郎板　文化5年藤原泰周序。絵は単色。巻末に「尾張書肆東壁堂製本目録」あ

り。
HM114

江戸図鑑綱目〔坤〕　えどずかんこうもく
石川俊之画　刊・1帖　125.0×138.4　元禄2年・1689　江戸・相模屋太兵衛　手彩色地図。
HM27

再校　江戸砂子名跡誌　えどすなごめいせきし
刊・1冊　22.6×16.0　明和7年・1770　巻一のみ。
HM77

再校　江戸砂子名跡誌〔巻一〕　えどすなごめいせきし
菊岡沾涼　刊・1冊　22.7×16.0　明和7年・1770　巻一のみ。旹享保壬子梅天上浣及月江都神田誹林崔下菴、沾涼叙、明和庚寅秋八月丹治政逸謹識。
98

〔江戸地図〕　えどちず
刊・1帖　68.7×78.0　近世後期　多色刷り。
145

画本古鳥図賀比〔巻一〕　えほんことりずかい
松屋耳鳥斎　刊・1冊　26.0×18.0　文化2年・1805か　巻一のみ。
34

画本室の八島　えほんむろのやしま
中聖人晦所著・蓼華斎玉峯画　刊・6冊　22.0×15.3　文化5年・1808　大坂・岡田茂兵衛
HM79

延命地蔵経鈔　えんめいじぞうきょうしょう
沙門亮汰謹題　刊・2冊　26.8×18.8　延宝7年・1679　前河茂右衛門　序に「延宝六年沙門亮汰謹題」。蔵書印「長徳書庫」。
HM97

往生要集〔巻之上〕　おうじょうようしゅう
恵心僧都　刊・1冊　22.0×15.2　嘉永再刻上巻のみ。
HM75

近江国細見図　おうみのくにさいけんず
山下重政作　刊・1帖　82.0×138.0　寛保2年・1742　大坂・大津屋嘉兵衛、村上伊兵衛　手彩色地図。
HM28

分／限　御江戸絵図　おえどえず
刊・1帖　84.0×105.0　文政3年・1820　江戸・須原屋茂兵衛　多色刷り絵図。
HM22

大坂ヨリ所々道法　おおさかよりしょしょみちのり
岳埜氏　写・1帖　33.0×47.0　文政4年・1821　手彩色地図。
HM2

小笠原諸礼大全　おがさわらしょれいたいぜん
法橋玉山著・石玉峯画　刊・1冊　22.4×15.7　文化6年・1809か　玉栄堂発行　巻末に「河内屋重太郎、大文字屋得五郎」。
MMT69

小笠原諸礼大全　附式礼用文章〔下之巻〕　おがさわらしょれいたいぜん
刊・1冊　22.5×15.7　文化6年・1810　浪華書林松岡喜助、赤松九兵衛、植田善七合梓
MMT69

小笠原諸礼大全〔下之巻本〕　おがさわらしょれいたいぜん
刊・1冊　刊年未詳　大坂心斎橋通馬喰町・石倉堂河内屋長兵衛
MMT69

小笠原諸礼大全〔下之巻本〕　おがさわらしょれいたいぜん
刊・1冊　刊年未詳　刊記はないが、上の本にすべて同じ。
MMT69

小笠原諸礼大全　おがさわらしょれいたいぜん
法橋玉山著・石玉峯画　刊・1冊　22.0×15.3　文化6年・1809　大阪・河内屋茂兵衛他
MMT83

寛保二戌年十一月　御仕置五人組帳　おしおきごにんぐみちょう
写・1冊　28.0×20.0　寛保2年・1742写　仮とじ。

MMT162

女今川錦小宝　おんないまがわにしきのこだから
刊・1冊　25.2×17.2　天保8年・1837再刻　甘泉堂和泉屋市兵衛
HM102

女今川和歌緑　おんないまがわわかみどり
刊・1冊　26.2×18.2　天明2年・1782　鶴屋金助
HM103

女大学教草　おんなだいがくおしえぐさ
貝原益軒先生　刊・1冊　25.8×17.8　江戸後期　甘泉堂　二冊合一本。
HM105

女大学宝箱　おんなだいがくたからばこ
貝原益軒先生述　刊・1冊　25.2×17.4　文久3年・1863　江戸・須原屋茂兵衛、大阪・伊丹屋善兵衛、同・服部屋幸八　浪花書肆文栄堂・耕文堂蔵版。耕作図、南京八景等あり。
HM104

〔か〕

懐宝御江戸絵図　かいほうおえどえず
刊・1枚　61.0×90.0　文化9年・1812　江戸・須原屋茂兵衛　墨刷り地図。
HM16

加賀見山旧錦絵六ツ目〔草履打の段〕　かがみやまこきょうのにしきえ
刊・1冊　22.0×16.0　江戸後期　大阪心斎橋通・本屋清七版
MMT208

復讐美鳥林　かたきうちみとりのはやし
南里亭其徳〔作者〕・葛飾北洋〔画工〕　刊・6冊　22.0×15.5　文政3年・1820　浪花・河内屋平七
77

仮名手本増補忠臣蔵　かなでほんぞうほちゅうしんぐら
晋米斎玉粒編・一陽斎豊国画　刊・1冊　17.7×12.4　文政8年・1825　江戸・山本栄久堂
HM42

仮名手本忠臣蔵　大序〔鶴ヶ岡の段〕　かなでほんちゅうしんぐら
刊・1冊　23.6×16.2　江戸・西宮新六原板、三河屋喜兵衛板　本文五行。フシ・フ有。
HM65

仮名手本忠臣蔵　二段目〔桃井館の段〕　かなでほんちゅうしんぐら
刊・1冊　22.2×16.0　大坂・加嶋屋清助　本文五行。フシ・フ有。
HM66

仮名手本忠臣蔵　三段目〔恋歌の意趣〕　かなでほんちゅうしんぐら
刊・1冊　22.0×16.0　大坂・加嶋屋清助　本文五行。フシ・フ有。
HM67

仮名手本忠臣蔵　五段目・六段目　かなでほんちゅうしんぐら
刊・1冊　22.6×15.8　江戸・総州屋与兵衛　本文六行。
HM68

仮名手本忠臣蔵　〔雪の山科〕　かなでほんちゅうしんぐら
刊・1冊　21.8×16.0　江戸・三河屋喜兵衛他　本文五行。フシ・フ有。
HM54

仮名読八犬伝〔二十三編上下〕　かなよみはっけんでん
曲亭琴童作・一勇斎国芳画　刊・1冊　17.8×11.9　安政3年・1856　江戸・丁字屋平兵衛
HM38

〔観世流謡本〕　かんぜりゅううたいほん
刊・3冊　21.2×16.1　文化1年・1804　京都・山本長兵衛　巻一高砂・田村・湯谷・班女・鵜飼。巻二難波・兼平・千手・卒都婆小町・船弁慶。巻三老松・頼政・井筒・鉢木・羽衣。
HM74

〔観世流謡本〕　かんぜりゅううたいほん
刊・1冊　22.8×16.6　享保18年・1733　京都・山本長兵衛　白鬚・盛久・仏原・道成寺・唐船。

HM70

日本／橋北　神田浜町絵図　かんだはまちょうえず
福住清志知図　刊・1帖　65.0×72.0　安政6年・1859　江戸・尾張屋清七　切り絵図。嘉永3年新刻の再版。
HM8

鬼一法眼三略巻　五段目〔橋弁慶〕　きいちほうげんさんりゃくのまき
刊・1冊　22.3×16.2　大坂・加嶋屋清助　本文五行。フシ・フ有。
HM59

義士十八ヶ條　ぎしじゅうはっかじょう
刊・1冊　17.6×11.4　幕末　江戸・吉田屋文三郎
HM36

切支丹興廃録　きりしたんこうはいろく
写・1冊　24.8×15.3　明和1年・1764か
HM53

切支丹宗門御改帳〔弘化三年五月増戸村〕　きりしたんしゅうもんおんあらためちょう
写・1冊　24.7×17.5　弘化3年・1846　増戸村。「病死」等の短冊多数挟み込みあり。
MMT0165

切支丹宗門来朝記　きりしたんしゅうもんらいちょうき
南陽之宗主　写・1冊　24.2×17.0　明和9年・1772　刊記は朱筆「明和九年壬辰八月上旬」。
HM49

吉利／支丹　退治物語　ゑ入　きりしたんたいじものがたり
刊・2冊　26.8×18.5　後刷り。
MMT0154

鬼理至端破却論伝　きりしたんはきゃくろんでん
洛下野父瓢水子述・山田市郎兵衛跋　刊・2冊　26.9×18.6　山田市郎兵衛刊か　中・下巻のみ。近世中期板か。近代印か。
HM141

頭書増補　訓蒙図彙〔巻一～二〕　きんもうずい
刊・1冊　22.0×15.5
36

刑罪大秘録　けいざいだいひろく
写・1冊　24.6×16.6　安政4年・1857　奥書「文化十一戌四月」。蔵書印「倉地文庫」「金田蔵書」(金田半一郎)。
HM78

原人論　げんにんろん
圭峯蘭若沙門宗密　刊・1冊　26.0×17.2　寛永13年・1636　道也　刊記「寛永丙子林鍾吉辰道也刊行」。
HM52

源平布引滝　三段目切〔綿繰馬の段〕　げんぺいぬのびきのたき
刊・1冊　22.0×15.8　大坂・加嶋屋清助　本文五行。フシ・フ有。
HM55

豪傑児雷也譚〔三十九編〕　ごうけつじらいやばなし
柳水亭種員稿・一恵斎芳幾画　刊・1冊　17.7×11.5　慶応2年・1866　芝神明前・甘泉堂梓
-

古事附桃太郎話　こじつけももたろうばなし
波静　刊・1冊　16.2×13.2　天明8年・1788　星雲堂、江戸・花屋久次郎
HM44

御公儀御條目　ごこうぎごじょうもく
〔中里村〕田村高蔵　写・1冊　29.0×20.0　享和3年・1803　御公儀から仰出された御条目の書付け。
HM99

注／入　古語拾遺　こごしゅうい
刊・1冊　25.3×17.6　元禄11年・1698　大坂・河内屋茂兵衛他10書肆　後印本。
HM125

古語拾遺句解　こごしゅういくかい
藤原斎延　刊・1冊　25.2×17.5　元禄11年・1698　大阪・河内屋茂兵衛
12

古事記　こじき
本居宣長　刊・3冊　25.5×18.4　享和3年・1803　勢洲松坂・山口兵助、永田調兵衛、皇都書林・河南儀兵衛　寛政十一年己未五月十

日御免、享和三年癸亥十月発行。
4

古事記　こじき
刊・3冊　23.2×14.5　天保期か　上巻表紙見返しに「文政四年」、表紙に「天保十一年」とあり。
MMT174

古事記　こじき
刊・3冊　23.4×14.5　天保期か　マレガ神父の書入れ「名護屋国宝真福寺本古事記」。
MMT175

〔古状揃〕　こじょうぞろえ
刊・1冊　25.0×17.7　近世中期　柱刻に「古状」。飛び丁あり。
HM112

古状揃大全〔古状〕　こじょうぞろえたいぜん
刊・1冊　25.4×17.5　嘉永2年・1849三刻　書林江戸・山田佐助、山崎清七　文化9年再刻、嘉永2年三刻。
42

新／板　古状揃手本　こじょうぞろえてほん
刊・1冊　25.7×18.0　近世初期　西村市郎右衛門板、京都・菱屋治兵衛板
HM95

御成敗式目　ごせいばいしきもく
〔越後須原村〕宮本平井氏　写・1冊　29.2×20.2　明和2年・1765　丸印「越後須原平井氏」。
HM100

骨董集〔上編下之巻〕　こっとうしゅう
醒斎老人〔山東京伝〕著　刊・1冊　天保13年・1842　大坂・河内屋喜兵衛、河内屋茂兵衛、江戸・丁子屋平兵衛　朱文方印「満夢楽」。
HM120

五人組御条目　ごにんぐみごじょうもく
写・1冊　26.2×18.2　慶応2年・1866
MMT0178

五人組制度記　ごにんぐみせいどき
写・1冊　31.2×19.6　万延2年・1862写　奥書「天保五年午正月東谷写之」。
MMT0179

小日向絵図　こびなたえず
戸松昌訓著　刊・1帖　36.1×73.0　嘉永5年・1852　江戸・尾張屋清七　切り絵図。おもて表紙欠。
HM5

権現様御條目　ごんげんさまごじょうもく
写・1冊　26.8×19.0　寛永9年・1632写か　墨書「承天休書院蔵」。蔵書印「西條藩服部氏」。
HM147

婚礼道しるべ　こんれいみちしるべ
刊・1冊　21.5×15.4
HM72

〔さ〕

差上申一札之事　さしあげもうすいっさつのこと
写・1冊　28.3×20.2　弘化4年・1847写
MMT0176

地蔵菩薩感応伝　じぞうぼさつかんのうでん
指柏釋道熙晦巌　刊・1冊　貞享4年・1687　平楽寺蔵版　上下合一冊。
HM122

舌切雀　昔咄猿蟹合戦　したきりすずめ　むかしばなしさるかにがっせん
玉光亭文魚作・一光斎芳盛画、仮名垣魯文作・一光斎芳盛画　刊・1冊　16.8×11.5　幕末　新庄堂〔猿蟹合戦〕「舌切雀」玉光亭文魚作・一光斎若盛画・魯文序、「猿蟹合戦」仮名垣魯文作・一光斎若盛画
HM47

悉曇愚鈔　しったんぐしょう
悉曇末葉沙門澄禅識語　刊・1冊　26.8×19.0　寛文8年・1668〔識語〕　2冊合冊。
HM140

悉曇連声集　しったんれんじょうしゅう
沙門澄禅　刊・1冊　27.0×19.2　寛文8年・1668　寛文戊申秋八月日書廻向無上大菩提沙門澄禅悔焉。
67

芝高輪辺絵図　しばたかなわへんえず
景山致恭著　刊・1帖　36.0×73.0　文久1年・1861　江戸・尾張屋清七　切り絵図。安政4年板の改正板。
HM7

釈迦御一代記図会　しゃかごいちだいきずえ
山田案山子編・前北斎老人画　刊・6冊　25.2×17.8　弘化2年・1845　京都・越後屋治兵衛、江戸・山城屋佐兵衛、大阪・河内屋茂兵衛他5書肆
3

寛政子より申迠　宗門人別御改帳　しゅうもんにんべつおんあらためちょう
写・1冊　27.4×19.1　享和1年・1801　享和元年酉五月安部郡腰越村。
MMT0186

証果増進之図　しょうかぞうしんのず
刊・1帖　67.5×60.8　近世後期
HM73

続日本後紀　しょくにほんこうき
立野春節識　刊・10冊　25.9×18.9　寛文8年・1668　洛陽小川・林和泉掾版行
MMT0087

諸侯要覧　しょこうようらん
刊・1冊　7.1×15.8　幕末か　京都・銭屋惣四郎、同・山城屋勘助　朱印「正親町三条殿御蔵板」。
HM34

正信偈訓読図会　しょうしんげくんどくずえ
暁晴翁編　刊・4冊　25.0×17.5　近世後期　大坂・伊丹屋善兵衛他9書肆　巻中ノ一、中ノ二、下ノ一、下ノ二のみ。
HM116

聖徳太子五憲法　しょうとくたいしごけんぽう
刊・1冊　26.4×18.8　天明8年・1788〔序〕　京都・柳枝軒小川多左衛門　後印本。
HM139

聖徳太子伝図会　しょうとくたいしでんずえ
若林葛満作・西村中和画　刊・4冊　25.7×18.4　享和4年・1804序　京都・山城屋佐兵衛
13

聖徳太子伝暦　しょうとくたいしでんれき
平氏〔平基親〕撰　刊・1冊　26.2×19.2　寛永5年・1628　京都か・野田庄右衛門　上・下巻合一冊。表紙ウラにペンによる書入れ多くあり。梅屋野史の考察が本文の後に二丁あり。朱筆書入れあり。蔵書印「尚古堂」等。
HM98

聖徳太子伝暦　しょうとくたいしでんれき
刊・1冊　29.0×20.5　寛永5年・1628　板木屋勝兵衛
HM144

白縫譚〔37編・38編〕　しらぬいものがたり
柳下亭種員作・芳幾画　刊・1冊　17.7×12.0　江戸・広岡屋広助　ローマのマレガ文庫蔵本の一部か。
HM45

〔仮題〕真言の印　しんごんのいん
刊・1冊　26.5×19.0　近世初期刊　京都寺町通五条西橋詰町・伊勢屋額田正三郎蔵　一止人蔵仏書目録を付す。
57

訂／正　新撰姓氏録　しんせんしょうじろく
刊・4冊　25.0×17.5　近世後期後印　大坂・加賀屋善蔵他11書肆　文化4年板。
HM94

元治／改正　新増細見京絵図大全　しんぞうさいけんきょうえずたいぜん
刊・1帖　70.2×102.5　文久3年・1863　京都・竹原好兵衛　天保5年開板、文久2年再刻、文久3年三刻。
HM14

校正／評閲　神代巻　じんだいのまき
松下見林書　刊・2冊　25.0×18.0　元禄8年・1695　京師三条通竹屋町御書物師出雲寺和泉掾、西村市郎右衛門、瀬尾源兵衛、西森六兵衛、西村七郎兵衛　元禄八年二月十六日松下見林書。
63

神代巻直指詳解　じんだいのまきじきししょうかい

刊・8冊　27.7×19.0　元禄10年・1697刊　京堀川通本国寺前・小佐治半右衛門、大坂心斎橋筋・古本屋清左衛門、同所・河内屋平兵衛梓行。
64

神道中臣祓　しんとうなかとみはらい
刊・1帖　14.7×6.1　江戸後期か　内題「中臣祓」。
-

評註／校正　神皇正統記　じんのうしょうとうき
河真一序・藤真彦跋　刊・6冊　25.9×18.0　慶応1年・1865〔序〕　京都・同盟書賈、京都・大谷津逮堂吉野屋仁兵衛版　後印本。
HM138

菅原伝授手習鑑　三段目〔車引の段〕　すがわらでんじゅてならいかがみ
刊・1冊　22.4×16.0　江戸・西宮新六原板、三河屋喜兵衛板　本文五行。フシ・フ有。
HM63

斥耶蘇　せきやそ
伏水得聞著　刊・1冊　26.2×18.1　元治1年・1864　荷法館蔵版
38

摂津名所図会　住吉郡　せっつめいしょずえ
刊・1冊　26.0×18.2　寛政6年・1794
HM133

善光寺如来絵詞伝　ぜんこうじにょらいえことばでん
中村市平源正雅〔筆者〕　刊・7冊　26.0×18.0　安政5年・1858　江戸下谷・和泉屋庄次郎製本　弘化4年序。題簽「阿弥陀如来絵詞伝」
26

〔た〕

新刻／改正　大学　だいがく
刊・1冊　24.4×17.0　近世後期後印　近世中期板。見返し「大学章句序」、尾題「大学章句」。
HM93

大学章句　だいがくしょうく
刊・1冊　26.6×17.6　江戸中期か　養賢堂
HM142

太閤記図譜〔三編のみ〕　たいこうきずふ
南可真逸著・又玄斎南可画　刊・1冊　18.0×11.8　幕末か　江戸・大和屋喜兵衛板　多色刷り挿絵多数。
73

大全新童子往来　たいぜんしんわらべおうらい
暁鐘成編・西川竜章堂書　刊・1冊　25.2×18.3　嘉永5年・1852再刻　江戸・須原屋、京・銭屋、大阪・敦賀屋、秋田屋、伊丹屋　天保八年刻。
8

〔胎蔵界念誦次第〕　たいぞうかいねんじゅしだい
刊・1冊　26.6×19.0　安永4年・1775〔小口〕　京都・伊勢屋額田正三郎　板元は「正人蔵仏書目録」による。書き題箋「真言の印」。柱刻「胎」。本文一丁オ「胎蔵界念誦次第」、小口「印図不動胎界」。端本の下巻という可能性もあり。
HM107

大日本九州九ヶ国之図　だいにほんきゅうしゅうきゅうかこくのず
刊・1帖　60.5×88.0　文化10年・1813　長崎・文松堂　色刷り地図。
HM15

大日本細見道中図鑑　だいにほんさいけんどうちゅうずかん
富士谷東遊子校正・友鳴松旭画　刊・1帖　37.0×154.0　近世後期　色刷り地図。一部欠損。
HM12

絵／本　大日本六拾余州見立　だいにほんろくじゅうよしゅうみたて
国貞画　刊・1帖　17.3×24.2　江戸後期
-

絵入竹とり物語　たけとりものがたり
刊・2冊　25.4×17.8　近世後期後印　大阪・河内屋喜兵衛、河内屋卯助他5書肆　茨城多左衛門板（原板）。
HM90

玉鉾百首　たまほこひゃくしゅ

本居宣長　刊・1冊　26.2×18.2　近世後期　江戸・岡田屋嘉七、大坂・河内屋喜兵衛、大坂・河内屋和助、敦賀屋九兵衛、京・菱屋孫兵衛
HM136

壇浦兜軍記　三段目口〔琴責の段〕　だんのうらかぶとぐんき
刊・1冊　22.3×16.0　大坂・加嶋屋清助　本文五行。フシ・フ有。
HM61

地球万国山海輿地全図　ちきゅうばんこくさんかいよちぜんず
長玄珠述　写・1帖　28.8×57.0　近世後期　手彩色地図。朱印「岩田文庫」。
HM11

筑前国絵図　ちくぜんのくにえず
写・1枚　103.0×89.0　文政3年・1820　手彩色地図。江戸・須原屋茂兵衛板の写本。墨書「慶応三丁卯年十一月上□大森氏」。
HM21

中将姫一代記　ちゅうじょうひめいちだいき
刊・1冊　22.3×16.5　寛政13年・1801　京都・吉田新兵衛他3書肆　上巻一冊のみ。多色刷り挿絵あり。
HM71

注維摩詰経　ちゅうゆいまきつきょう
後秦釋僧肇　刊・5冊　27.0×18.8　寛永18年・1641　書梓中野道也　巻一～巻十まで。
HM123

聴辞秘録　ちょうじひろく
芝崎氏　写・1冊　23.8×17.3　天保10年・1839　「争証吟味之心得」「公事所治罪之者取捌大概」ほか。
HM69

朝鮮八道之図　ちょうせんはちどうのず
森有慶模写　写・1枚　52.9×74.9　文化6年・1809　手彩色地図。天明5年江戸・須原屋市兵衛板林子平図を模写したもの。
HM29

〔朝鮮・琉球・蝦夷等数国接壌ノ形勢ヲ見ル為ノ小図〕　ちょうせんりゅうきゅうえぞとうすうこくせつじょうのけいせいをみるためのしょうず
森有慶模写　写・1枚　53.0×75.0　文化6年・1809　手彩色地図。「仙台・林子平図」を模写したもの。「五枚之内」の一枚。
HM24

つれつれ草　つれづれぐさ
刊・2冊　27.2×19.0　元文2年・1737　京都・菊屋喜兵衛
HM80

〔絵入つれづれ草〕　つれづれぐさ
刊・1冊　22.6×16.0　近世中期　三巻のみか。
HM84

新板／□入　つれつれ草　つれづれぐさ
刊・2冊　26.2×19.0　延享5年・1748　京都・菱屋孫兵衛　やや後印。
HM82

〔絵入徒然草〕　つれづれぐさ
刊・1冊　26.0×18.8　近世中期　松会衛板　奥付「相月良辰」。
HM83

天神記図会〔一・二〕　てんじんきずえ
北野祠僧蓮了大人　刊・1冊　25.8×17.9　元治1年・1864　星文堂
HM135

〔道成寺〕　どうじょうじ
写・1冊　23.2×17.6　書写年未詳
HM51

〔な〕

中臣大祓図会　なかとみおおはらいずえ
〔摂都〕蓬宣有常編述　刊・1冊　25.0×18.0　嘉永5年・1852　江戸・須原屋茂兵衛、同・須原屋伊八、江戸・山城屋、岡田屋、紙屋、京・丸屋、大坂・石川屋、秋田屋太右衛門　上・中・下合一冊。
HM134

南蛮記　切支丹宗門来朝実録　なんばんき
〔諸徳寺村〕菅谷玉寿　写・1冊　23.2×16.2　嘉永3年・1850写　明和二年常州鹿島郡竹内定賢が最初に書写。

118

南蛮寺興廃記　なんばんじこうはいき
刊・1冊　25.6×17.9
MMT0189

偐紫田舎源氏〔19編上下20編上下〕　にせむらさきいなかげんじ
刊・1冊　16.9×11.7　天保7年・1836　江戸・鶴屋喜右衛門　ローマのマレガ文庫蔵本の一部か。
HM37

偐紫田舎源氏〔三編上下〕・弓張月春廼宵栄〔20編〕　にせむらさきいなかげんじ・ゆみはりづきはるのゆうばえ
種彦〔偐紫〕・楽亭西馬〔弓張月〕　刊・2冊　18.0×12.3　天保1年・1830、文久1年・1861　鶴屋喜右衛門〔偐紫〕・恵比寿屋庄七〔弓張月〕　二作品合本の端本。
MMT0117

偐紫田舎源氏〔五編上下・六編上下・十三編上下〕　にせむらさきいなかげんじ
柳亭種彦作・歌川国貞画　刊・6冊　18.0×12.0　天保2、3、5年・1831、1832、1834　仙鶴堂版
MMT167

日光山諸所案内手引草　にっこうさんしょしょあんないてびきぐさ
刊・1帖　天保11年・1840　日光・大嶋久兵衛　色刷り・袋付き。天保11年改板（寛政2年元板、文政5年再板）。
HM4

日本書紀　にほんしょき
松下見林跋　刊・2冊　25.6×18.0　元禄8年・1695　西村七郎兵衛他3書肆　柱刻下辺に「校正評閲」とあり。
HM96

日本書紀　にほんしょき
刊・2冊　27.1×19.5　近世中期板か　柱刻下辺に「下御霊社版」、同上辺「日本紀」。
HM106

日本書紀〔神代巻上下〕　にほんしょき
松下見林校訂　刊・1冊　25.2×18.0　元禄8年・1695　京都三条通・出雲寺和泉掾　二冊合一冊。
HM143

〔は〕

〔幕末浮世絵貼付帳〕　ばくまつうきよえはりつけちょう
刊・1帖　26.0×17.5　幕末期の浮世絵を貼り合わせたもの。『徳川幕府刑事図譜』と表裏をなす。
-

蛮宗制禁録　ばんしゅうせいきんろく
江都高田住木偶房述　写・4冊　22.9×16.4　明和8年・1771　巻一、二、三、五のみ。
MMT193

東山名勝図会　ひがしやまめいしょうずえ
木村明哲〔暁鐘成〕・画工松川半山等　刊・5冊　26.7×18.6　元治1年・1864　京都・出雲寺文次郎他13書肆、大坂・河内屋喜兵衛他5書肆、江戸・須原屋茂兵衛他3書肆　見返し題「再選華洛名勝図会東山之部」。
22

彦山権現誓助剣　九ツ目〔毛谷村の段〕　ひこさんごんげんちかいのすけだち
刊・1冊　22.1×16.0　大坂・加嶋屋清助　本文五行。フシ・フ有。
HM56

肥後物語　ひごものがたり
亀井道斎著・横田重興筆写　写・1冊　24.5×16.8　近世後期　裏見返しに横田重興の奥書あり。
HM92

ひらかな盛衰記〔はたご屋の段〕　ひらかなせいすいき
刊・1冊　24.6×16.0　江戸・多田屋利兵衛、浜松屋幸助　本文六行。フシ・フ有。
HM58

ひらかな盛衰記　三段目〔今昔茶呑咄〕　ひらかなせいすいき
刊・1冊　22.4×16.1　江戸・多田屋利兵衛、浜松屋幸助　本文六行。フシ・フ有。
HM60

不思議塚小説桜〔初編〕　ふしぎづかしょうせつざくら

刊・1冊　18.0×11.7　元治2年・1865　芝神明甘泉堂
MMT169

武州豊嶋郡江戸庄図　ぶしゅうとしまぐんえどしょうず
屋代弘賢模写　写・1枚　96.0×157.0　天保4年・1833　手彩色地図。寛永7、8年頃の江戸絵図を屋代弘賢が模写・考証したもの。蔵書印「岩本蔵本」(達磨屋五一か)。
HM23

闢邪小言　へきじゃしょうげん
大橋訥庵・〔肥前〕楠本覚敬撰・〔上毛〕川島達書　刊・4冊　26.0×18.0　安政4年・1857跋　嘉永5年序。
79

方円俳諧集　ほうえんはいかいしゅう
刊・2冊　17.8×12.2　天保11年・1840　朱文印「西條永見森氏之秘蔵所」。
HM35

方円俳諧集　ほうえんはいかいしゅう
梅室著・卓丈編　刊・2冊　17.9×12.1　天保12年・1841
40

細川／玄旨　聞書全集　ほそかわげんし　ききがきぜんしゅう
刊・3冊　26.7×17.8　延宝6年・1678〔目録〕　青木勝兵衛板　巻1、2、4のみ。
HM113

細川之御伝記　ほそかわのごでんき
写・1冊　25.8×19.0　近世後期　奥書「慶安三年四月十八日長岡勘解由左衛門・長岡式部」。
HM108

本邦武家沿革図考　ほんぽうぶけえんかくずこう
刊・1帖　30.0×21.0　近世後期　折帖一舗。多色刷り図8面を含む。
HM32

本邦武家沿革図考　ほんぽうぶけえんかくずこう
刊・1帖　30.0×21.2　近世後期
120

〔ま〕

〔町奉行所申渡書〕　まちぶぎょうしょもうしわたししょ
刊・1冊　24.7×17.0　近世後期　江戸板〔内容から〕「町之地代店賃惣上り高……」。打付題簽「申渡書／奉行所」。
HM91

眉間尺　みけんじゃく
刊・1冊　17.3×12.5　延享ころか　江戸・奥村屋源六　原題簽あり。古堀栄旧蔵。
HM41

都名所図会　みやこめいしょずえ
秋里湘夕　刊・6冊　25.6×18.1　大坂・河内屋喜兵衛他12書肆　安永9年跋。題簽下辺に「再刻」とあり。
HM109

都名所図会　みやこめいしょずえ
刊・1冊　27.2×19.0　近世中期　題簽に「再刻」とあり。巻四のみ。
HM110

伽羅先代萩〔御殿〕　めいぼくせんだいはぎ
刊・1冊　22.0×16.0　大坂・佐々井治郎右衛門、榎並屋久蔵　本文五行。フシ・フ有。
HM62

目黒白金辺図　めぐろしろかねへんず
戸松昌訓著　刊・1帖　50.0×53.5　嘉永7年・1854　江戸・尾張屋清七　切り絵図。
HM1

〔や〕

耶蘇宗門来朝根元記　やそしゅうもんらいちょうこんげんき
山下春意入道周輝写　写・2冊　25.0×17.5　安政6年・1859　下巻巻末識語「寛延年中ニ和泉村寿軒被写之。于時明和七庚寅歳仲夏中旬首尾ノ内二巻榊間伊惣治士被写之。其後弘化三丙午晩春下旬同菊太郎棟恭士訂写之。其後安政六己未年仲夏初九日山下春意入道周輝(花押)借写之者也。」
HM148

耶蘇宗門来朝根元記〔坤〕　やそしゅうもんらいちょう

こんげんき
山下春意入道周輝写　写・1冊　25.4×18.8　安政6年・1859　奥書「寛延年中ニ和泉村寿軒被写之。于時明和七庚寅歳仲夏中旬首尾ノ内二巻榊間伊惣治士被写之。其後弘化三丙午晩春下旬同菊太郎棟恭士訂写之。其後安政六己未年仲夏初九日山下春意入道周輝借写之者也。」
MMT0192

幼学綱要漢文解《ようがくこうようかんぶんげ》
刊・1冊　22.6×15.2　活字。青印「渡辺義治文庫」。
194

扶桑国／第一産　養蚕秘録《ようさんひろく》
刊・3冊　25.6×18.2　享和2年・1802　京都・出雲寺松柏堂　萬葉和歌集、源氏物語等の広告あり。
HM117

扶桑国／第一産　養蚕秘録《ようさんひろく》
上垣伊兵衛守国　刊・3冊　25.4×17.6　享和3年・1803　江戸・須原屋、大阪・柏原屋清右衛門、京都・菊屋七郎兵衛、須原屋平左衛門　HM117と同板本か。奥付あり。原表紙か。
HM118

義経千本桜　〔狐忠信の段〕《よしつねせんぼんざくら》
刊・1冊　22.8×16.0　江戸・蔦屋重三郎　本文六行。フシ・フ有。
HM57

淀川／合戦　見聞奇談〔初篇～三篇〕《よどがわかっせんけんぶんきだん》
刊・2冊　17.8×12.2　慶応4年・1868　大阪・豊浦伊兵衛、松岡栄作、京都・越後屋治兵衛　多色刷り挿絵あり。
50

〔ら〕

羅漢図讃集《らかんずさんしゅう》
刊・1冊　江戸後期　知恩院古門前・沢田吉左衛門
HM121

利運談〔初編〕《りうんだん》
八隅中立著　刊・4冊　22.8×16.0　文化13年・1816　江戸・山田佐助他4書肆　見返しに江戸書肆千鍾房の記載あり。
HM50

論語古訓正文《ろんごこくんせいぶん》
太宰春台校　刊・1冊　25.7×17.5　宝暦4年・1754　江戸・小林新兵衛〔嵩山房〕　春台先生訓点。巻末目録あり。
HM111

〔わ〕

童謡妙々車〔八編上下〕《わらべうたみょうみょうぐるま》
柳亭種彦作・歌川国貞画　刊・1冊　17.7×11.9　安政6年・1859　江戸・蔦屋吉蔵
HM39

〔□校覚書〕　写・1冊　25.5×19.0　寛文4年・1664　書き出し「一、信長様御代大坂……」。
MMT0180

近代期

〔あ〕

阿漕　あこぎ
観世元滋〔廿四世〕　刊・1冊　22.8×16.0　大正13年・1924第6版発行　発行所檜大瓜堂　活字。
-

海士　あま
刊・1冊　22.7×15.5　大正5年・1916　観世流改訂本刊行会
MMT0195

家庭お伽噺　阿波の十郎兵衛　あわのじゅうろべえ
夕波山人編輯　刊・1冊　21.8×14.5　大正3年・1914　加賀屋書店、東京青盛堂発行　表紙は多色刷り。
MMT0108

時代民芸品　石燈籠展覧会　いしどうろうてんらんかい
刊・1冊　26.0×19.0　昭和10年・1935　日本美術協会　写真帖。
254

絵入／新板　伊勢物語　いせものがたり
刊・2冊　25.7×18.1　明治後印　尾州名古屋・片野東四郎他14書肆　寛文2年板。巻末に尾州名古屋永楽屋東四郎の広告。
HM85

冠註一鹹味　いちかんみ
木宮恵満〔編輯人〕　刊・1冊　25.8×18.0　明治19年・1886　出版人森江本店森江佐七
MMT0152

鵜飼　うかい
刊・1冊　23.0×16.0　昭和7年・1932　わんや書店　宝生流一番稽古本。
MMT0182

新編嘯阿虎〔全〕　うそぶきおとら
花笠文京編輯・芳宗画　刊・1冊　17.7×11.8　明治17年・1884　編輯人渡辺義方、出版人宏虎童、発兌元絵入自由出版　活字。
MMT103

姥捨山月下仇討　うばすてやまげっかのあだうち
桃川実講演・今村次郎速記　刊・2冊　26.0×19.0　大正15年・1926　新聞切抜き。第41席～第123席。
-

絵本狐の嫁入　えほんきつねのよめいり
刊・1冊　16.3×11.2　明治初期　本文挿画多色刷り。
HM43

絵本栄家種〔複製本〕　えほんさかえぐさ
刊・2冊　大正5年・1916　風俗絵巻図画刊行会
238

絵本栄家種〔複製本〕　えほんさかえぐさ
刊・2冊　大正5年・1916　風俗絵巻図画刊行会
234

絵本宝能縷〔複製本〕　えほんたからのいと
刊・1冊　大正9年・1920　吉川弘文館
236

細字／絵入　往生要集　おうじょうようしゅう
恵心僧都　刊・3冊　26.1×18.7　明治43年・1910後印　京都・西村九郎右衛門　天保再板〔見返し〕。
HM115

天保／改正　御江戸大絵図　おえどおおえず
刊・1帖　121.0×136.0　昭和期か　東京・信陽堂　色刷り。天保14年江戸・岡田屋嘉七板の復刻。
HM31

大分県官内地図　おおいたけんかんないちず
日高太平製図　刊・1帖　52.0×56.0　明治14年・1881　大分・山川正三郎／大阪・渡辺貞吉　銅版着色(手彩色)地図。
HM6

大分県官内地図　おおいたけんかんないちず
日高太平製図　刊・1帖　51.5×56.5　明治14年・1881　大分・山川正三郎／大阪・渡辺貞吉　銅版着色。
HM19

大分県旧城沿革誌　附図　おおいたけんきゅうじょうえんかくしふず
写・6枚　明治か　手彩色。「中津城」「府内城」「臼杵城」「日出城」「佐伯城」「岡城」。朱印「陸軍士官学校」。
HM20

大祓詞　おおはらいことば
刊・1帖　17.2×7.7　昭和6年・1931　官幣大社稲荷神社　活字。
MMT0110

岡城略図〔明治四年廃藩前〕　おかじょうりゃくず
刊・1帖　25.4×58.9　昭和12年・1937　竹田町教育会
151

女大学教文庫　おんなだいがくおしえぶんこ
貝原益軒先生述　刊・1冊　24.8×17.8　明治後印か　大阪府・小島伊兵衛　注釈付き。墨書「野渕瀧女所持」。
HM101

〔か〕

かちかち山仇討　かちかちやまあだうち
刊・1冊　17.5×11.6　明治初期　本文挿画多色刷り。
HM46

鉄輪　かなわ
観世左近　刊・1冊　22.7×16.0　昭和14年・1939　発行所檜書店　活字。
-

弓術独習指南　きゅうじゅつどくしゅうしなん
南川正雄編述　刊・1冊　22.2×15.0　明治36年・1903　発行福岡県亀田満吉、同林虎太郎　活字。
MMT118

暁斎画談〔外篇〕〔巻之下〕　きょうさいがだん
河鍋洞郁〔暁斎〕　刊・1冊　25.5×17.5　明治20年・1887　出版人浅草区岩本俊　内篇二巻外篇二巻の内。挿絵多数、多色刷りもあり。
MMT0151

京都絵図　きょうとえず
福富正水校正　刊・1帖　45.0×63.0　明治7年・1874　京都・村上勘兵衛　銅版着色（手彩色）地図。
HM3

京都叢書〔京童〕跡追　きょうとそうしょ
刊・1冊　22.8×15.5　大正3年・1914　京都叢書刊行会　活字。京童跡追。
MMT104

京都叢書　京童　きょうとそうしょ
刊・1冊　22.7×15.5　大正3年・1914　京都叢書刊行会　活字。京童。
MMT105

改正／再刻　京都府区組分細図　きょうとふくくみわけさいず
橋本澄月編　刊・1帖　47.5×71.5　明治16年・1883　京都・風月庄左衛門　銅版着色。明治12年刻、明治16年再刻。
HM17

近世侠義伝　きんせいきょうぎでん
刊・1冊　24.0×16.7　大正7年・1918　風俗絵巻図画刊行会・国書刊行会錦絵部　活字。
255

訓蒙英学指南〔初篇〕　きんもうえいがくしなん
〔東京〕吉田庸徳著　刊・1冊　18.3×12.5　明治5年・1872　回春楼蔵板　英語の教科書。
30

冠注　華厳原人論　けごんげんにんろん
町元呑空編輯　刊・1冊　22.4×15.7　明治20年・1888　出版人京都府下平民・永田長左衛門
220

原人論　げんにんろん
刊・1冊　25.5×18.0　明治7年・1874　東京芝浜松町西山堂総太郎版
MMT48

皇国小史　こうこくしょうし
勝浦鞆雄　刊・1冊　23.0×15.2　明治29年・1896　吉川半七発行
MMT0120

皇国小史　附図《こうこくしょうし》
勝浦鞆雄　刊・1冊　22.5×15.0　明治30年・1897〔発行者〕吉川半七蔵版
230

黄鳥集〔47～53号〕《こうちょうしゅう》
黄鳥会　刊・1冊〔合冊〕 18.0×12.7　明治30年・1897　俳諧集。
MMT119

弘法大師行状記《こうぼうだいしぎょうじょうき》
土佐光信画伝・〔口絵のみ〕松川半山画　刊・6冊　25.5×18.4　明治10年・1877　京都・永田調兵衛版　永田調兵衛〔文昌堂〕の仏教関係書の蔵版目録あり。
14

古語拾遺《こごしゅうい》
斎部宿禰広成撰　刊・1冊　25.0×17.6　明治3年・1870〔跋〕 京都・川勝徳次郎　後印本。
HM124

新/刻　古語拾遺《こごしゅうい》
刊・1冊　26.4×18.4　明治3年・1870〔序〕明治3年京都大学教官渡辺重石丸序。気吹舎蔵版。大西小太郎刻。巻末に「伊吹廼屋先生及門人著述刻成之書目」。
HM126

古語拾遺《こごしゅうい》
刊・1冊　26.0×18.6　明治3年・1870〔跋〕京都・川勝徳次郎　後印本。HM124に同じ。
HM127

新刻　古語拾遺《こごしゅうい》
渡辺重石丸〔序〕 刊・1冊　26.8×18.4　明治3年・1870序　伊勢・大西小太郎刻
9

新刻　古語拾遺《こごしゅうい》
渡辺重石丸〔序〕 刊・1冊　26.5×18.2　明治3年・1870序　伊勢・大西小太郎刻
10

古今名婦伝《ここんめいふでん》
小川煙村〔編輯者〕 刊・1冊　24.2×16.5　大正9年・1920再版　日本美術同好会　活字。

-

古今名婦伝《ここんめいふでん》
豊国画　刊・1冊　24.3×16.7　大正7年・1918初版、大正9年1920再版　多色刷り浮世絵〔豊国画〕半丁、説明〔活字〕半丁。
253

古美術品図録〔二〕《こびじゅつひんずろく》
刊・1冊　26.5×19.0　昭和期か　美術品目録。
252

〔さ〕

彩画職人部類〔複製本〕《さいがしょくにんぶるい》
刊・2冊　大正5年・1916　風俗絵巻図画刊行会
237

祭文例《さいもんれい》
草鹿砥近江守・岡本壱岐守撰訂　刊・1冊　26.7×18.2　明治2年・1869　気吹舎塾蔵版　明治二年三月序、明治二年二月識語、伊吹廼屋先生及門人著述刻成之書目。
55

The Life of TOYOTOMI HIDEYOSHI
ウォルター・デニング　刊・1冊　18.3×12.5　明治22年・1889　博文社　多色刷り挿絵6枚。
199

猿ヶ嶋敵討《さるがしまかたきうち》
歌川国露画　刊・1冊　17.6×11.7　明治初期　綿正板　本文挿画多色刷り。
HM48

私刑類纂《しけいるいさん》
宮武外骨〔編纂兼発行者〕 刊・1冊　24.0×16.0　大正11年・1922　発行所半狂堂　活字。
MMT123

四箇法要《しこほうよう》
東大寺　刊・1冊　13.9×9.1　近代刊　1969年にマレガ神父が読みを注記。
MMT0109

増冠/傍注　四十二章経《しじゅうにしょうきょう》

町元呑空編輯　刊・1冊　26.0×18.3　明治20年・1887　出版人京都府平民・出雲寺文次郎
234

釈迦御一代記　しゃかごいちだいき
無物道人覚・〔口絵〕揚州周延画　刊・1冊　17.5×11.5　明治十有余年　鶴声社　広告「実説双紙書版書目〔鶴声社〕」。
MMT113

釈迦実録〔五巻五冊〕　しゃかじつろく
鈴亭谷峨〔二世梅暮里谷我〕・玉蘭画　刊・5冊　22.5×15.8　明治16年・1883　愛知書林文光堂梶田勘助　嘉永7年序。
66

Japanese Wedding Ceremonies Old and New
栗塚龍　刊・1冊　17.8×25.4　明治37年・1904　小川写真製版所　発行印刷者栗塚龍。
M557

Japanese Wedding Ceremonies Old and New
Mrs. R Curizuka（栗塚龍）　刊・1冊　17.7×25.3　明治37年・1904　Sold by K. OGAWA
M557

集古十種〔古画肖像之部上下〕　しゅうこじっしゅ
刊・2冊　22.9×15.6　明治期か
MMT0149

十二問答　じゅうにもんどう
刊・1冊　22.8×15.1　明治4年・1871序
MMT0194

宗門人別改書上帳　しゅうもんにんべつあらためかきあげちょう
写・1冊　27.0×18.0　明治5年・1872　同筆の朱筆書入れ多数あり。
MMT0177

聖徳太子御一代記図絵〔上下〕　しょうとくたいしごいちだいきずえ
〔京都〕不二良洞著　刊・2冊　17.2×12.0　明治26年・1893　京都・沢田友五郎発行
75

鍾美帖　しょうびちょう
刊・2冊　24.0×16.0　明治35年・1902　日本美術協会　展示会出品画の縮模図集。
MMT0159

真言密教図印集　しんごんみっきょうずいんしゅう
刊・2冊　23.9×16.5　昭和9年・1934〔初版〕、昭和14年・1939〔二版〕　和歌山県・松本日進堂発行
MMT0173

神事行燈〔四編〕　しんじあんどん
〔江戸〕歌川国直画　刊・1冊　22.7×15.7　明治刊　発行書肆尾州名古屋本町通八丁目・片野東四郎他14書肆　東壁堂製本画譜目録あり。尾陽紅梅園蔵板。
MMT158

神社祭式　じんじゃさいしき
式部寮編纂　刊・1冊　26.0×18.1　明治8年・1875　官版御用御書物師東京赤羽根・山口屋佐七
232

神社祭式　じんじゃさいしき
式部寮編纂　刊・1冊　26.1×18.1　明治8年・1875　官版御用御書物師東京赤羽根・山口屋佐七
233

神代正語常磐草　じんだいせいごときわぐさ
伯耆冨延大人　刊・3冊　25.3×19.0　明治後印　下京第五区・大谷仁兵衛　上・中・下三巻三冊。文政10年初印
HM145

神代正語常磐草　じんだいせいごときわぐさ
伯耆冨延大人　刊・3冊　26.4×18.6　明治後印か　京都書林・大谷仁兵衛版　上・中・下。文政10年序跋
HM146

神道中臣祓　他　しんとうなかとみのはらい
刊・1帖　16.0×6.0　昭和12年・1937　大八木興文堂
MMT0111

菅原伝授手習鑑　四段目の切〔手習児家段〕
すがわらでんじゅてならいかがみ

刊・1冊　22.4×15.2　昭和4年・1929　玉井清文堂　五行本。
MMT（190）0158

菅原伝授手習鑑　すがわらでんじゅてならいかがみ
刊・2冊　22.4×15.2　昭和4年・1929　東京市神田区・玉井清文堂　活字。
MMT106

善光寺如来絵詞伝　ぜんこうじにょらいえことばでん
本多賢道　刊・1冊　25.3×18.0　昭和2年・1927　発行所長野県如来絵詞伝刊行会
MMT0160

三国／伝来　善光寺如来絵詞伝　ぜんこうじにょらいえことばでん
般若臺法印卍空序　刊・1冊　25.2×18.0　昭和2年・1927　如来絵詞伝刊行会　序に「弘化四年ひのと未冬十月般若臺法印卍空敬白」とあり。
MMT0160

草訣歌　そうけつか
刊・1冊　15.2×10.5　明治後印　安永4年序、後印本。朱印「日の国」、「十文字文庫」。
HM40

〔た〕

絵／入　竹とり物語　たけとりものがたり
刊・2冊　24.5×17.5　近世中期板、明治後印　茨城多左衛門板、大阪・辻本尚書堂本店他2書肆　蔵書印「林氏図書」「東園文庫」。
HM89

太政官日誌　だじょうかんにっし
刊・19冊　22.5×15.5　慶応4年・1868〜明治2年・1869　官版、御用御書物所　第3〜11、32、34、36、40、42、70〜72、159、170。
MMT184

ちとせのためし　ちとせのためし
小津新五郎〔編輯兼発行者〕　刊・1冊　18.4×12.4　明治26年・1893　編輯兼発行者小津新五郎、印刷者前田菊松　活字。
MMT00102

新板　絵入つれつれ草　つれづれぐさ
刊・2冊　26.0×18.4　明治後印　名古屋・片野東四郎他14書肆
HM81

鉄道旅行案内　てつどうりょこうあんない
鉄道省　刊・1冊　10.9×18.7　大正10年・1921　鉄道省、博文館　活字。第三十七版。
256

東海道パノラマ地図　とうかいどうぱのらまちず
清水吉康　刊・1冊　23.0×9.5　大正10年・1921　発兌元金尾文淵堂　日本全国パノラマ地図第壱巻。
251

新／撰　東京測量全図　とうきょうそくりょうぜんず
刊・1帖　明治31年・1898　東京・中村長吉　銅版着色地図。日本堂蔵版。
HM10

徳川幕府刑事図譜〔本編〕　とくがわばくふけいじずふ
江馬春熙識・石出帯刀直胤識・第九世山田浅右衛門識　刊・1帖　26.0×17.5　明治26年・1893識　明治26年3月江馬春熙識。明治25年12月石出帯刀直胤識。明治25年12月第九世山田浅右衛門識。
-

独草体仮名手本　どくそうたいかなでほん
高塚錠二〔書者〕　刊・1帖　26.7×9.0　昭和14年・1939　日本家庭書道会発行
MMT0211

〔な〕

日本／外史　古戦場概図　にほんがいしこせんじょうがいず
刊・1冊　17.0×12.1　明治刊　活字。
MMT0144

人別差引帳　にんべつさしひきちょう
写・1冊　27.2×17.9　明治写　明治五年五月三日腰越村名主。
MMT0185

祝詞　のりと
刊・1冊　26.8×18.3　明治期『祝詞式正訓』本文を重刻したものか（ただし傍訓を除く）。

HM137

祝詞式正訓　のりとしきせいくん
銕胤序　刊・1冊　26.3×18.4　明治18年再板　大阪・桜園書院藤原久吉郎　明治2年11月序（銕胤）。気吹舎塾蔵版。出版人平田胤雄。
HM128

祝詞式正訓　のりとしきせいくん
銕胤序　刊・1冊　26.3×18.3　明治期　明治2年9月銕胤序。明治2年11月銕胤序。東京・木邨嘉平房義彫工。
HM129

祝詞式正訓　のりとしきせいくん
銕胤序　刊・1冊　26.8×18.5　明治期　明治2年9月銕胤序。巻末に「伊吹廼屋先生及門人著述刻成之書目」あり。
HM130

祝詞式正訓　のりとしきせいくん
銕胤序　刊・1冊　26.6×18.1　明治期　明治2年11月銕胤序。
HM131

破邪集　耶蘇物語／武徳編年／地方凡例　はじゃしゅう
写・1冊　26.5×19.0　近代以降か　かなり後の抜書き
MMT0188

〔は〕

破提宇子　はでうす
ハビアン誌之・杞憂道人序・卍堂逸人跋　刊・1冊　25.7×17.7　元和6年・1620　明治版か。
82

風俗研究〔五〕　ふうぞくけんきゅう
刊・1冊　23.8×16.0　大正5年・1916　芸艸堂　仮とじ。
MMT0140

婦女鑑　ふじょかがみ
刊・3冊　22.6×15.3　大正4年・1915　発行兼印刷者合資会社吉川弘文館代表者吉川半七、頒布所郁文館　活字。大正4年3月15日5版発行。宮内省蔵版。
MMT124

図／絵　仏説十王経　ぶっせつじゅうおうきょう
刊・1冊　26.4×18.7　近代刊　京都市五条通高倉東入・法文館澤田友五郎
235

仏像図彙　ぶつぞうずい
刊・1冊　22.6×15.6　明治後印か　巻之三のみ。
HM76

豊後府内大友氏時代古図　ぶんごふないおおともしじだいこず
アーリ神父写　写・1枚　54.8×77.3　昭和11年・1936　手彩色地図。
HM26

宝生流謡本〔賀茂・東北〕　ほうしょうりゅううたいほん
刊・2冊　21.2×15.0　昭和32年・1957　わんや書店　活字。
MMT125, 126

〔ま〕

明治奇聞　めいじきぶん
宮武外骨〔編纂兼発行者〕　刊・1冊　24.0×16.0　大正14年・1925　発行所半狂堂　活字。
MMT122

〔よ〕

幼学綱要　ようがくこうよう
刊・3冊　22.6×15.3　明治14年・1881　MMT124『婦女鑑』に体裁同じ。宮内省蔵版。
MMT121

〔ら〕

〔昭和十六年〕略本暦　りゃくほんごよみ
刊・1冊　18.3×12.2　昭和15年・1940　神宮神部署
MMT112

家庭／教育　歴史読本〔第二編〕　れきしとくほん
大橋新太郎〔編輯兼発行者〕　刊・1冊　19.0

×12.8　明治24年・1891　発行所博文館　活字。
MMT0115

故実／叢書　歴世服飾考〔巻一〕 れきせいふくしょくこう
田中尚房編　刊・1冊　23.0×15.4　明治26年・1893　巻一のみ。
214

〔未詳〕
津江秋芳稿・亭斎画　刊・1冊　23.5×16.0　明治刊　神功皇后新羅を征す（第一図）～新田義宗敵軍を敗る（第七図）など。
218

ヴェネチア東洋美術館所蔵
日本書籍及び関連資料目録

ヴェネチア東洋美術館所蔵日本書籍及び関連資料目録

凡例

1．この目録は、ヴェネチア東洋美術館に所蔵される、日本書籍及びその関連資料を、書名読みアルファベット順に配列したものである。
ヴェネチア東洋美術館のローマ字表記と住所を記す。
Museo d' Arte Orientale di Venezia
(presso Ca' Pesaro)
Santa Croce 2076 - San Stae
30135 Venezia, Italy

2．各項目の構成は、書名・書名読み（ローマ字表記）・請求番号・存欠等・刊／写の別・冊数・著者・画工・寸法・紙数・刊年・刊行地・版元・序跋・備考の順に、その書誌を記した。書名は原則として外題によるが、原本から判明しないものは仮題で記し、書名に〔　〕を付した。著者名・画工名は、原本通りを原則とするが、姓号など適宜補った場合もある。刊年が明記されていないものについては、印刷装幀内容などから、「近世後期」「幕末」等刊行年代の推定をするようにした。明らかな後印本はその旨を記した。

3．表記は現行字体を用いた。角書きは〈　〉で表記し、割書は／を入れて表記した。

4．このプロジェクトは、独立行政法人日本学術振興会の平成15年度科学研究費補助金「在欧日本古典籍に関する日仏伊共同学術調査―19世紀以降の和書移動とヨーロッパ東洋学との連関を含めて―」（基盤研究（A）（2）課題番号15251003）を受けて行ったものである。

5．本調査と整理に関わった方々は、次の通りである。所属と職名は各自が作業に携わった当時のものである。調査は山下則子（文献資料部助教授）、山下琢己（東京成徳短期大学助教授）、ラウラ・モレッティ（ヴェネチア大学非常勤講師）による。書誌カード打ち込み作業及び確認調査は、中島次郎（総合研究大学院大学大学院生・国文学研究資料館リサーチアシスタント）による。

6．目録作成に関連した調査を担当した中島次郎氏によると、『絵本餘所画鏡』（Ehon yosoekagami 請求番号2796-3）は、本文は『軽口絵本集十種（太平文庫30）』（武藤禎夫編著・平成7年・太平書屋）所収『絵本余所耳（仮題）』と同じであるが、『国書総目録』・『古典籍総合目録』共に記載がない。目録備考欄に詳細を記す。

（山下則子）

[A]

東美人錦絵　Azuma bijin nishikie

2706（12449）

刊　1　三代目歌川豊国画・貞秀画・国芳画　36.2×24.4　28　文化〜安政3年　江戸　書題簽「東美人錦絵」。調査員認定作品名〔幕末美人絵〕。浮世絵を画帖体裁にしたもの。豊国画「東都名所合」「江戸ノ富士十景之内」「春遊十二時」（安政年間）、豊国画文化文政期の女方の役者絵、国芳画「桃園義結図」（嘉永6年3月）。

〈今／様〉東錦絵集　Azuma nishikie shû

2692（12450）

刊　1　三代目歌川豊国画　36.8×26.2　28　嘉永〜安政　江戸　書題簽「〈今／様〉東錦絵集」。役者絵等（嘉永5年〜安政元年）を画帖体裁にしたもの。状態非常に良好。山海愛度図会（揃い物14枚）・嘉永5年8月、浮名横櫛（3枚）・嘉永6年3月、三十三間堂棟木由来。他にも嘉永6年12月、安政元年正月、3月の改印ある作品あり。

[B]

〔幕末源氏絵等〕　Bakumatsu genjie etc.

2715（12470）

刊　1　35.8×25.0　30　江戸　題簽なし。浮世絵を画帖体裁にしたもの。千本桜大序ノ切／堀川御所（3枚）・一寿斎国貞画・嘉永6年3月・山田屋庄次郎板、見たて五行　火（3枚）・一勇斎国芳画・（弘化4〜嘉永5）・佐野屋喜兵衛板、花さかり（3枚）・香蝶楼豊国画／一陽斎豊国画・（弘化4〜嘉永5）・川口宇兵衛板、花鳥風月ノ内　花（3枚）・香蝶楼豊国画／国貞舎豊国画・（弘化4〜嘉永5）・佐野屋喜兵衛板、江戸むら咲あつまのうつし画（3枚）・香蝶楼豊国画／一陽斎豊国画・（弘化4〜嘉永5）・佐野屋喜兵衛板、御所模様当世錦（3枚）・香蝶楼豊国画／一陽斎豊国画・（弘化4〜嘉永5）・蔦屋重三郎板、月雪花の内　雪（3枚）・一寿斎国貞画／香蝶楼豊国画・山本屋平吉板・嘉永5年11月、橋間のすゞみぶね（3枚）・一勇斎国芳画・（天保14〜弘化4）・若宗板、東都名所遊新衣更□□崎3枚）・一陽斎豊国画／香蝶楼豊国画・（天保14〜弘化4）・八幡屋作次郎板、風流雪月花之内（3枚）・香蝶楼豊国画・（天保14〜弘化4）・若□、や□すがたあづまのうつし絵（3枚）・豊国画・（天保14〜弘化4）・佐野屋喜兵衛板、若紫年中行事之内　卯月（3枚）・香蝶楼豊国画／一陽斎豊国画・（弘化4〜嘉永5）・恵比寿屋庄七板、〔曾我物語〕（3枚）・国貞改二代目豊国画・山本屋平吉板・（天保14〜弘化4）・山本屋平吉板、庭□・一陽斎豊国画／国貞舎豊国画・（弘化4〜嘉永5）・川口宇兵衛板、四季の内　吉寺の夕立（3枚）・豊国画・（弘化4〜嘉永5）・遠州屋彦兵衛板、えとむらさきゆかりのうつせみ（3枚）・豊国画・（弘化4〜嘉永5）・佐野屋喜兵衛板、釈迦八相倭文庫之内・一勇斎国芳画・（弘化4〜嘉永5）、東山月・国輝画・左七刻・山口屋藤兵衛板・嘉永6年2月、江戸の□せかたの納涼・豊国画・（弘化4〜嘉永5）・上州屋金蔵板、紫花旅路の艶姿）・香蝶楼豊国画／一陽斎豊国画・（弘化4〜嘉永5）・恵比寿屋庄七板。

〔幕末源氏絵等〕　Bakumatsu genjie etc.

2718（12456）

刊　1　一陽斎豊国画　35.8×25.2　30　嘉永頃　江戸　題簽なし。浮世絵を画帖体裁にしたもの。三枚続。①若紫年中行事之内　睦月・一陽斎豊国画・恵比寿屋庄七板・改印「衣笠／渡辺」、②源氏物語　胡蝶の巻・香蝶楼豊国画・改印「村松／吉村」、③雪月花之内ゆき・香蝶楼豊国画・林屋庄五郎板・彫竹・改印「松／福」、④源氏絵・豊国画・山口屋藤兵衛板・改印「村田／衣笠」、⑤春気色美人合・一陽斎豊国画・上総屋岩蔵板・改印「馬込／濱」、⑥美人画・一陽斎豊国画・辻岡屋文助板・改印「馬込／濱」、⑦当世美人風流遊・一陽斎豊国画・丸屋清治郎板・改印「衣笠／吉村」、⑧はるのあした・一陽斎豊国画・上野屋藤兵衛板・改印「村松／福」、⑨花鳥風月ノ内　鳥・香蝶楼豊国画・山本屋平吉板・改印「濱／馬込」、⑩はなの辺・香蝶楼豊国画・近江屋平八板・改印「村田／米良」、⑪東都愛宕山の風景・一陽斎豊国画・丸屋甚八板・改印「村松」、⑫当世美人風流遊・香蝶楼豊国画・丸屋清治郎板・改印「吉村／衣笠」、⑬梅　遊覧・一陽斎豊国画・蔦屋吉蔵板・改印「濱／衣笠」、⑭紅葉笠糸乃綾琴（源氏絵）・国貞舎豊国画・蔦屋吉蔵板・改印「村松／福」、⑮夜るの梅・豊国画・八幡屋作次郎板・嘉永6年10月、⑯釈迦八相倭文庫　摩耶夫人悉達太子出産・香蝶楼豊国画・上州屋重蔵板・改印「米良／村田」、⑰源氏絵（夜の梅）・一陽斎豊国画・山本屋平吉板・改印「村松／福」、⑱大井川之図・一寿斎国政画・大黒屋平吉板・改印「馬込／松」、⑲源氏絵（藤）・豊国画・辻屋安兵衛板・嘉永5年正月、⑳あかし風呂・豊国画・蔦屋吉蔵板・改印「村松／福」。①⑲の光氏の父は三代目沢村宗十郎の似顔。⑬中央の源氏様の男性衣裳に成田笹つる模様→八代目団十郎。⑰光氏の衣裳にも「笹つる」「つる牡丹」八代目団十郎の似顔ではない。

〔幕末源氏絵等〕 Bakumatsu genjie etc.
2721（12460）
刊　1　36.2×24.9　29　江戸　題簽なし。浮世絵を画帖体裁にしたもの。①夏座舗月夕顔（３枚）・豊国画・蔦屋吉蔵板・嘉永５年６月、②江戸紫すがたのはゝきゞ（３枚）・豊国画・佐野屋喜兵衛板・（弘化４年～嘉永５年）、③堀川御所管弦之図（３枚）・国貞改二代目豊国画・恵比寿屋庄七板・（弘化元年か）、④春の御庭花見の図（３枚）・豊国画・山口屋藤兵衛板・（弘化４年～嘉永５年）、⑤当世美人風流遊（３枚）・香蝶楼豊国画／一陽斎豊国画・丸屋清治郎板・（弘化４年～嘉永５年）、⑥〔無題〕（３枚）・豊国画・川口屋宇兵衛板・（弘化４年～嘉永５年）、⑦姫御子□哀の図（３枚）・香蝶楼豊国画／一陽斎豊国画・小林泰治郎板、⑧美人鶏合（３枚）・香蝶楼豊国画／一陽斎豊国画・佐野市板・（天保14年～弘化４年）、⑨当世美人風流遊（３枚）・一陽斎豊国画／国貞舎豊国画・丸屋清治郎板・（弘化４年～嘉永５年）、⑩〔無題〕（３枚）・豊国画・三河屋鉄五郎板・嘉永５年12月、⑪風流源氏絵合（３枚）・広重画（風景）／豊国画・横川竹二郎（彫）／伊勢屋兼吉板・嘉永６年４月、⑫四季の内　御庵の雪（３枚）・一陽斎豊国画／香蝶楼豊国画・遠州屋彦兵衛板・（弘化４年～嘉永５年）、⑬〔無題〕（３枚）・豊国画・恵比寿屋庄七板・（弘化４年～嘉永５年）⑭月夜のたはむれ（３枚）・一陽斎豊国画／香蝶楼豊国画・（弘化４年～嘉永５年）⑮郭子儀六十賀図（３枚）・英斎隠士歌豊国画・清水屋常次郎板・（弘化４年～嘉永５年）⑯源氏物語わか紫巻（３枚）・国貞改二代豊国画・森屋治兵衛板・弘化元年、⑰露福夢妻戸白萩（３枚）・豊国画・（弘化４年～嘉永５年）、⑱紫萬歳・豊国門人国貞画・湊屋小兵衛板・（弘化４年～嘉永５年）、⑲〔無題〕（３枚）・豊国画・住吉屋政五郎板・（弘化４年～嘉永５年）、⑳瞿陀弥女放生会を行ひて善根施す図・一雄斎国輝画。

〔幕末武者絵〕 Bakumatsu mushae
2699（12447）
刊　1　歌川国芳画他　36.2×24.3　16　嘉永４年～明治７年　江戸・東京　題簽なし。浮世絵を画帖体裁にしたもの（絵32面）。①太平記豪傑壱人（１枚のみ）・一壽斎芳員画・安永５年４月、②将門□□□を企たて従弟六郎公連これをいさむ（３枚）・一勇斎国芳画・嘉永５年、③堀川夜討図（３枚）・一猛斎芳虎画・布吉板、④長篠大戦之図（３枚）・芳虎画・板元浅草瓦町森本順三郎・明治７年４月、⑤曾我兄弟夜討之図（３枚）・一壽斎芳員画・安政５年９月、⑥赤澤山勇士相撲之図（３枚）・一勇斎国芳画・和泉屋清七板・安政４年２月、⑦足利尊氏評定之図（３枚）・一勇斎国芳画・山本屋平吉板・嘉永５年３月、⑧破奇術頼光袴垂為搦（３枚）・一英斎芳艶画・安政５年４月、⑨頼光之臣四天王豪傑土蜘退治之図（３枚）・一壽斎芳員画・丸屋甚八板・安政５年５月、⑩新田義興の霊怒て讐を報ふ図（３枚）・一壽斎芳員画・三河屋鉄五郎板・嘉永５年２月、⑪通俗三国志内関羽義心曹操釈図（３枚）・一勇斎国芳画・嘉永６年４月、⑫（③に同じ）、⑬川中嶋大合戦（２枚）・一聲斎芳靏画・蔦屋吉蔵板・嘉永４年、⑭□（２枚）・芳虎画・元治元年９月、⑮神宮皇后……図（２枚）・五雲亭貞秀画・山本屋平吉板、⑯〔今井四郎兼平・巴御前〕（２枚）・一孟斎芳虎画・和泉屋市兵衛板・安政３年２月、⑰□・玉蘭斎貞秀画。

〔幕末武者絵〕 Bakumatsu mushae
2716（12454）
刊　1　36.5×24.9　30　江戸　題簽なし。浮世絵を画帖体裁にしたもの（60面）。①太平記兵庫合戦・一勇斎国芳画・上州屋金蔵板・改印「福／村松」、②源頼朝卿富士牧狩之図・一勇斎国芳画・上州屋金蔵板・（弘化４～嘉永５）、③□・一勇斎国芳画・（天保14～弘化４）、④□・玉蘭斎貞秀画・山口屋藤兵衛板・（天保14～弘化４）、⑤右大将頼朝公富士裾野牧狩／仁田忠常古猪対図・一猛斎芳虎画・（弘化４～嘉永５）、⑥永禄四年九月川中嶋大合戦・一寿斎芳員画・嘉永６年、⑦〈永禄四酉年九月四日／信州於川中島〉甲越大合戦之図・一猛斎芳虎画・弘化元年、⑧□・玉蘭斎貞秀画・濱田屋徳兵衛板・（弘化４～嘉永５）、⑨勇士高名之図・一勇斎国芳画・（弘化４～嘉永５）、⑩佐藤正清酔狂浪人両虎之勇ヲ挫図・一勇斎国芳画・（弘化４～嘉永５）、⑪□・一勇斎国芳画・（弘化４～嘉永５）、⑫武田晴信入道信玄／上杉輝虎入道謙信・豊国画・（弘化４～嘉永５）、⑬聖徳太子物部守屋誅伐ノ図・一勇斎国芳画・（弘化４～嘉永５）、⑭源牛若丸僧正坊ニ随武術を覚図・一勇斎国芳画・（弘化４～嘉永５）、⑮□・一勇斎国芳画・佐野一板・（弘化４～嘉永５）、⑯東山殿猿楽興行図・玉蘭斎貞秀画・（弘化４～嘉永５）、⑰赤尾の忠臣高野家へ報讐討入の宵追手方の義士廿三人大星の指揮に随ひ着到の面々出立支度の図・香蝶楼豊国画・都澤板・（弘化４～嘉永５）、⑱（大星他四十七人仇討ち後の図）・貞秀画・山口屋藤兵衛板・（弘化４～嘉永５）、⑲（正成三十余万騎の大軍を悩ます図）・一猛斎芳虎画・（弘化４～嘉永５）、⑳（頼光と鬼童丸）・一勇斎国芳画・（弘化４～嘉永５）。

〔幕末武者絵〕 Bakumatsu mushae
2717（12446）
刊　1　36.5×24.7　28　江戸　題簽なし。浮世絵を画帖体裁にしたもの（56面）。①奥州高舘落城之図・一寿斎芳員画・辻岡屋文助板・改印「改／卯二」、②武田家勇将軍評定之図・五雲亭貞秀画・改印「渡」、③赤松水攻之図・一猛斎芳虎画・和泉屋市兵衛板・改印「村田／米良」、④天文十五年五月武田晴信信州戸石之城攻・香蝶楼豊国画・改印「普」、⑤堀川夜討之図・一猛斎芳虎画・上州屋金蔵板・改印「村田／米良」、⑥川中嶋大合戦・玉蘭斎貞秀画・丸屋清次郎板・改印「村松／福」⑦不二の巻狩・一勇斎国芳画・上州屋金蔵板・改印「村田／米良」、⑧〈前九年之内／康平五年九月〉奥州衣川大合戦・一寿斎芳員画・和泉屋市兵衛板・改印「改／卯四」、⑨軍法八陣略図・玉蘭斎貞秀画・山口板・改印「濱／馬込」、⑩（長尾景虎の図）・一陽斎豊国画・山本屋平吉板・改印「普」、⑪（右大将頼朝公の図）・一勇斎国芳画・上総屋板・改印「濱」、⑫（頼朝公の図）・玉蘭斎貞秀画・山口・改印「吉村／村松」、⑬（静御前・頼朝の前で舞う図）・香蝶楼豊国画・櫻井・改印「福／村松」、⑭（箱根権現躄仇討の一場面）・一勇斎国芳画・藤岡屋慶次郎板・改印「米良／渡辺」、⑮（文覚上人滝打ちの図）・一勇斎国芳画・桝屋吉五郎板・改印「村田／衣笠」、⑯（富士の人穴）・朝櫻楼国芳画・南伝馬町二丁目辻屋安兵衛板・改印「吉村」、⑰日本勇婦鑑・国貞改二代豊国画・高野屋友右衛門板・改印「渡」、⑱本朝三勇士・一勇斎国芳画・加賀屋安兵衛板・改印「村松／福／子六」、⑲足利将軍武威服諸士図・一英斎芳艶画・改印「村田／米良」、⑳堀川夜討・一勇斎国芳画・浅草馬道杉清板・改印「濱／衣笠」、　平親王将門相馬内裏ニて秀郷面会ノ図・一嶺斎芳雪画・改印「村松／福」。

〔幕末武者絵等〕 Bakumatsu mushae etc.
2720（12462）
刊　1　35.5×24.8　33　江戸　題簽なし。浮世絵を画帖体裁にしたもの（絵66面）。①破奇術頼光袴垂為搦・一英斎芳艶画・改印「午四」・安政5年4月、②文治元年九郎判官～八嶋の浦へ出舩す（3図）・一猛斎芳虎画・佐野屋喜兵衛板・改印「濱／衣笠」、③〔悪七兵衛景清・梶原源太景季合戦図〕・五渡亭国貞画・近江屋平八板・改印「極」、④〔八犬伝　犬飼現八・大村大角合戦図〕・一勇斎国芳画・和泉屋市兵衛板・改印「極」、⑤〔七代目団十郎悪七兵衛景清〕・香蝶楼豊国画・シタ売／上州屋金蔵板・改印「村田／米良」、⑥摂州大物浦平家怨霊顕るゝ図・一勇斎国芳画・布吉板、⑦美盾八競晴嵐・一勇斎国芳画・伊場屋久兵衛板・改印「濱」、⑧薬種よくきく・関斎戯画・恵比寿屋庄七板・改印「村田／米良」、⑨〈和田／合戦〉義秀惣門押破・一勇斎国芳画・山口板・改印「子八」・嘉永5年8月、⑩〔重忠景清を捕えんとする図〕・一勇斎国芳画・林屋庄五郎板・改印「渡」、⑪〔実朝の前にて相撲の図〕・一勇斎国芳画・藤岡屋彦太郎板、⑫大物の浦罔像の図・貞秀画・森屋治兵衛板・改印「村松」、⑬木曽義仲越後国城ノ四郎長茂を責る・一猛斎芳虎画・蔦屋吉蔵板・改印「極」、⑭〔土蜘蛛退治の図〕・一栄斎芳艶画・改印「〇／衣笠」、⑮源平盛衰記〈阿波国／勝浦合戦〉・上州屋金蔵板・改印「極」、⑯永禄四年九月四日川中島ノ合戦山本勘介入道討死ノ図・一勇斎国芳画・改印「吉村／村松」、⑰〔勇士左馬之助満晴の図〕・一勇斎国芳画・山本屋平吉板・改印「村田／米良」、⑱上杉武田対陣矢合之図・玉蘭貞秀画・山口板・改印「濱／馬込」、⑲〔富士の人穴〕・朝桜楼国芳画・改印「吉村」、⑳頼朝公富士之御狩図・朝桜楼国芳画・佐野吉板、㉑〔八犬伝　犬飼見八　犬村角太郎とともに、赤岩一角の敵を討つ〕・一猛斎芳虎画・小嶋板・改印「衣笠／渡辺」、㉒堀川夜討ノ図・一猛斎芳虎画・布吉板、㉓源頼朝隅田川旗上着致勢揃之図・一勇斎国芳画・改印「濱」。

萬物雛形画譜　Banbutsu hinagata gafu
2871（12562）
初編　刊　1　鮮斎永濯画　22.6×15.2　20　明治13年（1880）　東京・別所平七　（序）梅堆樵夫誌　2867～2871セット。題簽「萬物雛形画譜　初編」。見返し題「鮮斎永濯撰図／萬物雛形画譜／東京書肆　〈青雲堂／萬青堂〉　合版」黄色地。刊記「版権免許　明治十二年十二月十七日／同　十三年一月出版／編輯人　象牙彫工　明龍斎　音川安親　府下南葛飾郡請地村八百七十三番地／画工　鮮斎永濯／彫工　大塚錤五朗／〈東京／書林〉原板主　江藤喜兵衛　神田区末広町七番地　小堀ふさ／求板主　神田区松住町四番地　別所平七」。広告「登龍丸　食物一切さし合なら／龍聖湯　婦人血の道大妙薬」。

萬物雛形画譜　Banbutsu hinagata gafu
2870（D. 15）
2編　刊　1　鮮斎永濯画　23.0×15.6　22　明治13年（1880）　東京・別所平七　（序）庚辰秋／鵄林樵夫誌　2867～2871セット。題簽「萬物雛形画譜　貳編」。見返し題「鮮斎永濯撰図／萬物雛形画譜／二編（朱文方印）／東京書

肆〈青雲堂／萬青堂〉合版」。序題「萬物雛形」。刊記「〈版権／免許〉 明治十三年十月十三日／同　十三年十一月出版／編輯人　象牙彫工　明龍斎　音川安親　府下南葛飾郡請地村八百七十三番地／画工　鮮斎永濯／彫工　大塚銕五朗／〈東京／書林〉原板主　江藤喜兵衛　神田区末広町七番地　小堀ふさ／求板主　神田区松住町四番地　別所平七」。

萬物雛形画譜　Banbutsu hinagata gafu
2869 (D. 16)
３編　刊　1　鮮斎永濯画　22.6 × 15.2　22　明治14年（1881）　東京・別所平七　（序）明治14年夏／春水迂老誌　2867～2871セット。題簽「萬物雛形画譜　三編」。見返し題「鮮斎永濯撰図／萬物雛形画譜／東京書肆　〈青雲堂／萬青堂〉　合版」。刊記「版権免許／萬物雛形画譜　四編ヨリ逐次刻成ス／鮮斎永濯画譜　近刻／明治十四年五月廿五日／同　年七月出版／彫工　大塚銕五郎刀／〈編輯／画工〉　東京府平民　鮮斎永濯　東京府葛飾郡小梅村三百三十五番地／〈東京／書林〉原板主　江藤喜兵衛　神田区末広町七番地　小堀ふさ／求板主　神田区松住町四番地　別所平七」。広告「登龍丸　食物一切さし合なら／龍聖湯　婦人血の道大妙薬」。

萬物雛形画譜　Banbutsu hinagata gafu
2868 (D. 17)
４編　刊　1　鮮斎永濯画　23.0 × 15.6　22　明治14年（1881）　東京・別所平七　2867～2871セット。題簽「萬物雛形画譜　四編」。見返し題「鮮斎永濯撰図／萬物雛形画譜／四編（朱文方印）／東京書肆　〈青雲堂／萬青堂〉　合版」。刊記「版権免許／萬物雛形画譜　四編出板　逐次刻成ス／鮮斎永濯画譜　近刻／明治十四年十月八日／同　年十二月出版／彫工　大塚銕五郎刀／〈編輯／画工〉　東京府平民　鮮斎永濯　東京府葛飾郡小梅村三百三十五番地／〈東京／書林〉原板主　江藤喜兵衛　神田区末広町七番地　小堀ふさ／求板主　神田区松住町四番地　別所平七」。広告「登龍丸　食物一切さし合なら／龍聖湯　婦人血の道大妙薬」。

萬物雛形画譜　Banbutsu hinagata gafu
2867 (D. 18)
５編　刊　1　鮮斎永濯画　23.0 × 15.6　22　明治15年（1882）　東京・別所平七　2867～2871セット。題簽「萬物雛形画譜　五編」。見返し題「鮮斎永濯撰図／萬物雛形画譜／五編（朱文方印）／東京書肆　〈青雲堂／萬青堂〉　合版」。袋、浅黄色と白の市松模様地に赤と緑の瓜の浮線綾、若葉色の竜の飾り枠内に「鮮斎永濯撰図／萬物雛形画譜／東京書肆　〈青雲堂／萬青堂〉　合版」。刊記「版権免許／萬物雛形画譜〈従初編至／五編全部〉／鮮斎永濯画譜　近刻／明治十五年二月廿七日／同　年四月出版／彫工　大塚銕五郎刀／〈編輯／画工〉　東京府平民　鮮斎永濯　東京府葛飾郡小梅村三百三十五番地／〈東京／書林〉原板主　江藤喜兵衛　神田区末広町七番地　小堀ふさ／求板主　神田区松住町四番地　別所平七」。広告「官許登龍丸　食物一切さし合なら／定価　七粒入　金拾七銭／貮粒入　金五銭／官許　龍聖湯　婦人血の道大妙薬／定価　金四銭」。

萬職図考　Banshoku zukô
2856 (D. 2)
初篇　刊　1　葛飾戴斗画　22.1 × 15.2　32　天保６年（1835）　大坂・河内屋茂兵衛　（序）乙未青陽／楠里亭其楽　2853～2857セット。題簽「萬職図考　初編」。見返し「葛飾戴斗先生画／萬職図考　初編／浪華　群玉堂梓」文字紺色。広告有、2855に同じ。

萬職図考　Banshoku zukô
2857 (12551)
２篇　刊　1　葛飾戴斗画　22.0 × 15.2　31　天保６年（1835）　大坂・河内屋茂兵衛　（序）乙未青陽／楠里亭其楽　2853～2857セット。題簽「萬職図考　二編」。見返し「葛飾戴斗先生画／萬職図考／浪華　群玉堂梓」。広告2855に同じ。

萬職図考　Banshoku zukô
2855 (D. 3)
３篇　刊　1　葛飾戴斗画　22.2 × 15.2　30　天保６年（1835）　大坂・河内屋茂兵衛　（序）天保六といふとしの水無月の初め　2853～2857セット。明治後印か。題簽「萬職図考　三編」。見返し「葛飾戴斗先生筆／萬職図考　三編／浪華群玉堂梓」。柱「万職図考 三編／（丁付）」。広告「諸職雛形絵本目録　大坂心斎橋通ばくろ町　河内屋茂兵衛板／画本錦之嚢一冊　東都　渓斎先生図／萬職図考一冊　同葛飾戴斗先生図／同　二編一冊　同筆／同　三編一冊　同／同　四編五編各一冊　同」。

萬職図考　Banshoku zukô
2854 (D. 4)
４篇　刊　1　葛飾戴斗画　22.0 × 15.2　22　嘉永３年（1850）　大坂・河内屋茂兵衛　（序）嘉永三戌新春／松亭漁父　2853～2857

セット。題簽「萬職図考　四篇」。見返し「葛飾戴斗先生画／萬職図考　四篇／浪花　群玉堂梓」。22丁裏広告「極彩色独学　葛飾戴斗画全一冊／（広告文略）／東南大海幸　同画　同／（広告文略）」。刊記「発行書房／江戸日本橋通二町目　須原屋新兵衛／京都堀川二条下ル　越後屋治兵衛／大坂心斎橋筋博労町　河内屋茂兵衛」。

萬職図考　Banshoku zukô
2853（D. 5）
５篇　刊　1　葛飾戴斗画　22.0×15.2　22　嘉永３年（1850）　大坂・河内屋茂兵衛　（序）庚戌／重水諌人　2853～2857セット。題簽「萬職図考　五篇」。見返し「葛飾戴斗先生画／萬職図考　五編／浪華　群玉堂梓」。序題「萬職図考」。柱「万職図考／（丁付）」。裏表紙見返し広告「萬職図考六編　葛飾戴斗画／（広告文略）」。刊記「発行書房／江戸日本橋通二町目　須原屋新兵衛／大坂心斎橋筋本町角　河内屋藤兵衛／大坂心斎橋筋博労町　河内屋茂兵衛」。

紅入取なし夕仙手本　Beniiri torinashi yûzen tehon
2778（17041）
写　1　27.8×20.4　20　明治18年（1885）　表紙墨書「明治十八歳第四月極新撰／紅入取なし夕仙手本」。

墨母譜　Bokubo fu
2769（17038）
写　1　30.0×21.0　16　文化３年（1806）　外題「墨母譜」。表紙に「文化丙寅晩夏製／蝮雪堂」。墨のデザイン集。補修される、元来の寸法26.7×20.0cm。剥離した紙を封筒に入れる。

〔舞楽楽符〕　Bugaku gakufu
2878（18350）
写　1　15.3×21.0　80　成立年未詳。

武勇伝　Buyûden
2704（12468）
刊　1　歌川国芳画・柳下亭種員記　36.2×25.0　34　弘化４年～嘉永５年・万延元年５月・10月　江戸　書題簽「武勇伝　巻廼壱」。武者絵を画帖体裁にしたもの（68面）。国芳画・種員記「太平記英勇伝」、朝桜楼国芳画「六様性国芳自慢」、一宝斎芳房画「見立十干之内」、国芳画「川中嶋百勇将戦之内」、国芳画「正札附現金男」、国広画「天竺徳兵衛・尾上多見蔵」。

［C］

彫刻図案　Chôkoku zuan
2759（17030）
写　1　17.2×24.4　17　幕末か　外題「彫刻図案」。刀の鍔・鯉口等の意匠集。薄様の紙に描いた絵（36面）を切り貼りしたもの。表紙に「河野氏」とあり。

彫刻図案　Chôkoku zuan
2760（17031）
写　1　17.4×24.7　17　万延２年（1861）　外題「彫刻図案」。図案（34面）を切り貼りして仮綴じしたもの。表紙に「芳邦六十代彫之」「萬延二辛酉年」「河野氏」とあり。

朝陽閣鑑賞　Chôyôkaku kanshô
2766（12490）
刊　1　24.7×17.5　15　明治16年（1883）　題簽「朝陽閣鑑賞」。刊記「明治十六年七月二十八日出版届」。

忠臣銘々画伝　Chûshin meimei gaden
2851（12518）
刊　1　池田英泉編・歌川国芳画　22.1×15.1　19　嘉永元年（1848）　（序）弘化戊申歳仲春　一筆斎漁翁誌　2852とセット。題簽「忠臣銘々画伝　全」。見返し「忠臣銘々画伝／池田義信翁軒／一勇斎国芳画」。刊記「嘉永元年戊申四月発兌／浪花書肆／心斎橋博労町　河内屋茂兵衛／心斎橋通本町　河内屋藤兵衛／江都書肆／大伝馬町二町目　丁字屋平兵衛／日本橋南二町目　山城屋佐兵衛／芝神明前　岡田屋嘉七／日本橋南壱町目　須原屋茂兵衛／同　南二町目　須原屋新兵衛／浅草茅町二町目　須原屋伊八／同　福井町一町目　山崎屋清七」。

忠臣銘々画伝　Chûshin meimei gaden
2852（18363）
２編　刊　1　松亭金水著・玉蘭斎貞秀画　22.2×15.2　28　大坂・河内屋茂兵衛　（序）金水陳人〔印記「松亭」〕　2851とセット。題簽「忠臣銘々画伝二編　全」。見返し「〈松亭金水畧記／玉蘭斎貞秀画〉二編全一冊／忠臣銘々画伝／浪華　群鳳堂蔵梓」。扉題「赤尾忠臣銘々画伝後帙」。柱「銘々画伝後帙／（丁付）」。刊記「〈和漢／西洋〉書籍賣捌處／大坂心斎橋博労町角／群玉堂河内屋岡田茂兵衛」。

［D］

衜原精萃図　Dôgen seisuizu
2788（12526）
刊　3　30.3×18.3　243　光緒13年（1887）　中国（清）　光緒十三年夏日耶穌会士方殿華謹識　唐本、銅版。題簽「衜原精萃図」。扉「衜原精萃図／梁渓李燮署」、扉裏「天主降生一千八百八十七年／江南主教倪准／上海慈母堂摹梓」。丁数、第一冊81丁、第二冊76丁、第三冊86丁。

［E］

江戸の花名勝会　Edo no hana meishôe
2703（12465）
刊　1　豊国画・二代目国貞画・広重画他　36.0×24.6　36　文久2年正月・文久3年8月　江戸　題簽なし。「江戸の花　名勝会」の揃物を画帖体裁にしたもの。役者絵・役者紋・名所絵。

江都の名品錦絵　Edo no meihin nishikie
2686（12463）
刊　1　三代目歌川豊国他画　36.4×26.4　41　文政～嘉永　江戸　書題簽「江都の名品錦絵　全」。浮世絵を画帖体裁にしたもの（絵83面）。鏡山（局岩藤＝8団十郎・尾上＝4菊五郎）・嘉永6年3月・辻屋安兵衛板、鏡山（岩藤＝8団十郎・尾上＝4菊五郎・お初＝4小団次）・嘉永6年3月・シタ売・和泉屋市兵衛板、与話情浮名横櫛（与三郎＝8団十郎・赤間源左衛門＝3関三十郎・お富＝4菊五郎）・嘉永6年3月・山口屋藤兵衛板、双蝶々曲輪日記（長吉＝7団十郎・濡髪長五郎＝市川男女蔵・芸者おせき＝市川門之助）・天保期？・松村辰右衛門板、源頼光公館土蜘作妖怪図・（改印なし）天保改革風刺か・一勇斎国芳画・伊場屋仙三郎板、恋女房染分手綱（六代目岩井半四郎追善狂言）（重の井＝紫若・じねん生三吉＝粂三郎・本田弥三太夫＝大谷万作）・蔦屋吉蔵板。

〔絵本五冊〕ノ1　Ehon 5 satsu〔？〕・〔Hana no tsuyu〕・〔Shiki〕・〔Okage〕・〔Nezumi〕
2796－1（12578）
〔無題〕・〔はなのつゆ〕・〔四季〕・〔おかけ〕・〔ねすみ〕　刊　1　21.6×15.5　30　江戸中期・後期　京都　題簽殆ど剥落「……□　下」。表紙見返しに付箋墨書「絵本五冊仁十」。2796は表紙を存する5冊の絵本を合冊する。2796-1はさらに5種類の絵本を合わせている。【A】表紙見返し・1～7丁表、柱「○」、丁付有。なぞなぞの本。【B】7丁裏～13丁表、柱題「はなのつゆ」、丁付（八・三・四・五・六・七・□）【C】13丁裏～19丁表、柱題「四季」、丁付（一・二・三・四・五・六・□）【D】19丁裏～24丁表、柱題「おかけ」、丁付（七・三・四・五・六・□）、24丁は「芝居」と題する一文（書名未詳、柱に丁付あり）の刷面が内側に来るように袋綴じにする。表に貼付あり裏は貼付なく内側透けて見える（「芝居」との章題・本文）。【E】25丁～30丁・裏表紙見返し「京都ひしや治兵衛板」、柱題「ねつみ」、丁付（三・□・□・六・七・八・□）。

〔絵本五冊〕ノ2　Ehon 5 satsu〔Ehon kikugasane〕
2796－2（12578）
〔絵本菊重ね〕　刊　1　22.2×15.7　6　江戸中期・後期　題簽「絵本菊重ね　全」、裏表紙見返しに半丁貼付。稀書複製会（新生期）に笹川臨風蔵本（現在所在不明）による複製あり（『新編稀書複製会叢書』第36巻）。他に『国書総目録』『古典籍総合目録』に記載なし。

〔絵本五冊〕ノ3　Ehon 5 satsu〔Ehon yosoekagami〕
2796－3（12578）
〔絵本餘所画鏡〕　刊　1　21.8×15.5　7　江戸中期・後期　京都・菊屋喜兵衛　題簽「絵本餘所画鏡　全」。丁付、ノドに「よそ一（～七）」。『国書総目録』『古典籍総合目録』に記載なし。本文は武藤禎夫編著『軽口絵本集十種（太平文庫30）』（平成7年・太平書屋）所収『絵本余所耳〔謎〕（仮題）』に同じ。武藤氏蔵本は『西川画譜』と墨書された本の最初の7丁半、表紙題簽を欠く。この仮題は武藤氏が以前看見した所蔵文庫名失念の「絵本餘所□□（ゑほんよそみ）　全」の題簽を持つ同一書及びノドの丁付「よそ」よりの推定であったが、題簽が完全に残るヴェネツィア本により書名が判明した。但しヴェネツィア本は末尾の半丁を欠く。裏表紙見返しに半丁（広告・刊記）貼付「一、西川祐信絵本類〈五冊物合巻壱冊□／全部三十巻〉／一、同右上仕立箱入　御望次第有之／一、絵本秘事嚢〈全部七冊／西川祐信画〉／一、御伽絵本揃〈前編五冊／後編五冊〉合十冊／いろ〳〵合冊絵本揃也／一、其外三冊物二冊物壱冊物御進物宜敷品いろ〳〵有之／右教訓絵本歌書狂歌喩対物はなし本武者揃／其外様々趣向物有之候いつれ御慰ミによろしき絵本ニ／御座候御手近き書林ニて御求メ御覧可被下候／京都寺町通五条上ル二丁目／菊屋喜兵衛板」これは武藤氏蔵本になし。八木敬一旧蔵『絵本筆津花』（太平主人編『西川祐信風俗絵本六種（太平文庫48）』所収、

平成14年・太平書屋）に同板の半丁あり。

〔絵本五冊〕ノ4　Ehon 5 satsu 〔Sosô kagami〕
2796－4（12578）
〔そさうかゝみ〕 刊　1　21.5×15.5　4　江戸中期・後期　題簽なし。柱題「そさうかゝみ」。丁付（二・三・四・五）。表紙見返しに半丁（六丁裏）貼付。裏表紙見返しに半丁（六丁表）貼付。

〔絵本五冊〕ノ5　Ehon 5 satsu 〔Osana〕
2796－5（12578）
〔おさな〕 刊　1　22.5×15.3　6　江戸中期・後期　京都・美濃屋平兵衛　（序）　題簽殆ど剥落「全」のみ存。柱題「おさな」。丁付（□・三・四・五・六・七）。裏表紙見返しに半丁貼付（丁付なし）、刊記「京松原通西洞院東入町／美濃屋平兵衛板」。

画本武蔵鐙　Ehon musashi abumi
2849（12561）
刊　1　葛飾北斎画　18.6×13.0　14　天保7年（1836）　2850の続き。版本挿絵（26面）を画帖体裁にしたもの。楮紙をダンボールに貼る。題簽なし。

画本武蔵鐙　Ehon musashi abumi
2850（12575）
刊　1　葛飾北斎画　18.6×13.0　15　天保7年（1836）　江戸・西宮弥兵衛（北林堂）　2849に続く。版本挿絵（29面）を画帖体裁にしたもの。楮紙をダンボールに貼る。扉「前北斎改画狂老人卍筆／画本武蔵鑑／甲冑之篇／書林〈嶌正房／北林堂〉新梓／天保七丙申□明発兊」。

絵本小倉錦　Ehon ogura nishiki
2816（12497）
巻1　刊　1　21.8×15.8　8　江戸後期　大坂・阿波屋文蔵　「絵本小倉錦序」柳之草／目出たき春　2816～2820セット。題簽「絵本小倉錦」。内題「百人一首小倉錦」。

絵本小倉錦　Ehon ogura nishiki
2817（12498）
巻2か　刊　1　21.8×15.9　6　江戸後期　大坂・阿波屋文蔵　2816～2820セット。題簽「絵本小倉錦」。

絵本小倉錦　Ehon ogura nishiki
2818（12502）
巻3　刊　1　21.8×15.9　7　江戸後期　大坂・阿波屋文蔵　2816～2820セット。題簽「絵本小倉錦　三」。

絵本小倉錦　Ehon ogura nishiki
2820（12510）
巻4　刊　1　21.8×15.9　7　江戸後期　大坂・阿波屋文蔵　2816～2820セット。題簽「絵本小倉錦　四」。

絵本小倉錦　Ehon ogura nishiki
2819（12509）
巻5　刊　1　21.8×15.9　6　江戸後期　大坂・阿波屋文蔵　2816～2820セット。題簽「絵本をくらにしき五」。広告「萬世不朽譽 全三冊／絵本占出竿 全三冊／絵本武勇鑑 全三冊／武徳萬歳鑑 全三冊／絵本三都詠 全三冊／絵本春の壽 全三冊（上段）／絵本千世寶 全三冊／絵本百人一首 全三冊／算呂盤智恵鑑 全三冊／同　後遍 全三冊／画本開句花 全三冊（下段）」、刊記「浪花書林　心斎橋通三津寺筋北江入／壽櫻堂 阿波屋文蔵版」。

絵本蘭麝待　Ehon Ranjatai
2812（18370）
巻1　刊　1 月岡雪鼎画　27.2×19.3　10　宝暦14年（1764）　大坂・吉文字屋市兵衛　（序）酔雅子題／宝暦十四甲申正月吉　2811～2815セット。題簽「絵本蘭麝待　一」。柱刻、丁付「一ノ一」。

絵本蘭麝待　Ehon Ranjatai
2815（18370）
巻2　刊　1　月岡雪鼎画　27.0×19.3　11　宝暦14年（1764）　大坂・吉文字屋市兵衛　2811～2815セット。題簽「絵本蘭麝待　二」。柱刻、丁付「二ノ一」、6丁目「二ノ六」7丁目「二ノ七ノ八」8丁目「二ノ九」。

絵本蘭麝待　Ehon Ranjatai
2814（18370）
巻3　刊　1　月岡雪鼎画　27.0×19.3　11　宝暦14年（1764）　大坂・吉文字屋市兵衛　2811～2815セット。題簽「絵本蘭麝待　三」。柱刻、丁付「三ノ一」。

絵本蘭麝待　Ehon Ranjatai
2813（18370）
巻4　刊　1　月岡雪鼎画　27.1×19.2　10　宝暦14年（1764）　大坂・吉文字屋市兵衛　2811～2815セット。題簽「絵本蘭麝待　四」。柱刻、丁付「四ノ一」。

絵本蘭麝待　Ehon Ranjatai
2811（12550）
巻5　刊　1　月岡雪鼎画　27.0×19.3　9　宝暦14年（1764）　大坂・吉文字屋市兵衛　2811～2815セット。題簽「絵本蘭麝待　五」。刊記・広告「絵本源見艸　画人月岡丹下／宝暦十四年甲申春正月発行／大坂書肆心斎橋南四丁目吉文字屋市兵衛／江戸書肆日本橋通三丁目同　次郎兵衛／女中日用可翫書目録／女千裁和訓文／女文通華の園／絵本諸礼訓／同たつた山／同源氏物語／同言葉の花／同百将伝／同和哥の園／同姫文庫／秘事思案袋／世説麒麟談／日本歳時記／小野小町風雅占／絵本菊の水／古今百人一首哥僊織」。

絵本魁　Ehon sakigake
2877（12552）
2編　刊　1　葛飾北斎画　22.6×15.7　32　天保7年（1836）　大坂・名古屋・江戸　（序）天保七年六月　書題簽「絵本魁　全」。柱「画本魁二編　（丁付）」。蔵書印「生田目姓之印」「生田目」「□」。刊記「天保七丙申八月発行／書肆／大坂心斎橋安堂寺町　秋田屋太右衛門／尾州名古屋本町　永楽屋東四郎／江戸芝神明前　和泉屋市兵衛／同神田鍛冶町　北島順四郎／同日本橋通二丁目　小林新兵衛／同中橋広小路町　西宮彌兵衛」。広告「七十七齢 前北斎改 画狂老人卍筆／彫工　江川留吉（印「五常亭」）」以下「絵本魁」「同武蔵鐙」「同勝鹿振」の広告文有。

絵本写宝袋　Ehon shahô bukuro
2829（12587）
巻2　刊　1　橘守国画　22.7×15.9　29　享保5年（1720）　2831とセット。題簽「絵本写宝袋　二」。目録題「絵本冩寶袋二之巻目録」。柱「寫錦袋二　○（丁付）」。蔵書印有。

絵本写宝袋　Ehon shahô bukuro
2831（12563）
巻3　刊　1　橘守国画　22.4×15.7　29　享保5年（1720）　2829とセット。題簽「絵本冩寶袋　三」。目録題「絵本冩宝袋三之巻目録」。柱「寫錦袋三　○（丁付）」。

〈文武／将士〉英勇画譜　Eiyû gafu
2807（12580）
刊　1　長谷川光信画　22.8×15.8　25　明治後印　名古屋・片野東四郎　（序）浪花宜春堂菱苔誌　題簽「〈文武／将士〉英勇画譜」。八幡太郎義家以下24名の武将の和歌入り絵本、右端に各武将の簡単な説明。表紙見返し「東壁堂製本画譜目録」北斎漫画以下24種の書名。裏表紙見返しに刊記「発行書肆／江戸日本橋通一丁目　須原屋茂兵衛／同日本橋通二丁目　山城屋佐兵衛／同芝神明前　岡田屋嘉七／同日本橋通二丁目　須原屋新兵衛／同浅草寺町二丁目　須原屋伊八／同両国横山町三丁目　和泉屋金右衛門／大坂心斎橋通北久太郎町　河内屋喜兵衛／同心斎橋通安土町　河内屋和助／同心斎橋通博労町　河内屋茂兵衛／同心斎橋通安堂寺内　秋田屋太右衛門／京都二条通衣文□通　嵐月庄左衛門／同麩屋町通姉小路　俵屋清兵衛／尾州名古屋本町通七丁目　永楽屋東四郎」。

絵嶋之霞　Ejima no kasumi
2827（12511）
刊　1　久保田米僊画　24.1×15.9　28　明治20年（1887）　京都・田中治兵衛　「可尚夫是為序」明治廿年四月／鐵斎百錬　題簽「絵嶋之霞 久保田米僊編画青」。柱「絵嶋之霞／（丁付）／文求堂蔵版」。刊記「絵嶋之霞全五冊　〈二編　三編／四編　五編〉　漸次出版／明治十九年十月廿九日版権免許／同二十年八月廿五日改題御届／同　年九月　出版／著画　京都府平民　久保田米僊　下京通第四組元笛町二拾五番戸／出版人　京都府平民　田中治兵衛　下京通第五組大文字町十八番戸」。

絵嶋之霞　Ejima no kasumi
2828（18365）
刊　1　久保田米僊画　24.1×15.8　28　明治20年（1887）　京都・田中治兵衛　「可尚夫是為序」明治廿年四月／鐵斎百練　題簽以下刊記2827と同一。

絵図鏡花縁　Ezu kyôkaen
2791（12612）
巻3欠　刊　5　19.6×12.6　光緒14年序（1888）　中国（清）　光緒十有四年春王正月王韜序　唐本、銅版か。題簽「絵図鏡花縁」。目録題・柱も同じ。丁数、一（3・2・4・4・12・4・2・3・3・4・4・4・3・5・4・3・5・4・3）、二（5・4・4・4・5・5・4・4・5・3・4・4・5・4・4・3・7・4）、三（欠）、四（4・5・4・4・5・4・4・4・5・3・4・4・4・3・4・4・6・4）、五（6・4・3・3・4・4・4・4・4・3・5・3・5・4・5・4・5・4）、六（5・4・5・4・6・6・6・4・4・3・4・4・4・3・6・4）。

[F]

〔富嶽百景抜粋〕 Fugaku hyakkei bassui
2709（12570）
刊　1　葛飾北斎画　20.4×14.4　17　題簽のみ書名なし。墨印。元旦の不二、松山の不二、七夕の不二、盃中の不二、柳塘の不二、月下の不二、七橋一覧の不二、信州八ヶ嶽の不二、洞中の不二、山中の不二、窓中の不二、山亦山、井戸浚の不二、江戸の不二、刻不二、千金不二、不二の室、松越の不二、掛物の発端、大森、尾州不二見原、谷間の不二、不二の麓、大石寺の□中の不二、辷り、不二の山明キ、袖ヶ浦、容裔（ウネリ）不二、竹林の不二、紺屋町の不二、霧中の不二、三白の不二、烟中の不二。

冨士三十六景名所・東海道五十三駅 Fuji sanjûrokkei meisho / Tôkaidô gojûsan tsugi
2701（12469）
刊　1　歌川広重画　36.8×24.8　42　安政5年4月・安政2年7月　江戸　書題簽「〈冨士三十六景名所／東海道五十三驛〉全」。広重画「冨士三十六景」と「五十三次名所図会」を画帖体裁にしたもの。広重画「冨士三十六景」安政5年4月（30種）①東都駿河町②武蔵越かや庄③武蔵小金井④上総鹿楚山⑤信州諏訪の湖⑥武蔵本牧のはな⑦東都佃沖⑧東海堂左り不二⑨武蔵野毛横はま⑩駿河三保の松原⑪相州三浦の海上⑫はこねの湖すい⑬東都御茶の水⑭上総黒戸の浦⑮武蔵多満川⑯東都両ごく⑰駿遠大井川⑱東都一石ばし⑲相模七里か濱⑳相模江の島入口㉑雑司かや不二見茶女㉒東都目黒夕日か岡㉓鴻の台とね川㉔伊豆の山中㉕駿河薩夕之海上㉖伊勢二見か浦㉗房州保田ノ海岸㉘信濃塩尻峠㉙甲斐御坂越㉚東都数寄屋河岸。広重画「五十三次名所図会」安政2年7月（55種）①日本橋〜㊺京、全揃い。

不形画藪 Fukei gasô
2879（18367）
刊　1　張月樵画　25.7×18.4　32　文化14年（1817）　名古屋・万屋東平　題簽「不形画藪完」。見返し「月樵先生写意／不形画藪／尾張書肆　慶運堂発兊」。柱「不形画藪／　〇一（丁付）」。刊記「文化十四年丁丑初夏発行／書林／尾張本町七丁目　永楽屋東四郎／同　十一丁目　慶雲堂東平」。広告「張月樵先生　不形画藪後編／〈張地／景図〉観光小画／〈尾張／観風〉時物画花／同　同後篇」。

[G]

〔現時五十四情〕 Genji gojûshijô
2695（12473）
30種存　刊　1　豊原国周画　35.8×23.9　15　明治　東京　題簽のみ題名なし。国周画「現時五十四情」を画帖体裁にしたもの（絵30面）。第一・三・六・七・八・十・十二・十五・十六・十七・十八・二十・二十一・廿二・二十三・廿五・二十六・廿八・廿九・三十二・三十六・三十七・四十二・四十三・四十五・四十七・四十九・五十一・五十二・五十四存。

五十三次名所図会 Gojûsantsugi meishozue
2691（12457）
刊　1　歌川広重画　安政2年7月（1855）江戸　外題「東海道五拾三次名所図会」。広重画「五十三次名所図会」を画帖体裁にしたもの。外枠全て切断、全揃い。奥書「維文久弐戌歳ニ購求ス／至明治十四己年ニ／綴本調整ス」。「〈江戸／自慢〉三十六興総目録」あり。

御製耕織図 Gyosei kôshoku zu
2822（18368）
刊　1　25.9×15.0　24　中国（清）　唐本、活版。養蚕業の図会。題簽剥落。目録題「御製耕織図」。柱「御製耕織図／織二眠／（丁付）」。

御製耕織図 Gyosei kôshoku zu
2824（12565）
刊　1　25.8×15.0　26　中国（清）（序）康熙三十五年春　唐本、活版。農業（稲作）の図会。題簽「御製耕織図　織」。目録題「御製耕織図」。柱「御製耕織図／耕浸種／（丁付）」。

御製耕織図 Gyosei kôshoku zu
2825（12554）
刊　1　25.8×14.8　24　中国（清）　唐本、活版。養蚕業の図会。題簽「（御）製耕織図　織」。目録題「御製耕織図」。柱「御製耕織図／織二眠／（丁付）」。

御製耕織図 Gyosei kôshoku zu
2826（12607）
刊　1　25.8×15.0　26　中国（清）（序）康熙三十五年春　唐本、活版。農業（稲作）の図会。題簽「御製耕織図　耕」。

[H]

〔八犬伝挿絵模写集〕 Hakkenden sashie mosha shû
2785（18340）
写　1　17.5×27.6　17　幕末〜明治か　題

簽なし。読本『南総里見八犬伝』挿絵の模写。版本の裏に描かれている。

張替行燈　Harigae andon
2808（一）
刊　1　22.6×15.8　23　明治後印　(序) 春道人題　序以下広告、刊記2806に同じ。

張替行燈　Harikae andon
2806（12519）
刊　1　大石真虎画　22.7×15.7　23　明治後印　名古屋・片野東四郎　(序) 春道人題　題簽「張替行燈」。表紙見返し「東壁堂製本画譜目録」北斎漫画以下23種の書名。裏表紙見返しに刊記「発行書肆／東京日本橋通一丁目　北畠茂兵衛／同　同　通二丁目　稲田佐兵衛／同　同　通三丁目　丸屋善七／同　南伝馬通一丁目　吉川半七／同　浅草茅町二丁目　北澤伊八／同　日本橋通一丁目　大倉孫兵衛／京都三條通御幸町　大谷仁兵衛／同　同　寺町東　福井源次郎／同　寺町四條上ル　田中治兵衛／大坂心斎橋筋北久太郎町　柳原喜兵衛／同　同　南久寶寺町　前川善兵衛／同　同　博労町　岡田茂兵衛／同　同　南一丁目　松村九兵衛／同　同　備後町　吉岡平助／尾州名古屋本町通八丁目　片野東四郎」。

〈山水／花鳥〉早引漫画　Hayabiki manga
2837（12584）
初編　刊　1　葛飾為斎画　17.6×11.8　17　明治14年（1881）　東京・武田伝右衛門　2837～2840セット。題簽「〈山水／花鳥〉早引漫画 初編」。見返し「葛飾為斎筆／〈花鳥／山水〉漫画早引 初編／東京書房 文永堂梓」。扉題「葛飾為斎画／画本冠附 首編」。柱「○」丁付ノド。刊記「絵本冠附　首篇／右二編三編追々近刻／慶応三卯ノ十月刻成／弥左衛町／大島屋伝右衛門版」。広告「〈開明／小説〉春雨文庫／松村春輔編輯　復古夢物語／和田定節編輯　参考鹿兒島新誌／東京書肆　弥左ヱ門町十三番地　大島屋武田伝右衛門」。

〈山水／花鳥〉早引漫画　Hayabiki manga
2838（18360）
2編　刊　1　葛飾為斎画／安達吟光編　17.5×11.8　17　明治14年（1881）　東京・武田伝右衛門　2837～2840セット。題簽「〈山水／花鳥〉早引漫画 第貳編」。見返し「葛飾為斎遺稿／安達吟光編画／〈山水／花鳥〉早引漫画／東京書肆文永堂」。扉題「早引漫画」。柱、○内に丁付「を・を・わ・か・か・よ・よ・た・れ・そ・つ・つ・ね・な・ら・む・む」。広告「染嵜延房編集　浪華史略　一名難波戦記／波多野英一先生著　小学用文填字法　霞峯片桐先生書／葛飾為斎画　〈花鳥／山水〉漫画早引／山々亭有人著　〈赤穂／義士〉烈婦銘々伝／彰義大野八郎遺稿　上野戦争記　鮮斎永濯画／松村春輔編　近世桜田記聞　月岡芳年画／東京書肆文永堂〈弥左ヱ門町十三番地／武田伝右衛門〉」。

〈山水／花鳥〉早引漫画　Hayabiki manga
2839（18359）
3編　刊　1　葛飾為斎画／安達吟光編　17.6×11.8　17　明治14年（1881）　東京・武田伝右衛門　2837～2840セット。題簽「〈山水／花鳥〉早引漫画 第三編」。見返し「葛飾為斎遺稿／安達吟光編画／〈山水／花鳥〉早引漫画／東京書肆文永堂」。扉題「山水華鳥／早引漫画／安達吟光筆」。柱、○内に丁付「う・う・ゐ・の・お・く・や・や・ま・け・ふ・ふ・こ・こ・え・て・て」。広告「〈開明／小説〉春雨文庫／松村春輔編輯　復古夢物語／和田定節編輯　参考鹿兒島新誌／東京書肆　弥左ヱ門町十三番地　大島屋　武田伝右衛門」。

〈山水／花鳥〉早引漫画　Hayabiki manga
2840（18361）
4編　刊　1　葛飾為斎画／安達吟光編　17.6×18.8　18　明治14年（1881）　東京・武田伝右衛門　(跋) 時年明治辛巳如月　足薪翁　2837～2840セット。題簽「〈山水／花鳥〉早引漫画第四編」。見返し「葛飾為斎遺稿／安達吟光編画／〈山水／花鳥〉早引漫画／東京書肆文永堂」。扉「早引漫画／明治十四年一月新刻」。柱、○内に丁付「あ・あ・あ・さ・き・き・ゆ・め・み・し・し・ゑ・ひ・も・せ・す・京」。刊記「早引漫画 全部四冊／明治十四年二月二日御届／画工編輯人　京橋通南鍋町十七番地　安達平七／出板人　同通弥左ヱ門町十三番地　武田伝右衛門」。広告「〈椿山／粉本〉琢華堂画譜／〈華椿／靄隆〉近世四大家画譜／渡辺崋山蘭竹譜／〈赤穂／義士〉列女銘々伝／〈開明／小説〉春雨文庫／松村春輔編輯　復古夢物語／和田定節編輯　参考鹿兒島新誌／東京書肆　大島屋　弥左ヱ門町十三番地　武田伝右衛門」。

〈当世／雅種揃〉雛形揃　Hinagata zoroe
2739（12549）
写　1　27.3×20.2　35　江戸後期か　京都　外題「〈当世／雅種揃〉雛形揃」。最終丁裏に「此本何方様江参候共／御読候上早々御返し可

被下候／京都　大黒屋喜七」、裏表紙に「此本何方様江参上仕候共／御読候上被遊御好早々御戻し／被成可下候　□津院橋木町下る町／大黒屋喜右ヱ門様」とある。染物屋の意匠集か。一番　城の景色のデザインの着物、二番　竹のデザインの着物、三番　梅に若松・鶴のデザインの着物、以下六十九番まで。イタリア語の書誌カード・写真あり。

瓢軍談五十四場　Hisago gundan gojûyojô
2702（12478）
刊　1　一英斎芳艶画　35.8 × 25.0　26　元治元年９月（1864）　江戸　書題簽「瓢軍談五十四場　全」。一英斎芳艶画「瓢軍談五十四場」を画帖体裁にしたもの。54枚全揃い（見返しにも浮世絵貼付）。

〔法眼探鯨斎肉筆画〕　Hôgen tanyûsai nikuhitsuga
2697（12547）
写　1　法眼探鯨斎画　35.9 × 31.0　5　幕末　獅子図（４枚）手長猿図（４枚）を折本仕立てにする。落款「法眼探鯨斎筆」。

北斎漫画　Hokusai manga
2859（—）
３編　刊　1　葛飾北斎画　22.6 × 15.7　30　明治 11 年（1878）　名古屋・片野東四郎　(序) 蜀山人　2858 ～ 2866 セット。題簽「〈葛飾／為一／遺墨〉北斎漫画三編　全」。見返し「東壁堂製本画譜目録」あり、「北斎漫画」以下全 24 点。内題「北斎漫画三編」。柱「北斎漫画三編　（丁付）」。刊記「従初編至十四編文化十一年以降漸次出版／明治八年十二月十四日版権免許／十五編明治十年八月三十一日版権免許／明治十一年九月一日出版／編輯者　東京府故人　葛飾北斎／出版人　愛知県平民　片野東四郎　第一区玉屋町三丁目二番地」。

北斎漫画　Hokusai manga
2860（—）
４編　刊　1　葛飾北斎画　22.6 × 15.6　30　明治 11 年（1878）　名古屋・片野東四郎　(序) 縡山漁翁識　2858 ～ 2866 セット。題簽「〈葛飾／為一／遺墨〉北斎漫画四編　全」。見返し「東壁堂製本画譜目録」あり、「北斎漫画」以下全 24 点。内題「北斎漫画四編」。柱「北斎漫画四編　（丁付）」。刊記「従初編至十四編文化十一年以降漸次出版／明治八年十二月十四日版権免許／十五編明治十年八月三十一日版権免許／明治十一年九月一日出版／編輯者　東京府故人　葛飾北斎／出版人　愛知県平民　片野東四郎　第一区玉屋町三丁目二番地」。

北斎漫画　Hokusai manga
2861（—）
５編　刊　1　葛飾北斎画　22.6 × 15.6　30　明治 11 年（1878）　名古屋・片野東四郎　(序) 六樹園　2858 ～ 2866 セット。題簽「〈葛飾／為一／遺墨〉北斎漫画五編　全」。見返し「東壁堂製本画譜目録」あり、「北斎漫画」以下全 24 点。内題「北斎漫画五編」。柱「北斎漫画五編　（丁付）」。刊記「従初編至十四編文化十一年以降漸次出版／明治八年十二月十四日版権免許／十五編明治十年八月三十一日版権免許／明治十一年九月一日出版／編輯者　東京府故人　葛飾北斎／出版人　愛知県平民　片野東四郎　第一区玉屋町三丁目二番地」。

北斎漫画　Hokusai manga
2862（—）
７編　刊　1　葛飾北斎画　22.6 × 15.7　30　明治 11 年（1878）　名古屋・片野東四郎　(序) 式亭三馬　2858 ～ 2866 セット。題簽「〈葛飾／為一／遺墨〉北斎漫画七編　全」。見返し「東壁堂製本画譜目録」あり、「北斎漫画」以下全 24 点。内題「北斎漫画七編」。柱「北斎漫画七編　（丁付）」。刊記「従初編至十四編文化十一年以降漸次出版／明治八年十二月十四日版権免許／十五編明治十年八月三十一日版権免許／明治十一年九月一日出版／編輯者　東京府故人　葛飾北斎／出版人　愛知県平民　片野東四郎　第一区玉屋町三丁目二番地」。

北斎漫画　Hokusai manga
2858（—）
９編　刊　1　葛飾北斎画　22.7 × 15.7　30　明治 11 年（1878）　名古屋・片野東四郎　(序) 六樹園　2858 ～ 2866 セット。題簽「〈葛飾／為一／遺墨〉北斎漫画九編　全」。見返し「東壁堂製本画譜目録」あり、「北斎漫画」以下全 24 点。扉「北斎漫画九編」。柱「北斎漫画九編　（丁付）」。刊記「従初編至十四編文化十一年以降漸次出版／明治八年十二月十四日版権免許／十五編明治十年八月三十一日版権免許／明治十一年九月一日出版／編輯者　東京府故人　葛飾北斎／出版人　愛知県平民　片野東四郎　第一区玉屋町三丁目二番地」。

北斎漫画　Hokusai manga
2863（—）
10編　刊　1　葛飾北斎画　22.7 × 15.7　30

明治11年（1878）　名古屋・片野東四郎（序）文政二年十月梅櫚台老人　2858～2866セット。題簽「〈葛飾／為一／遺墨〉北斎漫画十編　全」。見返し「東壁堂製本画譜目録」あり、「北斎漫画」以下全24点。内題「北斎漫画十編」。柱「北斎漫画十編　（丁付）」。刊記「従初編至十四編文化十一年以降漸次出版／明治八年十二月十四日版権免許／十五編明治十年八月三十一日版権免許／明治十一年九月一日出版／編輯者　東京府故人　葛飾北斎／出版人　愛知県平民　片野東四郎　第一区玉屋町三丁目二番地」。

北斎漫画　Hokusai manga
2866（12500）
12編　刊　1　葛飾北斎画　22.8×15.8　30　明治11年（1878）　名古屋・片野東四郎（序）天保甲午春　2858～2866セット。題簽「〈葛飾／為一／遺墨〉北斎漫画十二編　全」。見返し「東壁堂製本画譜目録」あり、「北斎漫画」以下全24点。内題「北斎漫画十二編」。柱「北斎漫画十二編　（丁付）」。刊記「従初編至十四編文化十一年以降漸次出版／明治八年十二月十四日版権免許／十五編明治十年八月三十一日版権免許／明治十一年九月一日出版／編輯者　東京府故人　葛飾北斎／出版人　愛知県平民　片野東四郎　第一区玉屋町三丁目二番地」。

北斎漫画　Hokusai manga
2864（—）
13編　刊　1　葛飾北斎画　22.6×15.8　30　明治11年（1878）　名古屋・片野東四郎（序）己酉秋窓雨夜秉燭書／山禽外史小笠　2858～2866セット。題簽「〈葛飾／為一／遺墨〉北斎漫画十三編　全」。見返し「東壁堂製本画譜目録」あり、「北斎漫画」以下全24点。内題「北斎漫画十三編」。柱「北斎漫画十三編　（丁付）」。刊記「従初編至十四編文化十一年以降漸次出版／明治八年十二月十四日版権免許／十五編明治十年八月三十一日版権免許／明治十一年九月一日出版／編輯者　東京府故人　葛飾北斎／出版人　愛知県平民　片野東四郎　第一区玉屋町三丁目二番地」。

北斎漫画　Hokusai manga
2865（—）
15編　刊　1　葛飾北斎画　22.7×15.8　30　明治11年（1878）　名古屋・片野東四郎（序）明治十一年歳在戊寅七月片野東四郎謹識　2858～2866セット。題簽「〈片野／東四郎／編輯〉北斎漫画十五編　全」。見返し「東壁堂製本画譜目録」あり、「北斎漫画」以下全24点。内題「北斎漫画十五編」。刊記「従初編至十四編文化十一年以降漸次出版／明治八年十二月十四日版権免許／十五編明治十年八月三十一日版権免許／明治十一年九月一日出版／編輯者　東京府故人　葛飾北斎／出版人　愛知県平民　片野東四郎　第一区玉屋町三丁目二番地」。

〔北斎模写画稿〕　Hokusai mosha gakô
2708（12572）
写　1　20.6×15.3　50　天保15年　題簽なし。蔵書印有。北斎の作品の模写。「天保十五甲辰夷則成」。

［I］

〈仏／画〉いと御せん　Ito gozen
2786（17043）
写　1　19.2×26.3　22　江戸後期　題簽「〈仏／画〉いと御せん　全」。仏画（41枚）は貼り付け。綴じ糸はずれる。

［J］

人物　Jinbutsu
2780（10691）
写　1　29.0×19.6　54　幕末～明治か　外題「人物」。様々な下絵を切り貼りし、それを模写したもの。

［K］

花鳥山水図式　Kachô sansui zushiki
2873（12585）
刊　1　12.4×17.6　21　（序）金水山人題　題簽「花鳥山水図式　全」。見返し題「花鳥山水図式」改印（嘉永2年3月～5年2月）。

〔嘉永期美人絵等〕　Kaeiki Bijine etc.
2689（12476）
刊　1　35.2×24.8　38　嘉永　江戸　題簽破損。浮世絵（幕末役者絵・見立絵）を画帖体裁にしたもの。山海愛度図会・国芳画、見立廿四孝・国芳画。落書きあり。

槐堂文庫　Kaidô bunko
2781（10703）
写　1　16.0×23.5　14　明治8年　外題「槐堂文庫」。表紙に「明治八乙亥年十一月吉辰良日」、蔵書印「仁寿」（朱6.0×6.0）。

槐堂文庫　Kaidô bunko
2782（18347）
写　1　15.5×23.6　25　安政5年　外題「槐堂文庫」。表紙に「安政五戊午年六月吉辰良日」。

絵画叢誌　Kaiga sôshi
2798（一）
5・6・8～19巻存　刊　14　27.1×15.1　170　明治20年～21年　東京・東洋絵画会叢誌部　活版。丁数、五巻9丁、六巻10丁、八巻13丁、九巻11丁、十巻14丁、十一巻13丁、十二巻13丁、十三巻12丁、十四巻12丁、十五巻12丁、十六巻12丁、十七巻12丁、十八巻14丁、十九巻13丁。第五巻刊記「絵画叢誌第五巻〈明治二十年／八月三十日〉火曜日　毎月一回発兌／発行所〈持主兼／印刷人〉東京都日本橋区葺屋町六番地　東洋絵画会叢誌部　吾妻健三郎／印刷人　渡邊諧」、第十九巻「絵画叢誌第十九巻〈明治廿一年／十月廿五日〉木曜日　毎月一回発兌」。

芥子園画伝　Kaishien gaden
2792（12613）
二集（蘭譜・竹譜）　刊　4　19.6×12.7　107　中国　序跋有　唐本。帙「芥子園画伝第二集蘭竹譜全函」。題簽「芥子園画伝二集蘭譜（竹譜）上冊（下冊）」。扉題「画伝二集蘭譜（竹譜）」。丁数、蘭譜（上冊39丁・下冊18丁）竹譜（上冊22丁・下冊28丁）。広告「芥子園画伝初集〈山水譜／人物式／鳥獣楼閣式〉〈全五冊／全二冊〉／仝　訳文画伝考　近刻　全三冊／芥子園画伝二集〈蘭竹譜／梅菊譜〉全八冊／仝　訳文画伝考　近刻　全　冊／芥子園画伝三集　翎毛卉譜　全四冊／仝　訳文画伝考　近刻　全／芥子園画伝四集　艸蟲花卉譜　全三冊／仝　訳文画伝考　近刻　全」。

各人集　Kakujin shû
2779（12564）
写　1　27.5×19.6　25　江戸後期　外題「各人集」。下絵集。裏表紙「西村蔵」。

〔漢字練習原稿〕　Kanji renshû genkô
2880（18346）
1帖　24.2×32.3　5枚　明治か。

頭書増補訓蒙図彙　Kashiragaki zôho kinmô zui
2874（12586）
巻5～巻8（題簽のみ巻4）　刊　1　22.2×15.5　24　江戸中期か　題簽「〈増補／頭書〉訓蒙図彙大成四」。柱「頭書増補訓蒙図彙五　（丁付）」。内題、1オ「頭書増補訓蒙図彙巻之五」、5オ「頭書増補訓蒙図彙巻之六」、11オ「頭書増補訓蒙図彙巻之七」、16オ1オ「頭書増補訓蒙図彙巻之八」。巻之五・身體、巻之六・衣服、巻之七・宝貨、巻之八・器用。書名は内題による。

金工　便覧帖　Kinkô binranjô
2758（12569）
写　1　16.0×21.0　38　安政6年（1859）　書題簽「金工　便覧帖」。刀の鍔・鯉口等の意匠（76面）を切り貼りしたもの。奥書「安政六年未華月上旬／新調改之／東吟亭　所蔵／他見不免」、表紙見返し「能勢氏蔵／秘中秘」。

金陵四十八景　Kinryô shijûhakkei
2774（12546）
刊　1　29.2×35.6　49　丁亥（1887）　中国（清）金陵の四十八景の漢詩絵本（銅版画）。題簽「金陵四十八景」。内題同じ。目録の最後に「丁亥仲冬日光書舎主人臨摹囑山中栄山銅鐫」。表紙は瑠璃色無地に七宝（型押裏面）、裏表紙は薄茶色地に茶で銅版による細密な小花模様。

皇朝直省地輿全図　Kôchô chokushô chiyo zenzu
2904（12559）
刊　25.0×19.8　55　光緒6年（1880）　中国（清）・上海　中国（清）の地図。「上海点石斎石印申報館甲昌書画室内発售」。

〔古画江戸絵納〕　Koga edo e osame
2881（18349）
1帖　31.0×21.6　1枚　未詳　春回堂　浮世絵貼り交ぜで、浮世絵保存用二つ折厚紙か。

工業図式　Kôgyô zushiki
2843（12581）
初編　刊　1　幸埜楳嶺画　12.0×18.3　22　明治16年（1883）　東京・大倉孫兵衛　（序）明治十六年第七月／東京稗史　仮名垣魯文誌　2832・2841～2843とセット。題簽「工業図式　初篇」。見返し題「工業図式　初編」。序題「工業図式」。刊記「明治十六年五月二日版権免許／同　出板／筆者　京都府平民　幸埜楳嶺　下京第三組玉蔵町百三十一番地／出版者　東京府平民　大倉孫兵衛　日本橋区通壱町目十九番地／幸埜楳嶺画 工業図式 初篇 一冊　定価／同 同 二三四五篇 四冊　近刻／同 虫類画譜　近刻／同 楳嶺花鳥画譜 着色　近刻／芝琳斎画 草木花鳥図会　二帖　定価七拾五銭／芝琳斎画 新撰三十六花鳥　二帖／広田暁山画 草木花鳥図会　一帖／幸埜楳嶺筆 楳嶺百鳥画譜　三冊〈壱冊ニ付定価／金五拾銭宛〉／発兌書林／大坂南久宝寺町四丁目　前川善兵衛／同北久宝寺町四丁目　前

川源七郎／西京御幸町姉小路上ル大文字町　藤井孫兵衛／尾張名古屋玉屋町　片埜東四郎／函館大町二丁目　常野嘉兵衛／東京日本橋通一丁目　北畠茂兵衛／同　通二丁目　稲田作兵衛／同　芝三島町　山中市兵衛／同　芝宇田川町　内野弥平次／同　通三丁目　丸屋善七／同　通四丁目　中村佐吉／同　両国吉川町　松木平吉」。

〔工業図式の袋〕 Kôgyô zushiki
欠番（#12513）
18.0×13.0　明治　2909～2937の箱にあり。「幸野楳嶺筆　工業図式初編　東京書林　錦栄堂蔵」。

工業図式 Kôgyô zushiki
2841（12521）
２編　刊　1　幸埜楳嶺画　—　明治17年(1884)　東京・大倉孫兵衛　2832・2841～2843とセット。袋「幸埜楳嶺先生筆／工業図式二編／東京書林　錦栄堂蔵」。水をかぶったためか袋が本に貼り付き、調査不能。

工業図式 Kôgyô zushiki
2842（17341）
３編　刊　1　幸埜楳嶺画　12.0×18.2　22　明治17年（1884）　東京・大倉孫兵衛　（序）明治十七歳極月　2832・2841～2843とセット。題簽「工業図式　三篇」。見返し題「幸埜楳嶺筆／工業図式　三編／錦栄堂蔵」紅色地に草木の飾り枠。序題「工業図式」。袋「幸埜楳嶺筆／工業図式 三編／東京錦栄堂梓」。広告・刊記「幸埜楳嶺先生筆 着色　楳嶺百鳥画譜　三冊／同 工業図式 同　五冊／同 蟲類画譜 同　近刻　二冊／同 楳嶺花鳥画譜 彩色　二帖／鮮斎永濯画譜 近刻／古代模様集 〈着色／近刻〉 二冊／明治十六年五月二日版権免許／同　出板／筆者　京都府平民　幸埜楳嶺　下京第三組玉荘町百三十壱番地／出版者　東京府平民　大倉孫兵衛　日本橋通壱町目拾九番地」。

工業図式 Kôgyô zushiki
2832（18357）
５編　刊　1　幸埜楳嶺画　12.0×18.2　明治17年（1884）　東京・大倉孫兵衛　（序）明治十七年第五月十有九日　2841～2843とセット。題簽「工業図式　五篇」。見返し題「幸埜楳嶺先生筆／工業図式　五編／錦栄堂蔵版」。序題「工業図式」。刊記「明治十六年五月二日版権免許／同　出板／筆者　京都府平民　幸埜楳嶺　下京第三組玉蔵町百三十一番地／出版者　東京府平民　大倉孫兵衛　日本橋区通壱町目十九番地／幸埜楳嶺画 工業図式初篇一冊　定価／同同二三四五篇四冊　近刻／同 虫類画譜　近刻／同 楳嶺花鳥画譜 着色　近刻／芝琳斎画 新撰三十六花鳥　二帖／広田暁山画 草木花鳥図会　一帖／幸埜楳嶺筆 楳嶺百鳥画譜　三冊〈壱冊ニ付定価／金五拾銭宛〉／発兌書林／大坂南久宝寺町四丁目　前川善兵衛／同北久宝寺町四丁目　前川源七郎／西京御幸町姉小路上ル大文字町　藤井孫兵衛／尾張名古屋玉屋町　片埜東四郎／函館大町二丁目　常野嘉兵衛／東京日本橋通一丁目　北畠茂兵衛／同　通二丁目　稲田作兵衛／同　芝三島町　山中市兵衛／同　芝宇田川町　内野弥平次／同　通三丁目　丸屋善七／同　通四丁目　中邨佐吉／同　両国吉川町　松本平吉」。

国華餘芳　伊勢内外神宝部 Kokka yohô Ise naige shinpô bu
2889（—）
刊　1　得能良介　34.4×24.5　明治14年(1881)　表紙布地薔薇唐草。

狂歌百千鳥 Kyôka momochidori
2710（12503）
刊　1　22.2×14.4　15　近世後期　(序)芍薬亭　題簽「狂歌百千鳥」。序題も同じ。

橋徳斎筆 Kyôtokusaihitsu
2775（17025）
巻3　写　1　26.8×19.4　12　江戸後期　外題「橋徳斎筆」。粘葉装。蔵書印「琴江」。

［M］

圓山流絵手本 Maruyamaryû etehon
2772（10724）
写　1　26.9×38.9　43　江戸後期　表紙に「六冊之内／圓山流絵手本大橋林玉蔵」とあり。2777とセット。蔵書印あり。

圓山流画手本 Maruyamaryû etehon
2777（10724）
写　1　27.0×37.8　28　江戸後期　外題「六冊之内／圓山流絵手本」。表紙に「大橋林玉蔵」とあり。2772とセット。

〔明治縮緬絵〕 Meiji chirimen e
2696（12504）
刊　1　周延・吟光・国周・周重・延一画　22.0×15.7　12　明治15年・20年・21年・22年　東京・牧テウ、他　題簽のみ題名なし。絵24

面。浮世絵を画帖体裁にしたもの。〈旧幕／時代〉東叡山遊覧之図・楊洲周延画、裁縫教授之図・松斎吟光画、上野不忍競馬図・楊洲周延画、牛若丸浄瑠璃姫之舘忍図・楊洲周延画、辰之口勸工場庭中之図・松斎吟光画、高貴肖像・豊原国周画、琴棊書画之図・守川周重画、東京真景名所・楊斎延一画。

〔明治風俗画・役者絵〕 Meiji fûzokuga & yakushae

2719（12458）

刊　1　歌川広重画・月岡芳年画　34.5×24.0　30　江戸／東京　題簽なし。浮世絵を画帖体裁にしたもの。東都日枝大神祭禮練込之図・彫工太田卯多吉・明治元年11月、東京名所別品揃（2図。新吉原・両国涼船）広重画・明治期、東京開化狂画名所（32図）・芳年画・綱島亀吉板・明治14年1月（両国川芸妓花火に夢中になる・内藤新宿生酔の開店・上野公園地小僧のひる寝・不忍弁才天雷蓮池へおちる・品川妓楼客人のとまどひ・芝高縄そばやの□相（そさう）・千東西の町大きな唐の芋頭をかつぐ・日暮里布袋世界第一三腹対・柳橋書画会画工の狼藉・深川木場川童臭気に辟易・芝愛宕山茶屋女遠眼鏡を見る・霞ヶ関人力車上手・尾張町日報社田舎者の旧法・有楽町無法の生酔・東両国回向院相撲狂人（きちがひ）・柳原生臭坊主の憶病・虎の門琴平神社書生天狗大天狗の鼻ねぢらんとす・麻生広尾原 千金丹大きん玉におどろく・洲崎汐干大赤貝ゆびを挟む・鉄砲洲船饅頭舟玉の開張・上野山下按摩の喧嘩・上野東照宮祭日楽人の放屁・聖堂坂鳶松魚を浚ふ・湯島天満宮巫子の大酔・芝神明社内矢場女の羅生門・浅草観音年の市旧幣の仁王・根津局見世娼妓南京人を引く・千駄木団子坂丸き人物集会・道灌山土器の過□（あやまち）・王子稲荷女異人の時参り・墨堤三囲社野狐の愉快・招魂社馬乗名人）、古今日女鑑（ここんひめかがみ）（紫式部・明智光秀妻・浅岡・松島局・秋色・千代女）6図・萬孫（日本橋）板、俳優見立十二支（子丑・申酉・戌亥）、一席読切　松林亭伯円・鼠小僧次郎吉（尾上菊五郎）・明治7年10月、国周漫画（尾上菊五郎　お岩・中村芝翫　民谷伊右衛門）・豊原国周画・明治8年8月か、河原崎三舛　和藤内、三遊亭円朝　皿屋敷胡蝶奇談・国周画・慶応3年3月、江都錦今様国尽（青砥藤綱　相模／お祭佐七（三代目菊五郎）武蔵）・国芳画、江都錦今様国尽（白井権八　因幡／塩谷判官（十三代目市村宇左衛門）伯耆）・国芳画・嘉永5年8月、国周漫画（沢井訥舛　刈萱道心）・豊原国周画・明治8年8月か、講談一席読切　桃川燕八・鎮西八郎為朝（坂東薪水）、江都錦今様国尽（宮城野しのぶ　陸奥／佐藤忠信　出羽）・国芳画、江都錦今様国尽（千代女　加賀／能登守教経（五代目幸四郎）能登）国芳画・山口屋藤兵衛板・嘉永5年8月、江都錦今様国尽（三勇士　美作／宮本無三四　備前）国芳画、江都錦今様国尽（天勿空勾賎　隠岐／同行三　播磨）国芳画、江都錦今様国尽（犬田小文吾　安房／白藤源太（五代目海老蔵）上総）国芳画・嘉永5年7月、江都錦今様国尽（荻の玉川　近江／三勝（六代目岩井半四郎）美濃）国芳画・嘉永5年8月、歌澤の稽古所・孟斎画、子供の合戦、宝の福とみ・明治3年5月、仮名手本忠臣蔵の大序から十二段目を三枚続に一枚ずつ大判に三場ずつ描いたもの・芳重画・慶応2年3月、競細腰雪柳風呂（時世粧年中行事之内・3枚続・女湯、壁に浄瑠璃講談噺家のポスター）・一孟斎芳幾画・広岡屋幸助板・明治元年9月。

〔明治武者絵〕 Meiji mushae

2714（12448）

刊　1　35.7×23.3　8　明治14年～20年　題簽のみ題名なし。浮世絵を画帖体裁にしたもの（32面）。栞「武者折本壱個ニ付／金壱円」。吉野山義経危難之図・楊洲周延画、石山本願寺合戦・一陽斎豊宣画、駿州富治川於源氏勢揃ス／水鳥数多立平軍羽音驚・西邨芳藤画、為朝強弓之図・一勇斎国芳画・一雄斎国年模寫、信州川中嶋両將直戦ノ図・孟斎芳虎画、源平宇治橋大合戦之図・一陽斎豊宣画、摂州一の谷鵯越ヨリ義経ヲ攻ル図・西邨芳藤画、水滸伝〈九紋龍市川團十郎／華和尚市川左團次〉・豊原国周画、加賀国安宅関勧進帳之図・一陽斎豊宣画、清正朝鮮国ヨリ日本ノ冨士ヲ見ル図・西邨芳藤画。

名家粉本帖 Meika hunpon jô

2770（17037）

写　1　27.2×43.0　21　江戸後期か　題簽「名家粉本帖」。著名な画家の絵の一部を模写した画稿の貼り込み帖。

美濃奇観 Mino kikan

2846（12592）

上巻　刊　1　三浦千春　21.7×14.9　43　明治13年（1880）　岐阜　（序）①明治十三年四月 近藤苣介浄、②明治十一年五月柏渕静夫／片岡すむ子書、③北荘積　2847とセット。題簽「美濃奇観 三浦千春著 上」。見返し「三浦千春著／池田崇広画／美濃奇観／明治十三年一月刊行」。序題「美濃奇観序」。内題「美濃奇観上」。柱「○美濃奇観　○一（丁付）」。「旅籠屋玉井伊

兵衛／岐阜相生町成文社印刷」の鵜飼説明書1枚あり。

美濃奇観　Mino kikan
2847（12592）
下巻　刊　1　三浦千春　21.7×14.9　36　明治13年（1880）　岐阜　（跋）皇明治己卯除夕前一日也／岐阜県令従五位小崎利準　2846とセット。題簽「美濃奇観 三浦千春著 下」。内題「美濃奇観下」。柱「〇美濃奇観　〇一（丁付）」。刊記「明治十二年十二月五日版権免許／同　十三年九月　出版　定価四拾五銭／著者　岐阜県美濃国武儀郡小瀬村　岐阜県士族　三浦千春／出版人　同県同国岐阜末広町　同県平民　三浦饒三郎／発行所　岐阜靭屋町　水谷善七／同　米屋町　三浦源助」。「尾張名古屋剞_師豊原堂刀」。

〈模様／雛形〉都の錦　Miyakono Nisiki
2741. 2742. 2753（12484. 12484bis, 12484）
刊　3　25.4×18.7　86　明治19年（1886）　大阪・山中吉郎兵衛他　（序）明治十八年の冬　雛形本。2740と体裁類似。編輯兼出版人　大阪府下東区高麗橋二丁目三番地平民　山中吉郎兵衛　発兌書肆　東京府下日本橋区西河岸町十二番地　須原鉄二／大阪府下東区安土町四丁目三十八番地　鹿田清七。

唐土訓蒙図彙　Morokoshi kinmô zui
2830（12555）
巻3　刊　1　平住専庵著・橘守国画　22.2×15.8　9　享保4年（1719）　題簽「唐土訓蒙図彙」。柱「唐土訓蒙図彙巻三　〇（丁付）」。

〔紫式部げんじがるた・名妓三十六佳撰〕　Murasakishikibu genji-garuta / Meigi 36 kasen
2707（12451）
刊　1　国貞画・豊国画　35.5×24.8　34　安政4年・万延元年～文久元年　江戸　題簽のみ題名なし。香蝶楼国貞画「紫式部げんじがるた」廿四～五十四（安政4年10月～11月）、および、豊国画「名妓三十六佳撰」葛吉板・第一～第三十六（万延元年12月～文久元年12月）を画帖体裁にしたもの。

［N］

〈模様／雛形〉難波の梅　Naniwano Ume
2740（12514）
刊　3　25.1×18.3　92　明治19年（1886）　大阪・山中吉郎兵衛他　雛形本。2741. 2743. 2753と体裁類似。編輯兼出版人　大阪府下東区高麗橋二丁目三番地平民　山中吉郎兵衛／東京府下日本橋区西河岸町十二番地須原鉄二／発兌書房　同大伝馬町二丁目八番地　田沢静雲／同日本橋通一丁目十九番地　大倉孫兵衛／京都府下下京区第十四組御旅丁四十四番地　石田清助／大阪府下東区安土町四丁目三十八番地　鹿田清七。

〔奈良絵本模写貼込帖〕　Naraehon mosha harikomijô
2799（12493）
写　1　25.3×22.0　3　幕末～明治カ　題簽なし。絵6枚貼付。

奈留美加多　Narumigata
2801（12567）
巻1　刊　1　小田切春江　22.6×15.6　35　明治16年（1883）　名古屋・片野東四郎　（序）明治十四年八月／池原香穉しるす　古代からの模様集成。題簽「奈留美加多　一」、見返し題（三つ割書）「小田切春江著／奈留美加多／名古屋　片野氏蔵版」、柱刻「奈留美加多｜片野氏蔵刻」。2800～2804セット。献上御礼状の刷物（縮写、13.2×39.0cm）、別刷ではさみこむ、「宮内卿代理 宮内大輔杉孫七郎／参事院議官 福羽美静殿」。

〔奈留美加多〕　Narumigata
2802（—）
巻2か　刊　1　小田切春江　22.7×15.7　27　明治16年（1883）　名古屋・片野東四郎　題簽なし。柱刻「奈留美加多｜片野氏蔵刻」。2800～2804セット。

〔奈留美加多〕　Narumigata
2803（—）
巻3か　刊　1　小田切春江　22.7×15.7　27　明治16年（1883）　名古屋・片野東四郎　題簽なし。柱刻「奈留美加多｜片野氏蔵刻」。2800～2804セット。

〔奈留美加多〕　Narumigata
2800（18364）
巻4　刊　1　小田切春江　22.7×15.8　27　明治16年（1883）　名古屋・片野東四郎　題簽「鳴海賀太」、柱刻「奈留美加多｜片野氏蔵刻」。2800～2804セット。

〔奈留美加多〕　Narumigata
2804（—）

巻5　刊　1　小田切春江　22.6×15.8　30　明治16年（1883）　名古屋・片野東四郎　（跋）めい次十四年といふとしの秋のはしめ　題簽「なるみかた　五」、柱刻「奈留美加多｜片野氏蔵刻」。刊記「明治十六年六月十五日版権免許／明治十六年七月廿五日刻成／著述者　愛知県士族　小田切春江　名古屋市南久屋丁五丁目七番地／出板人　愛知県平民　片野東四郎　名古屋市玉屋町三町目貮番地」、最終丁裏に朱文方印（2.7×0.7）「金壱円七拾五銭」。2800～2804セット。

日本名勝図解　Nippon meishô zukai
2903（12595）
刊　1　小西豊之助　25.0×17.4　31　明治21年（1888）　東京・九春堂　活版。題簽「日本／名勝図解／第壱篇」英文題簽「PICTORIAL DESCRIPTIONS OF FAMOUS PLACES OF JAPAN VOL.1」。扉題「日本名勝図解」。刊記「明治二十年十二月六日版権免許／同廿一年二月　出版／同　年同月五日刷成／編輯人　三重県士族　小西豊之助　芝区櫻田本郷町四番地／出版人　東京府平民　丸谷新八　京橋区三十間堀壱丁目五番地／発兌所　九春堂　仝所／印刷人　中尾黙次　東京々橋区山下町二十二番地桑原活版所」英文刊記あり。広告「○〈東京めいしよ図譜／東都花容月影譜〉／○〈日本〉古今名家図解／○日本名所図解」。

錦絵画の本　Nishikie no hon
2687（12466）
刊　1　三代目歌川豊国他画　36.3×26.7　32　文政～天保頃　江戸　書題簽「錦絵画の本（下部欠）」。役者絵と見立絵を画帖体裁にしたもの。見立絵兄弟・五渡亭国貞画、累死霊（尾上梅幸）塩沢丹三郎（市村宇左衛門）・極印・加賀屋吉兵衛板・天保期か・五渡亭国貞画、羽衣のせい実はけいせる東語（玉三郎改坂東しうか）猟師伯蔵（中村歌右衛門）藤波求女（市村宇左衛門）・極印・四谷中勝・天保期か・五渡亭国貞画。

錦画つくし　Nishikie zukushi
2688（12455）
刊　1　36.7×25.1　33　安政　江戸　書題簽「年六月吉日／錦画つくし／本」浮世絵を画帖体裁にしたもの。風流生人形・安永3年2月・三河屋鉄五郎板・一寿斎国貞画、八代目団十郎死絵（12種）改印なし・①よくにめのないしやうわるひこんたんをおためごかしと人のいふらんへわきみをするなしつかりとまつたがよいいまになるたけよくしてやるぞ□いだめ く くへつゑなくてはお江戸へもくだれずあんまにつゑないごうよくな～・②市川八猿図会・③猿白院清成日同信士・④八代目団十郎事　市川白猿・⑤入滅図もじり・⑥高野山麓鏡石の図・⑦成田三非道女房開帳・⑧八代目切腹図・⑨坂東しうか死絵・⑩肖像画・⑪大津ゑ・⑫道中図、忠臣蔵文句口合。

[R]

歴代名将図　Rekidai meishô zu
2834（18362）
巻上　刊　1　17.2×10.6　54　光緒13年序（1887）（序）光緒十有三年仲春三月曲園居士兪揝書於春在□　2833とセット。唐本、活版。題簽「図 洪鈞」のみ存。扉「丙戌冬為／筆花館主人属洪鈞」。目録題「歴代名将図／任阜長精絵歴代名将図目録」。

歴代名将図　Rekidai meishô zu
2833（12605）
巻下　刊　1　17.2×10.6　52　光緒13年序（1887）（跋）筆花館主人跋衛鑄生書　2834とセット。唐本、活版。題簽「□代名将図 洪鈞署簽」。目録題「任阜長精絵歴代名将目録」。

歴代名将図　Rekidai meishô zu
2835（18358）
巻上　刊　1　17.2×10.6　54　光緒13年序（1887）（序）光緒十有三年仲春三月曲園居士兪揝書於春在□　2836とセット。唐本、活版。題簽「図 洪鈞署簽」のみ存。扉「丙戌冬為／筆花館主人属洪鈞」。目録題「歴代名将図／任阜長精絵歴代名将図目録」。

歴代名将図　Rekidai meishô zu
2836（18355）
巻下　刊　1　17.2×10.652　光緒13年序（1887）（跋）筆花館主人跋衛鑄生書　2835とセット。唐本、活版。題簽「歴代名将図 洪鈞署簽」。目録題「任阜長精絵歴代名将目録」。

[S]

〔三十六歌仙〕　Sanjûrokkasen
2725（12467）
写　1　30.4×25.5　9　題簽なし。歌仙絵を画帖体裁にしたもの。①～⑥永三藤原立秀画、⑧～⑫㉚狩野（藤原）谿運久信画、⑬～⑱⑳～㉔永麟藤原立政画、㉕～㉙永輝画、㉛～㊱渓斎不知多溜画、⑦⑲落款ナシ。

〔山海愛度図会〕 Sankai medetai zue

2698（12461）

1，5，7～13，17～20，22，25～27，30，33，38，39，43，45，46，49，51，53，55～57，60，61，63～65，67～69　刊　1　歌川国芳画　36.2×24.5　19　嘉永5年（1852）

江戸　題簽なし。「山海愛度図会」の揃い物38枚（嘉永5年）を画帖体裁にしたもの。1（7月）～69（12月）まで存したか。（おへんじをいたゞきたい30、うかゞひたい27・8月、〔花〕をごらんあそばしたい69・12月、親たちにあひたい12・8月、自をながめたい46・12月、すがたを見たい55・12月、まゝがたべたい63・12月、ヲゝつめたい20・8月、一ツおあげ申たい56・12月、みせが直したい26・8月、はやくきめたい19・8月、当ておめにかけたい39・12月、おもたい5・8月、早く着て見たい18・8月、こじれったい61・12月、よい日をおがみたい33・12月、天気にしたい10・8月、けむつたい67・12月、一寸見てもらいたい43・12月、トットやくたい51・12月、にがしてやりたい64・12月、どふぞよさせたい68・12月、身まゝになりたい9・8月、ねむったい11・8月、こゝにゐたい8・7月、はやくしまいたい45・12月、自慢で見せたい25・8月、人形になりたい60・12月、はやくねかしたい65・12月、えりをぬきたい38・12月、〔無題〕13・8月、ヲゝいたい7・8月、おたのみ申たい17・8月、あつくしたい49・12月、はやく酔をさましたい57・12月、（極）かたい1・7月、つゞきが見たい22・8月、御盃をいたゞきたい53・12月）。版元、山口屋藤兵衛・蔦屋吉蔵・佐野屋喜兵衛・三田屋喜八・上州屋金蔵。

鏨工画集 Sankô gashû

2755（17024）

写　1　28.5×20.2　45　安政4年序（1857）

鳥取か　「鏨工画集之序」安政四丁巳晩春／山陰鳥府吉多崇政識／[印][印]　題簽のみ題名なし。書名は序題による。雛形模様を描いた紙（87面）を半丁ごとに貼り付け袋綴じ形態にしたもの。

鏨工画集 Sankô gashû

2756（18342/5）

写　1　28.0×20.0　48　万延元年序（1860）

鳥取か　「金工画集自序」安政改万延申のとしといふ／秋のはしめの月の廿久日／柊園　書題簽「鏨工画集」。内題同じ。刀の鍔・鯉口等の意匠集。薄様の紙の下絵（83面）を、半丁ごとに貼り付け袋綴じ形態にしたもの。裏表紙見返しに様々な字体紹介の例文として「因幡国鳥取之人土屋武親　錬心斎」とある。山陰の金工職人所持の図案集か。蔵書印黒の白文方印（8.0×8.0）。

西湖十八景図 Seiko jûhakkei zu

2795（12583）

刊　1　20.2×25.8　33　光緒12年（1886）

中国（清）　序　唐本、活版。帙「画譜采新」。書名は扉題による。

世界旅行／萬国名所図絵 Sekairyokô bankoku meisho zue

2939（—）

巻1　刊　1　青木恒三郎　15.0×9.5　140頁＋12頁　明治22年（1889）　大阪　（序）明治十八季乙酉一月三日紙鳶春聲を送るの時梅芝吟館東窓の下に於て／香国隠士土居通豫識す　ボール表紙本（洋紙）。活版。外題「世界旅行／萬国名所図絵　ILLUSTRATED GUID BOOK FOR TRAVELLERS ROUND THE WORLD」。扉「ILLUSTRATED GUID BOOK FOR TRAVELLERS ROUND THE WORLD ／ 世界旅行／萬国名所図絵」。刊記「明治十七年十二月二日版権免許／仝　十八年五月三十日出版／仝　廿二年一月廿六日増補印刷／仝　廿二年一月廿八日出版／仝　廿二年二月十日発行／著者兼発行者　大阪府平民　青木恒三郎　南区安堂寺橋通四丁目六十一番地／印刷者　京都府平民　長谷川末吉　南区安堂寺橋通四丁目卅四番地／発行書肆／大阪博労町四丁目　中川勘助／大阪心斎橋筋南一丁目　松村九兵衛／大阪安堂寺橋通四丁目　田中太右衛門／大阪順慶町三丁目　うさぎ屋支店／大阪南久寶寺町四丁目　柳原喜兵衛／大阪本町四丁目　岡島眞七／大阪備後町四丁目　吉岡平助／大阪備後町四丁目　梅原亀七／大阪備後町四丁目　岡島支店／西京寺町四条上ル　田中治兵衛／東京芝区柴井町　松井忠兵衛／東京日本橋区通三丁目　丸善書店」。広告「〈世界／旅行〉萬国名所図絵 全七冊／一ノ巻 亜米利加洲の部／二ノ巻 歐羅巴洲の上／三ノ巻 歐羅巴州の中／四ノ巻 歐羅巴州の下／五ノ巻 亜非利加州亜細亜洲の部／六ノ巻 亜細亜の上／七ノ巻　亜細亜の下」。

世界旅行／萬国名所図絵 Sekairyokô bankoku meisho zue

2940（—）

巻2　刊　1　青木恒三郎　15.0×10.0　95頁　明治18年（1885）　大阪　ボール表紙本（洋紙）。活版。外題「世界旅行／萬国名所図絵　ILLUSTRATED GUID BOOK FOR TRAVELLERS

ROUND THE WORLD」。扉「ILLUSTRATED GUID BOOK FOR TRAVELLERS ROUND THE WORLD ／ 世界旅行／萬国名所図絵／〈英吉利葡萄牙／西班牙蘭西〉之部」。刊記「明治十七年十二月二日版権免許／同　十八年八月刻成出版／著者兼発行者　大阪府平民　青木恒三郎　南区安堂橋通四丁目六十一番地／印刷者　京都府平民　長谷川末吉　南区安堂橋通四丁目卅四番地／発行書肆／大阪博労町四丁目　中川勘助／大阪心斎橋筋南一丁目　松村九兵衛／大阪安堂寺橋通四丁目　田中太右衛門／大阪順慶町三丁目　うさぎ屋支店／大阪南久宝寺町四丁目　前川善兵衛／大阪北久太郎町四丁目　柳原喜兵衛／大阪本町四丁目　岡島眞七／大阪備後町四丁目　吉岡平助／大阪備後町四丁目　岡島支店／西京寺町四条上ル　田中治兵衛／東京々橋区南伝馬町一丁目　叢書閣／東京同　銀座四丁目　博聞本社／東京同　南鍋町一丁目　兎屋誠」。

世界旅行／萬国名所図絵　Sekairyokô bankoku meisho zue
2941（一）
巻3　刊　1　青木恒三郎　14.9×10.0　114頁　明治18年（1885）　大阪　ボール表紙本（洋紙）。活版。外題「萬国名所図絵」。扉「ILLUSTRATED GUID BOOK FOR TRAVELLERS ROUND THE WORLD ／ BYT. AWOKI And J.SUSUKA ／河津祐光先生題字／土居通豫先生序／南枝醇先生閲／青木恒三郎編輯／世界旅行 萬国名所図絵／〈佛蘭西巴黎 白耳義 和蘭／日耳曼 嗹馬 北洋 旅行沿革〉／嵩山堂梓／OSAKA AWOKISZANDOW.」。刊記「世界旅行 萬国名所図絵 全五冊／一ノ巻 亜米利加洲の部 合衆国／二ノ巻 欧羅巴洲の上〈英吉利 葡萄牙 西班牙 佛蘭西〉／三ノ巻 歐羅巴州の中〈沸蘭西続 比耳義 和蘭 日耳曼 連国 北洋 旅行沿革〉／四ノ巻 歐羅巴州の下〈哥異蘭 瑞典 那威 魯西亜 土耳其 希臘 以太利 奥斯利 瑞西〉／五ノ巻 亜非利加州亜細亜洲の部／以上五冊隔月一冊宛出版／明治十七年十二月二日版権免許／同　十八年十月刻成出版／定価金三十銭／編輯兼出版人　大阪府平民　青木恒三郎　南区安堂寺橋通四丁目六十一番地」。広告「文法指南　〈銅鐫詳明／特別美本／中形全三冊〉」。

世界旅行／萬国名所図絵　Sekairyokô bankoku meisho zue
2942（一）
巻4か　刊　1　青木恒三郎　14.8×9.8　154頁　明治19年（1886）　大阪　ボール表紙本（洋紙）。活版。外題「ILLUSTRATED GUID BOOK FOR TRAVELLERS ROUND THE WORLD ／ 世界旅行　萬国名所図絵」。内題同じ。刊記「明治十七年十二月二日版権免許／明治十九年一月刻成出版／定価金五十銭／編輯兼出版人　大阪府平民　青木恒三郎　南区安堂寺橋通四丁目六十一番地／製本発賣所　上田屋　青木嵩山堂　大坂心斎橋筋安堂寺町南エ入西側」発行書肆、中川勘助以下多数あり。

世界旅行／萬国名所図絵　Sekairyokô bankoku meisho zue
2943（一）
第5巻　刊　1　青木恒三郎　15.0×10.0　117頁　明治19年（1886）　大阪　ボール表紙本（洋紙）。活版。外題「萬国名所図会」。扉題「ILLUSTRATED GUID BOOK FOR TRAVELLERS ROUND THE WORLD ／ BYT. AWOKI And J.SUSUKA ／河津祐光先生題字／土居通豫先生序／南枝醇先生閲／青木恒三郎編輯／世界旅行 萬国名所図絵／〈亜非利加／亜西尼亜〉両洲之部／嵩山堂梓／OSAKA AWOKISZANDOW.」。刊記「世界旅行 萬国名所図絵 全五冊／一ノ巻 亜米利加洲の部 合衆国／二ノ巻 欧羅巴洲の上〈英吉利 葡萄牙 西班牙 佛蘭西〉／三ノ巻 歐羅巴州の中〈沸蘭西続 比耳義 和蘭 日耳曼 連国 北洋 旅行沿革〉／四ノ巻 歐羅巴州の下〈哥異蘭 瑞典 那威 魯西亜 土耳其 希臘 以太利 奥斯利瑞西〉／五ノ巻 亜非利加州亜細亜洲の部／六ノ巻　亜細亜洲之部近日出版大尾／明治十七年十二月二日版権免許／明治十九年四月　刻成出版／定価金五拾銭／編輯兼出版人　大阪府平民　青木恒三郎　南区安堂寺橋通四丁目六十一番地」。

世界旅行／萬国名所図絵　Sekairyokô bankoku meisho zue
2944（一）
第6巻か　刊　1　青木恒三郎　14.8×9.7　226頁　明治19年（1886）　大阪　ボール表紙本（洋紙）。活版。外題「ILLUSTRATED GUID BOOK FOR TRAVELLERS ROUND THE WORLD ／ 世界旅行万国名所図絵」。扉題「ILLUSTRATED GUID BOOK FOR TRAVELLERS ROUND THE WORLD ／ BYT. AWOKI And J.SUSUKA ／河津祐光先生題字／土居通豫先生序／南枝醇先生閲／青木恒三郎編輯／世界旅行 萬国名所図絵／〈緬甸、巫来由半島、暹羅老撾／柬蒲寨安南、支那、朝鮮、日本〉／嵩山堂梓／ OSAKA AWOKISZANDOW.」。刊記「明治十九年二月版権免許／同　十九年十二月　刻成出版／定価金七十銭／編輯兼出版人

大阪府平民　青木恒三郎　南区安堂寺橋通四丁目六十一番地／製本発兌所　大阪心斎橋筋安堂寺町　青木嵩山堂／大売捌所　東京日本橋区横山町二丁目十七番地　嵩山堂支店／大売捌所　勢州四日市竪町／若井嵩山堂」。広告「〈分国／詳密〉万国地図附地文学地図／西洋綴頗美本全一冊／定価金一円廿銭特別減価七十銭」。

世界旅行／萬国全地図　Sekairyokô bankoku zen chizu
2938（―）
刊　1枚　青木恒三郎　15.0×9.3　明治20年（1887）　大阪　外題「世界旅行／萬国全地図　THE MAP FOR TRAVELLERS ROUND THE WORLD」。ボール表紙（洋紙）。地図の大きさ43.0×65.0㎝。刊記「明治十九年十二月廿八日版権免許／仝　二十年一月刻成出版／編輯兼出版人　大阪府平民　青木恒三郎　南区安堂寺橋通四丁目六十一番地／定価金三拾銭」。

鮮血遺書　Senketsu isho
2893（12594）
刊　1　加古義一　18.8×12.8　414頁　明治20年（1887）　京都・加古義一　（序）明治二十年八月　編者しるす　ボール表紙本（洋紙）。活版。外題「日本鮮血遺書聖人」。内題「〈日本／聖人〉鮮血遺書」。刊記「明治二十年七月廿九日御届／仝　年八月廿五日出版／仝廿一年四月廿五日再版／編輯兼発行人　京都府平民　加古義一　上京区第二十八組金吹町十三番戸住／印刷人　仝　清水久次郎　上京第二十七組森ノ木町廿六番戸ノ内第三号／大賣捌所／京都東洞院通三條上ル　村上勘兵衛／同三條通御幸町西ノ入　大谷仁兵衛」。

鮮斎永濯画譜　Sensai eitaku gafu
2848（12582）
初篇　刊　1　22.4×15.0　22　明治17年（1884）　東京・大倉孫兵衛　（序）明治十七年正月　狂斎居士識　題簽「鮮斎永濯画譜」。序題「鮮斎画譜」。柱「鮮斎永濯画譜／〇／錦栄堂」。刊記「明治十七年三月四日版権免許／同　年　月　日成鐫出板／編画者　東京府平民　鮮斎永濯　府下葛飾郡小梅村三百三十五番地／彫工　大塚鉄五郎／東京書林 出板者　同　大倉孫兵衛　日本橋通り壱丁目十九番地」「発兌書肆／東京日本橋通一丁目　北畠茂兵衛／同　通二丁目　稲田佐兵衛／同　芝三島町　山中市兵衛／同　通三丁目　丸屋善七／同　南伝馬町二丁目　吉川半七／同　通四丁目　中村佐太郎／同　銀座三丁目　岸田吟香／同　同　所　山中孝之助／同　芝宇田川町　牧野吉兵衛／同　同　所　内野弥平次（上段）／東京芝三島町　平川吉兵衛／同　本町二丁目　柳川梅次郎／同　両国吉川町　松木平吉／西京姉小路上ル大文字町　藤井孫兵衛／同　寺町四條上ル　田中治兵衛／大坂南久宝寺町四丁目　前川善兵衛／同　心斎橋筋一丁目　松村九兵衛／同　北久宝寺町四丁目　前川源七郎／名古屋本町九丁目　片野東四郎／函館大町二丁目　常埜嘉兵衛（下段）」。

〔雪月花〕　Setsugetsuka
2693（12474）
刊　1　楊洲周延画　35.3×23.5　12　明治17年～19年　東京　題簽のみ題名なし。楊洲周延画「雪月花」を画帖体裁にしたもの（絵25面）。近江石山秋の月、山城伏見雪、江戸吉原花、信濃田毎の月、大和吉野雪、肥後阿蘇花、摂津須磨月、大和歌比子、山城五條坂花、武蔵巽ノ月、山城禁中の雪、山城金閣寺花、三州岡崎月、三州岡崎の雪、山城洛外の花（築山御殿）、紀州日高川の月、江戸本所の雪、山城あらし山の花、山城嵯峨月、江戸本所業平橋の雪（小野川喜三郎）、奥州真野の里の月、廓の月（高尾）、野州佐野雪（西明寺）、播州明石の月、越後新潟の雪。

史徴墨宝考證　Shichô bokuhô kôshô
2797（12615）
刊　2　26.0×14.8　105　明治20年（1887）　東京・大成館　（跋）明治二十年丁亥十一月／内閣修史局編修長重野安繹　題簽「史徴墨宝考證」。内題・柱同じ。上49丁、下56丁。袋存、三つ割書き「内閣修史局蔵版／史徴墨寳考證／東京　大成館発行」。裏表紙見返しに刊記「明治二十年十月廿日出版届／史徴墨宝　七拾三通　大奉書九拾壱枚／同　考證　上下貳冊／内閣修史局蔵版／発行御用　東京京橋区宗十郎町拾四番地　大成館」。

詩中画　Shichûga
2794（―）
刊　2　25.0×13.9　74　光緒11年序（1885）　中国（清）　（序）光緒乙酉大雪後一日銭塘呉詮書於海上康勝斎　唐本、活版。題簽「詩中画〈乙酉夏日／次仙居首椿題〉」。扉「詩中画」。序多数有。丁数、上40丁（遊紙・前2丁）、下32丁。

信濃明細全図　Shinano meisai zenzu
2906（17047）
刊　1枚　71.0×97.6　明治13年（1880）　長野県　刊記「編輯人　長野県平民　丸山清俊

信濃国小県郡滋野村四百五拾一番地／出版人　同　伊藤申造　同国同郡上田原町千百三番地／発兌人　岩下伴五朗」。

申江勝景図　Shinkô shôkei zu
2823（12588）
巻上　刊　1　24.8×15.0　65　光緒10年(1884)　中国(清)　(序)光緒十季歳次甲申小春月瀛洲經鋤黄逢甲序　2821とセット。唐本、活版。中国上海の漢詩入り図会。題簽剥落。目録題「申江勝景図」。柱「申江勝景図／巻上／(丁付)」。上海学宮、也是園、欽賜仰殿の他28箇所。

申江勝景図　Shinkô shôkei zu
2821（18369）
巻下　刊　1　24.8×15.0　63　光緒10年(1884)　中国(清)　2823とセット。唐本、活版。中国上海の図会。題簽剥落「下」のみ存。目録題「申江勝景図　巻下目録」。柱「申江勝景図／巻下／(丁付)」。申報館、菊花山下挟妓飲酒、紡紗織布の他28箇所。

新選古代模様鑑　Shinsen kodai moyô kagami
2767（12488）
天　刊　1　児玉永成　25.0×16.6　25　明治17年(1884)　東京・大倉孫兵衛　明治18年2月、福羽美静　題簽「新選古代模様鑑　天」。袋「黒川真頼先生序　近藤真琴先生序　児玉永成編輯／新撰古代模様鑑／東京書林　錦栄堂梓」三つ割書、2768の袋か。見返し「議官福羽美静公序　児玉永成編輯／新撰古代模様集／東京書林　錦栄堂梓」三つ割書。古代の模様を色刷りで再現したもの。裏表紙見返しに「明治十七年七月二十六日版権免許／編輯者　高知県士族　児玉永成　芝区芝井町六番地寄留／出板人　東京府平民　大倉孫兵衛　日本橋区通壱丁目十九番地」。

新選古代模様鑑　Shinsen kodai moyo kagami
2768（—）
地　刊　1　児玉永成　25.1×16.6　25　明治17年(1884)　東京・大倉孫兵衛　(序)黒川真頼先生序・こんどうのまこと　題簽「新選古代模様鑑　地」。見返し題「新撰古代模様鑑」。古代の模様を色刷りで再現したもの。裏表紙見返しに「明治十七年七月二十六日版権免許／編輯者　高知県士族　兒玉永成　芝区芝井町六番地寄留／出板人　東京府平民　大倉孫兵衛　日本橋区通壱丁目十九番地」。

新増百美図説　Shinzô hyakubi zusetsu
2844（12606）
上冊　刊　1　19.7×13.0　55　光緒13年序(1887)　中国(清)　(序)光緒丁亥小罰上元李世提月三甫序　2845とセット。唐本、活版。題簽「美図説　〈包挙／謫署〉　上冊」のみ存。扉題「新増百美図説」。目録題「新増百美図説目録」。

新増百美図説　Shinzô hyakubi zusetsu
2845（12608）
下冊　刊　1　19.7×13.0　54　中国(清)　2844とセット。唐本、活版。題簽「新増百美図説　〈包挙／謫署〉　下冊」のみ存。目録題「新増百美図説目録」。

〔下絵集〕　Shitae shû
2787（18341）
写　1　36.9×25.8　62　幕末〜明治カ　達磨・天神・仏画等の画題下絵を貼り付け、画帖体裁にしたもの。

〔下絵集〕　Shitae shû
2809（12591）
写　1　26.9×19.9　12　江戸後期　題簽なし。裏表紙見返しに「河内屋伊兵衛」。

下画集　Shitae shû
2761（17040）
写　1　24.4×16.5　18　幕末　外題「下画集　全」。雛形模様(31面)を切り貼りして仮綴じしたもの。

下画集　Shitae shû
2762（17039）
写　1　23.4×16.7　14　幕末　外題「下画集」。雛形模様(27面)を切り貼りし、画帖体裁にしたもの。栞「[西成郡曾／根崎村戸／長役場印]／土屋司馬彦／長男　志賀雄／二十才／二男　文雄／十三才／十九日十二時より」。

〈花鳥／山水〉初画図式　Shoga zusiki
2764（18356）
三編　刊　1　葛飾為斎画　12.5×17.5　21　元治元年序(1864)　(序)甲子仲春(元治元年2月)晋永機　題簽「〈花鳥／山水〉初画図式三編全」。内題「図式三編　全」。丁付ノド「三ノ壱」。奥書「〈歳癸亥／初冬日〉〈葛／飾〉清水爲斎[為][斎]」。

〈旅行／必要〉諸国道中記　Shokoku dôchûki
2872（17049）
刊　1　樺井達之助　6.5×12.3　49　明治18年（1885）　京都・風月庄左衛門　題簽「樺井達之助編輯／〈旅行／必要〉諸国道中記　全」。刊記「明治十八年五月五日出版御届／同年六月十日刻成／編輯人　京都府平民　樺井達之助　上京区第三十組橘町二十七番戸／出版人　京都府平民　風月庄左衛門　上京区第廿八組大恩寺町二十一番戸」。

諸将旗旌図　Shoshô kiseizu
2684（12543）
上巻　刊　1　34.1×25.4　49　寛永14年（1637）　寛永十四季夏中浣　愚斎周哲序　上中下3巻揃（2683～2685）。書名は題簽による。目録題「旗旌図叙　御指物揃目録巻之上」。

諸将旗旌図　Shoshô kiseizu
2683（12542）
中巻　刊　1　34.2×25.5　59　寛永14年（1637）　上中下3巻揃（2683～2685）。書名は題簽による。目録題「御指物揃目録巻之中」。

諸将旗旌図　Shoshô kiseizu
2685（12544）
下巻　刊　1　34.2×25.6　34　寛永14年（1637）（跋）寛永十四稔星集丁丑孟夏初吉／長門後学河野忘巷子春察書　上中下3巻揃（2683～2685）。書名は題簽による。目録題「御指物揃目録巻之下」。

集古十種　Shûko jisshu
2668（12530）
兵器甲冑一　刊　1　松平定信編　38.0×25.8　37　寛政12年序（1800）　桑名藩版　明治後印か。題簽「集古十種　兵器甲冑一」。『集古十種』は全85冊。

集古十種　Shûko jisshu
2661（D36）
兵器甲冑二　刊　1　松平定信編　37.9×25.8　36　寛政12年序（1800）　桑名藩版　明治後印か。題簽「集古十種　兵器甲冑二」。2654～2662は一括して防虫箱入。

集古十種　Shûko jisshu
2660（D34）
兵器甲冑三　刊　1　松平定信編　37.8×25.8　41　寛政12年序（1800）　桑名藩版　明治後印か。題簽「集古十種　兵器甲冑三」。2654～2662は一括して防虫箱入。

集古十種　Shûko jisshu
2662（D37）
兵器甲冑四　刊　1　松平定信編　37.8×25.8　39　寛政12年序（1800）　桑名藩版　明治後印か。題簽「集古十種　兵器甲冑四」。2654～2662は一括して防虫箱入。

集古十種　Shûko jisshu
2657（D28）
兵器甲冑五　刊　1　松平定信編　37.8×25.8　29　寛政12年序（1800）　桑名藩版　明治後印か。題簽「集古十種　兵器甲冑五」。2654～2662は一括して防虫箱入。

集古十種　Shûko jisshu
2663（D38）
兵器甲冑六　刊　1　松平定信編　37.9×25.8　41　寛政12年序（1800）　桑名藩版　明治後印か。題簽「集古十種　兵器甲冑六」。

集古十種　Shûko jisshu
2654（D25）
兵器甲冑七　刊　1　松平定信編　37.8×26.0　44　寛政12年序（1800）　桑名藩版　明治後印か。題簽「集古十種　兵器甲冑七」。丁付ノド「甲冑七ノ（丁数）」。2654～2662は一括して防虫箱入。

集古十種　Shûko jisshu
2655（D26）
兵器甲冑九　刊　1　松平定信編　37.8×25.8　34　寛政12年序（1800）　桑名藩版　明治後印か。題簽「集古十種　兵器甲冑九」。2654～2662は一括して防虫箱入。

集古十種　Shûko jisshu
2658（D29）
兵器甲冑十　刊　1　松平定信編　37.8×25.8　33　寛政12年序（1800）　桑名藩版　明治後印か。題簽「集古十種　兵器甲冑十」。2654～2662は一括して防虫箱入。

集古十種　Shûko jisshu
2656（D27）
兵器甲冑十一　刊　1　松平定信編　37.8×25.8　34　寛政12年序（1800）　桑名藩版　明治後印か。題簽「集古十種　兵器甲冑十一」。2654～2662は一括して防虫箱入。

集古十種　Shûko jisshu
2659（D30）
兵器甲冑十二　刊　1　松平定信編　41　寛政12年序（1800）　桑名藩版　41ウ「桑名蔵板□□」。明治後印か。題簽「集古十種　兵器甲冑十二」。2654～2662は一括して防虫箱入。

集古十種　Shûko jisshu
2669（12531）
兵器甲冑十二　刊　1　松平定信編　41　寛政12年序（1800）　桑名藩版　明治後印か。題簽「集古十種　兵器甲冑十二」。→2659

集古十種　Shûko jisshu
2666（D35）
兵器刀劔一　刊　1　松平定信編　37.8×25.5　36　寛政12年序（1800）　桑名藩版　明治後印か。題簽「集古十種　兵器刀劔一」。

集古十種　Shûko jisshu
2665（D32）
兵器刀劔二　刊　1　松平定信編　37.8×25.7　33　寛政12年序（1800）　桑名藩版　明治後印か。題簽「集古十種　兵器刀劔二」。

集古十種　Shûko jisshu
2664（D31）
兵器刀劔三　刊　1　松平定信編　37.9×25.6　34　寛政12年序（1800）　桑名藩版　明治後印か。題簽「集古十種　兵器刀劔三」。

集古十種　Shûko jisshu
2667（12528）
兵器弓矢一　刊　1　松平定信編　37.8×25.4　29　寛政12年序（1800）　桑名藩版　明治後印か。題簽「集古十種　兵器弓矢一」。

水滸画伝　Suikogaden
2876（12517）
上　刊　1　柳水亭種清作・魚屋北渓画　22.5×16.0　15　安政３年序（1856）（序）安政三丙辰歳正月　柳水亭種清識　題簽「水滸画伝上」。

［T］

手鏡　Tekagami
2783（18345）
写　1　15.5×24.2　16　文政５年　（序）文政壬午孟春上旬／楽彼園のあるし誌　外題「手鏡」。絵25面。

蕩平髪逆図記　Tôhei hatsugyaku zuki
2793（12614）
刊　4　17.4×9.9　217　同治４年序（1865）　中国（清）（序）同治四年閏五月總督両湖使者官文序　唐本、活版。題簽「蕩平髪逆図記一」。丁数、一59丁、二49丁、三50丁、四59丁。

東海道五十三対　Tôkaidô 53 tsui
2705（12507）
刊　1　歌川国芳画・広重画・豊国画　37.0×25.2　28　幕末　書題簽「東海道五十三対」。「東海道五十三対」の揃物を画帖体裁にしたもの。京から日本橋まで。版元、伊場屋仙三郎・海老屋林之助・伊場屋久兵衛・遠州屋又兵衛・小嶋。最終丁に明治十四年二月十三日午前二時往生　中村嘉七の追善絵有。

東京にしき絵　Tôkyô nishikie
2690（12568）
刊　1　初代歌川国貞画・国安画　37.4×25.5　23　文化・文政期　江戸　外題「東京にしき絵」。調査員認定作品名〔化政期役者絵〕。大判役者絵を画帖体裁にしたもの。中村芝翫と三津五郎、お染久松浮名読売、絵本合邦辻（南北作歌舞伎）。

東京錦画　Tôkyô nishikie
2682（12464）
刊　1　三代目歌川豊国・鳥居清満・月岡芳年画等　36.5×27.2　22　嘉永～万延　江戸　書名は書題簽による。大判役者絵を画帖体裁にしたもの。文化元年七月天竺徳兵衛韓話・安政４年４月・湊屋小兵衛板・豊国画、寛政九年九月菅原伝授手習鑑・安政４年正月・湊屋小兵衛板、古代今様色紙合（公家悪＝５松本幸四郎／しばらく）・豊国画／清満画・彫竹・嘉永５年12月・上州屋重蔵板、古代今様色紙合（老女しのゝめ／足利光氏＝８市川団十郎）・青龍軒清満画／香蝶楼豊国画・嘉永５年11月・上州屋重蔵、絵兄弟見立七福（中村福助）・大黒（菅原伝授の梅王丸）・安政３年７月、絵兄弟見立七福（中村福助）・弁財天（五大力？の小万、紋が蛇、下着貝模様）・安政３年７月、絵兄弟見立七福（中村福助）・蛭子（浦島太郎）・安政３年７月、絵兄弟見立七福（中村福助）・布袋（弁慶）・安政３年８月、絵兄弟見立七福（中村福助）・毘沙門（火消し　七福組）・安政３年７月、五代目海老蔵死絵（改印なし・安政６年３月没）、四代目尾上菊五郎死絵（万延元年６月没）、菊のおも影（払子を持つ４菊五郎、背景に後家お高・御しでんおくま・たかねのおれん・高尾・お筆のかた・よ

こくしのおとみ・熊坂お長の影、６幸四郎と５海老蔵の見る目嗅ぐ鼻、４歌右衛門の閻魔大王、８団十郎の役人）・万延元年７月・角本屋金次郎板・芳年画、御意に叶ひ大入を鳥尽　鴈清玄（沢村千鳥観世水・３田之助の清玄）・万延元年６月。

東京にしきゑ　Tôkyô nishikie
2681（—）
刊　1　三代目歌川豊国画等　36.4×26.6　25　安政～万延　江戸　書題簽「東京にしきゑ　全」。大判役者絵・（安政３年10月～万延元年６月）を画帖体裁にしたもの。稲葉小僧次郎吉（４市川小団次）安政３年12月・両国太平板・豊国画、絵本太閤記・武智光秀（５市川海老蔵）・初菊（河原崎国太郎）・重次郎（河原崎権十郎）・安政５年７月・豊国画、見立雪月花　あけ巻助六（４市川小団次・４菊五郎か）・「八重一重若きも江戸の色はえて紫霞む花の鉢巻　天満の門都竜」・安政６年12月か・木屋惣次郎板、見立雪月花　浦里時次郎（３粂三郎・権十郎）・「枝たわむ若木の松をせめ縄もとけて嬉しき雪の明ほの　花の屋香寿」・安政６年12月・木屋惣次郎板、見立雪月花　小糸佐七（福助・菊之丞か）・「きりかねた尾花か袖のいとしさに影さしよするむさしのゝ月　旭の屋東□」・木屋惣次郎板、河原崎権十郎・安政６年10月・伊勢屋兼吉板。

東京にしき雑絵　Tôkyô nishiki zatsue
2712（12459）
刊　1　落合芳幾画・国周画・三代目歌川豊国画　36.0×25.2　25　元治元年・慶応２年　江戸　書題簽「東京にしき雑絵」。調査員認定作品名〔幕末役者絵〕。幕末役者絵を画帖体裁にしたもの。

東京錦雑絵　Tôkyô nishiki zatsue
2713（12471）
刊　1　落合芳幾画・二代目国貞画・国周画　35.4×24.8　19　文久３年２月（1863）　江戸　書題簽「東京錦雑絵」。調査員認定作品名〔幕末役者絵〕。幕末役者絵・風俗画を画帖体裁にしたもの。

当世新もやう本　Tôsei sinmoyôbon
2743（18339）
写　1　48.5×32.8　26　近代。

唐詩選画本　Tôshisen ehon
2875（12577）
６編巻５　刊　1　22.6×15.6　19　天保４年（1833）　江戸・小林新兵衛　題簽「唐詩選画本　□□□　五」磨耗。柱「唐詩選画本　五言排律巻五（丁付）／嵩山房」。広告「嵩山房蔵板目録〈東都日本橋／南二町目角〉小林新兵衛」６丁、上下２段「李于鱗唐詩選／古文孝経」以下全162点。刊記「画本唐詩選〈五言古／七言古〉全五冊 翠渓先生画／画本唐詩選 七言律 全五冊 前北斎為一老人画／天保四年癸巳春正月／彫工　杉田金助／東都書林　日本橋通貳町目　小林新兵衛」。

東周列国志　Tôshû rekkokushi
2790（12611）
刊　8　19.6×12.6　光緒年間　中国（清）　乾隆十有七年春七都夢天蔡元放氏題　唐本、銅版。題簽「東周列国志」。扉「東周列国志／光緒戊午中春月讀萬巻書慶主人題檢」光緒年間に戊午年なし（1858／1918）、戊子（1888年）か。丁数、第一冊（３・４・４・24・４・13・４・12）、第二冊（４・12・４・11・４・14・16）、第三冊（４・13・４・13・４・15・４・16）、第四冊（４・13・４・14・４・14・４・14）、第五冊（４・15・４・14・４・14）、第六冊（４・16・４・16・４・16）、第七冊（４・16・４・15・15）、第八冊（４・14・４・17・４・14・４・13）。

東都百景　Tôto hyakkei
2700（12475）
刊　1　歌川広重画　36.7×24.7　50　明治後印か　書題簽「東都百景　全」。広重画「名所江戸百景」を画帖体裁にしたもの。

〔月百姿〕　Tsuki hyakushi
2694（12472）
刊　1　月岡芳年画　35.7×24.0　11　明治18年～20年　東京　題簽のみ題名なし。芳年の浮世絵「月百姿」シリーズを画帖体裁にしたもの（絵22面22種）。たか雄、嫦婦奔月、破□月、音羽山月、廓の月、やすらハでねなましものを小夜ふけてかたふく迄の月をみしかな、少将義孝、南海月、吼嶮、雨後の山月 時致、五條橋の月、菅原道真、公任、秀吉 しつか嶽の月、信仰の三日月 幸盛、垣間見の月 かほよ、朱雀門の月 博雅三位、はかなしや波の下にも入ぬへしつきの都の人や見るとて　有子、平清経 船楼の月、月夜釜、盆の月、烟中月。

通神画譜　Tsûshin gafu
2805（12579）

刊　1　合川亭珉和　24.7×18.0　23　文政2年（1819）　大坂・伊丹屋善兵衛　（序）文政二とせといふとしの夏／柿のやのあるししるす　明治後印。題簽「〈麓画／真図〉通神画譜　全」、柱題「通神画譜」丁付。刊記「文政二己卯十月新鐫／合川亭珉和」、刊記「三都／書林／東京　東京日本橋通り一丁目　須原屋茂兵衛／日本通二丁目　山城屋佐兵衛／同国横山丁三丁目　和泉屋金右衛門／同　三丁目　出雲寺万次郎／芝神明前　岡田屋嘉七／同所　和泉屋吉兵衛／本石丁十軒店角　椀屋喜兵衛／京都　京都三条通り舛屋町　出雲寺文次郎／寺町通綾小路下ル町　丹後屋徳次郎／大坂　大坂心斎橋通備後丁角　近江屋平助／同通南久太郎丁北江入　河内屋徳兵衛／同通南久宝寺丁北江入　伊丹屋善兵衛蔵板」。

通俗三国誌　Tsûzoku sangokushi
2771（18366）
写　1　28.1×20.4　214　近世後期　題簽なし。書名は柱題による、柱は刷りにて「通俗三国誌巻」。全丁「通俗三国誌」の絵。

［Y］

倭人物之図　Yamato jinbutsu no zu
2776（17042）
写　1　26.6×18.8　16　明治頃か　表紙に墨書「應擧筆写／倭人物之図　拾七枚／佐藤朝吉蔵」、裏表紙右上に「■（塗り潰し）十六歳春三月冩」。

友禅新手本　Yûzen shin tehon
2773（17012）
写　1　森常七画　27.6×37.8　64　明治8年か　京都　友禅の絵手本帖。裏表紙に墨書「上京第貳拾三番地／夷川通新町東に入町／森常七画」。第40号の絵に明治8年の年記あり。

［Z］

ざあ ALBUM　Zaa Arubamu
2890（12548）
刊　1　G.BIGOT画　30.1×22.0　44　明治　内題「ざあ ALBUM」。調査員認定作品名「日本の日常生活のスケッチブック」。洋装本・袋綴じ。

図絵五才子奇書　Zue go saishi kisho
2789（12610）
刊　8　19.3×12.8　光緒14年序跋（1888）　中国（清）　光緒十有四年歳　唐本、『水滸伝』の銅版（？）絵入本。扉・柱も「図絵五才子奇書」。丁数、金（3・1・6・5・6・2・25・12・8・10・8）、石（8・8・5・9・7・7・6・7・6・7）、絲（10・10・7・9・8・9・6・8・16・6）、竹（12・7・7・7・7・9・10・7・8・8）、匏（8・9・8・11・7・10・8・11）、土（9・10・7・9・6・9・7・8）、草（9・10・7・8・8・9・8・7・8・9）、木（12・7・6・8・7・8・8・7・5・8）。

□記□□掛物／雑□
2784（17023）
写　1　27.3×20.4　86　江戸後期　題簽「□記□□掛物／雑□」。判読不能。下絵集。

［無題］

〔無題〕　No title
2711（12671）
1　11.1×6.5　折本、記入なし。布製、題簽付きの袋。

〔無題〕　No title
2722（12480）
写　1　18.5×14.5　9　寛文3年（1663）　題簽なし。最終丁裏に朱書「寛文三和泉守□□来ル／□□法印写之」。観音菩薩の絵。

〔無題〕　No title
2723（—）
写　1　9.1×8.9　8　題簽なし。源氏香（絵と源氏香の印）。

〔無題〕　No title
2724（—）
写　1　23.8×20.0　5　題簽のみ題名なし。上方美人画。

〔無題〕　No title
2726（17010）
写　1　35.0×27.0　12　幕末・明治　題簽なし。幕末・明治の女性・男性風俗（絵50面）。半丁分に4面の絵を貼付、折本仕立て。イタリア語の書誌カード・写真あり。

〔無題〕　No title
2727（12523）
1　雪斎画　25.4×27.5　6　明治　題簽なし。立体絵（種々の店の風景・絵12面）を折本仕立てにしたもの。①粘土細工（おもちゃ）屋、②刺繍屋、③かじ屋、④菓子屋、⑤うきふ屋、⑥八百屋、⑦たたみ屋、⑧こうじ屋、⑨石工屋、⑩料理屋、⑪筆硯屋、⑫大福帳屋。イタリア語の

書誌カード・写真あり。

〔無題〕 No title
2728（12524）
1　雪斎画　26.9×29.8　6　明治　題簽なし。立体絵（種々の店の風景、職人の仕事。人物が盛り上がる・絵12面）を折本仕立てにしたもの。①玩具屋、②すだれ屋、③刀脇差屋、④炭屋、⑤石工、⑥畳屋、⑦料理屋、⑧菓子屋、⑨大福帳屋、⑩髪結床、⑪桶屋、⑫三味線屋。イタリア語の書誌カード・写真あり。

〔無題〕 No title
2729（12525）
写　1　土佐光起　30.7×46.5　18　江戸初期　『源氏物語』を題材とした画帖。

〔無題〕 No title
2730（12672）
1　21.3×10.7　9　明治　折本。記載なし。

〔無題〕 No title
2731（12673）
1　17.6×6.7　11　明治　折本。記載なし。

〔無題〕 No title
2732（12674）
1　21.0×9.2　9　明治　折本。記載なし。

〔無題〕 No title
2733（12675）
1　34.6×10.6　27　折本。記載なし。

〔無題〕 No title
2734（12676）
1　40.8×14.1　—　折本。調査不能。

〔無題〕 No title
2735（12677）
1　40.5×14.5　—　折本。調査不能。

〔無題〕 No title
2736（12678）
1　36.1×11.8　6　折本。記載なし。

〔無題〕 No title
2744（11806）
写　1　30.8×45.6　42　下絵集。

〔無題〕 No title
2745（17027）
刊　1　27.2×39.3　29　雛形本を開いて綴じ合わせたもの。柱部分の折り目が残る。

〔無題〕 No title
2746（11809）
写　1　27.5×39.8　21　雛形本。

〔無題〕 No title
2747（12545）
刊　1　35.3×27.0　11　雛形本を一枚ずつダンボール紙に切り貼りしたもの。

〔無題〕 No title
2748（11808）
写　1　25.5×33.7　27　雛形本。

〔無題〕 No title
2749（18348）
刊　1　28.0×20.5　29　近代後期か　雛形本。着物の模様は書き入れによるものがある。

〔無題〕 No title
2750（17022）
刊　1　28.8×20.5　23　近代後期か　雛形本。着物の模様は書き入れによるものがある。

〔無題〕 No title
2751（12590）
刊　1　26.9×19.6　24　近代後期か　雛形本。着物の模様は書き入れによるものがある。

〔無題〕 No title
2752（12589）
刊　1　27.2×19.1　25　近代後期か　雛形本。着物の模様は書き入れによるものがある。

〔無題〕 No title
2754（17050）
刊　1　26.7×19.6　102　近代後期か　雛形本。着物の模様は書き入れによるものがある。

〔無題〕 No title
2757（12576/314）
写　1　25.1×18.0　22　幕末　題簽剥落痕あり。薄様に描いた雛型（39面）を、半丁ごとに貼り付け、折本仕立てにしたもの。

〔無題〕 No title
2763（17046）
写　1　12.5×16.9　14　幕末　題簽なし。表紙見返しに「義利」。雛形模様（28面）を切り

貼りし、袋綴じ仕立てにしたもの。

〔無題〕 No title
2765（—）
1　32.9×20.5　10　江戸後期か　題簽のみ題名なし。表具を小型にし、折本に貼り付けたもの。

〔無題〕 No title
2810（12494）
写　1　27.2×19.1　25　江戸後期　題簽なし。雛形本。

〔英字本・縮緬本など〕

[A]

A SKETCH BOOK OF JAPAN
2892（12558）
1　C.WIRGMAN　19.6×26.0　39　明治。

[B]

BATTLE OF THE MONKEY AND THE CRAB（再版）
2909-4（—）
刊　1　タムソン訳・鮮斎永濯画　15.4×9.8　7　明治19年（1886）　東京・弘文社　縮緬本。活版（英文）。外題「Japanese Fairy Tale Series No.3／BATTLE OF THE MONKEY AND THE CRAB／(SECOND EDITION)」。内題「BATTLE OF THE MONKEY & THE CRAB」。刊記「日本昔噺第三号／〈再版〉猿蟹合戦／定価金十二銭／米国ダビッドタムソン先生訳／日本　鮮斎永濯画／明治十八年八月十七日版権免許／同十九年九月廿九日添題御届／同　十一月二日再版御届／出版所　東京南佐柄木町二番地　弘文社」。

BATTLE OF THE MONKEY AND THE CRAB（再版）
2909-5（—）
刊　1　タムソン訳・鮮斎永濯画　15.0×9.4　7　明治19年（1886）　東京・弘文社　外題、内題、刊記2909-4に同じ。

[C]

CANTON GUIDE
2905（12618）
刊　1　23.5×15.1　1884年　HONGKONG: KELLY & WALSH　広東地方のガイド。「price-50 cents」。

[G]

GEOLOGICAL SURVEY OF JAPAN
2907（12602）
1枚　121.4×80.0　1887年　「Flamsteed's Modified Projection TOKYO」。

[J]

JAPAN IN DAYS OF YORE
2898（12598）
刊　1　ウォルター・デニング　18.3×12.6　91　明治20年（1887）　東京・博聞社　刊記「出版人　兵庫県士族　長尾景弼　東京芝区三田一丁目三拾六番地寄留」。2898、2900～2902セット。

JAPAN IN DAYS OF YORE Ⅱ WOUNDED PRIDE AND HOW IT WAS HEALED
2900（—）
刊　1　WALTER DENING　18.4×12.2　76頁　明治21年（1888）　東京・博聞社　2898、2900～2902セット。洋装本。書名は外題・内題による。外題の下に著者の名と発行所「THE HAKUBUNSHA TOKYO, JAPAN」。刊記「明治二十年四月十四日版権免許／明治二十一年一月出版／著者　ウォルター・デニング／出版人　兵庫県士族　長尾景弼　東京芝区三田一丁目三十六番地寄留／発行所／東京京橋区銀座四丁目　博聞本社／大坂東区備後町四丁目　同分社／千葉県下千葉町　同分社／埼玉県浦和駅　同分社／福岡県下博多　同分社」。広告「ENGLISH WORKS TO BE PUBLISHED BY THE HAKUBUNSHA／JAPAN IN DAYS OF YORE BY WALTER DENING／PRICE 50 cts.per VOL.／VOL. Ⅰ HUMAN NATURE IN A VARIETY OF ASPECTS／VOL. Ⅱ WOUNDED PRIDE AND HOW IT WAS HEALED／VOL. Ⅲ & Ⅳ THE LIFE OF MIYAMOTO MUSASHI／VOL. Ⅴ THE TRIUMPH OF VIRTUE OVER VICE／VOL. Ⅵ THE LIFE OF ÔKUBO HIKOZAEMON／BY THE SAME AUTHOR／THE LIFE OF TOYOTOMI HIDEYOSHI, in 5 VOLS／PRINCIPLE VERSUS INTEREST, 2 VOLS.／A HISTORY OF LIFE, INSTITUTIONS, AND MANNERS UNDER THE TOKUGAWA SHOGUNS,5VOLS／PICTURES OF FORTY EIGHT TAKA／PICTURES OF FLOWERS AND BIRDS BY TAKI KWATEI／PICTURES OF CHILDREN'S SPORTS BY SENSAI EITAKU」。

JAPAN IN DAYS OF YORE Ⅲ THE LIFE OF MIYAMOTO MUSASHI PART Ⅰ
2901（—）
刊　1　WALTER DENING　18.3×12.6　92頁　明治21年（1888）　東京・博聞社　2898、2900〜2902セット。洋装本。活版。書名は外題・内題による。外題の下に著者の名と発行所「TOKYO: THE HAKUBUNSHA, No.1, SHICHOME GINZA, KYOBASHI-KU」。刊記「JAPAN IN DAYS OF YORE BY WALTER DENING ／ PRINTED AND PUBLISHED BY THE HAKUBUNSHA, TOKYO BRANCHES: OSAKA FUKUOKA-KEN CHIBA-KEN SAITAMA-KEN 1888 [ALL RIGHTS RESERVED]／明治二十年五月六日版権免許／明治二十一年三月二日印刷／明治二十一年三月十三日出版／（以下刊記2900に同じ）」。広告2900に同じ。

JAPAN IN DAYS OF YORE Ⅳ THE LIFE OF MIYAMOTO MUSASHI PART Ⅱ
2902（—）
刊　1　WALTER DENING　18.3×12.7　86頁　明治21年（1888）　東京・博聞社　2898、2900〜2902セット。洋装本。書名は外題・内題による。外題の下に著者の名と発行所「TOKYO: THE HAKUBUNSHA, No.1, SHICHOME GINZA, KYOBASHI-KU」。刊記2901に同じ、広告2900に同じ。

JAPANESE FAIRY TALES
2896（12597）
刊　1　タムソン訳・鮮斎永濯画　17.9×12.8　61　明治19年（1886）　東京・弘文社　縮緬本。活版（英文）。外題「JAPANESE FAIRY TALES」。内題「日本昔噺」。刊記「版権所有　日本昔噺／自第一号桃太郎至第六号鼠嫁入六冊合本／ダビトタムソン訳述／鮮斎永濯挿絵／自第一号桃太郎至第五号勝々山五冊／明治十八年八月十七日版権免許／第六号鼠嫁入同年九月十八日版権免許／同十九年九月十日合本御届／出版所　弘文社　東京京橋区南佐柄木町二番地」。目録「一、桃太郎／二、舌切雀／三、猴蟹合戦／四、花咲爺／五、勝々山／六、鼠嫁入」。それぞれの単行書については2897-1・2908及び2909-1〜-10参照。なお、縮緬本（2896・2897・2908・2909）については、アン・ヘリング「縮緬本雑考」上中下（「日本古書通信」634〜636号・昭和57年5〜7月）及び「続・縮緬本雑考」（1）〜(14)(「日本古書通信」638〜659号・昭和57年9月〜59年6月)、石澤小枝子『ちりめん本のすべて 明治の欧文挿絵本』（平成16年・三弥井書店）参照。

[K]

KACHI - KACHI YAMA
2897-1（—）
刊　1　タムソン訳・鮮斎永濯画　18.4×12.7　12　明治19年（1886）　東京・弘文社　縮緬本。活版（英文）。外題「KACHI-KACHI YAMA」。内題「KACHI-KACHI MOUNTAIN」。刊記「Japanese Fairy Tale Series. No.5／カチカチ山／ダビッド タムソン訳述　鮮斎永濯画／明治十八年八月十七日版権免許同十九年三月出版／出版所東京京橋区南佐柄木町二番地弘文社／ PUBLISHED BY KOBUNSHA. NO.2, MINAMI SAEGICHO, TOKYO」。

KACHI - KACHI YAMA
2909-8（—）
刊　1　タムソン訳・鮮斎永濯画　15.4×10.0　12　明治19年（1886）　東京・弘文社　縮緬本。外題・内題・刊記①は2909-7に同じ。刊記②なし。裏表紙見返し広告「1.〜12.Kitsune no tegara」2909-11の広告参照。

KACHI - KACHI YAMA（再版）
2909-7（—）
刊　1　タムソン訳・鮮斎永濯画　15.0×9.3　9　明治21年（1888）　東京・弘文社　縮緬本。活版（英文）。外題「KACHI-KACHI YAMA ／ Stteking Plasters for Sale」。内題「KACHI-KACHI MOUNTAIN」。刊記①「Japanese Fairy Tale Series No.5／カチカチ山／ダビッドタムソン訳述　鮮斎永濯画／明治十八年八月十七日版権免許同十九年三月出版／出版所東京京橋区南佐柄木町二番地弘文社／ PUBLISHED BY KOBUNSHA. NO.2, MINAMI SAEGICHO, TOKYO」。裏表紙、刊記②「訳述者　米国人　ダビトタムソン　築地居留地二十三番／出版人　東京府平民　長谷川武次郎　京橋区南佐柄木町二番地／印刷人　長崎県平民　中尾黙次　京橋区山下町廿二番地桑原活版所／明治十八年八月十七日版権免許／同十九年三月出版／同年九月廿九日添題御届／同廿一年八月一日再版御届」。

[M]

MOMOTARO
2909-1（—）
刊　1　タムソン訳　15.0×9.5　7　明治18

年（1885） 東京・弘文社 縮緬本。活版（英文）。外題「MOMOTARO」。内題「MOMOTARO or Little Peachling」。刊記「明治十八年／八月十七日／版権／免許／九月出版／ダビッドタムソン訳述／KOBUNSHA ／ No.2 Minami Saegicho ／ TOKIO ／出版所／弘文社／京橋区南佐柄木町貳番地／東京」。裏表紙見返し広告「JAPANESE FAIRY TALE SERIES ／ English Edition ／ 1. Momotaro or Little Peaching ～ 16. The Wooden Bowl ／ Fremch Edition 1. ～ 4. ／ German Edition ／ Dutch Edition」。

MOMOTARO（再版）
2908（—）
刊 1 タムソン訳・鮮斎永濯画 15.4 × 9.8 9 明治19年（1886） 東京・弘文社 縮緬本。活版（英文）。外題「MOMOTARO」。内題「MOMOTARO or Little Peachling」。刊記「Japanese Fairy Tale Series No.1 ／ MOMOTARO ／ (SECOND EDITION) ／ PUBLISHED BY KOBUNSHA. 2, Minami Sayegicho, TOKYO ／日本昔噺第一号／米国ダビッドタムソン訳述／〈再版〉桃太郎／鮮斎永濯画／明治十八年八月十七日版権免許同年九月出版同十九年八月廿六日再版并添題御届／出版所 東京京橋区南佐柄木町二番地 弘文社」。広告「The Kobunsha's Japanese Fairy Tale Series. 1. Momotaro ～ 12. Kitsune no tegara」。

MY LORD BAG-O'-RICE
2909-17（—）
刊 1 ジェイムズ夫人訳 15.0 × 9.5 9 明治20年 東京・弘文社 縮緬本。活版（英文）。外題「MY LORD BAG-O'-RICE」。内題同じ。表紙裏刊記「日本昔噺 第十五号／玉堂チェンブレン著／明治廿年九月廿八日版権免許／弘文社発兌」。裏表紙見返し刊記「Told in English for Chirdren by B. H. Chamberiain. ／出版人 東京府平民 長谷川武次郎 東京京橋区南佐柄木町二番地」。

MY LORD BAG-O'-RICE
2909-18（—）
刊 1 ジェイムズ夫人訳 15.2 × 9.7 9 明治20年（1887） 東京・弘文社 刊記2909-17に同じ。

［N］

〔無題〕 No title
2891（12489）
刊 1 Tanaka Usaburo 26.1 × 18.8 26 明治18年（1885） 横浜・Tanaka Usaburo （序）自序、英文 洋装本。題簽なし。忠臣蔵四十七士の伝記。綴じこみ1枚有。刊記「EDITED AND PUBLISHED BY TANAKA USABURO, OF No.1356 ISHIKAWA NAKAMURA YOKOHAMA ／明治十八年七月一三日出版御届」。

［T］

THE CUB'S TRIUMPH
2897-3（—）
刊 1 ジェイムズ夫人訳 18.1 × 12.3 11 明治20年（1887） 東京・弘文社 縮緬本。活版（英文）。外題「KITSUNE NO TEGARA」。内題「THE CUB'S TRIUMPH」。刊記「日本昔噺第十二号／野干ノ手柄／定価金十五銭／英国ヂエイムス夫人編述／明治十九年十二月 日版権免許／同二十年一月 出版／出版人 東京府平民 長谷川武次郎 東京京橋区南佐柄木町二番地／出版所 弘文社」。

THE CUB'S TRIUMPH
2909-11（—）
刊 1 ジェイムズ夫人訳・鮮斎永濯画 15.0 × 10.0 11 明治20年（1887） 東京・弘文社 縮緬本。活版（英文）。外題「THE CUB'S TRIUMPH」。内題同じ。表紙裏、刊記「日本昔噺第十二号／野干ノ手柄／応需鮮斎永濯／定価金十五銭／英国ヂェイムス夫人編述／明治十九年十二月七日版権免許／同二十年一月 出版／出版人 東京府平民 長谷川武次郎 東京京橋区南佐柄木町二番地／出版所 弘文社／COPYRIGHT RESERVED.」。広告「The Kobunsha's Japanese Fairy Tale Series. ／ 1. Momotaro. 2. Shitakiri Suzume. 3. Saru Kani Kassen. 4. Hanasaki Jiji. 5. Kachi Kachi Yama. 6. Nedzumi no Yomeiri. 7. Kobutori. 8. Urashima. 9.Yamata no Orochi. 10. Matsuyama Kagami. 11. Inaba no Shiro-Usagi. 12. Kitsune no Tegara. ／ Published by the KOBUNSHA, 2 Minami Saegicho, TOKYO」。

THE CUB'S TRIUMPH
2909-12（—）
刊 1 ジェイムズ夫人訳・鮮斎永濯画 15.4

×10.0　11　明治20年（1887）　東京・弘文社　刊記・広告2909-11に同じ。

THE FISHER-BOY URASHIMA
2909-23（—）
刊　1　チェンバレン訳　14.9×9.4　12　明治19年（1886）　東京・弘文社　縮緬本。活版（英文）。外題「JAPANESE FAIRY TALE SERIES, No.8 ／ URASHIMA」。外題の下に「TRANSLATED BY B. H. CHAMBERLAIN」。表紙の下に「PUBLISHED BY THE KOBUNSHA ／ No.2, MINAMI SAEGICHO, TOKYO」。内題「THE FISHER-BOY URASHIMA」。刊記「日本昔噺第八号／浦島／定価金十五銭／英国王堂チヤムブレン先生訳／日本　鮮斎永濯画／明治十九年四月廿七日版権免許／同　七月九日添題届／出版人　東京府平民　長谷川武次郎　東京南佐柄木町二番地」。

THE FISHER-BOY URASHIMA
2909-24（—）
刊　1　チェンバレン訳　15.3×9.8　12　明治19年（1886）　東京・弘文社　縮緬本。活版（英文）。外題、内題、刊記2909-23に同じ。

THE HARE OF INABA
2909-28（—）
刊　1　ジェイムズ夫人訳　14.7×9.3　7　明治19年（1886）　東京・弘文社　縮緬本。活版（英文）。外題「JAPANESE FAIRY TALE SERIES, N0.11 ／ THE HARE OF INABA」。外題の下に「TOLD TO CHILDREN BY MRS. T. H. JAMES」。表紙の下に「PUBLISHED BY THE KOBUNSHA, 2 MINAMI SAEGICHO, TOKYO」。内題「THE HARE OF INABA」。刊記「日本昔噺第十一号／因幡の白兎／定価金十二銭／英国ヂエイムス夫人編述／明治十九年十二月七日版権免許／同　十二月　出版／出版人　東京府平民　長谷川武次郎　東京京橋区南佐柄木町二番地／出版所　弘文社」。

THE HARE OF INABA
2909-29（—）
刊　1　ジェイムズ夫人訳　15.2×9.6　7　明治19年（1886）　東京・弘文社　縮緬本。活版（英文）。外題、内題、刊記2909-28に同じ。

THE HUNTER IN FAIRY LAND AINO FAIRY TALES
2895（12596）
刊　1　18.8×13.0　7　明治20年（1887）　東京・長谷川武次郎　縮緬本。活版（英文）。アイヌの狩人の話。色刷。

THE LIFE OF TOYOTOMI HIDEYOSHI PART 1.
2899（12599）
刊　1　ウォルター・デニング　18.4×12.8　80　明治21年（1888）　東京・博聞社　刊記「発行兼印刷者　兵庫県士族　長尾景弼　東京芝区三田一丁目三拾六番地寄留」。

THE MATSUYAMA MIRROR
2909-26（—）
刊　1　ジェイムズ夫人訳　15.4×9.6　9　明治19年（1886）　東京・弘文社　縮緬本。活版（英文）。外題「JAPANESE FAIRY TALE SERIES, No.10. ／ THE MATSUYAMA MIRROR」。外題の下に「TOLD TO CHILDREN BY MRS. T. H. JAMES」。表紙の下に「PUBLISHED BY THE KOBUNSHA, TOKYO」。内題「THE MATSUYAMA MIRROR」。刊記「日本昔噺第十号／松山鏡／定価金十二銭／英国ヂエイムス夫人編述／日本鮮斎永濯画／明治十九年十一月一日版権免許／同　十二月　出版／出版人　東京府平民　長谷川武次郎　東京京橋区南佐柄木町二番地／出版所　弘文社」。

THE MATSUYAMA MIRROR
2909-27（—）
刊　1　ジェイムズ夫人訳　14.8×9.4　9　明治19年（1886）　東京・弘文社　縮緬本。活版（英文）。外題、内題、刊記2909-26に同じ。

THE MOUSE'S WEDDING
2909-10（—）
刊　1　タムソン訳　15.4×9.9　12　明治18年（1885）　東京・弘文社　縮緬本。活版（英文）。外題「Japanese Fairy Tale Series No.6 ／ THE MOUSE'S WEDDING」。内題「THE Mouse's Wedding」。刊記「鼠嫁入　ダビッドタムソン訳述／明治十八年九月十八日版権免許同十二月出版／出版所 東京京橋区南佐柄木町二番地弘文社／NEZUMI NO YOMEIRI (MOUSE'S WEDDING)／PUBLISHED BY THE KOBUNSHA, NO.2 MINAMI SAEGICHO, TOKYO」。裏表紙見返し広告「The Kobunsha's Japanese Fairy Tale Series. ／ 1. Momotaro ～ 12. Kitsune no tegara」。

THE MOUSE'S WEDDING（再版）
2909-9（—）
刊　1　タムソン訳　15.0×9.4　9　明治21

年（1888） 東京・弘文社　縮緬本。活版（英文）。外題「NEZUMI NO YOME-IRI」。内題「THE MOUSE'S WEDDING」。刊記①「Japanese Fairy Tale Series, No.6 ／鼠嫁入　ダビッド タムソン訳述／明治十八年九月十八日版権免許同年十二月出版／出版所 東京京橋区南佐柄木町二番地弘文社／ NEZUMI NO YOMEIRI (MOUSE'S WEDDING) ／ PUBLISHED BY THE KOBUNSHA. NO.2 MINAMI SAEGICHO, TOKYO」。刊記②「明治十八年九月十八日版権免許／同　年十二月　出版御届／同十九年九月十日添題御届／同廿一年八月一日再版御届／出版人　弘文社　東京々橋区南佐柄木町二番地　右社主東京府平民　長谷川武次郎　右同所／訳述者　米国人　ダビド　タムソン　東京々橋区築地居留地二十三番／印刷人　中尾黙次　仝京橋区山下町廿二番地桑原活版所」。広告「The Kobunsha's Japanese Fairy Tale Series. ／ 1. Momotaro ～ 16. The Wooden Bowl」。

THE OLD MAN AND THE DEVILS
2909-21（—）

刊　1　ヘボン訳　14.9×9.4　9　明治19年（1886） 東京・弘文社　縮緬本。活版（英文）。外題「THE OLD MAN AND THE DEVILS」。内題「THE OLD MAN & THE DEVILS」。刊記「JAPANESE FAIRY TALES, No.7, ／瘤取　ドクトル　ヘボン訳／明治十九年四月二十七日版権免許同六月出版／出版人　東京府平民　長谷川武次郎／東京南佐柄木町二番地発売所弘文社／ PUBLISHED BY THE KOBUNSHA ／ 2 MINAMI SAECICHO, TOKYO」。

THE OLD MAN AND THE DEVILS
2909-22（—）

刊　1　ヘボン訳　15.4×9.7　9　明治19年（1886） 東京・弘文社　縮緬本。活版（英文）。外題、内題、刊記 2909-21 に同じ。

THE OLD MAN WHO MADE THE DEAD TREES BLOSSOM
2909-6（—）

刊　1　タムソン訳・鮮斎永濯画　15.3 × 9.7　7　明治18年　東京・弘文社　縮緬本。活版（英文）。外題「Japanese Fairy Tale Series No.4 ／ THE OLD MAN WHO MADE THE DEAD TREES BLOSSOM」。内題「THE OLD MAN MADE THE DEAD TREES BLOSSOM」。刊記「花咲爺／ダビッドタムソン訳述鮮斎永濯画／明治十八年八月十七日版権免許同年十月出版／出版所東京京橋区南佐柄木町二番地弘文社／ PUBLISHED BY KOBUNSHA ／ NO.2 MINAMI SAEGICHO,TOKYO」。

THE PRINCES FIRE-FRASH & FIRE-FADE
2909-15（—）

刊　1　ジェイムズ夫人訳 15.0 × 9.5　12　明治20年（1887） 東京・弘文社　縮緬本。活版（英文）。外題「THE PRINCES FIRE-FRASH & FIRE-FADE」。内題同じ。刊記「日本昔噺第十四号／英国ヂェイムス夫人訳述／日本　弘文社　出版／明治廿年七月十六日／一七三六〇号版権免許／出版人　東京府平民　長谷川武次郎　京橋区南佐柄木町二番地」。

THE PRINCES FIRE-FRASH & FIRE-FADE
2909-16（—）

刊　1　ジェイムズ夫人訳 15.2 × 9.7　12　明治20年（1887） 東京・弘文社　縮緬本。活版（英文）。外題、内題、刊記 2909-15 に同じ。

THE SERPENT WITH EIGHT HEADS
2909-25（—）

刊　1　チェンバレン訳　15.4×9.8　11　明治19年（1886） 東京・弘文社　縮緬本。活版（英文）。外題「JAPANESE FAIRY TALE SERIES, No.9 ／ THE SERPENT WITH EIGHT HEADS」。外題の下に「TOLD IN ENGLISH BY B. H. CHAMBERLAIN」。表紙の下に「PUBLISHED BY THE KOBUNSHA 2, MINAMI SAEGICHO, TOKYO」。内題「THE SERPENT WITH EIGHT HEADS」。刊記「日本昔噺第九号／八頭ノ大蛇／定価金十五銭／英国王堂チアンバレーン先生編述／明治十九年十月十六日版権免許／同　十一月　出版／出版人　東京府平民　長谷川武次郎　東京京橋区南佐柄木町二番地／出版所　弘文社」。広告「THE KOBUNSHA'S JAPANESE FAIRY TALE SERIES ／ 1. MOMOTARO. 2. SHITAKIRI SUZUME. 3. SARU KANI KASSEN. 4. HANASAKI JIJI. 5. KACHI KACHI YAMA. 6. NEDZUMI NO YOMEIRI. 7. KOBUTORI. 8. URASHIMA. 9.YAMATA NO OROCHI. 10. MATSUYAMA KAGAMI. 11. INABA NO SHIRO-USAGI. 12. KITSUNE NO TEGARA.」。

THE SILLY JELLY-FISH
2897-2（—）

刊　1　チェンバレン訳　18.1 × 12.4　9　明治20年（1887） 東京・弘文社　縮緬本。活版（英文）。外題「THE SILLY JELLY-FISH」。

内題同じ。刊記「明治二十年二月十七日版権免許／英国王堂チャンバレイン述／日本昔噺第十三号／海月／出版人　東京府平民　長谷川武次郎　東京京橋区南佐柄木町二番地／（広告１～14有、略）／出版所　東京南佐柄木町　弘文社／ Japanese Fairy Tale Series No.13」。

THE SILLY JELLY-FISH
2909-13（―）
刊　1　チェンバレン訳　15.2×9.8　9　明治20年（1887）　東京・弘文社　縮緬本。活版（英文）。外題「THE SILLY JELLY-FISH」。内題同じ。刊記・広告「明治二十年二月十七日版権免許／英国王堂チェンバレイン述／日本昔噺第十三号／海月／出版人　東京府平民　長谷川武次郎　東京京橋区南佐柄木町二番地／THE KOBUNSHA'S JAPANESE FAIRY TALE SERIES ／ 1. Momotaro or Little Peachling. ～ 14. The Princes, Fire-flash and Fire-fade (in the press)／出版所　東京南佐柄木町　弘文社」。

THE SILLY JELLY-FISH
2909-14（―）
刊　1　チェンバレン訳　15.2×9.6　9　明治20年（1887）　東京・弘文社　縮緬本。活版（英文）。外題、内題、刊記2909-13に同じ。

THE TALE OF FORTYSEVEN RONINS
2894（12601）
刊　1　18.5×12.6　46頁　明治　横浜・MATSUISHIYA　ボール表紙本（洋紙）。外題・内題「THE TALE OF FORTYSEVEN RONINS」。刊記「MATSUISHIYA No.22 HONCHO-DORI NICHOME YOKOHAMA, JAPAN」。景物本。表紙に印。

THE TONGUE CUT SPARROW（再版）
2909-2（―）
刊　1　タムソン訳・鮮斎永濯画　15.4×9.6　9　明治19年（1886）　東京・弘文社　縮緬本。活版（英文）。外題「Japanese Fairy Tale Series No.2 ／ THE TONGUE CUT SPARROW」。内題「THE Tongue Cut Sparrow」。刊記「舌切雀／日本昔話第二号／ダビッドタムソン訳述／鮮斎永濯画／明治十八年八月十七日版権免許同月出版同十九年七月添題再版御届／ SECOND EDITION ／ PUBLISHED BY KOBUNSHA ／ 2 MINAMI SAEGICHO TOKYO ／東京々橋区南佐柄木町二番地　出版所　弘文社」。

THE TONGUE CUT SPARROW（再版）
2909-3（―）
刊　1　タムソン訳・鮮斎永濯画　15.5×9.9　9　明治19年（1886）　東京・弘文社　縮緬本。活版（英文）。外題、内題、刊記2909-2に同じ。

THE WOODEN BOWL
2909-19（―）
刊　1　ジェイムズ夫人訳　15.0×9.5　12　明治20年（1887）　東京・弘文社　縮緬本。活版（英文）。外題「THE WOODEN BOWL」。内題同じ。表紙裏刊記「日本昔噺 第十六号／ジェイムス夫人訳述／東京南佐柄木町／弘文社発兌」。裏表紙見返し刊記「明治廿年十一月廿二日／版権免許一八二六二号／編者　英国人　ジェイムス夫人／出版人　東京府平民　長谷川武次郎　京橋区南佐柄木町二番地」。

THE WOODEN BOWL
2909-20（―）
刊　1　ジェイムス夫人訳　15.2×10.0　12　明治20年（1887）　東京・弘文社　縮緬本。活版（英文）。外題「THE WOODEN BOWL」。内題同じ。表紙裏刊記、2909⑲に同じ。裏表紙見返し刊記「The Kobunsha's Aino Fairy Tale Series, First Told in English by B. H. CHAMBERLAIN ／ No.1 The hunter in Fairy Land. ／ No.2 The Birds' Party. ／ No.3 The Man who lost his Wife. ／明治廿年十一月廿二日／版権免許一八二六二号／編者　英国人　ジェイムス夫人／出版人　東京府平民　長谷川武次郎　京橋区南佐柄木町二番地 ／ Published by The KOBUNSHA ／ 2 Minami Saegicho, TOKYO」。

ナポリ国立図書館
ルッケージ・パッリ文庫所蔵
日本古典籍目録

ナポリ国立図書館ルッケージ・パッリ文庫所蔵日本古典籍目録

この目録は、ナポリ国立図書館ルッケージ・パッリ文庫に所蔵される日本古典籍を、分類し、書名アルファベット順に配列したものである。ナポリ国立図書館のローマ字表記と住所を記す。

Biblioteca Nazionale "Vittorio Emanuele Ⅲ "
P.zza del Plebiscito 1,
80132　Napoli, Italy

ルッケージ・パッリ文庫は、F.E. ルッケージ・パッリ伯爵（1837-1903）のコレクションであり、全体としてはオペラの筋書き、オペラ関係者の手紙や自筆稿本、楽譜、演劇台本、新聞、演劇関係雑誌等から成る。ルッケージ・パッリ伯爵は私邸に劇場を造り、役者を呼んで演劇を監督するほどの演劇人であったので、日本書籍も最近まで演劇関係書と見なされていた。伯爵がなぜ日本書籍を蒐集したのかは、明らかではない。日本書籍に関する記録は、現在のところ見いだし得ない。しかしながら、伯爵の手記である旅行記 "VIAGGI DEL CONTE EDUARDO LUCCHESI-PALLI" には、1867年のパリ万博を観に行った時の記録があり、伯爵は日本の曲芸団の演技に感動して、その詳細な記録を残している。当時このパリ万博を契機として、ジャポニズムに繋がる動きが起きており、伯爵も、これをきっかけに日本に対する関心を持った可能性がある。また当時、日本政府はイタリアに、多くの芸術関係の日本人を留学させており、ナポリ東洋大学にも日本人の日本語教師が居た。これらの日本人が、ルッケージ・パッリ文庫蔵日本書籍の整理に関わった可能性がある。

ルッケージ・パッリ文庫自体は、1888年にイタリア王国に寄贈された。但ししばらくは家蔵されていた。そして、日本古典籍がナポリに届いたのが、1889年即ち明治22年である。文庫は1903年には、Palazzo degli Studi（Museo）に移され、その３部屋を使用していた。これらの部屋は、ルッケージ・パッリ伯爵が私費を投じて改造し、壁、床、本棚を特注で作らせたものであったという。そして公開されたのは、伯爵没後の1905年であり、1925年には、現在の場所である Plazzo Reale に移された。本棚などは移送したが、伯爵が作らせた当時のものとは、かなり異なる様相となったと思われる。そして現在ナポリ国立図書館となった同建物の４階にある、ルッケージ・パッリ文庫の奥まった部屋の書庫の天井近くに、まとまって蔵されている(図版①)。

これらの日本書籍には、「LUCCHESI-PALLI　図書館　東洋蔵書部日本書籍目録」と題されたカード（図版②）が作成されており、表紙見返しには、一様に書名、冊数、作品概要、ナポリに到着した1889年９月という記録が、美しい筆記体で書かれて貼られている（図版③）。これらのカードや表紙裏に貼付けられたイタリア語の記録は、ルッケージ・パッリ在世時に作られたものと思われる。また、各作品には、オレンジ色のシールが貼られていて（図版④）、これはルッケージ・パッリ購入本であることを示している。

ルッケージ・パッリ伯爵は、文庫をイタリア王国に寄贈する際、当時としては大きな額であった3.000リラを、基金として私財から支出することを約束した。そして、このコレクションをナポリの地から決して離さないこと、閲覧は朝のみに限り、貸出禁止にすることを約束させた。そして、これらの約束は現在でも忠実に守られているのである。

なお、本文庫に関する先行研究には、次のようなものがある。文庫全体について述べられた

Marina FRANCABANDIERA, "Il fondo giapponese della Biblioteca Lucchesi-Palli presso la Biblioteca Nazionale Vittorio Emanuele Ⅲ di Napoli", Il Giappone, ⅩⅩⅧ, 1992, pp.87-104.

研究対象を和歌集に絞ったものに

Mariangela PETRELLA, "Le antologie poetiche giapponesi presso la Biblioteca Nazionale Vittorio Emanuele Ⅲ di Napoli", in G.Borriello（a cura di）Il Giappone a Napoli e in Campania,Napoli, Il Torcoliere,2003,pp.97-108.

図版①

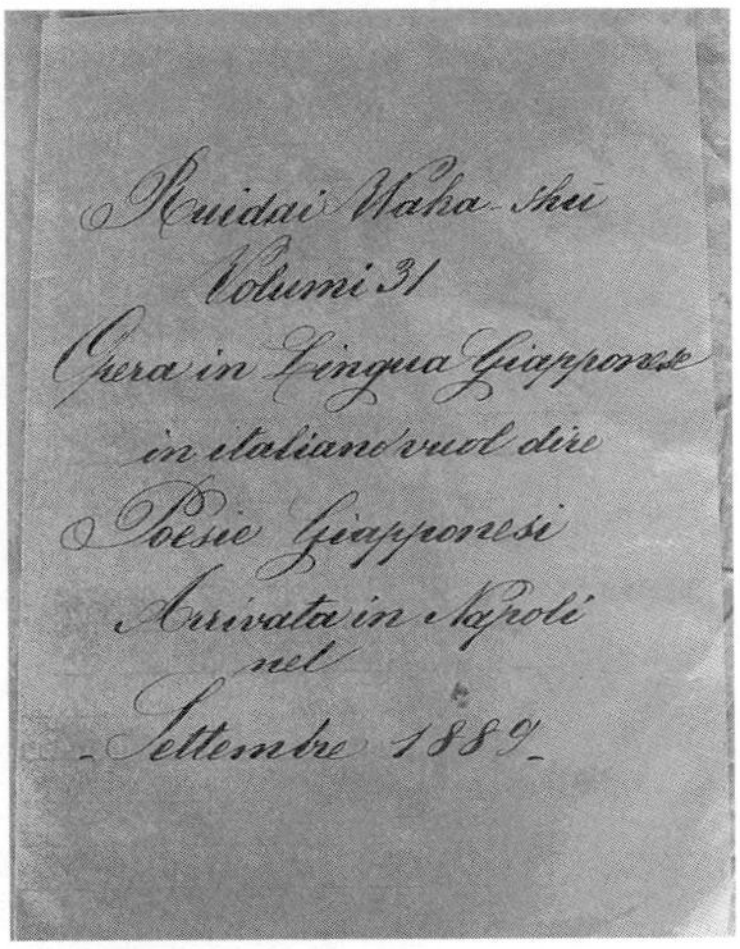

図版③

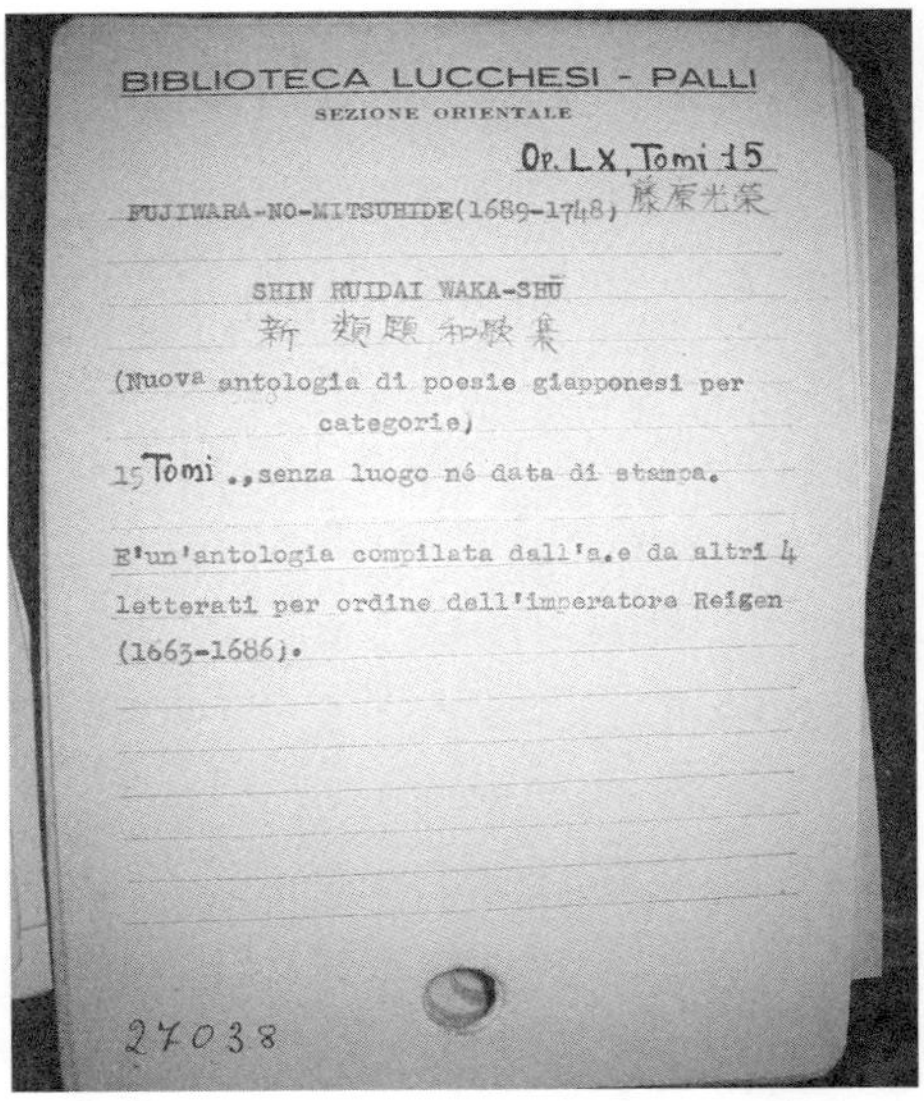

BIBLIOTECA LUCCHESI - PALLI
SEZIONE ORIENTALE

Op. LX, Tomi 15

FUJIWARA-NO-MITSUHIDE(1689-1748) 藤原光栄

SHIN RUIDAI WAKA-SHŪ
新 類題 和歌 集

(Nuova antologia di poesie giapponesi per categorie)

15 Tomi ., senza luogo né data di stampa.

E'un'antologia compilata dall'a.e da altri 4 letterati per ordine dell'imperatore Reigen (1663-1686).

27038

図版②

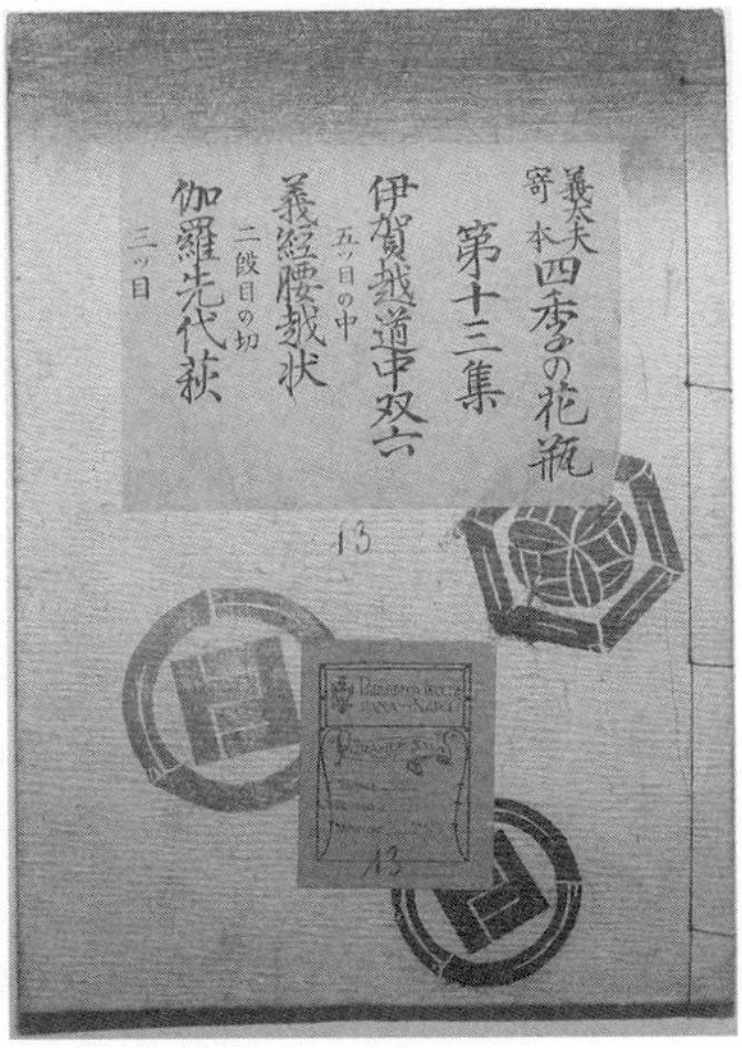

図版④

凡例

1．各項目の構成は、分類ごとに書名・所蔵者整理書名・整理番号・刊／写の別・冊数・著者・画工・寸法・紙数・刊年・刊行地・版元・存欠等・序跋・備考の順に、その書誌を記した。分類は、『内閣文庫和書目録』の順序や表記に依ったが、これには「注釈」という分類が存在しない。故に「注釈」に分類すべきかと思われる『湖月抄』、『八代集抄』が、それぞれ「物語」「和歌」と分類された。『源氏物語』（『湖月抄』）は正確には「古物語」という分類になっているが、耳慣れない語であるので「物語」とした。また、「和歌」の分類は、正確には「勅撰集」「家集」「歌合」等々に細分されているが、「和歌」とした。書名は原則として内題による。著者名・画工名は、原本通りを原則とするが、姓号など適宜補った場合もある。刊年が明記されていないものについては、印刷装幀内容などから、「江戸後期」等刊行年代の推定をするようにした。明らかな後印本はその旨を記した。
2．表記は主に現行字体を用いた。判読不能箇所は■■で示した。
3．このプロジェクトは、独立行政法人日本学術振興会の平成16・17年度科学研究費補助金「在欧日本古典籍に関する日仏伊共同学術調査―19世紀以降の和書移動とヨーロッパ東洋学との連関を含めて―」（基盤研究（A）（2）課題番号15251003）を受けて行ったものである。
4．本調査と整理に関わった方々は、次の通りである。所属と職名は各自が作業に携わった当時のものである。調査は山下則子（文学形成研究系教授）、和田恭幸（文学資源研究系助手）、山下琢己（東京成徳短期大学助教授）、ロベルタ・ストリッポリ（ナポリ東洋大学非常勤講師）による。書誌カード打ち込み作業及び確認調査は、中島次郎（総合研究大学院大学大学院生）による。また現地において、マリアンジェラ・ペトレーラ（ナポリ東洋大学卒業生）、ガーラ・フォッラーコ（ナポリ東洋大学学生）の助力をいただいた。

最後に調査にご協力いただいた、ナポリ国立図書館ルッケージ・パッリ文庫のロサリア・ボッレーリさんをはじめ文庫の皆様、ロベルタ・ストリッポリさん、マリアンジェラ・ペトレーラさん、ガーラ・フォッラーコさんに、感謝申し上げます。

Desidero ringraziare la Responsabaile della Biblioteca Lucchesi-Palli Dott.ssa Rosaria Borrelli e il suo staff. Si ringraziano anche Roberta Strippoli, Mariangela Petrella, Gala Follaco dell' Universita degli Studi di Napoli "L'Orientale".

（山下則子）

【物語】

湖月抄　KO-GETSU-SHŌ

74　（ＬＸＸⅣ）

刊　58　北村季吟　27.3×19.5　2298　延宝元年（1673）跋、後印本　京・出雲寺和泉掾ほか　全　（跋）延宝元年冬至日　北村氏季吟　題簽「湖月抄」。柱、各巻標題と丁数。刊記「書林　林和泉／村上勘兵衛／吉田四郎右衛門／村上勘左衛門」。蔵書印「片山／護吉／蔵書」墨印。後ろ見返しの裏（書籍商のメモ書の位置）に印記「東京／浅倉／書林」朱文方印。※初版本は刊記「吉田四郎右衛門」ではなく「八尾甚四郎」（国文学研究資料館紙焼写真本Ｅ９９８８・E10455・E10488）、「吉田四郎右衛門」は入木（国文学研究資料館紙焼写真本E5012・E5046・E7031・E7485・E7671・E9278・E10465）。

【読本】

南総里見八犬伝

HAKKENDEN

１（Ｉ）

106　曲亭馬琴著／柳川重信・渓斎英泉・二世刊　柳川重政（『国書総目録』、担当は９輯下帙下の上。『古典文学大辞典』は重宣。）・二世柳川重信・歌川貞房画　22.0×15.5　文化11年（1814）～天保13年（1842）、明治後印本　東京・兎屋誠　【１】27丁目なし【94】14丁目なし。【34·35】のデータ欠。2697　第１輯（序）文化十一年甲戌秋九月十九日洗筆於著作堂下紫鴛池／簑笠陳人解撰。第２輯（序）文化十三年丙子仲秋閏月望抽毫於著作堂南總木樨花蔭／簑笠陳人解識。第３集（序）文政元年九月盡日　簑笠漁隱。第４輯（序）文政三年庚辰冬十月端四書于著作堂西廂山茶花開處／飯台　曲亭蟫史。第５輯（序）文政五年陽月上澣　簑笠漁隱。第６輯（序）文政九年菊月中澣書于著作堂雨牕／曲亭蟫史。第７輯（有序）文政十年丁亥冬十一月之吉／曲亭主人撰。「八犬傳第九輯中帙附言」天保六といふとしのはつきとをまり小つかにしるしつ／蓑笠漁隱。「南總里見八犬傳第九輯下帙之上附言」天保七丙申秋九月下澣立冬後の一日／蓑笠漁隱識。「八犬傳第九輯下套下引」時戊戌端月　蓑笠漁隱／……／……／董斎盛義書」。「南總里見八犬傳第九輯巻之二十九簡端或説贅辨」天保十年花月念八　曲亭主人識。「八犬傳第九輯巻之三十六間端附言」天保十一年肆月小満後五日　蓑笠漁隱。９輯10套【92】天保十二年辛丑秋　蓑笠漁隱。　題簽「里見八犬傳第壹輯巻之壹（～五）」、表紙には他に刷りにて円枠内「曲亭馬琴著／里見八犬傳／六十」とあり。内題「南總里見八犬傳巻之一」。見返し「曲亭馬琴著／八犬傳／兎屋藏版」。柱「八犬傳巻之一　一　○山青堂蔵」「八犬伝七輯巻六　一　○涌泉堂蔵」。広告、１輯巻之５巻末「編述　曲亭馬琴稿本／總巻浄書　千形仲道謄冩／出像　柳川重信畫／繍像剞劂　朝倉伊八郎刊／○曲亭新著出像国字小説畧目／袈裟御前七條法語〈この書……／……／……〉／美濃舊衣八丈綺談 北嵩重宣画全五冊／○馬琴画賛扇并家傳神女湯……／大坂心斎橋筋唐物町河内屋太助方にあり／扇ハ江戸神田鍋町柏屋半蔵方にもあり」、２輯巻末【10】「家傳神女湯、精製奇應丸」等、４輯・５輯・６輯巻末「家傳神女湯」等。第９輯２套【58下】巻末「○著作堂手集国字稗史新舊畧目書林文溪堂藏板／南總里見八犬傳第九輯下帙……／近世説美少年録第四集……／荘蝶老翁再遊外紀第一集……／好事先生醒俗異聞第一集……／水滸畧傳第一集……／水滸後畫傳第一集……」。第９輯４套【69】末「南總里見八犬傳／おなじく第九集下帙ノ下／近世説美少年録／開巻驚奇侠客傳／荘蝶翁再遊外紀／著作堂一夕話／……江戸書林文溪堂敬誌」。第９集第５套74巻末「○曲亭翁精編里見八犬傳第九集下帙之下甲號五巻工匠目次／出像畫工〈巻廿四廿五／廿六一頁〉柳川重信／〈巻廿六二頁／廿七廿八〉渓齋英泉／筆工淨書〈巻廿四廿五／廿六廿八上〉谷金川／〈巻二十七／二十八下〉白馬台音成／剞劂／巻廿四　鏤廉吉／巻廿五　森田甲／巻廿六　横田守／巻廿七　森田甲」。【74】「○著作堂新編國字稗史新舊畧目江戸書林文溪堂精刊／南總里見八犬傳第九輯下帙之下乙號……／近世説美少年録第四輯……／開巻驚奇侠客傳第五集……」。　刊記、１～９輯巻末「大阪　河内屋喜兵衛／同　伊丹屋善兵衛／同　敦賀屋九兵衛／同　秋田屋太右ヱ門／同　河内屋茂兵衛／同　河内屋和助／同　秋田屋市兵衛／西京　出雲寺文次郎／同　村上勘兵衛／同　勝村治右ヱ門／同　杉本甚助／東京　須原屋茂兵衛／同　山城屋佐兵衛／同　小林新兵衛／同　丸屋善七／同　和泉屋市兵衛／同　須原屋伊八／同　辻岡文助／同　荒川藤兵衛／同　近江屋半七／同　長門屋亀七／同　三家村佐七／思誠堂　東京京橋區南鍋町一丁目　天狗書林兎屋誠藏版」、第７輯巻末【37】「○著作堂手稿里見八犬伝第七輯画者筆工目次／出像巻ノ一二三四并ニ巻ノ五闘牛図　渓斎英泉／出像巻ノ五六七并ニ簡端有像一頁　柳川重信／浄書巻ノ一二四五六　筑波仙橘／巻ノ三　巻ノ七　谷金川／○著作堂新旧国字綉像小説涌泉堂版略目／里見八犬伝 初輯ヨリ第六輯迄 三十一巻既行／同　第七輯　本編七冊この度出板／勧善常世物語　全五冊別人補刻の本なり　依之旧本と同じからざる所あり／家伝神女湯　婦人ち

のみち諸病の妙薬　一包代百銅／精製奇応丸大包代二朱中包代一匁五ト小包代五ト／熊膽黒丸子　一包代五分／婦人つぎ虫の妙薬一包代六十四銅／製薬 神田明神下同朋町東横町本家弘所瀧澤氏／元飯田町中坂下南側四方みそ店向　たきさハ氏／取次弘所横山町売薬店　大坂屋半蔵」、８輯上套巻末【42】「○著作堂手集八犬伝第八輯上帙五■画者筆工剛人目次／出像画工　柳川重信／総巻浄書　谷金川／剞劂／第一巻　浅倉伊八／第二巻　横田守／第三巻　桜木藤吉／第四巻上　原喜知／第四巻下　横田守／八犬伝第八輯下帙五■／開巻驚奇侠客伝第二集／近世説美少年録第四輯／松浦佐用媛石魂録全書」。

第８輯下套【46下】「○著作堂手集南総里見八犬伝第八輯下帙画者筆工剛人目次／出像画工　柳川重信／做書／五六七八ノ上　谷金川／五ノ附録八ノ下　墨田仙橘／剞劂／第五巻　浅倉伊八／第六巻　横田守／第七巻　桜木藤吉／第八巻上　原喜知／第八巻下　田中三八／開巻驚奇侠客伝第二集／おなじく　第三集／近世説美少年録　第四輯／松浦佐用媛石魂録／美濃舊衣八丈綺談／南総里見八犬伝第九輯」。第９輯１套【52】「○曲亭翁手集八犬伝第９輯上函画工筆耕剛人目次／出像画工　二世柳川重信／総巻浄書　谷金川／剞劂／第一巻　朝倉伊八／第二巻　横田守／第三巻　桜木藤吉／第四巻　横田守／第五巻　桜木藤吉／第六巻　横田守／○著作堂編国字稗史新旧略目／書林文溪堂開板／近世説美少年録／開巻驚奇侠客伝／南総里見八犬伝〈第八輯／第九輯〉／水滸後画伝第一集五冊／水滸略伝第一集五冊」。

俊傑神稲水滸伝

SHUNKETSU SHINTŌ SUIKODEN

２（II）

刊　140　岳亭丘山著（１～４編）知足館松旭著（５～28編）／岳亭丘山画（１～３編）歌川貞広画（4編）六花亭富雪画（５～28編）　22.0×15.0　3126　文政11年（1828）序～明治15年（1882）序、明治後印本　大阪・秋田屋市兵衛　全　１編（序）文政戊子年冬至日／一老山人岳亭定岡誌。２編（序）文政己丑初秋之日／遠霞陳人。３編（序）神歌堂主人　天保五午黄鐘月誌之。４編（序）天保十四季歳次羅御菊香華前之荒窓採筆／八嶋五岳誌。「俊傑神稲水滸傳五輯叙」于時弘化三丙子歳初冬小春天郎日／泰文主人山本肇誌。６編（序）于時弘化五年戊申正月吉辰日／友鳴和足舘松旭誌。7編（序）嘉永新元戊申桂月／東文主人肇書於閑居小窓之下。「神稲水滸傳第八輯序」嘉永二年己酉泰文主人山本肇誌於閑居小窓之下。９編「換序」嘉永四年晩春　浪速桃園野夫松旭誌白。10編（序）嘉永四年。11編（序）嘉永壬子。12編（序）年記なし。13輯（序）嘉永六年癸丑霜降月之望焚香主人誌於聴雨軒。14編（序）嘉永甲寅重陽津城■史／撰并書。15編（序）安政乙卯暮秋望後一日／界府梅山古家好撰并書。16編（序）丙辰夏四月。17編（序）丁巳蒲月。18編（序）安政四年霜降月。19篇（序）安政五年歳次戊午春日焚香主人誌於聴雨軒。20篇（序）安政戊午仲秋／界府逸人遊方外。21篇「神稲水滸傳序」安政己未秋八月／竹香道人識／梅處杜多書。22編（序）萬延元年。23編（序）萬延二年。24編（序）壬戌之冬。25編（序）白水老人題、年記なし。26編（序）明治十年第二月■■／桃園僑居／木水遺生■■軒。27編（序）明治十二年第四月／友鳴松旭誌白。28編（序）于明治十五季仲秋浪華春園佳卿誌。　題簽「俊傑神稲水滸傳四編壹」、26・28編「〈友鳴／吉兵衛／著述〉｜俊傑神稲水滸傳廿六編一」、27編「友鳴吉兵衛著述／俊傑神稲水滸傳廿七篇壹」。見返し題・序題「俊傑神稲水滸傳」。見返し、４編「岳亭岳山著　四編五冊／俊傑神稲水滸傳／歌川貞廣画　瑞錦堂」、５編「俊傑神稲／水滸傳〈第五編／全五冊〉／〈知足舘松旭著／千錦亭冨雪画〉浪速寶文堂」、６編「俊傑神稲水滸傳　六編五冊／〈知足舘主人編／六華亭冨雪画〉寶文堂梓」、7編「友鳴松旭著述　七編五冊／俊傑神稲水滸傳／六花亭冨春画　宝文堂梓」、８編「知足舘松旭著　〈嘉永三庚戌／新板全五冊〉／俊傑神稲水滸傳八編／緑華亭冨雪書　寶文堂梓」、９編「友鳴知足舘主人編　第九編全五冊／俊傑神稲水滸傳／緑花亭冨雪書　寶文堂梓」、10～12編、袋と同じ意匠、13～15編「〈知足館松旭著／千錦亭富雪画〉　第十三（～十五）編／俊傑神稲水滸傳／寶文堂」。扉、19編「〈知足舘旭著／千錦亭冨雪画〉　第十九編／俊傑神稲水滸傳／寶文堂」十九は墨書、21篇「俊傑神稲／水滸傳〈第廿一編／全五冊〉／〈知足舘松旭著／千錦亭冨雪画〉　浪速寶文堂」、26～28編は袋と同じ意匠。柱「‖神稲水滸巻之一｜○宝文堂蔵」。袋、３編「岳亭五岳編述　三編五冊／俊傑神稲水滸伝／八島五景画図　書房明倫堂」、4編「岳亭岳山著　四編五冊／俊傑神稲水滸傳／歌川貞廣画　瑞錦堂」、６編「〈知足舘松旭著／千錦亭冨雪画〉第六編／俊傑神稲水滸傳／寶文堂」、７・８編にもあり、10編「知足館松旭著　〈嘉永五壬子／新板全五冊〉／俊傑神稲水滸伝十編／緑華亭富雪画　宝文堂梓」、11編「知足館松旭作　十一編五冊／嘉永六癸丑初春／俊傑神稲水滸伝／六花亭富雪画　宝文堂梓」、12編「知足館松旭著　第拾二編／俊傑神稲水滸伝／緑華亭富雪画　宝文堂梓」、13編に

もあり、17・18・22・23・25・26編「〈知足館松旭著／千錦亭富雪画〉　第十七（十八・廿二・廿三・廿五・廿六）編／俊傑神稲水滸伝／宝文堂」、27・28編「俊傑神稲／水滸傳〈第廿七（廿八）編／全五冊〉／〈知足館松旭著／千錦亭富雪画〉浪速寶文堂」、21編にもあり。　広告、１編「俊傑神稲水滸伝初編五冊／東武岳亭定岡画作／同後編五冊従二編至五編近日出来／尼子九牛士伝六冊〈岳亭定岡作／渓斎英泉画〉／忠義六六士伝六冊 岳亭定岡作」、２編「俊傑神稲水滸伝二編五冊／東武 岳亭定岡 画作／彫工　浪花 市田治郎兵衛／同残編　従三編至五編追々出来／常陸防仙境異傳〈岳亭丘山作／柳斎重春画〉全六冊」、28編「知足舘松旭著／俊傑神稲水滸傳〈廿九篇五冊／近刻〉／右同著／繪本佐野報義録 全廿六冊／八島五岳翁遺稿　海川夜話仙家月〈二篇五冊／近刻〉／知足舘松旭著」。刊記、各編末に「発行書林／東京　北畠茂兵衛／同　篠崎才助／吉川半七／西京　大谷仁兵衛／風月庄左衛門／大阪　松村九兵衛／前川善兵衛／柳原喜兵衛／岡田茂兵衛／前川源七郎／辻本信太郎／岡島真七／大野木市兵衛／小島伊兵衛／北村宗助梓」。

絵本豊臣勲功記
EHON TOYOTOMI KUNKŌ-KI
３（Ⅲ）
刊　90　桜沢堂山著／歌川国芳画（初編～5編）松川半山画（６編～９編）　22.5×15.5　2825　安政４年（1857）～明治17年（1884）　大阪・岡田茂兵衛　全　初編（序）安政二年乙卯蒲月／藤純撰／雪城居士俊郷書。６編（序）光秀を題する和歌。　題簽「繪本豊臣勲功記初編壹」。内題「繪本豊臣勲功記初編巻之一」。柱「豊臣記初編巻之一　〇一」。扉（２・４・５・７・８編の扉と袋も同じ）「〈櫻澤堂山編輯／一勇齋國芳畫〉（瓢印「■■必究」）／繪本豊臣勲功記初（２・４・５・７・８）編／浪華書肆　〈群玉堂／文海堂〉」。見返し、３編「桜沢堂山編輯／一勇斎国芳画／絵本豊臣勲功記 三編／浪華書肆〈群玉堂／文海堂〉」袋も同じ、６編「翠栄堂半山画」「六編」ほか同じ。刊記、各編巻10末、初編「安政四年丁巳八月出版／編輯者 東京 櫻澤堂山／畫工　同　一勇齋國芳／出版人　大阪書林岡田茂兵衛東區博勞町四丁目／同　同松村九兵衛南區心斎橋筋一丁目／發賣人　東京書林山中市兵衛芝區三島町／〈和漢／西洋〉書籍賣捌處／大阪心斎橋博勞町角群玉堂河内屋岡田茂兵衛」、２編「安政五年戊午五月出版」以下同じ、３編「安政六年己未八月出版」以下同じ、４編「安政七年庚申四月出版」「松邨九兵衛」ほか同じ。５編「安政七庚申歳孟冬刻成／吉沢氏蔵板／〈和漢／西洋〉書籍売捌処／大阪心斎橋博労町角群玉堂河内屋 岡田茂兵衛」、６編「文久三年癸亥正月出版／編輯者 東京 桜沢堂山／画工　浪華 松川半山／出版人　大阪書林岡田茂兵衛東區博勞町四丁目／同　同松村九兵衛南區心斎橋筋一丁目／發賣人　東京書林山中市兵衛芝區三島町」以下初編に同じ、７編「慶應四年二月出板」以下６編に同じ、８編「明治十四年六月十五日版權免許／同　十五年二月　出版／編輯人　東京府平民櫻澤堂山東京芝區櫻田備前町四番地／出版人　大坂府平民岡田茂兵衛東區博勞町四丁目十七番地／同　同　松村九兵衛南區心斎橋筋壹丁目四十三番地／發賣人　東京府平民山中市兵衛東京芝區三島町九番地／同　同　吉川半七東京京橋區南傳馬町一丁目十二番地」、９編「明治十四年六月十五日版權免許／同十七年十二月出版」以下８編に同じ。広告、６編巻８「〈住の江／名産〉翠未醤《みどりみそ》〈酒の肴或ハ御〓（禾＋善）の菜な／どに至極珍しき絶品なり〉／〈松魚煮／でんぶ〉松の花〈土佐のかつを以て製したる／品にて世上の田夫とはおなじからず〉／……／本家製造所　大阪道修町通淀屋橋筋東へ入　松川翠葉堂／……」。

開巻驚奇侠客伝
KAIKWAN KYŌKI KYŌKAKU-DEN
５（Ⅴ）
刊　25　曲亭馬琴著（１～４集）萩原広道著（５集）／渓斎英泉画（１集）柳川重信画（２集）歌川国貞画（３集）二世柳川重信画（４・５集）　22.0×15.5　647　江戸・丁字屋平兵衛、大坂・河内屋茂兵衛　全　第１集（序）天保二年端午前一日／曲亭蟫史撰。第２集（序）天保壬辰仲冬　蓑笠漁隠。第３集（序）天保四年■月　蓑笠漁隠。第４集（序）天保五年夏月大暑前一日／蓑笠漁隠撰。第５集（序）嘉永二年といふ年の神無月。第５集５巻末「附言」蒜園主人　再識（５丁半）※馬琴物故のため続集を試みに出版したことを読者に詳述、蒜園主人は萩原広道。　題簽「開巻驚奇侠客伝第一集」。見返し、第１集１「曲亭主人著渓斎英泉画　開巻驚奇侠客伝　第一集　天保重光単閼　群玉堂精刻」、第２集１「曲亭主人編演　開巻驚奇游侠伝　刊行去歳與今年請看孝義忠貞事　錦上添花維二篇　柳川重信絵画　群玉堂精刻」、第３集１「曲亭翁手輯　開巻驚奇侠客伝第三集　歌川国貞画　群玉堂精刊」、第４集１「曲亭翁編演開巻驚奇　侠客伝第四集　二世柳川重信画　書林群玉堂精刊　印度異獣夜分図　蘭呼ロイアールト（珍獣の図）」、第５集１「蒜園主人編　開巻驚奇侠客伝第五集　柳川重信画　群玉堂精刊」。目録題・巻頭題「開巻驚奇侠客伝」。序題「侠客伝」。柱「侠客伝第一輯巻一　五〇‖群玉堂印発」。袋、第２集１「曲亭主人手集　開巻驚奇侠客伝　第

二集　柳川重信画　群玉堂精刊」、第３集１「曲亭翁手輯　開巻驚奇侠客伝　第三集　歌川国貞画　群玉堂精刊」、第４集１「開巻驚奇　侠客伝　第四集　曲亭翁手集　柳川重信画　群玉堂精刊」、第５集１「蒜園主人編　開巻驚奇侠客伝　第五集　柳川重信画　群玉堂精刊」。刊記、第１集５「曲亭翁新著侠客伝第一集画者筆工刻人目次　有像一十七頁 江戸 渓斎英泉　浄書筆耕 江戸 谷金川　繍像剞劂 江戸 朝倉伊八　原喜知　全巻刊字 京都 井上治兵衛　侠客伝第二集　曲亭翁著　画工右ニ同　全五巻（以下略）近世説美少年録曲亭翁著 第一輯 第二輯（以下略）同第三輯 全五巻（以下略）〇家伝神女湯（以下４種の薬の宣伝）製薬本家　江戸神田明神下同朋町東横丁瀧沢氏　弘所元飯田町中坂下南側よもの向たき沢氏／〇古今無類御おしろい仙女香〈一包／四十八文〉〇黒あぶら美玄香四十八文江戸京橋南へ一丁目東側角坂本氏／天保三年壬辰正月吉日印発／江戸小伝馬町三丁目丁字屋平兵衛／大坂心斎橋筋博労町河内屋茂兵衛」、第２集５「〇曲亭翁手集新刊侠客伝第二集画工筆工剞劂目次／有像一十七頁 柳川重信　全巻浄書 谷金川　剞劂　巻一二五桜木藤吉　巻三　横田守　巻四　田中三八　〇曲亭翁新編国字稗史略目　書林 群玉堂 文渓堂 合梓　開巻驚奇侠客伝第三集／近世説美少年録第四輯／水滸略伝第一集（以下略）／水滸後画伝第一集（以下略）／美少侠客衆議評判記／この冊子は美少年録侠客伝の二書を批評して作者の隠微と妙所を詳に知らしむよくこれを見るときは原本のすぢ具にわかりておもしろみ格別なること犬夷評判記に十倍すといふ初編中本二冊堂巳ト二月出板／（群玉堂の識語）／（滝沢氏の薬の宣伝）／坂本氏の仙女香・美玄香の宣伝／天保四年癸巳春正月吉日発行／書林／江戸小伝馬町三丁目　丁字屋平兵衛／大坂心斎橋筋博労町　河内屋茂兵衛板」、第３集５「〇著作堂手集精刊侠客伝第三集／画工筆工剞劂目次／有像一十七頁　五渡亭国貞／全巻浄書　谷 金川　剞劂〈第一巻　朝倉伊八／第二ヨリ至第五　桜木藤吉〉／〇曲亭翁新編国字稗史略目〈群玉堂／文渓堂〉合梓発行／開巻驚奇侠客伝第四集（以下略）／おなじく第一集第二集 毎集五巻／近世説美少年録第四輯（以下略）／同書第一輯第二輯第三輯 毎輯五巻（以下略）／水滸略伝第一集（以下略）近刻／水滸後画伝第一集（以下略）近刻／侠客少年二書衆議評判記第一集（以下略）近日出来／南総里見八犬伝第九輯（以下略）／〇（滝沢氏の４種の薬の宣伝）／〇（仙女香・美玄香・坂本氏の宣伝）／天保五年甲午春正月吉日発行／書林／江戸小伝馬町三丁目　丁字屋平兵衛／大坂心斎橋筋博労町　河内屋茂兵衛板」、第４集５「〇著作堂手集開巻驚奇侠客伝第四集　画工筆工剞劂目次　群玉堂蔵梓／出像　二世　柳川重信／浄書　〈谷 金川／黒田仙橘〉／彫鏤　〈第一巻　浅倉伊八／第二巻　横田守／第三巻　桜木藤吉／第四巻　横田守／第五巻　田中三八〉／〇曲亭翁新編国字稗史近刻略目　書林〈群玉堂／文渓堂〉刊行／開巻驚奇侠客伝第五集（以下略）／近世説美少年録第四輯（以下略）／水滸後画伝第一集（以下略）／水滸略伝第一集（以下略）／侠客少年二書衆議評判記第一集（以下略）／南総里見八犬伝第輯（以下略）／〇（瀧沢氏の４種の薬の宣伝）〇（仙女香・美玄香・坂本氏の宣伝）／天保六年乙未春正月吉日発行／書林／江戸小伝馬町三町目　丁字屋平兵衛／大坂心斎橋筋博労町　河内屋茂兵衛板」、第５集５「全篇作者　蒜園主人／綉像画工　柳川重信／〇開巻驚奇侠客伝第六集五巻／（説明文略）〈右同著／近刻嗣出〉／京都書林　二條通堀川下ル越後屋治兵衛／東都書林　大伝馬町二町目丁字屋平兵衛／浪華書林　心斎橋筋本町河内屋藤兵衛／心斎橋筋博労町河内屋茂兵衛板」。※藤沢毅「『開巻驚奇侠客伝』書誌解題」（『開巻驚奇侠客伝（新日本古典文学大系87）』所収）。

近世美談大川仁政録
KINSEI BIDAN ŌGAWA JINSEI-ROKU
６（VI）

刊　20　松亭金水著／歌川芳梅・長谷川貞信・歌川芳豊・浮世喜楽斎画　21.7×15.3　381　全　第２輯「叙」乙夘蝋月／松亭翠翁誌。　第４輯（序）安政丁巳中穐「円印（竹藪）」「方印（岡本／■谷）」　題簽「〈近世／美談〉大川仁政録第雇輯壹（～五、第三輯一～五、第四帙壱～伍）」。扉「松亭主人著／大川仁政録／歌川芳梅畫」、３輯「松亭主人編次／大川仁政録／第三輯五■／歌川芳梅畫圖」、４輯「大川仁政録／第四帙　〈全部／五冊〉／松亭主人編次／歌川芳豊畫圖」。内題「〈近世／美談〉大川仁政録雇（第三・第四）輯巻之壹（～五）」。袋、４輯存、扉に同じ。柱「大川仁政録雇輯巻之一　‖〇一」。刊記・広告、初輯２・２輯２・２輯４・４輯４巻末・３輯５見返し「書肆大阪北久寳寺町心斎橋　前川源七郎梓」、初輯３・２輯５・４輯５表表紙見返し「文榮堂發兌文房書目／書舗浪華心齋□懸橋北第五街　前川源七郎」、初輯４・２輯３表表紙見返し・初輯５・３輯５・４輯５巻末「書肆　大阪北久寳寺町四丁目十八番地／文榮閣　前川源一郎」。広告、初輯５・２輯５・４輯５巻末「軍書小説類藏板目録〈大坂心齋橋通／北久寳寺町〉

河内屋　七郎」３丁分。

近世説美少年録

KINSEISETSU BISHŌNEN-ROKU

７（Ⅶ）

刊　45　曲亭馬琴著／歌川国貞（三世豊国。『近世説美少年録』第１輯）魚屋北溪（第２輯・第３輯）・歌川豊国（三世。『新局玉石童子訓』）画　22.0×15.4　880　江戸・丁字屋平兵衛　全　「近世説美少年録第一輯序」文政十一年暢月之吉曲亭蟫史撰／雲介道人書。２編（序）「文政己丑年．小満前二日．杜鵑初鳴朝．書于神田著作堂　曲亭老人」。３編（序）「天保二年如月中澣　曲亭蟫史撰」。４編「新局玉石童子訓小序」弘化二年乙巳春正月之吉／蓑笠漁隠重序。５編１（『新局玉石童子訓』巻之三下冊・序）弘化二年如月清明前一日　著作堂老禿。６編（序）「新局玉石童子訓第三版附言」弘化二年乙巳皐月之吉　曲亭痴老識。７編（『新局玉石童子訓』巻之16・序）「新局玉石童子訓第四版附言」弘化二年乙巳歳梢念五　四谷隱士識。８編（序）「新局玉石童子訓第五版賛言」弘化三年菊秋霜降前三日、亦復婦幼に代書を課て奈良漬瓜の糟に酔たる本編の作者酔中に題ス。９編「新局玉石童子訓第六版小序」弘化四年丁未夏五月念五　曲亭老逸。　題簽「近世説美少年録初（四・七）編壹」。内題「近世説美少年録第一輯巻之一」「新局玉石童子訓巻之一上冊」。柱「美少年録第一輯巻一　壹○‖千翁軒藏」「玉石童子訓巻一上　○‖文溪堂藏」。扉、各編とも「曲亭翁口授編／近世説美少年録〈五／冊〉／一陽斎豊國書〈文榮堂／群玉堂〉精刊」。袋、２～９編「〈曲亭主人口授編／一陽齋後豊國画〉　二（～九）編／近世説美少年録／浪華書肆　〈文榮堂／群玉堂〉梓〉」。広告・刊記、２編（※小学館①486頁影印）「○著作堂編撰有像國字稗史畧目　書行千翁軒藏梓／松浦佐用媛石魂録〈……／……〉／近世説美少年録〈……／……／……〉／開巻驚奇侠客伝……／○〈古今無類／御薬おしろい〉仙女香〈一包／四十八銅〉　黒あぶら美玄香……／文政十三年庚寅春正月吉日刊行／發販書行／大坂心斎橋筋博労町河内屋茂兵衛／江戸大傳馬町二町目丁字屋平兵衛／同横山町二町目大坂屋平藏梓」、３編（※小学館②282頁影印）「○著作堂手集近世説美少年録第三輯画工筆畊剞劂人目次／出像一十七頁　葵岡北溪／全■淨書　谷金川／繡像刊字　〈朝倉伊八／原喜知〉／○曲亭翁編述國字小説新舊畧目　書肆文溪堂藏梓／開巻驚奇侠客傳……／おなじく第二集……／里見八犬傳第八輯……／美少年録第四輯……／松浦佐用媛石魂録……／美濃舊衣八丈綺譚……／勸善常世物語……／家傳神女湯……／天保三年歳次壬辰春正月吉日發行／大坂心斎橋筋博労町　河内屋茂兵衛板／江戸大傳馬町二丁目　丁字屋平兵衛」。　広告、４編５（『新局玉石童子訓』巻之３上冊）末「曲亭翁口授編　一陽斎後豊國画／新局玉石童子訓　〈上帙五巻／下帙五巻〉既發市／此書ハ曩に曲亭翁著編近世説美少年録と／標題して初編より三編に至る迄発販し／（中略）／本房の幸甚しからんと／江戸大傳馬町二丁目文溪堂丁字屋平兵衛謹白」。刊記、５編５（巻之５下冊※小学館②594頁影印）「代稿作者　澤清右衛門／弘化二年乙巳秋八月發行／大坂書肆　心斎橋筋博労町角河内屋茂兵衛／江戸書肆　大傳馬町貳丁目丁字屋平兵衛板」、６編５（巻之15※小学館③170頁影印とは異なる）「家傳神女湯○精製奇應丸○熊膽黒丸子○婦人つぎ虫の妙薬／代稿作者　澤清右衛門／弘化三年丙午夏五月吉日發行／大坂書肆　心斎橋筋博労町河内屋茂兵衛／江戸書肆　大傳馬町貳丁目丁字屋平兵衛門」、７編５は５編５に同じ（小学館③324頁翻刻と異なる、綴じ違いか）、８編５（小学館③492頁影印）「代稿作者　澤清右衛門／弘化三年丙午冬月刊彫成／四年丁未春正月吉日發行／大坂書肆　心斎橋筋博労町角河内屋茂兵衛／江戸書肆　大傳馬町貳丁目丁字屋平兵衛板」、九編五「新局玉石童子訓第七版〈第六十一回より／第六十五回まで〉五巻〈推続き／近日開板〉／代稿作者　澤清右衛門／弘化四年丁未秋月刊彫成／五年戊申春正月吉日發行／大坂書肆　心斎橋筋博労町河内屋茂兵衛／江戸書肆　大傳馬町貳丁目丁字屋平兵衛板」。※丁字屋平兵衛の住所、小学館①486頁②282頁影印「小傳馬町三町目」天保七年大伝馬町へ移転。「高潮」３～４号（明治39年５月）「文溪堂と八犬伝　大島屋伝右衛門談話」、５号（39年６月）「丁字屋と北斎」。※藤沢毅「読本書誌の実践(1)―『近世説美少年録』諸本比較書誌データ」（「読本研究」第六輯下套）と相違点あり。

椿説弓張月

CHINSETSU YUMI-HARI-ZUKI

８（Ⅷ）

刊　30　曲亭馬琴著／葛飾北斎画　22.5×15.8　736　文化４年（1807）～８年（1811）、明治後印本　大阪・岡田茂兵衛　全　（序）旹文化乙丑年冬十一月飯台曲亭主人書於著作堂。（拾遺・序）近得拾遺十巻、刊印始成全璧、亦閲者之快事也、己巳仲夏書。　題簽「椿説弓張月〈前／編〉一」。扉「鎮西八郎為朝外傳〈一帙各六冊／凡五篇卅巻〉／椿説弓張月前編／〈曲亭主人著述／葛飾北齋繪畫〉〈群鳳堂／群玉堂〉梓」。「爲朝外傳弓張月題詞」。目録題「鎮西八郎為朝外傳椿説弓張月前編目録」。内題「〈鎮西八

郎／為朝外伝〉椿説弓張月前編巻之一」。刊記、第30冊最終丁裏「文化八歳／辛未仲春／発行／東都本所松坂畀　平林庄五郎藏梓」「文化四年丁卯春吉旦發販／浪花書賈　心斎橋通博労町河内屋茂兵衛」。前編・後編・続編・残篇巻末「〈和漢／西洋〉書籍賣捌處／大阪心斎橋博労町角群玉堂河内屋　岡田茂兵衛」。1～6冊前編・7～12冊後編・13～18冊続編・19～24冊残編・25～30冊拾遺、但し拾遺・残編が正しい順序。初版本は前・後・続編各6巻6冊・拾遺5巻5冊・残編5巻6冊（全28巻29冊）。

朝夷巡島記

ASAHINA SHIMA-MEGURI

12（ＸⅡ，1～4）

刊　40　曲亭馬琴著／歌川豊広画（初編～6編）、松亭金水著／葛飾為斎画（7・8編）　22.0×15.4　1040　初編～6編文化12年（1815）～文政10年（1827）、7編安政2年（1855）8編安政5年（1858）、明治後印本カ　大坂・河内屋源七（郎）　全　（序）文化甲戌（11年）蓑笠陳人／文政庚辰（3年）蓑笠漁隠／文政四年　飯台曲亭主人／安政四年　松亭迂叟題井書。題簽「朝夷巡嶋記」。目録題「朝夷巡嶋記全伝（あさひなしまめぐりのきぜんでん）」。柱「（魚尾）朝夷初編巻一　‖〇十五（丁付）」。刊記、初輯「編述　曲亭馬琴稿本／　浄書　荏土　千形仲道謄写／出像　一柳斎豊広画／　剞劂　華洛　井上治兵衛刀／筆福硯寿大吉利市　繍梓書肆／　文化十二年乙亥　春正月吉日発販」。2編「編述　曲亭馬琴稿本／　浄書　荏土　千形仲道・棚加正蔵／出像　一柳斎豊広画／　■人　京攝六剞劂合刻／春王正月文化十四丁丑歳吉日発兌／江戸馬喰町三町目若林清兵衛／筋違御門外平永町山崎平八／大坂心斎橋唐物町河内屋太助」。3編「編述　曲亭馬琴稿本／出像　一柳斎豊広画／刊字校合　平安櫟亭琴魚考訂／戊寅秋七月画者傭書卒業同年冬日刻成／文政二年歳次己卯春正月二日製本発販／刊行書肆／江戸馬喰町三町目 若林清兵衛／筋違御門外神田平永町 山崎平八／大坂心斎橋筋唐物町 河内屋太助」。3編巻5裏表紙見返し「製本処　大坂心斎橋通北久宝寺町四町目十八番地　前川源七郎」。4編「編述　曲亭馬琴稿本／庚辰夏肆月脱稿浄書出像随成／出像　一柳斎豊広画／浄書　江戸千形仲道／刻劂　京師三四五　井上治兵衛／大坂一二　山崎庄九郎／刊字校訂　平安櫟亭琴魚／文政四年辛巳春正月吉日発行／刊行書肆／江戸馬喰町三丁目 若林清兵衛／筋違御門外神田平永町 山崎平八／大坂心斎橋筋唐物町 河内屋太助」。5編附言（文政六年直亭驥徳）「編述　曲亭馬琴稿本／出像　一柳斎豊広画／浄書　江戸田中正造／刻劂　京師巻一二　井上治兵衛／大坂巻三四　市田治郎兵衛／刊字校訂　江戸初校直亭驥徳　浪華初校櫟亭琴魚／文政五年壬午春正月二日発販／刊行書肆／江戸馬喰町一丁目 書物問屋 若林清兵衛／筋違御門外神田平永町 本屋 山崎平八／大坂心斎橋筋唐物町 書物問屋 河内屋太助」。広告（各編巻5裏表紙見返し）初編「曲亭新編絵入草紙物かたり略目／浪華文金堂蔵板／（朝夷巡島記他8点）」2編「江戸著作堂主人随筆竝二国字小説略目　浪華書肆 文金堂蔵板／（あが仏の記他小説等8点）」3～8編「軍書小説類蔵板〈大坂心斎橋通／■久宝寺〉河内屋源七（郎）／（楠二代軍物語他68作品）」5編には他に馬琴読本・薬の広告あり。2・3編の袋あり。

青砥藤綱摸稜案

AOTO FUJITSUNA MORYŌ-AN

16（ＸⅥ）

刊　10　曲亭馬琴著／葛飾北斎画　22.2×16.0　276　文化9年（1812）、明治後印本　大阪・三木佐助　全　前編「青砥藤綱摸稜案原序」辛未肇冬豕児之日録於無何有郷葆光舎、玄同陳人、鈴木武筍。後編（序）旹文化九年壬申夏六月二十五日書于飯台著作堂南牕翠竹深處　簑笠隠居。　題簽「青砥藤綱摸稜案」（第2編）。内題「青砥藤綱摸稜案巻之一（～五）」「青砥藤綱摸稜案後集巻之一（～五）」。柱「摸稜案」「摸稜案後集」上黒魚尾・白口。見返し「曲亭主人著　〈人生宇宙間志願当如何／不行万里路即読万巻書〉／〈青砥／藤綱〉摸稜案　編／葛飾北斎画　平林堂綉梓[印]」。初編第5冊末「辛未仲冬　十三日　簑笠漁隠」。刊記、後編第5冊最終丁表「〇曲亭先生新篇目次　書肆平林堂刊行」広告末「文化九年壬申冬月本所松坂畀　平林庄五郎梓」裏表紙見返し「各邦書籍発兌／浪華　心斎鉄橋筋北久宝寺町通角　三木佐助梓」。

源平盛衰記図会　GENPEI SEISUIKI ZUKWAI

17（ＸⅦ）

刊　6　秋里籬島著／西村中和・奥文鳴画　24.7×17.7　326　寛政12年（1800）序、明治後印本　大阪・岡島真七ほか　全　「源平盛衰記圖會序」寛政己未冬至日東橋外史松本慎題千愚山書屋／帰一堂主人書。（序）寛政十二歳申の春／秋里籬寫。

題簽「源平盛衰記圖會一（～六）」。扉「源平盛衰記圖會」。内題「源平盛衰記圖會巻之壹（～六）」。ノド「盛壹ノ貮」。刊記「諸國弘通書肆／東京　北畠茂兵衛／同　稲田佐兵衛／同　山中

市兵衛／同　博聞社／同　長野亀七／西京　藤井孫兵衛／加州金澤　中村喜平／紀州和哥山　平井文助／防州山口　宮川臣吉／長門豊浦　村谷傳三郎／豫州松山　玉井新治郎／筑前福岡　山寄登／但馬豊岡　由利安助／江州大津　澤宗治郎／播州姫路　本荘輔二／大阪本町四丁目　岡島眞七」。広告、巻六末「〈増廣／字■〉倭節用集悉改袋〈新板／出来〉／繪本倭比事〈西川祐信画／全部十冊〉／謡訓蒙圖會　近刻〈橘守國画／全部十冊〉／畫工　〈法橋西村中和／奥文鳴源貞章〉」。

雙蝶記　SŌCHŌKI
20（ＸＸ）
刊　10　山東京傳著／歌川豊国画　22.0×15.1　196　明治後印本　大阪・岡田茂兵衛　全　「雙蝶記自序」醒醒斎京傳識／文化十年癸酉二月。　題簽「雙蝶記　壹（～十）」。扉「山東京傳編述／歌川豊國画図／雙蝶記／一名霧籬物語／江戸書肆　永寿堂梓」。内題「雙蝶記　一名霧籬物語巻之一（～巻六）」。柱「双蝶記巻之一　○一」。広告、巻６巻末「永寿堂近刻繪入讀本井繪草紙合巻目録」五色の狂言　全部五冊／大晦日かけ取物語　全部五冊／実方雀物語　全部六冊／琴声美人傳　全九冊／五絃集半面美人　全九冊。刊記「發兌書肆／東京　北畠茂兵衛／同　稲田佐兵衛／同　小林新兵衛／同　山中新兵衛／同　佐久間嘉七／西京　辻本仁兵衛／同　藤井孫兵衛／尾州名古屋　片野東四郎／同　栗田東平／大阪心斎橋通博労街　岡田茂兵衛」。

旬殿実実記　SHUNDEN JITSU JITSU-KI
21（ＸＸⅠ）
刊　12　曲亭馬琴著／歌川豊広画　21.9×15.5　260　文化５年（1808）原刊、安政４～５年（1857～1858）補刻、明治後印本　大阪・河内屋茂兵衛　全　「曲亭主人編述旬殿實實記序」文化五年戊辰夏初三日／浪速杏林百■譔。（序）文化戊辰仲夏の日　曲亭馬琴たはふれに叙。　題簽「〈曲亭／稗説〉旬殿實實記 巻之一」。扉「曲亭新編實實記／一柳齋歌川先醒画／大阪書林　岡田群玉堂」「〈曲亭蓑笠翁編演／歌川一柳齋繪畫〉　全部六冊／旬殿實實記下編／群玉堂蔵」。柱「旬殿實々記巻一　○十」魚尾。刊記、巻６末「文化五年戊辰冬十一月吉日發販／安政四年丁巳冬十一月補刻／江戸書肆／深川森下町　榎本惣右衛門／大傳馬町二丁目　丁字屋平兵衛／両國米澤町　釜屋又兵衛／大阪書林／心斎橋通本町　河内屋藤兵衛／同博労町　河内屋茂兵衛」。広告、巻６末「曲亭先生著述目次　大阪書林　心斎橋筋博労町　河内屋茂兵衛藏板」17作品（椿説弓張月～椀久松山物語）。刊記、巻十二末「旬殿實實記〈上編六冊／下編六冊〉　全部拾二冊／文化五年戊辰冬十一月吉日發販／安政五年戊午夏四月吉日補刻／東都書林／大傳馬町二丁目　丁字屋平兵衛／深川森下町　榎本惣右衛門／榎本平吉／両國米澤町　釜屋又兵衛／浪華書林／心斎橋筋本町　河内屋藤兵衛／同博労町角　河内屋茂兵衛」。

昔語質屋庫
MUKASHI-GATARI SHITCHA NO KURA
22（ＸＸⅡ）
刊　5　曲亭馬琴著／勝川春亭画　22.1×15.5　111　文化7年（1810）、明治後印本　大坂・河内屋真七　全　「自叙」文化七年庚午林鐘、簑笠隠居。（跋）文化七年庚午肇秋下澣、江湖陳人魁蕾撰、鈴木武筍書。　題簽「（絵）昔語質屋庫巻之一（～五）初篇」。内題「昔語質屋庫巻之一（～五）。柱「質屋庫巻一（～五）」上黒魚尾・白口。第５冊裏表紙見返し広告末「大坂書林　本町心斎橋東へ入　河内屋真七板」。

碗久松山物語（柳巷話説）
WANKYŪ MATSUYAMA MONOGATARI
23（ＸＸⅢ）
刊　5　曲亭馬琴著／歌川国芳画　22.2×15.1　99　文化５年（1808）原版、天保２年（1831）再版・明治後印本　大阪・岡田茂兵衛　全　（叙）文化丁卯小春　大阪馬田昌調撰。（序）丁卯夏肆月識ス、江戸簑笠隠居。　題簽「碗久松山物語一（～五）」。見返し「精工佳紙／全本五巻／〈画／本〉〈碗久／伝奇〉松山物語／曲亭主人／馬琴編／一勇斎主人／国芳画」。内題「〈碗久／松山〉柳巷話説巻之一（～五）」。柱「松山　巻之一（～五）」。蔵書印「■北畠」第５冊裏表紙見返し本屋の覚え書きの部位、『夢想兵衛胡蝶物語』（ＸＸⅤ・25）にもこの印あり。刊記、巻五大尾ウ「文化五戊辰年元板／文政十四年辛卯正月再板／東都書林　丁子屋平兵衛／浪華書林　河内屋茂兵衛」第5冊裏表紙見返し「〈和漢／西洋〉書籍売捌處／大阪心斎橋博労町角　群玉堂河内屋　岡田茂兵衛」。

松浦佐用媛石魂録
MATSURA SAYŌHIME SEKIKON-ROKU
24（ＸＸⅣ）
刊　15　曲亭馬琴著／歌川豊広画（前編）・渓斎英泉画（後編）　22.2×15.5　255　文化４年（1807）、文政11年（1828）、明治後印本　（→備考）　全　（序）旹文化四年夏五月下浣書于魚

狙橋畔之簑笠軒　曲亭主人馬琴譔。後集（序）文政十年丁亥冬十一月小寒前一日／曲亭主人撰。文政丁亥冬十一月之吉　蓑笠老逸又識。
題簽「松浦佐用媛石魂録　集巻之壹」。扉「曲亭主人著／松浦佐用媛石魂録／渓斎英泉画　寶玉堂」。内題「松浦佐用媛石魂録前上巻」。柱「大和言葉巻之一　‖〇一」魚尾、「石魂録後集巻之一　一〇‖千翁軒藏」魚尾。刊記（後集巻四・巻七）「文政十一年戊子春正月吉日發行／大坂本町通心斎橋東　河内屋真七／江戸傳馬町二町目　丁子屋平兵衛／同横山町二町目　大坂屋半藏梓」。巻数、前集　上・中・下巻５冊、後集巻一～七 10 冊。

夢想兵衛胡蝶物語
MUSŌ BYŌE KOCHŌ MONOGATARI
25（ＸＸⅤ）
刊　9　曲亭馬琴著／歌川豊広画　22.1×15.4　231　文化７年（1810）、明治後印本　大阪・岡田茂兵衛　全　「胡蝶物語自叙」文化六年己巳六月　曲亭主人識。後編「再編胡蝶物語序」文化七年庚子夏日　曲亭馬琴。　題簽「夢想兵衛胡蝶物語前編（後編）」。内題「夢想兵衛胡蝶物語巻之一」。柱「夢想兵衛巻之／夢想兵衛後編巻」上黒魚尾・白口。蔵書印「■北畠」朱文楕円印、第９裏表紙見返し本屋の覚え書きの部位、『碗久松山物語』（ＸＸⅢ・23）にもこの印あり。刊記、第９冊大尾ウ「全本前後九冊／文化庚午発市」裏表紙見返し「〈和漢／西洋〉書籍売捌處／大阪心斎橋博労町角　群玉堂　河内屋　岡田茂兵衛」。

絵本忠臣蔵　EHON CHŪSHIN-GURA
26（ＸＸⅥ，1～2）
刊　20　速水春暁斎作画　22.2×15.6　517　前編寛政12年（1800）、後編文化５年（1808）、後印本　大坂・河内屋茂兵衛　全　前編（序）寛政十二年　石野忠寄。後編（序）丁卯冬十一月南豊書。　前編、題簽・目録題・巻首題「絵本忠臣蔵」。見返し「絵本忠臣蔵　森本蔵板」。柱「〇絵本忠臣蔵巻一　〇一」。10巻最終丁オ「平安　速水春暁斎画図」、「〈武／道〉忠義太平記」「絵本忠臣蔵後編」の広告文。最終丁ウ「寛政十二年庚申初夏刻成／浪華書林／柏原屋重兵衛／河内屋太助／今津屋辰三郎／柏原屋庄兵衛／扇屋利助／皇都書林／蓍屋善助／菱屋治兵衛／吉野屋為八／円屋源□郎／松阪屋儀兵衛／長村屋太助／銭屋利兵衛　菱山孫兵衛」。裏表紙見返し「〈和漢／西洋〉書籍売捌処／大阪心斎橋博労町角　群玉堂　河内屋　岡田茂兵衛」。後編、題簽・目録題「絵本忠臣蔵後篇」。柱「〇絵本忠臣蔵後篇巻之一　〇九」。10巻最終丁「〈和漢／西洋〉書籍売捌処／大阪心斎橋博労町角　群玉堂　河内屋　岡田茂兵衛」。後編2巻に袋折り込み「絵本忠臣蔵　森本蔵板」墨刷、朱文円印「群玉堂」「二編」、裏に「群玉堂製本記」と朱文方印。

三七全伝南柯夢・占夢南柯後記
SANSHICHI ZENDEN NANKA NO YUME
27（ＸＸⅦ，1～2）
刊　17　曲亭馬琴著／葛飾北斎画　22.3×15.5　398　文化５年（1808）・文化９年（1812）、明治後印本　大坂・河内屋茂兵衛　全　第１篇（序）文化四丁卯夏孟　飯台簑笠隠居。第２編（序）文化辛未立秋の日　曲亭主人識。第３編（序）辛未初冬朔　玄同陳人。　題簽「三七全伝／占夢南柯後記／第一（～三）篇」。内題「三七全伝南柯夢巻之一（～六下）」「〈三七全伝／第二編〉占夢南柯後記　巻之一（～八）」２・３編は巻数通し番号。柱「南柯夢巻之一（～六）」白口・上黒魚尾。見返し、第２編「戊辰発兌」第３編「壬申発兌」第一編には刊年の記載ナシ。原刊記、第１編最終丁ウ「江戸書肆　須原屋市兵衛／文化五年戊辰正月吉日発販／深川森下町　榎本摠右衛門／榎本平吉／梓」。刊記第３編第17冊ウ「飯台曲亭馬琴戯作[印]／葛飾北斎辰政画[印]／做書〈嶋岡節章／鈴木武旬〉｜剞劂〈朝倉伊八／木村加兵衛〉／三七全伝南柯夢　〈馬琴著／北斎画〉　全■冊／〈三七全伝／第二編〉占夢南柯後記　右ニ同　前帙四冊／同後帙第三編四冊　売出し申候」裏表紙見返し「〈和漢／西洋〉書籍売捌處／大坂心斎橋博労町　群玉堂　河内屋　岡田茂兵衛」。

新累解脱物語
SHIN-GASANE GEDATSU MONOGATARI
28（ＸＸⅧ）
刊　5　曲亭馬琴著／葛飾北斎画　22.0×15.1　131　文化４年（1807）、明治後印本　大坂・河内屋真七　全　「新累解脱物語序」友石主人識。　題簽「新累解脱物語一（～五）」。扉「新累解脱物語」。柱「新累解脱物語巻之一　‖〇一」魚尾。広告「道二翁道話〈八篇揃／十八冊〉／鳩翁道話　十八冊／二十四孝繪抄〈前後／二冊〉／陰騭文繪抄　二冊／孝女操草　三冊／繪本楠公記〈三編／三十冊〉／算法指掌大成　一冊／月令博物筌　十六冊／鼎左秘録　一冊／茶家酔古集　五冊／通俗武王軍談　二十冊／通俗呉越軍談　十八冊／大坂書林　本町通心齋橋東へ入　河内屋真七板」。

石言遺響　SEKIGEN IKYŌ

29（ⅩⅩⅨ）

刊　5　曲亭馬琴著／蹄斎北馬画　22.1×15.3　112　文化2年（1805）、明治後印本　大坂・河内屋真七　全　「石言遺響自叙」文化新元甲子年暑月龍生日書於飯顆山之東翠竹深處曲亭主人。　題簽「〈繍像／綺譚〉石言遺響」。見返し「東都曲亭主人著　〈國字小説／■■奇書〉／〈繍像《ゑいり》／綺譚《ものがたり》〉石言遺響／〈乙丑新鐫／全部五冊〉書肆〈平林堂／昌雅堂〉合刻」。内題「繍像復讐石言遺響巻之一（〜五）」。柱「復讐石言遺響巻之一（〜五）」。刊記、第5冊裏表紙見返し「大坂書林　本町通心斎橋東へ入　河内屋真七板」。

前太平記図会　ZEN TAIHEIKI ZUKWAI

30（ⅩⅩⅩ）

刊　6　秋里籬島著／西村中和画　24.6×17.2　333　享和3年序（1803）、明治後印本　大阪・岡島真七ほか　全　（序）享和壬戌十月　愚山外史。（自序）みつのと乃亥弥生の日　秋里籬嶋。（跋）法橋中和書。　題簽・序題・見返し題「前太平記図会」。「画図　平安画員　法橋中和／彫刻師　一ノ巻　野田専介／二ノ巻　野田専介／三ノ巻　中嶋勘七／四ノ巻　中嶋勘七／五ノ巻〈口　野田専介／奥　山本長左ヱ門〉／六ノ巻〈口　樋口源兵衛／奥　中嶋勘七〉」。六巻裏表紙見返しに「諸国弘通書肆／東京　北畠茂兵衛／同　稲田佐兵衛／同　山中市兵衛／同　博聞社／同　長野亀七／西京　藤井孫兵衛／加州金澤　中村喜平／紀州和哥山　平井文助／防州山口　宮川臣吉／長門豊浦　村谷伝三郎／予州松山　玉井新治郎／筑前福岡　山嵜登／但馬豊岡　由利安助／江州大津　沢宗治郎／播州姫路　本荘輔二／大坂本町四丁目　岡島真七」。

絵本蟹猿奇談　EHON KAI-EN KIDAN

32（ⅩⅩⅩⅡ）

刊　5　栗杖亭鬼卵著／浅山蘆国画　21.9×15.0　105　文化4年（1807）、後印本　大坂・河内屋真七　全　題簽「繪本蟹猿奇談」。内題「〈復讐／昔説〉蟹猿奇談巻之壹（〜五）」。柱「昔説蟹猿奇談巻之一　‖一（丁付）」。凡例「文化四卯年葉月／栗杖亭鬼卵述」。広告「道二翁道話〈八篇揃／十八冊〉／算法指掌大成　一冊／鳩翁道話　十八冊／月令博物筌　十六冊／二十四孝繪抄　前後　二冊／鼎左秘録　一冊／陰隲文繪抄　二冊／茶家酔古集　五冊／孝女操草　三冊／通俗武王軍談　二十冊／繪本楠公記〈三篇／揃〉三十冊／通俗呉越軍談　十八冊／大坂書林　本町心齋橋東へ入　河内屋真七板」。これと同じ広告『美濃旧衣八丈綺談』（ⅩⅩⅩⅣ・34）『俊寛僧都島物語』（ⅩⅩⅩⅤ・35）『絵本楠公記』（ⅩLⅢ・43）にも所載。※初版（題簽「〈昔／咄〉蟹猿奇談」内題「復讐／昔説〉蟹猿奇談」）の改題後刷本。

美濃旧衣八丈綺談

HACHIJŌ KIDAN

34（ⅩⅩⅩⅣ）

刊　6　曲亭馬琴著／北嵩重宣画　22.2×15.6　135　文化11年（1814）、後印本　大坂・河内屋真七　全　「八丈綺談序」文化十年癸酉春三月十又四日書於著作堂雨牕／簑笠漁陰。題簽「〈美濃／舊衣〉八丈綺談 壹（〜六）」。扉題「八丈綺談」。内題「美濃舊衣八丈綺談巻之一（〜五）」。柱「八丈綺談巻一　一（丁付）○山青堂蔵」。無刊記。巻5末「編述　曲亭主人稿本／總巻浄書　千形仲道謄寫／畫工　北嵩重宣筆／繍像剖劂　朝倉伊八郎刊／○近刊出像国字小説全本五巻山青堂開板／袈裟御前七條法語／こハ殊更抜萃の新趣向ニ御座候来ル甲戌の冬無間違賣出し可申候」、巻5末の広告、『絵本復讐昔語猿蟹奇談』（ⅩⅩⅩⅡ・32）『俊寛僧都島物語』（ⅩⅩⅩⅤ・35）及び『絵本楠公記』（ⅩLⅢ・43）所載のものに同じ。

俊寛僧都島物語

SHUNKWAN SŌZU SHIMA-MONOGATARI

35（ⅩⅩⅩⅤ）

刊　10　曲亭馬琴著／歌川豊広画　22.6×15.1　209　文化5年序（1808）、後印本　大坂・河内屋真七　全　「自叙」文化戊辰年仲夏書于自編稗史俊寛島物語巻端／曲亭主人。　題簽「俊寛島物語　壹之巻（〜八下之巻）」。扉題「俊寛僧都嶋物語」。内題「俊寛僧都嶋物語巻之一（〜八）」。柱「俊寛巻之一　○　一」。表紙見返しにイタリア語メモ「Bakin Kyokutei / Shunkan Shima Monogatari / Volumi 10」云々（訳「馬琴曲亭／俊寛島物語／10巻／日本語での物語、イタリア語に訳すと俊寛の物語という意味である。1889年9月にナポリに到着」）。巻4末・巻8末の広告、『絵本蟹猿奇談』（ⅩⅩⅩⅡ・32）『美濃旧衣八丈綺談』（ⅩⅩⅩⅣ・34）及び『絵本楠公記』（ⅩLⅢ・43）所載のものに同じ。

楠正行戦功図絵

KUSUNOKI MASATSURA SENKŌ-ZUE

36（ⅩⅩⅩⅥ）

刊　11　山田意斎（案山子）著／西村中和画　24.4×17.5　346　前編文政4年（1821）、後編文政7年（1824）、明治後印本　大坂・伊丹

屋善兵衛ほか　全　「楠正行戦功図会序」文政三庚辰八月日　西浦武孝十有九謹撰。　外題「楠正行戦功図会」。内題「楠正行戦功図会巻之壱」柱（初篇）「戦功図会巻之壱（～五）」（後篇）「戦功図会巻之一（～六）」。刊記「京都　法橋西村中和画図／彫工〈京都　井上治兵衛／大坂　市田治郎兵衛／同　山田和助〉／文政四辛巳十一月吉日／大坂書肆／心斎橋通博労町　伊丹屋善兵衛／同町　河内屋茂兵衛／同本町東江入　河内屋真七／同　北久宝寺町　河内屋源七郎」。

絵本楠公記　EHON NANKŌKI
43（ＸＬⅢ）
刊　30　山田得斎翁著／速水春暁斎画　22.1×15.2　772　享和元年（1801）～文化6年（1809）　大阪・河内屋真七　全　2編（序）辛酉夏四月源弘毅題。3編（序）文化六己巳年初夏馬渕定安。　題簽「繪本楠公記 初編一（～十）」二編一（～十）三編一（～十）。扉題「繪本楠公記」。目録題「繪本楠公記惣目録」。内題「繪本楠公記巻之一」。柱「繪本楠公記巻一　○一（丁付）」。蔵書印「冨小路新三位貞直卿」。刊記、2編末「享和元年辛酉夏刻成／東都書林　須原茂兵衛／浪華書林　鳥飼市左右衛門／勝村治右衛門／今井七郎兵衛／皇都書林　八木治兵衛／赤井長兵衛／田中吉兵衛／梅村伊兵衛」、3編「文化六年己巳夏刻成」以下2編に同じ。2・3編、袋あり「大坂水町四丁目五十九番地〈書／林〉岡島真七」印あり。各編末に広告、『絵本蟹猿奇談』（ＸＸＸⅡ・32）『美濃旧衣八丈綺談』（ＸＸＸⅣ・34）『俊寛僧都島物語』（ＸＸＸⅤ・35）所載のものに同じ。※富小路貞直（1761～1837）。

【滑稽本】

東海道中膝栗毛
DŌCHŪ HIZAKURI-GE
18（ＸⅧ）
刊　18　十返舎一九著　18.0×12.4　639　享和2年（1802）～文化11年（1814）、明治14年（1881）後印本　東京・江嶋伊兵衛　全　発端（序）文化甲戌十返舎一九（跋）旭亭一桃。初篇（序）享和二　十返舎一九。2篇（序）享和三　芍薬亭主人　夏原長根題。3編（序）享和四　十返舎一九。4編（序）文化二　前黄表紙著作喜三二題于芍薬亭。5編（序）文化三　亀山人蘭衣誌。5編追加（序）文化三　喜三二。6編（序）文化四　十返舎一九。7編（序）文化否春　亀山人。8篇（序）文化七孟春　十返舎一九。　題簽「〈東海／道中〉膝栗毛　発端 全」以下各篇ごとに同じ体裁。序題「膝栗毛」。巻首題「道中膝栗毛」「浮世道中膝栗毛」。八編下最終丁に「珍々堂出版滑稽戯作目録／道中膝栗毛〈十返舎一九作／同画〉東海道十八冊」以下34作品あり、『奥羽道中膝栗毛』（ＸＬＩ・41）と同じ。売弘所の総覧「東京　北畠茂兵衛」以下136人。裏表紙見返し刊記「享和二年正月出版／文化七年正月再刻／明治十四年十一月補刻」以下『奥羽道中膝栗毛』（ＸＬＩ・41）と同じ。

続膝栗毛　ZOKU DŌCHŪ HIZA-KURI GE
19（ＸⅨ,1～2）
刊　25　十返舎一九著　18.0×12.4　829　文化7年（1810）～文政5年（1822）、明治14年（1881）後印本　東京・江嶋伊兵衛　全　初編（序）文化七　十返舎一九。3編（序）文化九　十返舎一九（判じ絵の文）。4編（序）年記署名ナシ。5編（序）文化十一　十返舎一九。6編（序）文化十二　緑亭可山。7編（序）文化十三　十返舎一九。8編（序）文化十三　十返舎一九。9編（序）文政二　十返舎一九。10編（序）年記署名ナシ。11編（序）文政三　十返舎一九。12編（序）文政五　十返舎一九。　題簽「続膝栗毛」。初編序題「〈金毘羅／参詣〉続膝栗毛」。2編序題「〈宮島／参詣〉続膝栗毛」。3～7編序題「木曾街道　続膝栗毛」。巻首題「〈岐曽／街道〉続膝栗毛」「〈淀木曽路／善光寺道〉続膝栗毛」。7編題簽「続膝栗毛七編」。12編裏表紙見返し刊記「享和二年正月出版／文化七年正月再刻／明治十四年十一月補刻／著者　故人十返舎一九／出版者　東京府平民　江嶋伊兵衛　日本橋区呉服町十二番地／発兌書肆／東京本石町　江嶋喜兵衛／同芝三島町　山中市兵衛／大坂久太郎町　柳原喜兵衛／名古屋本町　片野東四郎／下総佐原　正文堂利兵衛／十返舎一九著　滑稽道中膝栗毛〈東海道之部全十八冊／木曽海道之部全廿五冊／奥羽道中之部全十五冊〉」『奥羽一覧道中膝栗毛』（ＸＬＩ・41）5編下裏表紙見返しに同じ。

奥羽道中膝栗毛
ŌU DŌCHŪ HIZA KURI GE
41（ＸＬⅠ,3）
刊　15　三世十返舎一九（三亭春馬）著／歌川国芳・逸見一信画　18.0×12.2　332　嘉永元年（1848）～3年（1850）、明治14年（1881）　東京・江嶋伊兵衛　全（初編～5編・各上中下3冊）（序）〈弘化二年稿成／同五年発市〉十返舎一九。　題簽「奥羽道中膝栗毛」。巻首題「〈奥羽／一覧〉道中膝栗毛」。初編下最終丁に「十返舎一九戯作／両廼屋隣春狂画／〈奥羽／一覧〉道中膝栗毛二編三編共六冊近刻同作同画

／弘化五年戊申春正月新刻発市／江戸書林／本所相生町一丁目　紙屋利助／浅草福井町一丁目　山崎清七」。5編下（15冊目）最終部に「珍々堂出版滑稽戯作目録／道中膝栗毛〈十返舎一九作／同画〉東海道十八冊／（以下一九作4作品）／〈おどけ／ばなし〉塩槑余史 曲亭馬琴作 一冊／（以下馬琴作1作品）／傾城怪談客物語 式亭三馬作 一冊／（以下三馬作8作品）／四書京伝余師 山東京伝作 一冊／（以下京伝作11作品）／傾城買二筋道 風来山人著 三冊／（他作者のもの6作品）」。諸国の書肆136人連名（2丁）。5編下裏表紙見返しに「享和二年正月出版／文化七年正月再刻／明治十四年十一月補刻／著者　故人十返舎一九／出版者　東京府平民　江嶋伊兵衛　日本橋区呉服町十二番地／発兌書肆／東京本石町　江嶋喜兵衛／同芝三島町　山中市兵衛／大坂久太郎町　柳原喜兵衛／名古屋本町　片野東四郎／下総佐原　正文堂利兵衛／十返舎一九著　滑稽道中膝栗毛〈東海道之部 全十八冊／木曽海道之部 全廿五冊／奥羽道中之部 全十五冊〉」。

【人情本】

貞操婦女八賢誌
TEISŌ ONNA HAKKEN-SHI
4（Ⅳ）
刊　30　為永春水著／歌川国直・渓斎英泉・歌川貞重画（編次が初版と異なるため、何編を担当したかが不確定）　22.2×15.0　570　明治後印本　東京・武田伝右衛門　全　初編1（序①）天保五甲午孟春／為永春水識。（序②）天保四癸巳年九月刻成同五甲午年正月発兌／東都戯作者金龍山人狂訓亭為永春水誌。4編1「巻頭附言」柳北軒主人再識。4編4「第五輯序」弘化四年　二世為永春水。5編1「五編下帙序」弘化五戊申歳春如月　為永春水。5編4（序跋）為永春水。　題簽・巻頭題・巻末題「貞操婦女八賢誌」。見返し、各編1「貞操婦女八賢誌／狂訓亭主人編輯／渓斎英泉画図／〈文渓堂／文永堂〉上梓」。序題、4編4「婦女八賢誌」、5編1「貞操婦女八賢誌」。柱「女八賢巻の一　○一（丁付）」。口絵6図。刊記、初編三「編者　狂訓亭主人著／画工　柳烟楼国直図／貞操婦女八賢誌第二輯《ていさうをんなはつけんしだいにしふ》〈全／三／冊〉〈引つゞき出／板遅滞な／し〉／天保五甲午年孟陽発版／東都書房／馬喰町二丁目西村屋与八／本町松阪町二丁目平林庄五郎／京橋弥左ヱ門町大島屋伝右ヱ門」。広告、初編6・2編6・4編6・5編6「近世桜田記聞 半紙本全七冊〈松村春輔著／月岡芳年画〉／上野戦争実記 全二冊〈彰義隊天野八郎遺稿／鮮斎永濯画〉／絵本難波戦記 全十五冊〈原名浪花史略／染崎莚房著〉／三考鹿児島新誌〈和田健節著／全十五冊〉／西南征討の事件を詳細に記し面白き画なり／義経蝦夷勲功記　全二十冊／〈西国／順礼〉絵本孝義録　為永春水著　全十冊／三国一夜物語〈曲亭馬琴著／全八冊〉／絵本権八一代記　全五冊／〈誠／忠〉義士銘々画伝 初編五冊出板二編近刻〈柳亭種彦著／松斎吟光画〉／婦女八賢誌〈為永春水著／全三十冊〉／〈通俗軍書小説絵入読本／人情本写本実録其外書籍／新古共格別下直ニ販売仕候〉〈東京弥左ヱ門町十三番地／武田伝右ヱ門〉」。※5編各6冊計30冊。初版は9編29冊。

いろは文庫
IROHA BUNKO
40（ＸＬ，1～2）
刊　18　為永春水（初編～4編）二世為永春水（5～18編）著／渓斎英泉（初編～4編）静斎英一（2編）歌川貞虎（4編）梅の本鶯斎（9・10編）孟斎芳虎（11・16編）一恵斎芳幾（12・13編）歌川虎継（18編）画。　17.1×12.0　1074　天保7年（1836）～明治5年（1872）江戸・丁字屋平兵衛、大坂・河内屋茂兵衛ほか　全　（序）天保申年如月／江戸　為永春水。題簽・巻首題・序題「〈正史／実伝〉いろは文庫」。初編最終丁「江都作者　狂訓亭為永／同画工　溪斎英泉／〈美艶仙女香／黒油美玄香〉一包四十八銅ツヽ（広告文略）／天保七丙申正月黄道吉日／東都〈地本問屋／書物問屋〉／上田屋久次郎／山本平吉／中村屋幸蔵版」。2編最終丁「江戸　狂訓亭　為永春水撰／江戸　一筆庵　溪斎英泉画／〈正史／実伝〉いろは文庫／仝志書林／江戸文溪堂　丁字屋平兵衛／江戸連玉堂　加賀屋源助／大坂辟玉堂　河内屋茂兵衛」。3編最終丁「為永連校正者、狂文亭為永春江、狂詠舎為永春暁、浄書瀧野音成、江戸狂訓亭為永春水撰」。15編最終丁「〈朝鮮／名法〉牛肉丸《きうにくくわん》〈大包金二朱中包金一朱／小包百銅〉／（広告文略）／染崎氏製」。※5～8・14・15・17編画者未詳。

春色籬の梅
SHUNSHOKU MAGAKI NO UME
47（ＸＬⅦ）
刊　15　為永春水著／歌川国直画　17.5×11.8　290　明治後印本　全　（序）天保九年八月／為永春水。　題簽「籬の梅」。巻首題「春色籬の梅」。柱「まがき一　○一」。2編下の最終丁に「江戸　狂訓亭主人 作　／門人　春江校合／歌川国直画」。

妹背鳥
ROGETSU KIEN IMOSE-DORI
48（ＸＬⅧ）
刊　2　為永春雅著／歌川芳綱画　17.8×12.0　126　明治後印カ　2編のみ存　(序)松亭漁父誌。　題簽・巻首題「〈露月／奇縁〉妹背鳥」。

春色梅辻占
SHUNSHOKU UME NO TSUJIURA
49（ＸＬⅨ）
刊　3　南仙笑楚満人（二世＝為永春水）著／竜斎・鶯谷画　18.0×12.0　156　天保4年(1833)、明治後印カ　1～3編　2・3編(序)南仙笑杣人。　題簽・巻首題「春色梅辻占」。

花名所懐中暦
HANA MEISHO KWAICHŪ-GOYOMI
50（Ｌ）
刊　4　為永春水著／歌川国直画　18.0×12.0　243　天保7年(1836)　江戸・西村屋与八ほか　初～4編　(序)天保七申の春／狂訓亭為永春水。　題簽「花名所懐中暦」巻首題「〈おさん／茂兵衛〉花名所懐中暦」。初編最終丁刊記「天保七申年孟春発兌／版元／西村屋与八／鶴屋喜右ヱ門／若狭屋与市／製本所　大島屋伝右衛門」。四編最終丁「渓斎英泉画／為永春水作／校合 狂詠舎春暁」。

春色廓の鶯　NINJŌ SATO NO UGUISU
54（ＬⅣ）
刊　2　鼻山人（東里山人）著／歌川国種画　17.9×11.9　127　全　(序跋)高慢に筆のはしを布山縣の九陽亭ニ採事しかり／孟春新刻。　題簽「春色廓の鶯」。序題「人情」。内題「人情廓之鶯上（中・下)」「人情廓之鶯後編上（中・下)」。柱「巻上　一」。

春色梅児誉美
SHUNSHOKU UME-GOYOMI
55（ＬⅤ）
刊　4　為永春水作／柳川重信画　18.0×11.8　243　天保4年(1833)、明治後印本　江戸・西村屋与八、大島屋伝右衛門　全　(序)天保壬辰／為永春水しるす。3編（跋）桜川善孝／金龍山人為永（和歌)。　題簽・序題「梅こよみ」。巻頭題「春色梅児与美」。3編最終丁に「江戸　為永春水著／同　柳川重信画／天保四年癸巳孟陽発販／江戸書房／西村屋与八／大島屋伝右衛門」。イタリア語の紙片貼付、題とナポリ到着の日付（1889年9月)。

春色辰巳園
SHUNSHOKU TATSUMI NO SONO
56（ＬⅥ）
刊　4　為永春水作／歌川国直画　17.8×11.8　236　天保4年序(1833)、天保6年(1835)序　全　「〈梅暦／餘興〉春色辰巳園序」于時天保四巳春狂訓亭にかはつて述之／三亭春馬。2編（序）辰巳の遊人／善孝誌。3編（序）乙未の春如月　富が岡連の一松舎竹里述。4編（序）未乃陽春　金龍山人　為永春水誌。　題簽「春色辰巳園」。ノド「タツミ一ノ一」。4編末「戯作者　狂訓亭主人／繪師　柳烟亭國直／〈辰巳／拾遺〉榮代談語 全六冊 同作同画 近日出版／おさん茂平の物がたり　狂訓亭主人著／〈花埜／名所〉懐中暦 全六冊 〈為永十■之／第一書〉」。

春色英対暖語　SHUNSHOKU EITAI DANGO
57（ＬⅦ）
刊　5　為永春水作／歌川国直画　18.2×11.9　317　天保9年(1838)　江戸・大島屋伝右衛門　全　「春色英對暖語の序」賞梅亭の主人が蓮池の小隠　姚華庵戯述／于時天保八年丁酉春三月吉辰。2編（序）江戸人情本一流の元祖／狂訓老人　為永春水誌。3・4編(序)東都人情本一流の元祖／為永春水誌。5編(序)浅草堀多原の酔客／平亭主人銀鶏。　題簽「英對暖語」。内題「〈春抄／媚景〉英對暖語巻之一」。ノド「ゑいたい一ノ一」。刊記「天保九戊戌年正月發行」。2～5編末にそれぞれ「作者」「校合」「画工」等あり。広告「書物井繪入讀本所〈江戸京橋弥左エ門町東側中程／文永堂大嶋屋傳右衛門〉」「米八婀娜吉丹次郎の物語類本目録　文永堂販／〈梅こよミ／ほつたん〉恵の花　渓斎英泉画　前後六冊／春色梅こよみ　柳川重信画　四編揃十二冊／〈梅こよミ／残編〉辰巳の園　歌川國直画　四編揃十二冊／〈梅こよミ／拾遺別傳〉英對暖語　歌川國直画　五編揃十五冊／〈つきほの／はな〉梅美の婦祢　〈英泉／國直〉両画　五編揃十五冊」。※岩波文庫「姚華庵」を「桃華庵」とするは誤り。

春色梅美婦禰
SHUNSHOKU UME MI-BUNE
58（ＬⅧ）
刊　5　為永春水作／歌川国直画　17.8×11.8　295　天保12年序(1841)　江戸・大島屋伝右衛門　全　(序)江戸人情翁狂訓亭主／為永春水誌。2編（序）市谷　芳訓亭為永春鶯謹述。3編（序）東野　真紫庵／蛾雪識。4編（序）辛丑の秋日　静春主人。5編（序）若紫の夫ならで横雲棚引曙の梅花の中にて筆を舐りて

／為永春水誌。　題簽「梅見の婦祢」。序題「春色梅美婦祢」。１冊目最終丁に「処女香《むすめかう》」の広告と広告文「為永春水精剤」とあり、「妙薬初みどり」の広告もあり。「売弘所／書物併絵入読本所／江戸京橋弥左ヱ門町東側中程／文永堂　大嶋屋伝右衛門」。２冊目最終丁に「為永連／イヨノウハシマ春英／尾州一ノ宮春蝶／同ナゴヤ春鶯／東都飯台下春江／校合」。４冊目最終丁「江戸作者　狂訓亭　為永春水／江戸画工　独酔舎　歌川国直」。５編最終丁に「販元　文永堂主人」。

春色恵の花
SHUNSHOKU MEGUMI NO HANA
59（Ｌ Ⅸ）
刊　２　為永春水作／渓斎英泉画　18.0×11.8　120　天保７年序（1836）・天保６年（1835）序　前編巻３欠　前編（序）申の孟陽／為永春水誌。後編（序）桜川由次郎謹誌／天保六未初冬。題簽「梅暦発端〈恵の花／前〉」。前編巻首題・後編序題「春色恵の花」。前編巻１・２、後編巻１～３存。

其小唄恋情紫
SONO KO-UTA HIYOKU NO MURASAKI
62（Ｌ Ｘ Ⅱ）
刊　５　為永春水著／静斎英一画　17.8×11.9　293　天保７年（1836）　全（５編）（序）天保七申正月新板にて六年の仲秋中ノ十日　為永春水。　題簽「其小唄恋の紫」。巻首題「其小唄恋情紫《そのこうたひよくのむらさき》」。３編の最終丁に「蓮池　為永春水著編／台麓　静斎英一画図／青山　為永春暁補訂」。

花筐・花筐拾遺湊の月　HANA GATAMI
63（Ｌ Ｘ Ⅲ）
刊　７　松亭金水著　18.0×11.8　417　天保12年序（1841）　全（５編・拾遺１・２編）（序）天保辛丑　松亭金水。　題簽「花筐」「花かたみ」、拾遺１・２編題簽には（花筐）６・７編と表記。序題「花がたみ」巻首題「花筐」。柱「花かたみ上（中・下）　〇一」

清談松の調　MATSU NO SHIRABE
64（Ｌ Ｘ Ⅳ）
刊　４　為永春水著（１・２編）松亭金水？著（３・４編）／歌川国直・歌川芳藤画　18.0×11.9　227　天保11年序（1840）　江戸・大島屋伝右衛門　全（４編）（序）天保十一庚子桃月／松亭主人金水。　題簽・序題「清談松の調」。４編最終丁に「処女香（むすめかう）」の広告と広告文、「妙薬初みどり」の広告。「売弘所　書物併絵入読本所／江戸京橋弥左ヱ門町東側中程／文永堂　大嶋屋伝右衛門」。

処女七種
SHOJO NANA-KUSA
65（Ｌ Ｘ Ⅴ）
刊　７　為永春水著／渓斎英泉・静斎英一画（１～５編）、梅亭金鵞著／梅の本鶯斎画（6・7編）　17.8×11.9　405　１～５編天保７年（1836）～12年（1841）、６・７編刊年未詳　全（７編）　（序）天保七申の初秋／桃林亭大琉。　題簽「〈秋色／艶麗〉処女七種」。巻首題「〈秋色／艶麗〉処女七種《むすめなゝくさ》」。

花鳥風月　KWACHŌ FŪGETSU
66（Ｌ Ｘ Ⅵ）
刊　４　竹葉舎金瓶（初・２編）・梅亭金鵞（3・4編）著　17.6×12.2　243　江戸後期刊　全
　初編「花鳥風月叙」竹葉書屋に金瓶述。２編（序）御贔屓よりおほめをまつ風のあるじにかはりて／南仙居杣人誌。３編（序）桃李花ひらいて南窓あたゝかなる時／鶯渓書屋にて／梅亭金鵞述。４編（序）蔵六庵甲羅述。　題簽「花鳥風月」。内題「花鳥風月初編（～第四編）巻之上（～下）」。ノド丁付「花初へん上ノ一」。

娘太平記操早引
MUSUME TAIHEIKI
67（Ｌ Ｘ Ⅶ）
刊　４　曲山人（三文舎自楽）・松亭金水著／歌川国直画　17.8×11.8　243　天保８年序（1837）・天保10年序（1839）　全　初編（序）すみだ川翫月庵の窓下に筆を採て／三文舎主人戯題。２編（序）于時天保八のとし睦月の空はれて／黄鳥のはつ音幽に聞ながら／松亭の窓下に誌す。３編「娘太平記第三輯叙」己亥の盛夏／松亭主人題。４編（序）于時己亥の仲冬／松亭主人戯題。　題簽「娘太平記」。内題「娘太平記操早引巻首」「〈盛衰／榮枯〉娘太平記操早引上之巻（～下之巻）」「〈盛衰／栄枯〉娘太平記操早引二編巻之上（～下）」「娘太平記操早引第三編巻之上（～下）」「娘太平記操早引第四編巻之上（～下）」。無刊記。※『仮名文章娘節用』（ＬＸＸ・70）の続編。※初編三文舎自楽著、２編三文舎自楽・松亭金水著、３・４編松亭金水著。

操形黄楊小櫛
MISAO-GATA TSUGE NO OGUSHI
68（Ｌ Ｘ Ⅷ）
刊　３　十返舎一九（二世）作／花岡光宣・橋

本（五雲亭）貞秀画　18.0×11.8　178　天保５年（1834）　江戸・西村屋与八、大島屋伝右衛門　全　初編「操形黄楊小櫛序」甲の春十編舎一九。２編（序）甲午の孟陽　金鈴舎一寶。３編「操形黄楊小櫛三編自序」二代目十返舎一九誌。　題簽「操形黄楊小櫛　上（中・下)」。内題「操形黄楊小櫛上之巻（～下之巻)」「操形黄楊小櫛二編上之巻（～下之巻)」「操形黄楊小櫛三編巻之上（～下)」。刊記「江戸戯作者十返舎一九著／仝　浮世繪師　五雲亭貞秀画／維時天保五年甲午春王發販／江戸書肆／西村屋与八／大嶋屋傳右衛門」。

二葉草
SHIKI-NAGAME ON-AI FUTABA-GUSA
69（ＬＸⅨ）
刊　3　鼻山人（東里山人）著／歌川国直画　18.0×12.0　198　天保５年序(1834)　初編１～４丁欠　後編（序）甲午正月（以下欠）　題簽「二葉草上」「ふたば草中」「ふた葉艸下」。内題「〈四季／眺望〉恩愛二葉艸上巻（中巻・下巻)」「恩愛二葉艸後編上巻（中・下巻)」「恩愛二葉艸三編上巻（上・中巻)」。柱「二ハ屮上　五」。無刊記。三編２～５丁「合セカゝミ上(柱刻)」の序文・口絵が混入。『合世鏡』は鼻山人著、初編天保５年・２編同６年・３編同８年刊。

仮名文章娘節用
KANA-MAJIRI MUSUME SETSUYŌ
70（ＬＸＸ）
刊　2　曲山人（三文舎自楽）著／歌川国直画　18.0×11.8　134　天保２年序（1831）　前編・後編存（３編欠）（序）文政拾四年辛卯孟陽／江戸　文盲短斎しるす。後篇（序）江戸三文舎主人戯題。　題簽「娘節用」。内題「〈小三／金五郎〉假名文章娘節用前編上巻（中巻・下巻・後編上之巻～下之巻)」。無刊記。※文政13年に改元、天保元年（1830）となる。※初版は歌川国次画。歌川国直画の再版は天保６年から同末年までの間に刊。鈴木重三「『仮名文章娘節用』初版本の発見」（『絵本と浮世絵』所収）。

【合巻】

太平記図会　TAIHEIKI ZUKWAI
38（ＸＸＸⅧ，1～2）
刊　18　堀経信（原甫）著／菱川雪艇・梅川東南画（初編）／岩瀬広隆・柳川重信画（二編）／西川祐春画（三編）　25.3×17.5　799　初編天保７年（1836)、二編安政３年（1856)、三編文久元年（1861)、明治後印本　大坂・岡田茂兵衛　全　「太平記図会序」天保五年九月十五日　城戸千楯。　題簽「〈南／北〉太平記図会」。見返し「東霞堀信先生著／雪艇岩瀬広隆画図／〈南／北〉太平記図会／発行書肆　聚星楼」。内題「南北太平記図会　巻之一」。柱「太平記第二(～三）篇」初篇には柱ナシ。第３編第５巻（第18冊）巻末刊記「大坂心斎橋博労町角／群玉堂河内屋　岡田茂兵衛」。

偐紫田舎源氏
NISE-MURASAKI INAKA GENJI
39（ＸＸＸⅨ，1～3）
刊　38　柳亭種彦著／歌川国貞画　16.7×11.6　760　文政12年（1829）～天保13年(1842)　江戸・鶴屋喜右衛門　全（序）〈文政十二年発販／十三年再板〉柳亭種彦記。天保乙未春。天保戊戌。天保十年。　書題簽「田舎源氏」１・２丁目に原表紙を装丁、刷付表紙に刷外題「にせむらさきゐなかげんじ」。見返し題・巻首題「偐紫田舎源氏」「田舎源氏」。柱「源氏初篇」。蔵書印「瀟碧堂記」青色陽刻方印。広告、裏表紙見返し（初編・３・５・７・８・10・12～15・17・19・20・23～26編）「天保九年戊戌初春新鐫／（偐紫田舎源氏など11点の広告）／〈書物錦絵／団扇地紙〉問屋　江戸通油町　鶴屋喜右衛門」、（２・４・６編）「天保八年丁酉初春新彫／（偐紫田舎源氏など11点の広告）／(仙女香・美玄香の広告）／〈書物錦絵／団扇地紙〉問屋　江戸通油町　鶴屋喜右衛門」、（９・11・16・18・21・22編）鶴屋喜右衛門の俳諧若草集など５点の広告、(27・34・35・37編)「仙鶴堂蔵板目録」字宝節用千金蔵など13点、(28・33・36編）天保十一年の鶴屋の広告、偐紫田舎源氏など７点、(29・30・38編）鶴屋の偐紫三十四編以降の広告、(31・32編)「江戸御暦開板所　鶴屋喜右ヱ門」の俳諧今人附合集など８点の広告。

新編金瓶梅　SHIMPEN KIMPEIBAI
71（ＬＸＸⅠ）
刊　20　曲亭馬琴著／歌川国安画（第１～２集)・歌川国貞画（第３～10集）　17.8×12.2　476　天保２年序（1831)～弘化４年（1847)序　江戸・和泉屋市兵衛　全（10集）（序）文政十四年／曲亭馬琴自叙　外題「新編金瓶梅」。原袋・原表紙存す、表紙は後に袋から作ったもの、原表紙は中に装丁。見返し題「新篇金瓶梅」。柱「金瓶梅第一集　七」。広告（第１集～５集、第６集上、第７集上）原裏表紙見返しに「絵本高麗嶽／花鳥写真図会／絵本ふぢ袴／漬物早指南／餅菓子手製集／手造酒法／女年中祝事始／女用文艶詞」他4作品の広告、甘泉堂蔵板目録、

年記ナシ。同じく原裏表紙見返しに甘泉堂蔵版目録「新編金瓶梅／金毘羅船利生纜／今昔娘評判記」他４作品及び美艶仙女香。６集下、甘泉堂蔵版目録「新編金瓶梅／金毘羅船利生纜／裏表忠臣蔵／風俗伊勢物語」他４作品。７集上の和泉屋広告「新編金瓶梅八集／隅田川両岸一覧／絵本ふじ袴／絵本高麗嶽／花鳥写真図会」他２作品。７集下・８集の甘泉堂蔵版目録「寿福三世相大鏡／源氏絵歌留多」他３作品。９集上・下「新編金瓶梅九集／絵本名頭武者部類／女用玉結」他３作品。10集上・下「新編金瓶梅十輯／女郎花五色石台／児雷也豪傑譚七編」。※文政13年に改元、天保元年（1830）となる。

【随筆】

駿台雑話　SHUNDAI ZATSUWA
9（Ⅸ）
刊　5　室鳩巣著　24.6×17.1　286　寛延３年（1750）序刊、明治後印本　大阪・岡島真七ほか　全　「新刊駿台雑話序」寛延庚午十一冬至日東都直学士藤原明遠謹識。（序②）享保壬子のとし九月中旬鳩巣の翁。　題簽「駿台雑話一（～五）」。内題「駿台雑話巻一（～五）」。柱題「駿台雑話」。刊記（見返し）「東都　崇文堂梓」、第５冊裏表紙見返し「諸国弘通書肆／北畠茂兵衛　稲田佐兵衛　山中市兵衛／博聞社　長野亀七　藤井孫兵衛／中村喜平　平井文助　宮川臣吉／村谷伝三郎　玉井新治郎　山崎登／由利安助　沢宗治郎　本荘輔二／岡島真七」。

閑窓瑣談　KANSŌ SADAN
33（ＸＸＸⅢ）
刊　4　佐々木貞高（為永春水）著　25.5×17.8　112　天保12年（1841）序刊、明治後印本　東京・江島屋喜兵衛　全　「閑窓瑣談の序」茌土　教訓老人誌。　題簽「閑窓瑣談一（～四）」。内題「〈晩進／魯笔〉閑窓瑣談」。丁付ノド。各冊に「江島屋喜兵衛」の広告あり。刊記「東京書林　日本橋区本石町二丁目　萬笈閣江島喜兵衛版」。「三府書肆」として「江島喜兵衛」以下12名、「諸国書肆」として「片野東四郎」以下24名。角ギレ、書帯付き、書帯に朱印「仕入／勢州津／篠田／宿屋町」。

燕石雑志　ENSEKI ZASSHI
37（ＸＸＸⅦ）
刊　6　曲亭馬琴著　25.4×18.0　237　文化８年（1811）、後印本　江戸・京都・名古屋・大坂　全　「燕石襍志序」文化七年庚午上元日／北山老逸撰／小笠拝史書。（概略）文化六年己巳春三月上巳　簑笠隠居題於飯台著作堂。（跋）文化六年己巳肇秋端四飯台簑笠漁隠。　題簽「燕石襍志　■壹（～陸）」。目録題「燕石雑志總目録」。内題「燕石雑志巻之一（～巻五之下冊）」。丁付「燕一巻ノ一」ノド。刊記「燕石雑志五巻不顧拙筆清書之■／神田　嶋岡長盈」「文化八年辛未春正月發行／江戸書林　和泉屋平吉／大坂書林　今津屋辰三郎／同　河内屋喜兵衛／同　河内屋吉兵衛／同　河内屋太助」「三都／發行／書肆／江戸日本橋南壹丁目　須原屋茂兵衛／同浅草茅町二丁目　同　伊八／同日本橋通二丁目　山城屋佐兵衛／同中橋廣小路町　西宮彌兵衛／同芝神明前　岡田屋嘉七／同下谷池端仲町　岡村庄助／同本銀町二丁目　永楽屋東四郎／同十軒店　英屋大助／京都三條通御幸町角　吉野屋仁兵衛／尾州名古屋本町通　菱屋藤兵衛／大坂心齋橋通北久太郎町　河内屋喜兵衛／同　仝通本町北エ入　同　和助／同　仝通備後町南エ入　同　卯助」。

玄同放言　GENDŌ HŌGEN
72（ＬＸＸⅡ）
刊　6　曲亭馬琴著　25.5×17.8　213　明治後印本　江戸・江島喜兵衛　全　「玄同放言叙」文政元年戊寅六月／鵬斎老人興撰　題簽「玄同放言」。内題「玄同放言巻之一ノ上（～　）」。柱「玄同放言　仙鶴堂梓」。刊記、第３冊末「江戸著作堂主人稿本　浄書〈初巻第／六頁ヨリ〉田中正蔵／剞劂　朝倉吉二郎／暦紀文政元年戊寅十二月発兊／東都書肆　本石町二丁目　江島喜兵衛版」第６冊末「江戸著作堂主人稿本　浄書田中正造／皇和文政三年庚辰冬十二月吉日嗣梓発行／東都書肆　文溪堂　大伝馬町二丁目　丁字屋平兵衛寿梓」（『日本随筆大成』第１期５、285頁に第６冊刊記影印に同じ）、第６冊の最終1丁半に書肆の連名あり。①「諸国書肆」片野東四郎以下24、②「三府書肆」江島喜兵衛以下12。※仙鶴堂・江島喜兵衛・丁字屋平兵衛の名があるが、柱刻にある「仙鶴堂」鶴屋喜右衛門が初版、丁字屋平兵衛の後刊本数種あり（『日本古典文学大辞典』浜田啓介執筆）。『日本随筆大成』第１期５、134頁の第３冊刊記影印もやはり「文渓堂　大伝馬町二丁目　丁字屋平兵衛寿梓」である。江島喜兵衛版は丁字屋版の後であろう。本書は取合せ本か。

【和歌】

八代集抄　HACHIDAISHŪ
15（ＸⅤ，1～4）
刊　50　北村季吟著　22.2×15.5　2298　天和２年（1682）原刊、文政２年（1819）　大坂・河内屋太助ほか　全　（跋）天和二年仲春時正日北村季吟秉筆於拾穂之菴下。　題簽「八代集

抄」右下に各巻所収の歌集名、左下に冊数を刻す。内題各巻標題。ノド丁付。刊記「天和二年中夏吉辰／文政二己卯年十月求之／浪華書舗／心斎橋通唐物町　河内屋太助／同南久宝寺町　河内屋直助／小川屋六蔵（この部分書体異なり版木に欠損あり）」。※刊記の「小川屋六蔵」について。臼杵市立臼杵図書館本（国文学研究資料館紙焼写真本C10084）の刊記に「天和二年中夏吉辰／浪華書舗／松原屋佐兵衛／奈良屋長兵衛／古屋助一／鶴屋源蔵／小川屋六蔵」とあり強調部分が合致。また金沢市立図書館（藤本文庫）本（国文学研究資料館紙焼写真本C11638）は年記のみ合致「京師書舗」植村藤右衛門等3名「求板」、後の版。なお多和文庫本（国文学研究資料館紙焼写真本C10488）初版刊記は「天和二年中夏吉辰梓行畢／北村湖春／村上勘兵衛」とあり。

二十一代集　NI-JŪ-ICHI-DAI-SHŪ

42（ＸＬⅡ）

刊　56　25.6×17.5　4569　明暦元年（1655）、後印本　京都・八尾勘兵衛　全　刊記、新古今集（第16冊）巻末「明暦元年初春秋吉辰／寺町本能寺前／八尾勘兵衛板」※八代集としての刊記。蔵書印（朱文双辺方印、後ろ見返し裏）「東京／浅倉／書林」、同じ場所に墨印「■清」、その他、朱文長方印「山崎氏蔵書記」四周双辺。古書を化粧断ちして、表紙を掛け替えた改装本。明治初年の改装か。角ギレ付き。書題簽「古今和歌集」（１～２）「後撰和歌集」（３～４）「拾遺和歌集」（５～６）「後拾遺和歌集」（７～８）「金葉和歌集」（９）「詞花和歌集」（10）「千載和歌集」（11～12）「新古今和歌集」（13～16）「新勅撰和歌集」（17～18）「続後撰和歌集」（19～20）「続古今和歌集」（21～23）「続拾遺和歌集」（24～25）「新後撰和歌集」（26～28）「玉葉和歌集」（29～32）「続千載和歌集」（33～36）「続後拾遺和歌集」（37～38）「風雅和歌集」（39～42）「新千載和歌集」（43～46）「新拾遺和歌集」（47～50）「後拾遺和歌集」（51）「新後拾遺和歌集」（52）「新続古今和歌集」（53～56）。

類題怜野集　REIYA-SHŪ

44（ＸＬⅣ）

刊　12　清原雄風編　22.9×15.9　634　文化３年（1806）、後印本　京都・出雲寺文治郎、大坂・敦賀屋九兵衛、江戸・須原屋茂兵衛ほか　全　「怜野集の序」文化三年みな月ついたちの日にたちはなの千蔭。「怜野集のおくかき」文化の三とせといふ年のかみなつきやうかの日平春海書。（跋）正木千幹。　題簽「怜野集」（料紙紅色）第１冊破損、他は存。内題「怜野集巻之一（～十二）」。柱、巻名及び丁付のみ。凡例、清原雄風。刊記（第６冊・第12冊の裏表紙見返し）「書肆／京都三条通舛屋町　出雲寺文治郎／大坂心斎橋南二丁目　敦賀屋九兵衛／江戸日本橋通壱丁目　須原屋茂兵衛／同本石町十軒店　英大助／同中橋広小路　西宮弥兵衛／同芝神明前　岡田屋嘉七」。第６冊（冬）巻末「四季の部誤字脱文等有しを／文化四年十一月訂正す　老川摩訶順」。※初版は文化三年清原雄風蔵版（但し国文学研究資料館紙焼写真本は全て文化四年の老川摩訶順の訂正入り）。

類題和歌集　RUIDAI WAKA-SHŪ

45（ＸＬＶ，１～２）

刊　31　後水尾天皇撰　22.7×16.8　1331　元禄16年（1703）　京都・出雲寺和泉掾　全　題簽「類題和歌集〈春之一／巻一〉」。目録題「類題和歌集巻第一目録」。内題「類題和歌集巻第一（～第三十）」。ノドに「目録　一之一」。蔵書印、24冊目に「東京／浅倉／書林」。刊記「旹元禄十六癸未歳孟春上旬梓行／京師三條通升屋町／御書物所　出雲寺和泉掾」。

類題草野集　RUIDAI SŌYA-SHŪ

46（ＸＬⅥ）

刊　12　木村定良編　22.8×16.0　483　文政年間（1818～1830）　江戸・英平吉　全　（序①）文政とあらたまる年の神無月　清水浜臣。（序②）椿園のあるし　文政二年二月。第１冊（凡例）文化十四年六月　木村定良。第７冊（凡例）文政五年九月　木村定良。　題簽「類題草野集」。内題「草野集巻一（～十二）」。柱、部立名と丁数。蔵書印（朱文方印）、裏表紙見返し裏（本屋）「東京／浅倉／書林」。広告、第６冊裏表紙見返し「江戸本石町十軒店書林万笈堂英平吉蔵板」、第12冊巻末13丁分「江戸本石町十軒店書林万笈堂英平吉和書目録」。第４冊に牡丹紋雲母摺料紙に和歌１首を記す紙片１葉を挿む「桂翁（？）」。

三玉集　SAN-GYOKU-SHŪ

52（ＬⅡ）

刊　6　三条西実隆（雪玉集）／後柏原天皇（柏玉集）／冷泉政為（碧玉集）　26.5×18.2　1031　寛文９～12年（1669～1672）原刊、江戸後期後印本　大坂・渋川清右衛門　全　題簽「雪玉集一（二・三・四止）」「碧玉集」「柏玉和歌集」表紙は原表紙だが後代の改装本。内題「雪玉集第一（第五・第十・第十五）」「碧玉集一」「柏

玉和歌集第一」。柱題「雪玉集」「碧玉集」「柏玉集」。刊記、第４冊「雪玉集」巻末「寛文十〈庚／戌〉年正月吉日」、第５冊「碧玉集」巻末「寛文十二壬子年正月吉／書林　渋川清右衛門」朱校（後代の人の朱書か？）あり年記の下の「吉」の字の下から「日／二条通武村新兵衛刊行」これが初版本の刊記、第６冊「柏玉集」巻末「寛文九己酉歳毬賓吉辰」。※『雪玉集』『柏玉集』刊記は書肆名削除。『碧玉集』渋川清右衛門版は『国歌大観』などに記載なし。

三十六人集　SAN-JŪ-ROKU-NIN-SHŪ
53（ＬⅢ）
刊　11　26.1×17.9　617　江戸後期刊　（群書類従）　全　群書類従本。題簽「卅六人集」。「卅六人集」の題簽を付した袋あり。柱「巻六十五　二十」。内題、第１冊「三十六人歌仙傳」、第２冊「柿本集」、第３冊「紀貫之集第一」、第４冊「躬恒集／伊勢集上（下）」、第５冊「家持集／赤人集／業平朝臣集／遍昭集／素性法師集／紀友則集」、第６冊「猿丸大夫集／小町集／権中納言兼輔卿集／権中納言朝忠卿集／権中納言敦忠卿集／高光集」、第７集「公忠朝臣集／忠峯集／斎宮女御集／頼基朝臣集／重之集上（下）」、第８冊「宗于朝臣集／信明集／藤原清正集／源順集」、第９冊「興風集／元輔集／坂上是則集」、第10冊「小大君集／藤原仲文集／能宣朝臣集／忠見集」、第11冊「兼盛集／中務集」。第11冊巻末書入れ「于時安政七前三月従須原屋伊八求之」、裏表紙書入れ「光恭蔵」。

新類題集　SHIN RUIDAI SHŪ
60（ＬＸ，１～２）
写　15　烏丸光栄・西三条公福・水無瀬氏成・高松重秀・武者小路実陰編　22.5×15.9　1500　江戸後期写　全　書題簽「新類題集」内題なし。商業的写本か。印記「東京／浅倉／書林」朱文方印双辺。※霊元天皇の勅命によって後水尾院の『類題和歌集』（ＸＬＶ・45）を意識して編集された『新類題和歌集』あり、写本、15巻冊数不定（国文学研究資料館紙焼写真本C8993・C8994・C9770等）。

歌合部類　UTA-AWASE BURUI
61（ＬＸⅠ，１～２）
刊　20　26.9×18.8　812　江戸後期刊　全　題簽「歌合部類」。内題・柱は各巻標題。部類を版心にて示す、１冊「目録」６丁「天徳」18丁「御息所歌合」４丁、２冊「若狭守」６丁「高陽院」13丁「中宮亮」34丁、３冊「住吉」42丁「建春門院北面」15丁、４冊「広田」37丁「新羅社」16丁、５冊「賀茂社」36丁、６冊「右大臣」16丁「時代不同」26丁、７冊「百番自歌」31丁、８冊「御室」22丁「新宮」14丁「撰歌合」15丁、９冊「水无瀬」26丁、10冊「石清水」19丁「仙洞」９丁、11冊「建保」24丁、12冊「光明峯」32丁「貞永」12丁「日吉社」６丁、13冊「遠嶋」29丁、14冊「撰五十首」35丁、15冊「宝治」51丁、16冊「新名所」21丁「外宮」21丁「詩歌」14丁、17冊「玉津嶌」24丁「歌合」18丁、18冊「按察使」47丁、19冊「七夕歌」30丁、20冊「三十番」16丁「文亀」21丁「秋十五番」６丁。印記「東京／浅倉／書林」朱文方印双辺。※諸本、貞享２年刊37冊、文化３年再刊20冊、天保８年再刊10冊。

古今和歌集　KOKIN WAKA-SHŪ
73（ＬＸＸⅢ）
写　２帖　紀友則・紀貫之・凡河内躬恒・壬生忠岑撰　23.8×17.9　157　江戸後期頃写　全　題簽「古今和歌集上」下冊題簽（裏に「冷泉三位殿筆」とあり）剥落して存す。内題「古今和歌集巻第一」。奥書「古今和歌集上下書写之卆／権大納言藤（花押）」紀貫之の後序のみで、本奥書ナシ。『類題草野集』（ＸＬⅥ・46）に挟まれる雲母摺の紙片は、もと本点に挟まれたものという。

【謡曲】

謡宝生流　UTAI HŌSHŌ-RYŪ
51（ＬⅠ，１～６）
刊　42　23.3×16.2　2729　嘉永６年奥書（1853）　全　第1冊外題「高砂／たむら／熊野／はん女／鵜飼」内題「高砂／田村／熊野／班女／鵜飼」柱「高　一」。以下各冊5番計210番。「邯單／殺生石／野乃宮／■翁／自然居士」の巻末奥書「嘉永癸丑五月日　宝生太夫（花押）」。

【浄瑠璃】

義太夫寄本四季の花瓶
GIDAYŪ YOSE-HON SHIKI NO HANA-GAME
31（ＸＸＸⅠ,1～2）
刊　23　23.2×16.2　1200　明治15年序（1882）　東京・萬笈閣カ　「義太夫寄本四季の花瓶序（印）」下俚巴人の曲中能人情世態を摸し俗を導き矇を明ならしむる者は独り義太夫の節譜にして其章句近松竹田を卒先とし紀の海音三好松洛福内鬼外等此業に名誉あり就中竹本筑後掾近松氏と相計り趣向に則り章句に従つて譜曲を合し聴人をして感嘆の情を発さしめ学ぶ者をして古人の意を得せしむるの妙他の音曲の及ぶ

可きにあらずとせん萬笈閣書庫中前に購板の六行本ありこは原板の院本より一部数段最も世に行はるゝ一回を抜萃する所にして竹豊の好者常に坐右に供へ折節に注目するに字性太く印刷鮮明老も眼鏡を用るの迂遠に至らず比するに花瓶を据て百花を湛るに等く梅あれば桜あり牡丹花の勇しく杜若の婀娜なる水仙の質素なる看るに眼枯せぬ類にして春日秋夜を慰むる一小器械といふも可ならん／明治十五年三月上旬四方山の花芽くむ頃色葉書屋の南窓に机案を据て／猫々道人漫記（印「魯文」）。　題簽「〈義太夫／寄本〉四季の花瓶」。序題「義太夫寄本　四季の花瓶」。第一集　仮名手本忠臣蔵 二段目　九段目／嫗山姥 二段目切 51丁、第二集　一谷嫩軍記 序の切　二段目切　組討／廓文章 吉田屋の段 54丁、第三集　妹背山婦女庭訓 三段目切　山の段／ひらかな盛衰記 四段目の口 50丁、第四集　妹背山婦女庭訓 四段目口中切　鱶七上使の段 51丁、第五集　ひらかな盛衰記 序の切　二段目切　梶原館の段　無間鐘の段／古戦場鐘懸の松 二段目切 52丁、第六集　ひらかな盛衰記 三段目ノ口　三段目ノ中／三国妖婦伝 道春館の段 53丁、第七集　碁太平記白石噺 田植の段　五段目の切／茜染野中の隠井 梅由兵衛長吉殺の段 54丁、第八集　碁太平記白石噺 七段目　吉原の段／鬼一法眼三略巻 三段目ノ切 52丁、第九集　菅原伝授手習鑑 四段目口　切口／扇的西海硯 三段目切 49丁、第十集　義経千本桜 二段目切口　三段目切／伊達娘恋■鹿子 六段目 52丁、第十一集　染模様妹背門松 質店の段／小栗判官車街道 三段目切 52丁、第十二集　蝶花形名歌嶋台 小坂部館の段／祇園祭礼信仰記 碁立のたん／北條時頼記 最明寺雪の段 50丁、第十三集　伊賀越道中双六 五ッ目の中／義経腰越状 二段目の切／伽羅先代萩 三ッ目 54丁、第十四集　近江源氏先陣館 六ッ目／曲輪日記 四ッ目　米屋のだん／俊寛嶋物語 住家の段 48丁、第十五集　神霊矢口渡 二段目切　三段目切／出世太平記 第五だん目 54丁、第十六集　彦山権現誓助劔 六ッ目　八ッ目切　九ッ目切　六助住家の段／かるかや 高野山の段 52丁、第十七集　源平布引瀧 三段目切／妹背山婦女庭訓 初段の切／恋娘昔八丈 鈴の森の段 52丁、第十八集　伊達競阿国戯場 五ッ目切　七ッ目切／菅原伝授手習鑑 三段目の切　桜丸切腹の段 52丁、第十九集　箱根霊験躄仇討 九ッ目　十一段目／糸桜本町育 屋敷の段 55丁、第廿集　仮名手本二度目清書 山科の段／小田館双生日記 五ッ目切／物草太郎 四段目 54丁、第廿一集　■浦兜軍記 琴責のだん／褄重恨鮫鞘 無筆書置の段／寿門松 中の巻 54丁、第廿二集　花上野譽石碑 志渡寺の段／伊達競阿国戯場 八ッ目　与右ヱ門住家 52丁、第廿三集　奥州安達原 二段目切　四段目中／攝州合邦辻 合邦住家の段 53丁。

【伝記】

日本百将伝一夕話

NIHON HYAKU-SHŌ-DEN ISSEKI-WA

10（X）

刊　12　松亭金水著／柳川重信（二世）画　25.6×17.9　467　嘉永７年（1854）序安政四年（1857）刊、明治後印本　大阪・岡田茂兵衛　全　「日本百将伝一夕話序」嘉ひ永しといふ年の六とせ霜月の日柏園のあるし定嘉。「自叙」旹嘉永甲寅陬月松亭迂叟題井書。　題簽「日本百将伝一夕話一（〜十二）」。目録題「日本《にほん》百将伝《ひゃくしょうでん》一《いつ》夕話総《せきわそう》標目《もくろく》」。柱「（上黒魚尾、白口）百将伝一夕話巻一（〜十二）　群玉堂蔵板」。第12冊裏表紙見返し「〈和漢／西洋〉書籍賣捌處／大阪心斎橋博労町角　群玉堂河内屋　岡田茂兵衛」。

【心学】

鳩翁道話　KYŪŌ DŌWA

11（XI）

刊　9　柴田鳩翁述／柴田武修編　22.1×15.4　351　天保６年（1835）〜10年（1839）、文久２年（1862）補刻、明治後印本カ　大坂・岡島（河内屋）真七　全　（序）天保甲午夏六月朔近夕獨坐……手島毅庵識於五楽舎之南窓。続篇（序）天保乙未臘月、胸痛褥臥不能起、口授門生某、令筆録以贈、事在其廿七日也／源寵天錫父。「鳩翁道話續々篇序」天保九年戊戌春正月／平安薩埵天放撰并書。続々篇（跋）天保甲午秋七月　前川常營誌。　題簽「鳩翁道話一（〜九）」。扉「〈心／学〉鳩翁道話」。内題「鳩翁道話壱之上」「續鳩翁道話壱之上」「續々鳩翁道話巻之上」。柱「○鳩翁道話一ノ上　一（丁付）」。刊記、９冊末「天保十年己亥正月／京摂書林／三條通柳馬場東へ入町　北村四郎兵衛／千本通一條下ル町　堺屋伊兵衛／心斎橋通北久太良町　河内屋喜兵衛」※続々篇の刊記。広告（９冊末）『新累解脱物語』（XXVIII・28）所載のものに同じ。袋「文久二年壬戌孟夏補刻／〈心／学〉鳩翁道話／浪華書林　積玉圃發兌」朱印「大阪本町四丁目／五十九番地／〈書／林〉岡島真七」。※続々篇末の前川常營の跋は元来正編の跋（続篇・続々篇は序のみ、跋なし）。再版時に続々篇末へ移したか。なお『続々鳩翁道話』の刊記を検するに、杵築市立図書館本（国文学研究資料館紙焼写真本O3727）刊記「京都書林」また書肆１人目北村四郎兵衛の住所「五條高倉東へ入町」３人目河内屋喜兵衛の位置に「五條通東洞院東へ入町／北村太助」おそらく初版。河野信一記念文化館本（国文学研究資料館紙焼写真本O709）は刊記「京摂書林」書肆１人目が「北村太助」で住所は「三條通柳馬場東へ入町」３人目は河内屋喜兵衛。岐阜市立図書館本（国文学研究資料館紙焼写真本O1673）はナポ

リ国立図書館本と同一、書肆１人目の「四郎兵衛」の文字、初版と異なる。年記には異同なし。

心学道の話
SHINGAKU MICHI NO HANASHI
13（ＸⅢ）
刊　８　奥田頼杖著／平野橘翁編　22.1×15.4　434　天保14年（1843）序刊、明治後印本　大坂・河内屋真七　全　「心学道乃譚序」天保壬寅年冬　平野橘翁重献謹識。（序②）天保癸卯之春　上河明識。　題簽「心学道の話一（～八）」。内題「心学道之話初篇《しんかくみちのはなししよへん》」。柱「心学道話」単黒魚尾・白口。広告、第８冊裏表紙見返し、末に「本町通心斎橋東へ入　大坂書林　河内屋真七板」。

道二翁道話　DŌNI-Ō DŌWA
14（ＸⅣ）
刊　６　中沢道二述／八宮斎編　22.3×15.5　282　寛政７年（1795）～文政７年（1824）、明治後印本　大阪・柳原喜兵衛　全（６編）　初編（序）寛政甲寅冬　手島堵菴男正揚識。２編（序）平安淇水主人。３編（序）寛政九年丁巳冬十一月／石門三世教授学平安上河正揚識／於淇水樓南窓之下。４編（序）享和壬戌之春／平安淇水主人書。５編（序）享和三年癸亥冬十一月／洛東入江致身子忠識／於恭敬舎南窓之下。６編（序）文政七年甲申春／上河精惟一識。　題簽「道二翁道話一」。扉「〈心／学〉道話」。内題「道二翁道話巻上」。柱「道話初篇（魚尾）巻上　一（丁付）‖○」。刊記「〈皇漢／西洋〉書籍賣捌處／大阪心齋橋通北久太良町　積玉圃　柳原喜兵衛」。広告、３編末「手島和庵先生著／和庵遺稿　自一至二出来／道二翁道話　近日四篇出来」。５編広告・刊記「〈京都上河先生校／紀州鎌田先生閲〉松翁先生道話〈板行出来仕候御求／御覧被遊可被下候〉／文化元甲子年四月發行／明誠舎之部／弘所書肆／大阪心齋橋南壹丁目　敦賀屋九兵衛／同農人橋通谷町　本屋吉兵衛」。

ジェノヴァ市キオッソーネ東洋美術館
善本解題・目録

キオッソーネ東洋美術館所蔵主要近世絵本解題

山下　則子

１，ＬＩ－００１１，００１２　〔絵本青楼美人合〕

LI-0011／25.5cm×17.9cm　２冊63丁。鈴木春信画。明和末～安永初期（1771～1775）

LI-0012／26.4cm×17.9cm、１冊86丁。鈴木春信画、笠屋左簾編。明和７年（1770）６月刊。江戸、舟木嘉助板。

LI-0012本の表紙は青色無地、合１冊であるが、国立国会図書館本、国立公文書館本は５冊に分かれる。丁付は巻頭から通しで86丁まで。書名については鈴木重三氏による『近世日本風俗絵本集成』第９回の配本解説に、序文の記述と、D.B. Waterhouse 氏が紹介した春信画の錦絵（D.B. Waterhouse: Harunobu and his age, 1964）に包紙が描かれており、それに「青楼美人合」に「よしはら」とのルビが記されていることから書名が「よしはら美人合」である可能性を指摘されている。しかし「よしはら美人合」とある題簽をもった極初版本を実見していないため、従来の「せいろう美人合」の読み方を踏襲する、とある。藤澤紫氏も、『鈴木春信絵本全集　研究篇』でこれらの検証を踏まえて、書名は「よしはら美人合」の読みである方が自然であるとの判断を示された。

ところで黒川真道編『日本風俗図絵』第八輯（大正４年刊・1915、日本風俗図絵刊行会）の復刻の表紙は、「よしはら美人合」とあり、ラヴィッツ・コレクション本は、書き題簽ながら「よし原美人合」とある。そしてNYPLスペンサーコレクション本の原題簽には、「よしはら美人合」とある。以上の指摘により、本書外題の読みは「青楼《よしわら》美人合」であったと推定してよいように思われる。

鈴木重三氏は前述した解説の中で、本書が俳諧師左簾の編であり、俳諧の「五箇の景物」即ち桜、ほととぎす、月、紅葉、雪の発句をそれぞれ５冊の巻頭扉にすえ、各冊ごとに遊君が同じ景物で句を作っている編成、各冊が廓内の「江戸町」２冊、「角町」「京町」２冊のいわゆる「五丁町」の構成であることを、残された題簽下部の字から推定し、登場するのが吉原細見で高位の遊女であることを実証した。そして左簾が吉原で江戸座俳諧を嗜む妓楼を動員して、「五箇の景物」に沿った遊君合わせの句集を、楼主や遊君の入銀で刊行したのではないかとする。

また、『絵本青楼美人合』が明和２年刊『華よそほひ』を原典として企画編輯されたものであるとの指摘が、花咲一男氏によってなされており、佐藤悟氏により『華よそほひ』完本の紹介と、板元小泉忠五郎が『絵本青楼美人合』にも関わっていること、吉原細見との照合から『絵本青楼美人合』が明和６年秋から冬にかけて企画されたことなどが指摘されている。

序文に「其角一蝶が吉原源氏に習ふ」とあることから、鈴木淳氏は『チェスター・ビーティ・ライブラリィ絵巻絵本解題目録』（平成14年刊・2002、勉誠出版）解説で、「美人合」という趣向を其角の『吉原源氏五十四君』に倣ったと指摘している。

LI-0012本は落丁はないものの、合１冊で、いわゆる「五丁町」の構成にはなっていない。

刊記は５冊ものと同じである。『鈴木春信絵本全集研究篇』によると、『絵本青楼美人合』の諸本は、上記の国立国会図書館、国立公文書館の２カ所の他、個人蔵Ａ（５冊が合１冊に）、個人蔵Ｂ（５冊、５冊目の題簽下部に「新」（京町２丁目の別称新町））、大英博物館本（５冊が合１冊に）千葉市美術館本（４巻のみ存）と本書があるということで、５冊が合１冊になった形態のものがかなり存在している。なお同書では、キオッソーネ東洋美術館蔵本を「第１巻のみ１冊」とするが、５冊の合１冊本である。５冊の合１冊本は彫り、摺りともに良い状態のものであり、初版時に何らかの事情で５冊ものと合１冊ものとを作り分けたと考える。

また、画工の名前が奥付に記されていないことについて、『鈴木春信絵本全集研究篇』は、絵俳書や吉原細見の奥付との関連や、本書刊行が春信没後であるからとの考察を下している。『浮世絵は語る』では、春信の錦絵の多くに画工名が記載されない理由について、本書２巻40丁表の名山の図にある「東にしき絵」の袋に「鈴木春信筆」と印刷されていること（前記鈴木重三氏の解説にもあり）、森島中良の随筆に袋入りで春信の錦絵を売っていた記述があることから、春信の錦絵は袋に画工名が書かれていた可能性を指摘する。先述した鈴木重三氏解説文に掲載される錦絵には『青楼《よしはら》美人合』を包む袋紙に「春信画」とあることから、『絵本青楼美人合』も袋入りで売られ、袋に春信の名前が摺られていた可能性が指摘されている。

なお、本書編者とされる左簾は、『新選俳諧年表』（大正12年刊・1923・平林鳳二／大西一外、書画珍本雑誌社）によると安永８年（1779）に66歳で死んでいる。左簾は三浦氏、後笠家氏。名は古道、四郎左衛門。素湯庵、幽雲斎、初め鴨之《おうし》と号し、逸志門で、江戸吉原娼家の主人である。また、序文にその名の見える「秀民」は、寛政２年（1790）に64歳で死んだ初代大黒屋庄六であり、新吉原甲子楼の主人である。「竹護」は安永２年に死んだ嵐山のことであり、蕪村や几董と交遊のあった俳人である。鈴木重三氏は前解説で、左簾は宝暦８年・1758・刊『世諺拾遺』を旗本大久保甚四郎（巨川）とともに出しているので、巨川の関係から春信を知ったのだろうと述べている。

ところでLI-0011本は、墨印で乱丁落丁があり、題簽はない。これは永井荷風『江戸芸術論』所収「鈴木春信の錦絵」（大正３年１月発行・1914、『三田文学』第５巻第１号初出）や林美一『春信』（昭和39年刊・1964・有光書房）に墨摺本３冊の存在が記され、後者には「後に色板をぬき墨摺本三冊として再摺」とあるために、鈴木重三氏に「装幀を変えた墨摺本が刊行されていたらしい」と指摘されたものである。黒川真道編『日本風俗図絵』第八輯所収の表紙裏に「本書彩色本と墨摺本とあり。共に至りて稀なるものなり。ここに墨摺本を採収したり。此の書明和七年の出版に係る」とあって、『日本風俗図絵』第八輯は墨摺本を復刻したものと記される。LI-0011本は墨摺本であり、現在他での所蔵は未詳である。

【参考文献】鈴木重三『近世日本風俗絵本集成』第９回（昭和56年・1981・11月、臨川書店）の配本解説、花咲一男「吉原本『花よそほひ』について―『青楼美人合』の藍本」（『書誌学月報』第21号、昭和60年・1985・９月、青裳堂書店）、藤澤紫『鈴木春信絵本全集　研究篇』（平成15年刊・2003・勉誠出版）、佐藤悟「『華よそほひ』考」（『実践女子大学文芸資料研究所年報』25巻、平成18年・2006・刊）、浅野秀剛『浮世絵は語る』（平成22年刊・2010・講談社現代新書）。

2，ＬＩ－００２８，００３０　錦百人一首あづま織

LI-0028／28.8cm×19.8cm　１冊58丁。勝川春章画。安永４年（1775）刊。
　　江戸、雁金屋義助、植村藤三郎板。

LI-0030／28.4cm×19.5cm　１冊58丁。勝川春章画。安永４年（1775）刊。
　　江戸、雁金屋義助板。

LI-0028本は、雁金屋義助と植村藤三郎との相合板であり、猨《さ》山《やま》流書体のものである。

従来吉海直人氏により、『錦百人一首あづま織』の初版本は、雁金屋義助単独板で和歌の書体が線の細いものとされていた。近時、岩田秀行氏により跡見学園女子大学図書館所蔵の初版本に、雁金屋義助と植村藤三郎の相合板で、和歌書体の線の細いものが報告された。そして岩田氏は、初版本は雁金屋義助・植村屋藤三郎相合《あいあい》版、次に雁金屋義助単独版が猨山流書体へ改訂した版、その次は内容はそのままで雁金屋義助・清吉版となり、明治期に松山堂版の明治摺もあるとした。この跡見学園女子大学蔵初版本は冒頭の六歌仙評の３丁が欠落している。

LI-0028本は、奥付・刊記は跡見学園女子大学蔵初版本と同じであり、雁金屋義助と植村藤三郎の相合板でありながら、和歌の書体は猨山流のものである。LI-0028本には冒頭の六歌仙評も備わり、天智天皇・持統天皇の肖像上部は空白で、その部分の空摺りなどの痕跡はない。LI-0028本奥付部分の綴じ直しの可能性もあり、断定はできないが、猨山流書体への変更と雁金屋義助の単独版元化とは、同時ではない可能性もある。

LI-0030本は、版本を折帖形態に仕立て直した改装本で、雁金屋義助単独版で猨山流書体である。

シカゴ美術館本は、表紙、題簽が残り、雁金屋義助単独版で猨山流書体である。

【参考文献】吉海直人「『錦百人一首あづま織』出版の経緯」（『書誌学月報』57号、青裳堂書店、平成８年・1996）、同「『錦百人一首あづま織』始末記」（『同志社女子大学総合文化研究所紀要』22号、平成17年・2005）、岩田秀行「勝川春章画『錦百人一首あづま織』の新出初版本」『跡見学園女子大学短期大学部図書館報』45号所収、平成18年・2006・10月）、神作研一『江戸の歌仙絵―絵本にみる王朝美の変容と創意―』65, 66解説（国文学研究資料館、平成21年・2009・12月）。

3，ＬＩ－００３７　新美人合自筆鑑

37.1cm×25.4cm　１冊７丁。北尾政演画。天明４年（1784）刊。
江戸、蔦屋重三郎板。

表紙は藍色無地。蔦屋重三郎板の浮世絵（一枚絵）としては、最も早期のものとされる。即ち天明３年に北尾政演画の大判２枚続き錦絵「青楼名君自筆集」７図を蔦屋重三郎は刊行し、翌年正月に序跋を加えて画帖仕立の「新美人合姿鑑」として刊行したのである。この錦絵は、天明３年の吉原細見の蔵版目録に「青楼遊君之容　大絵　錦摺百枚続　北尾政演筆　其君の自詠を自筆にてしるし　初衣裳生うつしに仕候　正月二日より追追売出し申候」とあり、百枚続きの予定であったことがわかる。キオッソーネ本及びボストン美術館本の２部（2006.1341,

2006.1589)、神奈川県立博物館本には蔦屋の商標の上に「大門口」と記され、蔦屋が通油町へ移転する天明３年９月以前に、この錦絵が刊行されたものであることが解る。これらの大判錦絵は、北尾政演が描いた美人画の代表作である。

鈴木俊幸氏は『蔦屋重三郎』で、吉原周辺の流通をほぼ手中に収めた蔦屋が、安永５年刊『青楼美人合姿鑑』の経験を下地として、北尾重政の弟子の北尾政演に、新しい画風の大判２枚続きの遊女画像を描かせ、自筆という新しい試みの出版を思い立ったものとされ、百枚続きの計画が７図で終わった理由を、「浮世絵の通常の流通、具体的には江戸市中の絵草紙屋への流通が十全になされる状況ではなかったため」とする。

北尾政演こと山東京伝は、天明２年（1782）刊の黄表紙『御存商売物』で大田南畝作評判記『岡目八目』で総巻軸大上上吉に位置づけられて頭角を現し、天明３年には滑稽本『狂文宝合記』を北尾政美（鍬形蕙斎）とともに描き、天明４年には滑稽図案物の初作『小紋裁』を刊行する、まさに順風満帆の時であった。

鈴木重三氏は「京伝と絵画」に、遊女の櫛・笄が初摺りは薄黄、後摺りは丹に変わるとされる通説は、長期間販売されたためであるが、この通説は、後摺りとされる丹摺りのほうに蔦屋の版元印上部の「大門口」の文字があり、薄黄色の方に削られているものもあることから検討の余地があるとして判断を保留している。キオッソーネ本は、蔦屋の商標上に「大門口」とあるが、丹色と薄黄色の櫛が混在し、しかも白色のまま（２丁裏）のものもある。ボストン美術館蔵本は、蔦屋の商標上に「大門口」とある請求番号2006.1341と請求番号2006.1589については、遊女の櫛・笄が丹色と薄黄色が混在している。キオッソーネ本もボストン本２冊も黄色の笄は、角玉屋濃紫・花紫の「立春」の和歌が書かれる見開き１丁のみであり、あとは全て丹色の笄である。遊女の描かれる見開きの順番は異なっており、錦絵を画帖仕立てにする際には、その順番はあまり厳密には決められていなかった可能性がある。

【参考文献】鈴木重三「京伝と絵画」（昭和54年刊・1979・『絵本と浮世絵』所収）、鈴木俊幸『蔦屋重三郎』（平成10年刊・1998、若草書房、平成24年・2012、平凡社ライブラリー版として再刊）。

４，ＬＩ－００３９〔鳥山彦〕

29.7cm×21.7cm　２冊合１冊29丁。鳥山石燕画。安永２年（1773）刊。

江戸、若林清兵衛、花屋久次郎板。遊狸園冕舟蔵板。

題簽欠であるが、初版本である。それは奥付にある「安永二癸巳春」、書林が「馬喰丁二丁目　若林清兵衛、下谷竹町　花屋久次郎」とあることより判断される。沢田東江の書が扉題字であったものが見返しに綴じ直されている。

浅野秀剛氏は『秘蔵浮世絵大観３　大英博物館Ⅲ』（昭和63年刊・1988、講談社）の解説で、Ａ安永２年初版本、Ｂ安永３年の入れ木で刊年を直したり（B-1)、更に摺工の名前を削除した（B-2）遠州屋弥七板、Ｃ刊年や版元未詳の再刻本の差異について詳述する。氏はＢ本が最もよく見るものであるが、林虞甫による序題に「石燕画譜」とあり、北海の序題が「鳥山石燕画伝」、要南甫の跋に「石燕画伝」とあるため、従来いささかの混乱があったとする。更に浅野

氏はこの絵手本で最も注目されるのは彫摺技術であり、「拭きぼかし」の年代が明らかになる最初の作例として名高いこと、「龍虎図」に見られるように板ぼかし、ごま摺り、空摺り、きめ出しといった版技法の粋をつくし、木版技法の一段の進展をもたらしたと評価する。また、氏は画題と様式の広さにも注目し、山水花鳥や中国・日本の古典や故事・新旧風俗に材を取り、「鍾馗図」や「猿猴図」のような墨板のみのものから「牡丹に孔雀図」のような極彩錦絵、というように主題に呼応して自在であること、狩野派の描法や一蝶風、写生風、「浦島子」のように機知をきかせた石燕風など、自在な画様式の使い分けが見られることなどを指摘し、「歌麿・俊満らによる絵入狂歌本もこの絵手本ぬきに論じることは難しい」と高く評価している。

佐藤悟氏は『ラヴィッツ・コレクション　日本の絵本』の『鳥山彦』解説で、ラヴィッツ・コレクション本は初版本であるが題簽を欠くものとして紹介し、「一蝶画・其角画賛を写した「箍入臼工」の原図は朝岡興禎《さきさだ》『古画備考』にも取り上げられて名高いもので現存している」ともされている。中野三敏氏は『和本のすすめ』の「第３章　和本のできるまで　３彫り・摺り・修正」の中で、本書の改題後修本『石燕画譜』の「猿猴図」を取り上げて、その初版本との差異を述べている。

本書は浅野氏が分類した初版のＡ本であり、ラヴィッツ・コレクション本と同じである。大英博物館本はＢ本とされ、本書とは摺りの違いが散見される。例えば「鍾馗図」の鍾馗の鬚が大英博物館本ではべったりと黒一色でつぶされる部分があり、頭巾を被っているように見えること、「龍虎図」の背景の白色の部分が黒雲が渦巻くようになり、虎の身体の中心部が黒くなっていること、「牡丹と孔雀図」で、牡丹に濃いピンクの色板が入り、葉の色が単調になったこと、孔雀の羽の色も青がかった玉虫色から、黄緑の単調な色彩に変化したことなどが挙げられる。

【参考文献】浅野秀剛『秘蔵浮世絵大観３　大英博物館Ⅲ』（昭和63年刊・1988、講談社）、佐藤悟『ラヴィッツ・コレクション　日本の絵本』（平成６年刊・1994、平木浮世絵美術館）の『鳥山彦』解説、中野三敏『和本のすすめ』（平成23年刊・2011、岩波新書）。

５，ＬＩ－００４２　〔百千鳥狂歌合〕

25.5㎝×19.1㎝。２帖15丁（前序＋７丁、後７丁）。喜多川歌麿画。後巴人亭光による寛政８年（1796）序が備わるが、これは『百さへつり』からの転用。江戸、蔦屋重三郎板。

『百千鳥狂歌合』の初版本は、浅野秀剛氏「絵入本の流通と後修本―歌麿の彩色摺絵入狂歌本七種を例に―」によると、寛政２年（1790）か翌年春に刊行され、表紙は黄色地に黄土色で牡丹唐草模様を摺刷したもので、左上に題簽『百千鳥狂歌合　前篇』、『百千鳥狂歌合　後篇』が貼付され、前篇・後篇ともに最初に赤松（奇々羅）金鶏の序、最終丁に広告刊記がある体裁である。この体裁を持つものは大英図書館本や千葉市美術館本等で、Ａ本とされている。

本書の表紙は濃紺地に金泥で小松・霞模様（前篇）と秋草・霞模様（後篇）である。題簽は剥落しており、外題不明。後篇末の広告に「百千鳥狂歌合」とあり、それを書名とする。前篇の表紙裏・一丁表の序文には、寛政八年の年記があり、後巴人亭光（つむりの光）の署名がある。ただし、この序文は寛政八年刊の歳旦狂歌集『百さへつり』（蔦屋重三郎板）のものと同

じである。しかし、本書序文の方には扇巴の朱印及び「楊庵」の墨印はない。本書広告の書名「百千鳥狂歌合」の脇には、「赤松金鶏撰」とある。

そもそも『百千鳥狂歌合』は、歌麿画絵入狂歌本のうち最も有名な虫・貝・鳥の三作即ち『画本虫撰』『潮干のつと』の最後を飾る作品である。前二作の序者はそれぞれ宿屋飯盛、朱楽菅江と、伯楽連、朱楽連の中心人物であったのに対し、『百千鳥狂歌合』の序者は、天明末期から活躍しだした赤松金鶏である。彼が撰者である狂歌絵本は寛政二年頃から蔦屋重三郎から多く出版されており、鈴木俊幸氏は『蔦屋重三郎』で、入銀によって序文執筆、撰者の名誉を得たのであろうとしている。しかしそれは『百千鳥狂歌合』の特異な性格というものではなく、歌麿画絵入狂歌本は全てそれに類似した成立事情を持つ物であったとも指摘する。

『百千鳥狂歌合』の初印初版本は、「絵入本の流通と後修本―歌麿の彩色摺絵入狂歌本七種を例に―」によると、寛政二年（一七九〇）か翌年春に刊行されたものである。初印初版本の表紙は、黄色地に黄土色で牡丹唐草模様を摺刷したもので、左上に題簽『百千鳥狂歌合　前篇』、『百千鳥狂歌合　後篇』が貼付され、前篇・後篇ともに最初に赤松（奇々羅）金鶏の序、最終丁に広告刊記がある体裁である。内容は鳥を詠題にした狂歌合であり、一図に二種類の鳥が描かれ、恋の戯れ歌が二首、十五図で合計三十首が載るものである。この体裁を持つものは大英図書館本や千葉市美術館本、ニューヨーク公立図書館スペンサー・コレクション本等で、浅野氏はこれらのものをＡ本とされている。

『百千鳥狂歌合』の書名については、いくつかの先行研究がある。浅野氏は『秘蔵浮世絵大観３大英博物館Ⅲ』の『百千鳥狂歌合』解説で、「刊年の記載された伝本は報告されていない」とした上で、「鳥・獣・魚を主題にした絵入り狂歌本は、飯盛・歌麿のコンビで天明七年（一七八七）頃から企画されていたらしい」とし、この書らしきものが、吉原細見の巻末、「耕書堂蔵板目録」に現れるのは寛政二年春版からであり、「五十番狂歌合　絵本百《もゝ》囀《さへづり》　寄々羅金鶏撰　諸鳥生うつし　さいしき摺箱入」「五十番狂歌合　同　後篇　右ニ同」とある広告を指摘する。この広告は寛政七年まで続き、寛政八年からは書名のみが「絵本百《もゝ》千鳥《ちとり》」と変化し、その他は同じ広告になる、とある。また寛政七年序刊の『絵本松のしらべ』や『絵本名所江戸桜』付載の広告では、「三十番狂歌合　絵本百千鳥　さいしき箱入　諸鳥生うつし　前後二冊」とあることも指摘する。また、題簽が「百千鳥　前篇」「百千鳥　後篇」とある別本の存在にも触れ、「この題簽を持つものはおおむね後摺品と考えてよいであろう」とする。そして氏は「『百千鳥狂歌合』は『絵本百囀』の仮題で寛政二年春新版として計画され、細見の巻末にも載せたが、内容・題名の変更と若干の延期を余儀なくされ、寛政二年三月か、それから間もない時期に現形態で刊行されたものと推定される」とされた。

鈴木俊幸氏は『蔦重出版書目』の寛政三年に、『百千鳥　前篇』と『百千鳥　後篇』を立項され、「広告に掲載されている「百千鳥狂歌合」は本書のことと看做して間違いなかろう。…今、仮に広告記事の下限をとって寛政三年の刊行としておく。上記記事は東京芸術大学蔵本によったが、本書には「絵本百千鳥」という題簽を貼付したもの（東洋文庫）、「百千鳥狂歌合」という題簽を持つものがある…」としている。

本書の表紙の特徴は、浅野氏が「絵入本の流通と後修本」でＢ本とされた「濃紺地に金泥で小松・霞模様を施した表紙に、「百千鳥　前篇」「百千鳥　後篇」の題簽が左上に貼付されてい

るもの」と類似する。本書は題簽剥落のため、外題は確認できないが、花鳥図の摺刷についても、氏が指摘するＡ本との異動（鷺の輪郭、背景処理、砂子の蒔き方、吹きぼかしの使用のぐあい）を示している。以下、本書の花鳥図について概説する。

花鳥図の順は、Ａ本とは異なる（カッコ内にＡ本の順を示す）。前篇①鴨《かも》・翡翠《かわせみ》（14）②鶉《うずら》・雲雀《ひばり》（１）③鶏・頬白《ほおじろ》（８）④鷹・百舌《もず》（15）⑤ゑなが・めじろ（５）⑥鵜《う》・鷺《さぎ》（10）⑦燕・雉子（３）後篇⑧まめまわし・木つつき（４）⑨山鳥・鶺鴒《せきれい》（６）⑩むら雀・鳩（12）⑪かし鳥・鴟鴞《ふくろう》（13）⑫鷦鷯《みそさざい》・鴫《しぎ》（７）⑬山雀《やまがら》・鶯（２）となり、「四十雀・こまどり」の図はない。また、色調もかなり異なっている。例えば「燕・雉子」の背景の拭きぼかしが消え、「まめまわし・木つつき」の背景が鼠潰しとなり、松葉の周りを摺り残している。「ゑなが・めじろ」は背景が淡い青となり、ゑながの色が単色に、めじろの腹部が赤くなっている。「鷦鷯《みそさざい》・鴫《しぎ》」では、山吹の花の黄色が摺られず、「鶏・頬白《ほおじろ》」では、朝顔の花の配色が鼠色と桃色で違和感がある。「鵜・鷺」では、鷺に胡粉が使用されず、空摺りではなく輪郭が描かれている。「むら雀・鳩」では鳩の頭部が鼠色で雲母が用いられている。Ａ本と比較すると、全体的に透明感がなくなり、ややきつい配色になっている。きめだし、空摺り、拭きぼかしの省略の傾向も見られる。

本書の序文は、先述したように寛政八年刊の歳旦狂歌集『百さへつり』と同じである。『百さへつり』の大英図書館蔵本、京都大学図書館蔵本、国文学研究資料館蔵本にはこの序文が見られ、『百千鳥狂歌合』の他の後修本には、この序文が見られないことから、本書の序文は『百さへつり』序文を転用したものと判断される。ただし『百さへつり』序文に見られる扇巴の朱印は、本書にはない。この扇巴の朱印は、寛政五年に蔦重の依頼によって、四方赤良から頭光に与えられたものであり、寛政八年には、頭光の序文には押されていて然るべきものである。扇巴印のない頭光の序文を持つ本書は、おそらくは寛政八年よりもかなり下った時期に作られたものではないかと思われる。

浅野氏が『秘蔵浮世絵大観３大英博物館Ⅲ』解説で『百千鳥狂歌合』に関して述べていることと、大きく変わる指摘はないが、『百千鳥狂歌合』と看做される本の広告については、天明七年刊『古今狂歌袋』の蔦屋蔵版目録に「同（近刻）　絵本百千鳥　北尾重政　全三冊」とあり、天明八年刊『画本虫撰』の蔵版目録にも同じものが見られる。つまり天明七年から計画され、その時点では画工は北尾重政で三冊本が予定されていた可能性がある。

寛政二年新版から使用されはじめたと鈴木俊幸氏が指摘する（『蔦屋重三郎』）「耕書堂蔵板絵本目録」には、「十五番狂歌合　絵本百囀　寄々羅金鶏撰　諸鳥生うつし　さいしき摺箱入一冊　喜多川歌麿画」「十五番狂歌合　同後編　右ニ同」とある。具体的には寛政二年正月刊『絵本吾妻遊』（蓬左文庫蔵）の「耕書堂蔵板絵本目録」にその書名と広告は記載される。そして、寛政七年刊の『絵本松のしらべ』や『絵本名所江戸桜』付載の広告では、先述したように「三十番狂歌合　絵本百千鳥　さいしき箱入　諸鳥生うつし　前後二冊」へと変化した。

つまり浅野氏解説と異なる点は、寛政二年新版から使用されはじめた「耕書堂蔵板絵本目録」に、「十五番狂歌合　絵本百囀　寄々羅金鶏撰　諸鳥生うつし　さいしき摺箱入一冊　喜多川歌麿画」「十五番狂歌合　同後編　右ニ同」とあり、書名が異なるが、『百千鳥狂歌合』のほぼ実態を反映させた広告が記されていたことを指摘した点となろう。

【参考文献】浅野秀剛『秘蔵浮世絵大観３大英博物館Ⅲ』（昭和63年・1988・刊、講談社）『百千鳥狂歌合』解説、鈴木俊幸『蔦屋重三郎』平成10年・1998・刊・若草書房、平成24年・2012、平凡社ライブラリー版として再刊）、同『蔦重出版書目』（平成10年刊、日本書誌学大系77、青裳堂）、浅野秀剛「絵入本の流通と後修本―歌麿の彩色摺絵入狂歌本七種を例に―」（『国文学　解釈と鑑賞』931、平成20年・2008・12月号、至文堂）、小林ふみ子『天明狂歌研究』（平成21年・2009・汲古書院）。

６，ＬＩ－００４３／４４　画本虫撰

LI-0043／26.8㎝×18.3㎝。２冊19丁（上10丁、下９丁）。宿屋飯盛撰、喜多川歌麿画。天明８年（1788）刊。江戸、蔦屋重三郎板。

LI-0044／26.6㎝×18.1㎝。１冊18丁。宿屋飯盛撰、喜多川歌麿画。天明８年（1788）刊後印。江戸、蔦屋重三郎板。

２種類の『画本虫撰』があり、どちらもごく早い時期の貴重本である。特にLI-0043は最も早期の上質な伝本である。『画本虫撰』諸版の書誌的特徴については、早くは鈴木重三氏「日本古典文学会蔵　画本虫撰　解題」（昭和50年・1975）によるものなどがあるが、最もそれらを集約して記されている浅野秀剛氏「絵入本の流通と後修本―歌麿の彩色摺絵入狂歌本七種を例に―」に従って考察する。

天明８年初印本の特徴は表紙にあり、「黄色地に茶色で桔梗七宝模様」の二冊本がそれである。LI-0043本がその特徴を持つ。しかも、題簽は普通は薄紅地色に紅で唐草模様を摺刷したものであるのだが、ごく早期かつ上質の伝本では、題簽の唐草模様が白雲母で摺刷されているものがあるとされる。LI-0043本の題簽は白雲母唐草模様のごく上質な伝本であることがわかる。さらに初印本の特徴として、下巻第六図「蚓　こうろぎ」のユキノシタの蔓の草色の線の輪郭があり、花は全て空摺となること（鈴木重三氏前出解題にも触れられる）、上巻第三図「けら　はさみむし」のバラの花の輪郭内の色板がないことが挙げられている（Aa本と分類）。LI-0043本は、これらの特徴を全て備えている。

Aa本と同じ表紙でありながら、下巻第六図のユキノシタの蔓の草色の緑の輪郭が削除され、最も突き出た蔓の先端の花が実線となっているもの（鈴木重三氏前出解題にも触れられる）をAb本とする。Ab本の上巻第三図にはバラの花に紅の色板が加わる。LI-0044本は、Ab本の特徴を全て備えている。

「絵入本の流通と後修本」には、『画本虫撰』の多くの後修本が記される。表紙を替えて、鳥山石燕の跋文を最初に綴じ直したＢ本、濃紺表紙二冊本で石燕の跋文が削除されたＣ本、文政６年（1823）に西村屋与八に版が移り、下巻に極彩色摺りの扉が付され、刊記に「原刻　蔦屋重三郎」「補正　西村屋与八」とあるＤ本などである。Ｂ本、Ｃ本は寛政期から、Ｄ本が刊行される文政８年までに出された後修本である。

諸図録に記載される『画本虫撰』（大英博物館蔵JH152、千葉市美術館蔵『歌麿の風流』所載本、チェスター・ビーティー・ライブラリー蔵『絵巻絵本解題目録』所載本は「けら　はさみむし」の丁のみ確認）はAa本である場合が多く、LI-0044本のようなAb本を見ることはむ

しろ珍しい。

国文研蔵本は２冊で、表紙が「黄色地に茶色で桔梗七宝模様」であり、題簽はごく一部しか残存していないが、薄紅地色に紅で唐草模様を摺刷したもので、「画本〇〇」「〇〇ゑらみ下」との外題が辛うじて読める。上巻第三図「けら　はさみむし」のバラの花の輪郭内の色板がない。下巻第六図「蚓　こうろぎ」のユキノシタの蔓の草色の線の輪郭があり、花は全て空摺になっている。これらの特徴から国文研蔵本はAa本と思われるが、鳥山石燕の跋文が下巻の最初の丁に置かれており、何らかの後修が施された可能性もある。

なお、鈴木重三氏は「日本古典文学会蔵　画本虫撰　解題」で、既に指摘されていた『画本虫撰』が室町時代末の『四しやうの歌合』の系譜上にあることに加えて、『画本虫撰』が寛永頃（1624-43）に稚拙素朴な挿絵を伴った木活字版本で流布した『四しやうの歌合』のうちの『むしの歌合』の形式を模したもので、狂歌文芸としての『画本虫撰』が構成や形式を『むしの歌合』に広くかつ深く倣っていることに触れている。また、歌麿の師である鳥山石燕の『鳥山彦』に類似する画調のものが存在することや、勝間龍水画『絵本山幸《やまのさち》』（明和２年刊・1765）からの影響が看取されることについても言及している。

【参考文献】鈴木重三「日本古典文学会蔵　画本虫撰　解題」（昭和50年・1975、後に「歌麿絵本の分析的考察」昭和54年刊・1979・『絵本と浮世絵』所収）、チェスター・ビーティー・ライブラリー蔵『絵巻絵本解題目録』（平成14年刊・2002、勉誠出版）、浅野秀剛「絵入本の流通と後修本―歌麿の彩色摺絵入狂歌本七種を例に―」。

7，ＬＩ－００４５，００４６　潮干のつと

LI-0045／27.3㎝×19.2㎝。１帖９丁。喜多川歌麿画。寛政１年（1789）刊。
江戸、蔦屋重三郎板。

LI-0046／27.1㎝×19.0㎝。１帖10丁。喜多川歌麿画。寛政１年（1789）刊。
江戸、蔦屋重三郎板。

２種類の『潮干のつと』が蔵され、どちらもごく早い時期の貴重本である。特にLI-0045は最も早期の上質な伝本と思われる。『潮干のつと』諸版の書誌的特徴については、浅野秀剛氏『喜多川歌麿展』図録解説や「絵入本の流通と後修本―歌麿の彩色摺絵入狂歌本七種を例に―」等に従って考察する。

『潮干のつと』の初印本中、最も早い摺刷と思われるもの（Aa本）は、表紙が濃紺地に金銀泥で波に千鳥・霞模様であり、左上に「潮干のつと」の題簽を持つ10丁本とされる。LI-0045本は、表紙は濃紺地ながら金銀泥で草花と霞模様である。原題簽で左上に「潮干のつと」とある。序文は欠落する。貝図上部には波模様が入らず、背景の色はごく薄く、緑色が黄変したかのように見えるが判別は難しい。貝合わせ図中の屏風の下部の雲形に切箔を貼付し、その上部に砂子を蒔いている。これはAa本とされる国立国会図書館蔵本の屏風図との類似が認められるため、LI-0045本はAa本と判断される。ちなみに国立国会図書館蔵本の表紙も濃紺地に金銀泥で草花と霞模様である。Aa本はその他プルヴェラー・コレクション本、太田記念美術館本、洛東遺芳館本とされる。

LI-0046本は、表紙が濃紺地に金銀泥で波に千鳥・霞模様であり、左上に題簽剥落の痕跡を持つ10丁本である。貝合わせ図中の屛風の下部雲形とその上部の切箔・砂子部分が銅系の色料による版へと変更したものか（Ab 本）と思われる。この Ab 本が諸図録には最も多く見られる。浅野氏が指摘した、ベレス・コレクション本（『秘蔵浮世絵大観　ベレス・コレクション』）、I. ゴールドマン氏蔵本（『喜多川歌麿展』図録）、千葉市美術館本（『歌麿の風流』）の他に、NYPL スペンサーコレクション本（“EHON THE ARTIST AND THE BOOK IN JAPAN” ROGER S. KEYS 2006）も同様の特徴を備える Ab 本と判断される。浅野氏は Ab 本の時代が数年から十数年あったのではないかとする。ただし LI-0046本は、これらの Ab 本諸本と比較して、雲形部分の色が金色に近いようにも思われ、表紙の特徴からも、これが Aa 本である可能性もある。つまり異なる特徴を持つ Aa 本が２種類蔵されていることになる。

大英博物館ヒリアーコレクション本（『秘蔵浮世絵大観　大英博物館Ⅲ』）はＢ本とされ、貝図の上部に紫色の波形が加えられ、貝合図の屛風の横の明かり障子に手ぬぐいの影が加わり、明かり障子下部の木目及び左側板戸の木目が空摺りから色摺りへ変わる、と指摘される。貝合図の屛風、雲形の上の砂子散らしが削除されるのは、それ以前の段階の Ac 本から、とされている。

国文研本は、表紙は濃紺地ながら金銀泥で草花と霞模様である。原題簽で左上に「潮干のつと」とある。３図めに当たる海藻と馬場金埒の「にしき貝」狂歌に始まる丁が欠落する。貝図上部には波模様が入らず、背景の色はごく薄い茶色と思われる。貝合わせ図中の屛風の下部雲形がかなり擦れているが金泥と思われ、その上部に切箔・砂子を蒔いている版であるので、Aa 本と思われる。

【参考文献】浅野秀剛『秘蔵浮世絵大観　大英博物館Ⅲ』（昭和63年刊・1988）「潮干のつと」解説、同『秘蔵浮世絵大観　ベレス・コレクション』平成３年刊・1991、講談社）、同『喜多川歌麿展』図録解説（平成７年・1995）、同『歌麿の風流』（平成18年刊・2006、小学館）、ROGER S. KEYS “EHON THE ARTIST AND THE BOOK IN JAPAN” 2006、浅野秀剛「絵入本の流通と後修本―歌麿の彩色摺絵入狂歌本七種を例に―」。

８，ＬＩ－００５０　絵本松のしらべ

24.6㎝×16.9㎝。１冊13丁。勝川春章画。寛政７年（1795）刊。江戸、蔦屋重三郎板。

浅野秀剛氏によると、本書は箏の組曲の詞章の下に、それに因む図を描いた絵本であり、安永２，３年（1773,74）頃に出された勝川春章画の小判錦絵（16図が確認されている）の内の、女性の頭部のいくつかを入れ木によって改刻し、色版の一部を変え、四周単辺の匡郭を設けて、寛政７年（1795）正月に絵本として刊行したものである。

先行研究により初版初印本とされる大英博物館本は、表紙は薄鼠藍色、題簽に「絵本松のしらべ　完」とある１冊13丁の作品で、裏表紙見返しに蔦屋重三郎の広告がある。キオッソーネ本は後表紙で、手擦れの跡や破れが多く、裏表紙見返しの広告も半分ほどしか残らないが、武野樵夫による序、蔦屋重三郎の広告もある初版本である。

なお、本書の複雑な成立事情については、先行研究に詳述されているが、勝川春章が小判錦

絵「松のしらべ」（仮題）を描くに際して依拠したのが、元禄７年（1694）10月跋の『松月鈔』（吉田邑琴編、京都・馬場吉右衛門版）、宝暦４年（1754）刊同５年序 の『撫《ぶ》箏《そう》雅《が》譜《ふ》集』ではないかと指摘されている。小判錦絵「松のしらべ」の揃い物は16図しか確認されていないが、恐らく『絵本松のしらべ』にある24図全てが、小判錦絵として刊行されたであろうと推測されている。そして『松月鈔』の14図の挿絵の内４図が『絵本松のしらべ』の図（へ⃝・わ⃝・か⃝・ら⃝）と類似しており、春章は小判錦絵を描くに際して『松月鈔』挿絵を参照し、他の図は、『松月鈔』上部の注を参考にしたと指摘されている。

ここに『絵本松のしらべ』の図に類似した挿絵を持つ、もう一つの箏曲詞章注釈書である『琴曲抄』（元禄７年９月刊）を指摘する。『絵本松のしらべ』の５図（ろ⃝・る⃝・か⃝・よ⃝・む⃝）は『琴曲抄』挿絵に類似が看取され、特にろ⃝・よ⃝の図は酷似する。また、『松月鈔』・『琴曲抄』ともに表七組の「太平」までが同じ順で『絵本松のしらべ』に描かれているのだが、『松月鈔』・『琴曲抄』の注釈が異なる曲がある。その場合『絵本松のしらべ』は『琴曲抄』の注釈に沿った作画をしている（れ⃝の図、『源氏物語』「夕顔」を踏まえること。な⃝の図、忍ぶ恋の歌とし、『源氏物語』紫の上との関係性を否定すること）。更に『松月鈔』・『琴曲抄』の詞章が若干異なる曲か⃝では、『絵本松のしらべ』は、『琴曲抄』と同じ「須磨の浦の浪枕」とし、『松月鈔』「須磨の浦わを浪枕」とはしない。これらのことから、春章は安永期に小判錦絵を制作する際に、『松月鈔』・『琴曲抄』ともに参照したと思われる。なお、ろ⃝図は『撫《ぶ》箏《そう》雅《が》譜《ふ》集』目録の前にある図とも類似している。

国文研本は、表紙は薄鼠藍色、題簽に「絵本松のしらべ　完」とある１冊13丁の作品で、武野樵夫による序、裏表紙見返しに蔦屋重三郎の広告がある初版本である。

【参考文献】浅野秀剛『絵本松のしらべ』解説（『秘蔵浮世絵大観３　大英博物館Ⅲ』、講談社、1987年）、同『絵本松のしらべ』解説（『チェスター・ビーティー・ライブラリィ絵巻絵本解題目録』勉誠出版、2002年）、同「錦絵が絵本になる時」（『詩歌とイメージ　江戸の版本・一枚摺にみる夢』勉誠出版、2013年）、山下則子「『絵本松のしらべ』の素材をめぐって―絵入り本の書誌・出版・解釈の総合的研究―」（『文芸研究』第126号所収、明治大学文学部紀要、2015年３月）。

キオッソーネ東洋美術館日本古典籍目録

凡例

1，この目録は、キオッソーネ東洋美術館所蔵の日本古典籍を、整理番号順に配列したものである。所蔵者キオッソーネ東洋美術館の住所は下記の通りである。

Museo d'Arte Orientale Edoardo Chiossone
Villetta Di Negro
Piazzale Giuseppe Mazzini 4
16122 Genova
ITALIA

2，各項目の構成は、整理番号、書名（title)、刊本写本の別（print/manuscript)、著者・画工（author/illustrator)、冊数（volume)、寸法（height/width)、紙数（bound pages)、刊年（publishing date)、刊行地・版元（location/publisher)、存欠状況（volumes extant)、備考（notes）の順に、その書誌を日本語と英語で記した。

書名は原則として外題もしくは内題によった。原本から判明しなかった書名は〔　〕を付して仮題を記した。著者名・画工名は、原本通りを原則としたが、姓号などを適宜補った場合もある。刊年が明記されていないものについては、「江戸後期」などの刊行年代推測を付した。明らかな後印本は、その旨を記した。

3，全ての表記は現行字体を用いた。角書きで小字２行割りのものは、〈画本／狂歌〉のように〈　〉に入れて、別れる箇所に／を入れた。

備考欄にあるCASATI目録とは、キオッソーネの遺言執行人であり、東京イタリア大使館の通訳であったルイージ・カザーティが、キオッソーネの死後、1899年にジェノバに向けて収集品等を送付した時に付した簡単な目録である。また、コーニッキー目録とは、国文学研究資料館HPで公開中の、ピーター・コーニッキー教授による「コーニッキー・欧州所在日本古書総合目録DB」のことである。

4，キオッソーネ東洋美術館所蔵日本古典籍の調査と目録の作成は、永年にわたるもので、複数の研究者が調査に参加し、多くの方に目録の打ち込みを手伝っていただいた。そのため、本目録では、表記や記述の方式に統一が取り切れていない部分が残ってしまった。

破損や虫損・難読で読み得なかった文字を、□□や■■や〓〓で記した。また、パソコンに登録されていない特殊な漢字を〓で示し、〓の後に「氵＋妙」のように字体を指示した場合もある。長音記号も統一された表記となっていない。

5，本稿には、JSPS科学研究費補助金による基盤研究（A）「在欧日本古典籍の所在および伝来に関する調査と研究」（平成11〜12年度、研究代表者　岡雅彦、課題番号　11691044）、基盤研究（A）「在欧日本古典籍に関する日仏伊共同学術調査—19世紀以降の和書移動とヨーロッパ東洋学との連関を含めて—」（平成15〜18年度、研究代表者　松野陽一・谷川恵一、課題番号15251003）、基盤研究（B）「文学・芸能・絵画をめぐる近世的表現様式と知の交流」（平成21〜25年度、研究代表者　山下則子、課題番号21320053）、基盤研究（B）「在外絵入り本を中心とする書誌・出版・解釈の総合的研究」（平成26〜30年度、研究代表者　山下則子、課題番号26300020）の成果の一部を取り入れている。

This work was supported by JSPS KAKENHI Grant Number 11691044, 15251003, 21320053, 26300020.

6，本調査と整理・校正に関わった方々は次の通りである。所属と職名は、各自が作業に関わった当時のものを記す。

【調査】　鈴木淳国文学研究資料館教授（1999）、谷川恵一国文学研究資料館教授（2001）、山下則子国文学研究資料館教授（1999, 2000, 2001, 2003, 2004, 2006, 2007, 2010）、ロバート・キャンベル東京大学教授（1999, 2000, 2003, 2004, 2006, 2007, 2010）、和田恭幸国文学研究資料館助手（1999,2000,2001）、ラウラ・モレッティヴェネチア大学非常勤講師（通訳・補助2003, 2004）。

【目録作成】　中島次郎総合研究大学院大学院生（データ打ち込み、書誌的事項調査）、丹羽みさと国文学研究資料館リサーチアシスタント（データ打ち込み、書誌的事項調査）、屋代純子総合研究大学院大学院生（データ打ち込み、書誌的事項調査）、武井協三国文学研究資料館名誉教授（目録校正）、山下則子国文学研究資料館教授（データ打ち込み、書誌的事項調査、目録校正）。

本稿を成すにあたり、目録公開をご許可下さったキオッソーネ東洋美術館 Director Donatella Failla 氏に深謝申し上げます。目録公開のため、仲介の労をとっていただいた鷺山郁子フィレンツェ大学教授に心より御礼申し上げます。

Ringrazio profondamente la Dott. ssa Donatella Failla, Direttrice del Museo d'Arte Orientale Edoardo Chiossone, che ci ha consentito la pubblicazione del presente catalogo. Ringrazio sentitamente anche la Prof. ssa Ikuko Sagiyama dell'Università di Firenze, per la sua gentile collaborazione.

目録の各項目は次の順序である。

整理番号　**書名**（title）　刊写（print/manuscript）　著者・画工（author/illustrator）　冊数 volumes　寸法(cm) height/width　紙数 bound pages　刊年 publishing date　刊行地・版元（location/publisher）　存欠状況 volumes extant　備考 notes

LI-0001　**源氏大和絵鏡**　（Genji yamatoekagami）
刊（print）　菱川師宣画（Hishikawa Moronobu）　１冊　22.1×15.1　28丁　貞享２年（1685）　江戸・鱗形屋三左衛門（Edo/Urokogataya Sanzaemon）　全 complete
題簽「源氏絵かゞみ上下」。一部剥落、角書不明。（松平進は「〈新／板〉源氏絵鏡　上（下）」とする）。序題「源氏大和絵鑑」、柱「源氏」。うら表紙見返しに墨書「清岡松之助」「清岡屋かし本」。貸本屋印か、１オ・28ウ「深川／清岡／永代橋」墨印。刊記「貞享二年丑四月吉日／大和画師菱河氏師宣筆／大伝馬町三町目　うろこかたや開板」。序跋有。※ CASATI 目録「GHENGI JAMATOÈ KAGAMI（MODELLI PER L'ILLUSTRATIONE DELCLE FAVOLE DI GHENGI MONOGATARI HISHIKAWA MORONOBU 1685」。松平進『師宣祐信絵本書誌』32。

LI-0002　**京太郎**　（Kyôtarô）
刊（print）　奥村政信画（Okumura Masanobu）　１冊　18.2×13.1　13丁　元禄16年（1703）　江戸・鶴屋喜右衛門（Edo/Tsuruya Kiemon）　全 complete
六段本。丹表紙改装、南畝筆書き題簽「元禄稗史／京太郎／全巻」。『大田南畝全集』に記述なく、青山堂（雁金屋清吉）所蔵本と思われる。内題「（橘紋）京太郎」。柱「京　　一（～十六）」。蔵書印「豊芥（象）」「只誠蔵」。刊記「元禄十六癸未年正月吉日／大伝馬三町目　本問屋喜右衛門板」。※ CASATI 目録「Hishikawa Moronobu 1703 KIOTARO（ROMANZO）」。高橋則子「土佐浄瑠璃六段本『京太郎』」（『演劇研究会会報』41号・平成27年）に写真版・翻刻・解題。

LI-0003　**聖徳太子御伝記**　（Shôtokutaishi godenki）
刊（print）　１冊　17.7×13.1　15丁　元禄年間（1688～1703）　〔江戸・鱗形屋三左衛門〕（〔Edo/Urokogataya Sanzaemon〕）　全 complete
六段本。丹表紙改装、南畝筆書き題簽「元禄稗史／聖徳太子御伝記」。『大田南畝全集』に記述なく、青山堂（雁金屋清吉）所蔵本と思われる。内題「聖徳太子御伝記」。柱「太子　一」。蔵書印「只誠蔵」。刊記「新板」。※ CASATI 目録「HISHIKAWA MORONOBU 1702 BIOGRAFIA DI SHOTOKU TAISHI」。

LI-0004　**姿絵百人一首**　（Sugatae hyakunin isshu）
刊（print）　菱川師宣画（Hishikawa Moronobu）　２冊　21.7×15.5　51丁（①26丁・②25丁）元禄８年（1695）　江戸・木下甚右衛門（Edo/Kinoshita Jinemon）　全 complete
序跋に菱川師宣の遺稿である旨記されているが、松平進『師宣祐信絵本書誌』に収録なし。題簽剥落。序題「姿絵百人一首」。柱「姿絵」、但し巻一、一丁は白。刊記「元禄八暦乙亥四月吉辰／小伝馬三丁目　木下□□（破）衛門板」。菱川氏師宣画として著録（跋文に記述）。誤字訂正、平仮名表記訂正の書入あり。国文学研究資料館蔵版本（タ2-200）の刊記には版元は「木下甚右衛門板」とあり。※ CASATI 目録「HISHIKAWA MORONOBU 1695 SUGATA.E HIATU.NIN ISSHIÙ（I CENTO; POETI」。黒川眞道編『日本風俗圖繪』第二輯（大正３年・日本風俗圖繪刊行會）に複製あり。

LI-0005　**和国諸職絵つくし**　（Wakoku shoshoku ezukushi）
刊（print）　菱川師宣画（Hishikawa Moronobu）　１冊　26.9×18.5　25丁　貞享２年（1685）　江戸（Edo）　下巻存（上巻欠）only Gekan
跋題「諸職絵つくし」。柱「しよく人」。蔵書印、１オ「■■／氏圖／書印」朱文方印。刊記「貞享貳年丑二月吉日／絵師菱河師宣（刷印「菱河」）」。扉字「職工」その上に竜の絵、周囲は牡丹（４点）。14丁目（下二　卅七）表に梅の絵（扉絵）。柱は13丁目まで「しよくにん下一　　二十五（～卅六・なし）」14丁目から「「しよくにん下二

冊七（～四十八）」。※ CASATI 目録「HISHIKAWA MORONOBU 1695 SHOKKÒ（MESTIERI VARI）」。書目「Wakoku Shoshoku E-zukushi」『師宣政信絵本集』に天理図書館本の影印あり。黒川眞道編『日本風俗圖繪』第二輯（大正３年・日本風俗圖繪刊行會）に複製あり。松平進『師宣祐信絵本書誌』31番。国文学研究資料館紙焼C3989・C6052。

LI-0006　**余景作り庭の図**　(Yokei tsukuri niwa no zu)
刊　(print)　菱川師宣画　(Hishikawa Moronobu)　１冊　25.9×18.3　19丁　元禄４年（1691）、後印本〔江戸・鱗形屋三左衛門〕(〔Edo/Urokogataya Sanzaemon〕)　全 complete
書き題簽「餘景作庭図　全」。序題「餘景作り庭の図」、柱「山　　一」。1オ「一△山津伊」朱印。序跋有。刊記「画師　菱河吉兵衛師宣」。延宝８年初版・元禄４年再版。再版本の刊記「（元禄四年／未五月吉日／日本）画師菱川吉兵衛師宣／（大伝馬町三町目鱗形屋開板）」の（　）部分を削除、また画中の全人物を削って埋木で図面を糊塗し、庭園図として徹底したものに改めたもの。※ CASATI 目録「HISHIKAWA MORONOBU PIANI DI GIARDINI」。松平進『師宣祐信絵本書誌』36。

LI-0007　**〔おけさはなし〕**　(〔Okesahanashi〕)
刊　(print)　近藤助五郎清春画　(Kondô Sukegorô Kiyoharu)　１冊　18.2×13.2　10丁　享保頃か（1716～1735）　江戸・伊賀屋勘右衛門　(Edo/Igaya Kanemon)　目次欠 lack Contents
書き題簽「かる口／もみぢ／傘」。赤本形態の江戸版咄本。柱「はなし　　一」。3オ、6ウに「画工近藤助五郎清春筆」と記載あり。２丁以降、焼損あり。蔵書印、表紙見返しに朱文巻物形方印「青山居士／千巻文庫」・朱文長方印「青山堂」・白文方印「■■／酔門」・朱文方印「枇杷／麻呂」、１オに朱文方印「豊芥（象）」。丹表紙改装、南畝筆書き題簽で青山堂（雁金屋清吉）所蔵本。表紙見返しに題簽貼付、中央に「〈新／板〉かる口もみぢ傘」両脇に「どうけうき世はなし／きけんなをしてけら～わらひ」。※高橋則子「キオッソーネ東洋美術館蔵『おけさはなし』について」（「調査研究報告」第21号・平成12年）に写真版・翻刻・解題あり。

LI-0008　**絵本東の森**　(Ehon azuma no mori)
刊　(print)　石川豊信画　(Ishikawa Toyonobu)　２冊　22.2×16.1　20丁（上11丁・下９丁）宝暦２年（1752）　江戸・鱗形屋孫兵衛　(Edo/Urokogataya Magobê)　全 complete
題簽「〈役者三十／六姿〉絵本東の森」。内題「絵本東の森」、ノド「東森　上ノ壱」。蔵書印「好文堂」江戸～東京の貸本屋。下巻９ウに刊記「東都　画図　石川秀葩豊信／彫刻〈古沢藤兵衛／鶴見嘉七〉／宝暦二壬申年正月吉祥日／書林　鱗形屋孫兵衛板」。江戸歌舞伎役者（役者紋付・似顔）の名前と、名前を読み込んだ歌が書かれた役者絵本。（序跋）「宝暦二年さるのまめやかにむつまし月」。

LI-0009　**絵本諸芸錦**　(Ehon shogei no nishiki)
刊　(print)　鈴木春信画　(Suzuki Harunobu)　３冊　22.8×16.2　28丁（上10丁・中９丁・下９丁）宝暦13年（1763）　江戸・山崎金兵衛　(Edo/Yamazaki Kimbê)　全 complete
題簽「絵本諸芸錦」。刊記「画工　鈴木春信筆（墨文方印「春信」）／讃者　浪花禿箒子（墨文瓢印「一酒」）／東都書肆　通本石町十軒店　山崎金兵衛板」。丁付ノド。（序）宝暦癸未臘月／浪華禿帚子識。※ CASATI 目録「SUZUKI HARUNOBU 1765 / EHON SHOGHENO NISHIKI（ART E MESTIERI）」。刊年は藤澤紫編『鈴木春信絵本全集』②によると大英博物館本の刊記に「宝暦癸未臘月大吉祥日」とあり。

LI-0010　**絵本千代松**　(Ehon chiyo no matsu)
刊　(print)　鈴木春信画　(Suzuki Harunobu)　２冊　22.7×15.9　19丁（上10丁・下９丁）　明和４年（1767）　江戸・山崎金兵衛　(Edo/Yamazaki Kimbê)　上巻・下巻存（中巻欠）lack Chûkan
題簽「絵本千代松　上（下）」。刊記「東都 画工 鈴木春信筆（墨文円印「思古人」、白文方印「春信」）／東都 彫刻師　竹内平四郎　高橋蘆川／明和四年丁亥青陽殻旦／東都書林 江戸京橋銀座一町目 山崎金兵衛 梓」。巻上裏表紙見返しに「絵本諸芸錦〈鈴木春信筆／全部三冊出来〉／絵本花葛蘿〈鈴木春信筆／全部三冊出来〉／絵本さゞれ石〈鈴木春信筆／全部三冊

出来〉／絵本千代の松　〈鈴木春信筆／全部□□□□（破損。『絵本全集』影印「三冊」〉／絵本八千代草　〈鈴木春信筆／全部三冊未刻〉」と広告（以下に文章あり、『絵本全集』影印編585頁・研究編447頁参照）あり。丁付ノド。（序）明和よつのとし亥の初春／浪花禿帚子書。※CASATI 目録「SUZUKI HARUNOBU 1767 EHON CI.YO NO MATSU（I DIVERTIMENTI DELLE VARIE STAGIONI)」。藤澤紫編『鈴木春信絵本全集』⑤。

LI-0011　**〔絵本青楼美人合〕**　(〔Ehon yoshiwara bijin awase〕)
刊　(print)　鈴木春信画　(Suzuki Harunobu)　２冊　25.5×17.0　63丁（上34丁・下29丁）明和末～安永初期（1771～1775）　全 complete
LI-0012の後印で墨印。「初さくら」以下３図（白字色刷）は空白のまま。改装。「かよひ路」に始まり、下巻は53丁が乱丁、66丁が落丁。下巻は71丁「うてな」で終了。

LI-0012　**〔絵本青楼美人合〕**　(〔Ehon yoshiwara bijin awase〕)
刊　(print)　笠屋左簾編・鈴木春信画　(Kasaya Saren/Suzuki Harunobu)　１冊　26.4×17.9　86丁　明和７年（1770）　江戸・舟木嘉助他　(Edo/Funaki Kasuke)　全 complete
多色刷。丁付は巻頭から一～八十六で通す。おもて表紙裏に序を貼付。１オが「初さくら」図。１ウ松葉屋わかな。２オ浮ふね、２ウ松島。49オ「落紅葉」図、61オ「しら雪や」図。色は処々焼けている。67ウ「長崎や玉つま」襟足、袖など色板がおちている所やや多し。34オ匡郭上辺右欠損。20オ「玉川」机に座っている大上総屋かかえ玉川が『宋紫石画譜』を見ながら梅の絵を揮毫する図。刊記「剞劂氏　遠藤松五郎／明和七庚寅年六月吉日／江戸書林売所／通油町　丸屋甚八／吉原本屋　小泉忠五郎／駿河町舟木嘉助版（朱文方印、印文未読）」※北斎（菱川宗理）『職人三十六番』（L1-0066、享和３）に「画師」一面、梅図を太夫の横で描いている図あり。柳塘にちかき田中菴のあるじ序。参考：鈴木重三「絵本青楼美人合」（『近世日本風俗絵本集成』第九回配本月報）

LI-0013　**絵本寝覚種**　(Ehon nezamegusa)
刊　(print)　西川祐信画　(Nishikawa Sukenobu)　３巻合１　21.9×15.15　40丁（上13丁・中13丁・下14丁）寛保４年（1744）　京都・菊屋喜兵衛　(Kyoto/Kikuya Kihê)　全 complete
序題「絵本寝覚種」。刊記「花洛画工　文華堂西川自得叟祐信（刷印）／寛保四甲子年正月吉日／京都書林　京寺町通松原下ル町菊屋喜兵衛板」。広告「絵本類書目　京寺町通松原下ル町菊屋喜兵衛」以下63点１丁が続く。丁付ノド。（序）「絵本寝覚種序」、撰者無記名。※ CASATI 目録「NISHIKAWA SUKENOBU 1744 EHON MEZUMÉ GUSÀ（USI E COSTUMI)」。
松平進『師宣祐信絵本書誌』84。

LI-0014　**女風俗玉鏡**　(Onna fûzoku tamakagami)
刊　(print)　江島其磧作、西川祐信画　(Ejima Kiseki Nishikawa Sukenobu)　２冊　22.45×16.05　31丁（上15丁・下16丁）享保17年（1732）、後印本　京都・菊屋喜兵衛　(Kyoto/Kikuya Kihê)　全 complete
題簽「女中風俗玉鑑　上の巻（下の巻)」。内題「女風俗玉鏡〈女中一代絵鑑／風俗躾方品定〉」。下巻本文末「作者　其磧／大和絵師　西川祐信」。下巻15ウに「〈風俗／絵鑑〉絵本玉葛〈西川祐信筆／全部二冊〉／〈当世／模様〉雛形染色の山 当流光林新もやう　全部三冊／〈最明寺殿／百首絵抄〉清水の池 西川祐信筆 全部三冊 濁りなき清水の池は影すみて見るに涼しき鏡なりけり」の広告、刊記「享保十七壬子年正月吉日／書林　京寺町通松原下ル町 菊屋喜兵衛板」。「絵本類書目　菊秀軒」「画本倭比事〈全部十冊／西川祐信〉以下46点「京都書林　寺町通松原下ル町　菊屋喜兵衛板」の広告。丁付ノド。※ CASATI 目録「NISHIKAWA SUKENOBU 1732 / GIOCAN FUZOKÙ TAMA KAGAMI（USI E COSTUMI DI DONNE)」。松平進『師宣祐信絵本書誌』63。下巻15ウの広告『絵本玉かづら』は享保21年刊。松平氏によると初版早稲田大学図書館所蔵本の下巻15ウ「滝川昌楽識 至公訓　〈全部五冊／平仮名〉　出来／〈当世／模様〉雛形染色乃山 当流光琳新もやうほそ染丁字茶入」『清水の池』～。『至公訓』は享保17年刊。本書は上田花月文庫本と同版か。参考：倉員正恵「『女中風俗

玉鏡』の初版と覆刻版をめぐって」(『江戸の絵本』所収・2010年・八木書店)

LI-0015　**絵本千代見草**　(Ehon chiyomigusa)
刊　(print)　西川祐信画　(Nishikawa Sukenobu)
3冊　27.8×18.9　42丁(上15丁・中13丁・下14丁)寛保元年(1741)　大坂・毛利田庄太郎(Osaka/Morita Syôtarô)　全 complete
蔵書印、黒印「本利」とあり。丁付は裏ノドに、「上ノ七」等とあり。上巻は「上ノ一(二)」「上ノ一(～十三終)」。中巻は「中ノ一(～十二)」、「十二」のみ別図ながら丁付は重複。下巻は「下ノ一(～十四終)」。刊記「作者画工京都西川祐信／彫刻氏　大坂藤村善右衛門／同村上源右衛門／元文庚申発行寛保元辛酉三月本出／書林　大坂北御堂前 毛利田庄太郎版」。※松平進『師宣祐信絵本書誌』79。初版刊記には「元文庚申発行同六年辛酉三月本出」とあり。(元文六年二月二十七日改元)。序「元文五年、洛陽文花堂」。

LI-0016　**絵本徒然草**　(Ehon tsurezuregusa)
刊　(print)　西川祐信画　(Nishikawa Sukenobu)
3冊　26.65×18.4　53丁(上18丁・中17丁・下18丁)元文5年(1740)京都・菊屋喜兵衛(Kyoto/Kikuya Kihê)　全 complete
外題、巻一「つれ〳〵くさ一」直書、巻二「つれ〳〵くさ」直書、巻三「つれ〳〵くさ三」書き題簽。柱題「画本徒然草」。序題「絵本徒然草」。刊記「皇都画工　文華堂西川祐信(刷印)／元文五年申正月吉日／彫工　洛陽かい川山本喜兵衛(刷印)／書林京寺町通松原下ル町菊屋喜兵衛版」。広告「絵本類書目　書林京寺町松原下ル町　菊屋喜兵衛／画本倭比事〈全部十冊／西川祐信〉」以下62点あり。(序)元文戊午のとし冬洛陽文花堂書。※CASATI目録「NISHIKAWA MORONOBU 1740 EHON TSUREDZURE GUSÀ (BOZZETTI ILLUSTRATI)」。松平進『師宣祐信絵本書誌』76。

LI-0017　**百人女郎品定**　(Hyakunin jorô shinasadame)
刊　(print)　西川祐信画　(Nishikawa Sukenobu)
2冊　26.5×19.4　60丁(上35丁・下25丁)
享保8年(1723)　京都・八文字屋八左衛門(Kyoto/Hachimonjiya Hachizaemon)　全 complete
墨印、一部手彩色。題簽「百人女郎品定《しなさだめ》〈絵《ゑ》双《ざう》紙《し》／西川筆〉上(□)」。目録題「百人女郎上(下)之巻目録」。全丁の版心の中央に「○」印を刻する。享保8年孟春、八文字自笑序。刊記「享保八年卯正月吉日／京ふや町通せいぐはんじ下ル町　八文字屋八左衛門板」。蔵書印(朱印)「斉東野人蔵本」「石川氏蔵書記」。※松平進『師宣祐信絵本書誌』(54番)によると上37丁・下26丁、初刻本と改刻本あり。複製『近世日本風俗絵本集成』にあり。

LI-0018　**絵本浅香山**　(Ehon asakayama)
刊　(print)　西川祐信画　(Nishikawa Sukenobu)
1冊　26.7×23.2　12丁　元文4年(1739)　京都・菊屋喜兵衛　(Kyoto/Kikuya Kihê)　全 complete
題簽「絵□□香山全」。丁付「一・六・七・九・二・四・五・八・十二・十一・□」。刊記「花洛文華堂西川祐信／元文四年未正月吉日／京都書林 寺町通松原下ル町菊屋喜兵衛版」松平進『師宣祐信絵本書誌』73によると初版(17丁の増補本が流布)。裏表紙見返しに「絵本類書目　菊秀軒／絵本茶話鑑〈全部三冊／西川祐信〉」等の書27書目あり。刊記の下に、「今明治四辛未年迄百三十二歳ナル」と墨書。複製『近世日本風俗絵本集成』にあり。

LI-0019　**絵本玉かづら**　(Ehon tamakazura)
刊　(print)　西川祐信画　(Nishikawa Sukenobu)
3巻合1　22.3×15.7　33丁(上11丁・中11丁・下11丁)享保21年(1736)　京都・菊屋喜兵衛(Kyoto/Kikuya Kihê)　全 complete
題簽「絵本玉かづら上」。刊記「大和絵師 花洛文華堂 西川祐信(刷印「祐信」)／享保廿一年辰正月吉日／彫刻師　石原半兵衛(刷印「有長」)／京都 書林　寺町通松原下ル町菊屋喜兵衛版」。広告「絵本類／菊秀軒／画本倭比事〈全部十冊／西川祐信〉／京都書林　寺町通松原下ル町菊屋喜兵衛板」以下46点。丁付、丁裏ノド。※松平進『師宣祐信絵本書誌』67。太平主人編『西川祐信風俗絵本六種(太平文庫48)』(平成14年・太平書屋)に影印される八木敬一旧蔵本と同版。

LI-0020 〔**女教文章鏡**〕（〔Jokyô bunshô kagami〕）
刊 （print） 林蘭作·書、西川祐信画 （Hayashi Ran・Nishikawa Sukenobu） 1 冊 26.5 × 18.5 61丁 寛保２年（1742） 京都・菊屋喜兵衛 （Kyoto/Kikuya Kihê） 全 complete
墨印。書名は所蔵者整理書名による。刊記「花洛 林氏蘭女艸藁／西川氏祐信図／寛保ふたつのとし梅見月吉日 京都書林 寺町通松原下ル町菊屋喜兵衛板」。松平進『師宣祐信絵本書誌』になし。※小泉吉永『女筆手本解題（日本書誌学大系80）』『往来物解題辞典』によると２巻２冊、享保13年（1728）刊『女万葉稽古さうし』３巻３冊の増補改題本。跋あり。

LI-0021 **絵本常磐草** （Ehon tokiwagusa）
刊 （print） 西川祐信画 （Nishikawa Sukenobu） ３冊 27.6×18.9 52丁（上18丁・中17丁・下17丁）享保16年（1731）大坂・毛利田庄太郎 （Osaka/Morita Syôtarô） 全 complete
題簽「絵本常磐草」。序「洛陽画工文華堂西川祐信書／時享保十五庚戌姑洗日」（「姑洗」は三月）。刊記「作者画工 京都西川祐信／彫刻氏大坂藤村善右衛門 同村上源右衛門／享保庚戌発行同十六年辛亥八月本出／書林 大坂北御堂前 毛利田庄太郎版」。丁付ノド（ウラ）。※黒川眞道編『日本風俗圖繪』第四輯（大正３年・日本風俗圖繪刊行會）に複製。松平進『師宣祐信絵本書誌』62。

LI-0022 〔**もじり**〕 （〔Mojiri〕）
刊 （print） 西川祐信画 （Nishikawa Sukenobu） １冊 22.3×15.6 9丁 宝暦12年（1762） 京都・菊屋喜兵衛 （Kyoto/Kikuya Kihê） 3 ～7, 11～14丁存 only 3-7, 11-14 Page
墨印、一部手彩色。外題「西川祐信画絵本」。柱「もじり　　｜三（～十四）」。刊記「花洛文華堂西川祐信□（摺印）／宝暦十二年午正月吉日 京都書林 寺町通松原下ル町菊屋喜兵衛求板」。うしろ表紙見返しに菊屋喜兵衛の広告あり。

LI-0023 〔**絵本都草紙**〕 （〔Ehon miyakozôshi〕）
刊 （print） 西川祐信画 （Nishikawa Sukenobu） １冊 22.2×15.6 12丁 延享３年（1746） 京都・菊屋喜兵衛 （Kyoto/Kikuya Kihê） 下巻全（上巻・中巻欠） only Gekan
題簽・内題なし。刊記「画図 洛陽文華堂西川自得叟祐信（刷印「祐信」）／延享三年丙寅正月吉日／京都書林 寺町通松原下ル町菊屋喜兵衛版」。広告「絵本類書目／京寺町通松原下ル町菊屋喜兵衛／絵本倭比事」以下63種。丁付ノド（ウラ）「都下ノ一（～十一了）」。広告丁に丁付なし。※ CASATI 目録「NISHIKAWA SUKENOBU 1746」。松平進『師宣祐信絵本書誌』91。

LI-0024 〔**絵本威武貴山・絵本千々武山**〕
（〔Ehon ibukiyama / Ehon chichibuyama〕）
刊 （print） 勝川春章画／北尾重政画 （Katsukawa Syunshô /Kitao Shigemasa） 合１冊 22.0×15.8 51丁（①27丁・②24丁）①安永７年（1778）／〓 ①江戸・山崎金兵衛／（① Edo/Yamazaki Kimbê,）〔絵本威武貴山〕の序第１丁落丁 lack 1Page
墨印。合冊本。①佚題絵本上中下（『絵本威武貴山』）②『絵本千々武弥満』を合冊したもの。①ノド丁付「上ノ一（～九了）」「中ノ一（～九了）」「下ノ一（～九了）」。刊記オモテ「東都画工 旭朗井勝春章（印）／同 彫工 井上道七（印）／（墨格）／安永七年戊戌正月吉旦／武陽書林 本石町三丁目十軒店山崎金兵衛板」。※プルヴェラー旧蔵本３冊、序の「安永戊戌」と刊記の「安永七年戊戌」を削除。②序題「絵本千々武弥満／序」。ノド丁付下六でおわり。無刊記。※参考、ブレアー・近藤著の『キヨソーネ解題図録』347番（P287）。①序末「江湖漫郎姸翁述、安永戊戌春正月」。

LI-0025 〔**三拾六歌仙**〕 （〔Sanjûrokkasen〕）
刊 （print） 勝川春章画 （Katsukawa Syunsyô） １冊 24.4×18.3 38丁 天明９年（1789） 江戸・山崎金兵衛／京都・勝村治右衛門／大坂・渋川与左衛門 （Edo/Yamazaki Kimbê, Kyoto/Katsumura Jihê, Osaka/Sibukawa Yozaemon） 全 complete
多色刷。書き題簽「春章三拾六哥仙」。序に「勝川のなにかし三十六人のかたをゑかきて」とあり。３オに「三十六謌仙撰者／大納言公任卿之像」として藤原公任の像あり。天明８年９月、猨山周之序。

LI-0026 **〔役者夏の富士〕** (〔Yakusha natsu no fuji〕)

刊 (print) 市場通笑作 / 勝川春章画 (Ichiba Tsûsyô / Katsukawa Syunsyô) 1冊 21.4×15.1 22丁 安永9年(1780) 江戸・奥村源六、松村弥兵衛 (Edo/Okumura Genroku, Matsumura Yahê) 全 complete

墨印、薄墨色残。最終丁に初代嵐雛助が描かれるので初版本か。刊記「作　　通笑/画工勝川春章/彫刻森吉五郎/板元奥村源六/仝松村弥兵衛/此外惣座中子役迄追々出し/御覧に入可申候」改刻本あり。安永9年、勝川春章序・通笑序。嗚呼津鴨内跋。

LI-0027 **青楼美人合姿鑑** (Seirô bijin awase sugata kagami)

刊 (print) 北尾重政、勝川春章画 (Kitao Shigemasa, Katsukawa Shunsyô) 3冊 27.6×18.4 63丁 (上22丁・中24丁・下17丁) 安永5年(1776) 江戸・山崎金兵衛、蔦屋重三郎 (Edo/Yamazaki Kimbê, Tsutaya Jyûzaburô) 全 complete

多色刷。所蔵者整理書名「Seirô BijinAwase Sugata Kagami」。蔵書印、朱文方印「河野氏蔵」。題簽剥離痕あり。序「安永五歳丙申正月/書肆耕書堂主人誌」。裏表紙見返しに刊記「浮世絵師〈北尾花藍重政/勝川西爾春章〉/剞劂氏井上進七/安永五歳丙申春正月発靏/江戸書林〈本石町拾軒店山崎金兵衛/新吉原大門口蔦屋重三郎〉同板」。丁付ノド「春一」。上巻13丁は綴じずにバラの状態で折り込む。※鈴木俊幸『蔦重出版書目(日本書誌学大系77)』(平成10年・青裳堂書店)11頁。風俗絵巻図画刊行会叢書(大正5年・吉川弘文館)に複製、「蔦屋重三郎と天明・寛政の浮世絵師たち」図録(昭和60年・太田記念浮世絵美術館)に全図写真紹介。

LI-0028 **〔錦百人一首東織〕** (〔Nishiki hyakunin-isshu azuma ori〕)

刊 (print) 勝川春章画 (Katsukawa Syunsyô) 1冊 28.8×19.8 58丁 安永4年(1775) 江戸・雁金屋義助、植村藤三郎 (Edo/Kariganeya Gisuke, Uemura Tôzaburô) 全 complete

多色刷。丁付ノド表、序「安永三のとしはつ春さやま門人わたなへひろし識。安永二年春待月勝川春なお李林(春章)序」。口絵「一(~三)」、本文「一」「イチ」「二(~五十)」、「一」丁は天智天皇・持統天皇の絵、「イチ」丁は両天皇の和歌、「二」丁人麿以下は歌・絵。和歌の書体は猨山流。裏表紙見返しに刊記「画図/武陽/李林勝川祐助藤春章/彫刻/同/井上新七郎/摺工/山本錦秀/安永四乙未孟春/書林/江都本石町十軒店/植村藤三郎/同小石川伝通院前/雁金屋義助/彩色摺墨摺両品出来」。※岩田秀行「勝川春章画『錦百人一首あづま織』の新出初版本」(「跡見学園女子大学短期大学部図書館報」45・平成18年10月)によると、初版本は雁金屋・植村の相合版、雁金屋義助単独版(猨山流書体へ改訂)、雁金屋義助・清吉版の順である。『江戸出版書目』(割印帳)には①「錦絵百人一首(墨付五十三丁)　全一冊/安永二巳九月/春章画/板元売出　植村藤三郎/同断雁金や儀助」と②「錦百人首東織(墨付五四丁)　全一冊/安永三午十二月/春章/板元売出　雁金や儀助」が見えるが、その刊記を有する本は両者とも未確認とされる。

LI-0029 **絵本舞台扇** (Ehon butai ôgi)

刊 (print) 勝川春章、一筆斎文調画 (Katsukawa Syunsyô, Ippitsusai Buncyô) 3冊 26.2×18.2 64.5丁(天23.5丁・地20丁・人21丁)明和7年(1770) 江戸・雁金屋伊兵衛 (Edo/Kariganeya Ihê) 全 complete

多色刷。所蔵者整理書名「Butai Oogi」。題簽「絵本舞台扇」(下巻は書題簽)。役者絵本・絵俳書。最終丁裏に刊記「明和七庚寅年孟春/東武/彫工　神田紺屋町　遠藤松五郎/書肆　小石川伝通院前　雁金屋伊兵衛」。色の保存状態極めて良好。まれに無彩部分に白い玉状の彩色(カビか)あり。序「摂陽西鶴孫東鶴」。序「寅むつみ月　壮在轉」(刷印「艸明亭」) 仲祇徳(刷印「橘華街」)。跋「礫川散人普通観菊堂」。

LI-0030 **〔錦百人一首東織〕** (〔Nishiki hyakunin-isshu azuma ori〕)

刊 (print) 勝川春章画 (Katsukawa Syunsyô) 1冊 28.4×19.5 58丁 安永4年(1775) 江戸・雁金屋義助 (Edo/Kariganeya Gisuke) 全 complete

百人一首絵本。版本(綴じあとあり)を折本体裁に直したもの。わたなべひろし序「安永三の

としはつ春さやま門人わたなへひろし識」の次に口絵、続いて春章序、「1」丁「一（～五十）」丁の順。最終丁に「画図／武陽／李林勝川祐助藤春章／彫刻／同／井上新七郎／安永四乙未孟春／書林／同小石川伝通院前／雁金屋義助／彩色摺墨摺両品出来」。丁付はノドにあり。

LI-0031　**吾嬬曲狂歌文庫**　(Azumaburi kyôka bunko)
刊　(print)　石川雅望編、北尾政演画　(Ishikawa Masamochi, Kitao Masanobu)　1冊　26.6×18.0　53丁 天明6年（1786）　江戸・蔦屋重三郎　(Edo/ Tsutaya Jyûzaburô)　全 complete
多色刷。題簽「〈□□□鐫／五□□□首〉吾嬬□□□文庫」。扉題字「吾嬬曲狂哥五十八〓〓」。角書きは「天明新鐫/五十人一首」。刊記の前に広告あり「古今狂歌袋」ほか全10点。刊記「書肆 東都本町筋北エ八町目通油町蔦屋重三郎梓」。蔵書印（白文方印）「和田蔵書」、（朱文円印）「和龍」（朱文方印）「長信／雪枝／和龍」。※鈴木俊幸『蔦重出版書目』93頁。宿屋飯盛序。

LI-0032　**〔絵本高麗嶽〕**　(〔Ehon komagatake〕)
刊　(print)　南仙笑楚満人撰、北尾重政画　(Nansenshô Somahito, Kitao Shigemasa)　合2冊　21.7×15.4　25丁（上13丁・下12丁）享和2年（1802）　江戸・西村宗七　(Edo/Nishimura Sôshichi)　全 complete
書き題簽「和漢名馬鑑」。丁付はノドに有。上冊、「上ノ二」（序）、「上ノ一」（本文始「ハ韻」）～「上ノ八」、「中ノ一」（群馬図、前丁ウから見開きで続く）、「～四」。下冊、「中ノ五」、（～八）、「下之一」（群馬図、上冊に同じく見開き）、「～八」（奥付は八丁ウ）。刊記「撰者　南仙笑楚萬人／画図　北尾重政／享和二年壬戌正月吉日／東都書林 本石町三丁目十軒店層山堂西村宗七板」。享和2年春、五郎作撰、敬義（中井）書序文。

LI-0033　**絵本武者鞋**　(Ehon musha waraji)
刊　(print)　北尾重政画　(Kitao Shigemasa)　2冊　25.6×17.8　12丁（上5丁・下7丁）天明7年（1787）　江戸・蔦屋重三郎　(Edo/Tsutaya Jyûzaburô)　全 complete
多色刷。武者尽もの。序題「絵本武者草鞋」。蔵書印あり。丁未の春、宿屋飯盛序。

LI-0034　**〈抛／入〉手毎の清水**　(Nageire Tegoto no shimizu)
刊　(print)　北尾重政画　(Kitao Shigemasa)　1冊　13.7×18.8　38丁 安永3年（1774）　江戸・蔦屋重三郎　(Edo/Tsutaya Jyûzaburô)　全 complete
墨印。題簽「〈抛／入〉手毎の清水　全」。刊記「安永三甲午歳七月吉日／画工　北尾重政／彫工　元岩井町古沢藤兵衛／書肆　新吉原五十軒蔦屋重三郎」。※鈴木俊幸『蔦重出版書目（日本書誌学大系77）』安永六年条14頁『手毎の清水』に「投入図は安永三年刊『一目千本』のものを、遊女名・発句等を削ってそのまま流用したもの」とあり。但し本書の刊記は安永三年条7頁『一目千本』（『洒落本大成』第六巻）に合致する。彫工・古沢藤兵衛。清水景澄自選和歌（76首）識語。

LI-0035　**絵本琵琶湖**　(Ehon biwa no umi)
刊　(print)　北尾紅翠斎〔重政〕画　(Kitao Kôsuisai)　3冊　22.4×16.0　31丁（上11丁・中10丁・下10丁）天明8年（1788）　江戸・西村源六　(Edo/Nishimura Genroku)　全 complete
題簽「絵本琵琶湖」。刊記「画図　東都〓〓領艮渓樵父／北尾紅翠斎／天明八載戊申正月吉旦／書林／京堀河通錦小路上ル 西村市郎右衛門／大坂心斎橋順慶町 柏原屋清右衛門／江戸本町十軒店 西村源六板」。上巻11丁（最終丁）ウ・中巻10丁（最終丁）ウに三世雪中菴発句、中巻扉・下巻扉に蓼太発句あり。天明8年1月、雪中庵完来序。

LI-0036　**絵本龍之都**　(Ehon tatsu no miyako)
刊　(print)　北尾紅翠斎〔重政〕画　(Kitao Kôsuisai)　1冊　21.0×15.3　15丁 明治後印（1868～）　江戸・小田原屋弥七　(Edo/Odawaraya Yashichi)
全 complete
外題「絵本竜廼都」。内題「絵本龍之都」。近代改装、扉となっている半丁はもと袋から切り取ったものか。刊記「大橋堂梓」。うしろ表紙見返しに広告、「家伝〈はう／さう〉胎毒下シ薬〈一服／価百銅〉／（広告文）／濃州表佐

飯沼中書先生製／江戸浅草仁王門前／取次所ゑ双紙見世ニて大橋堂弥七」。蔵書印「稲田」「〓頓」。

LI-0037 **新美人合自筆鏡** (Shin bijin awase jihitsu kagami)
刊 (print) 北尾政演画 (Kitao Masanobu)
1冊 37.1×25.4 7丁 天明4年(1784)江戸・蔦屋重三郎 (Edo/Tsutaya Jyûzaburô) 前編存 only Zenpen
多色刷。題簽「〈吉原／傾城〉新美人合自筆鏡」。所蔵者整理書名「Sein Bijin Awase Gishtyu」。序「天明四のとし辰初春／四方山人書(印「巴扇」)」。跋「先に北尾重政勝川春章互に筆を下して往々美人の容貌を戦しむ今又北尾政演再ひ毛延寿に倣て花柳の名妓を画く……加之かたはらに佳人の真蹟をもつて題す……／朱楽舘主人題／画工 北尾葎斎政演／書林 江戸通油町南側 耕書堂蔦屋重三郎梓」。※鈴木俊幸『蔦重出版書目(日本書誌学大系77)』(平成10年・青裳堂書店)65頁「「青楼名君自筆集」の題で天明三年に摺り出された大判二枚続きの錦絵のシリーズを折帖仕立にして売出したもの。後印本は図中の板元商標より「大門口」の文字を削除する」が、本書は「大門口」の文字あり、初印本。

LI-0038 **絵本都の錦** (Ehon miyako no nishiki)
刊 (print) 北尾政美画 (Kitao Masayoshi)
1冊 30.6×22.1 7丁 天明7年(1787) 江戸・長島利助、前川六左衛門、京都・吉野屋為八 (Edo/Nagashima Risuke, Maekawa Rokuzaemon, Kyoto/Yoshinoya Ihachi) 全 complete
題簽「〈京都／名所〉絵本都の錦」。序題「絵本《ゑほん》花洛錦《みやこのにしき》」。序文・奥付とも青刷で退色。本文の状態はよいが、プルヴェラー旧蔵本よりは退色。「金閣寺」図屋根のみ茶色、そのほかは辛(からし)色に雲母引き。広告は「源氏百人一首錦織」「会本宝能縷」「絵本花洛の錦」の3点。刊記「天明七年丁未春正月／京都書林 京極五条橋上ル 吉野屋為八／東都書林 日本橋南三町目 前川六左衛門／同所南油町長島利助／梓行」。序「天明七年、月池隠士万象亭」。

LI-0039 **〔鳥山彦〕** (〔Toriyamabiko〕)
刊 (print) 鳥山石燕画 (Toriyama Sekien)
2冊合1 29.7×21.7 29丁 安永2年(1773) 江戸・若林清兵衛、花屋久次郎 (Edo/Wakabayashi Seibê, Hanaya Kyûjirô) 全 complete
多色刷。内題「石燕画譜」。上巻扉題字(沢田)東江(※現状では表紙見返し)。下巻東江題字、「〓〓〓〓(虫損)の詞」。刊記「鳥山石燕豊房／校合〈門／人〉〈子興／石鳥／月沙〉／安永二癸巳春／彫工 緑交堂東英／摺工 霍窗南李／下谷竹町 花屋久次良／書林 馬喰丁二丁目 若林清兵衛／遊狸園兎舟蔵板」。蔵書印、陰刻「大宗斎」・陽刻「元朝気清」・陽刻「起立工商会社図書印」他。安永2年1月林懋虞甫序。安永元年季冬朔、北海入江貞子実序。初版本。参考:浅野秀剛「190～193鳥山彦」解説(『秘蔵浮世絵大観 大英博物館Ⅲ』)。

LI-0040a **画図百器徒然袋** (Gazu hyakki tsurezurebukuro)
刊 (print) 鳥山石燕画 (Toriyama Sekien)
1冊 22.6×16.0 11丁 巻之中存 only Makino Cyû
題簽「〈画図／百器〉徒然袋」。内題「画図百器徒然袋」。薄墨使用。参考:稲田篤信『画図百鬼夜行』解題(国書刊行会・1992年)によると、天明4年刊、文化2年求版。勢州長野屋勘吉

LI-0040b **画図百鬼夜行** (Gazu hyakkiyagyô)
刊 (print) 鳥山石燕画 (Toriyama Sekien)
1冊 22.0×16.0 35丁(上13丁・中12丁・下10丁)文化2年(1805)求版 伊勢・長野屋勘吉 (Ise/Naganoya Kankichi) 全 complete
題簽「〈画／図〉百鬼夜行 前編」。刊記「彫工町田助右衛門／安永五丙申春／文化二乙丑年求板／勢州洞津書林 長野屋勘吉」。薄墨使用。安永4年冬「東都隠士紫陽主人老蠶」序(上巻)、老蠶題字。上巻序、安永6年1月、雪中菴蓼太序。中巻、老蠶題字。下巻、安永4年9月自跋。国会図書館本と同じ。参考:稲田篤信『画図百鬼夜行』解題(国書刊行会・1992年)。

LI-0040c **百鬼夜行拾遺** (Hyakkiyagyô shûi)
刊 (print) 鳥山石燕画 (Toriyama Sekien)
1冊 21.9×15.8 9丁 安永10年(1781)か 江戸・出雲寺和泉掾〔開版〕、遠州屋弥七

(Edo/Izumoji Izuminojyô, Ensyûya Yashichi)　下之巻存 only GenoMaki
内題「百鬼夜行拾遺」。刊記「鳥山石燕豊房画／校合門人〈子興／燕二〉／安永十辛丑春　彫工 井上新七／御書物所　江戸本町二丁目出雲寺和泉掾開版／書林 元飯田町中坂 遠州屋弥七」。薄墨使用。参考：稲田篤信『画図百鬼夜行』解題（国書刊行会・1992年）。

LI-0040d　**今昔画図続百鬼**　(Konjaku gazu zoku hyakki)
刊　(print)　鳥山石燕画　(Toriyama Sekien)
１冊　22.0×16.0　31丁（上９丁・中11丁・下11丁）文化２年（1805）求版　伊勢・長野屋勘吉　(Ise/Naganoya Kankichi)　全 complete
題簽「〈今昔／画図〉続百鬼」。刊記「鳥山石燕豊房画／校合門人〈子興／燕二／燕十〉／安永八己亥春／文化二乙丑年求板／彫工 町田助右衛門／書林 勢州洞津 長野屋勘吉」。薄墨使用。自序あり。参考：稲田篤信『画図百鬼夜行』解題（国書刊行会・1992年）。

LI-0041　**〈青楼／絵本〉年中行事**　(Seirô ehon nenjûgyôji)
刊　(print)　十返舎一九著、喜多川歌麿画　(Jippensha Ikku, Kitagawa Utamaro)　２冊　22.2×15.4　49丁（上27丁・下22丁）享和４年（1804）　江戸・上総屋忠助　(Edo/Kazusaya Cyûsuke)　全 complete
多色刷り。題簽「〈青楼／□本〉年中行事」。表紙見返し「〈青楼／絵本〉年中行事　〈全部／二巻〉」。刊記「江戸絵師 喜多川舎紫屋歌麿筆□（摺印陰刻「歌／麿」）□（摺印陽刻「源／氏」）／校合門人 喜久麿／秀麿／作麿／彫刻　藤一宗／摺工　鶴松堂藤右衛門／享和四歳甲子蒼陽発兌／書房　東武日本橋通四町目上総屋忠助寿桜」。享和４年蒼陽日、千首楼序。一九凡例。別書名「吉原青楼年中行事」。

LI-0042　**〔百千鳥狂歌合〕**　(〔Momochidori kyôka-awase〕)
刊　(print)　喜多川歌麿画　(Kitagawa Utamaro)　２帖　25.5×19.1　14丁（上７丁・下７丁）寛政８年（1796）以降　江戸・蔦屋重三郎　(Edo/Tsutaya Jyûzaburô)　全 complete
多色刷り。表紙は濃紺地に金泥で小松・霞模様、秋草・霞模様。題簽剥落。広告「百千鳥狂歌合」以下４点。刊記「書林 東都常盤橋筋北江八丁目通油町／地本草紙問屋 蔦屋重三郎梓」。上巻の２面（見開き）は新しい台紙に貼ったもの。下巻の最終図〜刊記（２面、見開き）は新しい台紙にはりつけたもの。初版は寛政２年刊。初版の序は「上毛赤松金鶏」とあるが、本書は「寛政八年睦月　後巴人亭光序」ただしこれは歳旦狂歌集『百さへつり』の序を貼付したもの。鳥の順序も初版とは異なる。

LI-0043　**画本虫撰**　(Ehon mushierami)
刊　(print)　宿屋飯盛撰、喜多川歌麿画　(Yadoyano Meshimori, Kitagawa Utamaro)　２冊　26.8×18.3　19丁（上10丁・下９丁）天明８年（1788）　江戸・蔦屋重三郎　(Edo/Tsutaya Jyû-zaburô)　全 complete
多色刷。表紙は黄色地に茶色で桔梗七宝模様。題簽の唐草模様は白雲母で「□□虫撰 上」破損、「画本虫ゑらミ 下」。広告は「〈天明新鐫／百人一首〉古今狂歌袋」から「絵本百千鳥」まで全10点。刊記、下巻８ウ「天明戊申正月 通油町耕書堂 蔦屋重三郎」裏表紙見返し「書肆　東都本町筋北エ八町目通油町 蔦屋重三郎」。(序）宿屋飯盛しるす。（跋）天明七ひつしの冬　鳥山石燕書□（摺印陰刻「鳥山」）□（摺印陽刻「豊房」）。早期の上質の伝本（Aa本）と思われる。参考：浅野秀剛「絵入本の流通と後修本」（『国文学解釈と鑑賞』2008年12月）。

LI-0044　**〔画本虫撰〕**　(〔Ehon mushierami〕)
刊　(print)　宿屋飯盛撰、喜多川歌麿画　(Yadoyano Meshimori, Kitagawa Utamaro)　１冊　26.6×18.1　18丁　天明８年（1788）後印　江戸・蔦屋重三郎　(Edo/Tsutaya Jyûzaburô)　全 complete
多色刷。表紙は黄色地に茶色で桔梗七宝模様。題簽に外題記載なし。挿絵15図、30面。刊記「天明戊申正月 通油町耕書堂蔦屋重三郎」。（序）宿屋飯盛しるす。（跋）天明７年冬、鳥山石燕。早期の後印本（Ab本）と思われる。１冊本だが、石燕の跋文は最終丁にある。

LI-0045　**潮干のつと**　(Shiohi no tsuto)

刊　(print)　喜多川歌麿画　(Kitagawa Utamaro)　1帖　27.3×19.2　9丁　寛政1年(1789)　江戸・蔦屋重三郎　(Edo/Tsutaya Jyûzaburô)　全 complete
多色刷。折本。表紙は濃紺地に金銀泥で草花と霞。題簽「潮干の都登」。LI-0046に比べて各丁下辺のぼかし部分がごく淡くなってている。金銀粉は用いる。貝合の図の屏風下部の雲形内に金泥。構成はLI-0046と異なる：①潮干狩②「香爐峯」③「青地に交る」④「しろ〜〜と」⑤「数かきり」⑥「風の」⑦「取あけて」⑧貝合図⑨千元太跋／刊記はLI-0046と同じ。菅江序を薄様1枚に臨摸して綴込む。※刊年は浅野秀剛説による。千元太跋。ごく早期のAa本と思われる。参考：浅野秀剛「絵入本の流通と後修本」(『国文学解釈と鑑賞』2008年12月)。

LI-0046　**〔潮干のつと〕**　(〔Shiohi no tsuto〕)
刊　(print)　喜多川歌麿画　(Kitagawa Utamaro)　1帖　27.1×19.0　10丁　寛政1年(1789)後印　江戸・蔦屋重三郎　(Edo/Tsutaya Jyûzaburô)　全 complete
多色刷。折本。表紙は濃紺地に金銀泥で波に千鳥、霞。貝図は全体に緑のぼかしに金銀粉を版面の下三分の一にほどこす。貝合の図の屏風下部の雲形とその上部の切箔・砂子部分が銅系の色料による版。構成：①菅江序(見返しに貼付)②潮干狩③「香爐峯」④「青地に交る紅の」⑤「吹あけの浜」⑥「しろ〜〜と」⑦「数かきりなき」⑧「取あけて」⑨貝合⑩千元太跋
刊記「画工 喜多川歌麿図□(白文摺印「自成／一家」)書林　御江戸本町筋北江八町目通油町 耕書堂蔦屋重三郎梓」。あけら菅江序。千元太跋。早期のAb本と思われる。参考：浅野秀剛「絵入本の流通と後修本」(『国文学解釈と鑑賞』2008年12月)。

LI-0047　**絵本吾妻遊**　(Ehon azuma asobi)
刊　(print)　奇々羅金鶏撰、喜多川歌麿画　(Kikira Kinkei, Kitagawa Utamaro)　1冊　21.7×15.3　24丁 寛政2年(1790)　江戸・蔦屋重三郎　(Edo/Tsutaya Jyûzaburô)　全 complete
表紙見返し色刷、包紙か。題簽「絵本吾妻遊□」。見返し題「絵本《ゑほん》吾妻遊《あづまあそび》〈全部／三冊〉喜多川歌麿筆」。ノド丁付「上ノ二(〜八)」「中ノ一(〜七)」「下ノ一(〜八)」。広告「耕書堂蔵板絵本目録」「〈百人／一首〉古今狂歌嚢」以下30点、鈴木俊幸『蔦重出版書目』133頁に、蔵板目録の末2点が「絵本昔行桜」「絵本喜布袋」となっているものが早印、「絵本花の雲」「絵本銀世界」と改刻したものが流布、とある。識語、裏表紙見返し「絵本吾妻遊／喜多川國丸」と墨書。蔵書印、墨印「河清」、他に白文長方印。寛政2年初春、奇々羅金鶏序。

LI-0048　**〔冠言葉七目〓記〕**　(〔Kaburikotoba nanatsume no etoki〕)
刊　(print)　唐来参和作、歌麿画　(Tôrai Sanna, Kitagawa Utamaro)　1冊　17.2×12.7　15丁 寛政1年(1789)序・刊　江戸・蔦屋重三郎　(Edo/Tsutaya Jyûzaburô)　全 complete
墨印。柱「七ツ目」。15丁裏「歌麿画」「唐来参和戯作」「板人蔦屋重三郎」。表紙に墨書「寿(青？)間町井筒屋吉五良」。寛政元年1月、唐来参和序。※「冠言葉七目〓記」(かふりことばななつめのえとき(『黄表紙総覧』2・45)。鈴木俊幸『蔦重出版書目』121頁。

LI-0049　**〔錦摺女三十六歌仙〕**　(〔Nishikizuri onna sanjûrokkasen〕)
刊　(print)　鳥文斎栄之画　(Chôbunsai Eishi)　1帖　25.0×18.4　44丁 寛政13年(1801)　江戸・西村屋与八　(Edo/Nishimuraya Yohachi)　全 complete
多色刷。書き題簽「〈花形／書生〉女房三十六歌僊」。花形書道門生の童女(6〜15歳)の千蔭流書法による和歌あり。刊記「寛政第十戊午年書成／同 第十三辛酉春王発行／元祖西村屋傳兵衛／東都地本問屋永寿堂西村屋與八板」。広告「錦摺卅六歌僊肖像」以下2点。序①「たちはなの千蔭」。序②「河村家路とし十四にして記」。跋①「花形ひて女識」。跋②「寛政九丁巳仲冬 東都長谷川街花形義融(花押)」。

LI-0050　**絵本松のしらべ**　(Ehon matsu no shirabe)
刊　(print)　勝川春章画　(Katsukawa Syunsyô)　1冊　24.6×16.9　13丁 寛政7年(1795)　江戸・蔦屋重三郎　(Edo/Tsutaya Jyûzaburô)　全 complete

多色刷。序題「絵本松のしらべ」。広告「絵本武者鞋」ほか７点、部分的に存。刊記「書林□油町□……　蔦□……」。序「寛政卯正月武野樵夫」　参考：浅野秀剛「錦絵が絵本になる時」（『詩歌とイメージ』勉誠出版）、山下則子「『絵本松のしらべ』の素材をめぐって」（『文芸研究』126号・2015年３月）

LI-0051　**百八星誕俏像**　(Suikoden yûshino ezukusi)
刊　(print)　葛飾前北斎為一〔北斎〕画　(Katsushika sakino Hokusai Iitsu)　１冊　23.0×15.5　31丁 文政12年（1829）　万笈堂か江戸・和泉屋平吉（Edo/Izumiya Heikichi?）　全 complete
墨印。題簽「忠義水滸伝画本」。表紙見返し「葛飾前北斎為一筆／百八星誕俏像《すいこでんゆうしのゑづくし》／〈文政己丑／元正〉　万板堂梓」。柱「絵本水滸伝　　○一（丁付）」。広告、裏表紙見返し絵本６種広告半丁（書肆を記さず）「忠義水滸画伝　十五冊〈北斎画／よみ本〉／絵本水滸伝　一冊〈北斎筆／画手本〉／太田道灌忠義伝〈絵入／実録〉五冊／群蝶画英　英一蝶図模本一冊／和漢陰隲伝 絵入教訓書 三冊／竹沙小品〈江戸諸名家／寄合書画〉一冊」。文政12年春、葛飾前北斎為一老人序。

LI-0052　**画本古文孝経**　(Ehon komon kôkyô)
刊　(print)　高井蘭山撰、前北斎為一〔北斎〕画　(Takai Ranzan, sakino Hokusai Iitu)　２冊　23.0×15.3　51丁（上29丁・下22丁）嘉永２年（1849）刊元治元年（1864）後印　江戸・須原屋新兵衛　(Edo/Suwaraya Shimbê)　全 complete
墨印。題簽「絵本孝経」。見返し「前北斎卍老人／画本古文孝経／東京書肆　嵩山房梓」。柱題「絵本孝経」。刊記「東京　高井蘭山翁譔撰／東京葛飾前北斎為一翁画図／彫工　宮田六左衛門／原板嘉永二年己酉春出板／元治元年甲子冬再刻／東京書肆嵩山房須原屋新兵衛梓」。売弘め「野州宇都宮荒物屋伊右衛門」他19肆。蔵書印、「関根」「幸」「岩戸町／小貫鋳三郎／六番地」。天保５年１月、高井蘭山序。

LI-0053　**唐詩選画本　七言律**　(Tôshisen ehon shichigon ritsu)
刊　(print)　高井蘭山著、画狂老人卍〔北斎〕画　(Takai Ranzan, Gakyô rôjin Hokusai)　５冊　22.7×15.8　79丁（①18丁・②18丁・③17丁・④13丁・⑤13丁）天保７年（1836）、明治後印か（1868～）　江戸・須原屋新兵衛　(Edo/Suwaraya Shimbê)　全 complete
題簽「唐詩選画本　七言律」。表紙見返し「高井蘭山先生著／画狂老人卍翁筆／画本唐詩選／七言律一帙／〈天保七年／丙申秋発兌〉　嵩山房梓」。序題「唐詩選画会」。柱「唐詩選画本／七言律巻一　　　一／嵩山房」。蔵書印、朱文長方印「[redacted]堂」、朱文方印「[redacted]／[redacted]」。五巻最終丁裏に刊記「絵本唐詩選　五言律排律／画狂老人筆　全五冊／古文孝経図会　同画　全二冊／彫工　一之巻三之巻　杉田金助／二之巻四之巻五之巻　江川留吉／天保七丙申年九月／書肆　江戸日本橋通二町目　小林新兵衛」。序「天保壬辰孟夏高井蘭山」。

LI-0054a　**〔画本早引〕**　(〔Ehon hayabiki〕)
刊　(print)　葛飾前北斎戴斗老人〔北斎〕画　(Katsushika sakino Hokusai Taito rôjin)　２冊　①18.3×12.9②18.1×12.6　48丁（①25丁・②23丁）文化14年（1817）、文政２年（1819）序・刊　江戸・和泉屋市兵衛　(Edo/Izumiya Ichibê)　初編序文の第１丁落丁 lack 1
墨印。題簽、初編は破損、二編「画本早引」破れかすれたものを墨でなぞる。柱、初編「早引」二編「早引後編」。広告、初編「画本知恵の板／画本いろは蔵／画本独案内／前北斎戴斗著」、二編「〈画手本／独稽古〉続編画本早引　全／同二篇目／狂画葛飾振　全／画本無而七癖　全／略画武者鑑　全／画本常盤松　全／葛飾前北斎戴斗老人筆／右追々出版仕候／書林 甘泉堂梓」。初編（序）文化丁丑晩夏日、十返舎一九識。二編「画本早引序」文政卯初夏、十返舎一九誌。※いろは順に様々な図が示される。

LI-0054b　**〈源平／名頭〉絵本武者部類**　(Gempei nagashira ehon mushaburui)
刊　(print)　北斎改葛飾為一画　(Hokusai aratame Katsushika Iitsu)　１冊　18.4×13.0　35丁　天保12年（1841）序・刊　江戸・和泉屋市兵衛　(Edo/Izumiya Ichibê)　全 complete
墨印、一部彩色。題簽「〈絵本／早引〉名頭武者部類 全」。表紙見返し「前北斎為一先生筆／

〈源平／名頭〉絵本武者部類／甘泉堂梓」。広告、最終丁「〈早引／三編〉画本名頭《ゑほんなかしら》　出来／同四編 画本国尽《ゑほんくにつくし》　近刻／絵本花四季誌《ゑほんはなしきし》／東都 北斎改 葛飾為一筆／書舗 芝神明前甘泉堂」。蔵書印、朱文長方印「篠崎蔵書」「源平名頭武者部類序」天保12年春、花笠外史。※漢字1字を歴史的人物のある場面で図示したもの。

LI-0055a **〔今様櫛筬雛形　きせるの部〕**（〔Imayô sekkin hinagata kiseru no bu〕）
刊 (print)　前北斎為一〔北斎〕画 (sakino Hokusai Iitsu)　1冊　12.8×18.1　32丁　文政6年（1823）　江戸・角丸屋甚助、西村屋与八 (Edo/Kadomaruya Jinsuke, Nishimuraya Yohachi)
全 complete
墨印。題簽「の部」のみ判読。広告・刊記「前北斎為一先生画図／彫工　江川留吉／東都書林永寿堂蔵板目録／為一先醒肉筆画帖《ゐいつせんせいにくひつぐわでふ》／為一先醒雞肋画譜／冨嶽八體／百橋一覧　一枚摺／画図風雨霜雪編／一覧百宮室　一枚摺／文政六年癸未夏五月／東都書林／麹町平河町二丁目　衆星閣角丸屋甚助／馬喰町二丁目　永寿堂西村屋與八」。文政6年春、芍薬亭主人跋。※煙管の図案集。

LI-0055b **〔今様櫛筬雛形　きせるの部〕**（〔Imayô sekkin hinagata kiseru no bu〕）
刊 (print)　前北斎為一〔北斎〕画 (sakino Hokusai Iitsu)　1冊　12.1×17.3　32丁　文政6年（1823）跋・刊　全 complete
墨印。書き題簽「北斎画手本」。跋は巻頭に綴る。広告「冨嶽八體」までで以下欠。文政6年春、芍薬亭主人跋。刊記の有る裏表紙見返しが欠。

LI-0055c **今様櫛筬雛形　きせるの部** (Imayô sekkin hinagata kiseru no bu)
刊 (print)　前北斎為一〔北斎〕画 (sakino Hokusai Iitsu)　1冊　12.7×18.1　32丁　文政6年（1823）　江戸・角丸屋甚助、西村屋与八 (Edo/Kadomaruya Jinsuke, Nishimuraya Yohachi)
全 complete
墨印。題簽「今様櫛筬雛形　〈きせるの部／全〉」。柱「櫛筬雛形　〓之部　∥一（丁付）」。広告・刊記「前北斎為一先生画図／彫工　江川留吉／東都書林　永寿堂蔵板目録／為一先醒肉筆画帖《ゐいつせんせいにくひつぐわでふ》／為一先醒雞肋画譜／冨嶽八體／百橋一覧　一枚摺／画図風雨霜雪編／一覧百宮室　一枚摺／文政六年癸未夏五月／東都書林／麹町平河町二丁目　衆星閣角丸屋甚助／馬喰町二丁目　永寿堂西村屋與八」。（題詞）喫煙人物図に樨斎五絶「烟草詩」。（跋）文政6年春、芍薬亭主人。※煙管の図案集。

LI-0056 **略画早学** (Ryakuga hayaoshie)
刊 (print)　前北斎為一〔北斎〕画 (sakino Hokusai Iitsu)　1帖　18.5×12.6　12面　文化9〜11年頃（1812〜1814）後印　江戸・菊屋幸三郎ほか (Edo/Kikuya Kôzaburô etc)　全 complete
折帖。題簽「北斎略画早学　全」。刊記「京都書林／寺町通松原上ル　菊屋七郎兵衛／三条通御幸町　吉野屋仁兵衛／大坂書林／心斎橋通久太郎町　河内屋喜兵衛／同博労町　河内屋茂兵衛／西横堀船町　加島屋清助／下総左原　正文堂利兵衛／信州松本　高美屋甚左衛門／東都書林／芝神明前　岡田屋嘉七／本石町二丁目　英大助／浅艸福井町　山崎屋清七／馬喰町二丁目菊屋幸三郎　版」。広告、「〇永福丸（はらのなほるくすり）／一橋御用　金幸堂江戸馬喰町二丁目菊屋幸三郎謹製」。（序）前北斎為一老人題。

LI-0057 **今様櫛筬雛形**　くしの部 (Imayô sekkin hinagata kushi no bu)
刊 (print)　前北斎葛飾為一〔北斎〕画 (sakino Hokusai Katsushika Iitsu)　2冊　12.8×18.1　44丁（上24丁・下20丁）近世後期（1790〜）　全 complete
題簽「今様櫛筬雛形　〈くしの部／上（下）〉」。柱題は「櫛筬雛形　櫛之部　（丁付）」。文政5年8月、柳亭のあるじ種彦序。前北斎改葛飾為一序。

LI-0058 **葛飾新鄙形** (Katsushika shin hinagata)
刊 (print)　画狂老人〔北斎〕画 (Gakyôrôjin〔Hokusai〕)　1冊　22.5×16.1　27丁　天保7年（1836）　江戸・須原屋茂兵衛ほか (Edo/Suwaraya Mohê, etc)　全 complete
題簽「〈諸職／絵本〉新鄙形」。扉題「〈葛飾／画本〉新鄙形」。柱「新鄙形」。「剞劂　江川留吉〇（摺印陽刻「五常亭」）」。刊記「天保七申

年正月／三都書林／京都寺町通松原　勝村治右衛門／大坂心斎橋通安堂寺町　和田屋太右ヱ門／江戸日本橋通二丁目　小林新兵衛／同四丁目須原屋佐助／同一丁目　須原屋茂兵衛」。天保７年１月、画狂老人序。

LI-0059　**〈絵／本〉小倉百句**　(Ehon ogura hyakku)
刊　(print)　白猿序、北斎辰政画　(Hakuen, Hokusai Tatsumasa)　１冊　21.4×15.2　32丁 享和３年（1803）江戸・今福屋勇助、中川新七、西村源七　(Edo/Imahukuya Yûsuke, Nakagawa Shinshichi, Nishimura Genshichi)　全 complete
題簽「〈絵／本〉小倉百句」。序丁裏は「小倉百句／鈍作《どんさく》　句撰」とあり。広告・刊記「享和三癸亥歳孟春新鐫目録／つれ〳〵草狂歌集　反古庵白猿自作／おたまき狂歌集　同／鈍作句撰　同／月迫集　同／東のわさおき　同／右追々出板候御求可被下候／画工　北斎辰政／彫刻　山口辰之助／本石町三丁目　西村源七／日本橋平松町　中川新七／南茅場町　今福屋勇助」。反古庵白猿（五代目市川団十郎）序。

LI-0060　**道之志遠里**　(Michi no shiori)
刊　(print)　北斎画　(Hokusai)　１冊　12.7×18.5　29.5丁 文久２年（1862）江戸・若林屋喜兵衛　(Edo/Wakabayashiya Kihê)　全 complete
扉「北斎翁道之志遠里／東海道中／五十三駅／狂画／東都玉養堂梓」。本文中の藤沢項目に、里程標あり「享和四甲子年正月吉日」と記す。北斎筆小判横摺物「春興五十三駅之内」シリーズの版木流用し、図版削除や改変を加え、柳川重信の図版追加をして墨摺絵本形態にしたもの。（飯島虚心『葛飾北斎伝』岩波文庫・鈴木重三の278頁注より）

LI-0062　**〔鎌倉通臣伝〕**　(〔Kamakura tsûshin den〕)
刊　(print)　魚仏作、勝川春朗〔北斎〕画　(Gyobutsu, Katsukawa Shunrô〔Hokusai〕)　合１冊　17.9×12.9　10丁〔天明２年（1782）〕江戸・鶴屋喜右衛門　(Edo/Tsuruya Kiemon)　全 complete
黄表紙。書名は序文による。柱「通臣伝　　五（丁付）」。刊年・版元は『岡目八目』による。東都魚仏序。魚仏を北斎の戯号とする説もあるが未確認。飯島虚心『葛飾北斎伝』岩波文庫・鈴木重三の297頁注より。※棚橋正博『黄表紙総覧（日本書誌学大系48）』前編293頁。

LI-0063　**画本唐詩選五言絶句**　(Ehon tôshisen gogonzekku)
刊　(print)　前北斎為一画、高田彰一郎筆　(sakino Hokusai Iitsu, Takada Shôichirô)　２冊　22.4×15.0　57丁（乾29丁・坤28丁）天保４年（1833）刊行、明治13年（1880）後印　東京・須原屋新兵衛他　(Tkyo/Suwaraya Shimbê etc)　全 complete
漢詩絵本。題簽「〈絵／本〉唐詩選五言絶句」。内題「画本唐詩選五言絶句」。柱「画本唐詩選／／一嵩山房」。ノド「初序（～初跋）」刊記「明治十二年十二月十七日版権免許／明治十三年一月三十日出版／画工　故人北斎葛飾爲一／版主　東京日本橋区通二丁目十三番地　小林新兵衛／筆者　緑雲　高田彰一郎／大塚鐵五郎刻」。巻末「大阪心斎橋通北久太郎町　柳原喜兵衛／同 唐物町四丁目　森本太助／同 南一町目　松村九兵衛／同 備後町四丁目　梅原亀七／同 備後町四丁目　吉岡平助／尾張名護屋本町八丁目　片野東四郎／東京日本橋通一丁目　北畠茂兵衛／同 通 二町目　稲田佐兵衛／同 通三町目　丸屋善七／同 浅草茅町二丁目　北澤伊八／同 芝太神宮前　牧野吉兵衛／同 芝三島町　山中市兵衛／同 日本橋通二丁目　小林新兵衛版」。

LI-0064　**北斎漫画**　(Hokusai manga)
刊　(print)　北斎画　(Hokusai)　15冊　22.7×15.8　451丁（初編-28丁・２編-31丁・３編-30丁・４編-30丁・５編-30丁・６編-30丁・７編-30丁・８編-30丁・９編-30丁・10編-30丁・11編-30丁・12編-30丁・13編-30丁・14編-31丁・15編-30.5丁）文化11年（1814）～天保末（1843）、15編のみ明治版　名古屋・永楽屋東四郎　(Nagoya/Eirakuya Tôshirô)　全 complete
題簽「〈伝神／開手〉北斎漫画」。柱「北斎漫画初編　　一」。蔵書印、「諏方文士村　山田文右ヱ門」、十五編のみ「（絵）」（橋口五葉）。一～十四表紙裏に同じ目録印刷「尾張東壁堂蔵板画譜画手本目録／（上段）北斎漫画／北渓漫画／

北雲漫画／珖琳漫画／金氏画譜／一筆画譜／英勇画譜／浮世画譜／英泉画譜／（中段）狂画苑／文鳳麁画／蕙斎麁画／神事行燈／北斎女今川／初学絵手本／福善斎画譜／武勇魁図絵／浮世画手本／（下段）北斎画譜／同中編／同下編／富嶽百景／同二編／同三編／絵本庭訓／同中編／同下編」、十五編表紙見返しに「東壁堂製本画譜目録／（上段）北斎漫画／北斎富嶽百景／北斎画譜／北斎画苑／北斎新雛形／北斎一筆画譜／北斎庭訓／北斎女今川／（中段）北斎臨画／北斎画図／浮世画譜／武勇魁図絵／英勇画譜／珖琳漫画／文鳳麁画／蕙斎麁画／（下段）神事行燈／張替行燈／狂画苑／英泉画譜／浮世画手本／福善斎画譜／金氏画譜／尾張名所小景」。各編裏表紙見返しに尾陽書肆東壁堂の広告文あり。初編「尾張乃家苞　新古今集注解」、二編「點竄指南録（尾州名古屋本町七丁目永楽屋東四郎板とあり）」、三編「律数揚推」、四編「吐方撮要」、五編「北雲漫画」、六編「尾張乃家苞新古今集注解」、七編「俳諧五七集」、八編「後撰和歌集新抄」、九編「大全早字節用集」、十編「〈援／山〉書通案文」、十一編「大学参解　論語参解」、十二編「提耳談」、十三編「絵本庭訓往来」、十四編「富嶽百景」、十五編なし。半〓（氵＋妙）散人序。

LI-0065　**狂歌三十六歌仙**　（Kyôka sanjûrokka-sen）
刊　（print）　三陀羅法師撰、北斎画　（Sandarahô shi, Hokusai）　1冊　24.3×17.3　21丁　近世後期（1790～）　江戸・西村屋与八　（Edo/Nishi-muraya Yohachi）　全 complete
題簽「狂歌三十六歌仙〈千秋菴撰／永寿堂梓〉完」。表紙、題簽脇に墨書「俵屋宗理画」。内題「狂歌三十六歌仙」。柱下部丁付（三～二十）。20ウの「千秋庵三陀羅法師」までで終りとなる。※鈴木俊幸『蔦重出版書目』249頁「半紙本一冊　狂歌集／【著・編者】三陀羅法師撰【画工】北尾辰政／未見。『狂歌集目録』『狂歌書目集成』による」。（序）花押・摺印あり。

LI-0066　**〔職人三十六番〕**　（〔Shokunin sanjûroku-ban〕）
刊　（print）　菱川宗理画、熊川小浜複書　（Hishikawa Sôri, Kumakawa Obama）　1冊　25.3×18.6　20面　享和3年（1803）　江戸・蔦屋重三郎　（Edo/Tsutaya Jyûzaburô）　全 complete
折本。多色刷。刊記「菱川宗理画／熊川小浜複書／享和三癸亥歳春日／東都通油町南側／蔦屋重三郎梓」。浅草菴市人序。菱川宗理とは、北斎門人宗二が宗理改号の後に名乗ったもの。（飯島虚心『葛飾北斎伝』の鈴木重三補注）。※『蔦重出版書目』になし。古典籍総合目録データベースには漆山又四郎蔵のみ存。

LI-0067　**画本東都遊**　（Ehon azuma asobi）
刊　（print）　北斎画　（Hokusai）　3冊　26.2×17.4　27丁（上9丁・中8丁・下10丁）享和2年（1802）　江戸・蔦屋重三郎ほか　（Edo/Tsutaya Jyûzaburô）　全 complete
多色刷。題簽「画本《えほん》東都《あづま》遊《あそび》上（中・下）」。刊記「享和壬戌春日／画工　北斎／筆工　六蔵亭／彫刻　安藤圓紫／東都書林／下谷仲町須原屋伊八／日本橋通一丁目須原屋茂兵衛／本石町二丁目西村源六／東都通油町蔦屋重三郎」。享和2年1月、浅草菴序。※『蔦重出版書目』249頁。

LI-0068　**〔絵／本　浄瑠璃絶句〕**　（〔Ehon jôruri zekku〕）
刊　（print）　北亭墨僊校、葛飾北斎画　（Hokutei Bokusen, Katsushika Hokusai）　1冊　22.4×15.6　30丁　文化12年（1815）　名古屋・松本屋善兵衛／江戸・角丸屋甚助　（Nagoya/Matsumotoya Zem-bê, Edo/Kadomaruya Jinsuke）　全 complete
墨印、薄墨使用。題簽「〈絵／□〉浄瑠璃絶句全」。見返し「東都葛飾北斎先生筆／〈画／本〉浄瑠璃絶句／浄瑠璃絶句後編〈此後篇は役者の似顔ニ相認それにせりふを加へいなかより芝居を見るごときおもしろき本ニ御座候近々出板仕候御覧御ひいき可被下候已上〉」。ノド丁付。刊記「東都画工　葛飾北斎筆／尾陽名古屋　門人校　北亭墨僊／文化十二　孟春／書林／江戸麹町平川町二丁目角丸屋甚助／名古屋本町十丁目　松本屋善兵衛 LI-0068と0069は同帙。「浄瑠璃絶句序」文化12年、月光亭墨僊述。

LI-0069　**〔絵／本　浄瑠璃絶句〕**　（〔Ehon jôruri zekku〕）
刊　（print）　葛飾北斎画　（Katsushika Hokusai）

1冊　21.0×15.5　5丁 近世後期（1790～）　有欠・落丁多し Not complete
本点は丁付が無いので本来の綴じ方は不明ながら、LI-0068の丁付で照合すると、（以下LI-0068→0069の順）、7丁目→巻頭、2丁目→2丁目、16丁目→3丁目、15丁目→4丁目、5丁目→5丁目に当たる。したがって錯簡と落丁あり。（序跋）落丁。

LI-0070a　**絵本庭訓往来**　（Ehon teikin ôrai）
刊　（print）　葛飾北斎画か　（Katsushika Hokusai?）　1冊　22.6×15.4　32丁 文政11年（1828）跋　江戸・西村与八　（Edo/Nishimuraya Yohachi）　初編存 only Syohen
同請求番号中に同本2冊有。題簽・内題なし。柱「絵本庭訓徃来　　○永壽堂」。（序）六樹園（跋）文政戊子の九月。

LI-0070b　**絵本庭訓往来**　（Ehon teikin ôrai）
刊　（print）　葛飾北斎画か　（Katsushika Hokusai?）　1冊　22.7×15.2　31丁 文政11年（1828）か　名古屋・永楽屋東四郎（Nagoya/Eirakuya Tôshirô）　初編（跋欠）存 only Syohen
同請求番号中に同本2冊あり。題簽「絵本庭訓徃来上編全」。柱「絵本庭訓徃　　○永壽堂」。ノド丁付「初序（～初三十）」。表紙見返し広告「尾張東壁堂藏板画譜画手本目録」「北斎漫画」ほか26点、裏表紙見返し広告「煎茶指南　〈瓦礫舎主人著／月樵老人圖画〉全一冊／俳諧五七集　枇杷園士朗翁著　全五冊／（文章略）／書肆　尾州名古屋本町通七丁目永楽屋東四郎／江戸日本橋通銀町二丁目同　出店」。（序）六樹園。

LI-0071　**北斎画鏡**　（Hokusai ekagami）
刊　（print）　葛飾北斎画　（Katsushika Hokusai）　1冊　25.9×18.4　25丁　文政元年（1818）（後印）　名古屋・菱屋久兵衛　（Nagoya/Hishiya Kyûbê）　全 complete
墨印。題簽「〈□坤／□□〉北斎画鏡」藍刷。表紙見返し「葛飾前北斎戴斗／鈴木憐杏／〈英筆／百画／後編〉伝心画鏡／文政戊寅春新彫」。ノド丁付。刊記「東都画工　葛飾北斎筆／尾陽名古屋〈校／合〉門人　〈月光亭墨仙／戴操／北鷹／月斎哥政〉／書林　名古屋本町九丁目菱屋久兵衛板」。『絵本年表』に「文化10年序とあるが本書序文末に「文化十あまり五とせの春」とあるので間違いと思われる」とあり。文化15年春、雪丘散人序。

LI-0072　**〈画本／狂歌〉山満多山**　（Ehon kyôka yamamatayama）
刊　（print）　大原亭炭方編、葛飾北斎画（Ôharatei Tampô, Katsushika Hokusai）　3冊　26.5×17.5　33丁（上12丁・中10丁・下11丁）享和4年（1804）　江戸・蔦屋重三郎　（Edo/Tsutaya Jyûzaburô）　全 complete
題簽、上巻はなし、中巻「〈画本／狂歌〉山満多山　中」、下巻「〈画本／狂歌〉やま満多山　下」。表紙に墨書「文政十三年寅五月吉日中村茂三郎義春（書き判有）」。表紙見返しに「便々館先生閲／大原亭主人撰／〈絵本／狂歌〉山満多山／北斎画／耕書堂梓」。刊記「享和四甲子初春／東都書房　通油町南側　蔦屋重三郎梓」。退色甚だし。匡郭の欠損多く（上巻7オ左上、9オ右中、中巻14ウ上左など）後印か。便々館湖鯉鮒序、大原亭炭方跋。

LI-0073　**北斎女今川**　（Hokusai onna imagawa）
刊　（print）　葛飾北斎画　（Katsushika Hokusai）　1冊　22.7×15.9　29丁 文政末～天保期（1827～1843）　名古屋・永楽屋東四郎ほか　（Nagoya/Eirakuya Tôshirô etc）　全 complete
多色刷。題簽「北斎女今川　全」朱刷。表紙見返しに「尾張東壁堂蔵版画譜画手本目録／書肆名古屋本町通七丁目 永楽屋東四郎」。刊記「江戸芝神明前三嶋町　和泉屋市兵衛／尾州名古屋本町通七丁目　永楽屋東四郎」。裏表紙見返しの広告6点。「絵本女今川」の改題本。源瑲序。

LI-0074　**万職図考**　（Banshoku zukô）
刊　（print）　二世葛飾戴斗画　（Katsushika Taito Ⅱ）　5冊　22.2×15.5　163丁（初編-32丁・2編-33丁・3編-32丁・4編-33丁・5編-33丁）初編・二編・天保6年（1835）序、四編・五編・嘉永3年（1850）序　大坂・河内屋茂兵衛（Osaka/Kawachiya Mohê）　1～5編　存 only 1-5Hen
多色刷。題簽・内題「万職図考」。柱「万職図考 初編　　｜一（丁付）」。表紙見返しに「浪花群玉堂梓」とあり。広告「諸《しよ》職《しよく》雛形《ひなかた》絵《ゑ》本目《ほんもく》

録《ろく》　大坂心斎橋通ばくろ町河内屋茂兵衛板／画《ゑ》本《ほん》錦《にしき》之《の》嚢《ふくろ》一冊　東都渓斎先生図／万《ばん》職《しよく》図《づ》考《かう》一冊　同葛飾戴斗先生図／同　二編 一冊 同筆前編に尽ざるを図す／同　三編 一冊 同 初二編に洩たるをあらはす／同　四編 五編 各一冊 同武者勇士美人農家の人物鳥獣魚亀を夥しくあつむ／右の絵本は。金銀銅鉄。象眼。居物。彫物師。堂塔宮殿の彫物。根付師。櫛。笄。釵。諸金具。飾師。陶器錦絵。沈金蒔画。あるひは煙管張花布糊置。上絵。染物形。幟画その外諸職にとりあつかふ図絵。山水人物。花鳥。虫獣等もつばら職巧の写真をもとむる便にせんと。遠く東都の諸先生に請て。右の雛形数編を上木す。先生画家の法則によらず。細工の得易きを要とし。諸職の便利をなさしむといへども。更にその則を踰ず。あへて職工にあらずとも。常に閲して損なく。天地間の造物を識の楷梯にして。万家大に益ある絵手本なり。」。天保６年青陽、楠里亭其楽序（初～二編同文で同板）。三編、天保６年６月序（無記名）。四編、嘉永３年１月、松亭漁父序。五編、嘉永３年孟陬、金水陣人序。

LI-0075　**富岳百景**　(Fugaku hyakkei)
刊　(print)　葛飾北斎画　(Katsushika Hokusai)　３冊　22.6×15.8　78丁（①26丁・②26丁・③26丁）天保５年（1834）～６年（1835）　江戸・西村屋祐蔵／名古屋・永楽屋東四郎　(Edo/Nishimuraya Yûzô Nagoya/Eirakuya Tôshirô)　全 complete
絵本。題簽「富岳百景　一（～三）編」。柱「冨嶽百景初編　　／一　江仙」。序文末「天保甲午緑秀／柳亭種彦敬白（刷印）／董齋盛義書（刷印）（刷印）」。（序）天保甲午（天保５）。※諸版は『葛飾北斎 富嶽百景』（昭和61年・岩崎美術社）の鈴木重三「解説」に詳述。

LI-0076　**〔三体画譜〕**　(〔Santai gafu〕)
刊　(print)　前北斎戴斗〔北斎〕画　(sakino Hokusai Taito)　３帖　22.1×17.0　28丁（上8.5丁・中10.5丁・下８丁）文化13年（1816）〔江戸・角丸屋甚助〕　(Edo/Kadomaruya Jinsuke)　全 complete
多色刷（墨と朱と薄墨）。外題「三体画譜」直書。柱「三体画賦」。折本。序及び本文をばらして抱背の折帖の台紙に貼付する。乱丁。見返し、刊記など欠。文化12年霜月、蜀山人序。※『大田南畝全集』第二巻276頁『七々集』に「戴斗子三体画法序」掲載「文化乙亥のとし雪のあした　蜀山人」。

LI-0077　**本朝狂歌英雄集・日本名物画賛集**
(Honchô kyôka eiyû shû・Nihon meibutsu gasansyû)
刊　(print)　臥龍園先生撰 北渓画／文々舎撰 戴斗 画　(Garyôen sensei, Hokkei/Bunbunsha, Taito)　合１冊　22.0×15.5　58丁（①31丁・②27丁）　文政12年（1829）序・刊（本朝狂歌英雄集）
①『本朝狂歌英雄集』と②『日本名物画賛集』を合綴。①口絵多色刷6.5丁②表紙裏紙は縹色刷、本文は墨・朱・薄墨刷。題簽（双辺）鉛筆書「Hokusai」。①扉「臥龍園先生撰／本朝狂歌英雄集／催主青陽舘梅世」。柱題『水滸伝」。内題「水滸伝英雄彩色画集　臥龍園撰」。②扉「文々舎撰／日本名物画賛集／葛飾連」、内題「日本名物画賛狂歌集／撰者　文々舎」。画工、②の画中に「戴斗」と有り（２世か）。蔵書印、朱文長方印「文清舎」。後補表紙。①②共紙表紙。文政12年５月、臥竜園序（本朝狂歌英雄集）。

LI-0078　**〈狂／歌〉列仙画像集**　(Kyôka ressen gazô shû)
刊　(print)　五車亭亀山撰、北雅画　(Goshatei Kizan, Hokuga)　１冊　22.0×15.9　65丁 近世後期（1790～）　全 complete
扉オモテ「〈狂／歌〉列仙画像集　全三冊／〓総連」。扉ウラ「選者　五車亭亀山／画図　先北斎為一／筆者　〓（「苞」の草冠を取る）嬉園広好／刻師　玉光舎占正」。丁付は１～13、１～49、第二巻「十一」丁・「二十三」丁は２枚あり（ただし「二十二」丁欠）、この二ヶ所で冊子が分かれていたかに見える。蔵書印、朱文長方印「文清舎」。後補表紙。共紙表紙（その内側に）。

LI-0079　**絵本江戸名所**　(Ehon edo meisho)
刊　(print)　北斎画　(Hokusai)　３冊　25.9×17.7　67丁（上23丁・中22丁・下22丁）寛政11年（1799）　江戸・蔦屋重三郎 (Edo/Tsutaya Jyûzaburô)　全 complete
墨印。刊記「寛政己未春日／画工　北斎／筆工

六蔵亭／彫刻　安藤円紫／書林　東都通油町蔦屋重三郎」。ノド丁付。寛政11年１月、浅草菴序。※『画本東都遊』（LI-067）の多色刷の絵と同じ絵が墨印で描かれるが、絵の並び順が違う。また、上千載連万歳連（地域別に）等の狂歌が多く連なる。鈴木俊幸『蔦重出版書目』。

LI-0080　**花鳥画伝**　(Kachô gaden)
刊　(print)　二世葛飾戴斗画　(Katsushika Taito Ⅱ)　２冊　21.4×14.6　64丁（初編-32丁・二編-32丁）嘉永元年（1848）、嘉永２年（1849）序・刊　江戸・須原屋新兵衛、大坂・河内屋茂兵衛ほか　(Edo/Suwaraya Shimbê, Osaka/Kawachiya Mohê etc)　全 complete
多色刷（墨、薄墨、朱）。題簽・柱題「花鳥画伝初（二）編」。刊記、初編「発行書林　江戸日本橋通二町目須原屋新兵衛／大坂心斎橋筋博労町河内屋茂兵衛」広告「三国英雄画伝／一勇斎画譜／花鳥画伝二編」。二編「江戸日本橋通二町目須原屋新兵衛／大坂心斎橋通河内屋藤兵衛／同博労町角河内屋茂兵衛」広告「万職図考」。（初編）嘉永元年２月、松亭金水序。（二編）嘉永２年季秋、金水陳人（松亭金水）稿序。

LI-0081　**北斎麁画**　(Hokusai soga)
刊　(print)　戴斗翁〔北斎〕(Taito ô [Hokusai])　１冊　25.1×17.2　29丁 文政３年（1820）序　後印　全 complete
多色刷（墨、薄墨、朱）。題簽欠。表紙見返し・裏表紙見返し白紙。文政３年５月、洒人序。『良美灑筆』の改題本か。画工名は序による。

LI-0082　**〈絵本／隅田川〉両岸一覧**　(Ehon sumidagawa ryôgan ichiran)
刊　(print)　北斎画　(Hokusai)　３冊　25.6×17.8　26丁（上9.5丁・中7.5丁・下7.5）文化３年頃（1806）刊　江戸・鶴屋喜右衛門　(Edo/Tsuruya Kiemon)　全 complete
多色刷。後印。壺十楼成安序。

LI-0083　**画本両筆**　(Ehon ryôhitsu)
刊　(print)　立好斎・北斎画　(Rikkôsai・Hokusai)　１冊　25.5×18.2　22丁 近世後期（1790～）名古屋・永楽屋東四郎　(Nagoya/Eirakuya Tôsirô)　全 complete
多色刷。題簽「画本両筆」。刊記「山水草木浪花立好斎筆／人物鳥獣　東都北斎戴斗筆／書肆　尾陽名古屋本町通七丁目／永楽屋東四郎□（白文方印「永楽／堂記」）」。後印。九花街なる堂理宝序。

LI-0084　**東都名所一覧**　(Tôto meisho ichiran)
刊　(print)　北斎辰政画　(Hokusai Tatsumasa)　２冊　25.8×17.3　21丁（上10丁・下11丁）寛政12年（1800）　江戸・蔦屋重三郎　(Edo/Tsutaya Jyûzaburô)　全 complete
題簽「東都名所一覧上（下）」。ノド丁付、下冊は十九丁目の次は「■」で、その次が「廿」。刊記「画工　北斎辰政／彫工　安藤円紫／寛政十二庚申正月開版／書林　御江戸本町筋北江八丁目通油町蔦屋重三郎板」。蔵書印、白文方印「橘」、朱印「（橘の絵）」、下巻裏表紙見返しに墨書「酔竹菴唐衣橘洲門葉／如蘭亭橘友也」。

LI-0085　**北斎画譜**　(Hokusai gafu)
刊　(print)　葛飾北斎画　(Katsushika Hokusai)　２冊　22.7×15.7　42丁（上21丁・下21丁）文政３年（1820）、嘉永２年（1849）後印　名古屋・永楽屋東四郎ほか　(Nagoya/Eirakuya Tôshirô etc)　全 complete
多色刷（墨、薄墨、朱、青）。題簽「北斎画譜上（下）編全」。刊記は裏表紙見返し、広告の末尾「江戸芝神明前三嶋町　和泉屋市兵衛／尾州名古屋本町七丁目　永楽屋東四郎」。下編は一部破損あり。表紙見返しに上下共、「尾張東壁堂蔵版画譜画手本目録、永楽屋東四郎」を付す。蔵書印、朱文長方印「堀氏　／　文庫」。丹表紙。題簽緑色刷。序文：上編序、九外々史。嘉永己酉冬立春前二日、山禽外史老少年序（下編の序）。

LI-0086　**画本武蔵鐙**　(Ehon musashiabumi)
刊　(print)　前北斎改画狂老人卍〔北斎〕筆　(sakino Hokusai aratame Gakyô rôjin)　１冊　22.3×16.1　32丁 天保７年（1836）後印　江戸・須原屋新兵衛、岡田屋嘉七ほか　(Edo/Suwaraya Shimbê, Okadaya Kashichi etc)　全 complete
墨印。書き題簽「画本武蔵鐙」、表紙見返し「前北斎改画狂老人卍筆／画本武蔵鐙／甲冑之篇／書林　〈嵩山房／北林堂〉　新梓／天保七丙

申朱明発兌」。刊記「天保七丙申年八月発行／書肆／大坂心斎橋安堂寺町　秋田屋太右衛門／尾州名古屋本町　永楽屋東四郎／江戸芝神明前和泉屋市兵衛／同神田鍛冶町　北島順四郎／同日本橋通二丁目　小林新兵衛／同芝神明前　岡田屋嘉七」。彫工・江川留吉。巻末広告３点。（序）天保７年６月、銀官局司秋田太義識。初版には西宮弥兵衛が版元名にある。

LI-0087　**〈和／漢〉絵本魁**　(Wakan ehon sakigake)
刊　(print)　前北斎改画狂老人卍〔北斎〕筆　(sakino Hokusai aratame Gakyô rôjin)　１冊　22.5×16.0　32丁 天保７年（1836）　江戸・北島順四郎ほか　(Edo/Kitajima Jyunshirô)　初編存 only Syohen
墨印。題簽、朱刷、摩耗。表紙見返し「前北斎改画狂老人卍筆／〈和／漢〉絵本魁　初編／書林〈嵩山房／北林堂〉梓」。柱「画本魁初編〃（丁付）」。刊記「天保七丙申年正月発行／書肆　大坂心斎橋安堂寺町　秋田屋太右衛門／尾州名古屋本町　永楽屋東四郎／江戸芝神明前　和泉屋市兵衛／江戸中橋広小路町　西宮弥兵衛／同日本橋通二丁目　小林新兵衛／同神田鍛冶町　北島順四郎」。天保７年自序（董斎盛重〔松本董斎か〕書）。

LI-0088　**北斎画譜**　(Hokusai gafu)
刊　(print)　北斎画　(Hokusai)　４冊　22.8×15.9　109丁（初編-25丁・２編-24丁・３編-29丁・４編-31丁）文政３年（1820）、明治後印（1868～）　大坂・赤志（河内屋）忠七　(Osaka/Kawachiya Chûshichi)　１～４編存 only 1-4Hen
墨印。題簽「〈日本／美術／泰斗〉／北斎画譜初（～四）編／忠雅堂」扉「日本美術泰斗／北斎画譜　初（～四）編／忠雅堂」枠のみ藍刷。刊記「大阪東区博労町四丁目拾五番屋敷　岡田江津／仝東区本町四丁目三十一番屋敷／赤志忠七」４冊とも同一。１冊ずつ書袋付き。初編広告「従第一編至十五編」とあり。

LI-0089　**絵本東物詣**　(Ehon azuma monomôde)
刊　(print)　歌川豊広画、南仙笑楚満人戯言　(Utagawa Toyohiro, Nansenshô Somahito)　合１冊　20.9×15.1　31丁 文化元年（1804）序、後印か　江戸・和泉屋市兵衛　(Edo/Izumiya Ichibê)　全 complete
墨印。外題書付「絵本東物語」。途中に旧原装の裏表紙見返しと表紙見返しと思われる遊紙２丁が入るので、合２巻１冊か。本文の冒頭「花の春立あしたより、かすみと共におのづから／人の心ものびやかに山は桜の花見つれ、浜は干潟の貝ひろひ………」。刊記「御江戸芝神明前三島町新道　甘泉堂〔破損〕」。彫工・山口清蔵。山陽堂序。

LI-0090　**絵本時世粧**　(Ehon imayô sugata)
刊　(print)　歌川豊国画　(Utagawa Toyokuni)　２冊　21.5×15.3　43丁（上23丁・下20丁）享和２年（1802）　江戸・和泉屋市兵衛　(Edo/Izumiya Ichibê)　全 complete
題簽「絵本時世粧 乾（坤）」。見返し題「画帖時世粧」。裏表紙見返しに後人の手により筆写された刊記「式亭主人三馬閲／文画　歌川一陽斎豊国撰／剞劂　山口清蔵刀／絵本時世粧後編〈追出／全三冊／画〉〈前編は豊国作ニ御座候／後編は三馬先生の文を乞／もとめて残りたる女画を委／しくす〉／享和二稔壬戌春王正月発兌／東都書林　芝神明前三島町　甘泉堂和泉屋市兵衛蔵版」。巻上の表紙見返し「東都〈式亭三馬閲／歌川豊国著〉〈千里評判／不許押買〉／画帖時世粧　全二冊）／司馬甘泉堂開鐫」。（序）しき亭の翁（１丁オ）、しき亭の翁（刷印、１丁ウ～３丁）、（文末識語）門人楽山人馬笑。※複製本『繪本時世粧（〈近世／日本〉風俗絵本集成）』（昭和54年・臨川書店）と照合。

LI-0091　**絵本曽我物語**　(Ehon soga monogatari)
刊　(print)　北尾政美画　(Kitao Masayoshi)　２冊　21.7×15.0　12丁（上5.5丁・下６丁）刊年削除・後印か　江戸・須原屋市兵衛、名古屋・永楽屋東四郎　(Edo/Suwaraya Ichibê, Nagoya/Eirakuya Tôshirô)　全 complete
多色刷。題簽「絵本曽我物語」。刊記「東都画工北尾政美画／東都書肆　宝町二丁目 須原屋市兵衛／尾陽書肆　名古屋本町七丁目　永楽屋東四郎」画工名の前大きく空いており、刊年を削った可能性あり。褪色甚し。十偏舎一九序。

LI-0092　**魚貝略画式**　(Gyokai ryakugashiki)

刊　(print)　鍬形蕙斎〔北尾政美〕画　(Kuwagata Keisai［Kitao Masayoshi］)　1冊　25.4×18.0　31丁 文化10年（1813）後印　江戸・須原屋市兵衛（Edo/Suwaraya Ichibê）　全 complete
多色刷。題簽「魚貝畧画式」。扉（藍刷）「蕙斎先生筆／魚貝略画式／申椒堂」。鯛などに雲母を散らすが彩色より、プルヴェラー旧蔵本と比較して後印。享和２年（1802）初板の後印か。２ウ右上・中など匡郭欠損有。奥付「蕙斎筆（印「紹真」）／文化癸酉六月／剞劂春風堂野代柳湖刀／浪花筆林〔以下空白〕」。蔵書印（朱文方印）「細川氏蔵書印」。

LI-0093　**〈写／真〉花鳥図会**　(Shashin Kachô zue)
刊　(print)　北尾重政画（序より）(Kitao Shigemasa)　3冊　第1冊 22.2×15.7　第2冊21.8×15.7　第3冊21.8×15.7　25丁（上9丁・中8丁・下8丁）文政10年（1827）　明治後印（1868〜）　二編存か only 2Hen?
多色刷。題簽「〈写／真〉花鳥図会」。刊記「文政十丁亥年孟春／書舗（空白）」。広告「山水徴雲室上人縮図　全一冊／（宣伝文あり）／絵本高麗嶽　北尾紅翠翁模　全三冊／（宣伝文あり）」。取合わせ本。第1冊は二編上、第2冊・第3冊は題簽に「中（下）」とあるも、編数の徴候がなく、2編かどうかは未詳。下巻奥付は書肆名を削る。文政10年序。

LI-0095　**東海道風景図会**　(Tôkaidô fûkei zue)
刊　(print)　一立斎広重画　(Ichiryûsai Hiroshige)　2冊　18.2×12.2　82丁（前編-40丁・後編-42丁）嘉永4年（1851）3月の改印　江戸・藤岡屋慶次郎　(Edo/Fujiokaya Keijirô)　全 complete
色刷〔口絵墨・薄墨・朱・青。本文墨・青（二編は口絵なし）〕。題簽・内題「東海道風景図会」。柱「東海　　上三」。刊記「嘉永四亥年初春刊行／東都書林　松林堂　通油町藤岡屋慶次郎／三都書林／京　吉野屋勘兵衛／大坂　敦賀屋九兵衛／同　綿屋喜兵衛／東都　須原屋茂兵衛／同　同　伊八／同　山城屋佐兵衛、同　同　政吉／同　出雲寺萬次郎／同　和泉屋市兵衛／同　山口屋藤兵衛／同　森屋治郎兵衛／同　丁子屋平兵衛／同　山崎屋清七／同通油町藤岡屋慶次郎版」。広告「艸筆画譜《さうひつくわふ》　〈初編／二編〉歌川広重画／東海道風景図会《たうかいたうふうけいのづゑ》　〈前／後〉全二冊／柳下亭種員記／彫工本町　吉田虎吉」。前編1冊、後編1冊。柳下亭種員跋。

LI-0100　**立斎広重真景**　(Ryûsai hiroshige shinkei)
刊　(print)　一立斎広重画　(Ichiryûsai Hiroshige)　2冊　18.1×12.2　43丁（①23丁・②20丁）安政6年序（1859）　全 complete
書き題簽「立斎広重真景 初（二）」。各冊末「広重筆」。①己未新春　あさ草の柳々仙果。②立斎誌。

LI-0101　**〔諸国名所発句集〕**　(〔Shokoku meisho hokkushû〕)
刊　(print)　菊守園見外編／歌川広重画　(Kikushuen Kengai /Utagawa Hiroshige)　2冊　18.1×12.1　35丁（③18丁・④17丁）嘉永3年（1850）序／嘉永5年（1852）序　江戸・永楽屋丈助　(Edo/Eirakuya Jyôsuke)　全 complete
題簽「名所発句集 三（四）篇」。【3篇】表紙見返し「「片山」（朱印）「圭治」（朱印）／菊守園見外先生輯／名所発句集　三編／一立斎広重先生画図　東海堂蔵版」。広告「〈諸国／名所〉発句集〈初篇出板／佳本精製〉全四冊／二篇三篇四篇続而出板／田喜庵護物翁校／田桂園護岳大人輯／渓斎英泉翁画図」。【4篇】表紙見返し「星喜庵北因先生輯　東海堂上梓／諸国名所発句集　四編／一立斎広重先生画」。広告、4篇巻末、江戸東海堂永楽屋丈助3丁。江戸・永楽屋丈助ほか9肆。3篇（序）きく守園見外／嘉永庚戌春。（題字）きく守見外。4篇（序）嘉永5年春星喜庵北因（題字）無揚（北因）。※上欄外に改印「村松」「福」。

LI-0102　**東海道名所画帖**　(Tôkaidô meisho gajô)
刊　(print)　双雀斎氷台編／歌川広重画　(Sôjakusai Hyôdai /Utagawa Hiroshige)　1冊　18.2×12.1　25丁 嘉永4年（1851）序　江戸・永楽屋丈助　(Edo/Eirakuya Jyôsuke)　全 complete
題簽「東海道名所画帖 全」。表紙見返し「一柳斎広重筆／東海道名所画帖／東魁堂」。蔵書印、15ウに「橋本氏」、他に難読の印あり。※『東海道名所発句集』の改題本か。（序）嘉永辛亥

秋　双雀斎氷台。

LI-0103　**絵本江戸土産**　(Ehon edomiyage)
刊　(print)　歌川広重画　(Utagawa Hiroshige)　9冊　18.1×12.1　228丁（②27丁・③26丁・③26丁・④25丁・⑤25丁・⑥24丁・⑦25丁・⑧25丁・⑨25丁）嘉永3年（1850）序（2～4編）／文久元年（1861）序（8編）／元治元年（1864）（9編）　江戸・菊屋幸三郎（金幸堂）(Edo/Kikuya Kôzaburô)　2～9編存（初編・10編欠、3編重複）only 2-9Hen
題簽「絵本江戸土産 二編（三編・西・四【朱書】・五編・□・七編・八編・九編）」。見返し題、二編・九編「絵本江戸土産」、三編・六編「画本江戸みやけ」、五編・八編「絵本江戸みやけ」、七編「江戸みやけ」、四編表紙見返しなし。表紙見返しには他に編次と「広重筆」「金幸堂梓」とあり。蔵書印、2編1ウ・27ウに朱の方印「沢田定長」、3編・5編・7編・8編にも同印あり。4編朱文円印「石〓」。3編重複本と6編には印なし。刊記、2編「馬喰町二丁目菊屋幸三郎」ほか11名、3編「馬喰町二丁目　菊屋幸三郎板」ほか11名、3編重複本「馬喰町二丁目菊屋幸三郎版」と広告、4編5編7編「馬喰町二丁目菊屋幸三郎板」ほか11名（異同あり）、6編「馬喰町二丁目菊屋幸三郎」と広告、8編「人形丁通乗物町 菊舎幸三六（印「金幸堂」）」ほか12名、9編「人形町通り乗物町菊舎幸三六」ほか12名。広告、3編に「大悲妙智《だいひのめうち》達磨軸《だるまのちゞく》　〈斗文作／豊国画〉／願掛重宝記《ぐわんかけちやうはうき》」、4編表紙見返し「清涼香《すゞしかう》」色刷、6編「清涼《すゞし》香《かう》」。※『日本名著全集』江戸文藝之部第三十巻「風俗圖繪集」に初編～六編影印。※会津若松市立会津図書館林文庫蔵本は10冊揃、題簽「繪本東京土産」、見返し題（及び序題の一部）からも「江戸」の文字削除。2編（序）庚戌夏日　松亭漁父誌〔金我之印〕。3編・3編重複本（序）庚戌仲秋日　金水道人題。4編（序）庚戌初冬　一立斎広重述。5編（序）金水道人誌。6編（序）松園主人梅彦。7編（序）金水道人誌。8編（序）辛酉仲秋　松斎迂叟誌。9編（序）甲子夏日　柳廼門主人春水記／竹堂書。

LI-0104　**草筆画譜**　(Sôhitsu gafu)
刊　(print)　歌川広重画　(Utagawa Hiroshige)　3冊　18.2×12.2　62丁（①21丁・②21丁・③20丁）嘉永元年（1848）序（初編）／嘉永3年（1850）序（二編）／万延2年（1865）序（三編）　初編～3編存（4編欠）lack 4Hen
多色刷。題簽「草筆画譜　三編」。表紙見返し、初編「草筆画譜 初編／一立斎広重筆　　松木堂梓」、二編「草筆画譜二編／広重筆　　松木堂寿梓」、三編「草筆画譜 三編 錦昇堂板／広重筆」。序題（二編・三編）「草筆画譜」。裏表紙見返し（初編・二編）「三都書林／京　吉野屋勘兵衛／大坂　敦賀屋九兵衛／同　綿屋喜兵衛／東都　須原屋茂兵衛／同　同伊八／同　山城屋佐兵衛／同　同政吉／同　出雲寺萬次郎／同　和泉屋市兵衛／同　山口屋藤兵衛／同　森屋治郎兵衛／同　丁字屋平兵衛／同　山崎屋清七／同通油町　藤岡屋慶次郎版」。初編（序）嘉永戊申初秋　柳亭種員誌。二編（序）嘉永三年　本町庵小三馬酔中誌。三編（序）萬延二辛酉孟春　仮名垣魯文 誌。

LI-0105　**絵本手引草**　(Ehon tebikigusa)
刊　(print)　一立斎広重画　(Ichiryûsai Hiroshige)　1冊　18.2×12.2　21丁　嘉永2年（1849）か　江戸・藤岡屋慶次郎　(Edo/Fujiokaya Keijirô)　初編存 only Syohen
多色刷。内題「絵本手引草」。刊記「三都書林／大坂　敦賀屋九兵□／同　綿屋喜兵衛／東都　須原屋茂兵衛／同　同　伊八／同　山城屋佐兵衛、同　同　政吉／同　出雲寺萬次郎／同　和泉屋市兵衛／同　山口屋藤兵衛／同　森屋治郎兵衛／同　丁子屋平兵衛／同　山崎屋清七／同通油町　藤岡屋慶次郎版」。近代の方眼紙に青ボールペンで書いたメモ「絵本手引草　嘉永2年 cf.p.55／ Ukiyoe Art 1968⑱―嘉永とのみあり。／巻数ナシ　出版元ナシ　M.C には初編のみ。しかし後篇にて風景画の手ほどきをしようと考えていたことが分る。」（「初編」「後篇」は丸で囲んである。）蔵書印、「たばねのし」の絵、こすれにて判読不明のもの一つ。初丁上に刷印「村田」円印。嘉永2年1月、柳下亭種員序。

LI-0106　**都名所百景**　(Miyako meisho hyakkei)
刊　(print)　東居画・北水画・国周画・春翠画・玉周画　(Tôkyo・Hokusui・Kunichika・Shunsui・Gyokushû)　1冊　25.1×18.6　102丁　幕末

（改印なし）（1850～）　大坂・石川屋和助
（Osaka/Ishikawaya Wasuke）　全 complete
LI-0107と対、同じ表紙。内題「都名所百景」。中判錦絵「都名所百景」シリーズを全て合集したもの。紙の質がまちまちである。摺の状態はよい。細目：１・２「都名所百景」目録２枚〈平の町／淀や橋〉石和板、３「都」御所・東居、４「都百景」（以下、これが全て頭に付く）洛北上加茂神社・東居、５鴨川流上　下加茂社・北水、６下加茂御手洗川・東居、７祇園表門大鳥居・北水、８祇園御旅所・東居、９祇園街夕陽・北水（以下24まで北水）、10大仏鐘、11大仏門前耳塚、12三十三間堂射前、13にし大谷めかねはし、14丸山新樹、15吉田朝霧、16八坂法観寺、17智恩院門前、18双林寺朧夜、19三条大橋比叡山春霞、20四条河原夕すゝみ、21五條橋下、22松原道白雨、23高台寺舩形門、24南禅寺山門深雪、25洛北金閣寺・東居、26銀閣之雪曙・北水画（以下29まで北水）、27通天橋紅楓、28若王寺三の滝、29西行庵木枯、30洛北貴船社・東居（以下36まで東居）、31北岩倉大雲寺、32松ヶ崎、33洛西龍安寺、34幡枝村円通寺、35清和院蜘蛛塚、36北野天満宮、37舩岡山遠見鏡・北水、38洛西嵐山・東居、39洛北鳴滝・東居、40建仁寺町蛭子社・北水、41洛北今宮社・東居、42岩屋山金峯寺・東居、43叡山より湖水を望・北水、44叡山双輪塔・北水、45洛北西加茂・東居（以下48まで東居）、46小野庄杉板道風社、47壬生寺狂言、48御菩薩池、49安井金毘羅・北水、50西高瀬紙屋川水門・洛春翠、51淀秋暁・北水、52嶋原・北水、53祇園会宵餝・玉周、54錦天神・東居、55加茂川北三本木・東居、56二条革堂・東居、57二条堀川橋・玉周、58六角堂西国十八番札所・東居、59四条の七辻・玉周、60本願寺・東居（以下66まで東居）、61飛雲閣、62東本願寺大門、63洛北鞍馬、64洛北三宅八幡、65百丈山石峯山、66野々宮、67四明ヶ嶽・玉周、68黒谷金戒光明寺・玉周、69愛宕山日暮滝・東居、70西山月輪寺・東居、71広沢池・東居、72高雄の丹楓・玉周、73洛北栂尾・東居（以下78まで東居）、74御室、75東殿、76空也堂、77東寺秘密法院、78洛南六孫王遍照心院、79久世の橋向日明神望・玉周、80洛西長岡天満宮・東居、81洛西梅宮・東居、82太秦牛祭・東居、83愛宕山朝日峯・玉周、84永観堂・東居（以下93まで東居）、85真如堂、86縄手大和橋、87霊山、88鳥辺山、89長楽寺、高台寺唐傘亭、90音羽山清水寺、91六波羅密寺西国十七番札所、92洛東剣宮、93泉涌寺、94伏見稲荷三ヶ峯・玉周、95伏見京橋・国員、96宇治橋平等院望・玉周、97淀大橋・国員、98洛西柳谷・東居、99山崎天王山并ニ宝寺・玉周、100雄徳山八幡宮・玉周。

LI-0107　**浪花名所百景**　（Naniwa meisho hyakkei）
刊　（print）　国員・芳瀧・芳雪画　（Kunikazu・Yoshitaki・Yoshiyuki）　１冊　25.0×18.6　102丁
幕末（改印なし）（1850～）　大坂・石川屋和助
（Osaka/Ishikawaya Wasuke）　全 complete
多色刷。平野町淀屋橋・石和板の錦絵シリーズを冊子に綴じたもの。刷・保存状態は良好。LI-0106と同じ装丁である。目録及び各図に改印なし。細目：１・２「浪花名所百景」目録２枚、３錦城の馬場・国員画（以下19まで国員）、４今橋、５八軒屋夕景、６さくらの宮景、７堂じま米市、８鮹の松夜の景・（板元）御霊軒、９解舟町・御霊軒、10浪花橋夕涼、11真言坂・御霊軒、12天神祭り夕景、13松のはな、14新町店さき、15生玉絵馬堂・御霊軒、16源八渡シ口・御霊軒、17北妙けん堤・御霊軒、18住吉高とうろう・御霊軒、19天満市場、20高津・芳瀧画（以下35まで芳瀧）、21梅やしき、22さな田山三光堂、23増井浮瀬、24天満天神、25雑喉場、26四ツ橋、27長堀石浜、28今宮蛭子宮、29広田社、30長堀財木市、31森の宮蓮如松、32福しま逆櫓松、33野田藤、34茨住吉、35松屋呉服店、36四天王寺・南粋芳雪画（以下52まで芳雪画）・（板元）御霊軒・（以下52まで、彫工板定とあり）、37四天王寺合法辻、38河堀口、39生玉弁天池夜景、40道頓堀太左衛門橋雨中、41十三中道、42木津川口千本松、43茶臼山・御霊軒、44うら之杜若、45覚満寺之夕景、46勝曼院愛染堂、47しりなし陣づゝみ甚兵衛の小家（目録「尻なし甚兵衛小家」とする）、48堀川備前陣家、49安居天神社、50広田星ヵ池稲荷、51新清水紅葉坂滝、52産湯味原池、53筋鐘御門・国員画（以下59まで国員）、54三大橋、55天満ばし風景、56あみ嶌風景、57川碕御宮（目録「建玉寺御宮」）、58三井呉服店、59浜村鬼子母神、60北瓢

亭（画工・板元など記さず）、61宗禅寺場々・国員画、62玉江橋風景・国員画、63戎橋天満宮御旅所・国員画、64川口雑喉場つきじ・芳瀧画、65安治川ばし・国員画、66下安治川随山・芳雪画・彫工板定、67天保山・芳雪画・彫工板定、68新町廓中九軒夜桜・芳瀧画、69あみだ池・芳瀧画、70永代浜・芳瀧画、71北之大融寺・国員画（以下75まで国員）、72両本願寺、73大江ばしより鍋しま風景、74二軒茶や風景、75道頓堀角芝居、76長町裏遠見難波蔵・芳瀧画、77吉助牡丹盛り・芳雪画・彫工板定、78鉄眼寺夕景・芳雪画・彫工板定、79天王寺増井・芳瀧筆、80西照庵月見景・森芳雪画、81野中観音桃華盛り・芳瀧画、82浅沢の弁才天・芳瀧画、83住吉反橋・芳瀧画、84住吉本社・国員画、85住よし大和橋・芳瀧筆、86京橋・芳雪画・御霊軒・彫工板定、87川崎ノ渡月見景・芳雪画・彫工板定、88樋の口・芳雪画・御霊軒・彫工板定、89毛馬・芳雪画、90長柄三頭・国員画、91芝嶋晒堤・国員画、92江口君堂・国員画、93佐太村天満宮・芳雪画、94三嶋沢・国員画、95寿法寺・芳瀧画、96舎利寺・芳瀧画、97御勝山・芳雪画・御霊軒、98茶臼山雲水・芳雪画・彫工板定、99四天王寺伽藍・国員画、100天下茶やぜさい・芳瀧画、101住吉岸姫松・芳瀧画、102住よし五大力・芳瀧画（以上）。

LI-0108a　**糸桜女臈蜘**　（ Itozakura jorôgumo）
刊　（print）　鳥居清経画　（Torii Kiyotsune）　1冊　17.1×12.3　10丁　明和６年（1769）　江戸・丸屋小兵衛　（Edo/Maruya Kohê）　全 complete
黒本・青本。書き題簽「〈炉燵夢／筐の絹〉糸桜女臈蜘　鳥居清経画　全」。柱「○　丸小□女郎くも上　｜一（丁付）」。裏表紙見返しに原題簽の貼付あり。

LI-0108b　**薄化粧七人美女**　（Usugesyô shichinin bijo）
刊　（print）　鳥居清経画　（Torii Kiyotsune）　1冊　17.1×12.5　10丁 安永７年（1778）　江戸・伊勢屋治助　（Edo/Iseya Jisuke）　全 complete
黒本・青本。書き題簽「将門七人美女　鳥居清経画　完」。柱「■七人ひ女上　　三」。表紙見返しに原題簽（絵題簽）の貼付あり。

LI-0108c　**〈持／遊〉太平記**　（Mochiasobi Taihei-ki）
刊　（print）　鳥居清経画　（Torii Kiyotsune）　1冊　17.3×12.4　10丁 安永６年（1777）　江戸・松村屋弥兵衛　（Edo/Matsumuraya Yahê）　全 complete
黄表紙。書き題簽「手あそび　鳥居清経画　完」表紙見返しに原題簽一枚の貼付あり「松村」。「〈持／遊〉太平記　上」。題簽に描かれる役者は初世坂東三津五郎・三世瀬川菊之丞か。『黄表紙総覧』前編92頁。

LI-0109　**花鳥山水図式**　（Kachô sansui zushiki）
刊　（print）　葛飾為斎画　（Katsushika Isai）　5冊　12.4×17.5　初編-21丁・２編-21丁・３編-21丁・４編-26丁・５編-26丁 明治９年（1876）　東京・稲田佐兵衛、稲田源吉　（Tokyo/Inada Sahê, Inada Genkichi）　全 complete
刊記、初編なし、二編「〈歳辛酉／孟夏日〉葛飾為斎画」、三編「〈歳癸亥／初冬日〉〈葛／飾〉清水為斎画」、四編「〈元治甲子／孟冬新鐫〉葛飾為斎画」、五編「〈花鳥／山水〉細画図式〈自初篇／至五篇〉五冊／慶應二丙寅年出版／明治九年五月十八日版権免許／画工　葛飾為斎／出版人 稲田佐兵衛　日本橋区通二丁目廿番地／稲田源吉　同町十九番地」。初編（序）金水山人、二編（序）山々亭有人、三編（序）元治元年晋永機、四編（序）松川主人、五編（序）東小哥判者蒄寄可〓翁※明治９年印稲田佐兵衛の揃板か。

LI-0110　**他力之焼〓（糸偏＋匱）**　（Tariki no yakitsugi）
刊　（print）　竹塚東子述、北周画　（Takenozuka Tôshi, Hokushû）　合１冊　16.4×12.5　15丁〔文化３年（1806）序〕　江戸・岩戸屋喜三郎　（Edo/Iwatoya Kisaburô）　前編下巻、後編上・下巻存　only Zenpen Gekan, Kôhen Jôkan Gekan
コーニッキー目録『〈身＋半／討〉他力之焼《たりきのやきつき》』（『黄表紙総覧』後編432頁）。柱、前編下巻「かたミうち　　十一●」、後編上16～20丁「●かたみ　　十六」、後編下26～29丁「かたみ　廿六●」30丁「かたみ後編　　三十丁●」。15丁文中に「此後編三巻は…」とあり。16丁欄上に「後編三冊物」とあり。

LI-0111 **〔朝比奈島渡〕** （〔Asahina shimawatari〕）
刊 （print） 富川吟雪画 （Tomikawa Ginsetsu） 1冊 16.7×12.3 8丁 安永5年（1776） 江戸・西村屋与八 （Edo/Nishimuraya Yohachi） 巻中・下存 only Chûkan, Gekan
黒本・青本。6丁～9丁、11丁、13丁～15丁存。柱「しまわたり中■　六（～九）」「しまわたり下　■十一（～十五）」。6オ欄上に商標。15オ・ウ「馬喰町角西村や版」。

LI-0112a **怜悧怪異話** （Ki no kiita bakemono katari）
刊 （print） 十返舎一九作 （Jippensha Ikku） 1冊 17.2×12.7 5丁 文化3年（1806）序 江戸・山口屋藤兵衛 （Edo/Yamaguchiya Tôbê） 1～5丁存 only1-5Page
黄表紙。題簽「怜悧怪異話《きのきいたばけものかたり》上」。絵題簽。右下に「寅春新刻　山口」。表紙右下に朱書「文化三」。柱「■はけ物一（～五）」。「序」文化三のとし初春、山里亭東士識（摺印「東士」）。

LI-0112b **〔今度者鬼息子〕** （〔Kondo wa oni-musuko〕）
刊 （print） 南杣笑楚満人作、豊国画 （Nanshô Somahito, Toyokuni） 合1冊 17.4×12.7 10丁〔寛政9年（1797）〕〔江戸・和泉屋市兵衛〕 （Edo/Izumiya Ichibê） 全 complete
黄表紙。柱「おにむすこ　一（～十）」。書名は『黄表紙総覧』中編547頁による。

LI-0113 **報讐霰松原** （Katakiuchi arare matsubara）
刊 （print） 十返舎一九作、一柳斎豊広画 （Jippensya Ikku, Ichiryûsai toyohiro） 2冊 17.4×13.2 26丁（上-12丁・下-12丁 ） 文化3年（1806）序
江戸・紀伊国屋利助 （Edo/Kinokuniya Risuke）
合巻。書き題簽「報讐霰松原《かたきうちあられまつばら》／上（下）」。柱、上冊「■ふたりかう︵｜序（一～五）」「■六（～十二）」、下冊「十三（～廿五）」。刊記「書房　東陽銀座四町目紀伊國屋利助寿梓」。※コーニッキー目録に［復讐両士孝行《かたきうちふたりこうこう》］『古典籍総合目録DB』『黄表紙総覧』後編457頁。「叙」十遍舎一九誌、文化丙寅孟春。

LI-0114a **〔やぼでない〕** （〔Yobodenai〕）
刊 （print） 1冊 17.0×12.4 10丁 全 complete
黄表紙。外題「やほてない」。柱「■やぼでない　（丁付）」。『黄表紙総覧』に立項なし。

LI-0114b **十四傾城腹之内** （Jûshi keisei hara no uchi）
刊 （print） 芝全交作 （Shiba Zenkô） 合1冊 17.0×12.3 15丁 寛政5年（1793）序 江戸・鶴屋喜右衛門 （Edo/Tsuruya Kiemon） 全 complete
黄表紙。題簽「十四傾城腹之内」。題簽中央上に鶴の丸。柱「十四　（丁付）」。（序）癸丑陬芝全交。

LI-0114c **闇羅三茶替** （ Yamiramiccha gawari）
刊 （print） 芝全交作 （Shiba Zenkô） 合1冊 17.7×12.7 13丁〔天明4年（1784）〕 江戸・鶴屋喜右衛門 （Edo/Tsuruya Kiemon） 13・14丁欠 lack 13, 14 Page
黄表紙。題簽「〈新／板〉闇《やみ》羅《ら》三茶替《ミつちやかハり》」。柱「■ミつちやかわり上　（丁付）」「ミつちや中（下）　■　（丁付）」。刊年は考証による。自序（「題芝全交」）。

LI-0114d **〔亀鶴見廻雨〕** （〔Kikaku mimeguri no ame〕）
刊 （print） 市場通笑作 （Ichiba Tsûshô） 合1冊 17.0×12.5 10丁〔天明元年（1781）〕 全 complete
黄表紙。書き題簽「名句雨　通笑作　完」。柱「■名句雨上（下）　（丁付）」。『黄表紙総覧』前編301頁。『蔦重出版書目』に記載なし。

LI-0114e **〔かけねなし正直噺〕** （〔Kakenenashi shôjikibanashi〕）
刊 （print） 市場通笑作 （Ichiba Tsûshô） 1冊 17.1×12.4 14丁〔安永8年（1779）序〕 江戸・奥村屋源六 （Edo/Okumuraya Genroku） 2丁欠 lack 2Page
黄表紙。書き題簽「かけねなし　通笑作　完」。柱「○｜かけねなし｜○　▲（丁付）」。『黄表紙総覧』前編174頁。

LI-0114f **〔大通人仲間入〕**（〔Daitsûjin nakamairi〕）
刊（print） 市場通笑作（Ichiba Tsûshô） 1冊 17.2×13.3 10丁〔天明元年（1781）か〕江戸・松村屋弥兵衛（Edo/Matsumuraya Yahê） 6～15丁存 only 6-15 Pages
黄表紙。外題「絵本大通　全」。柱「大通■六（～十五）」。『黄表紙総覧』前編300頁。

LI-0114g **〔虚言八百万八伝〕**（〔Usohappyaku mampachi den〕）
刊（print） 四方屋本太郎作、鳥居清長画（Yomoya Hontarô, Torii Kiyonaga） 1冊 17.1×12.5 16丁〔安永9年（1780）〕 江戸・蔦屋重三郎（Edo/Tsutaya Jyûzaburô） 2オ欠 lack 2 Page
黄表紙。書き題簽「万八　完」。巻首題「萬八伝」。柱「万八」。『黄表紙総覧』前編238頁。「序」神無月みそか四方屋本太郎正直正路館にしるす。大田南畝作。

LI-0114i **〔あさいな〕**（〔Asahina〕）
刊（print） 1冊 17.0×12.4 10丁 江戸・鶴屋喜右衛門（Edo/Turuya Kiemon） 全 complete
黒本・青本。書き題簽「あさいな　完」。柱「あさいな■」。1オ欄上に鶴の丸の商標。

LI-0114j **藤原千方退治記**（Fujiwara no chikata taijiki）
刊（print） 1冊 17.2×12.4 15丁〔寛延2年（1749）〕 江戸・鱗形屋孫兵衛（Edo/Urokogataya Magobê） 全 complete
黒本・青本。書き題簽「藤原千方退治記　全」。柱「■　｜ちかた　△（丁付）」。『叢』24号（2003年2月）に橋本智子の翻刻・書誌・考察あり。

LI-0114l **江ノ島児ガ淵**（Enoshima chigogafuchi）
刊（print） 1冊 17.0×12.3 14丁 15丁欠か lack 15Page
黒本・青本。書き題簽「えのしま　完」。柱「■えのしま■（丁付）」。『叢』7号（1984年4月）に山下琢巳の翻刻・書誌あり。

LI-0114m **〔八幡太郎島廻硯〕**（〔HachimanTarô tôkaisuzuri〕）
刊（print） 1冊 17.5×12.8 10丁〔宝暦8年（1758）〕 江戸・西宮新六（Edo/Nishinomiya Shinroku） 全 complete
黒本。書き題簽「しまめくり　全」。柱、1～5丁「〓しまめくり　（破損）」、6～10丁「〓しまめくり　■（丁付）」。※木村八重子「未紹介黒本青本」38（『日本古書通信』2013年9月）

LI-0114n **〔富多高慢噺〕**（〔Tonda kômanbanashi〕）
刊（print） 豊川里舟作、鳥居清長画（Toyokawa Risyû, Torii Kiyonaga） 1冊 17.0×12.6 4丁〔天明3年（1783）〕 江戸・西村屋与八（Edo/Nishimuraya Yohachi） 1～4丁存 only 1-4 Page
黄表紙。柱「〓まなぶり上　（丁付）」。『黄表紙総覧』前編463頁。

LI-0114p **〔化物曾我物語〕**（〔Bakemono sogamonogatari〕）
刊（print） 1冊 17.0×12.7 5丁〔延享3年（1746）〕 江戸・村田屋次郎兵衛（Edo/Murataya Jirobê） 6～10丁存 only 6-10 Page
黒本・青本。柱「そか　六（～十）」。諸道具の曽我もの。版元は六丁表の商標より。

LI-0114q **〔徳冶伝〕**（〔Tokuji den〕）
刊（print） 〔泉昌有画〕（〔Sen Shôyû〕） 1冊 17.0×12.7 6丁〔天明7年（1787）〕 江戸・西宮新六（Edo/Nishinomiya Shinroku） 1・6・7・10丁欠 lack 1, 6, 7, 10 Page
黄表紙。柱「（魚尾）咄　（丁付）」。丁付「二・三・四・五・八・九」、一・六・七、及び九の後が落丁か？丁付の二オ「ゐしや長ばなし」二ウ「四季句」三オ「どじやう」三ウ「不思議」四オ「どうらくむすこ」四ウ「御能」五オ「鮒」五ウ「棟あげ」八オ「つゞみうち」八ウ「さゞい」九オ「はね鼠」九ウ「かなぼう」。黄表紙仕立ての絵入小咄本（『黄表紙総覧』前篇723頁）。泉昌有とは、勝川春山の別号。

LI-0115a **菓物見立御世話咄**（Kudamono mitate osewabanashi）
刊（print） 〔北尾政演画〕（〔Kitao Masanobu〕）

合1冊　17.7×12.8　8丁〔安永9年（1780）〕江戸・鶴屋喜右衛門　(Edo/Tsuruya Kiemon)　落丁か Not complete
黄表紙。題簽「〈菓《くだ》／物《もの》〉見立御世話咄《みたておせわばなし》（以下破損）」。コールニッキー目録では同一番号で二点（二枚）としているが、当該原本は一冊。二作を一冊に合綴したもの。柱「■くたもの　（丁付）」。『黄表紙総覧』前篇265頁。

LI-0115b　**〔髪手本通人蔵〕**　(〔Kamidehon tsûjin gura〕)
刊　(print)　里山人作、北尾政美画　(Risanjin, Kitao Masayoshi)　合1冊　17.7×12.8　10丁〔天明4年（1784）、天明5年（1785）の2説あり〕　江戸・西村屋与八　(Edo/Nishimuraya Yohachi)　6～15丁存 only 6-15 Pages
黄表紙。柱「○｜かみでほん■　｜（丁付）」。書名は『黄表紙総覧』前篇554頁621頁による。

LI-0116a　**鯉之瀧登**　(Koi no taki nobori)
刊　(print)　富川房信画　(Tomikawa Fusanobu)　1冊　17.3×12.3　8丁　落丁有 Not complete
黒本・青本。書題簽「鯉之瀧登」。柱「■こいのたきのほり」丁付不明。隅田川もの。「双生隅田川」と「法界坊」のないまぜ。

LI-0116b・c　**〔執着胸緋桜〕・〔作品名未詳〕・〔十六島千代之碑〕**　(〔Shûjaku mune no hizakura〕〔Uppurui chiyo no ishibumi〕)
刊　(print)　c：富川吟雪画　(Tomikawa Ginsetsu)　合1冊　16.7×13.3　9丁 c: 安永4年（1775）　c: 江戸・鶴屋喜右衛門　(c: Edo/Tsuruya Kiemon)　b: 3-5・7-8丁、c: 3-5丁　存 b: only 3-5, 7-8 Pages c: only 3-5Pages
黒本・青本。三作品が合綴されている。落丁錯簡有（b：3～5丁、7～8丁存、c：3～5丁存）。柱「愛じやく〓　七（～八）」「■あいちやく　三（五）」「（不明）」「■十六嶋　？（四・五）」。

LI-0117　**〔稗史億説年代記〕**　(〔Kusazôshi kojitsuke nendaiki〕)
刊　(print)　式亭三馬作　(Shikitei Samba)　合1冊　17.2×12.6　15丁　享和2年（1802）　江戸・西宮新六　(Edo/Nishinomiya Shinroku)　全 complete
角書き「又焼直鉢冠姫」、巻首題「稗史《くささうし》家《つう》不《ぶ》重《てう》宝《ほう》記《き》」。柱「■年代　（丁付）」。

LI-0118　**絵本高名二葉艸**　(Ehon kômyô futaba-gusa)
刊　(print)　月岡雪鼎画　(Tsukioka Settei)　3冊　26.9×18.2　45丁（上16丁・中15丁・下14丁）　宝暦9年（1759）　大坂・藤屋弥兵衛ほか　(Osaka/Fujiya Yahê etc)　全 complete
墨印（手彩色あり）。題簽・目録題「絵本高名二葉艸」。刊記「摂陽画生月岡露仁斎昌信／剞劂子　阪本甚兵衛／宝暦九己卯歳冬／皇都寺町松原下ル町　梅村三郎兵衛／東都大伝馬町三丁目　鱗形屋孫兵衛／浪花高麗橋一丁目　藤屋弥兵衛」。「日本鐘〓図伝序」宝暦九年冬浪華白洲樵夫序。※山本ゆかり「月岡雪鼎と絵本」（『江戸の絵本』八木書店）。

LI-0119　**画本手鑑**　(Ehon tekagami)
刊　(print)　法眼春卜画　(Hôgan Shumboku)　1冊　26.8×18.2　巻1-19丁・巻2-15丁・巻3-17丁・巻4-22丁・巻5-23丁・補遺序-1丁・巻6-18丁　享保5年（1720）、宝暦11年（1761）後印　江戸・須原屋茂兵衛、大坂・大野木市兵衛　(Edo/Suwaraya Mohê, Osaka/Ônogi Ichibê)　全 complete
題簽「画本（以下破損）」。柱「初巻　△｜二」（巻二・二～十五終、巻三・二～十七終）、「巻上　△｜二（～廿二）」（巻中・二～廿三、巻下・一～十八終）、目録には巻一～六とあり。内題、扉に「妙画品類」、序に「絵本手鑑」、各巻目録に「画品筆鋒」。刊記・広告「画工　法眼春卜纂／宝暦十一年辛巳孟冬再校／書林／江府日本橋南壹町目　須原屋茂兵衛／浪華心斎橋安堂寺町　大野木市兵衛／宝文堂蔵板豫顯目録／大坂心斎橋筋安堂寺町／南江入西側書林秋田屋／大野木市兵衛／唐土訓蒙図彙／画本故事談／画典通考／仏像図彙／画本手鑑（など96種の本の紹介文を含む広告あり）」。コーニッキー目録書名は「和漢名筆絵本〔手鑑〕」。（序）享保5年、法橋春卜藤原愛董。（跋）享保5年、竹田静専。

LI-0120　**暁斎画談**　(Kyôsai gadan)
刊　(print)　河鍋暁斎画、瓜生政和著　(Kawanabe Kyôsai, Uryû Masakazu)　4冊　25.2×17.7　内篇巻之上-39丁・巻之下-40丁・外篇巻之上-36丁・巻之下-36丁　明治20年（1887）序　全 complete
帙は原のもの。雷公もしくは鬼が竜の背に乗り、鏡を持つ図。魁星図のもじりか。内篇巻之上の表紙見返しも同図。内篇上・下、外篇上・下。表紙は巨勢金岡の図。明治20年7月、自序。

LI-0121　**〈花鳥／山水〉北樹画譜**　(Kachô sansui hokuju gafu)
刊　(print)　北樹画　(Hokuju)　1冊　18.0×12.0　20丁　嘉永5年（1852）11月改印　江戸・丁字屋平兵衛　(Edo/Chôjiya Heibê)　全 complete
内題は「〈花鳥／山水〉北樹画譜」。1オに嘉永5年11月の改印。6年刊か。表紙裏に埼玉県士族高藤みね・章と墨書。裏表紙見返しに湯島天神町一丁目○○○○浅の○○と墨書あり、上より墨で消してある。

LI-0122　**〈狂／歌〉三都名所図会**　(Kyôka santo meishozue)
刊　(print)　梅廼屋鶴子撰、葵岡北渓画　(Umenoya Kakushi, Kioka Hokkei)　1冊　23.0×16.6　58丁　文政9年（1826）　全 complete
外題は「三都図会」と表紙に刷。見返し題に「狂歌三都名所図会」。表紙見返しに「文政九丙戌五月本町連蔵」と刷。最初の15丁は三都名所図。梅の屋鶴子序。原表紙欠。

LI-0123　**狂歌万花集**　(Kyôka bankashû)
刊　(print)　芍薬亭先生撰、北渓画　(Shakuyakutei sensei, Hokkei)　1冊　21.9×15.5　74丁　文政年間（1818～1829）　全 complete
題簽、鉛筆書きで「Hokkei　狂歌万花集」。見返しに「芍薬亭先生撰／拱斎北渓画／狂歌万花集／雕刀　松茂堂／耕々亭／玉光舎／催主　狂歌屋歌膝」。蔵書印（朱方印）「文清舎」（LI-0077、0078に同種蔵書印あり）。

LI-0124　**蕙斎略画三十六歌仙**　(Keisai ryakuga sanjûrokkasen)
刊　(print)　古今亭音人撰、蕙斎画　(Kokontei Otondo, Keisai)　1冊　20.2×14.8　24丁　寛政8年（1796）　京都・西村市郎右衛門、江戸・西村源六　(Kyoto/Nishimura Ichirôemon, Edo/Nishimura Genroku)　全 complete
刊記「寛政八年正月。撰者、古今亭（奇）人。彫工、朝倉藤八郎」。巻末跋の前に催馬楽銘春之歌一丁を付す。後印か。古今亭跋。

LI-0125a　**〔絵本若紫〕**　(〔Ehon wakamurasaki〕)
刊　(print)　歌川豊国画　(Utagawa Toyokuni)　1冊　21.2×15.1　23丁　寛政12年（1800）　江戸・丸屋文右衛門　(Edo/Maruya Bunemon)　全 complete
題簽剥離。画工歌川豊国／筆工六蔵亭／彫刻安藤園枝。蔵書印（朱文）「会山」「道風」。寛政12年1月、千種菴序。

LI-0125b　**絵本和歌紫**　(Ehon wakamurasaki)
刊　(print)　歌川豊国筆　(Utagawa Toyokuni)　2冊　21.0×15.5　乾-9丁・坤-6丁　江戸・丸屋文右衛門　(Edo/Maruya Bunemon)　全 complete
刊記に「絵本春の若葉　喜多川哥麿筆／近日出来／彩色摺全三冊」とあり。LI-00125aと同図を彩色摺にしたもの。穂並菴主人序。

LI-0126　**神事行燈**　(Shinji andon)
刊　(print)　画師、初編：大石真虎、二編：歌川国芳、三編：渓斎、四編：歌川国直、五編一筆庵英泉　(Ôishi Masatora, Utagawa Kuniyoshi, Keisai, Utagawa Kuninao, Ippitsuan Eisen)　5冊　22.7×15.7　初編-22丁・2編-21丁・3編-21丁・4編-22丁・5編-21丁　文政12年～弘化4年（1829～1847）　名古屋・永楽屋東四郎、江戸・同出店　(Nagoya/Eirakuya Tôsirô, Edo/Eirakuya)　全 complete
多色刷。左記書肆は裏表紙見返し広告末にあり。各冊表紙見返しに「尾張東壁堂蔵板画譜画手本目録」を付す。文政12年4月、蚯蚓乗清序。二編：花笠外史序、三編：尾張小笠山樵序、四編：寅四月、松亭主人序、五編：丁未夏月、小笠老樵序。

LI-0127　**東都花日千両**　(Edo hanabi senryô)
刊　(print)　一陽斎豊国画　(Ichiyôsai Toyokuni)　1冊　23.2×17.2　15丁　嘉永6年（1853）　3

冊のうち１冊のみ存 only 1satu
多色刷（墨・薄墨・朱・青）。題簽「江都目千両　戯場之都」。見開き８面は歌舞伎戯場関係の図彩色。狂歌のみの丁は無郭。

LI-0128　**俳優三階興**　(Yakusha sangaikyô)
刊　(print)　歌川豊国画、式亭三馬著　(Utagawa Toyokuni, Shikitei Samba)　１冊　21.7×15.5　43丁 寛政12年（1800）序　２丁欠 lack 2Pages
多色刷役者絵本。題簽「〈容貌／写真〉 俳優三階興」。絵の部分保存状態良好。寛政12年11月、式亭三馬序。刊記部分２丁欠。

LI-0129　**北斎漫画**　(Hokusai manga)
刊　(print)　葛飾北斎　(Katsushika Hokusai)　１冊　22.4×15.6　29丁 天保５年（1834）序　12編存 only 12Hen
墨印。29ウに「彫工 江川留吉」とあり。天保５年春序。

LI-0130A　**〔三ツ物絵尽〕**　(〔Mitsumono-ezukushi〕)
刊　(print)　江島其磧・同嘉磧作、西川祐信画　(Ejima Kiseki, Ejima Kaseki, Nishikawa Sukenobu)　１冊　22.4×15.8　９丁 宝暦期（1751～1763）
書名はコーニッキー目録による。墨印。「目出度月日」江島其磧・同嘉磧序。

LI-0131　**浮世画譜**　(Ukiyo gafu)
刊　(print)　渓斎英泉著　(Keisai Eisen)　１冊　27.8×15.7　31丁 名古屋・永楽屋東四郎、江戸・同出店　(Nagoya/Eirakuya Tôshirô, Edo/Eirakuya)　３編存 only 3Hen
広告「尾張東壁堂蔵板画譜画手本目録」(LI-0126と同じ）見返しに貼付（「煎茶早指南」「俳諧五七集」)。色刷（墨・薄墨・朱)。老少年序。

LI-0132a　**絵本江戸土産**　(Ehon edo miyage)
刊　(print)　歌川広重画　(Utagawa Hiroshige)　３冊　18.1×12.1　初編-東-25丁・南-28丁 嘉永３年（1850）　江戸・菊屋幸三郎、出雲寺万次郎、和泉屋金右衛門、山田屋佐助、丁子屋平兵衛、平野屋平助、袋屋亀蔵、福田屋勝蔵　(Edo/Kikuya Kôzaburô, Izumoji Manjirô, Izumiya Kinemon, Yamadaya Sasuke, Chôjiya Heibê, Hiranoya Heisuke, Hukuroya Kamezô, Hukudaya Katsuzô)　初編（２冊）存 only Syohen
多色刷（墨・薄墨・朱・青）。『国書総目録』は松亭金水を著者として掲げる。丁付なし。初編別の版（請求番号同じ）がある。外題は「絵本江戸土産　東」。巻末に金幸堂菊屋幸三郎の「永福丸」の広告一丁を挿入する。内容：「八ツ見橋の景」「同二」「両国橋」「御厩河岸／駒形堂／金竜山／遠望」「宮戸川／吾妻橋」「隅田川／真乳山の夕景」「隅田堤花盛」「水神の森／真崎の社」「木母寺料理屋」「御前栽畑内川」「花屋敷秋の花園」「柳嶋妙見の社」「押上／花寺」「吾嬬の森」「亀戸／梅屋敷」「亀戸／天神の社」「木下川の風景」「逆井《さかい》の渡」「国府の台／眺望」「真間の継橋《つぎはし》／手子名の社」「利根川／ばらばら松」「中川」「小奈木川《をなぎがわ》／五本松」「五百羅漢／さざゑ堂」。蔵書印（朱印・巻末）「沢田定長」。庚戌初秋日、金水珍人序。

LI-0132b　**絵本江戸土産**　(Ehon edo miyage)
刊　(print)　歌川広重画　(Utagawa Hiroshige)　１冊　18.1×12.1　28丁　嘉永３年（1850）　江戸・菊屋幸三郎　(Edo/Kikuya Kôzaburô)　２編存 only 2Hen
多色刷。題簽「絵本江戸土産　南」。広告：「永福丸／一橋御用」金幸堂菊屋幸三郎（１丁)、「清涼香」(裏表紙見返しに貼付)。内容：「富が岡の牡丹」「富が岡八幡宮」「其二同所山開」「深川三十三間堂」「洲崎弁天」「深川木場」「新大橋万年橋／并正木の社」「中洲三ツ俣」「永代橋」「佃白魚網夜景」「同所狼煙打上の図」「鉄砲洲湊稲荷境内の不二」「築地御防」「其二」「芝浦」「其二」「赤羽根水天宮」「高輪の光景」「同所　二十六夜待」「同所　月の岬」「御殿山の花盛」「其二」「品川海晏寺の紅楓《もみぢ》」「品川沖汐干狩」「南品川／鮫洲大森」「蒲田の梅園」「大森の土産」。終り２丁は薬の広告。庚戌夏日、松亭漁父序。

LI-0133　**忠臣銘々画伝**　(Chûshin meimei gaden)
刊　(print)　松亭金水略記、玉蘭斎貞秀画　(Shôtei Kinsui, Gyokuransai Teishû)　１冊　22.0×15.2　28丁 安政６年（1859）６月　大坂・河内屋藤兵衛、河内屋茂兵衛、京都・俵屋清兵衛、江戸・須原屋茂兵衛、山城屋佐兵衛、須原屋新

兵衛、岡田屋嘉七、丁子屋平兵衛、出雲寺万治郎、須原屋伊八　（Osaka/Kawachiya Tôbê, Kawachiya Mohê, Kyoto/Tawaraya Seibê, Edo/Suwaraya Mohê, Yamashiroya Sahê, Suwaraya Shimbê, Okadaya Kashichi, Cyôjiya Heibê, Izumoji Manjirô, Suwaraya Ihachi）　後編存 only Kôhen
多色刷（墨・薄墨・朱・青・黄）。表紙見返し題「忠臣銘々画伝」、巻首題「忠臣銘々画伝後帙」、扉題「赤尾忠臣銘々画伝後帙」。広告：「本朝忠臣銘々伝　三編　近刻」（紹介文あり）。LI-0138の後編。金水陳人序。

LI-0134　**鳥羽絵三国志**　（Tobae sangokushi）
刊　（print）　長谷川光信画　（Hasegawa Mitsunobu）　3冊　25.8×18.0　26丁（上9丁・中8丁・下9丁）享保5年（1720）、天明8年（1788）後印か　大坂・河内屋喜兵衛　（Osaka/Kawachiya Kihê）　全 complete
墨印。広告：「都会節用集　全一冊」（広告文あり）「字貫節用集　小本全一冊」（広告文あり）「唐明詩学聯錦大全〈薄用揚懐／中本一冊〉」（広告文あり）。中巻三丁目欠落。

LI-0135a　**〔人物略画式〕**　（〔Jimbutsu ryakugashiki〕）
刊　（print）　蕙斎筆　（Keisai）　1冊　26.6×18.2　32丁 寛政11年（1799）　江戸・須原屋市兵衛　（Edo/Suwaraya Ichibê）　全 complete
多色刷。書名、外題、内題、柱題ともになし。叢蘭主人序。

LI-0135b　**畧画苑**　（Ryakugaen）
刊　（print）　蕙斎筆　（Keisai）　1冊　26.2×18.4　30丁 文化5年（1808）　江戸・鍬形氏蔵板　（Edo/ Kuwagata shi）　全 complete
多色刷。蔵書印（朱）。文化5年自序。

LI-0136　**畧画職人盡**　（Ryakuga shokunin zukushi）
刊　（print）　葛飾文々舎編・岳亭定岡画　（Katsu shika Bunbunsha, Gakutei Sadaoka）　1冊　22.3×15.6　26丁 文政9年（1826）　江戸・詞花堂　（Edo/Shikadô）　全 complete
広告：「往古職人図会　一冊／近世職人奇観　一冊／右二部共近刻」。文政9年1月、岳高定岡序。かつしかの蟹魚跋。

LI-0137　**紅毛雑話**　（Kômô zatsuwa）
刊　（print）　森島中良著　（Morishima Chûryô）　5冊　22.2×16.1　104丁（1-26丁・2-19丁・3-21丁・4-17丁・5-21丁）天明7年（1787）　江戸・須原屋市兵衛　（Edo/Suwaraya Ichibê）　全 complete
天明7年夏、玄沢大槻茂質序。天明7年季秋、桂川甫周国陽序。前野達跋。天明7年秋、東都宇晋跋。広告「森島二郎著述書目／西洋奇談　近刻　全五冊／万象雑組　同　全十冊」。蔵書印（朱印・巻頭）「堤蔵書」、巻一～巻四までの裏表紙見返しに墨書「南伝馬町三丁目／鈴木治兵衛」。蔵書印、崇南閣の朱文方印、堤蔵書の朱文方印。

LI-0138　**忠臣銘々画伝**　（Chûshin meimei gaden）
刊　（print）　池田義信翁［渓斎英泉］著、一勇斎国芳画　（Ikeda Yoshinobuô, Ichiyûsai Kuniyoshi）　1冊　21.8×15.1　29丁 嘉永元年（1848）　大坂・河内屋藤兵衛、河内屋茂兵衛、京都・俵屋清兵衛、江戸・須原屋茂兵衛、山城屋佐兵衛、須原屋新兵衛、岡田屋嘉七、丁子屋平兵衛、出雲寺万治郎、
須原屋伊八　（Osaka/Kawachiya Tôbê, Kawachiya Mohê, Kyoto/Tawaraya Seibê, Edo/Suwaraya Mohê, Yamashiroya Sahê, Suwaraya Shimbê, Okadaya Kashichi, Chôjiya Heibê, Izumoji Manjirô, Suwaraya Ihachi）　初編存 only Syohen
多色刷（墨・薄墨・朱。口絵のみ青を加える）。最終丁広告「忠臣銘々画伝　二編　全一冊　近刻」（紹介文あり）。LI-0133の前編。題簽赤刷。刊記（裏表紙見返し）欠。初丁欄上刷印（名主印、米良・村田）。弘化5年仲春、一筆斎漁翁序。

LI-0139　**続英雄百人一首**　（Zoku eiyû hyakunin-isshu）
刊　（print）　緑亭川柳輯、前北斎卍老人・一勇斎国芳・玉蘭斎貞秀・柳川重信・一陽斎豊国画　（Ryokutei Senryû, sakino Hokusai rôjin, Ichiyûsai Kuniyoshi, Gyokuransai Sadahide, Yanagawa Shigenobu, Ichiyôsai Toyokuni）　1冊　18.2×12.0　58丁　嘉永2年（1849）　江戸・山口屋藤兵衛

（Edo/Yamaguchiya Tôbê） 全 complete
口絵多色刷（墨・薄墨・淡青）。本文墨印。広告「英雄百人一首　袋入／一冊　緑亭川柳輯／玉蘭斎貞秀画」（紹介文あり）「義列百人一首　袋入／一冊　緑亭川柳輯　近刻」「瑞応百歌撰　袋入／十冊　緑亭川柳輯　近刻」。「〇東都書肆錦耕堂新旧蔵版目録」「遊仙沓春雨草紙　緑亭川柳作／一陽斎豊国画　初編ヨリ五編マデ出板」（紹介文あり）「誠忠義士略伝　緑亭川柳作／一陽斎豊国画　袋入／一冊」（紹介文あり）「新編柳樽」「新撰画本柳樽」「秀稚《が》百人一首　緑亭川柳輯／緒方画集筆　袋入／一冊」（紹介文あり）「英雄百人一首　緑亭川柳輯／玉蘭斎貞秀画　袋入／一冊」（紹介文あり）「列女百人一首　緑亭川柳輯／葛飾卍老人画／一陽斎豊国画　袋入／一冊」（紹介文あり）「掌玉庭訓往来絵抄　寸珍本／松陰堂書」「女庭訓往来　袋入中本一冊」「女今川玉苗文庫　頭書女大学入／大本一冊」「殺生石後日怪談　曲亭馬琴作　袋入全十冊」他四冊。発行書林「江戸・山口屋藤兵衛（板）、山崎屋清七、須原屋伊八、山本平吉、丁字屋平兵衛、英大助、和泉屋市兵衛、岡田屋嘉七、須原屋佐助、小林新兵衛、山城屋佐兵衛、須原屋茂兵衛、出雲寺万次郎、名古屋・永楽屋東四郎、大坂・綿屋喜兵衛、河内屋茂兵衛、京都・出雲寺文次郎」。嘉永２年孟春、金水処士関口東作序。嘉永２年春、緑亭川柳〔五世川柳〕序。金水釣客題詩（欄上に？）（刷印）。

LI-0140　**俳優楽室通**　（Yakusha gakuyatsû）
刊　(print)　式亭三馬作、一陽斎豊国・歌川国政画　(Shikitei Samba, Ichiyôsai Toyokuni, Utagawa Kunimasa)　１冊　18.5×12.8　45丁 寛政11年（1799）序　江戸・上総屋忠助　(Edo/Kazusaya Cyûsuke)　全 complete
多色刷役者絵本。角書きに「似貌／絵本」。コーニッキー目録の書名、「Yakusha hiikikatagi 哥舞妓楽屋通俳優家贔屓気質」。左扉題簽、中央方型題簽「附録」の目次を書く（目録題簽）。口絵は歌麿画。寛政11年春、自序。

LI-0141　**稗史水滸伝**　（Haishi suikoden（初編目録よみ：Ehon suikoden））
刊　(print)　山東京山訳、歌川国芳画　(Santô Kyô zan, Utagawa Kuniyoshi)　７（２～６編は１冊に合綴）　17.8×12.1　120丁（初編上巻-10丁・初編下巻-10丁・２編-20丁・３編-20丁・４編-20丁・５編-20丁・６編-20丁）　文政11年（1828）序　江戸・鶴屋喜右衛門、江崎屋吉兵衛、蔦屋重三郎、西村与八、大坂屋秀八、川口屋正蔵　(Edo/Tsuruya Kiemon, Ezakiya Kichibê, Tsutaya Jyûzaburô, Nishimura Yohachi, Osakaya Hidehachi, Kawagu chiya Syôzô)　初編～６編全 complete
墨印。刊記、見返しに「文政丑春」。各冊とも同一の表紙見返しを備えるが、末尾の書肆名のみ異なる。（一）仙鶴堂（二）天寿堂（三）耕書堂（四）永寿堂（五）長松閣（六）正栄堂。巻・冊、各々上下二巻二冊を一冊に合綴する。初編のみ上下各一冊のままなので、都合12巻７冊（全６編）。表紙、刷外題の下に朱印（方印）一ヶを捺すスペースがあり、各巻の書肆が朱印を捺す。広告、各編巻末に、（初編上）「書物錦絵暦問屋仙寉堂鶴屋喜右衛門版」広告。（初編下）「文政十二己丑春鶴屋喜右衛門板」ほか。（二編下）「馬喰町／　江崎屋吉兵衛／四丁目」。（三編下）「耕書堂蔵梓目録」（富本豊前太夫直伝正本所／大字六行　義太夫抜本問屋　蔦屋重三郎版）。（四編下）「〇書林永寿堂新刻目録」。（五編下）四編下と同一。（六編下）広告を付すが、本文最終丁と糊ではり合わせているので不明。「川口正蔵版」の文字のみ見える。文政11年星夕、自序。

LI-0141　**国字水滸伝**　（Kanagaki suikoden）
刊　(print)　笠亭仙果訳、柳亭種彦訳、歌川国芳画　※十編より柳亭校・仙果訳・国芳画　※十八編より、松亭金水訳、一勇斎国芳画。(Ryûtei Senka, Ryûtei Tanehiko, Utagawa Kuniyoshi ※ vol.10～ Ryûtei, Senka, Kuniyoshi　※ vol.18～ Shôtei Kinsui, Ichiyûsai Kuniyoshi)　28冊（８編以外は各編２冊合１冊）　17.8×12.0　280丁（７編-20丁・８編上巻-10丁・８編下巻-10丁・９編-20丁・10編-20丁・11編-20丁・12編-20丁・13編-20丁・14編-20丁・15編-20丁・16編-20丁・17編-20丁・18編-20丁・19編-20丁・20編-20丁）　天保元年（1830）～４年、８年、10年、13年、弘化４年（1847）、嘉永元年（1848）、４年　江戸・鶴屋喜右衛門、西村与八、大黒屋平吉　(Edo/Tsuruya Kiemon, Nishimura Yohachi, Dai-

kokuya Heikichi）　七編～二十編全 complete
刊記：表紙見返し、（七編）「文政庚寅販売／通油町　仙鶴堂寿梓」（八編）「文政庚寅販売／馬喰町永寿梓」（九編）「辛卯春販／仙鶴堂梓」（十編）「干　　天保三年壬辰春三月／永寿堂寿梓」（十一編）「癸巳新刻／東都書房、松寿堂蔵梓」（十二編）「仙鶴堂発販」（十三編）「四書房合梓」（十四編）「丁酉孟春／仙鶴堂梓」（十五編）「両国吉川町大黒屋平吉梓」（十六編）「天保十亥の春新鐫／松寿堂梓」（十七編）「壬辰新刻／両国吉川町大黒屋平吉版」（十八編）「弘化四年未ノ春新刻／両国吉川町大黒屋平吉版」（十九編）「弘化戊申孟春新板／東都両国吉川街大黒屋平吉梓」（二十編）「辛亥春新板／東都両国吉川町／大黒屋平吉上梓」。広告：巻末、（七下）「耕書堂蔵梓目録」（蔦屋重三郎版）、（八上）「文政十三年庚寅春新板袋入標目」（東都馬喰町弐丁目、永寿堂西村屋与八板）、（八下）「文政十三年庚寅新彫絵草帋目録」（西村屋与八）、（九上）「松寿堂蔵板略目録」、（九下）「弘化五戊申新板目録」（大黒屋平吉）、（十上）「松寿堂蔵板略目録」、（十下）「弘化四丁未新板目録」（大黒屋平吉）、（十一上）「松寿堂蔵板略目録」、（十一下）「弘化五戌申新板目録」、（十二上）「松寿堂蔵板略目録」、（十二下）「弘化五戊申新板目録」（大黒屋平吉）、（十三上下）十二と同、（十四上下）十二と同、（十五上下）十と同、（十六上下）十二と同、（十七上下）十二と同、（十八上下）十と同、（十九上下）十二と同、（二十上）「松寿堂蔵版略目録」、（二十下）「嘉永四亥春新板目録」（大黒屋平吉）。各表紙に本屋の名と朱印を捺す。書肆住所を中国風に改めている。（七編）文政13年春、柳亭種彦序。（八編）文政13年、柳亭種彦序。（九編）文政12年初冬稿・天保２年孟春発販、柳亭種彦序。（十編）天保３年春、柳亭種彦序。（十一編）天保４年孟陽、柳亭種彦序。（十二編）天保四年孟春、厚田仙果序。（十三編）天保６年春、柳亭種彦序。（十四編）天保６年仲夏稿、天保７年春発販、仙果序。（十五編）天保９年１月、笠亭仙果序。（十六編）天保10年、笠亭仙果序。（十七編）天保13年初春、笠亭仙果序。（十八編）弘化４年春、松亭金水序。（十九編）嘉永元年孟春、松亭金水序。

LI-0142　**三五景一覧**　（Sangokei ichiran）
刊　（print）　石崎桃郷　（Ishizaki Tôgô）　１冊　23.0×16.2　13丁 安政５年（1858）春　武蔵金川台・石崎桃郷蔵板。（Musashi/Ishizaki Tôgô）　全 complete
多色刷。横浜周辺の風景画に、俳諧、和歌、漢詩などを載せる。絵俳書。結び綴じ、風景図の刷付け表紙、題簽紅色、中央。月舟題字。①清水山（三拙）②将軍山（石宝〔印「石宝」〕）③本覚寺宿鴉（英一笑）④芝生秋（凌雲）⑤鹿野山望月（白泉）⑥平沼塩煙（旭峰）⑦芙峯遥望（御可女）⑧港千鳥（探舟古一）⑨宮洲の汐干（是真）⑩野毛海苔舟（林斎）⑪横浜漁火（玉堂）⑫権現山夕陽（素真）⑬洲乾雪（英一〓（虫＋青））⑭本牧舶風（翠湖）⑮洲崎神社（一蒲）。自跋「時に友人肆山も力を添て梓に寿す（中略）余江府に在し頃日本橋の傍なる等栽も此ことの起るへ脇を付し□□萓麿花梅等くはゝり斗らす六々の二巻をまとめ（略）」。安政４年11月、為誰庵由誓序。安政５年春、桃郷跋、三飽老人書。

LI-0143　**甲冑着用図**　（Kacchû chakuyô zu）
刊　（print）　山口美崇図、田口千穎校　（Yamaguchi Yoshitaka, Taguchi Chika）　１冊　33.8×23.6　17丁 嘉永元年（1848）序　全 complete
刊記「谷村二同刻」とあり。蔵書印「荒井蔵」（朱長方印、朱文）。天保10年７月、丹治行義序。嘉永元年11月、松岡明義序。

LI-0144　**写山楼画本**　（Shazanrô gahon）
刊　（print）　文晁画　（Buncyô）　１冊　27.8×18.3　23丁 文化14年（1817）５月　江戸・和泉屋庄次郎　（Edo/Izumiya Shôjirô）　全 complete
包背、入紙装（紺色無地表紙、厚装）。彫刻・眠虎。文晁序。辛未秋日、文晁跋。

LI-0145　**一掃百態**　（Issô hyakutai）
刊　（print）　渡辺崋山画　（Watanabe Kazan）　１冊　29.0×19.8　32丁 明治12年（1879）東京・全楽堂　（Tokyo/Zenrakudô）　全 complete
多色刷り。書き題簽「崋山先生一掃百態」。柱「○一掃百態　　一（丁付）」。表紙見返し「渡辺崋山著／一掃百態／全楽堂蔵版」三つ割書き。袋（29×20.8）「渡辺崋山著／一掃百態／全楽

堂蔵版」三つ割書き。刊記「明治十一年十月十五日版権免許／同十二年十一月出版　定価金一円／著述人　故人渡辺登／出版人　愛知県下三河国渥美郡田原村七番邸　渡辺諧／発行書肆／東京日本橋通二丁目　山城屋佐兵衛／同　芝三島町　和泉屋市兵衛／名古屋玉屋町　永楽屋東四郎／豊橋本町　環屋正兵衛」。22ウに「尾張名古屋　彫刻師　豊原堂　刀」。(序跋）文政新元青龍宿戊寅仲冬望前二日江戸崋山渡辺登識。(跋）此画本先人之遺書中蔵于筐底有年頃温故堂主人聞余為此蔵本請以公子世……明治十二年秋分前二日／渡辺諧／門人小川静雄謹書。

LI-0146　**諸職画鑑**　(Shoshoku ekagami)
刊　(print)　北尾政美画　(Kitao Masayoshi)　1冊　25.7×18.3　40丁 寛政7年（1795）凡例　江戸・須原屋茂兵衛、大坂・敦賀屋九兵衛、河内屋喜兵衛、柏原清右衛門、柏原与左衛門　(Edo/Suwaraya Mohê, Osaka/Tsurugaya Kuhê, Kawachiya Kihê, Kasiwabara Seiemon, Kasiwabara Yozaemon)　全 complete
墨印。刊記は「寛政六年甲寅蝋月」とあり。表紙見返し、裏表紙見返し欠。後印。刊記「江戸／須原屋茂兵衛。大坂／敦賀屋九兵衛・河内屋喜兵衛・柏原屋清右衛門・柏原屋与左衛門」。寛政7年初春、申椒堂主人凡例。

LI-0147　**〔日本山海名物図会〕**　(〔Nippon sankai meibutsu zue〕)
刊　(print)　平瀬徹斎編、長谷川光信画　(Hirase Tessai, Hasegawa Mitsunobu)　1冊　22.8×16.1　22丁 宝暦4年（1754)、後印本　大坂・千草屋新右衛門（平瀬氏）　(Osaka/Chigusaya Shinemon)　巻1のみ存（巻2～巻5欠）only 1kan
題簽剥落。表紙見返し「平瀬徹斎先生著　摂陽書林／日本名物図会／長谷川光信図　赤松閣版」緑色刷。柱「山海名物図絵一」。柱刻「山海名物図会跋」2丁を巻頭に置く。序文（無題、柱刻「山海名物図会序」）2丁のうち「二」丁表半丁は本文四丁裏（丁付読めず、見開き「五」丁表に連続する図柄であるところから推定）半丁に糊付けしてある。序「二」丁裏半丁は裏表紙見返しに貼付。序の前に跋がある。刊記なし。序に「八十一〓半時庵撰／時宝暦四年季夏一旬（刷印「淡々之印」)」。跋に「赤松閣平瀬忠望書」。※名古屋市蓬左文庫尾崎コレクション蔵本（国文学研究資料館紙焼写真本P577。巻一のみ零本、序2丁本文22丁跋なし）には序のみ。『日本名所図会全集』本（影印）は寛政九年求版本を底本とするが、これには巻頭・松木淡々の序文の前に「跋」がある。この求版本系統のため巻一に跋があるか。

LI-0148a　**〔絵本花農緑〕**　(〔Ehon hana no midori〕)
刊　(print)　石川豊信画・浪花禿箒子作　(Ishikawa Toyonobu /Naniwa Tokusôshi)　1冊　22.6×15.6　10丁 宝暦13年（1763)　大坂・大野木市兵衛、辻久兵衛、江戸・須原屋茂兵衛　(Osaka/Ônogi Ichibê, Tsuji Kyûbê, Edo/Suwaraya Mohê)　下巻存（上巻・中巻欠）only Gekan
題簽剥落（東北大学附属図書館狩野文庫の3巻3冊絵本に合致、その中巻原題簽存「〈教訓／喩草〉繪本花農緑　中」書名はこれに従う）。10ウに刊記「宝暦十三歳未正月吉日／江都石川豊信画（白文方印「豊信」）／浪花禿箒子 讃（墨文瓢印「盃酒」）／同 彫工 村上源右衛門／書林／大坂心斎橋安堂寺町　大野木市兵衛／同所　辻久兵衛／江戸日本橋南一町目　須原屋茂兵衛」。

LI-0148b　**絵本江戸紫**　(Ehon edomurasaki)
刊　(print)　石川豊信画・浪花禿箒子作　(Isihkawa Toyonobu /Naniwa Tokusôshi)　1冊　22.9×16.2　15丁 明和2年（1765）江戸・須原屋茂兵衛　(Edo/Suwaraya Mohê)　下巻存 only Gekan
墨印。刊記「画工石川豊信筆／作者浪花禿帚子／明和二年春正月／京都書林　梅村三郎兵衛発行／大坂書林　大野木市兵衛発行／東都書林　須原屋茂兵衛新版」。江戸須原屋茂兵衛広告5丁。

LI-0149　**秘伝書図解**　(Hidensho zukai)
刊　(print)　西村権右衛門画　(Nishimura Gonemon)　2冊　22.4×15.7　42丁 享保12年（1727）刊後印　江戸・須原屋茂兵衛　(Edo/Suwaraya Mohê)　全 complete
墨印。角書きは〈大工／雛形〉、見返しに「大／工／雛／形　角かね法／秘伝書図解／規矩尺」とあり。刊記の前に「右秘伝書図解者老番

匠見不足然共初習大工如的中星速得道伝也此職執心之助図者也　東都住柳田組大工／図師　西村権右衛門」とあり。広告：巻末に、「○大工雛形書目録　江戸日本橋通南一丁目　須原屋茂兵衛蔵版」。後印。享保12年７月、文照軒一志序。

LI-0150　**絵本恵の海**　(Ehon megumi no umi)
刊　(print)　北尾雪坑斎画　(Kitao Sekkôsai)　２冊　22.2×15.6　22丁　明和２年（1765）　大坂・糸屋源助、藤屋勘兵衛、同善七　(Osaka/Itoya Gensuke, Fujiya Kambê)　全 complete
墨印。行成表紙。彫工・嶝本甚兵衛。序あり。

LI-0151　**〔頼光〕**(〔Raikô〕)
刊　(print)　北尾政美画　(Kitao Masayoshi)　２冊　21.4×15.2　25丁（①-15丁・⑤-10丁）近世後期（1790～）　巻一～五存 only Maki1～5
墨印。序文末尾に「源頼光朝臣の武功の行状を今蕙斎政美の筆をもつて模写せしめ児女の目を悦しむ以てのみ」。柱刻「頼光」。行成表紙。遷喬堂万年序。

LI-0152　**くまなき影**　(Kumanaki kage)
刊　(print)　皎々舎梅崖編 / 仮名書魯文跋 / 柴田是真画　(Kôkôsha Baigai/Kanagaki Robun/Shibata Zeshin)　１冊　24.8×18.0　41丁　慶応３年序（1867）　江戸・広岡屋幸助　(Edo/Hirookaya Kôsuke)　全 complete
外題「くまなき影」。68名（半丁に１名）の横顔の影絵、上欄右に狂画・左に紹介文。本文は丁付１～34丁で落丁はなし〔丁付ノド下辺ウラにあり〕。（序）方阿弥陀仏香以（細井香以）慶応３年６月。（序）山々亭有人慶応３年秋。（跋）仮名垣魯文題。※東京芸術大学附属図書館蔵本（国文学研究資料館紙焼写真本 D2427）は82名、48.5丁。

LI-0153　**〈写／真〉花鳥図会**　(Shashin kachô zue)
刊　(print)　北尾紅翠斎模　(Kitao Kôsuisai)　３冊　21.8×15.4　24丁（上８丁・中８丁・下８丁）文化２年（1805）　江戸・和泉屋市兵衛・岡田屋嘉七、大坂・柏原清右衛門板　(Edo/Izumiya Ichibê, Okadaya Kashichi, Osaka/Kashiwabara Seiemon)　全 complete
多色刷。「花鳥図会全部十五冊内初編三冊／出来嗣編毎春発行／北尾紅翠斎模／剞劂桜木亭常春」。「文化二年乙丑正月吉辰／原板西村宗七」とあり。上巻扉に、松涛女史題の漢詩が載る。「僻地閒居扉　蕪円青着意費工〓渓辺流畔慣常看写生百花群鳥図」。題簽紅色。縹色表紙。

LI-0154　**花鳥図譜**　(Kachô zufu)
刊　(print)　浅井応翠画　(Asai Ôsui)　１冊　22.6×15.1　19丁　明治12年（1879）２月出版免許　東京・三未堂蔵板、小林吉五郎出版人　(Tokyo/Sanmidô, Kobayashi Yoshigorô)　全 complete
墨印。翠塘題詞。

LI-0155　**北里遊戯帖**　(Hokuri yûgi jô)
刊　(print)　奥村政信画　(Okumura Masanobu)　１帖　25.6×18.5　17面　明治29年（1896）　東京・吉田金兵衛　(Tokyo/Yoshida Kimbê)　全 complete
墨印。題簽「北里遊戯帖」。折帖。刊記「明治二十九年九月印刷／同　　年九月発行／〈印刷兼／発行者〉　神田区末広町九番地　吉田金兵衛／発売者　下谷区徒町二丁目四十五番地　纐纈房太郎」。明治29年６月前田香雪序。

LI-0156　**混雑倭草画**　(Konzatsu yamato sôga)
刊　(print)　湖龍斎画　(Koryûsai)　３冊　25.0×17.6　50丁（上18丁・中16丁・下16丁）安永10年序（1781）　全 complete
墨印。書き題簽「倭草画」。目録題「混雑倭艸画上（中下）巻」。柱「混雑倭草画上（中下）」。無刊記。下巻丁付「…五・六・六・八…」但し乱丁ではない。（序）安永10年初春雪中庵蓼太。プルヴェラー旧蔵本は江戸・竹川藤助、和泉屋幸次郎版。

LI-0157　**絵本故事談**　(Ehon koji dan)
刊　(print)　山本序周作 / 橘有税（守国）画　(Yamamoto Jyoshû/Tachibana Arichika (Morikuni))　９冊　22.6×15.7　205丁（①36丁・②24丁・③25丁・④24丁・⑤上16丁・⑤下16丁・⑥26丁・⑦16丁・⑧22丁）正徳４年（1714）　大坂・秋田屋市兵衛、江戸・須原屋茂兵衛

(Osaka/Akitaya Ichibê, Edo/Suwaraya Mohê)　全 complete
墨印。題簽・序題「絵本故事談」。巻一見返し題「正徳逢敦牂／絵本故事談／浪速書肆宝文堂」三つ割書き。柱「絵本故事談巻一　〓一（～八）」。8巻9冊、巻五上下、巻五下の丁付「十七～三十二終」。刊記「剞劂　大坂心斎橋筋北久太郎町　吉田五郎右衛門／正徳四龍集甲午林鐘穀旦／書肆／江戸日本橋南壱町目　須原屋茂兵衛／大坂心斎橋安堂寺町　大野木市兵衛」。八巻20ウに「摂陽江東画者　後素軒橘有税」。（序跋）正徳四年甲午仲夏／椎本舊徳貞夫方麿。（跋）正徳四のとし穣男染月のはじめ　浪華陳人山本序周書。

LI-0158　**日本山海名産図会**　(Nippon sankai meisan zue)
刊　(print)　平瀬補世著／蔀関月画　(Hirase Sukeyo/ Shitomi Kangetsu)　5 冊　24.7 × 17.5　149丁（①15丁・②41丁・③28丁・④35丁・⑤30丁）寛政11年（1799）　大坂・吉田正林堂　(Osaka/Yoshida Syôrindô)　全 complete
書き題簽「山海名産図会一（～四）」刷題簽「山海名産図会五」。目録題「日本山海名産図会」。刊記「寛政十一己未年正月（以下欠。日本庶民生活史料集成本「發行」）／浪華書林／吉（以下欠、日本庶民生活史料集成本「吉田正林堂」）／梶木町渡辺□（筋カ。以下欠、日本庶民生活史料集成本「筋」）　播磨屋幸兵衛／心斎橋南久太郎町　塩屋長兵衛／同　塩屋卯兵衛／書林／江戸日本橋通一丁目　須原屋茂兵衛／同日本橋通二丁目　山城屋佐兵衛／同芝神明前岡田屋嘉七／同本石町十軒店　英大助／同浅草茅町二丁目　須原屋伊八／大阪南久宝寺町心斎橋南入　堺屋新兵衛／同順慶町心斎橋南入　堺屋（直）七」。（序）寛政戊午臘月上浣／木村孔恭識（蒹葭堂）。「跋」寛政十歳むまの、し裳都支、那尓波江／廼、ミち、しるす。

LI-0159　**弁玉集**　(Bengyokushû)
刊　(print)　5 冊　25.2×17.8　143丁 寛文12年（1672）　全 complete
墨印。内題「画工印象弁玉集」「茶器弁玉集」。茶器弁玉集三の最終丁に「寛文拾貳壬子年初春吉旦」。巻一・二「画工印」、巻三・四・五「茶器」。後印。

LI-0160　**江戸大節用海内蔵**　(Edo dai setsuyô kaidaigura)
刊　(print)　高井蘭山編 / 中村経年補 / 菊川英山 画　(Takai Ranzan, Nakamura Tsunetoshi, Kikukawa Eizan)　1 冊　26.6×16.8　12丁 文久元年（1861）　序　江戸・須原屋茂兵衛　(Edo/Suwaraya Mohê)　4 丁欠 lack 4Pages
多色刷。書名は柱題による。大部な本の口絵部分を別に冊子体にしたものか。文久元年仲秋、金水迂叟序。

LI-0161　**東都歳事記**　(Tôto saijiki)
刊　(print)　斎藤月岑編・長谷川雪旦画・松斎雪堤 画　(Saitô Gesshin, Hasegawa Settan, Shôsai Settei)　5 冊　23.0×16.2　160丁（1巻-30丁・2巻-23丁・3巻-34丁・4巻-36丁・5巻-37丁）天保 9 年（1838）　江戸・須原屋伊八、須原屋茂兵衛　(Edo/Suwaraya Mohê, Suwaraya Ihachi)　全 complete
墨印。蔵書印「葛園」（朱印ヒョウタン型）、「満？之印？」（白文方印）。広告「江戸名所図会／拾遺江戸名所図会（紹介文あり）／〈箱根／熱海〉温泉名勝図会」。天保 3 年冠山老人序、天保 7 年荊山日尾瑜序。三都発行書林「江戸・須原屋佐助、須原屋源助、小林新兵衛、永楽屋東四郎、和泉屋金右衛門、山城屋佐兵衛、岡田屋嘉七、和泉屋庄次郎、北島順四郎、山田佐助、大坂・秋田屋太右衛門、河内屋太助、京都・勝村治右衛門」。1 巻最終丁は裏表紙見返し貼付。

LI-0162　**〔金玉画府〕**　(〔Kingyoku gafu〕)
刊　(print)　月岡雪鼎画　(Tsukioka Settei)　1 冊　26.0×18.2　9 丁 明和 8 年（1771）　大坂・大野木市兵衛　江戸・須原屋茂兵衛　(Osaka/Ônogi Ichibê, Edo/Suwaraya Mohê)　巻 6 存 only 6kan
墨印。書名は跋文による。柱「金玉画府巻六　十七（～二十五）」。刊記「彫刻　浪華　藤村善右衛門／阪本甚兵衛／明和八年歳在辛卯十月／江戸日本橋南一丁目　須原屋茂兵衛／大坂心斎橋安堂寺町　大野木市兵衛」。（序）無記名・和文。（跋）明和 7 年10月月岡昌信雪鼎。

LI-0163 **列僊図賛** (Ressen zusan)
刊 (print) 寂照主人月僊 (Jakusyôshujin Gessen) 3冊 27.2×16.3 65丁(1巻-28丁・2巻-20丁・3巻-17丁)安永9年(1780)、笠常(大典禅師)序 京都・西村市郎右衛門、田原勘兵衛、中川藤四郎、梅村三郎兵衛、山本平左衛門 (Kyoto/Nisimura Ichirôemon, Tahara Kambê, Nakagawa Tôsirô, Umemura Saburobê, Yamamoto Heizaemon) 全 complete
墨印。蔵書印三種あり。刊記の部分、破れあり。天明4年3月刊か。安永9年10月、自序。

LI-0164 **〈絵／入〉伊勢物語** (Eiri isemonogatari)
刊 (print) 西川右京祐信画 (Nishikawa Ukyô Sukenobu) 2冊 25.4×18.3 42丁(上17丁・下25丁)宝暦6年(1756)、近世後期後印(1790〜) 京都・林芳兵衛ほか (Kyoto/Hayashi Yoshibê, etc) 全か complete?
題簽「〈絵／入〉伊勢物語 上(下)」。扉題「伊勢物語上之巻(下之巻)」。CASATI目録「NISHIKAWA JAKENOBU 1756 EHON ISÉ MONOGATARI (LA FAVOLA DI ISÉ)」。丁付ノド。原刊記「宝暦六丙子／年初冬吉辰／画工 文花堂西川右京祐信(刷印「祐信」)／京六角通柳馬場西入町 平野屋茂兵衛／大坂心斎橋筋順慶町 柏原屋与左衛門／京都書林 二条通堺町西入町 林芳兵衛」、下巻裏表紙見返し後印刊記「京都書林 二条通堺町西入町 林芳兵衛」。上巻見返し色刷口絵「菱川師宣古図／翠松園珍蔵」「五代目菱川清春模写」。下巻表紙見返し色刷口絵「恵泉斎清春筆」。※清春(1808〜1877)は菱川師宣五世を自称。上巻初段〜43段(26丁で終了、落丁あるか)、下巻49〜125段。(跋)戸部尚書。

LI-0165 **狂斎画譜** (Kyôsai gafu)
刊 (print) 河鍋暁斎画 (Kawanabe Kyôsai) 1冊 22.8×16.0 27丁 万延元年(1860)序、明治版 東京・須原屋佐助 (Tokyo/Suwaraya Sasuke) 全 complete
色刷。広告「古今名馬図彙／金生樹譜(紹介文あり)／絵本勲功草／〈真行／二体〉千字文／松葉蘭譜(紹介文あり)」。黄色表紙、紅色題簽。万延元年4月、六代目川柳序。

LI-0166 **絵本鷹かゝみ** (Ehon taka kagami)
刊 (print) 河鍋暁斎画 (Kawanabe Kyôsai) 5冊 23.0×16.0 54丁(初編上10丁・中10丁・下13丁・二編上10丁・下11丁)明治後印(1868〜) 東京・須原屋佐助 (Tokyo/Suwaraya Sasuke) 初編(上中下)二編(上下)存 lack 2Hen Cyû kan
題簽(赤刷)「絵本鷹かゝみ初編(二編)」。多色刷袋2点あり「絵本鷹かゝみ／金花堂梓」。広告1丁(初編二編とも同一)「東京日本橋区通四丁目七番地／書肆金花堂 中村佐助」。

LI-0167 **楽屋図会拾遺** (Gakuya zue shûi)
刊 (print) 松好斎半兵衛 戯作 (Shôkôsai Hambê) 2巻2冊合1 25.1×18.2 69丁 享和3年(1803)カ 大坂・塩屋長兵衛 (Osaka/Shioya Chôbê) 全 complete
多色刷。蔵書印二種有。浄瑠璃に関する多くの記述がある、『戯場訓蒙図彙』と通じる上方版劇書。丁付ノド。筆工・浅野高蔵。享和3年冬、八十五才*杖〔大伴大江麿〕序。

LI-0168 **海の幸** (Umi no sachi)
刊 (print) 石寿観秀国編／勝間竜水画 (Sekijukan Syûkoku /Katsuma Ryûsui) 1冊 29.5×20.0 60丁(上32丁・下28丁)宝暦12年(1762) 江戸・亀屋太兵衛 (Edo/Kameya Tahê) 全 complete
合1冊。蔵書印、朱印「佐野氏蔵」。刊記「宝暦十二壬午歳二月／書林 本石町一丁目 亀屋太兵衛／〈彫刻并／彩色摺〉 大伝馬町二丁目 関口甚四郎／同 藤吉」。(序)古来庵存義。百庵言満。石寿観秀国。宝暦12年2月竜水叙・凡例。(跋)独庵中関明。

LI-0169 **武器皕図** (Buki nihyakuzu)
刊 (print) 山脇正準閲、小林祐猷輯画 (Yamawaki Seijun, Kobayashi Sukemichi) 1冊 31.7×21.3 16丁 嘉永元年(1848)序・刊 久留米・山口美崇助工、講武塾蔵板 (Kurume/Yamaguchi Yoshitaka, Kôbujuku) 全 complete
多色刷。(凡例)嘉永元年7月、大番与力、小林祐猷識。彫工・谷村二同。刊記に「官許」とあり。嘉永1年8月、山脇正準序。

LI-0170　**画本野山草**　(Ehon noyamagusa)
刊　(print)　橘保国画　(Tachibana Yasukuni)　5冊　22.3×15.5　105丁（1-26丁・2-19丁・3-23丁・4-17丁・5-20丁）　文化3年（1806）　大坂・柳原喜兵衛　(Osaka/Yanagihara Kihê)　全 complete
墨印。刊記に「宝暦五乙亥年八月／文化三丙寅年霜月求板」とあり。表紙見返しに「法橋保国画図／野山草／浪華書舗　積玉圃」とあり。彫工・大坂藤村善右衛門、藤江四郎兵衛。法橋保国序。板元は河内屋喜兵衛のこと。

LI-0171　**彩画職人部類**　(Saiga shokunin burui)
刊　(print)　橘岷江画　(Tachibana Minkô)　2冊　21.1×18.9　35丁（上20丁・下15丁）明和7年（1770）明治後印か（1868～）　江戸・植村藤三郎、沢伊助　(Edo/Uemura Tôzaburô, Sawa Isuke)　全（上下）complete
多色刷。書き題簽「彩画職人部類　上・下」。序題「職人部類」。表紙見返し「玉樹軒橘岷江／〈彩／画〉職人部類／江都書舗　〈玉枝軒／玉鹿堂〉」。蔵書印、上下とも裏表紙見返しに「本家書屋■」、円印「三島宿久保町／初音亭」。刊記「画者　玉樹軒橘岷江／彫工　岡本　松魚／明和七庚寅歳臘月／東都書舗／本石町三町目植村藤三郎／鉄炮町　澤伊助」。（序①）明和七庚寅歳十一月望／邏沙窟龜求撰。（序②）明和庚寅孟冬。

LI-0172　**画本鴬宿梅**　(Ehon ôshukubai)
刊　(print)　橘守国画　(Tachibana Morikuni)　7冊　22.1×15.5　162丁（1-29丁・2-23丁・3-24丁・4-24丁・5-22丁・6-20丁・7-20丁）元文5年（1740）板・寛保元年（1741）刊　京都・植村藤右衛門（蔵板）、江戸・植村藤三郎、大坂・植村藤三郎　(Kyoto/Uemura Tôemon, Edo/Uemura Tôzaburô, Osaka/Uemura Tôzaburô)　全 complete
墨印。原刊記に「元文五歳庚申四月梓行」とあり、刊記に「寛保元歳辛酉三月本発行」とあり。第七冊裏表紙見返しの刊記に「京都書林　東洞院二条上ル町／田中屋治助」とあり。彫工・丹羽平左衛門。京都王枝軒植村藤右衛門 巻末目録9点。元文4年5月、井叔序。

LI-0173　**能画図式**　(Nôga zushiki)
刊　(print)　河鍋暁斎画　(Kawanabe Kyôsai)　1冊　22.7×15.3　19丁 明治20年（1887）8月出版免許　東京・章林堂吉田金兵衛、(Tokyo/Yoshida Kimbê)　全 complete
多色刷。木版多色刷の袋あり。狂言作品の一場面を描き、台詞を書いたもの。芳雪園主人序。（発売書舗）東京・小林文七、冨田芳次郎、山本平七、伊藤岩次郎、山田藤助

LI-0174a　**絵本宝鑑**　(Ehon hôkan)
刊　(print)　橘宗重作／長谷川等雲画　(Tachibana Muneshige/Hasegawa Tôun)　6冊　22.7×16.0　179丁（①18丁・②25丁・③25丁・④38丁・⑤38丁・⑥35丁）元禄11年（1698）序　後印　全（巻1～6）complete
墨印。題簽「〈和／漢〉増補画本宝鑑」。目録題「絵本宝鑑」。取り合わせ本。柱「絵本巻一　二」。貞享5年（1688）刊の後印。序の前に漢文体の発題「浪華東軒藤貞漢由書」。（序）元禄十一春花／無名子。初版の刊記の書林は「東武平野屋清三郎、中華小佐治半左衛門、摂陽貫器堂重之梓行」

LI-0174b　**増補絵本宝鑑**　(Zôho ehon hôkan)
刊　(print)　橘宗重作／長谷川等雲画　(Tachibana Muneshige/Hasegawa Tôun)　2冊　22.8×16.0　41丁（①26丁・②15丁）元禄11年（1698）序　後印　巻1・巻2存（巻3欠）lack Maki3
墨印。取り合わせ本。題簽「〈和／漢〉増補画本宝鑑」「七（八）」とあり。目録題「増補絵本宝鑑」。柱「増絵本巻一　｜十五」。序に「元禄十一、春花にいるきさらぎのなかば…」とあり。序は『絵本宝鑑』一にあり。

LI-0175　**名画図彙**　(Meiga zui)
刊　(print)　法眼周山編　(Hôgan Shûzan)　6冊　25.6×17.9　135丁（1-28丁・2-24丁・3-23丁・4-21丁・5-24丁・6-15丁）明和8年（1771）刊、明治印（1868～）　兵庫・弘文堂船井政太郎　(Hyôgo/Hunai Seitarô)　全 complete
外題「〈和漢／名筆〉 画英」。目録題「画英 巻之一（～巻之六）目録」。寛延2年、必東泉恒■序。寛延2年、法眼周山充興序。

LI-0176 **〔円山応挙写生下絵集〕**（〔Maruyama Ôkyo shasei shitae shû〕）
刊 (print) 1冊 28.5×22.5 30丁 全 complete
複製版。色刷。

LI-0177 **唐土訓蒙図彙** (Morokoshi kinmô zui)
刊 (print) 橘有税画、平住専庵著 (Tachibana Arichika Hirazumi Senan) 7冊 22.3×15.8 1-31丁・2-33丁・3-33丁・4-34丁・5-28丁・6-26丁・7-38丁 享保4年（1719）開版、享和2年（1802）求版、嘉永7年（1854）補刻 大坂・河内屋喜兵衛 (Osaka/Kawachiya Kihê) 全
表紙見返しに「嘉永補刻 唐土訓蒙図彙 浪華書肆積玉圃」。浪華穂住専菴序。浪華・河内屋喜兵衛板、同宗兵衛、同太助、同吉兵衛。発行書肆は京都・吉野屋仁兵衛、江戸・須原屋茂兵衛他6肆。名古屋・永楽屋東四郎他3肆

LI-0178 **大日本国開闢由来記** (Dainihonkoku kaibyaku yuraiki)
刊 (print) 指漏漁者著、歌川国芳画 (Yubimore Gyosha, Utagawa Kuniyoshi) 7冊 25.1×17.6 164丁（1-40丁・2-21丁・3-22丁・4-18丁・5-24丁・6-39丁）万延元年（1860）9月 江戸・岡田屋嘉七他 (Edo/Okadaya Kashichi, etc) 全 complete
刊記に「江戸市井隠士一夢道人指漏漁者編述 安政三丙辰歳秋七月稟準彫刻／万延元年庚申歳秋九月刷印発行」とあり。凡例は安政3年2月、指漏漁者による。多色刷。日本の開闢の物語。自序。安政6年4月自跋。板元は、京都：出雲寺文治郎、勝村治右衛門、大坂：河内屋喜兵衛、秋田屋太右衛門、江戸：須原屋茂兵衛、京都：出雲寺万次郎、江戸：岡田屋嘉七。貸本屋印ヵ（黒印、各冊巻頭、巻末）「四谷／尾定」、（黒印、各冊巻頭）「田中」。

LI-0179 Illustrations to the epitome of the ancient history of japan, including
刊 (print) N.McLEOD (N.McLEOD) 1冊 27.1×17.2 103丁 1878 全 complete
石印。活字。ノンブルはペンで書き込み。墨印の図多数。1877年9月、自序。

LI-0180 **老眼競** (Rôgankyô)
刊 (print) 未詳（unknown）1冊 9.6×15.6 10丁 全 complete
洋紙、銅版。折本。全10図。秋津洲図（平安井上九皐達刻製）・帝都一望景（平安九皐制）・洛東清水寺西門花（青色インク。九皐制）・祇園会七日山鉾景（茶色インク。平安九皐製）・北野下森走馬景（青色インク。九皐製）・四条川原夕涼全景（茶色インク。平安井上九皐製）・華頂山智恩院雪中景（青色インク。九皐制）・祇園二軒茶屋下河原景（平安九皐□製）・嵐山花（青色インク。九皐製）・大仏三十三間堂夜矢数全景（平安九皐刻製）。

LI-0181 **〔伊勢暦〕**（〔Ise goyomi〕）
刊 (print) 瀬川舎人 (Segawa Toneri) 9帖 29.5×10.8 63枚（各7枚）弘化3年（1846）～文久3年（1863） 伊勢・瀬川舎人 (Ise/Segawa Toneri) 全 complete
寸法は各帖によって小異。寸法欄には弘化三年暦のみを記した。各帖巻頭に「伊勢度会郡山田瀬川舎人」。全9帖の内訳・外題、①弘化三・外題欠、②弘化四・外題欠、③弘化五・外題「弘化五戊申暦」、④嘉永二・外題「嘉永二己酉暦」、⑤嘉永三・外題「嘉永三庚戌暦」、⑥嘉永四・外題欠、⑦安政六・外題「安政六己未暦」、⑧万延二・外題「万延二辛酉暦」、⑨文久三・外題「文久三癸亥暦」。

LI-0182 **〈明治／増補〉 諸宗仏像図彙** (Meiji zôho shoshû butsuzô zui)
刊 (print) 梶川辰二編、土佐将曹紀秀信画 (Kajikawa Tatsuji, Kino Hidenobu) 5冊 22.7×15.7 102丁（1-8丁・2-20丁・3-24丁・4-19丁・5-31丁）明治19年（1886） 京都・梶川辰二 (Kyoto/Kajikawa Tatsuji) 全 complete
銅版。明治19年2月9日版権出願、同年2月24日免許、同年6月刻成出版。墨印の図（仏像図）多数。土佐将曹紀秀信序。

LI-0183 **義経虎之巻** (Yoshitsune tora no maki)
刊 (print) 尊祐 (Sonyû) 3冊 26.8×18.0 87丁（上20丁・中34丁・下33丁）万治3年（1660） 全 complete
外題「〈兵／法〉 義経虎巻」。題簽、挿絵とも

に江戸版風。書体、版匡の寸法ともに「解紛記」に似る。兵法秘術の書。但し、極めて密教的で、すべてに真言と印を付す。挿絵の武者絵（坐像）はすべて印図の機能を果たす挿絵。明暦３年仲春、勢州渡会浮萍序。

LI-0184　**装束織文図会**　(Shôzoku shokumon zue)
刊　(print)　松岡辰方　(Matsuoka Tokikata)　１冊　27.2×20.0　37丁　享和２年（1802）　全 complete
表紙、外題下に「享和二夏満／五百部為限」とあり。刊記「寛政十二年春三月／従四位下行大膳権亮兼近江守藤原朝正臣」。裏表紙の表に「キヨソネ蔵書」。キオッソーネの自著か。色刷。公卿の衣裳の模様集。享和元年、藤原基季序。

LI-0185　**前賢故実**　(Zenken kojitsu)
刊　(print)　菊地武保編・画　(Kikuchi Takeyasu)　20冊　26.0×18.1　616丁（巻1-60丁・巻2-57丁・巻3-55丁・巻4-63丁・巻5-69丁・巻6-63丁・巻7-53丁・巻8-67丁・巻9-72丁・巻10-57丁）　明治後印（1868～）　東京・菊地武丸　(Tokyo/Kikuchi Takemaru)　全 complete
歴史人物画の墨印。特別製の厚紙表紙。菊池家蔵本を寄贈されたものか。最終第20冊「十の下」のうしろ表紙見返しに「東京神田東紺屋街二十六番地　菊池武丸蔵版」の朱印を捺す。天保７年、松田順之序。天保７年、自序。丁巳（安政４年）２月、（無記名）跋。明治元年、監田　跋。無年次、孫隆房跋。

LI-0186　**和漢名画苑**　(Wakan meiga en)
刊　(print)　大岡春卜画　(Ôoka Syumboku)　６冊　27.1×18.3　139丁（初巻-24.5丁・２巻-19.5丁・３巻-19.5丁・４巻-23.5丁・５巻-25.5丁・６巻-26丁）　寛延３年（1750）刊、寛政９年（1797）求版　江戸・須原屋伊八　(Edo/Suwaraya Ihachi)　全 complete
刊記「寛延三年庚午姑洗開鐫／寛政九年丁巳仲呂求板／江戸書肆　東叡山池之端仲町　須原屋伊八」とあり。初巻「漢流」、二巻「土佐流」、三巻「雪舟家」、四巻「古法眼流」、五巻「探幽流」、六巻「雑諸流」。墨印図。諸流の描き方や特徴を紹介。序有り。自跋／法眼春卜愛董。

LI-0187　**群蝶画英**　(Gunchô gaei)
刊　(print)　英一蝶画　(Hanabusa Icchô)　３冊　25.7×18.3　53丁（上21丁・中16.5丁・下15.5丁）　天保４年（1833）後印　江戸・山城屋佐兵衛　(Edo/Yamashiroya Sahê)　全 complete
見返し題・巻首題「群蝶画英」。墨印の図。刊記「于時安永七歳戊戌正月発行／天保四年癸巳年　江戸書林　日本橋通二丁目　山城屋佐□□」。広告書名「草木育種」。題言あり（明和６年３月、東江源鱗）。跋あり。

LI-0188　**光琳百図**　(Kôrin hyakuzu)
刊　(print)　尾形光琳画、酒井抱一・谷文晁編　(Ogata Kôrin, Sakai Hôitsu, Tani Bunchô)　４冊　25.9×18.0　72丁（前編上-16丁・前編下-18丁・後編上-20丁・後編下-18丁）　明治後印（1868～）　東京・武田伝右衛門　(Tokyo/Takeda Denemon)　全 complete
墨印。光琳画の縮図集。前編上：亀田鵬斎序。後編上：文政９年６月、谷文晁序。前・後編とも、酒井抱一跋。

LI-0189　**光琳新撰百図**　(Kôrin shinsen hyakuzu)
刊　(print)　尾形光琳画、池田孤村編　(Ogata Kôrin, Ikeda Koson)　２冊　25.3×18.5　31丁（16丁・15丁）　元治元年（1864）序・刊　江戸・和泉屋金右衛門　(Edo/Izumiya Kinemon)　全 complete
墨印。光琳画の縮図集。彫工・清水柳三。元治元年、狐邨序。

LI-0190　**鴬邨画譜**　(Ôson gafu)
刊　(print)　酒井抱一画　(Sakai Hôitsu)　１冊　27.9×19.1　29丁　明治10年（1877）後印　名古屋・永楽屋東四郎、江戸・同出店　(Nagoya/Eirakuya Tôshirô, Edo/Eirakuya)　全 complete
広告書名：蕙斎麁画初篇・同二篇・一筆画譜初篇。題詞、墨水菊〓老人。多色刷。加茂季鷹序。蘆堂□義序。鶯邨序。

LI-0191　**畊香館画賸**　(Kôkokan gayô)
刊　(print)　瀧和亭　(Taki Kazutei)　４冊　30.0×17.9　202丁（雪之部-48丁・香之部-48丁・紅之部-52丁・処之部-54丁）　明治17年（1884）　東京・瀧精一　(Tokyo/Taki Seiichi)　全 complete

石印。本文用紙は白面紙を使用。雪之部、香之部、紅之部、処之部。何如璋による題字。紅之部・封面・オモテに「耕香館画賸」。紅之部・封面・ウラに「東京駿河台紅楼場瀧氏耕香館□鐫」。出版免許は明治16年11月9日。元帙題簽あり。嶺南黄錫銓序。姚文棟序。一六居士序。跋あり。

LI-0192 **古今画藪後八種** (Kokon gasô kôhasshu)

刊 (print) 宋紫石画 (Sô Shiseki) 8冊 26.5×16.4 168丁（①27丁・②24丁・③16丁・④14丁・⑤21丁・⑥19丁・⑦22丁・⑧25丁）明和8年（1771） 江戸・須原屋茂兵衛、須原屋伊八、京都・出雲寺和泉、江戸・須原屋四郎右衛門、須原屋宗兵衛 (Edo/Suwaraya Mohê, Suwaraya Ihachi, Kyoto/Izumoji Izumi, Edo/Suwaraya Shirôemon, Suwaraya Sôbê) 全 complete

見返し題「古今画藪後八種」。柱「画譜」。①（序）明和7年5月長門 滝長愷／同年7月東都田松茂（刷印「田松茂印」「子高」沢田東江か）／同年11月自序（朱印陰刻「紫石」陽刻他①第一巻。藍刷り見返し「古今画藪後八種 霞亭珍蔵」。明和7年9月沢東宿例言。宋紫石先生鑑定、沢東宿選、男 南白珪、田元鳳同校、門人 藤孝叔、藤舜民、橘則和、平定甫、藤包挙。扉「写意」。②見返し「山水譜」。本文は「方冊式」「宮紈」（円形図）「摺扇」に分れる。③〔花鳥図〕第1図「独先百花発」梅図。④見返し「方于〔魯？〕墨譜選 霞亭蔵」第1図「五嶽真形」。⑤見返し「無双譜」。目録半丁（「博浪椎留侯張子房」以下）。⑥見返し「奇品」。6丁表「異品」扉。⑦見返し「雑体」（序）明和6年5月「篠山 源文員撰于東都邸 赤亮直書」。⑧最終巻。見返し「笠翁居室図式 霞亭蔵」。奥付半丁「宋紫石画譜目／花鳥画譜 全三冊 古今画数（ママ） 三冊／同後篇 全八冊 同後暦（ママ）代画人物伝 四冊／宋氏四体 全四冊 山水譜 三冊／彫刻／京都 田中平兵衛／東都 江川八左衛門／明和八辛卯年春正月／書林／東都 須原屋茂兵衛／同所 同 伊八／京都 出雲寺和泉／東都 須原屋四郎右衛門／同所 同 宗兵衛」。※前編5冊、後編8冊。

LI-0193 **絵本写宝袋** (Ehon shahôbukuro)

刊 (print) 橘守国 (Tachibana Morikuni) 9冊 22.8×16.4 208丁（一之巻-40丁・二之巻-23丁・三之巻-21丁・四之巻-19丁・五之巻-26丁・六之巻-26丁・七之巻-20丁・九之巻〔前〕-17丁・九之巻〔後〕-16丁）享保5年（1720）刊 大坂・渋川清右衛門 (Osaka/Shibukawa Seiemon) 全 complete

首巻見返し「写宝袋 前編」。序、享保5年3月、橘氏有税。刊記「享保五子年九月吉日／渋川氏板行」。首巻巻末「絵本出来目録 渋川氏板行 一．絵本忘草 三冊 一．同稽古帳 三冊 一．同たからくら 二冊 一．同草源氏 一冊 一．同清書帳 四冊 一．同万宝全書 十三冊 一．同写宝袋後編 未刻」。自序（無年次）。

LI-0194 **木曾街道** 北斎絵手本 (Kisokaidô Hokusai etehon)

刊 (print) 北斎画？ (Hokusai?) 1冊 11.7×17.8 19丁 明治後印（1868～） 後編存 only Kouhen

横本。見返し題「木曽街道 北斎絵手本」。墨印。巳の春、仮名垣魯文序。

LI-0195 **装剣奇賞** (Sôken kishô)

刊 (print) 稲葉通邦 (Inaba Michikuni) 7冊 22.6×15.8 209丁（1-30丁・2-36丁・3-36丁・4-34丁・5-22丁・6-29丁・7-22丁）天明元年（1781） 9月 大坂・芝翠館 (Osaka/Shisuikan) 全 complete

1巻表紙見返し「装剣奇賞 浪華芝翠館蔵板」。刊記「芝翠館蔵板記／装剣奇賞余稿 嗣出／大坂 塩町筋心斎橋西へ入／作者 稲葉新右衛門／天明元年辛丑九月発行」。皀川三橋之尓雅序。天明元年、鈴木街偲怡軒序。自序。売りさばき所：大坂・大野木市兵衛、石原茂兵衛、柳原喜兵衛、土田卯兵衛、渋川清右衛門、京都・山本平左衛門、江戸・須原屋茂兵衛。

LI-0196 **新刃銘尽** (Arami mei zukushi)

刊 (print) 神田勝久 (Kanda Katsuhisa) 6冊 25.5×17.7 146丁（1-17丁・2-26丁・3-28丁・4-26丁・5-25丁・6-24丁）近世後期、後印本（1790～） 京都・高井勘兵衛 (Kyoto/Takai

Kambê)　全 complete
6巻巻末「京三條通高倉東江入　高井勘兵衛」。享保6年孟夏、神田白龍子序。

LI-0197　**新刀銘集録**　(Shintô mei shûroku)
刊　(print)　森岡朝尊　(Morioka Tomotaka)　5冊　25.8×18.2　193丁（1-43丁・2-37丁・3-46丁・4-41丁・5-26丁）安政4年（1857）3月　京都・八駿房　(Kyoto/Yashumbô)　全 complete
墨印。帙に書袋を切り取ってはる（表紙見返しと同一）。「森岡朝尊著／新刀銘集録／京摂書林八駿房梓」。嘉永3年8月、菘翁序。安政4年、ちやうそん題字。安政4年正月、（梁川）星巌序。安政4年2月、池内陶所序。嘉永3年8月、自序。安政3年8月、自跋。その他書林は大坂・伊丹屋善兵衛、河内屋源七郎、河内屋太助、河内屋徳兵衛、近江屋平助、京都・越後屋治兵衛、林芳兵衛、勝村治右衛門、江戸・岡田屋嘉七、山城屋佐兵衛、須原屋茂兵衛。

LI-0198　**本朝鍛冶考**　(Honchô kaji kô)
刊　(print)　鎌田魚妙（三郎太夫）著　(Kamata Gyomyô (Saburôtayû))　12冊　25.7×18.0　396丁（①32丁・②28丁・③34丁・④48丁・⑤37丁・⑥36丁・⑦46丁・⑧39丁・⑨29丁・⑩15丁・⑪10丁・⑫42丁）寛政8年（1796）序後印　京都・勝村治右衛門ほか　(Kyoto/Katsumura Jiemon)　全 complete
柱刻「水音舎蔵」。裏表紙見返しの裏に朱印「萬巻堂」他、楕円形の墨印有り。刊記「寛政七年歳次乙卯秋七月／鎌田三郎太夫著」。十二冊目裏表紙見返しに「三都書物問屋／江戸日本橋通一丁目須原屋茂兵衛／同　通二丁目山城屋佐兵衛／同　通四丁目須原屋佐助／同両国横山町一丁目出雲寺萬次郎／同両国横山町三丁目和泉屋金右衛門／同浅草茅町二丁目須原屋伊八／同芝神明前　岡田屋嘉七／大坂心斎橋南江二町目敦賀屋九兵衛／同　心斎橋安堂寺町秋田屋太右衛門／京都寺町通松原下ル勝村治右衛門版／同　寺町通高辻上ル同　伊兵衛」。（序）寛政8年秋　天柱井惟馨、寛政8年4月近江源世元（刷印「源世元印」「彩瀾」）題、東毛朱延平書。

LI-0199　**古今銘尽大全**　(Kokon mei zukushi taizen)
刊　(print)　仰木弘邦　(Ôgi Hirokuni)　9冊　25.7×18.6　257丁（1-33丁・2-24丁・3-36丁・4-18丁・5-17丁・6-16丁・7-36丁・8-33丁・9-44丁）寛政4年（1792）正月　江戸・田中庄兵衛（京都出店）(Edo/Tanaka Syôbê (Kyoto Demise))　全 complete
墨印。汲古堂蔵版目録（10点）あり。汲古斎は京都書林田中庄兵衛、その江戸店。筆工・村井正宣。彫工・丹羽庄兵衛。寛政3年、羽林次将藤原朝臣序。寛政3年春、自序。寛政3年11月、吉川豊昌跋。寛政3年11月、坂上是村跋。その他書林京都・今井喜兵衛、勝村治右衛門、斎藤庄兵衛。

LI-0200　**都会節用百家通**　(Tokai setsuyô hyakka tsû)
刊　(print)　丹 桃渓 画　(Tan Tôkei)　1冊　26.0×18.8　348丁 寛政13年（1801）、文化8年（1811）後印　大坂・大野木市兵衛、松村九兵衛、高橋平助、柳原喜兵衛、鳥飼市右エ門　(Osaka/Ônogi Ichibê, Matsumura Kuhê, Takahashi Heisuke, Yanagihara Kihê, Torigai Ichiemon)　全 complete
題簽「〈新撰／□益〉都会」以下破損。内題「都会節用百家通」、柱題「増字新刻大節用」。刊記「浪速　高蘆屋　草創／同　鎌松荷　増刪／同　丹桃渓　画図／寛政十三年辛酉春正月刻成／文化八年辛未秋七月補刻／浪速書林／大野木市兵衛／松村九兵衛／高橋平助／柳原喜兵衛／鳥飼市右ヱ門」。見返し・題辞見開き1丁は色刷（退色、もとは青か）。題辞・寛政辛酉孟春浪華江南之逸農松荷道人。

LI-0201a　**捃印補正**　(Kun-in hosei)
刊　(print)　石隠老人［叡父］編　(Sekiin rôjin (Eifu))　2冊　8.5×18.0　174丁（上92丁・下82丁）享和2年（1802）大坂・柏原屋清右衛門、河内屋喜兵衛　(Osaka/Kashiwabaraya Seiemon, Kawachiya Kihê)　全 complete
内題・柱題「捃印補正」。刊記「享和二年壬戌三月／心斎橋筋順慶町　柏原屋清右衛門／同北久太郎町　河内屋喜兵衛」。広告「捃印大成嗣出／和漢印尽　全三冊／本朝画家系譜並印図折本一枚摺／本朝画史〈日本画家伝附印譜／狩野永納著〉全六冊／図絵宝鑑　全三冊／〈続図

絵宝鑑／皇明書画考〉合刻一冊／茶器弁玉集附画家印　全五冊／元明清書画人名録　全二冊」。〔細合序、編者・編集のことに詳しい〕。（序跋）寛政十一年己未暮春之吉河曲知叟細合方明。（凡例）寛政11年夏石隠。（跋）寛政庚申六月浪速木村孔恭。

LI-0201b　**捃印補遺**　(Kun-in hoi)
刊　(print)　石隠老人［叡父］編　(Sekiin rôjin (Eifu))　1冊　8.3×18.0　88丁　文化7年（1810）　大坂・柏原屋清右衛門、河内屋喜兵衛ほか　(Osaka/Kashiwabaraya Seiemon, Kawachiya Kihê)　全 complete
題簽・内題・柱「捃印補遺」。蔵書印、1オ右下、朱文長方印「千葉」単辺、その下に朱文方印「□□□／文庫」。刊記「文化七年庚午五月／京都　寺町通五条上ル　天王寺屋市郎兵衛／東都　下谷池之端仲町　須原屋伊八／浪華　心斎橋通順慶町　柏原屋清右衛門／同北久太郎町河内屋喜兵衛」。広告「柳原積玉圃蔵版署書／大坂心斎橋通北久太郎町北江入／河内屋喜兵衛書店」104点。（自叙）文化庚午石穏老人聡題。

LI-0202　**万宝書画全書**　(Bampô shoga zensho)
刊　(print)　清斎主人編　(Seisai shujin)　7冊　8.2×18.4　604丁（序巻33丁・①103丁・②110丁・③90丁・④96丁・⑤86丁・⑥86丁）明治後印（1868～）　大坂・河内屋茂兵衛ほか　(Osaka/Kawachiya Mohê, etc)　全 complete
題簽「〈書画／必携〉名家全書　序目（一～六）」。内題「万宝書画全書」。刊記「東京　和泉屋金右衛門／山城屋佐兵衛／和泉屋吉兵衛／須原屋新兵衛／京都　堀屋仁兵衛／越後屋治兵衛／浪華　河内屋藤兵衛／心斎橋博労町　河内屋茂兵衛」。広告「詩学字引大成　全十七冊／歴代詩学精選　全十七冊／詩語対句自在〈全編輯／対話〉全五冊／詩語金声 明治再板 全二冊／詩礎玉振 同前　全二冊」。（例言）文久元年三月清斎主人記。（序）文久紀年酉冬六十八才大倉法橋。

LI-0203　**万宝書画全書**　(Bampô shoga zensho)
刊　(print)　清斎主人編　(Seisai shujin)　合2冊　8.3×18.0　612丁（①341丁・②271丁）明治後印（1868～）　大坂・河内屋茂兵衛ほか　(Osaka/Kawachiya Mohê, etc)　全 complete
題簽「〈書画／必携〉名家全書　日（月）」。内題「万宝書画全書」。第2冊末に朱文円印「池内」。刊記「東京　和泉屋金右衛門／山城屋佐兵衛／和泉屋吉兵衛／須原屋新兵衛／京都　堀屋仁兵衛／越後屋治兵衛／浪華　河内屋藤兵衛／心斎橋博労町　河内屋茂兵衛」。広告「「詩学字引大成　全十七冊／歴代詩学精選　全十七冊／詩語対句自在〈全編輯／対話〉全五冊／詩語金声 明治再板 全二冊／詩礎玉振 同前　全二冊」。袋「文久二年壬戌新刻　薄葉合三本／〈書画／必携〉名家全書／京都大坂四書肆梓行」、上部右に魁星印、下部左に朱の方印あり。薄葉。（序）文久紀年酉冬六十八才／大倉法橋識。

LI-0204　**金鍔奇掇**　(Kingaku kitetsu)
刊　(print)　田中忠八郎［一賀斎］　(Tanaka Chûhachirô (Ichigasai))　1冊　8.2×19.0　80丁　天保10年（1839）序　全 complete
題簽「金工鐔奇」。内題「金鍔奇掇」。79オから80オに一門の名前入り肖像「長文斎画図」。自跋に「…今度梓にちりばめて家の蔵板となすよつて今まづ二百部を施印す（朱印2顆）」。裏表紙に墨書「中嶋尾登七」。天保十己亥とし皐月／七十二翁 田中一賀斎自序。（自跋）天保10年。
※ LI-0220と同一。

LI-0205　**茶家酔古襍**　五編　(Chake suiko shû)
刊　(print)　湖月編　(Kogetsu)　1冊　8.1×17.85　61丁 弘化3年（1846）　京都・近江屋佐太郎　(Kyoto/Ômiya Satarô)　全 complete
題簽「□家醉古襍」一部剥落。柱「五集」。表紙見返し「湖月堂老翁編／茶家／醉古／襍　五帙／皇都書房／中尾弘文堂梓」。刊記「弘化三丙午歳次新刻／池内蔵板／三都并発行書林／江戸　和泉屋吉兵衛／同　丁字屋平兵衛／大坂　河内屋茂兵衛／同　秋田屋太右衛門／紀州　綛田屋平右衛門／同　帯屋伊兵衛／尾州　永楽屋東四郎／名古屋　菱屋藤兵衛／〈伊勢／津〉　篠田伊十郎／〈美野／岐阜〉　藤屋久兵衛／〈雲州／松江〉　尼崎屋喜惣右エ門／京　寺町仏光寺上ル　中川藤四郎／同　寺町通六角下ル　近江屋佐太郎（朱印）」。広告「茶家醉古襍各冊」ほか4点。表紙に目録題簽「五編目次」貼付。序あり。

LI-0206　**清風雅譜**　(Seifûgafu)
刊　(print)　1冊　15.7×7.45　70丁　明治11年(1878) 東京・高橋源助　(Tokyo/Takahashi Gensuke)　全 complete
口絵色刷（墨・藍）、南溟・雲潤・月香口絵。題簽「清風雅譜　單」。袋、表紙と同じ題簽貼付。序題「清風雅譜引」。刊記「明治十一年十月廿五日　翻刻御届／出版人　高橋源助（朱印）　神田区通新石町十九番地／発兌人　田中欽造　神田区淡路町一丁目一番地／同　法木徳兵衛　日本橋区元大坂町十一番地」。題字「竹林遺響」蘭仙真人（朱刷印）、（題詞）蓬仙仙史、（序）鴻漸老人、（跋）安政六年己未嘉平月／渓菴徳胤。

LI-0207　**壹越調**　(Ichikotsuchô)
写　(manuscript)　6冊　17.0×10.6　全 complete
折本。近世期写本。雅楽の楽譜か。雙調（墨付50.5面）、大食調（44.5面）、平調（59面）、盤渉調（36面）、黄鐘調（40.5面）、壹越調（63.5面）。

LI-0208a～d　**大日本貨幣史**　(Dainippon kaheishi)
刊　(print)　大蔵省　(Ôkurashô)　20冊　25.4×17.8　719頁（①43②38③32④44⑤39⑥36⑦35⑧35⑨35⑩36⑪37⑫42⑬36⑭37⑮18⑯44⑰29⑱52⑲38⑳13）　明治9年（1876）～14年（1881）　大蔵省　(Ôkurashô)　全 complete
貨幣図のみ色刷。題簽・内題「大日本貨幣史」。柱「大日本貨幣史｜【〈巻一　　三｜大蔵省」。巻一表紙見返し「明治九年刊行」、巻十四「明治十年刊行」、巻十三裏表紙見返しに印にて「明治九年四月二十七日出版版権届　印刷局蔵版　定価金三円三十銭」、巻十九裏表紙見返し「明治十年二月二十三日出版版権届　印刷局蔵版　定価金一円」、巻二十裏表紙見返し「明治十四年十一月十日出版版権届　印刷局蔵版　定価金拾八銭」。（序跋）明治九年丙子四月／参議兼大蔵卿正四位大隈重信撰。

LI-0208a～d　**大日本貨幣史　三貨部　附録**　(Dainippon kaheishi furoku)
刊　(print)　大蔵省　(Ôkurashô)　13冊　25.4×17.9　389頁（①35②37③18④36⑤45⑥38⑦20⑧21⑨26⑩28⑪27⑫27⑬31）　明治10年(1877)　大蔵省　(Ôkurashô)　全 complete
題簽・内題「大日本貨幣史」。柱「大日本貨幣史｜【〈附録巻一　　十四｜大蔵省」。首巻表紙見返し「明治十年刊行」。巻十三裏表紙見返しに印にて「明治九年四月二十七日出版版権届印刷局蔵版 定価金三円四十五銭」。

LI-0208a～d　**大日本貨幣史　紙幣部附録**
(Dainippon kaheishi shiheibu furoku)
刊　(print)　大蔵省　(Ôkurashô)　13冊　25.5×17.8　633頁（①32②47③40④28⑤68⑥57⑦74⑧53⑨50⑩62⑪48⑫41⑬36）　明治16年(1883)　大蔵省　(Ôkurashô)　全 complete
題簽・内題「大日本貨幣史」。柱「大日本貨幣史／紙幣部附録巻一　｜　大蔵省」。首巻表紙見返し「明治十六年刊行」。巻十三裏表紙見返しに印にて「明治十六年十一月二十二日出版々権届／印刷局蔵版　定価金七円十銭」。

LI-0210　**〔文書〕**　(〔Monjo〕)
写　(manuscript)　9点？　halfblanc
近世公家文書類。知行分（正徳三年正月・宝永三年・寛政元年・寛政九年・宝永七年）、知行目録（元和九年）、位記（天保九年）、口宣案二通。

LI-0211　**諸家書札集**　(Shoka shosatsu shû)
写　(manuscript)　1存　18.8×24.3　38.5面　乾欠
折本。奥書「寛政十二年歳庚申夏五月／於摂州大阪集之鈴木忠利」。諸侯の書状を貼付したり、また書き写して集めたもの。松平肥後守容頌序。

LI-0212　**花鳥画譜**　(Kachô gafu)
刊　(print)　滝和亭著　(Taki Kazutei)　1帖　27.0×35.4　7.5面　明治20年（1887）　東京・長尾景弼、博聞本社・仝分社　(Tokyo/Nagao Kagesuke, Hakubunsha)
絹地に色刷。表紙は布貼。第一帖。布に木版多色刷した絵を紙の台紙に張り継ぐ。折本。全12図。出版免許は明治20年5月4日。著者滝和亭の居所は「東京神田区駿河台紅梅河岸」。奥付、英文と仏文のタイトルページを添える。彫工・木村徳太郎。長尾景弼序。長尾序の英訳と仏訳

あり（1887年９月18日）。

LI-0213　**金工鑑定秘訣**　（Kinkô kantei hiketsu）
刊　（print）　野田敬明編　（Noda Noriaki）　２冊　26.6×18.1　64丁（天44丁・〔地〕20丁）文政３年（1820）　江戸・野田屋善吉／下野屋専助（Edo/Nodaya Zenkichi, Shimotsukeya Sensuke）　全
題簽「金工鑑定秘訣　天（□。２冊目は剥離）」。内題・柱題「金工鑑定秘訣」。蔵書印、各冊初丁表右上朱文方印「読書／山房■／■■」。刊記「〈文政三年／庚辰五月〉〈野田屋善吉／下野屋専助〉蔵版／江戸／画図　〈高瀬伴寛／野田政明〉／浄書　千形仲道／剞劂　江川留吉」。（序）文政己卯臘月物維則識。（緒言）文政庚辰春本阿弥光悦七世菅原長根（芍薬亭）。※後藤家代々の金工図。会津若松市立会津図書館林文庫本の刊記「〈文政三年／庚辰秋〉／刀松軒蔵梓／書林　神田鍛治町 北島長四郎」以下同じ。

LI-0214　**画本東都遊**　（Ehon azuma asobi）
刊　（print）　北斎画　（Hokusai）　１冊　25.3×17.8　９丁　後印　大坂・河内屋茂兵衛他（Osaka/Kawachiya Mohê, etc）　下巻存
多色刷。後印。書林は大坂・河内屋□□□（手ずれ）、江戸・丁子屋平兵衛、岡田屋嘉七、山城屋佐兵衛、須原屋茂兵衛、京都・河内屋藤四郎

LI-0215　**〔東都勝景一覧〕**　（〔Tôto shôkei ichiran〕）
刊　（print）　北斎辰政画　（Hokusai Tokimasa）
１冊　25.0×17.5　11丁　寛政12年（1800）開版、文化12年（1815）求版　江戸・須原屋茂兵衛他（Edo/Suwaraya Mohê, etc）
書名はコーニッキー目録による。「東都勝景一覧」Toto shokei ichiran。書林は名古屋・菱屋金兵衛、江戸・須原屋伊八、須原屋茂兵衛

LI-0216　**〈古今／和漢〉万宝全書**　（Kokon wakan banpô zensho）
刊　（print）　14冊　11.0×15.9　644丁（①56丁・②47丁・③56丁・④54丁・⑤54丁・⑥56丁・⑦39丁・⑧65丁・⑨31丁・⑩53丁・⑪50丁・⑫40丁・⑬43丁・⑬29丁）明和７年（1770）後印　京都・菊屋七郎兵衛、江戸・須原屋茂兵衛、西村源六、大坂・柏原屋清右衛門　（Kyoto/Kikuya Shichirobê, Edo/Suwaraya Mohê, Nishimura Genroku, Osaka/Kashiwabaraya Seiemon）　全 complete
目録題簽「〈古今／和漢〉万宝全書」。巻一目録題「本朝画印伝」。巻一目録の柱題「本朝画目録」。各巻の内題は巻１～３「本朝画印伝」巻４「唐絵画印伝」巻５「和漢墨蹟印尽」巻６・７「和漢名物茶入」巻８「古今／和漢諸道具見知鈔」巻９「古銭／和漢古今宝銭図鑑」巻10～12「古今銘尽合類大全」巻13「彫物目利彩金抄」。刊記、巻５・８巻末「元禄七甲戌孟春吉辰」巻７巻末「元禄七甲戌孟春吉辰　浪華所生網干氏某輯録」巻13巻末「原版／享保三戊戌歳六月吉日／宝暦五乙亥歳三月改正／明和七庚寅歳正月再版／京都　寺町通松原上ル丁　菊屋七郎兵衛／江戸　日本橋南一丁目　須原屋茂兵衛／江戸　通本町三丁目　西村源六／大坂　心斎橋筋順慶町　柏原屋清右衛門」。巻十三のみ２冊あり、１冊（紙数43丁）は二十八～三十一丁に鐔の絵、巻末に広告「蔵版略目録」10丁、その末尾に「書林／大坂心斎橋筋／順慶町北江入／渋川稱觥堂／柏原屋清右衛門」。もう１冊（紙数29丁）は取合せ本で、鐔の絵・広告なし。

LI-0217　**古今金工便覧**　（Kokon kinkô binran）
刊　（print）　２冊　8.2×18.1　151丁（上82丁・下69丁）弘化４年（1847）　伊賀上野・西沢長兵衛、名古屋・永楽屋東四郎ほか　（Igaueno/Nishizawa Chôbê, Nagoya/Eirakuya Tôshirô, etc）　全 complete
題簽「古今金工便覧（上・下）」。巻上見返し題「本朝古今金工便覧」。巻上１オ「鑑定便覧」、巻上内題「鑑定便覧金工之部」、巻下内題「古今金工便覧」。柱「金」。蔵書印、各冊初丁表右下朱文方印「瀬戸氏印」。

LI-0218a（請求番号貼付）　**鏨工譜略**　（Sankô furyaku）
刊　（print）　１冊　8.3×18.4　102丁　天保15年（1844）　江戸・岡村屋庄助　（Edo/Okamuraya Shôsuke）　全 complete
同請求番号中に同本２冊あり。題簽「〈本朝／古今〉鏨工譜略」。内題「鏨工譜略」。蔵書印、最終丁裏「瀬戸氏印」朱文方印。裏表紙見返し、

薬の広告半丁「家伝製薬所 東都 養神堂本家弘所 江戸下谷池之端仲町／書林 岡村屋庄助」。（序跋）天保15年4月／栗原信充。

LI-0218b（請求番号不貼付） **鏨工譜略** （Sankô furyaku）
刊 （print） 1冊 8.3×18.4 103丁 天保15年（1844） 江戸・岡村屋庄助 （Edo/Okamuraya Shôsuke） 全 complete
同請求番号中に同本2冊あり。題簽「〈本朝／古今〉鏨工譜略」。内題「鏨工譜略」。広告1丁半、薬の広告「家伝製薬所東都養神堂 本家弘所 江戸下谷池之端仲町 / 書林岡村屋庄助」とある。（序跋）天保15年4月／栗原信充。

LI-0219 **刀剣図考** （Tôkenzu kô）
刊 （print） 2冊 8.4×18.2 130丁（①66丁・②64丁）天保14年（1843） 江戸・英屋文蔵 （Edo/Hanabusaya Bunzô） 全 complete
題簽「刀剣図考　全」「□剣□□」。目録題「刀剣図考」「刀剣図考二編」。刊記「官許　天保十四年三月上旬／栗原孫之丞信充蔵板／発行書林　下谷御成道　英屋文蔵」、二編「官許　天保十四年閏九月下旬／栗原孫之丞信充蔵板／発行書林　下谷御成道　英文蔵」。「附言」天保九年戊戌歳五月　日甲斐国源氏栗原孫之丞信充。二編「附言」天保十四年九月栗原信充。

LI-0220 **金鍔奇掇** （Kingaku kitetsu）
刊 （print） 田中忠八郎［一賀斎］ （Tanaka Chûhachirô（Ichigasai）） 1冊 8.1×18.6 80丁 天保10年（1839）序 全 complete
題簽「金工鐔奇」。内題「金鍔奇掇」。柱「五○」。79オから80オに彫師、一門の名前入り肖像「長文斎画図」。※LI-0204と同一。天保十己亥とし皐月／七十二翁 田中一賀斎自序。

LI-0221a **古刀角力銘鑑** （Kotô sumô meikan）
刊 （print） 石山常時著 （Ishiyama Tsunetoki） 1冊 65.45×46.7 1舗 文政11年（1828） 江戸・北嶋順四郎 （Edo/Kitajima Jyunshirô） 全 complete
題簽付。匡郭外左上「文政十一戊子年二月日」、匡郭外左下「江戸麻布住 石山常時著」、匡郭外右下「板元　江戸神田鍛冶町弐町目北嶋順四郎」。※『日本古典籍総合目録データベース』になし。見立番付。瀬戸口龍一作成「見立番付総合目録（データベース）」（林英夫・青木美智男編『番付で読む江戸時代』2003年・柏書房）に記載なし。

LI-0221b **新刀大業物角力銘鑑** （Shintô ôwaza-mono sumô meikan）
刊 （print） 石山常時著 （Ishiyama Tsunetoki） 1冊 63.1×46.3 1舗 天保11年（1840） 江戸・北嶋順四郎 （Edo/Kitajima Jyunshirô） 全 complete
題簽付。匡郭外左上「天保十一子年八月吉日」、匡郭外左下「江戸麻布住 石山常時著（朱文方印「常時」）」、匡郭外右下「板元　江戸神田鍛冶町二丁目北嶋順四郎（朱文方印「北嶋」）」。※『日本古典籍総合目録データベース』になし。見立番付。瀬戸口龍一作成「見立番付総合目録（データベース）」（林英夫・青木美智男編『番付で読む江戸時代』2003年・柏書房）に記載なし。

LI-0222a **金工銘譜** （Kinkô meifu）
刊 （print） 1帖 15.0×6.0 9面（両面）近世中期か（1750～） 全 complete
同請求番号で他一種類あり。書き題簽「金工銘譜」。（序）雍州府志曰後藤祐乗者元ト美濃国之武人而……。※原題不明、『国書総目録』には「金工銘譜」なし。

LI-0222b **江都金工名譜** （Edo kinkô meifu）
刊 （print） 野田敬明編 （Noda Noriaki） 1帖 17.4×7.0 25面（両面）文化7年（1810） 江戸・北島長四郎、須原屋善五郎 （Edo/Kitajima Chôshirô, Suwaraya Zengorô） 全 complete
同請求番号で他一種類あり。題簽「〈江／都〉金工名譜」。刊記「文化七庚午年秋八月／瀬戸物町　須原屋善五郎／神田鍛冶町　北島長四郎／彫工　好静堂　江川留吉／金工鑒定秘決　全〈目貫小刀柄鍔縁頭類／ノ彫物後藤家横谷家奈／良家等ノ秘傳ヲ顕シ／タル目利ノ書ナリ〉／近刻」。※静岡県立中央図書館葵文庫本（国文学研究資料館マイクロフィルム204-33-5）には内題「〈江／都〉金工名譜」あり、また刊記「瀬戸物町　須原屋善五郎」の位置は空白、「神

田鍛冶町　北島長四郎」のところに「野田四良兵衛蔵板」とあり。

LI-0223　**老のたのしみ**　(Oi no tanoshimi)
刊　(print)　1帖　19.4×9.3　11面　文久元年(1861)　全 complete
題簽「老のたのしみ」。色刷の図4面。※『日本古典籍総合目録データベース』になし。十世寿徳庵仙也 襲名披露の江戸絵俳書。綾岡輝松板下書。(跋) 文久紀元のとし龍尾園香城しるす。

LI-0224　**日本美術画報**　(Nippon bijutsu gahô)
刊　(print)　18冊　22.7×15.1　1228頁(初編②80③72④82⑤80⑥78⑦66⑧76⑩78⑪60⑫58二編②58③84④66⑤60⑥74⑦46⑧54⑨56) 明治27～29年(1894～1896)　東京・星野錫、画報社(Tokyo/Hoshino Shaku, Gahôsha)　初編(巻2～8・10～12) 二編(巻2～9) 存 only Syohen Maki 2-8, 10-12/2 Hen Maki 2-9
活版。外題「日本美術画報　初(二)編」。目録題「日本美術画報」。刊記(初編巻2)「明治廿七年六月廿五日内務省許可／明治廿八年七月廿三日印刷／明治廿八年七月廿五日発行／明治廿九年一月六日再版印刷／明治廿九年一月八日再版発行／〈編輯兼／発行者〉東京市日本橋区濱町二丁目十四番地　星野錫／印刷者　東京市日本橋区兜町二番地　広瀬安七／印刷所　東京市日本橋区兜町二番地　東京製紙分社／発行所　東京市日本橋区兜町二番地　画報社／特約売捌所／日本橋区通三丁目　丸善商社／日本橋区通一丁目　大倉孫兵衛／神田区表神保町　東京堂書房／京橋区尾張町二丁目　東海堂／大阪東区心斎橋通瓦町西南角　中村峯雄」。(初編巻3)「明治廿九年二月四日再版印刷／明治廿九年二月六日再版発行」。(初編巻4) 以下、「明治廿七年六月廿五日内務省許可」、毎月廿三日印刷廿五日発行。但し(初編巻10) のみ「明治廿七年六月五日内務省許可」。(初編巻5) 明治廿七年十月。(初編巻6) 明治廿七年十一月、「明治廿八年十一月十八日再版印刷／明治廿八年十一月廿一日再版発行」。(初編巻7) 明治廿七年十二月。(初編巻8) 明治廿八年一月、「明治廿九年二月十三日再版」。(初編巻10) 明治廿八年三月。(初編巻11) 四月。(初編巻12) 五月。(2編巻2) 七月。(2編巻3) 三月。(初編巻11) 四月。(初編巻12) 五月。(2編巻2) 七月。(2編巻3) 八月。(2編巻4) 九月。(2編巻5) 十月。(2編巻6) 十一月。(2編巻7) 十二月。(2編巻8) 明治廿九年一月。(2編巻9) 二月。広告(初編2～5・7・8・12・2編 2・4 ～ 7・9)「THE TOKYO SEISHI BUNSHA / NO.2 KABUTOCHO, NIHONBASHI, TOKYO / (ESTABLISHED 1875) / HEAD OFFICE : OJI PAPER MILL COMP., TOKYO.」、(初編巻10)「求林堂西川忠亮」。

LI-0225　**葛飾北斎伝**　(Katsushika Hokusai den)
刊　(print)　飯島虚心　(Iijima Kyoshin)　2冊　23.2×15.9　154丁(上78丁・下76丁) 明治26年(1893) 9月12日　東京・小林文七、蓬枢閣(Tokyo/Kobayashi Bunshichi, Hôsûkaku)　全 complete
活版袋綴じ。題簽「葛飾北斎伝」。表紙見返し「蓬樞閣蔵版」。柱「蓬樞閣梓」。上巻冒頭に多色刷整版「葛飾北斎翁之肖像」。その後は墨印。奥付「著者　飯島半十郎／発行者　東京小林文七／印刷者　東京坪内直益／発売元　東京蓬樞閣／大売捌所　名古屋片野東四郎(ほか10肆)」。(序) 明治26年6月重野成斎。(著者凡例) 同年6月。(付言) 同年8月小林文七。

LI-0226　**美術年契**　(Bijutsu nenkei)
刊　(print)　原亮三郎　(Hara Ryôzaburô)　1冊　25.7×16.7　29丁 明治24年(1891)　東京・金港堂　(Tokyo/Kinkôdô)　全 complete
題簽「美術年契完」。扉題「美術年契」。序題「日本美術年契」。奥付「版権所有／明治二十四年八月二十日印刷／同年同月廿九日出版／著作者　福地復一　発行者　原亮三郎　日本橋区本町三丁目十七番地／印刷者　日置九郎　同／発兌　金港堂本店　同／大売捌／金港堂支店　大阪南本町四丁目／金港堂支店　仙台国分町五丁目」。(序) 明治二十三年十一月福地復一識ス。

S-2605　**貨幣精図**　(Kahei seizu)
刊　(print)　得能良介序　(Tokunô Ryôsuke)　1冊　28.2×37.6　55丁 明治11年(1878) 序　全 complete
書き題簽「貨幣精図」。序題「大日本貨幣精図」。

多色刷石版・活版。顕宗天皇御宇〜明治6年の貨幣図集。(序跋) 明治十一年九月　紙幣局長得能良介。

S-2606　**観古図説　陶器之部**　(Kanko zusetsu tôki no bu)
刊　(print)　蜷川式胤　(Ninagawa Futatane)
5 (合1) 冊　27.1×38.7　136葉 (①22葉・②29葉・③29葉・④27葉・⑤29葉)　明治9年(1876)〜10年(1877) 東京・蜷川式胤　(Tokyo/Ninagawa Futatane)　全 complete
題簽「観古図説　陶器之部一 (〜五)」。袋綴じではなく片面刷単葉 (洋紙・石版・多色刷) を綴じたもの。奥付、第一巻「明治九年三月八日御届/著述者出版人　京都府下　平民　東京辰ノ口屋三丁二番邸寄留　蜷川式胤/代価一円/石版画師　亀井至一/銅鉛木石諸版製造所　玄々堂」。第二巻「明治十年一月二十一日御届」以下同じ。第三巻「明治十年五月二十四日御届」「定価一円二十銭」ほか同じ。第四巻「明治十年五月二十四日御届」「定価一円三十銭/売弘所　ハーレンス社」ほか同じ。第五巻「明治十年十二月二十六日御届」「定価一円四十銭/石版画師　下国皿熊之助」ほか同じ。各巻に自序、石版自筆版下 (第3巻不明)。第一巻、明治9年3月著者識。第二巻、明治10年1月著者識語。第三巻、明治10年5月著者識語、著者附言。第四巻、明治10年5月著者識語。第五巻、明治10年12月著者識語。

S-2607　**撥雲余興**　(Hatsuun yokyô)
刊　(print)　松浦弘 [武四郎] 編　(Matsuura Hiroshi (Takeshirô))　1帖　35.5×25.2　29.5面　明治10年 (1877)　東京・松浦弘　(Tokyo/Matsuura Hiroshi)　全 complete
墨印 (薄墨あり)。題簽「撥雲余興」。刊記「明治十年丁丑九月発行/著述出版人　東京府士族　松浦弘　第五大区四小区神田五軒町 三番地/剞劂　木邨嘉平昌義」。古器物の摸写に当時の諸名家の和文・漢文を寄せたもの、図は (市河) 万庵・河鍋暁斎・(福島) 柳圃・高畠藍泉、柏木政矩・(渡辺) 小華、文は市河万庵・鷲津毅堂・(小野) 湖山老人・大槻磐渓・松浦弘・富岡鉄庵ほか。(序) 明治9年12月薩摩なる藍嶋ニすめる岩下方平。(自跋) 明治10年4月。

S-2608　**撥雲余興**　二集　(Hatsuun yokyô vol.2)
刊　(print)　松浦弘 [武四郎] 編　(Matsuura Hiroshi (Takeshirô))　1帖　36.4×25.1　30.5面　明治15年 (1882)　東京・松浦弘　(Tokyo/Matsuura Hiroshi)　全 complete
題簽「撥雲余興　二集」。刊記「明治十五年〈壬/午〉七月十八日出版届/明治十五年〈壬/午〉八月発行/著述者出版人　東京府士族　松浦弘　神田区外神田五軒町十五番地/木邨嘉平刻」。巻頭に河鍋暁斎「橘諸兄卿之像」多色刷。諸名家による和文・漢文あり、大槻文彦・鷲津毅堂・松浦武四郎・華頂山徹定・江馬天江ほか。(序) 明治15年6月「芝浦のなみの音ちかく聞ゆる古寺にすめる七十七齢の老法師行誡」。(跋) 富岡鉄崖。

S-2609　**国華余芳　伊勢内外神宝部**　(Kokka yohô isenaigaishimpôbu)
刊　(print)　1帖　34.4×24.6　20丁 明治15年 (1882) (壬子)　東京・大蔵省印刷局　(Tokyo/Ôkurashô Insatsukyoku)　全 complete
折帖。題簽「国華余芳〈伊勢内外/神宝部〉」。「大蔵省印刷局」印。刊年は最終丁裏の印記より。19丁裏に「定価金四円」印。大蔵省印刷局蔵版。「皇太神宮正殿之図」等多色刷石版。(序跋) 明治十三年一月　印刷局長得能良介誌。

S-2610　**国華余芳　正倉院御物**　(Kokka yohô shôsôin gyobutsu)
刊　(print)　得能良介序　(Tokunô Ryôsuke)　1帖　34.4×24.5　14丁　明治18年 (1885) (乙酉)　東京・大蔵省印刷局　(Tokyo/Ôkurashô Insatsukyoku)　全 complete
折帖。題簽「国華余芳正倉院御物」。「大蔵省印刷局」印。刊年は最終丁裏の印記より。13丁裏に「定価金三円六十銭」印。大蔵省印刷局蔵版。如意・鎮鐸等多色刷石版。(序跋) 明治十三年一月　印刷局長得能良介誌。

S-2611　**国華余芳　正倉院御物**　(Kokka yohô shôsôin gyobutsu)
刊　(print)　得能良介序　(Tokunô Ryôsuke)　1帖　34.3×24.4　13面 明治17年 (1884) (甲申)　東京・大蔵省印刷局　(Tokyo/Ôkurashô Insatsukyoku)　全 complete

折帖。題簽「国華余芳正倉院御物」。「大蔵省印刷局」印。刊年は最終丁裏の印記より。定価の印記なし。大蔵省印刷局蔵版。八角鏡・円鏡等多色刷石版。石版図はキオッソーネ制作によるという（綴じ込みの展示カード〔イタリア語〕による）。（序跋）明治十三年一月　印刷局長得能良介誌。

S-2628　**□本させけが露**　（□ hon sasekega-tsuyu）
刊　（print）　1帖　25.5×36.8　8丁 近世後期か（1790～）　全 complete
折帖。題簽「□本させけが露」破損。多色刷春本。図はそれぞれ片面に独立、図中に文字なし。表紙のラベル、イタリア語で「北斎門人画」。（序）（跋）あり。

S-2635　**女貞訓下所文庫**　（Onna teikin kesho bunko）
刊　（print）　1冊　25.6×18.7　69丁 近世中期か（1750～）　全か complete?
題簽「〈□□／□成〉女貞《おんなてい》□《き》（以下破損。）」題簽に目録も付く。見返し題「諸家当流女□《しよかたうりうおん□》／女《おんな》貞訓《ていきん》下《け》所文《しよぶん》庫《□》／万容《まんよう》笑《きやう》薫《くん》女《をんな》宝感《ほうかん》」。柱「／女貞訓　　／八」。蔵書印、76ウ、方印「讀杜／艸□」朱文楕円印「待價」。

S-2636　**女大楽宝開**　（Onna dairaku takarabako）
刊　（print）　1冊　25.6×18.2　64丁 近世中期（1750～）　全 complete
蔵書印、扉右上「JFB」、表紙見返しにもあるが判読不可。表紙見返し「〓軒開□□〓□述／女大楽宝開／闔花書肆　〓愧堂〈開／□〉」。柱「女大らく　一（～）」。扉の絵、鳳凰（頭部女陰）と麒麟（頭部男根）。※婀櫻樓主人編『好色本目録』（軟派物研究会）23頁「女大楽宝開　大本　一冊　■（尸＋酉）軒開茎作　宝暦頃」。※『国書総目録』は「艶本目録による」として「一冊　（類）艶本　（著）月岡雪鼎画　（成）宝暦年間」とする。※林美一『秘本を求めて』（昭和47年・有光書房）所収「新編・好色本春画目録」は明治末編纂の写本、全亭好生『〈いろ／は別〉好色本春画〈附吉原もの／　野郎もの〉目録』を底本としてこれに林氏の注記を加えたもの、244頁「女大楽開寳　　大本一冊　西川風の画　宝暦の頃／貝原氏の女大学に擬す、■（尸＋酉）軒開茎先生述、開（闔）花書肆秘（稱）悦堂開板（版）」林氏の注記「『女大楽《おんなだいらく》寶《たから》開《ばこ》』が正しい。貝原益軒の『女大学宝箱』をもじる。上方本、月岡雪鼎画と古来いわれているが非、（寺澤昌二）であろう」。

S-2637　**風流色貝合**　（Fûryû iro kaiawase）
刊　（print）　西川祐信画　（Nishikawa Sukenobu）
1冊　16.1×22.3　35丁 宝永8年（1711）序
上存 only Jhô
表紙貼付のシールにイタリア語で師宣画として著録。序題「風流色貝合」。春本。本文には目録にある「いつわりのごぜ」「かはせ貝」「おもひ草」欠。目録にない「谷の埋木」が本文にあり。（序）宝の八ツの年月はじめ　古色軒。※婀櫻樓主人編『好色本目録』（軟派物研究会）76頁「風流色貝合　大本　一冊　西川祐信画　宝永八年板」。※林美一『秘本を求めて』所収「新編・好色本春画目録」316頁「風流色貝合　横本」林氏の注記「花洛大和畫師西川祐信畫、宝永八年（一七一一、正徳元年）京都板、横本二冊。内題は「源氏色貝合」とある」。※木村捨三「看書随録」のうち「風流色貝合」（『木村仙秀集二』（日本書誌学大系31）302～304頁、昭和58年・青裳堂書店）によれば、上下2冊で刊記備わる（引用省略）。キオッソーネ本は上のみか。

S-2643, S-2644　**艶本多歌羅久良**　（Ehon takara kura）
刊　（print）　2冊　（上）21.5×15.3（中）21.8×15.5　30丁（上16丁・下14丁）近世後期か（1790～）　上・中存 only Jhô, Chû
題簽「艶本多歌羅久良」。春本。色刷。天明8年か寛政12年か文化9年か。「〔艶本多歌羅久良〕」（S-2645, S-2638）とは同版・後刷。（序）申《さる》の睦月《むつみづき》　曲取主人題。※林美一『秘本を求めて』所収「江戸艶本目録の蒐集」に紹介される昭和6年12月「〈某伯爵家／文庫落札〉目録一覧表」には「多歌羅久良　半紙本三冊　色摺二代歌麿畫」とある（102・103頁）。二代目歌麿とすれば文化九年（1812）。

S-2645, S-2638　**〔艶本多歌羅久良〕**　（〔Ehon

takara kura〕）
刊 （print） 2冊 （上）21.9×15.3（中）22.1×15.4 28丁（上15丁・中13丁）近世後期か（1790〜） 上・中存 only Jhô, Chû
多色刷。「艶本多歌羅久良」（S-2643, S-2644）と同版本だが（S-2645, S-2638）が前刷。巻上、上ノ七オ・上ノ八オ（丁付はノド）欠。巻中に中ノ四ウ・中ノ五オ欠。（序）申《さる》の睦月《むつみづき》 曲取主人題。

S-2646, S-2648 **会度睦裸咲** （Edomurasaki）
刊 （print） 2冊 21.1×14.8 27丁（上14丁・下13丁）近世後期か（1790〜） 中欠（上・下存）Lack Chû
題簽「〈新染／無類〉会度睦裸咲《ゑどむらさき》」。序題「会度《ゑど》睦裸咲《むらさき》」。春本、色刷。表紙見返し「道志留辺之図」。下巻最終丁裏に「新染会度睦裸咲大尾後編近刻出来」。上巻の終わりに「中ノ巻へつゞく」。下巻の本文の初めに「中ノ巻ヨリツヽク」。〈序〉猫のさかり月紀幾世《きのいくよ》題。

S-2651, S-2652 **笑本連理枝** （Ehon renri no eda）
刊 （print） 2冊 21.3×15.4 28丁（上14丁・中14丁）近世中後期か（1750〜） 上・中存 only Jhô, Chû
題簽「笑本連理枝《ゑほんれんりのゑだ》」。春本、墨刷。（序）「笑本《わらひほん》連理枝序《れんりのえだじよ》」人の成間に一番正月 吐淫子書。※林美一『秘本を求めて』所収「新編・好色本春画目録」236頁「笑本連理枝 三冊 春潮画」林氏の注記「半紙本墨摺。既出『笑本婦久阿羅戀《えほんふくあられ》』の改題再摺本」。『笑本婦久阿羅戀』については235頁林氏「墨摺半紙本三冊、勝川春潮画。寛政二年（一七九〇）刊、のち『笑本連理枝』と改題再摺」。

S-2653 **〔女大楽宝開〕** （〔Onna dairaku takara bako〕）
刊 （print） 1冊 25.3×18.4 62丁 近世中期（1750〜） 欠丁有 Not complete
書名はS-2636による。柱「女大らく 一（〜）」。S-2636との比較によると、2丁欠、最初の1丁（扉）と最後の1丁。保存状態はこちらの方が良。※『国書総目録』は「艶本目録による」として「女大らく 一冊 （類）艶本 （著）月岡雪鼎画」とする。

S-2654 **女艶姿茎群鑑** （Onna enshi kyôkun kagami）
刊 （print） 1冊 25.4×18.1 70丁 近世中期か（1750〜） 全 complete
題簽「〈□／□〉女艶姿茎群鑑《おんなゑんしきやうくんかゞみ》」。春本、巻頭色刷。刊記「浪華画工 〓（尸＋酉）岳斎／時刻（振仮名チヨコ〳〵） 次留気陰兵衛／女婬（振仮名ヂヨイン） ■（振仮名シゞ）屋腎（振仮名ジン）兵衛」。※女訓書のパロディ、「三国図」「石山寺紫女源氏執筆の図」「瀟湘八景」「女一生喜」「茶の湯指南」「生花指南」「香の記」「女風俗教訓図」「女教訓宝草」「女三十六哥仙大意」「草紙洗ひ小町」「雨ごひ小町」「通ひ小町」「関寺小町」「そとは小町」「あふむ小町」「清水小町」「きりつぼ」「はゝきゞ」「うつせみ」「ゆふかほ」「若紫」「花の宴」「あふひ」「末摘花」「紅葉賀」「さか木」。※婀嬰樓主人編『好色本目録』（軟派物研究会）23頁「女艶姿茎群鏡 大本 一冊 月岡雪鼎 安永六年墨摺」。

S-3264, S-3265, S-3266, S-3267, S-3268 **国華余芳** （Kokka yohô）
刊 （print） 得能良介序 （Tokunô Ryôsuke） 5帖 27.2×36.2 65丁（各13丁）明治13年（1880）〜14年（1881） 全 complete
アルバム。題簽「国華余芳」。写真を貼ったもの（白黒・カラー着色混在）。説明文と英文の簡単なキャプションあり。S-3264 内宮御厩前橋・内宮・二見浦・長谷寺・興福寺・春日神社・東大寺大仏殿・薬師寺塔・法隆寺など。S-3265 吉野金峯神社・後醍醐天皇陵・高野山金剛峯寺・仁徳天皇陵・応神天皇陵・男山八幡宮など。S-3266 稲荷神社・藤森神社・清水寺・八坂神社・東山・智恩院・高台寺・銀閣寺・修学院・北野神社・金閣寺・仁和寺・嵐山・渡月橋。S-3267 西本願寺・東寺・黄檗山門・平等院・日吉神社・唐崎松・石山寺・月見台・名古屋城・多度山・養老滝・三保遠景・清見寺・浅間神社・猿橋・御嶽山。S-3268 木曽川・諏訪神社・熊野神社・日光山神橋・東照宮・華厳滝・王子村の紙幣工場や大蔵省印刷局製造場など。（序跋）明治十三年一月 得能良介記。

S-3269 **Views and Costumes of Japan**

刊 (print) 1帖 28.6×34.9 53丁 明治初頭(1868〜1878) 全 complete

写真帖(色付写真)。革表紙、外題なし。書名は扉題による。扉「Printed & published by Stillfried & Andersen, / Yokohama Mainstreet, No.59. / Negatives by Baron Stillfried by / special appointment Phot.to H.J & R. / Austrian Ms. Court.」。扉に飾ってあるメダルに「1873」の年記あり。晒し首の写真の高札「神奈川県支配所武州橘樹郡高石村(中略)笠原伊兵衛(中略)壬申三」明治5年1872。別紙に「DONO DEI FRATELLI SIEBOLD, 1876」とあり、1876年にシーボルトから贈られる。※参考、Donatella Failla「Edoardo Chiossone un collezionista erudito nel Giappone Meiji」(1996)。

在伊日本古典籍目録初出雑誌一覧

＊「サレジオ大学マリオ・マレガ文庫所蔵日本書籍目録」(『調査研究報告』第23号所収、2002年11月、国文学研究資料館文献資料部)

＊「ヴェネチア東洋美術館所蔵日本書籍及び関連資料目録」(『調査研究報告』第25号所収、2004年11月、国文学研究資料館調査収集事業部)

＊「ナポリ国立図書館ルッケージ・パッリ文庫所蔵日本古典籍目録」(『調査研究報告』第26号所収、2006年3月、国文学研究資料館調査収集事業部)

＊「キオッソーネ東洋美術館所蔵日本古典籍目録」(『調査研究報告』第36号所収、2016年3月、国文学研究資料館調査収集事業部)

なお、「サレジオ大学マリオ・マレガ文庫日本書籍目録補遺　碑文谷教会旧蔵書目録」は、書き下ろしである。

本書には、以下のJSPS科学研究費補助金による研究成果の一部を取り入れている。

基盤研究（A)「在欧日本古典籍の所在および伝来に関する調査と研究」(平成11～12年度、研究代表者　岡 雅彦、課題番号11691044)

基盤研究（A)「在欧日本古典籍に関する日仏伊共同学術調査―19世紀以降の和書移動とヨーロッパ東洋学との連関を含めて―」(平成15～18年度、研究代表者　松野陽一・谷川恵一、課題番号15251003)

基盤研究（B)「文学・芸能・絵画をめぐる近世的表現様式と知の交流」(平成21～25年度、研究代表者　山下則子、課題番号21320053)

基盤研究（B)「在外絵入り本を中心とする書誌・出版・解釈の総合的研究」(平成26～30年度、研究代表者　山下則子、課題番号26300020)

研究成果公開促進費（学術図書)「在外絵入り本　研究と目録」(令和元年度、山下則子、課題番号19HP5021)

This work was supported by JSPS KAKENHI Grant Number 11691044,15251003,21320053,26300020, 19HP5021.

在伊日本古典籍目録索引

凡　例

①この索引は、本書第二部の在伊日本古典籍目録（横書き部分、１～219頁）に記された書名を五十音順に並べ、収録されている頁数を示したものである。索引の対象としたのは目録の各項目の書名のみで、備考などに出る書名はとりあげていない。

②日本古典籍のタイトルは、頭書（角書き）・主書名・巻数等で構成されている場合が多いが、以下の措置をとって検索の便をはかった。

・「新」「続」「増補」「絵本」「絵入」「山水花鳥」といった頭書や角書きがある場合は、それらを含むフルネームと、それらをふくまない主書名の両者が記されているとみて、複数回採録した。

例　「新平家物語」は「平家物語」と「新平家物語」

「続膝栗毛」は「膝栗毛」と「続膝栗毛」

「絵本一休譚」は「一休譚」と「絵本一休譚」

「山水花鳥漫画早引」は「漫画早引」と「山水花鳥漫画早引」

の、それぞれ二つの書名で採っている。

・書名の中に巻数などが記されていても、これは省略して採録した場合が多い。

例　「南総里見八犬伝初編」の「初編」、「仮名手本忠臣蔵七段目」の「七段目」、「壇浦兜軍記琴責の段」の「琴責の段」などは無視。

③複数の読みが想定される書名は、両様の読みで収録した場合がある。

例　「東国」は、「あずまのくに」と読んで【あ】の項目、「とうごく」と読んで【と】の項目の両方に収録。「七十一番歌合」は「しちじゅういちばんうたあわせ」と読んで【し】の項目、「ななじゅういちばんうたあわせ」と読んで【な】の項目の両方に収録。「画本」は「がほん」と読んで【か】の項目、「えほん」と読んで【え】の項目の両方に収録。「俳優」は「はいゆう」と読んで【は】の項目、「やくしゃ」と読んで【や】の項目の両方に収録。

④書名不明の場合に、調査者が仮につけた書名には〔　〕が付されているが、〔　〕は無視して採録した。

⑤同一頁内に同じタイトルが複数回出ている場合は、出ている回数に応じて、同じ頁数を複数回くりかえして記した。

⑥欧文のタイトルはアルファベット順にして末尾に、「無題」とされているものや、題簽の破損などにより頭に□□をふくむ書名なども末尾に一括して収録した。

⑦「ヴェネチア東洋美術館目録」「ジェノヴァ市キオッソーネ東洋美術館 善本解題・目録」は、解説・解題本文中に書名が記されていることが多いが、項目名となっているタイトルのみ採り、解説・解題本文中に記される書名は採録しなかった。

【あ】

【い】

【う】

【え】

【か】

【き】

【く】

【け】

【こ】

【さ】

【し】

【す】

【せ】

【そ】

【た】

【ち】

【つ】

【て】

【と】

【な】

【に】

【ぬ】

【ね】

【の】

【は】

【ひ】

【ふ】

【へ】

【ほ】

【ま】

【み】

【む】

【め】

【も】

【や】

【ゆ】

【よ】

【無題】

【読み不明】